Too Young

Too Young

MARGOT D. BORTOLI

Too Young

addictives
POCHE

Prologue

– Est-ce que tu peux me rappeler une nouvelle fois pourquoi on doit récupérer le gamin du prêtre à la gare ?

Je soupire en tournant la tête vers Calista, ma meilleure amie.

– Le pasteur, je maugrée. Parce qu'il me paye pour ça et qu'il m'a fait du chantage affectif…

Calista me regarde en biais, la bouche tordue dans une mimique peu convaincue.

– Ils te donnent combien ?

Je fais la moue avant de répondre d'une toute petite voix :

– Qui… zein… dol…

– Quoi ? insiste ma copine.

– Quinze dollars ! je lâche finalement en levant les yeux au ciel. C'est bon, tu es contente ?

Calista secoue la tête, visiblement déçue.

– Non seulement ils t'exploitent, mais en plus pour un truc qui te fait clairement chier. C'est plus ce que c'était, les catholiques !

– Ils sont protestants ! PRO-TES-TANTS ! j'articule en la regardant droit dans les yeux. Sans déconner, pour une prof de littérature, je te trouve assez limitée en culture générale. Depuis quand les prêtres catholiques ont le droit de se marier et de faire des enfants ?

Elle écarquille les yeux et ouvre la bouche en grand :

– ILS N'ONT PAS LE DROIT ?

– Calista, sérieusement, je plains tes élèves.

– Plains-toi surtout au service de l'éducation américaine qui m'a jugée apte à leur enseigner, réplique-t-elle en balayant ma remarque d'un geste de la main.

Je ricane et elle reporte son attention sur le train qui entre en gare. Je ne cherche pas à rentrer dans le débat et je fixe les portes qui s'ouvrent enfin et libèrent un flot important de passagers. Je me suis fait piéger. Je dois récupérer Tobias, alias Creepy Tobie, le gamin qui a pourri toutes mes soirées de baby-sitting pendant mon adolescence, *slash* voisin direct, de surcroît. Qu'est-ce que j'ai fait pour me faire avoir, sérieusement ?

Trop de choses, Mia... N'essaie même pas de compter.

Je suis tombée si bas que j'en suis venue à accepter d'aller chercher le tyran de mon enfance. Qui a accessoirement huit ans de moins que moi, mais a quand même réussi à faire de mes soirées de baby-sitting un enfer.

– Qui prend encore le train de nos jours ? À tout moment, ils remettent en marche le service des diligences...

Je ferme les yeux. Calista ne se tait jamais, mais ça me fait sourire. Elle m'avait manqué, sa douce folie m'avait manqué. Depuis cinq mois que je suis revenue à Springville, elle est mon rayon de soleil quotidien. Sans elle, le retour au bercail aurait été difficile.

– À quoi tu penses ? me demande-t-elle.

Je la regarde tranquillement, un sourire aux lèvres.

– Tu m'as vraiment manqué.

– Je sais.

Elle me fait un clin d'œil et reporte son attention sur la foule.

– Bon, à quoi il ressemble, ton mormon ?

Sérieusement ? Un prochain cours sur les religions en Amérique du Nord me semble nécessaire avec elle.

– Aucune idée.

Elle hausse les sourcils et me fixe, visiblement ébahie.

– Attends, tu n'as pas demandé de photo de lui ?

– Non, pourquoi ?

Elle me regarde, effarée.

– Je ne sais pas, moi... pour le RECONNAÎTRE, sûrement ?

OK, elle marque un point.

– Je… n'y ai pas pensé, j'avoue en grimaçant. Mais il n'a pas dû tant changer en dix ans, non ?

– Je n'en sais rien, je n'ai pas cherché à savoir la tête qu'il avait avant qu'il quitte la ville ! Comme si j'allais à la messe…

– Même pas pour mater le pasteur Miller ?

Elle sourit en coin et me fait un clin d'œil.

– J'ai déjà essayé mais on ne voit rien sous sa toge. Pas un seul petit bout de cul sous tout ce tissu noir…

– Sa robe pastorale… je corrige en riant.

– Peu importe. Et on est censées le retrouver comment, du coup ?

Je réfléchis rapidement avant de trouver la solution.

– Son père l'a prévenu que je passais le chercher et il lui a donné mon numéro de téléphone ! Lui me reconnaîtra.

Elle pince les lèvres et m'étudie de la tête aux pieds.

– Désolée de briser tes rêves, chérie, mais tu as changé avec les années.

Je cligne lentement des yeux en la regardant. OK, j'ai 30 ans mais je m'en sors très bien avec toutes mes années de sport. Je suis loin de la jeune femme voluptueuse et toute en courbes qu'elle est mais je suis tonique, musclée et je fais parfois plus jeune que mon âge. Et apparemment, j'essaie de me rassurer comme je peux.

– OK, rappelle-moi pourquoi on est copines, au fait ?

– Parce que tu te sens vachement délicate à côté de moi ?

Ah oui, au temps pour moi. Je grimace, pensive, et acquiesce rapidement en lui faisant un *high five*.

– Frangines de délicatesse !

– Amen, ma sœur !

Nous rions de concert et je me hisse sur la pointe des pieds pour essayer d'apercevoir Tobias dans la foule.

– Tu le vois ?

– Non, du moins personne qui s'en approche.

Je viens à peine de parler que j'aperçois un jeune homme

châtain au milieu, qui semble perdu et regarde autour de lui. Chemise blanche, un peu gauche et avec une grosse valise.

Bingo !

– Je crois que je le vois… à cinq heures, une dégaine de prédicateur *slash* tueur en série…

Calista pouffe et balaie la foule du regard alors que je lève le bras et fais signe au garçon, plusieurs fois. Il ne semble pas me voir et après un ultime geste, il regarde enfin dans ma direction et ses yeux s'illuminent. Il attrape sa valise et marche d'un pas décidé vers nous. J'en profite pour l'étudier : un peu plus grand que moi, visage rond et juvénile, sourire avenant. Mince, il a sacrément changé… Rien à voir avec le gamin renfrogné que je gardais.

– Beurk… Creepy Tobie est toujours aussi *creepy*[1]… Il ne tient pas de son père, et c'est vraiment dommage, remarque Calista.

Je grimace au surnom qu'on lui avait donné. Il va falloir que je lui dise de la fermer devant lui. Elle serait capable de l'accueillir avec un joyeux : « Hey, Creepy Tobie ! Ça faisait longtemps ! », histoire de me mettre mal à l'aise.

– Qu'est-ce que tu veux dire par : « Il ne tient pas de son père » ?

Elle me fait un clin d'œil polisson.

– Allez, ne me dis pas que tu n'as jamais remarqué que papa Miller était super baisable.

Je fais mine de vomir et elle éclate de rire.

OK, le pasteur Miller est bel homme, OK je l'avais remarqué, et encore plus maintenant que j'ai grandi, mais de là à dire qu'il est « super baisable », c'est au-delà de ce que je pouvais imaginer. C'est le pasteur de ma ville, nom de Dieu ! Elle ne risque pas d'aller en enfer juste pour ça ? Quoique, c'est Calista, l'enfer serait une douce punition pour elle. Elle retournerait le diable et les démons, et finirait assise

---

1. Inquiétant, bizarre.

sur le trône à organiser des combats d'hommes nus dans la boue juste pour son plaisir.

— C'est dégoûtant, *tu* es dégoûtante, Calista !

— Oh, allez, tu sais, les hommes, c'est comme les bananes.

— Quoi ?

— Même mûrs et un peu mous, ils se laissent manger...

Je plaque une main sur mon front en secouant la tête. Ma copine est folle.

— Rappelle-moi de ne jamais mettre mes enfants dans le lycée où tu enseignes.

Je reporte mon attention sur Tobias qui sourit de toutes ses dents. Quand il s'approche enfin de moi, je n'ose pas tendre les bras vers lui et lui souris d'une façon crispée.

— Salut, Tobie...

Mais je n'ai pas le temps de finir ma phrase qu'il passe à côté de moi sans un regard pour se jeter dans les bras d'une femme d'une cinquantaine d'années, derrière nous.

Oh, misère. Je me suis plantée. Ce n'est pas Tobias.

— Ashtoooooon ! hurle celle qui semble être sa maman, dans mon dos.

Je reste figée alors que Calista se penche vers moi.

— Je ne suis pas sûre, mais je crois que Tobias n'est pas vraiment Tobias, en fait... souffle-t-elle d'une voix de conspiratrice.

J'éclate de rire en cachant mon visage. Nom de Dieu, je viens de faire de grands gestes à un parfait inconnu !

— Oh la honte ! je souffle, le visage rouge.

Elle me tapote gentiment le dos pour me consoler.

— Ne t'inquiète pas, il n'y a que moi qui ai vu ça. Et je te promets de ne pas le raconter à plus de trente personnes.

Je baisse les épaules en pouffant. Une vraie copine...

Bon, c'est bien beau tout ça mais ça ne me dit pas où est Tobias. Je tourne la tête dans tous les sens et fronce les sourcils quand le quai se vide, sans aucune trace de mon « paquet ».

– Où est-ce qu'il peut bien être… ? je marmonne en scrutant les environs immédiats.

Calista me tapote soudainement l'épaule, le visage tourné vers la partie du quai où se situe la queue du train.

– Oh, putain… Si *ça*, c'est Tobias, je veux bien changer son surnom… et même retourner à la messe pour mater un canon pareil…

Je me décale sur la gauche pour regarder ce qu'elle fixe si ouvertement et mes yeux clignent plusieurs fois avant d'enregistrer ce que je vois.

Oh.

Nom.

De.

Dieu…

1

Quinze ans auparavant

– JE VEUX PAS ALLER AU LIT !

Je soupire fortement, pour la cinquième fois de la soirée, à genoux sur le tapis du salon de la famille Miller.

– Tobias, c'est l'heure d'aller se coucher, tes petites sœurs sont déjà au lit depuis un moment.

– JE VEUX PAS ALLER AU LIT, J'AI DIT !

Bon. Ce gamin commence sérieusement à me taper sur le système, ça fait quinze minutes qu'il s'est retranché sous le canapé et que j'essaie de l'amadouer pour le faire sortir et le mettre au lit. Ça fait un an que je fais du baby-sitting régulièrement pour le pasteur Miller et sa femme, et ça fait un an que cet enfant devient un monstre dès que l'heure du coucher approche ! Comme une double personnalité. Quand j'arrive, c'est un ange, il mange à table, m'obéit sans problème, il me ferait presque des câlins, mais dès que j'annonce qu'il est temps de se mettre au lit, il devient un diablotin ! J'ai seulement 15 ans, et encore aucun diplôme de psychologie infantile en poche, donc je ne sais toujours pas comment gérer ses crises de nerfs.

– Tout va bien se passer, Tobias… Je te jure qu'il n'y a aucun monstre dans ta chambre, ni sous ton lit, d'accord ? Je suis allée vérifier et je n'ai rien v…

– T'ES UNE MENTEUSE !

J'inspire profondément pour me retenir de l'attraper par la jambe et de le tirer le long du parquet et des escaliers pour le traîner de force. Il a 7 ans, ça ne devrait pas être trop compliqué, non ? J'ai le double de son âge et facilement quinze kilos de plus que lui.

– EN PLUS, T'ES MOCHE !

OK, là, je songe sérieusement à l'assommer. Personne n'en saura rien, non ?

Enfin… sauf lui.

Je lève un regard anxieux vers le tableau du Christ au-dessus de la cheminée. Dans une famille lambda, je ne dis pas, mais c'est le pasteur de ma ville, et je doute que son patron soit super ouvert à l'idée que je maltraite le fils de son employé… Je ne suis pas foncièrement croyante, j'accompagne mes parents à l'église le dimanche, bien habillée, comme tout bon protestant qui se respecte, mais je passe mon temps à jouer à Snake sur mon téléphone pendant la messe. Ma mère râle, mais mon père s'en fiche tant que je coupe le son. C'est justement grâce à ça que le pasteur Miller m'a demandé d'être la baby-sitter de ses enfants. Parce qu'il est persuadé que je garde la tête baissée dans une profonde réflexion religieuse pendant les sermons alors qu'en fait, je fais tout pour que mon serpent pixélisé ne se morde pas la queue.

Bon, ça, et aussi le fait que j'habite la maison à côté de la sienne.

Les Miller et les Anderson, voisins respectueux depuis plus de dix ans ! Je suis fille unique, tandis que la famille Miller compte déjà trois enfants et un quatrième en route, autant vous dire que j'ai un petit boulot pour encore un long moment.

– JE T'AIME PAS, MIA !

Sauf si je tue l'aîné.

Tobias Miller, seul garçon de la fratrie. Ange et démon. M'adore en début de soirée mais me déteste à l'heure du coucher. Un petit monstre hyperactif avec deux billes vertes qui me lancent des étoiles ou des éclairs. Ce gamin pourrait être un amour s'il n'était pas bipolaire. Avec sa tignasse châtain, ses grands yeux en amande et son visage d'ange, on lui donnerait le bon Dieu sans confession.

Sans compter le fait que son père est en contact privilégié avec lui.

Bref, ça fait maintenant vingt minutes que je tente de négocier, sans succès.

– Bon, Tobias, on va discuter entre adultes, OK ? Si tu ne sors

16

pas de sous ce canapé, je vais me jeter en boule dessus pour t'écraser !

Qui a dit que j'étais douée en négociations ?

Il renifle légèrement mais ne répond pas.

– Tobias… je le menace.

– Tu ne ferais pas ça, hein ? Hein ?

Ah ! enfin de la peur dans sa voix.

C'est bon signe, il a ouvert une porte aux vraies négociations.

– Je ne le ferai pas… si tu sors de sous ce canapé. Et si tu es sage ensuite et que tu acceptes de te coucher sans broncher, je te laisserai jouer sur mon téléphone…

Silence.

– Et ?

Je n'y crois pas, il tente carrément le tout pour le tout ! Je plisse les yeux en faisant la moue mais je ne résiste pas longtemps.

– Et peut-être un peu regarder la télé.

– Eeeet ?

Je lève les yeux au ciel mais abdique finalement.

– Et je te laisserai manger du chocolat…

– Ouaiiiiiiiiiis !

À peine la phrase prononcée, il sort en criant de joie et se précipite en courant vers la cuisine. Je secoue la tête, un léger sourire aux lèvres.

Ce gamin aura ma peau, un jour.

***

Treize ans auparavant

– Hey Mi, pourquoi il y a le gamin du voisin qui nous mate ?

– Quoi ?

Je me relève bien vite de la position peu distinguée dans laquelle je me trouve pour regarder par la fenêtre. Calista ne ment pas : de l'autre côté de la clôture, le petit Tobias Miller nous observe en penchant la tête sur le côté depuis sa chambre. Je suis en plein milieu de ma routine de *cheerleader* pour le match de ce soir et Calista est venue m'aider à répéter. En gros, elle est assise à mon bureau en train de se vernir les ongles pendant que je transpire à grosses gouttes dans mon short de sport et ma brassière.

– Sérieusement ?

Je me précipite en courant vers la fenêtre, ce qui fait sursauter mon petit voisin, avant de tirer les rideaux pour nous soustraire à sa vue.

– C'est quand même dommage que ce ne soit pas un bel étudiant de l'université qui habite en face de chez toi… soupire Cal.

– Ne m'en parle pas, je préférerais même habiter en face de chez Mitch qu'en face de la chambre de Tobias Miller. Ce môme est décidément trop bizarre, je te jure !

Je vais couper le son de ma chaîne hi-fi. Autant épargner à mes parents une énième répétition du morceau de Fatboy Slim. Puis je m'affale sur mon lit en face de Calista qui revisse le bouchon de son petit flacon rose lilas et souffle sur ses ongles fraîchement manucurés.

Cal est ma meilleure amie depuis la maternelle, et une magnifique petite rouquine aux yeux bleus. Son visage est constellé de taches de rousseur et ses courbes pleines font d'elle le fantasme ambulant du lycée. Ça plus le fait que son père soit flic et ait donc le droit de porter une arme… Elle est devenue la fille inaccessible, celle qui fait rêver les garçons car ils savent qu'elle est hors de portée.

Ce qui est faux.

Calista est une vraie épicurienne et elle adore choisir une victime chaque mercredi et chaque samedi pour l'entraîner sous les gradins du stade et lui offrir une « Calista »– comprenez vingt minutes de pelotage intense et sans limites. Si elle n'a pas encore la réputation d'être une fille facile, c'est seulement parce qu'elle les menace ensuite de tout raconter à son père s'ils décident d'en parler à leurs potes.

Sa réputation est donc encore sauve.

Mais à part ça, Calista est une vraie boule d'énergie, toujours prête à faire quelque chose, et surtout quelque chose de fou !

– Si tu veux mon avis… commence-t-elle.

– Je ne suis pas sûre de le vouloir.

– … ce gamin est soit perturbé, soit amoureux de toi, continue-t-elle sans tenir compte de ma remarque.

Je soupire, prise d'un accès de remords. Je m'en veux de dire du mal de lui, surtout après ce qui est arrivé à leur famille cette année.

Mais j'ai beau avoir le cœur qui se serre au souvenir de Tobias en larmes dans sa chambre, je ne suis pas non plus prête à le laisser me regarder alors que je fais des figures de gymnastique en mini-short.

– Je penche pour « perturbé » pour cause de drame familial.

Calista pince ses lèvres en un sourire peiné. Tout le monde sait ce qui est arrivé à la famille Miller, et encore plus la fille du chef de la police.

– Pauvre gamin… soupire-t-elle.

Ses yeux pétillent l'instant d'après et elle se lève pour ouvrir le rideau de ma chambre.

– Mais qu'est-ce que tu fais, Cal ? je demande en la voyant déverrouiller la fenêtre.

– J'illumine sa journée. HEY !

Je me redresse en l'observant faire de grands gestes pour attirer l'attention de Tobias. Oh, misère, je sens qu'elle mijote quelque chose !

– Tiens, mon grand, cadeau de la maison !

Et sur ces belles paroles, elle soulève son T-shirt pour lui offrir une vue directe sur sa poitrine sans soutien-gorge.

– OH, MON DIEU, CAL !

Je me précipite vers la fenêtre pour la tirer hors de la vue de Tobias, qui a la bouche grande ouverte et les yeux écarquillés. Je tire de nouveau le rideau alors qu'elle est morte de rire sur mon lit.

– Mais tu es malade ! Et s'il raconte tout à ses parents ?

– Calme-toiii… râle-t-elle. Il ne risque pas de le raconter, sinon il sait qu'il se fera gronder.

– Oh, c'est pas vrai…

Je me passe une main sur le front, anxieuse, alors qu'elle rigole toujours.

Son rire est communicatif et je ne peux m'empêcher de la rejoindre après un court instant de panique.

– Tu es barge, sérieusement !

– Je suis généreuse ! me contredit-elle. Je te parie que ce gamin est heureux, à l'heure qu'il est !

Je risque un œil derrière le rideau et pouffe en voyant mon voisin de 9 ans sourire d'un air rêveur, les yeux perdus dans le vide.

– Je confirme. Il semble parti dans une autre galaxie.

– Ah ! Tu vois, femme de peu de foi ! Je suis une magicienne.

– Tu es surtout tarée.

– Qui ne le sait pas déjà ? Cette ville entière est au courant que je suis tarée.

Je secoue la tête en la regardant. Cette fille est folle. Complètement.

– C'est ce qu'on marquera sur ta tombe : « Calista Jones, bonne à enfermer mais ça va parce que c'était de notoriété publique. »

– Alors toi aussi, tu trouves que je suis bonne ?

J'éclate de rire en m'écroulant au sol alors qu'elle me jette un coussin sur la figure, et la fin de l'après-midi se transforme finalement en bataille de polochons.

***

Douze ans auparavant

– Chuuuut, Simon, mes parents vont se réveiller !

Je pouffe néanmoins quand il se hisse avec difficulté par ma fenêtre en grognant au passage après avoir escaladé le treillis vissé au mur.

Le bal de promo vient de se terminer et mon cavalier a décidé de venir se glisser en douce dans ma chambre après m'avoir sagement ramenée à la maison. Ce n'est pas un athlète mais il est drôle et c'est une des stars du collège. Les filles adorent venir le voir et lui tourner autour parce qu'il attire l'attention de tout le monde sur lui. Ça plus le fait qu'il joue de la guitare comme un Dieu… J'ai toujours eu un faible pour les musiciens, et surtout les guitaristes. Je trouve ça ultra canon, un mec qui sait jouer une chanson pour vous. Et le fameux guitariste est à présent dans ma chambre, visiblement déterminé à me faire découvrir une nouvelle partition de la vie…

Je m'y suis préparée, j'avais prévu de passer à la casserole ce soir, avec lui. Et mon regard remplace les mots que je n'ose pas dire parce que Simon comprend très vite que je suis dans de bonnes dispositions et s'avance vers moi, un sourire de prédateur plaqué sur le visage. Il n'a que 18 ans mais un charisme de dingue, et je suis toute chamboulée qu'il m'ait choisie pour aller au bal de promo. Nous avons d'ailleurs gagné le titre de roi et reine. En même temps, la capitaine de l'équipe des pom-pom girls et le musicien sexy en couple, c'est assez explosif comme cocktail.

Honnêtement, ma vie est parfaite. Toute ma scolarité s'est déroulée sans accroc, bonne élève, capitaine des pom-pom girls, reine du bal de promo, et je viens de décrocher une petite bourse grâce à laquelle je pourrai payer mes études supérieures. Pour ne rien gâcher, je suis assez jolie. Je ne cherche pas à me vanter, je suis simplement brune aux yeux quasiment noirs, avec la peau dorée. Pas extrêmement voluptueuse ou filiforme, mais ferme grâce à mes années de sport au sein de l'équipe de *cheerleading*. Certaines personnes me trouvent même un petit air de ressemblance avec Mila Kunis ou Tanaya Beatty. J'ai un côté légèrement exotique qui ne passe pas inaperçu au milieu des filles majoritairement blondes et filiformes du lycée. Il faut dire que je viens d'une famille aux origines amérindiennes, ce qui explique ma couleur de peau et de cheveux.

Simon me rejoint au centre de la pièce et fait glisser une mèche de cheveux derrière mon oreille. Heureusement pour moi, j'ai évité le pyjama enfantin et privilégié ma petite nuisette grise en coton, avec un rebord en dentelle. Rien de folichon, et on est bien loin du sexy des films ou autres romans coquins, mais c'est juste assez pour me sentir féminine aux yeux de mon petit ami.

– Tu es belle, Mia…

Je déglutis bruyamment et ferme les yeux quand il se penche pour m'embrasser. Ses mains se posent chastement sur mes hanches, mais ses doigts agrippent le tissu de ma nuisette, ce qui le fait légèrement remonter sur mes cuisses et se tendre sur mes seins. Je me sens fébrile, impudique, sexy et en même temps paralysée par le stress.

– Tout va bien… J'irai doucement, OK ?

J'inspire profondément pour me donner du courage et lui souris pour le rassurer.

– OK…

Il sourit en retour et se penche pour m'embrasser de nouveau en posant sa paume chaude sur un de mes seins sensibles.

Oh, mon Dieu, oh, mon Di…

– Vous faites quoi ?

Je fais un bond à la voix enfantine qui vient de dehors et Simon s'écarte rapidement alors que je me précipite à la fenêtre.

– Tobias ! je chuchote fortement, retourne te coucher et tire les rideaux !

– C'est qui, lui ? continue-t-il de questionner en désignant mon petit ami, sans plus s'émouvoir de nous déranger au moment fatidique.

– Occupe-toi de tes affaires ! je rétorque, plus qu'énervée.

– Pourquoi il te touche les roploplos ?

Oh, mon Dieu, cette situation est en train de basculer dans la quatrième dimension… Simon éclate de rire derrière moi et je me retourne pour lui jeter un coussin afin de le faire taire.

– Mes parents ! je siffle entre mes dents.

Il sourit, contrit et me fait signe que sa bouche est fermée. Bien, un problème en moins, maintenant, concentrons-nous sur l'autre problème. Le gros. Actuellement en face de moi, âgé de 10 ans, et beaucoup trop curieux à mon goût.

– Tobias, je commence calmement, Simon est mon petit ami, et il est venu… me… dire bonne nuit !

Voilà ! Argument tout trouvé ! Mais rien à faire, Tobias continue de me fixer comme s'il m'étudiait. Sérieusement, ce gamin devient de plus en plus flippant avec les années – et je sais de quoi je parle, je le garde régulièrement, lui et ses frères et sœurs.

– Moi, tu ne me dis pas bonne nuit comme ça.

Ma mâchoire s'ouvre de stupéfaction alors que Simon étouffe un fou rire dans mon dos.

– Je… je…

Je bégaye tellement je ne trouve rien à lui répondre. C'est finalement mon petit ami qui vient me sauver en se postant à côté de moi.

– Hey, gamin, pourquoi tu n'irais pas jouer avec tes voitures pendant que les grands font ce qu'ils ont à faire ?

Tobias le fusille du regard et se tourne vers moi.

– C'est un inconnu ?

Je retiens un sourire attendri. Sa mère et moi lui avons constamment répété qu'il ne devait pas parler aux inconnus. Mais lui faire comprendre qu'il ne doit pas venir me parler à moi pendant que je me fais tripoter par ledit « inconnu », ça, c'est une autre paire de manches.

– Tobias, il est tard, retourne te coucher, d'accord ? je tente de l'amadouer.

– Tu me feras un bisou à moi aussi pour me dire bonne nuit ?

Simon pouffe à côté de moi et je lui file un coup de coude.

– Bordel, il a de la suite dans les idées, ce môme… se risque-t-il quand même à articuler.

– Écoute, Tobie, la prochaine fois que je viens te garder, je te ferai un bisou sur la joue quand tu iras te coucher, OK ? Mais tu dois me promettre de retourner dormir, et surtout de ne rien dire à tes parents ou aux miens ! D'accord ?

Il fait mine de réfléchir.

– Je pourrai toucher tes roploplos ?

– Non ! je m'écrie alors que Simon s'effondre de rire à mes pieds au point d'en avoir mal au ventre.

J'attends fébrilement qu'il me réponde, et ma proposition semble

lui convenir parce qu'il sourit enfin et hoche la tête. Je soupire de soulagement et Simon me pousse légèrement pour se placer au milieu de la fenêtre.

– Hey, morveux, un conseil pour plus tard ; si tu veux qu'elles te laissent atteindre la deuxième base, fais de la guitare ! Ça les fait toutes tomber !

Je lui file une savate derrière la tête en représailles mais il bouge à peine et ferme brusquement les rideaux de ma fenêtre, nous protégeant des regards du petit curieux d'en face.

– On en était où, au fait ?

Oh, misère. Je vais perdre ma virginité.

***

Dix ans auparavant

– Tobias, il est temps d'aller se couch…

– AAAAH ! Mais qu'est-ce que tu fais, sors de ma chambre !

Je m'empourpre avant de tourner la tête et de claquer la porte dans mon dos.

Oh. Mon. Dieu.

J'éclate d'un rire sonore quand je réalise ce qu'il vient de se passer. Sa rapidité à se cacher et le paquet de mouchoirs à côté de son lit ne laissent aucun doute sur ce qu'il était en train de faire ! Je n'y crois pas, j'ai surpris le fils du pasteur Miller en train de se masturber ! À 20 ans et en seconde année d'université, je n'ai plus aucune trace d'innocence et je sais pertinemment ce qu'il faisait tout seul, allongé sur son lit.

– Arrête de rire !

Son cri indigné, étouffé par le battant en bois de la porte, me fait redoubler d'hilarité.

– Oh, mon Dieu, pardon, Tobias !

La porte s'ouvre à la volée sur un garçon de 12 ans, le feu aux joues.

– C'est pas c'que tu crois !

Mais bien sûr…

Je me mords l'intérieur des joues pour ne pas rire face à son visage rouge de honte.

– Mais je ne crois rien du tout…

Il ne répond rien, les yeux furieux et me regarde, comme pour me mettre au défi de le contredire. Bon Dieu, ce gamin est une vraie teigne ! À 6 ans, déjà, il me cassait les pieds pour ne pas aller se coucher et grappiller des heures en plus devant la télévision avec moi, mais là il se met carrément en rogne parce que j'ai eu le malheur de le surprendre dans un moment critique.

Première leçon Tobias : quand on se masturbe, on ferme la porte à clé.

Je souris gentiment et lui ébouriffe les cheveux. Il se recule vivement, mais je ne m'en offense pas. À 12 ans, forcément, on ne veut plus se faire traiter comme un petit garçon.

– Tu sais, si tu as besoin de conseils, Derreck peut t'aider, ou répondre à tes questions…

La simple suggestion assombrit encore plus son regard.

– J'ai pas besoin d'aide, OK ? !

Et il me claque la porte au nez.

Charmant préadolescent.

Je plaque néanmoins ma main sur ma bouche pour éviter qu'il ne m'entende rire de nouveau. Quand je suis de nouveau calme, je l'interpelle de l'autre côté du battant en bois.

– Prépare-toi pour aller au lit, Tobias, je repasse dans dix minutes pour vérifier que tu es couché !

Un grognement pour toute réponse. Je quitte la porte de sa chambre pour aller mettre au lit les jumelles ainsi que leur petit frère. Contrairement à Tobias, les autres enfants Miller sont des anges. Anna et Abbie ne font pas de vagues et acceptent de se coucher sitôt l'histoire finie, et Jake s'endort carrément dans mes bras alors que je l'allonge dans son lit. Je descends dans la cuisine le temps d'aller remplir son biberon avec de l'eau minérale, et je sursaute quand deux bras solides m'entourent la taille.

– Tu as bientôt fini ?

Je souris et me retourne pour embrasser Derreck alors qu'il se colle contre moi. Un baiser profond et plus qu'engageant. Laissez-moi vous présenter le morceau : étudiant en troisième année, défenseur de l'équipe de football des Utah Utes, grand, blond et un sourire à vous faire rougir ! Et mon petit ami depuis plus de six mois. Ça fait maintenant deux ans que j'étudie la finance à l'université de Salt Lake City, à deux heures de route de Springville. J'ai une chambre étudiante sur le campus que je partage avec Calista, ma meilleure amie depuis le lycée qui étudie la littérature anglaise, mais je reviens certains week-ends et pendant les vacances pour profiter de mes parents et les aider à la quincaillerie familiale. Tout se passe pour le mieux et maintenant, je suis dans le top cinq des étudiants de ma classe, et en couple avec un des mecs les plus populaires du campus.

– Bientôt… je lui promets, un grand sourire aux lèvres.

Je suis revenue pour les vacances de Pâques et, cette fois-ci, Derreck m'a accompagnée pour rencontrer mes parents. Officiellement, s'entend. Et comme à chaque fois que je reviens, j'ai écopé d'un baby-sitting chez les Miller. Cette fois-ci, Derreck passe la soirée avec moi. Les Miller n'y ont pas émis d'objection. J'ai été leur baby-sitter attitrée jusqu'à mon départ pour l'université, et le pasteur et sa femme m'ont toujours fait confiance pour garder leurs enfants, car ils m'ont vue grandir et connaissent mes parents, si bien qu'à mon départ, ils ont préféré ne pas choisir d'autre baby-sitter et programment leurs sorties lorsque je reviens en ville. J'accepte toujours avec grand plaisir. Ils paient bien et les enfants sont adorables. Bon, sauf Tobias. Quoique ce gamin n'est pas méchant, juste un peu… bizarre.

– Dépêche-toi de coucher le gamin et de revenir sur le canapé…

Son invitation claire et précise me file la chair de poule et je souris jusqu'aux oreilles avant de me rapprocher de nouveau de sa bouche dans un grognement appréciateur.

– Je suis pas un gamin !

Je sursaute à la voix enfantine depuis le pas de la porte.

– Tobias !

Derreck s'éloigne rapidement de moi et je m'affaire à finir de remplir le biberon de Jake pour me donner une contenance.

– Alors, mec, comme ça, tu aimes la musique ? tente mon petit copain devant le visage renfrogné du petit garçon. J'ai vu que tu avais une guitare. Tu en joues ?

Aucune réponse.

– Tobias… je râle. Derreck vient de te poser une question, tu pourrais au moins lui répondre.

Il ne lui a pas parlé de la soirée, même pendant le repas où les trois autres petits étaient morts de rire à ses blagues. Tobias, lui, est resté de marbre.

– Je parle pas aux inconnus.

Je soupire fortement en revissant la tétine. Son refrain commence à devenir périmé.

– Eh bien, info capitale : dans ta vie, il faudra que tu le fasses un jour. Alors je t'invite à tenter l'expérience maintenant, le temps que j'aille donner son biberon à ton petit frère.

– J'veux pas lui parler !

– Tobias Miller ! Ne crie pas sur moi !

Il souffle fortement face à ma réprimande et serre les poings en plissant les yeux. Non, sérieusement, ce môme a vraiment un grain ! Le reste du temps, on dirait un ange, et dès que ses parents s'en vont, il est infernal. Comme s'il ne gardait son côté démoniaque que pour moi.

Joie.

– Je vais monter donner le biberon à Jake, et entre-temps je veux que tu t'excuses auprès de Derreck et que tu montes dans ta chambre te mettre en pyjama, est-ce que c'est clair ?

Ses yeux furieux se fixent sur Derreck, qui hausse des sourcils amusés, puis il lâche ce qui ressemble à un juron.

– TOBIAS ! Est-ce que ton père sait que tu parles comme ça ?

Le simple fait de citer son père, le pasteur Miller, figure respectée de toute la ville, suffit à lui faire monter le rouge aux joues.

– C'est bien ce que je pensais, je reprends d'une voix autoritaire. Je vais monter et le temps que je redescende, j'espère pour toi que tu auras présenté tes excuses à Derreck !

Sur ce, je quitte la pièce d'un pas décidé, les laissant seuls. La balle est dans le camp de Tobias, maintenant. Je remonte rapidement les escaliers pour déposer le biberon sans un bruit sur la table de chevet du petit puis redescends et croise Tobias en train de remonter sans même m'accorder un regard.

– Tobias !

Il ne répond pas et claque sa porte violemment. Je soupire de fatigue. Je ne veux jamais avoir d'enfants… Jamais. Je retrouve Derreck, installé dans le salon devant une rediffusion des grands moments de la saison de football et viens me pelotonner contre lui.

– Est-ce qu'il s'est excusé ?

Derreck sourit et passe son bras sur mes épaules.

– En quelque sorte…

– Comment ça ?

Il me serre un peu plus et je pose mon bras sur son ventre musclé, en glissant ma main sous son T-shirt, sur sa peau chaude.

– Il a vaguement grogné un « pardon », a tourné le dos puis est revenu pour me dire qu'on n'allait pas du tout ensemble et que je ne t'épouserais jamais.

– Quoi ?

Derreck éclate de rire alors que je me dresse comme un ressort sur le canapé.

– Je te jure, ce gamin est bizarre ! Je crois qu'il me déteste…

– Moi, je pense plutôt qu'il est raide dingue de toi, suggère-t-il en souriant malicieusement.

– Arrête tes bêtises, il me mène la vie dure ! Que ce soit en classe, avec ses parents ou les miens, c'est un amour, mais dès que je suis là, il me met la misère ! Et il a 12 ans, bon Dieu, alors que j'en ai 20 !

– Mia… mets-toi à la place de ce môme. Sa baby-sitter est méga bandante et beaucoup plus âgée que lui. À sa place, je fantasmerais aussi. Il doit se tripoter en pensant à toi.

Sa phrase me rappelle soudain l'incident d'il y a quinze minutes et j'éclate de rire.

– Oh, mon Dieu, je crois bien que je l'ai surpris en pleine action tout à l'heure, d'ailleurs… j'articule entre deux hoquets.

Derreck ouvre de grands yeux et s'esclaffe à son tour.

– Oh, merde, le pauvre… tu m'étonnes qu'il soit aussi énervé. D'une, tu le surprends en pleine action, et de deux, tu ramènes ton petit copain ! Il en a pour un bon moment avant de digérer la soirée…

– J'espère vraiment que tu te trompes parce que si c'est bien le cas, la fenêtre de sa chambre donne directement sur la mienne…

Il éclate de rire plus fort et s'affale sur le dossier en cachant ses yeux d'une main.

– Dis-moi que tu fais attention en te déshabillant, articule-t-il entre deux hoquets.

– Heu… oui, oui ! Bien sûr ! Mais… disons qu'il m'a peut-être déjà surprise en pleine action avec mon petit ami le soir du bal de promo…

Derreck ouvre de grands yeux et s'étouffe à nouveau de rire en se tenant les côtes.

– Merde, Mia, tu n'as aucune idée de ce que tu peux bien lui faire subir, à ce pauvre môme !

– Arrête, c'est le fils du pasteur ! Il a 12 ans, enfin ! Il n'a pas encore ces… « envies », si ?

Il me fixe droit dans les yeux, les siens encore brillants de son fou rire.

– Il a 12 ans et les hormones qui prennent vie avec la puberté.

– Il n'est pas encore pubère, je rétorque.

– J'ai entendu sa voix faire un couac quand il m'a menacé dans la cuisine. Crois-moi, d'ici quelques mois, il parlera comme Samuel L. Jackson…

Je me cache le visage d'une main, rouge de honte. Alors ça, c'est bien la dernière chose que j'espérais, que le gamin flippant du voisin fasse une fixette sur moi.

– Mon Dieu, heureusement que je finis bientôt mes études,

bien avant qu'il ne devienne assez fort pour me traîner de force dans une cave et me séquestrer…

Derreck redouble d'hilarité et je le rejoins bientôt, à moitié honteuse de me moquer de Tobias. Même s'il est pénible, je l'aime bien, ce môme. Je le connais depuis sa naissance et malgré tout, je pense sincèrement que c'est un gamin attachant. Mais il est bizarre. À tel point que Calista l'a surnommé Creepy Tobie.

J'en suis là de mes pérégrinations mentales quand deux mains chaudes se glissent sous mon débardeur, sur ma chute de reins, et baissent doucement la ceinture de mon legging.

– Bien, maintenant qu'on a couché les enfants, il serait peut-être temps de passer aux choses sérieuses…

Je m'offusque de façon beaucoup trop véhémente pour être honnête.

– Derreck ! C'est la maison du pasteur ! Et Jésus nous regarde…

Ma phrase lui fait froncer les sourcils. Je lui indique d'un doigt amusé le portrait du Christ au-dessus de la cheminée. Il lui jette un vague coup d'œil avant de reporter son attention sur moi.

– Bah… il en a sûrement vu d'autres !

Je glousse comme une gamine alors qu'il me renverse sur le canapé.

– Et si jamais les petits descendent ? je suggère d'une voix mutine en le laissant quand même soulever mon haut pour déposer une pluie de baisers sur mon ventre.

– Autant leur apprendre deux, trois petits trucs…

J'éclate de rire alors que sa langue me chatouille les côtes, et il s'étale de tout son poids entre mes cuisses pour me clouer sur place.

– Tu es un pervers, Derreck.

Il relève la tête pour me regarder, les cheveux ébouriffés et le sourire taquin.

– Oui, m'dame !

Et il redescend pour baisser mon legging avant de venir plonger le nez entre mes cuisses dans un long grognement.

Sous les yeux du Christ.

30

Je ferme les miens pour tenter d'oublier le regard sévère sur moi et frissonne violemment quand sa langue et ses doigts décident de se mettre en équipe pour me faire monter au septième ciel.

Pas si loin de Jésus, finalement...

2

Cinq mois auparavant

– Alors ? Le mariage approche ?

Silvia souffle comme un bœuf pendant l'effort et pourtant, elle continue d'essayer de me parler à chaque fois, alors que ses poumons ne sont clairement pas d'accord. Je souris largement en gainant les miens pour augmenter l'amplitude de mes squats sur le trampoline. C'est notre cours hebdomadaire de *jump fitness*, du fitness mais en sautant. Fatigant, mais un véritable défouloir pour l'hyperactive que je suis ! Je renforce d'ailleurs le tout avec une heure de vélo elliptique le dimanche et deux cours d'abdos fessiers le lundi et le vendredi. J'alterne régulièrement avec du sh'bam pour continuer de danser après mes années de cheerleading. Silvia ne m'accompagne que pour le cours de fitness, dans l'unique but de mater notre professeur, un beau métisse baraqué, qui a un sourire tellement *bright* que je suis persuadée qu'il sort avec un dentiste juste pour entretenir ses dents blanches.

– Ça avance ! je réponds, joyeuse.

Je me marie le sept octobre prochain avec Derreck. Bientôt dix ans que nous sommes ensemble. Nous avons vécu un an séparés, et quand il a eu fini ses études, il est venu s'installer à Manhattan pour rejoindre un prestigieux cabinet d'avocats. Je suis venue le rejoindre à la fin des miennes. Nous avons emménagé ensemble et huit ans plus tard, il s'est enfin décidé à me demander en mariage ! Ce qui ne m'a pas dérangée outre mesure, puisque nous avions décidé d'un commun accord de nous focaliser sur nos carrières respectives, lui en tant qu'avocat spécialisé dans le droit des entreprises et des salariés, et moi en tant que *front office* pour une des plus grosses banques du pays : la Goldsmith & Weston Bank.

Je suis enfin arrivée là où je voulais aller. La bourse de Wall Street m'a toujours fait rêver. Je viens d'une famille assez modeste et les métiers de la finance ainsi que leurs salaires mirobolants représentent pour moi l'eldorado. Mes excellentes notes m'ont permis de trouver un stage au sein du département de la finance de marché chez eux, et après l'obtention de mon diplôme, j'ai rapidement rejoint leurs effectifs. Je travaille au sein de la mythique trading room de NYSE[1] ; au début en tant que simple acheteuse puis, après six ans de bons résultats, j'ai gagné ma place en *front office*. Je gère un portefeuille de clients dont le capital représente une goutte d'eau dans le monde de la Goldsmith & Weston, mais assez pour me permettre de toucher un salaire annuel plus que confortable. J'adore l'effervescence de ce boulot, la fébrilité quand les fluctuations boursières suivent les prédictions… C'est un métier parfois à risques mais qui rapporte gros et qui me permet de payer le loyer d'un magnifique appartement sur la Cinquième Avenue. J'ai profité de ma première prime pour rembourser le crédit immobilier de mes parents, et ensuite de ma seconde prime pour rembourser celui de leur fonds de commerce. Je leur devais bien ça après tous les sacrifices qu'ils ont faits pour moi. Pendant mes études, en plus de ma bourse, mes parents me versaient un peu d'argent pour payer ma chambre universitaire et me permettre de vivre correctement. Ils ont contracté un prêt que je leur ai aussi remboursé avec ma troisième prime. Maintenant, ils n'ont plus aucun crédit en cours et ça me rassure. Même si je suis à l'autre bout du pays, je me sens moins coupable.

– Sérieusement, je vais cracher mes poumons…

J'éclate de rire à la vue du visage rubicond de Silvia. Elle est toute longiligne, sans un seul gramme de graisse, mais n'a aucune endurance ni âme sportive. Le contraire de Calista, mon amie d'enfance, pulpeuse mais sportive. Sexuellement sportive, princi-

---

1. New York Stock Exchange : la bourse de Wall Street.

palement. Nous avons gardé contact malgré la distance, elle sera mon témoin et *maid of honor*, et je compte faire mon enterrement de vie de jeune fille avec elle fin août, au Burning Man. J'ai bien eu des reproches de la part de Silvia et des compagnes de nos amis, mais j'ai quand même décidé de le faire là-bas avec Cal. Elle est mon amie de toujours, celle qui m'a toujours soutenue, qui m'a couverte lors de mes escapades nocturnes, mentant effrontément à mes parents en disant que je dormais chez elle, etc. Bon, si on oublie le fait qu'elle est folle et versatile, et également capable de me planter en soirée pour rentrer avec un parfait inconnu… À côté de ça, c'est l'amie parfaite !

Fille du chef de la police devenu maire de Springville, elle est revenue enseigner la littérature dans le lycée de la ville après ses études. Je n'ai d'ailleurs jamais compris pourquoi elle restait là-bas. Avec sa personnalité haute en couleur, je l'aurais plus facilement imaginée à La Nouvelle-Orléans ou à San Francisco que dans une petite ville de l'Utah. Mais c'est tout Calista : elle fait constamment ce que l'on n'attend pas d'elle.

– Allez, courage, le cours est bientôt fini, je la rassure.

Encore quinze minutes d'effort, dix minutes d'étirements et nous serons enfin libérées.

– Oh, la vache, c'était génial ! je m'exclame, un gigantesque sourire aux lèvres.

Silvia me fusille du regard en avalant toute l'eau contenue dans sa gourde rose pétard.

– Tu es un démon… Personne ne peut faire autant de sport, avoir un boulot aussi cool, un fiancé aussi parfait et ne pas avoir un retour de karma. Je te déteste…

Je lui souris en la devançant vers les vestiaires où je commence à me déshabiller.

– Sérieusement, Mia, tu es mon idole : je veux ta vie !

– La tienne est très bien aussi, je rigole en attrapant ma serviette et mon gel douche avant de foncer vers la partie salle de bains.

Silvia me suit, aussi nue qu'un vers, et nous nous lavons côte à côte en parlant de tout et de rien. Ces petits échanges sont courants avec elle, Silvia est adorable et je sais qu'elle ne pense pas à mal. Elle est mariée depuis dix ans au même homme et habite une jolie maison en banlieue avec son fils unique. Elle ne veut pas d'autres enfants et apprécie sa petite vie bien rangée, mais parfois je me demande si elle ne regrette pas de s'être casée si tôt. À seulement 22 ans, elle était mariée et enceinte. Aujourd'hui, elle travaille avec moi mais elle est assistante comptable dans le service juridique de la banque. Nous avons à peine deux ans d'écart, mais des vies totalement différentes. Silvia est mère de famille, épouse dévouée, et à ses yeux, je suis une *business woman* : pas encore mariée ni maman, et je ne compte pas le devenir pour l'instant… au grand désarroi de mes parents. Je me laisse encore trois ans pour y réfléchir. Dans mon milieu, une grossesse signifie une fin de carrière. Ou du moins une réorientation. Personne ne confie ses comptes et son argent à une jeune mère qui devra sûrement poser des jours de congé pour s'occuper de son enfant malade. C'est sexiste et misogyne, mais c'est la dure réalité de mon job. Je navigue en eaux troubles, entourée de requins qui n'attendent qu'un faux pas pour me faire couler. Être une femme dans ce monde, c'est comme tenter de gravir l'Himalaya à la force de ses mains et sans équipement d'alpinisme : presque suicidaire. Et je ne parle pas des réflexions déplacées auxquelles j'ai régulièrement droit, autant de la part de mes collègues que de certains de mes clients… Mais j'ai appris à calmer les vautours et à ne pas réagir à leurs piques. Être concentrée sur mon travail, c'est mon credo.

J'embrasse rapidement Silvia en quittant la salle de sport et je hèle un taxi pour rentrer chez moi. L'avantage de New York, c'est qu'on n'a pas besoin de voiture, entre le métro et les taxis qui peuplent la ville comme un million de petites fourmis dans une fourmilière, je me déplace rapidement et sans avoir besoin de conduire moi-même. Ce qui se révèle extrêmement appréciable en fin de soirée quand mon alcoolémie atteint des sommets. Je soupire de bonheur en rentrant dans le hall chauffé de mon immeuble. Les hivers, ici, sont aussi secs que ceux de ma ville natale, Springville, dans l'Utah. Même si les montagnes enneigées me manquent, j'adore New York. La ville bouillonne, ne dort jamais, alors qu'à Springville, il règne une tranquillité typique de l'État. Entre son lac salé, ses montagnes, ses plaines arides au sud et le fameux parc national de Bryce Canyon, c'est comme si le passage de l'être humain n'avait jamais laissé de traces. On trouve facilement des endroits déserts, des montagnes enneigées aux plaines arides qui nous transportent en plein far west. Et avec la forte population mormone de l'État, l'Utah est un des États américains avec le plus faible taux de criminalité. Autant dire qu'il y a un gouffre entre Springville et New York, où je ne me balade jamais sans mon spray au poivre. Je salue Gregor, le concierge de l'immeuble, en passant devant lui. J'habite dans un immeuble avec conciergerie à l'entrée, et Gregor est fidèle au poste derrière le comptoir, flamboyant dans sa veste verte et sa casquette rouge.

– Bonsoir, Gregor ! Comment allez-vous, ce soir ?

– Très bien, miss Anderson, et vous ?

– Aussi bien que ce matin, je lui réponds dans un grand sourire. Il y a du courrier ?

– Oui mais M. Cooper l'a déjà récupéré.

– Derreck est déjà là ?

Je suis agréablement surprise. Il travaille sur une fusion et en ce moment, il ne rentre qu'aux alentours de vingt et une heures trente, totalement épuisé, et va se coucher directement.

– Tout à fait, miss Anderson.

Je souris. Il m'appelle constamment « miss Anderson », ce qui me donne l'impression qu'il s'adresse à une enfant. Pour sa défense, Gregor avoisine les 65 ans et porte fièrement ses cheveux blancs, donc, pour lui, je suis une gamine.

– Il faudra changer de titre après octobre ! je chantonne en rentrant dans l'ascenseur.

– Je n'y manquerai pas, miss Anderson, rétorque-t-il avec un sourire malicieux.

J'éclate de rire quand les portes se referment sur lui. Je commence à déboutonner mon manteau et grimace en levant un pied pour le soulager. Les talons sont une vraie torture. Pour une fille de la campagne comme moi, élevée dans une quincaillerie, et plus habituée aux tennis à cause du sport et des entraînements de cheerleader, la transformation « tailleur, talons, chignon » a été assez radicale et douloureuse. Je ne sais pas si j'arriverai à m'y faire un jour… Je décide de les abandonner dans le couloir pour marcher directement sur la moquette épaisse avant de déverrouiller la porte pour entrer enfin chez moi.

– Pfiouuu ! Quelle journée épuisante, je souffle en suspendant mon sac à main et en accrochant mon manteau à un cintre avant de le ranger dans le placard de l'entrée. Tu es là, Derreck ?

– Je suis dans la cuisine, me répond une voix grave.

Je souris. Enfin ! Enfin une soirée en amoureux où il ne sera pas épuisé au point de s'endormir comme une masse avant même que je l'approche. Depuis plus d'un mois, nous ne nous voyons que par épisodes. Son travail lui demande beaucoup, si bien que l'organisation de notre mariage ne repose que sur mes épaules. Et celles de la *wedding planner*, bien évidemment. Avec mon propre emploi, visiter des salles, trouver le traiteur ou les fleurs était impossible. China, de l'agence White and Lace, s'en occupe admirablement à ma place.

– Tu es rentré tôt, pour une fois !

Je le rejoins dans notre grande cuisine aménagée avec vue sur Central Park. Il est assis à l'îlot central avec un verre de vin rouge.

– J'avais des choses à faire… me répond-il.

– Un verre de vin ! Ça, c'est une idée fantastique ! je m'exclame. Je te suis !

Je vais ouvrir le réfrigérateur pour récupérer la bouteille de chablis que j'avais ouverte la veille, quand Silvia est venue me voir dans la soirée, et attrape un verre à pied avant de le remplir généreusement. Je gémis presque de bonheur en buvant une longue gorgée.

– J'ai eu une journée affreuse, j'explique après avoir avalé. Harvey a encore fait son lèche-cul auprès de M. Weston.

Harvey est un de mes collègues, au même niveau que moi. Mais pour la raison expliquée un peu plus haut, il est persuadé que le fait d'avoir des testicules et un pénis lui donne une autorité et une supériorité salariale. C'est également un arriviste qui a les dents qui rayent le parquet, et il ne rate aucune occasion de se faire bien voir de la direction.

– Il est tellement pitoyable qu'il s'enterre lui-même, je continue en riant avant de boire de nouveau. Et pour couronner le tout, demain, je commence la journée avec un rendez-vous avec M. Playton…

Je grimace en y repensant. Je déteste ce client. Il passe son temps à reluquer mon décolleté pendant nos rendez-vous, et me propose à chaque fois d'aller boire un verre « en toute amitié, bien sûr » à la fin de la journée. Il n'est pas repoussant, loin de là, mais il y a quelque chose qui me déplaît dans son regard. Pour lui, je suis clairement une proie, une chose avec laquelle il a envie de s'amuser, comme un chat avec une souris, avant de l'écraser. Heureusement pour moi, ma bague de fiançailles a quelque peu ralenti ses ardeurs. Elle est sublime, d'ailleurs. C'était la bague de la grand-mère de Derreck et j'ai été extrêmement touchée qu'il me l'offre pour nos fiançailles. Elle a une valeur symbolique qui la rend beaucoup plus belle que toutes les bagues Tiffany du monde. Je souris légèrement en la regardant rapidement et relève les yeux vers mon fiancé.

– Et toi ? Ta journée ?

Il m'observe intensément en jouant avec le pied de son verre.

– Compliquée.

Je fais une légère moue en me rapprochant de lui.

– Eh ben, mon cœur… Tu es sacrément silencieux, ce soir. Ça devait être une journée merdique pour toi aussi.

Je pose une main légère sur son dos voûté et le caresse en cercles apaisants pour tenter de le détendre mais sans succès. Il fixe son verre de vin et semble tendu. Après une longue minute sans réponse, je décide de prendre le taureau par les cornes. Pour une fois qu'il est là, je vais en profiter.

– Tu sais ce qu'il nous faut ? je demande en souriant en coin. Un bon bain relaxant.

Il lève le menton et soupire profondément sans même me regarder.

– Je ne sais pas si c'est une bonne idée…

– Si, au contraire, je pense que c'est une très bonne idée ! Alors toi, tu restes là, tu finis ton verre de vin tranquillement tandis que je vais aller préparer la salle de bains… je lui susurre d'une voix enjôleuse.

Il ferme les yeux en déglutissant et je l'embrasse sur la joue très rapidement avant de me saisir de mon verre pour contourner l'îlot et me diriger vers le couloir.

– Et si tu es sage, tu auras peut-être le droit à un massa…

Je m'immobilise sans finir ma phrase quand je les remarque enfin.

Deux valises à côté de la table à manger.

Je fronce les sourcils et me tourne vers lui, complètement confuse.

– Tu… Tu as un séminaire de dernière minute ? je demande, perdue.

Il me fixe, le visage accablé.

– Non.

Je cligne plusieurs fois des yeux sans comprendre.

– Mais alors pourquoi est-ce que tu as des val…

Je sens mon visage se décomposer quand je fais le lien. Les valises, son retour plus tôt, sa nervosité évidente, son regard triste et fuyant, et surtout ses nombreuses absences de ces dernières semaines. Mon malaise est évident parce qu'il se lève lentement et s'approche de moi, le front barré d'un pli soucieux.

– Mia…

– Tu t'en vas… je le coupe.

Il ne répond pas mais ses yeux coupables parlent pour lui. L'air se bloque dans ma gorge et j'en lâche mon verre de surprise. Il se fracasse au sol dans un bruit de verre brisé qui résonne avec une puissance assourdissante dans la pièce devenue silencieuse.

– Oh mon Di…

– Je suis désolé. Tellement désolé, Mia…

Je porte une main à ma bouche pour retenir la nausée.

– Mais… pourquoi ?

Je sens les larmes envahir mes yeux quand j'en arrive au point de lui demander la raison de son départ. Deux énormes valises. Ce n'est pas un *break*, il s'en va définitivement. Et à y regarder de plus près, je n'ai pas non plus vu ses manteaux et vestes dans le placard de l'entrée. Son ordinateur n'est plus à sa place dans le petit bureau dans l'angle de la pièce, ses clés n'étaient pas posées dans le petit récipient en marbre de la console de l'entrée mais à côté de lui, sur l'îlot. Tous ces indices, si minuscules soient-ils, auraient dû me mettre la puce à l'oreille mais je n'ai rien vu. Je n'ai rien senti arriver. Je me suis laissée bêtement percuter par la nouvelle comme on se fait percuter par un train à grande vitesse.

– J'ai... j'ai rencontré quelqu'un.

Je porte ma deuxième main à mon visage en étouffant un sanglot. Être quittée pour une autre femme arrive en première position des pires motifs de rupture. Ça sous-entend qu'on ne convient plus à la personne qu'on aime et qu'il a trouvé mieux ailleurs. Côté confiance en soi, ça équivaut à une décapitation.

– Mia...

Il tend un bras vers moi en se rapprochant mais je recule brusquement pour m'éloigner de lui.

– Ne me touche pas ! sifflé-je entre mes dents serrées.

Il semble blessé mais ne cherche pas à se rapprocher.

– Qui ? je m'écrie en le fusillant du regard à travers mes larmes. Qui c'est ?

– Tu ne le connais pas...

– À d'autres, Derreck, je connais toutes tes relations ! Est-ce que c'est Sandra, ton assistante ?

– Non.

– Alors Helen, l'autre avocate ?

– Non plus.

– Je dois forcément la connaître... je grogne presque en bouillonnant de rage, les mains enfouies dans mes cheveux, me décoiffant dans un nuage de colère.

Puis sa phrase me revient en tête.

« Tu ne le connais pas... »

Et le ciel me tombe sur la tête. Je suis abasourdie quand je réalise ce qu'il vient de dire. J'écarquille les yeux en le regardant et il baisse les siens, honteux. J'en laisse tomber mes bras de surprise.

– C'est un homme ?

Il fixe le sol un long moment avant de hocher finalement la tête et je recule, sonnée par la nouvelle.

– Oh, c'est pas vrai…

– Je n'ai rien prémédité, Mia.

J'éclate d'un rire hystérique.

– C'est vrai ? Sérieusement ? Tu n'avais pas prévu de me demander en mariage avant de me quitter pour un homme ?

Il ne répond pas et je continue à rire comme une folle furieuse en reculant vers le salon. Ce n'est pas en train d'arriver… Tous mes plans, mes projets pour les cinq prochaines années sont en train de tomber à l'eau et de s'effondrer sous mes yeux comme un vulgaire château de cartes balayé par le souffle de Derreck. Je me laisse tomber sur le canapé alors que mes hoquets de rire sont peu à peu remplacés par des sanglots. Il n'en faut pas plus pour rompre la digue et je fonds en larmes, le visage enfoui dans les mains. Je pleure un long moment, et il a le bon goût de ne pas venir me prendre dans ses bras. Je ne l'aurais pas supporté. La condescendance, la pitié de celui qui part. Il s'en va pour un meilleur avenir en laissant l'autre, celui qui se fait abandonner, dans une peine immense. Oser venir le consoler, c'est comme faire sa B.A., mais en pire. Quand je commence enfin à me calmer, je ne bouge toujours pas du canapé. Je sèche mes larmes d'une main, étalant sûrement tout mon maquillage.

– Depuis combien de temps ? je demande, la voix tremblante.

Il soupire et vient s'asseoir sur une chaise, pas loin de moi, mais il n'envahit pas mon espace vital.

– Depuis quelques semaines…

– Combien de semaines ?

Je l'entends déglutir mais je ne le regarde pas.

– Six.

J'expire bruyamment. Un mois et demi. Ça fait un mois et demi qu'il voit quelqu'un d'autre alors que je pensais naïvement qu'il travaillait tard.

– Cette histoire de fusion, c'était du pipeau ? je demande.

41

– Pas totalement.

Je relève un regard furieux vers lui.

– Comment ça « pas totalement » ?

– La fusion est finie depuis deux semaines, avoue-t-il dans un souffle, le visage coupable.

Je me mords l'intérieur de la joue pour ne pas hurler. J'ai eu trois rendez-vous chez la *wedding planner* ces deux dernières semaines, à chaque fois je lui ai fait un compte-rendu, je lui ai demandé son avis par mail, par texto, par répondeur et il me répondait, alors qu'il savait déjà qu'il allait me quitter.

– Son nom… je souffle faiblement.

– Morgan. Morgan Parker…

Je tourne brusquement la tête vers lui.

– Tu es en train de me dire que tu me quittes pour mon psychiatre ?

J'ai fini la phrase en hurlant presque. Il y a quelques mois, j'étais au bord du gouffre, nerveusement parlant. J'avais décidé d'organiser le mariage par mes propres moyens et avec la surcharge de travail, des tensions étaient apparues entre Derreck et moi. Sur les conseils de Silvia, j'avais pris rendez-vous chez son psychiatre pour faire le point et tenter de revenir à une situation plus stable. C'est lui qui m'a conseillé de prendre une *wedding planner* pour me décharger de l'organisation du mariage. Au bout de quelques séances, dont deux avec Derreck, il avait finalement annoncé que je ne souffrais que d'une surcharge d'obligations, et que lâcher un peu de lest me ferait du bien. Apparemment, Derreck faisait partie du « lest » en question…

– C'est… c'est arrivé comme ça. Je l'ai croisé un soir en sortant du travail après que tu as arrêté les séances. Il m'a proposé d'aller boire un verre, on a discuté et…

– Et QUOI, Derreck ? Il t'a sauté dessus, et tu t'es finalement rendu compte que tu étais homosexuel ?

– Non ! Bien sûr que non ! se défend-il. Écoute, Mia, je ne l'explique pas, OK ? Je n'ai jamais vraiment été attiré par les hommes jusqu'à maintenant. Ce qui est arrivé avec Morgan, c'est quelque chose que je ne comprends pas moi-même ! Mais putain, je… je n'ai jamais ressenti ça… pas même avec toi !

Et le coup de grâce.

Ma respiration se coupe quand je réalise le sens de ses propos. Il ne m'a jamais vraiment aimée, au final. Les larmes redoublent d'intensité et je cache mon visage ruisselant dans une main tremblante.

– Mia, je ne voulais pas dire ça… souffle-t-il, penaud.

– Si, c'est exactement ce que tu voulais dire, je le contredis.

– Écoute, si j'avais pu t'épargner ça, je l'aurais fait. Vraiment. Tu comptes énormément pour moi, Mia…

– Mais pas assez pour rester avec moi… je murmure piteusement, des sanglots dans la voix.

Il soupire et s'enfonce un peu plus dans la chaise.

– Tu aurais préféré que je reste avec toi en te mentant ? En continuant de le voir parfois, quand je n'arriverais plus à me tenir ? Que je t'épouse et te fasse des enfants jusqu'à ce que j'explose et quitte tout en te laissant avec une famille sur les bras ? Que je fasse ça à des enfants ? Parce que c'est ce qui serait arrivé, Mia. Je suis comme ça. Je l'ai accepté.

– Je ne doute pas qu'un psychiatre t'ait grandement aidé à faire ce cheminement mental… je lâche, sarcastique.

– Pense ce que tu veux, Mia. Mais ne blâme pas Morgan, il n'a rien demandé. Si tu dois t'en prendre à quelqu'un, c'est à moi.

Un gémissement plaintif sort de ma bouche. Il est résolu. Il ne reviendra pas sur sa décision.

– Je peux rester avec toi et en discuter, si tu veux… propose-t-il gentiment.

Sa suggestion me donne la nausée.

– Non. Non, Derreck. Tout sauf ça, je pense que je mérite mieux qu'une pitoyable tentative de me consoler avec des phrases toutes faites…

Il ferme les yeux face à mon visage résolu et inspire un bon coup avant de se lever. Je le regarde se saisir des valises et les emmener vers la porte d'entrée mais je tourne la tête quand il récupère ses clés et retire celle de l'appartement du trousseau.

– Je te laisse tous les meubles. Je n'ai pris que mes affaires personnelles.

– Quelle délicatesse…

– Ne deviens pas aigrie, Mia, ça ne te ressemble pas.

Je me mords la langue pour ne pas exp*loser*. Mia, la parfaite petite élève, capitaine des *cheerleaders*, qui n'a jamais fait de vagues, a travaillé dur pour avoir un emploi prestigieux, n'a jamais trompé personne… Toute cette vie rangée pour finalement en arriver à ce stade à 30 ans. Je ris d'incrédulité en réalisant que je les fête dans deux jours. Merveilleux. Un cadeau d'anniversaire digne d'un film dramatique. Je m'essuie le visage d'une main rageuse et je sursaute en sentant la bague de fiançailles sur mon annulaire gauche. Je la fixe alors que j'entends Derreck enfiler sa veste dans l'entrée et ouvrir la porte. C'est comme si elle me brûlait la peau, elle et toutes les fausses promesses qui y étaient accrochées. Je me lève d'un bond et cours vers l'entrée en la retirant de ma main avant de la lui tendre sans le regarder directement dans les yeux. Il s'immobilise et hésite en me voyant lui tendre le bijou familial.

– Tu n'es pas obligée de me la rendre…

– Il est hors de question que je la garde, je rétorque.

Le temps est suspendu jusqu'à ce qu'il tende enfin le bras pour la prendre, en me frôlant les doigts. Je recule ma main précipitamment pour éviter de prolonger le contact. Pour éviter de le sentir. Pour éviter de réaliser qu'il me quitte, qu'il m'abandonne alors que j'ai besoin de lui…

– Si tu as besoin de quoi que ce soit… n'importe quoi, Mia…

Je hoquette avec un sourire mauvais en secouant la tête sans même le regarder. Il m'observe encore un long moment et je n'arrive pas à m'empêcher de tourner les yeux vers lui une dernière fois quand il ferme la porte. Le déclic de la serrure brise les derniers morceaux de mon cœur et je m'effondre au sol en pleurant toutes les larmes de mon corps.

Il m'a abandonnée. Il vient de m'abandonner…

Je n'étais pas assez pour lui. Ou alors j'étais trop ? Pas assez féminine pour lui donner envie de rester de ce côté de la barrière, ou pas assez masculine pour lui suffire ? Qu'est-ce que j'ai fait ? Qu'est-ce que je n'ai pas fait ? Qu'est-ce que j'aurais pu faire ? Je tourne et retourne la situation dans ma tête et j'en arrive toujours à la même conclusion : c'est ma faute. Si Derreck m'a quittée, c'est ma faute. Il y a quelque chose que je n'ai pas su faire pour le garder, pour éviter qu'il ne fasse voler en éclats notre vie à deux, nos projets, tout ce que nous avions prévu de faire… C'est comme si je voyais le chemin de ma vie déraper brusquement sur l'écran et la pellicule se mettre à brûler à force de rester exposée à la lumière du projecteur… Je ne sais pas combien de temps je suis restée allongée sur le sol à pleurer et à tenter de me battre contre la réalité. Je suis seule. Je suis seule, loin de ma famille, dans une ville hostile, dans un travail harassant. Derreck était mon pilier. Et sans lui, je m'effondre…

J'arrive à me traîner jusqu'à mon téléphone et à composer le premier numéro qui me vient en tête, appuyée contre le mur, le visage ravagé par les traînées de larmes.

– Hey, Mia Poppy Anderson ! s'écrie une voix enjouée de l'autre côté du combiné, que me vaut le plaisir de ton appel, petite dévergondée new-yorkaise ?

– Il vient de me quitter, Cal… Derreck est parti…

Le silence se fait. Calista parle. Tout le temps. De tout et n'importe quoi. C'est quand elle ne parle pas que l'instant est grave.

– Je prends le premier avion samedi, je débarque pour le week-end.

Je fonds en larmes en l'entendant. Cal est vraiment ma meilleure amie. Si je n'ai plus de pilier sentimental, c'est elle qui viendra me soutenir et prendre la place.

– Mia… Ne pleure pas, Mi, je ne peux pas te serrer dans mes bras et ça me brise le cœur…

Je ne réponds pas, trop occupée à pleurer sans réussir à m'arrêter. Elle ne cherche pas à me faire parler et se contente de m'écouter pleurer en distillant des paroles douces de temps en temps.

– Il faut juste que tu tiennes le coup deux jours, OK ? … Ma Mia d'amour, je ne suis pas là mais je t'envoie un énorme câlin par la pensée… Mia, mon cœur, je suis là, je suis là… Ce petit merdeux

45

de Derreck, si jamais je le croise, je lui écrase les testicules avec mes Jimmy Choo !

Sa dernière phrase me fait rire malgré moi au travers de mes larmes. Quand je me calme enfin, elle pose la question fatidique :

– Qu'est-ce qui s'est passé ?

Je lui explique la situation, ses valises, l'annonce de son départ et le coup de massue quand j'ai appris qu'il me quittait pour un homme – mon ancien psychiatre, soit dit en passant.

– Mia Poppy Anderson, qu'est-ce que je t'avais dit, il y a dix ans, quand tu as commencé à sortir avec lui ?

Je renifle et fouille dans mes souvenirs, les sourcils froncés avant d'écarquiller les yeux quand je m'en souviens enfin.

– Tu m'avais dit qu'il était sûrement homosexuel… je souffle, estomaquée.

– Correction, je t'avais dit : « Il est trop beau pour être vrai, ce petit con est sûrement un gay refoulé, vu sa coiffure. » À peu de chose près.

Un borborygme entre le sanglot et le rire s'échappe de ma gorge à sa dernière phrase et je recommence à pleurer.

– Mais quelle conne, putain, quelle conne ! je m'écrie entre mes larmes. Comment est-ce que j'ai pu ne pas voir ça ? Comment est-ce que j'ai pu occulter quelque chose d'aussi important, merde !

– Ce n'est pas ta faute, Mia. Moi, je sais toujours quand un mec préfère les mecs, j'ai un sixième sens pour ça.

Je renifle de façon peu élégante en riant à moitié.

– C'est ce qu'on marquera sur ta tombe ? « Calista Jones : avait un sixième sens pour repérer les gays » ?

C'est un jeu entre nous depuis des années. Chaque fois que Calista évoque une de ses qualités farfelues, je lui demande si c'est ce qu'on écrira sur sa pierre tombale.

– À des kilomètres, chérie ! Ne me sous-estime pas, même dans la mort. Les gens ont besoin de connaître la différence.

Je pouffe de nouveau mais grimace quand le mal de crâne post-crise de larmes commence à pointer le bout de son nez.

– Allez, ma belle, dis-toi que tout n'est pas perdu. Au lieu de balancer tout ton argent dans un mariage cucul, tu vas pouvoir te faire plaisir et acheter une foule de choses utiles !

Je plisse le nez.

– Comme quoi ?

– DES CHAUSSURES, ENFIN ! s'écrie-t-elle, estomaquée que j'ose poser la question. Des tonnes et des tonnes de chaussures, de sacs, de vêtements sexy pour aller danser en boîte avec ta meilleure amie, qui vit dans la ville la plus paumée de l'Utah et aura bien besoin de profiter de la vie nocturne de la Grosse Pomme.

– Tu n'avais qu'à venir vivre ici… je suggère comme chaque fois qu'elle sous-entend que Springville est une ville digne d'un village gériatrique.

– Et devoir trouver un emploi TOUTE SEULE ?

Son père étant devenu maire de la ville, il n'a eu aucun problème pour lui trouver un emploi à la fin de ses études. Elle vit dans un appartement payé par ses parents et se sert de son salaire comme argent de poche. Mais elle ne s'en est jamais cachée et elle assume sans complexe sa situation d'enfant gâtée. Les Jones ont toujours été généreux avec leurs deux enfants. Son petit frère travaille à la mairie avec son père et possède également un appartement avec une voiture de fonction. Mais à côté de ça, les enfants Jones sont des amours. Et Calista peut être un véritable électron libre, autant qu'une bouffée d'air frais.

– Ou alors on pourrait trouver une tenue sexy et extravagante pour le Burning Man, reprend-elle d'une voix enjôleuse.

Le festival du Burning Man, en septembre. Mon enterrement de vie de jeune fille.

– Je ne pense pas que ce soit une bo…

– AH, SI, MIA ANDERSON ! me coupe-t-elle d'une voix furieuse. Ça fait des années qu'on rêve de ce festival, alors tu vas oublier tout de suite tes délires sentimentaux ridicules et venir avec moi là-bas pour te taper un régiment entier de mecs totalement timbrés ! Comme moi !

Je lève les yeux au ciel. Malgré la situation, la folie de Calista me permet de reprendre pied. Mais ceci dit, je ne compte pas me taper un régiment entier.

– Ça faisait dix ans, Cal… Je ne sais même plus comment on fait pour draguer… je gémis d'une voix plaintive.

– C'est comme le vélo, Mi, ça ne s'oublie pas. Il suffit juste de remonter en selle. Tu es jeune, belle et extrêmement intelligente. Sans compter que tu as le cul le plus incroyable de toute l'Amérique du Nord, alors je doute que tu restes seule bien longtemps.

– Je n'ai pas envie de me remettre en couple…

Le retour de bâton ne se fait pas attendre et je recommence à pleurer silencieusement.

– Je sais… Personne ne te demande de le faire, répond-elle d'une voix plus douce. Mais ne te ferme pas, OK ? C'est tout ce que je te demande. J'arrive samedi et on aura tout le temps de visionner des films ridicules, de jeter des pop-corn sur Katherine Heigl et de se goinfrer de glace et de tequila pour oublier « Derreck l'immonde connard » avant de songer à te recaser, d'accord ?

– D'accord…

– Allez, Mi, je dois te laisser mais j'arrive bientôt. Je t'envoie mes horaires de vol ce soir.

– Merci, Cal…

Elle ne répond pas tout de suite et quand j'entends de nouveau sa voix, je sais qu'à l'autre bout du fil, elle sourit.

– Ne me remercie pas tout de suite. Tu ne sais pas encore ce que j'ai prévu de te faire lors du festival…

Oh, misère.

3

Cinq mois auparavant

Je traîne les pieds en arrivant au travail le lendemain. Mon visage bouffi et mes yeux cernés ne m'aident pas à passer inaperçue. Silvia m'alpague dès que je passe la porte de l'open space où les assistants me dévisagent tous.

– Ne les regarde pas, chuchote-t-elle. Harvey a joyeusement répandu la nouvelle avec Derreck et ils attendent que tu tombes. Alors tu restes debout jusqu'à ton bureau, OK ?

– Quoi ? je m'écrie, choquée. Mais comment est-ce qu'il a bien pu savoir ?

Elle m'entraîne d'un pas rapide vers la porte de mon bureau alors que l'ensemble des employés présents dans la pièce me suit du regard comme si j'étais défigurée, les yeux emplis de pitié. Silvia coupe court en fermant la porte derrière nous et je m'effondre sur mon fauteuil, sans même prendre la peine d'enlever mon manteau. Elle me rejoint et s'assied d'office sur mon bureau.

– Ce connard a apparemment croisé ton ex-fiancé hier en revenant de son footing, et l'a entendu dire au téléphone qu'il t'avait enfin quittée…

Je relève des yeux pleins d'espoir vers elle.

– C'est tout ce qu'ils savent ?

Elle fronce les sourcils et me dévisage, perplexe.

– Oui. Pourquoi, il y a autre chose ?

J'inspire profondément en m'enfonçant dans le cuir grinçant de mon fauteuil à roulettes. J'hésite à lui donner les détails étant donné qu'elle connaissait Morgan Parker et que c'était elle qui me l'avait conseillé. Mais la vérité ressortira un jour ou l'autre alors

49

autant crever l'abcès tout de suite.

– Il m'a quittée pour quelqu'un d'autre… je commence, mal à l'aise.

– Je sais, oui… commence-t-elle, perplexe.

Elle me fixe sans comprendre avant d'écarquiller les yeux.

– Noooon… Ne me dis pas que tu la connais ?

Je ferme les yeux en hochant la tête et un hoquet de stupeur résonne dans le bureau.

– OK, qui est cette connasse ? Que je lance une affreuse rumeur sur elle !

Je souris faiblement à sa voix énervée et à son esprit résolument vengeur.

– Morgan Parker, j'avoue dans un souffle en observant sa réaction.

Elle hausse les sourcils, surprise.

– Elle s'appelle Morgan Parker ? Comme mon psy ?

Je plonge mon regard dans le sien en penchant la tête sur le côté jusqu'à ce qu'elle fasse enfin le lien. Son visage se décompose quand elle comprend enfin.

– Il… Il t'a quittée pour un homme ? souffle-t-elle, complètement déstabilisée.

Mes yeux brûlent de nouveau et je ferme les paupières en acquiesçant. J'ai passé la nuit à pleurer, à ressasser mon histoire avec Derreck pour comprendre où j'avais commis une erreur et je sens que je suis encore au bord du précipice, prête à plonger de nouveau dans les abîmes de la tristesse. Je serre les dents pour ne pas craquer et Silvia me prend dans ses bras pour me faire un câlin.

– Mon Dieu, ma chérie… je suis tellement désolée… Tout est de ma faute, je n'aurais jamais dû te le conseiller.

Je m'écarte d'elle en secouant la tête.

– Arrête, ce n'est pas ta faute. S'il est vraiment gay, il m'aurait quittée de toute façon, un jour ou l'autre… Je ne lui convenais pas. Si quelqu'un est fautif, c'est plutôt moi. J'ai peut-être accéléré son coming out.

Elle ouvre la bouche pour protester mais est interrompue par le bruit d'un poing contre la porte de mon bureau. Je jette un coup d'œil rapide sur mon téléphone : huit heures trente, mon rendez-vous avec M. Playton. Et je n'ai toujours pas allumé mon ordinateur, ni enlevé mon manteau !

– Merde ! Attends, Silvia, je dois faire bonne figure avec mon client, je chuchote, paniquée.

Elle prend les choses en main en rangeant mes affaires pendant que j'allume mon ordinateur.

– J'arrive, Nathan ! je crie à mon assistant pendant que ma collègue vient effacer les légères traces de larmes sous mes yeux à l'aide d'un mouchoir.

– Parfaite, comme d'habitude.

De l'extérieur, oui, mais à l'intérieur, je suis complètement dévastée. Je dois quand même faire bonne impression, je ne peux pas me permettre de perdre aussi mon travail. Je lui souris tristement et lisse ma jupe avant d'inspirer profondément.

– Entre, Nathan.

Mon jeune assistant ouvre la porte et penche la tête par l'enca-drement.

– Ton rendez-vous est arrivé.

– Tu peux le faire entrer, je réponds en m'asseyant.

Silvia me sourit gentiment avant de s'éclipser quand mon client passe le pas de la porte, un sourire conquérant sur le visage. Je sens une sueur froide remonter le long de ma colonne vertébrale, comme chaque fois qu'il me regarde. Cet homme me met vraiment mal à l'aise. J'ai déjà été draguée, de façon subtile ou même vraiment lourde, et j'ai déjà été épiée par mon voisin bizarre mais personne ne m'avait mis aussi peu en confiance que M. Playton.

– Mia… ronronne-t-il en s'approchant de mon bureau, un sourire mielleux aux lèvres.

Je sais qu'il va tenter de faire le tour, alors je me lève pour lui tendre une poignée de main cordiale et distante et il sourit un peu plus en me voyant faire.

Cet homme est un prédateur. Mais dans le sens « psychopathe ».

– Monsieur Playton, comment allez-vous ?

Je m'obstine à l'appeler par son nom plutôt que par son prénom, comme il me l'a souvent demandé. Je préfère maintenir une certaine distance.

– Mia, Mia… Vous ne vous déciderez jamais à m'appeler John ?

Son ton doucereux me donne la nausée et je me force à sourire.

– Jamais dans le cadre du travail, monsieur Playton.

Mon ton est courtois mais un léger tremblement s'empare de ma main libre quand il saisit l'autre entre les siennes et se permet de me caresser le dessus du pouce. Je dois réprimer une grimace de dégoût et je crispe mes ongles sur le bureau quand il y dépose ensuite un baiser. Je retire ma main un peu sèchement mais il ne s'en formalise pas et s'assoit de façon décontractée sur le fauteuil en face de moi en déboutonnant sa veste pour être plus à l'aise. Il ressemble à un pacha qui s'installe sur son propre territoire et je suis obligée de saisir une liasse de papiers en faisant mine de la ranger pour qu'il ne puisse pas voir sur mon visage que sa présence m'incommode. Il prendrait ça pour un encouragement. Je sais que plus je lui résiste, plus je l'intéresse, mais il est hors de question de succomber. J'aurais l'impression d'être une souris capturée par un cobra… Il prendrait bien trop de plaisir à me briser.

– Tiens donc… Où est passée votre bague de fiançailles, Mia ?

Mon ventre se tord à sa question. Et merde… Mon futur mariage avec Derreck avait quelque peu refroidi ses ardeurs et m'avait offert une trêve plus qu'appréciable. Mais maintenant, je suis seule face à ses attaques.

– Chez le bijoutier. Une des pierres était tombée, j'ai préféré la faire réparer et faire vérifier toutes les griffes avant le jour J, je réponds avec aplomb.

Je me félicite mentalement d'avoir trouvé une excuse valable aussi rapidement. Mais son regard perçant me donne la nausée.

– Désirez-vous un café ? Je n'ai pas encore préparé le mien et je suis de très mauvaise compagnie quand je n'ai pas eu ma dose de caféine, je propose avec un rictus.

Il plisse les yeux et hoche la tête. J'en profite pour faire le tour du bureau en prenant soin de rester hors de sa portée avant de sortir de la pièce. Normalement, mon assistant peut s'en charger mais j'ai besoin de ce moment de répit.

– Je reviens tout de suite.

Je sors en laissant tomber le masque. Mes lèvres se retroussent en une mimique de répulsion quand je passe devant le box de Nathan.

– Tu as besoin de quelque chos… ?

– Pas besoin, je m'en occupe, le coupé-je avant de me diriger d'un pas vif vers la cuisine.

Je prends le temps de fermer les yeux et de prendre une grande inspiration pour tenter de me reprendre alors que le premier expresso coule.

– Ton rendez-vous se passe bien ?

J'ouvre subitement les yeux.

Mais ce n'est pas possible ! On ne me laissera donc aucun répit, cette semaine ?

– Harvey… grincé-je entre mes dents. Comment vas-tu ?

As-tu bientôt décidé de te casser une jambe ? Parce que ça m'arrangerait que ça arrive avant le déjeuner…

Il vient caler sa hanche contre le plan de travail, à côté de moi. La cuisine est vide et il aurait pu garder ses distances, mais il prend toujours un malin plaisir à envahir mon espace vital. Mais contrairement à M. Playton, il ne m'inspire pas de la peur, seulement du mépris. Harvey représente à lui seul le stéréotype de l'employé masculin aux dents longues, comme ceux qui ont essayé de me faire tomber depuis que je travaille dans la finance.

Pour eux, une femme est juste bonne à être assistante. Mais contrairement à mon client, ils ne font que me regarder de haut et ne cherchent pas à me mettre dans leur lit, ce qui me facilite grandement la tâche.

– Très bien… susurre-t-il en souriant. Et toi ? Les amours ?

Je lève les yeux au ciel.

– Venant de celui qui est à l'origine de l'annonce générale de ma récente séparation, je trouve ça assez pitoyable… je déclare platement en le regardant comme si je m'adressais à un pauvre d'esprit. Je pensais que tu étais plus intelligent mais, comme

53

d'habitude, je t'ai surestimé…

Il devient rouge et son visage rond se crispe. Je n'ai jamais pris de pincettes avec lui, et notre incapacité à nous entendre est de notoriété publique. Cet homme me fait pitié. Il s'obstine à porter des costumes trois-pièces trop petits pour lui et ressemble à un abruti tout juste sorti de l'université qui croit qu'il va mettre le monde à ses pieds.

Il se redresse en me jetant un sourire dédaigneux.

– Continue à t'entraîner à faire du café, c'est ce que tu finiras par faire au quotidien bientôt… me menace-t-il.

Je lui adresse une moue faussement attristée.

– Pour ça, il faudrait que tu me dépasses en résultats. Et si je ne me trompe pas, ton dernier contrat s'est soldé par un échec lamentable…

Le muscle de sa mâchoire tressaute de rage. Une des raisons pour lesquelles je ne me débarrasse pas de M. Playton, c'est parce qu'il représente une grosse partie de mon portefeuille à lui tout seul. Et je refuse de le laisser partir avec Harvey.

Plutôt me jeter du haut du vingtième étage que de laisser ce sombre connard me doubler…

Il ne répond pas et se contente de me jeter un rire mauvais avant de sortir de la pièce. Je soupire de soulagement en lançant un deuxième café.

Bien.

J'ai eu ma dose d'hommes instables pour la journée. Enfin, quand le rendez-vous avec mon client sera fini. Je me force à quitter la cuisine avec un café noir pour lui et un café au lait pour moi. Allez, haut les cœurs, Mia, tu peux le faire…

En rentrant dans mon bureau, j'ai cependant la mauvaise surprise de voir Harvey me frôler en sortant, un gigantesque sourire plaqué sur le visage.

– Et voilà Mia ! s'exclame-t-il, faussement enjoué. Je ne vous dérange pas plus. Au plaisir, John !

– À lundi sur le green, Harvey ! répond ce dernier.

Et mon collègue sort en fermant la porte derrière lui.

Mon estomac fait un looping quand je comprends que je suis prise au piège. Je ne ferme jamais la porte de mon bureau quand je suis avec lui, mais mes deux mains prises m'empêchent de la rouvrir.

Et si je vais poser les tasses sur le bureau pour aller la rouvrir, il réussira à me coincer. Je déglutis discrètement et fais de nouveau le tour du bureau en lui échappant avant de poser la tasse devant lui, assez loin pour qu'il ne puisse pas m'attraper la main.

– Bien, si nous commencions par les prévisions ? demandé-je d'une voix professionnelle.

– Sommes-nous vraiment obligés ?

Je me contente de sourire sans joie à sa réponse alors qu'il reluque ouvertement ma poitrine. Et je prends sur moi pendant l'heure qui suit, ne répondant pas à ses insinuations mielleuses, restant professionnelle tout en utilisant tous les stratagèmes possibles pour rester hors de sa portée. J'utilise un stylo pour désigner les différents graphiques sur l'écran externe de mon ordinateur. Je me recule dans mon siège quand il se penche sur le bureau entre nous, et j'ignore délibérément son regard perçant en faisant semblant de vérifier des mails, ou même en tapant de fausses notes sur mon ordinateur portable alors qu'il me fixe sans vergogne.

– Très bien, nous avons donc fini. Je vous laisse voir avec mon assistant pour caler un prochain rendez-vous ?

Je souffle intérieurement en réalisant que ce rendez-vous infernal est terminé. Mais mon client prend un malin plaisir à enfoncer une dernière fois le clou.

– Et si nous profitions de cette bulle isolée pour discuter d'un autre type de rendez-vous ? Que diriez-vous d'un dîner avec moi vendredi ?

Ma gorge se serre, il recommence mais je lui réponds encore et toujours la même chose.

– Jamais avec mes clients, et vous savez que je suis fiancée, monsieur Playton.

Il plisse légèrement les yeux à ma réponse mais ne relève pas comme il le fait habituellement. Je profite de cette pause inespérée pour me lever et aller ouvrir la porte pour couper définitivement court à ce jeu malsain du chat et de la souris. Mais à peine ai-je entrouvert la porte qu'il la claque en se plaquant contre mon dos.

Je me fige et mon sang se glace quand son souffle vient effleurer la peau de ma nuque alors qu'il chuchote.

– Mia… je sais que tu es de nouveau célibataire… Si tu arrêtais de me titiller comme ça pour qu'on passe enfin aux choses sérieuses ?

– Éloignez-vous, j'ordonne d'une voix sèche.

Il se contente de rire doucement et mon estomac se tord un peu plus quand il vient jouer avec une mèche échappée de mon chignon.

– Tu crois vraiment que tu vas m'échapper ? Après tout le mal que tu te donnes pour m'allumer ?

Mon Dieu… Cet homme est fou, complètement fou. Je n'ai jamais rien fait pour attiser son intérêt et il croit sincèrement que je joue de façon délibérée avec lui. Une subite envie de vomir me prend à la gorge quand sa main vient effleurer mon flanc et mon sein gauche.

– Éloignez-vous. Tout de suite… je lâche, les dents serrées, en détachant chaque syllabe.

Dernière sommation. S'il recommence, je vais devoir passer aux choses sérieuses.

Mon ordre le fait de nouveau rire et avant que je puisse réagir ou l'en empêcher, il glisse une main sous ma jupe.

– Allez, cesse donc de faire ta mijaurée, je sais que tu aimes ça, petite salo…

Il ne finit pas sa phrase parce que je me retourne d'un geste sec pour lui assener une gifle si violente que ma main devient également douloureuse.

Il recule, sous le choc, et j'en profite pour ouvrir la porte de mon bureau et parler assez fort pour attirer l'attention de mon assistant.

– SORTEZ ! Sinon j'appelle les flics !

Ma phrase provoque un silence effaré dans l'open space mais je m'en fiche, je fixe l'homme malsain en face de moi pour lui faire comprendre que son petit jeu de chasse est définitivement terminé. Je ne me laisserai plus faire.

Je préfère finalement voir Harvey obtenir plus de primes que moi plutôt que de continuer à subir les assauts répugnants de ce malade mental.

Il pose une main sur sa joue alors que le contour de mes doigts commence à s'afficher en rouge, et me regarde furieusement.

– Tu ne sais pas ce que tu viens de faire…

– De-hors… répété-je, les dents serrées et le visage résolu.

Il me fixe une dernière fois avant de me dépasser pour quitter mon bureau, non sans me murmurer une menace au passage.

– Tu vas le regretter, petite traînée…

Il ne le dit pas assez fort pour se faire entendre des autres employés et je reste stoïque alors qu'il s'éloigne. Mais je ne peux pas m'empêcher d'avoir le dernier mot.

– Ne prenez pas la peine de voir mon assistant pour un autre rendez-vous, celui-ci était le dernier.

J'ai le plaisir de le voir s'immobiliser un instant fugace, avant de reprendre son chemin vers la sortie.

Je réussis à garder mon calme jusqu'à ce que je ferme la porte. Ce n'est qu'à ce moment-là que je m'effondre presque, le corps secoué de tremblements. La porte s'ouvre quelques instants plus tard et Silvia apparaît. Son visage se fige d'horreur en me voyant assise par terre, le dos collé contre le mur et le visage strié de larmes de peur.

– Oh, mon Dieu… murmure-t-elle en fermant la porte derrière elle et en s'agenouillant devant moi, qu'est-ce que ce salaud t'a fait ?

Il me faut un bon moment avant de réussir à me calmer. Je lui raconte ensuite en détail l'agression que je viens de subir. Elle me laisse parler sans m'interrompre, en tenant ma main dans la sienne, mais je sens ses doigts se crisper de plus en plus fort au fur et à mesure de mon récit alors qu'un profond dégoût se peint sur son visage.

– Je n'y crois pas… souffle-t-elle quand j'ai fini. Tu crois qu'il peut réellement faire quelque chose contre toi ?

Je hoche la tête, dépitée.

– Oui. Il a des contacts et un carnet d'adresses énorme. Je dois prendre les devants et aller voir M. Weston et M. Goldsmith avant qu'il attaque, pour donner ma version des faits.

– Mais vous étiez seuls, ma chérie, tu penses qu'ils vont te croire ?

– Je ne sais pas…

L'ampleur de ce que je viens de faire m'apparaît enfin et je réalise que j'ai merdé. Vraiment merdé.

– Je… Derreck pourra peut-être témoigner et dire que je lui en avais parlé…

À peine formulée, cette phrase me semble complètement absurde. Quoi de mieux que de replonger la tête la première alors qu'on vient de se faire plaquer ? Leçon numéro un : ne jamais appeler son ex alors qu'on est encore vulnérable, émotionnellement parlant. Autant se jeter directement dans une rivière infestée de crocodiles…

– Et toi ? je demande avec espoir en regardant mon amie. Je t'ai déjà dit qu'il avait essayé de m'inviter plusieurs fois, tu pourrais m'aider à les convaincre en témoignant en ma faveur ?

Elle pince les lèvres et recule légèrement avant de détacher ses mains des miennes. Une sensation de froid m'envahit alors que je réalise ce que ça implique.

– Silvia ?

– Je ne peux pas…

J'ai l'impression de tomber de haut quand elle parle d'une voix plaintive. Et je sens mes entrailles se creuser sous la sensation de trahison qui s'insinue sournoisement sous ma peau.

– Mais pourquoi ? je m'écrie en la forçant à me regarder.

Elle évite mon regard mais je vois ses yeux briller alors qu'elle fixe la porte.

– La boîte de Jim est en pleine restructuration. Il est sur la sellette, Mia. S'il perd son job, je ne peux pas risquer de perdre le mien…

– Oh, mon Dieu… Merde, Silvia, je suis désolée.

Une vague de honte me submerge quand je réalise que je n'ai pas réfléchi aux conséquences. Silvia est maman, elle a le crédit d'une maison à régler et ne peut pas se permettre de tout perdre, et moi je lui demande l'équivalent de marcher sur un fil entre l'Empire State Building et le Chrysler…

– Je comprends, ne t'inquiète pas, je murmure pour la réconforter.

– Je suis tellement désolée de ne pas pouvoir t'aider, Mia… sanglote-t-elle, à genoux devant moi.

– Non, non… Viens là.

Je lui tends les bras et elle s'y réfugie alors que je tourne et retourne la situation dans ma tête.

– Écoute, je vais aller voir la direction pour leur parler de ce qui s'est passé, et de toute façon, s'il vient se plaindre, ce sera ma parole contre la sienne. Tu n'auras pas besoin de témoigner. Et si ça ne fonctionne pas, je ne veux pas que tu témoignes, d'accord ? Tu dois d'abord penser à ta famille…

Elle renifle dans mon cou et acquiesce alors que je sens un regain de confiance prendre le dessus sur la réaction post-traumatique. Je dois prendre les devants.

Alors que je caresse doucement son dos pour l'apaiser, quelqu'un frappe à ma porte.

– Mia ? demande la voix peu assurée de mon assistant.

Silvia se dégage de mes bras et je me relève avant de remettre de l'ordre dans ma tenue. Quand je me sens de nouveau présentable, j'ouvre la porte. Nathan me dévisage, livide.

– Oui ?

– Euh…

Il se dandine d'un pied sur l'autre en tenant son classeur de prise de notes serré sur la poitrine. Nathan est un jeune homme brun avec un look de geek. Ses grosses lunettes à monture épaisse et ses cheveux noirs constamment en désordre lui donnent un côté enfantin, amplifié par sa petite taille. Il est néanmoins redoutable d'efficacité quand il s'agit de gérer mon emploi du temps. Il garde son casque à oreillettes vissé sur le crâne presque H vingt-quatre et a toujours réponse à tout. C'est la raison pour laquelle je me sens un peu vaseuse quand je remarque son trouble évident.

– Qu'est-ce qu'il y a ?

Il jette un coup d'œil hésitant dans son dos avant de me répondre d'une voix plus basse.

– La direction a demandé à te voir dans la salle de réunion…

OK.

Ça sent mauvais.

Silvia pousse un hoquet de stupeur avant de me regarder. Mais je reste stoïque.

– Putain, ce connard est allé directement les voir ! s'écrie-t-elle, attirant les regards sur nous.

J'inspire un bon coup avant de regarder Nathan.

– Bien. Dis-leur que j'arrive tout de suite.

Il hoche la tête et se précipite sur son téléphone pendant que mon amie essaie d'attirer mon attention.

– Mia, tu es sûre que ça va aller ?

Je me force à sourire pour la rassurer.

– Oui. Ne t'inquiète pas. J'ai d'excellents résultats et ce sera sa parole contre la mienne. Au mieux, on trouve un arrangement à l'amiable, au pire, ça finira au tribunal entre nous deux. Mais je saurai me défendre.

Son visage d'habitude si joyeux est déformé par l'angoisse.

– Je suis tellement désolée de ne pas pouvoir t'aider… gémit-elle une nouvelle fois.

– Silvia, tout va bien se passer, OK ? je la rassure en lui prenant les mains.

Elle hésite un court instant avant d'acquiescer lentement.

– Bien ! je souffle en bombant le torse. Quand il faut y aller…

Je lui souris une dernière fois et adresse un rapide signe de tête à Nathan avant de marcher, le dos droit, vers l'ascenseur, alors que la pièce devient peu à peu silencieuse. Je sens tous les regards qui convergent vers moi et brûlent mon dos pendant que j'attends patiemment que les portes s'ouvrent.

Bande de vautours…

Mon cœur accélère alors que je regarde les étages défiler dans la cabine.

Calme-toi, Mia, bordel, calme-toi ! Reste professionnelle. Il faut que tu sois parfaite quand tu les verras.

Je souffle bruyamment avant de quitter l'habitacle et regarde droit devant moi, les yeux vissés sur les lettres dorées de la porte en bois sombre derrière laquelle se joue mon avenir professionnel. Je frappe doucement et la voix de baryton de M. Weston m'invite à entrer.

– Mia. Fermez derrière vous, je vous prie.

Je m'exécute docilement et je ne ressens aucune surprise en voyant M. Playton assis sur un des fauteuils de la grande table. Je ne le regarde même pas, je fixe mes yeux sur mes deux directeurs.

Tous deux âgés d'un peu plus d'une soixantaine d'années, ils ressemblent à deux adorables papys mais je sais qu'ils peuvent également être intraitables.

– Vous savez pourquoi nous vous avons convoquée, j'imagine, reprend-il.

– Oui monsieur, je réponds d'une voix assurée.

Je croise les mains devant moi, en signe inconscient de protection. Du coin de l'œil, j'aperçois mon agresseur sourire, mais je me fais violence pour ne pas le fusiller du regard. Ce serait lui donner trop d'importance, et je suis certaine que ça lui ferait plaisir de me voir réagir. Sans compter que ça ne jouera pas en ma faveur.

– Bien. Vous comprenez donc que vous nous mettez dans une fâcheuse posture…

– Je vous demande pardon ? je m'exclame, choquée par sa phrase.

Ma réaction provoque un silence effaré.

– Enfin, mademoiselle Anderson ! Vous comprenez bien qu'avec les deux témoignages que nous venons de recevoir, nous ne pouvons cautionner un tel comportement chez nous ! s'écrie M. Goldsmith en me désignant d'un doigt accusateur. Vous connaissez notre politique concernant l'éthique sur le lieu de travail : tolérance zéro pour les attitudes déviantes.

– Q-quoi ? je bafouille, totalement perdue. Mais de quels témoignages parlez-v…

Je m'interromps quand un mouvement sur ma droite attire mon attention.

Et je le vois enfin.

Un sourire goguenard aux lèvres, me défiant du regard, confortablement assis dans un fauteuil comme s'il était le roi du monde.

Harvey.

Putain. Je suis baisée.

4

Cinq mois auparavant

– Sérieusement, Mi, tu n'aurais pas pu te faire virer avant que je prenne des billets non remboursables ?

Je souris tristement à Calista dans le hall de l'aéroport. Je lâche mon sac par terre avant de me jeter dans ses bras. Elle m'accueille et les referme sur moi avant de me serrer à m'en étouffer.

– Je suis tellement contente de te voir, Cal… je chuchote entre deux sanglots contre son pull.

– Moi aussi, ma chérie… Mais fais gaffe, tu vas tacher mon cachemire.

Je pouffe et m'écarte d'elle. Elle prend mon visage en coupe et m'essuie délicatement les joues de ses pouces.

– Sans déconner, tu as réussi l'exploit de perdre ton fiancé, ton job et ton appartement dans la même semaine. Belle performance, tu m'impressionnes, Anderson.

Je souris malgré moi.

Maintenant que je suis rentrée dans ma ville natale, j'ai l'impression qu'un poids quitte ma poitrine. Pourtant j'ai l'impression d'avoir subi en quatre jours plus que je ne pourrais en supporter en une année.

Après avoir été renvoyée manu militari par mes patrons, Harvey ayant sournoisement inventé une histoire de harcèlement sexuel à son encontre, et malgré mes arguments pour leur faire comprendre que j'étais victime d'un coup monté, ils n'ont pas voulu me croire. Et j'ai eu en plus le déplaisir de voir mon compte en banque être clôturé.

Le désavantage d'être domicilié dans la banque pour laquelle on travaille.

En réaction, le loyer de mon appartement n'a pas pu être prélevé, et le standing de mon immeuble exclut tout retard ou négociation. Déjà qu'il m'avait fallu justifier d'un salaire supérieur à trois fois le montant du loyer, autant pour moi que pour Derreck, avant de pouvoir signer le bail, je ne me suis pas étonnée d'être quasiment jetée dehors. Je m'occupais de payer le loyer et Derreck me remboursait sa part ensuite. Donc, lorsque le rejet a été effectif, le jour suivant mon renvoi, j'ai reçu dans la journée une notification m'incitant à quitter rapidement les lieux.

Je n'ai plus cherché à comprendre lorsque j'ai reçu le mandat cash qui correspondait à l'argent qu'il me restait sur mon compte courant et sur mes comptes épargne, plus les indemnités de renvoi. J'ai fait ma valise et ai pris le premier avion en direction de Salt Lake City. Silvia a accepté de s'occuper de mes meubles et de prendre contact avec Derreck à ma place pour voir ce qu'il souhaitait reprendre avant de stocker le reste dans un box, le temps que je décide de ce que je veux en faire.

Je reviens donc à la case départ.

Seule, et sans emploi, chez mes parents.

À 30 ans.

Bien joué, Mia.

Ils ne pouvaient pas fermer la quincaillerie pour venir me chercher, alors Calista s'en est chargée à leur place. Voir ma meilleure amie me fait un bien fou. Je sais que je peux enfin m'autoriser à craquer, avec elle. D'ailleurs, après le rapide récapitulatif de ma situation, je ne tiens pas plus longtemps et je fonds de nouveau en larmes dans le hall, au milieu de tous les voyageurs qui me dévisagent.

– Allez, ma Mi, viens dans mes bras, mon amour.

Je ne me fais pas prier et je viens pleurer toutes les larmes de mon corps, inondant son pull alors qu'elle me berce contre son cœur et me caresse les cheveux, ignorant superbement les regards intrigués autour de nous.

– C'est quoi, votre problème ? Et si vous regardiez vos culs, plutôt ?

OK, au temps pour moi, elle ne les ignore pas tant que ça.

Sa phrase me fait éclater de rire et je me dégage de ses bras en m'essuyant résolument le visage.

– Ça, c'est ma copine ! ajoute-t-elle en me claquant une fesse au passage.

Je sursaute à son geste mais je me contente de lui sourire en plissant mes yeux gonflés par les larmes.

– Allez, on va récupérer ta valise et on rentre.

– Mes valises, je la corrige.

– Autant que ça pour le peu de vêtements potables que tu avais ?

Je plisse les yeux en la regardant de biais alors qu'elle glisse son bras sous le mien et m'entraîne vers les tapis à bagages.

– Arrête de mentir, je sais que tu étais jalouse de ma garde-robe, à New York.

– Seulement de la professionnelle, chérie. Pour le reste, tu manques cruellement de goût…

Je lui frappe gentiment l'épaule pour la gronder mais elle simule une souffrance atroce en se tordant de douleur sous les yeux effarés des gens autour de nous.

– OH, MON DIEU, TU VIENS DE ME DÉMETTRE L'ÉPAULE !

Je pique un fard en voyant les regards converger sur moi.

– Cal, putain, arrête ça… je gémis, les dents serrées.

– Oh, non, je ne sens presque plus mon bras… continue-t-elle à geindre en me fixant d'un air horrifié et en s'affalant à moitié au sol.

Je lance un regard paniqué autour de moi alors qu'un cercle se forme. Si Calista n'a pas peur du regard des autres, ce n'est pas pareil pour moi. Je déteste devenir le centre de l'attention, et encore moins quand cette attention penche dangereusement du côté de l'animosité…

– Cal, bordel ! je grommelle un peu plus fort.

– Et dire que c'est ma main droite… Comment est-ce que je vais écrire au tableau, maintenant ? Qui va pouvoir instruire ces enfants avides de nouvelles connaissances ?

Je me sens de plus en plus nerveuse et continue de balayer anxieusement la foule du regard alors qu'elle joue parfaitement les tragédiennes grecques.

– Caaaaal…

– Et dire que je ne pourrai peut-être plus mettre mes vêtements à cause de l'écharpe que j'aurai… pleurniche-t-elle en fermant les yeux.

Je tique à sa phrase et m'immobilise en la fixant d'un œil soupçonneux.

– OK, Jones, si je te laisse choisir quelques tenues dans mes vêtements pro, est-ce que tu arrêtes de faire ta drama queen ?

Elle s'immobilise un instant et ouvre un œil pour m'étudier.

– Combien de tenues ?

Je soupire fortement en croisant les bras sur ma poitrine.

– Deux.

– Six.

J'écarquille les yeux. Elle ne manque pas de culot !

– Trois et c'est mon dernier mot, je rétorque, estomaquée par son aplomb.

Mais c'est Calista, ça ne devrait plus me surprendre.

Elle fait la moue et étudie mon offre quelques instants avant de se redresser brusquement comme si rien ne s'était passé, sous les regards surpris des passants, alors que je me contente de secouer la tête à son intention.

– Ah ben voilà, ça va beaucoup mieux ! s'écrie-t-elle en remuant son bras dans tous les sens. Ça y est ! Guérie !

Elle me reprend le bras et nous recommençons à marcher pour nous positionner devant le tapis roulant.

– Tu es une grande malade, je souffle.

Elle se contente de me faire un clin d'œil et je lève les yeux au ciel juste avant d'apercevoir une de mes valises arriver. Je me penche pour la saisir quand elle répond dans mon dos.

– Oui, mais, au moins, maintenant, tu ne pleures plus.

Je ris doucement en hissant la lourde valise à mes pieds, et tourne un regard lumineux vers elle. Elle me rend mon sourire et je me sens un peu plus légère.

– Tu m'as manqué.

– Toi aussi, répond-elle.

Je récupère mes deux autres bagages et nous partons vers le parking où elle a garé sa Mini Cooper. Je rigole en la voyant batailler avec la banquette arrière pour faire passer mes grosses valises, et après un bon moment de sport et autres contorsions, nous réussissons à fermer le hayon du coffre et à prendre la route, direction Springville. Le trajet dure une cinquantaine de minutes, et elle en profite pour me faire rire en me racontant les derniers ragots de notre ville natale.

– J'imagine que mon retour va donner pas mal de grain à moudre aux commères de la ville, j'ajoute, pince-sans-rire.

– Tu es une manne tombée du ciel, pour elles ! Imagine : plus de boulot, plus d'appart et un fiancé gay ! Mi, tu leur as fait leur année, là, sérieusement.

– Merveilleux…

Encore un bon moyen de ne plus passer inaperçue. Mais je vais devoir m'y faire, tout se sait dans les villes à échelle humaine. Et mon retour ne manquera pas de provoquer quelques commentaires grinçants. J'ai beau avoir eu l'habitude de gérer les regards haineux de mes collègues masculins, ils se basaient sur le simple fait que j'étais meilleure qu'eux. Je pouvais vivre avec ça en sachant que ma réussite les rendait jaloux. Mais rentrer chez soi, plus bas que terre, sans réelle réussite à exposer en bouclier, c'est une autre paire de manches.

– Oh ma puce, ne t'inquiète pas. D'ici le mois prochain, j'aurai provoqué un énième scandale et tu passeras de nouveau inaperçue !

J'éclate de rire. Calista reste fidèle à elle-même. Ses nombreuses histoires d'amour et autres liaisons sont connues comme le loup blanc. Et contrairement à moi, elle se fiche de ce que les gens peuvent penser d'elle. Quand nous arrivons enfin et qu'elle se gare dans la rue principale, je regarde l'enseigne de la petite quincaillerie de mes parents avec des étoiles dans les yeux.

« Anderson's »

Simple, avec l'écriture jaune sur fond bleu.

Je soupire de façon saccadée en retenant de nouvelles larmes. Ça me fait un bien fou d'être ici, comme si plus rien ne pouvait m'atteindre. Un peu comme lorsque j'étais enfant et que j'étais persuadée qu'en me blottissant jusqu'au menton sous ma couette, les monstres sous mon lit ne pourraient pas me faire du mal. C'est ridicule mais ça fonctionne encore aujourd'hui. Je sais que lorsque je serai dans les bras de ma maman, je serai en sécurité, protégée.

Je sors rapidement de la voiture et avance d'un pas pressé vers l'entrée du magasin. En poussant la porte, je suis assaillie par un million de sensations connues, familières. Le bruit de la cloche qui annonce l'arrivée d'un client, le petit grincement des gonds, la texture du paillasson « Welcome » sous mes chaussures, l'odeur de métal, d'huile et de nettoyant à la cire d'abeille qu'utilise ma maman pour frotter le comptoir en bois sombre. Autant de sensations qui me donnent enfin le sentiment d'être « chez moi ».

– Ma chérie !

Je souris avant de foncer dans les bras de ma maman qui contourne le comptoir pour m'accueillir.

– Maman…

– Oh, mon cœur, je suis tellement contente de te voir…

– Moi aussi…

J'inspire profondément son parfum de lavande et de miel, celui qu'elle porte depuis que je suis enfant. Ma mère est une petite tornade. Elle fait la même taille que moi mais sa silhouette un peu plus ronde et ses cheveux bouclés coupés en un carré flou lui confèrent un air jovial et dynamique.

– Et voilà ma princesse ! tonne une voix bourrue dans mon dos.

Je souris et m'écarte de ma maman, qui me laisse partir à regret, pour sauter dans les bras de mon papa. Et là, je dois littéralement sauter parce que mon père mesure plus de deux mètres. Il m'attrape au vol et me soulève, si bien que mes pieds quittent le sol. Je pouffe comme la gamine que je suis toujours avec lui et plie les genoux pour amplifier le mouvement. Quand il me pose de nouveau au sol, il réplique avec la phrase qu'il me sort toujours.

– Eh bien ? Tu as maigri ou quoi ? J'ai failli te lâcher tellement tu étais légère, qu'est-ce qu'on te faisait manger dans cette ville ? De la salade pour lapin ?

Je lui donne une petite tape et souris en plissant les yeux.

– Je t'ai déjà dit, ça s'appelle du chou kale et c'est très bon pour la santé.

– Mouais… celle des animaux, peut-être…

Lors d'une de leurs visites annuelles chez moi, à New York, j'avais emmené mes parents manger dans un restaurant de cuisine fusion pour leur permettre de tester autre chose. Le regard de mon père face à la feuille de chou frisée cuite et à la portion ridicule de viande posée dessus avait provoqué l'un de mes plus gros fous rires. Finalement, il était parti avec Derreck se manger un énorme morceau de viande dans un steakhouse après avoir tempêté pendant une heure sur le montant de l'addition pour la quantité avalée. Depuis, il est persuadé que je me nourris exclusivement de feuilles de laitue et de graines. Je souris quand il me force à venir lui faire un nouveau câlin. Si ma maman est une véritable boule d'énergie, mon père, lui, est un grand nounours tranquille. Avec ses cheveux hirsutes poivre et sel, toujours fournis malgré son âge et sa carrure imposante, on dirait le géant vert des légumes en conserve. Impressionnant au premier abord, mais doux comme un agneau.

– Laisse-la tranquille, Joseph, elle est très bien comme elle est, gronde ma mère dans mon dos.

– Et si jamais ça intéresse quelqu'un, je suis là aussi ! lance Calista avec entrain depuis le pas de la porte.

J'éclate de rire en la voyant les deux poings en l'air. Mes parents se contentent de secouer la tête, un léger sourire aux lèvres.

– Je t'ai vue pas plus tard que ce matin quand tu es venue me piquer mes pancakes ! la sermonne mon père.

Je hausse un sourcil, surprise.

– Je crois que j'ai raté un épisode…

– Ton amie ici présente est venue ce matin pour connaître ton horaire de vol exact, et en a profité pour manger presque tous les pancakes aux myrtilles que ta mère avait préparés pour moi ! rouspète-t-il.

Ma maman éclate d'un rire cristallin alors que Calista se contente de hausser les épaules.

– Ils étaient LÀ, et vous NON ! Je n'ai pas pu faire autrement, ils m'appelaient et me disaient : « Mange-nous, Calista, mange-nous… »

– Oh, ce n'est pas possible… je ricane en me cachant le visage d'une main. Tu as osé ? Je me suis retrouvée privée de sortie pour moins que ça !

– Oui mais mon avantage, c'est que je ne suis pas sa fille, donc il ne peut pas me punir… chuchote-t-elle d'une voix de conspiratrice en se rapprochant de moi.

– J'ai tout entendu ! bougonne-t-il en repartant vers la remise.

Nous pouffons de rire en le regardant s'éloigner tout en marmonnant dans sa barbe.

– J'ai l'impression de faire un bond dix ans en arrière quand je vous vois toutes les deux…

Je souris à ma mère qui nous observe, un sourire tendre aux lèvres.

– Oh, non, parce que si vous saviez tout ce qu'on a fait en cachette, à cette époque ! rétorque Calista.

– Cal ! je la sermonne en lui pinçant le bras.

– Aïe ! Mi ! m'imite-t-elle en me pinçant la hanche.

– Ouch !

– C'est toi qui as commencé !

– Mais moi, j'avais une bonne raison !

– Ça va, le délai de prescription est passé, maintenant, je pense que ta mère s'en fiche de savoir que Simon Henson a escaladé ta gouttière pour venir te prendre ta virginité en dernière année !

– QUOI ? s'écrie ma mère, livide.

– Je vais te tuer… je la menace en plissant les yeux.

Ni une ni deux, je me jette sur elle et elle détale entre les rayonnages dans un glapissement alors que je la course jusqu'à réussir à la plaquer à terre.

– Arrête, Mi, si tu me tues, tu n'auras personne pour être plus scandaleuse que toi !

Elle se débat alors que je m'assieds sur son dos en lui coinçant les bras.

– Je survivrai, je lui assure en tirant sur une mèche de ses cheveux.

– AÏE ! Tu es une névrosée, Mia Poppy Anderson !

– Et toi, une balance !

– Dit la fille qui a raconté toutes les bêtises de Sherman Baxter à la maîtresse en dernière année de primaire pour avoir un bon point !

Je m'immobilise sur elle en réfléchissant.

– OK, tu marques un point.

Je lui relâche les bras mais reste assise sur elle alors qu'elle essaie de me faire basculer. Je me plaque sur elle et elle grogne de plus belle alors que je la chatouille.

– Vous êtes toujours aussi insupportables… soupire ma maman en nous observant depuis l'autre bout du rayon.

Nous nous figeons à sa voix et tournons simultanément la tête vers elle avant d'éclater de rire. Calista en profite pour me faire basculer et m'escalade rapidement avant de me plaquer au sol.

– AH !

– Jésus Marie Joseph ! s'écrie une voix outrée derrière nous.

Je me retourne et découvre Mme Huffman en train de faire un signe de croix en nous regardant. Elle désigne ensuite ma mère d'un doigt accusateur et je vois ma maman devenir livide.

– Je vois que votre fille n'a pas seulement fricoté avec des pêcheurs, elle a fauté, aussi !

Je reste abasourdie par sa réaction alors qu'elle brandit d'une main son pendentif en forme de croix, comme un bouclier, tout en incriminant ma maman.

– Rebecca ! Toujours aussi homophobe, à ce que je vois ! s'écrie

Calista d'une voix enjouée sans bouger d'un iota alors que je suis en état de choc sur le sol du magasin de mes parents.

La principale intéressée ne peut réprimer un sursaut d'indignation. Elle nous observe d'un regard horrifié avant de faire de nouveau plusieurs signes de croix à la suite.

– Je ne resterai pas plus longtemps dans un magasin qui cautionne la débauche ! Et sachez que j'en parlerai au groupe de lecture paroissial !

– Oh, non ! Et moi qui croyais qu'on allait commencer Cinquante nuances de Grey à la prochaine réunion ! s'exclame mon amie alors que Rebecca quitte le magasin en courant.

Je me tortille violemment sous elle pour qu'elle me laisse me relever et me précipite vers ma mère qui soupire profondément.

– C'était quoi, ça ? je m'écrie en la suivant derrière le comptoir.

– Rien du tout, ma chérie.

– Tu te moques de moi ? Rebecca Huffman débarque et t'accuse de cautionner la débauche homosexuelle et tu me dis que tout va bien ?

– Qu'est-ce qui se passe ? gronde la voix grave de mon père.

– Rebecca Huffman est passée et elle a surpris les filles en train de se chamailler. Rien de plus.

Ils échangent un long regard et je comprends qu'ils me cachent quelque chose.

– OK, qu'est-ce qui se passe, à la fin ?

– Rien du tout, mon ang…

– Arrête de me mentir, maman !

– Sarah, elle l'apprendra à un moment ou à un autre, arrête de la couver.

Je fais volte-face en entendant mon père et les regarde alternativement.

– Qu'est-ce que je vais apprendre ?

Le silence s'éternise et ma mère pince les lèvres avant de se détourner. C'est mon père qui vient me saisir aux épaules.

– Écoute, ma puce, tu sais qu'il y a pas mal de personnes un peu… extrêmes, dans cette ville. Et disons que le coming out de ton ex-fiancé leur a laissé penser que tu étais à l'origine de sa faute.

J'ai un mouvement de recul.

– Mais quelle « faute » ? Derreck est gay, c'est tout. Il n'a tué personne !

– Je sais bien, mon ange, mais tout le monde n'est pas aussi ouvert que toi.

Et alors qu'il prononce cette dernière phrase je réalise subitement que le magasin est vide. Un samedi après-midi.

– Oh, non… Vous avez perdu des clients à cause de moi…

Ils se précipitent tous les deux vers moi alors que je vacille, sonnée par la nouvelle.

– Non, enfin, mon cœur !

– Mais bien sûr que non ! Qu'est-ce que tu racontes ?

Je baisse les épaules et les fixe du regard, peu convaincue par leur jeu d'acteur.

– On est samedi et le magasin est désert !

Mon père fourrage dans ses cheveux en bataille tandis que les yeux de ma maman s'embuent.

– Écoute, ma puce, oui, nous avons perdu des clients. Mais ce sont des imbéciles qui n'en valaient pas la peine !

– Et nous refusons de faire affaire avec des gens qui sont aussi stupides ! tonne mon père.

– Bien dit, monsieur Anderson ! renchérit Calista dans mon dos.

Je l'avais oubliée, celle-là.

– Mais… mais… Et le pasteur Miller, est-ce qu'il ne peut pas faire quelque chose ? balbutié-je.

Les épaules de mon père s'affaissent.

– Jonas a bien tenté de les raisonner, mais tu sais comment ils sont. Ils ont déjà du mal avec son passé, alors l'entendre parler d'homosexualité de façon aussi ouverte…

Je m'effondre sur le tabouret derrière moi. Et voilà. Moi qui pensais que ma semaine ne pouvait pas empirer après les pertes successives de mon fiancé, mon travail et mon appartement, j'avais tort. Maintenant, ce sont mes parents qui ont perdu des clients à cause de moi.

– Le chiffre d'affaires du magasin ? je demande brusquement.

Ils se regardent brièvement mais assez pour que je comprenne que ce n'est pas brillant.

– Il stagne un peu, ces derniers temps, mais rien de grave, tente de me rassurer ma maman.

– Et puis tu sais, avec ton aide généreuse, il ne nous reste plus beaucoup de crédits à rembourser donc on s'en sort très bien, même avec une activité ralentie, renchérit mon père.

– Quels crédits ?

Mon père baisse le visage, honteux. Mes parents ont toujours eu du mal à joindre les deux bouts mais ils n'ont jamais cherché à me cacher leur situation. Je savais que nous devions faire attention, pour autant, je ne me suis jamais sentie en manque, avec eux. Ils trouvaient toujours le moyen de m'offrir de petites choses pour m'éviter de me sentir pauvre, et mon job de baby-sitter me permettait de me payer les nouveaux vêtements que je voulais. Je n'ai jamais été « privée » de quoi que ce soit.

– Eh bien, il y a eu un dégât des eaux dans le magasin l'année dernière, et la voiture nous a lâchés alors nous avons dû en racheter une autre d'occasion, confesse ma mère.

Je tombe des nues.

– Mais pourquoi vous ne m'avez rien dit ? Je vous aurais aidés !

– Ce n'est pas à toi de nous aider ! gronde mon papa.

– Joseph, calme-toi…

– Est-ce qu'il y en a d'autres ? demandé-je. Des crédits ?

Je les vois jeter un regard à Calista, et cette dernière a le bon goût de s'éclipser.

– Ouh là là, mais c'est qu'il est sacrément tard, dis donc, au moins… quinze heures dix ! Je vais rentrer et vous laisser vous retrouver, OK ?

Elle s'échappe rapidement et ferme la porte derrière elle alors que je fixe de nouveau mes parents, ceux qui m'ont élevée et ont préféré me laisser dans l'ignorance totale.

– Quelques crédits à la consommation… Pour les dépenses imprévues, ou bien…

– Les billets d'avion, j'achève à leur place.

Chaque année, mes parents venaient me voir chez moi, et ont toujours refusé que je paie leurs billets. Parfois, ils sont venus en train, cela revenait moins cher mais représentait plusieurs jours de voyage.

– Combien est-ce que vous devez encore ?

Le silence s'éternise entre nous avant que ma mère m'avoue enfin le montant.

– Environ trente mille dollars…

Je hoquette de stupeur en les regardant. Mes parents sont dans une période de crise financière et je n'en savais rien ! Rien du tout ! Alors que je vivais sans aucun souci financier de l'autre côté du pays ! Je me lève en trombe de mon tabouret et fonce sur les valises que Calista a eu la gentillesse de sortir à ma place. Je fouille dans la poche avant de ma plus grosse valise et en sors le mandat cash que j'ai reçu. Je viens ensuite le plaquer sur le comptoir sous les yeux stupéfaits de mes parents.

– Voilà, il y a quarante-trois mille dollars, c'est la totalité de mes comptes épargnes et de mon compte courant, plus mes indemnités de licenciement. Vous allez les prendre, rembourser tous vos crédits et vous acheter une voiture plus récente avec, OK ?

– C'est hors de question ! tonne mon père.

– Si vous ne le faites pas, je déchire ce chèque ! m'écrié-je en réponse.

– Mais pourquoi, ma chérie ? s'exclame ma mère. Tu pourrais te retourner avec cet argent et avoir le temps de vivre tranquillement quelques mois pour ensuite retrouver un emploi !

Je les observe l'un après l'autre, mes deux parents, la prunelle de mes yeux, ceux qui se sont sacrifiés toute leur vie pour moi. Je leur dois tellement que je sais pertinemment que cet argent ne suffira pas.

– Vous m'avez tout donné, je ne me suis jamais sentie moins riche que les autres, j'explique à voix basse. Je sais tout ce à quoi vous avez renoncé pour m'offrir les dernières baskets à la mode, une belle robe pour le bal de promo ou bien mon matériel de cheerleader… Laissez-moi vous aider à mon tour.

– Tu nous as déjà aidés… murmure mon père.

– Alors laissez-moi recommencer… je chuchote.

Je les vois vaciller. Et je souris intérieurement. Ils ne sont pas loin de craquer.

– En plus si vous m'hébergez, ce sera comme une participation aux frais, une sorte de loyer, en somme…

Ma mère soupire en suppliant mon père du regard. Si ma mère est décidée à accepter cet argent, c'est bien qu'ils sont pris à la gorge.

– S'il vous plaît… j'insiste encore une fois. Vous n'avez qu'à m'engager dans la quincaillerie en attendant que je retrouve un emploi ! Comme ça, vous me verserez un léger salaire qui remboursera une partie de cet argent, OK ?

– On te remboursera chaque centime de ce mandat, c'est bien clair ? menace mon père alors que je sautille sur place, un gigantesque sourire aux lèvres.

– Tout à fait ! Chaque centime !

Je trépigne en le voyant se saisir du mandat à contrecœur. Le fait qu'il accepte enfin me remplit de joie ! Ça éclipse presque toute la noirceur que j'accumulais depuis une semaine. Rien que le fait de savoir que mes parents vont souffler me rend tellement heureuse que j'en oublie momentanément la raison de mon retour ici. Et même si je leur ai certifié qu'ils pourront me rembourser, il est hors de question que je reste à leurs crochets. D'ici deux mois maximum, je trouve un nouvel emploi et je quitte leur maison pour éviter de leur créer une charge supplémentaire !

– On aura tout vu… une enfant qui aide ses parents à rembourser leurs crédits… marmonne mon père en me fusillant du regard alors que je jubile.

OK, deux mois maximum pour trouver un boulot. Ça ne devrait pas être compliqué.

À toi de jouer, Mia !

5

Trois jours auparavant

Cinq mois.

Cinq mois que je cherche un boulot.

Et rien. Rien de rien.

Je ne pensais pas que le fait de devenir paria parce que mon ex est gay me porterait autant préjudice… Bon, il faut dire aussi que la situation actuelle de la ville ne m'aide pas : Springville est une toute petite bourgade, et sans véhicule pour me déplacer, aller travailler dans les villes limitrophes est compliqué. Mes parents ont besoin de leur voiture pour faire les livraisons, et grâce à l'argent que je leur ai donné, ils ont pu acheter un pick-up d'occasion récent, qui ne risque pas de tomber en panne. Parfois, j'avoue que je regrette de ne pas avoir gardé une petite partie pour m'acheter également une voiture, mais ensuite, le simple fait de voir mes parents avec un visage plus serein parce qu'ils n'ont plus une tonne de factures à payer me rassure. J'ai bien fait.

D'autant plus que je ne participe quasiment pas aux dépenses de la maison, ils refusent catégoriquement de me laisser payer quoi que ce soit et me versent un petit salaire en compensation. En gros, j'ai quatre cents dollars d'argent de poche par semaine. Que je dépense en courses alimentaires, au grand dam de mes parents.

J'en garde une partie pour aller boire des verres avec Calista, et je place la moitié sur un compte épargne. Déformation profession-nelle.

Mais finalement, je n'ai pas besoin de grand-chose pour l'instant. J'ai des vêtements, un toit, un travail dans leur quincaillerie pour m'occuper, et le réconfort de leurs bras le soir. Juin touche à sa fin et l'été s'annonce brûlant. J'espère réussir à dégager assez d'argent pour leur permettre d'acheter une nouvelle climatisation, car celle de la maison est assez ancienne et ne fonctionne pas très bien. Au moins une pour leur chambre – je peux survivre sans dans la mienne.

Heureusement pour nous, les rumeurs se sont un peu tassées, et le flux de clientèle est presque revenu à la normale. Je sais bien que mes parents ne récupéreront jamais tous leurs clients mais au moins, ils me laissent gérer leur comptabilité et je suis bien placée pour voir que leur situation s'améliore peu à peu.

Je finis justement de remplir le dossier de suivi des approvisionnements quand mon portable sonne. Je souris en voyant le visage de Calista s'afficher sur l'écran et je fais signe à ma mère que je quitte le comptoir pour aller dans la remise. Elle me répond d'un hochement de tête en continuant à conseiller une cliente.

– Deux secondes, Cal, je m'isole, j'indique en décrochant.

Je n'attends pas sa réponse et me faufile entre les clients pour rejoindre la porte sur laquelle il est écrit « *Staff only* ». Mon père profite de mon passage pour m'ébouriffer les cheveux et je grogne presque en lui échappant sous les éclats de rire d'un de nos voisins.

– Papa !

Je me glisse dans l'entrebâillement et ferme derrière moi avant de m'installer sur un carton.

– Allô ?

– Enfin !

J'éclate de rire à son empressement.

– Ça va, tu es bientôt en vacances ! Tu peux patienter cinq minutes, non ?

– Non ! Parce que tu ne devineras jamais ce que j'ai appris en allant faire les courses !

– Laisse-moi deviner : tu as appris que les tomates étaient des fruits et non des légumes ? je me moque gentiment.

Calista est une épicurienne, elle mange de tout et surtout ce qui n'est pas des légumes. Et elle se moque ouvertement de mon addiction au sport et de mes trois footings par semaine.

– HA HA HA. Très drôle, Anderson… Non, mieux que ça : Saddie

O'Brien aurait fricoté avec Ben Patterson !

Je hausse un sourcil, légèrement surprise.

– Saddie O'Brien ? Mais elle n'est pas censée épouser le frère de Ben, justement ?

– Si ! Paul ! Mais apparemment c'est le petit frère qui lui plaisait le plus ! L'aîné les aurait surpris en pleine bête à deux dos dans sa voiture un soir, en rentrant du travail…

Je pouffe en l'entendant jubiler. Calista adore les potins. Et elle adore aussi en être la cause.

– Et qu'est-ce que c'est censé changer à ma vie ?

– Enfin, ma chérie ! Tu n'es plus le sujet numéro un des ragots, maintenant !

Je me redresse légèrement. Si elle a raison, ça veut dire que dans quelques mois, j'aurai peut-être plus de chances de trouver un emploi.

– Dis-moi qu'il lui a fait une énorme scène et que les voisins les ont surpris ! je la supplie presque.

– Mieux : il a poursuivi son frère dans tout le centre-ville et lui a carrément cassé la gueule en pleine rue, juste devant la sortie du comité de lecture paroissial !

Je gémis bruyamment de soulagement sous ses éclats de rire. Enfin ! Si Rebecca et ses acolytes ont trouvé une nouvelle Némésis, je serai bientôt délivrée de cette situation catastrophique.

– Oh, merde, c'est la meilleure nouvelle de cette journée, de cette semaine même, de ce MOIS ! je m'écrie, le cœur plus léger.

– Je savais que ça te plairait… susurre-t-elle d'une voix enjôleuse.

– Tu es mon héros, Cal.

– Chez Mitch ce soir pour fêter ça ?

– Vendu !

– Vingt heures chez lui, beauté, fais-toi bonnasse, avec un peu de chance on trouvera des voyageurs perdus et beaux gosses à lever !

J'éclate de rire alors qu'elle raccroche sans même me dire au revoir. Je profite de mon passage dans la remise pour ramener un stock de rouleaux de caisse. Le magasin s'est légèrement vidé pendant mon appel. Cela dit, il est dix-huit heures quarante-cinq, et nous fermons dans quinze minutes.

– Tout va bien, ma puce ? demande ma mère.

– Magnifiquement bien ! je confirme avec un grand sourire.

Je souris tellement qu'elle plisse les yeux et m'étudie d'un regard soupçonneux.

– Quelle que soit la chose qui te rend si heureuse, je la bénis !

Je me contente de lui faire un clin d'œil avant de venir finir ma tâche derrière l'ordinateur. J'enregistre le fichier Excel quand j'ai fini et lance la fermeture de caisse quand mon père ferme la porte à clé après le départ du dernier client. Il retourne ensuite l'écriteau qui indique que nous sommes fermés.

– PARFAIT ! Une belle journée de finie !

Je souris en imprimant le cumul des tickets de carte bleue. Je compte rapidement le contenu de la caisse avant de sortir l'excédent pour le placer dans une pochette en plastique avec les tickets agrafés. Je vérifie que les montants correspondent avec le total sur le logiciel et souris en éteignant l'ordinateur. Je tique en voyant mes parents m'observer.

– Qu'est-ce qui se passe ? je demande, amusée.

– Tu comptes tellement vite… souffle ma mère.

Je pouffe devant leurs mines extasiées.

– C'est mon métier, gérer l'argent.

– Si tu savais le temps qu'on gagne, avec toi, explique mon père. D'habitude, il nous faut une bonne dizaine de minutes pour tout vérifier, et un soir sur trois, on se trompe dans les montants, alors que tu ne fais jamais aucune erreur.

Je lui fais un clin d'œil et rassemble les documents épars devant moi avant de tout ranger dans le petit meuble qui sert d'archives dans la remise. J'en profite pour ranger l'argent dans le coffre avant de le verrouiller.

– Il faudra passer à la banque en début de semaine, j'annonce en revenant dans le magasin alors que mes parents passent un coup de balai. Je peux vous emprunter la voiture, ce soir ? Je dois aller retrouver Calista pour boire un verre.

– Bien sûr, mon ange ! Tu as rendez-vous à quelle heure ?

Je regarde furtivement ma montre.

– Dans une heure. Le temps de ranger le magasin avec vous, et je passerai rapidement me changer avant de grignoter un bout.

Ils se consultent du regard et mon père fouille dans la poche de son pantalon avant de me jeter les clés de la voiture. Je les attrape au vol, surprise.

– Et si tu rentrais maintenant pendant qu'on range ? Ça te laissera le temps de te pomponner pour ce soir, explique-t-il.

– Mais… et vous ?

– On rentrera à pied, ne t'inquiète pas, il fait bon, ce soir. Peut-être même qu'on s'arrêtera pour manger chez Joey's en amoureux.

J'hésite. La tentation de me lover dans un bon bain délassant avant de sortir est plus qu'attrayante. Avec le retour des beaux jours, les clients reviennent pour entamer tous les petits travaux qu'ils avaient mis de côté pendant l'hiver. La semaine a été longue et harassante et je rêve de pouvoir prendre le temps de me détendre. Sans parler d'avoir la maison pour moi toute seule.

– Vous êtes sûrs ? je demande encore une fois.

– Ouiii ! s'écrient-ils en chœur.

– Ouste ! ajoute ma maman en me faisant signe de filer.

Je ne me fais pas prier et sors en courant presque du magasin.

– Merci ! Je vous adore ! je hurle sans me retourner.

Je les entends rire dans mon dos alors que je me précipite vers le pick-up. Je démarre en trombe et roule vers la maison, pressée de me faire couler un bain digne de ce nom ! Je me gare en vitesse et me précipite dans la maison. Je fonce dans la salle de bains pour allumer l'eau. Quand elle est chaude, je bouche la baignoire et ajoute du bain moussant aux sels de mer avant de revenir dans ma chambre pour y choisir une tenue. Quand je l'ai enfin, je jette mes vêtements en vrac sur le sol avant d'attacher mes cheveux et je plonge avec délice dans l'eau chaude quand le bain atteint le bon niveau.

Nom de Dieu, c'est mieux que le sexe…

Enfin, Calista ne serait pas d'accord. Mais pour ma défense, je n'ai rien fait depuis presque six mois, si on compte la période de vaches maigres avant le départ de Derreck. Je soupire en me rappelant à quel point ma vie a changé depuis cette fameuse soirée. Je ne vis plus dans le même luxe, je ne peux plus sortir autant ni m'acheter de vêtements de marque, mais bizarrement… je le vis bien. Mieux que je ne le pensais. Penser à lui ne me fait plus aussi mal. Je mentirais si je disais que cela ne me fait pas un pincement au cœur, mais au moins, ce n'est plus un déchirement. Je me surprends même à espérer qu'il est heureux dans sa nouvelle vie. Et que ses parents ont bien pris l'annonce de son changement de… d'orientation. J'ai souvent hésité à l'appeler pour savoir ce qu'il devenait, s'il était toujours avec Morgan, mais je me suis ravisée à chaque fois. J'ai peur de passer pour l'ex qui appelle dans le seul but de savoir s'il est malheureux. Je me laisse un an avant de prendre de ses nouvelles. Ça va bientôt faire six mois. J'attends encore un peu et je pense que ce sera le bon moment pour reprendre contact avec lui. Silvia m'appelle de temps en temps mais nos conversations téléphoniques s'espacent de plus en plus, ce qui est normal, avec la distance. Je ne lui en veux pas, le travail avec Harvey qui se pavane doit déjà être assez pénible. Son mari a été renvoyé il y a moins de trois mois mais il vient de retrouver un emploi. Je me félicite mentalement de ne pas avoir insisté pour la faire témoigner, je m'en serais voulu de l'avoir mise dans une situation délicate. Il y a déjà eu assez de victimes collatérales comme ça… Je soupire en m'enfonçant un peu plus dans l'eau chaude. Je ferme les yeux un long moment et essaie de me vider l'esprit. Mais le souvenir du sexe revient sournoisement alors que le mouvement de l'eau me fait frissonner. Merde, ça fait six mois, quand même…

Le pire, c'est que le manque ne se fait pas sentir plus que ça. Je sais que cela me ferait le plus grand bien, pourtant. Mais en ai-je envie ? Je regarde les hommes, mais aucun n'éveille quoi que ce soit en moi. Aucun d'eux ne me donne vraiment envie de le séduire, d'aller plus loin. Je ne peux donc compter que sur moi-même pour relâcher la pression, et j'y ai eu recours plusieurs fois en six mois. Quoique cela reste assez ponctuel, plutôt que régulier. J'hésite un court instant à profiter de ma solitude mais en jetant un coup d'œil à ma montre, je réalise qu'il est trop tard pour ça.

Une prochaine fois…

Je soupire en sortant de l'eau pour me sécher et me préparer. Je m'attache les cheveux en queue-de-cheval, me maquille légèrement et enfile ma petite robe légère avant de chausser des sandales. Je m'observe une dernière fois dans le miroir avant de sourire, satisfaite. Je dévale les marches de l'escalier quand je réalise que je vais être en retard et attrape mon sac ainsi qu'un morceau de la tourte à la viande préparée par ma mère pour le dîner de la veille. Un des nombreux avantages d'être revenue à la maison : la cuisine de ma maman ! Je l'enfourne dans ma bouche sans même prendre la peine de mâcher, sors de la maison en claquant la porte et ouvre celle du pick-up quand une voix familière me stoppe dans mon élan.

– Mia, attends, s'il te plaît !

Je m'étouffe presque en avalant de travers quand j'entends la voix du pasteur dans mon dos.

– Mmmfmm… ?

Je me retourne en tentant de finir d'avaler rapidement ma bouchée sans cracher sur mon voisin qui s'approche de moi. Il éclate de rire en me voyant mâcher laborieusement avant d'avaler bruyamment.

– Pardon, Jonas, je tente de m'excuser quand je suis enfin en état de parler. Dites-moi tout !

Je le regarde pincer les lèvres et se dandiner d'un pied sur l'autre en me regardant. Tiens, le pasteur Miller a quelque chose à me demander…

J'esquisse un sourire en le regardant hésiter avant de se jeter à l'eau.

– J'aurais besoin que tu me rendes un service.

Je hausse brièvement les sourcils.

– Oui ?

– Voilà, mardi, je vais aller chercher les filles à Salt Lake pour leur retour à la maison pour l'été, et Judy doit emmener Jake chez l'orthophoniste mardi matin également…

Je fronce les sourcils.

– Oui ?

Je ne vois pas où il veut en venir et je regarde rapidement ma montre. Merde, je vais être en retard s'il ne se décide pas à me dire ce qu'il a à me dire.

– Tobias rentre de Los Angeles par le train mardi matin…

Je relève brusquement la tête vers lui pour le fixer d'un regard éberlué.

Tobias.

Tobias Miller.

Mon démon personnel.

Le sale garnement qui a fait de mes baby-sittings un enfer pendant des années.

– Il arrive par le train de huit heures quarante-cinq à Provo, et nous ne pouvons pas aller le chercher… continue-t-il d'expliquer. Il aura passé trente-deux heures dans les transports, ça nous ennuie vraiment qu'il prenne en plus un taxi pour arriver ici…

Mais si ! Qu'il prenne un taxi ! Qu'il pourrisse la vie de quelqu'un d'autre pendant une vingtaine de minutes !

Le pasteur sent mon hésitation et s'empresse de parler sans me laisser le temps de répondre.

– On te paiera pour le déplacement, bien sûr !

– Pardon ?

Je suis stupéfaite. Il me demande de faire de nouveau du baby-sitting pour son fils, qui doit avoir quoi… 18 ans ? Ou plus ? Merde, je ne sais même plus l'âge qu'il a…

– Je ne sais pas… Mes parents ont besoin de moi au magasin…

Excuse parfaite, mais sans effet sur le pasteur. Il contre-attaque même avec une tête de chien battu, les deux mains jointes devant lui en signe de supplication. Oh, misère, il va me faire un sermon, comme à la messe le dimanche matin…

– S'il te plaît… je sais que Tobie n'a pas été tendre avec toi pendant les années où tu le gardais, mais il a changé. Et Judy est déjà paniquée à l'idée qu'il voyage aussi longtemps seul… Ça lui ferait beaucoup de bien de savoir qu'une personne connue et digne de confiance ira le récupérer à la gare…

– Vous êtes en train de me faire du chantage affectif, là ? le questionné-je, effarée.

Il hausse un sourcil.

– Pourquoi, ça fonctionne ?

J'écarquille les yeux face à son aplomb tandis qu'il me sourit de toutes ses dents.

– Je… je ne s…

– Alors ? nous interrompt une voix féminine depuis la maison d'à côté.

Je tourne légèrement la tête et aperçois Judy, un téléphone plaqué contre sa poitrine. Je les regarde alternativement, ces deux personnes adorables qui ont toujours été d'une patience d'ange avec moi. Et je ferme les yeux, vaincue.

– Très bien… je soupire.

Jonas frappe dans ses mains en poussant un cri de joie.

– Magnifique ! Elle a dit oui, Judy !

– Formidable !

Elle porte de nouveau le téléphone à son oreille pour reprendre sa conversation avec son interlocuteur.

– Tobie ?

Oh génial… En direct live avec le diable en personne… qui est également le fils du pasteur de la ville. Si ce n'est pas ironique, ça !

– C'est bon, ton père a trouvé quelqu'un pour venir te ch…

Je n'entends pas la fin de sa phrase parce qu'elle ferme la fenêtre, et je fusille le pasteur du regard.

– Vous devriez avoir honte… Un pasteur qui utilise l'empathie pour convaincre les gens de faire des choses…

– Un simple moyen de négociation, rétorque-t-il en glissant les mains dans ses poches.

Je secoue la tête à son intention avant de tourner les talons pour monter en voiture.

– Tu peux me donner ton numéro de téléphone pour que je le lui transfère ?

J'hésite à démarrer en trombe en faisant semblant de ne pas avoir entendu, mais je suis loyale. Trop, apparemment.

Je soupire en lui dictant mon numéro de portable et il s'empresse de l'enregistrer avant de me remercier une dernière fois et de partir en courant vers la porte de sa maison. Ma bonté me perdra…

Quand j'arrive au bar, Calista est déjà attablée avec deux bières. Enfin, deux… Elle a déjà vidé la sienne et commencé à boire la deuxième.

– Pardon, je souffle en m'affalant sur la banquette en face d'elle.

– Heyyyy ! Tu es donc mon amie, c'est ça ? J'étais persuadée d'avoir pris rendez-vous avec la femme invisible !

Je plisse les yeux en la dévisageant et attire l'attention de Mitch en lui désignant les deux bières pour qu'il nous resserve une tournée. Il hoche la tête et cinq minutes plus tard, deux verres apparaissent devant nos yeux.

– OK, Mia Poppy Anderson, qu'est-ce qui t'a mise en retard ? Je te jure que si c'est à cause d'un homme, je ne t'en voudrai pas…

Je ricane.

– Presque…

– Comment ça « presque » ?

Je soupire avant de boire une gorgée de bière.

– Le pasteur Miller m'a coincée au moment où je partais pour me demander d'aller chercher son fils à la gare mardi matin.

– Lequel ?

– L'aîné.

Elle simule une grimace horrifiée.

– Creepy Tobie ??

Je recrache ma gorgée en riant quand elle utilise le surnom qu'elle lui avait donné à l'époque. Avec ses attitudes bizarres et sa façon de fixer les gens sans bouger, Calista l'a rapidement affublé de ce nouveau nom. Je ne l'avais pas entendu depuis des années. Quand j'y pense, je me rends compte que ce n'était pas super sympa, mais après tout ce que ce gamin m'avait fait subir, j'avais adhéré sans hésitation.

– Merde, ça va faire trois ou quatre ans qu'il est parti, je crois, ajoute-t-elle. Je ne sais même pas à quoi il ressemble, maintenant. Quand je suis revenue en ville, il n'était déjà plus là…

– Ouais, ben, ne t'inquiète pas, tu vas bientôt le découvrir.

Elle s'immobilise et me regarde en plissant les yeux.

– Pourquoi ? demande-t-elle d'une voix suspicieuse.

Je prends le temps de boire une gorgée avant de me pencher par-dessus la table.

– Parce que je n'irai pas chercher ce psychopathe toute seule. Mardi matin, huit heures quinze devant chez toi.

Elle fronce les sourcils en réfléchissant.

– Huit heures quinze… DU MATIN ? s'exclame-t-elle.

Je lève mon verre à son intention alors qu'elle écarquille les yeux.

– Et pourquoi je ferais ça ? ajoute-t-elle, outrée.

Je finis ma gorgée avant de lui lancer un regard amusé.

– Parce que tu as balancé à ma mère que j'avais perdu ma virgi-nité avec Simon après qu'il avait escaladé la gouttière ?

Elle ouvre la bouche dans un « o » muet, et je sais qu'elle abdique quand ses épaules s'affaissent.

– Tu me le revaudras, Anderson. Parce que tu viens de me booker un aller-retour pour Creepyland.

– Pourquoi aller en enfer seule quand on peut y emmener sa meilleure amie ?

Elle éclate de rire et lève son verre pour trinquer.

– À Creepy Tobie !

– À Creepy Tobie, je m'exclame en retour en venant trinquer avec elle.

6

Oh.

Nom.

De.

Dieu…

Je viens littéralement d'avoir un mini arrêt cardiaque sur le quai de la gare. Je suis pétrifiée.

– Est-ce que c'est Tobias ? me presse Calista en crispant sa main sur mon épaule. Dis-moi que c'est Tobias !

Sa voix est suppliante, et pour cause… même moi, j'en perds la voix.

Parce que l'homme en face sur le quai, qui regarde autour de lui en cherchant visiblement quelqu'un, donnerait à n'importe quelle fille l'envie d'aller à la messe… Grand – il me dépasse quasiment d'une bonne tête, voire deux – , les cheveux légèrement trop longs et tombant, de manière sexy, en désordre sur son front, une légère barbe qui ombre sa mâchoire carrée, les fesses moulées dans un jean ajusté, avec des rangers noirs aux pieds et un T-shirt kaki à col tunisien qui dessine les muscles de son torse et de ses bras de façon… impudique. Ses yeux sont cachés derrière une paire de lunettes Aviator et quelques colliers à grigris dansent autour de son cou.

Mais ce qui attire les miens, ce sont les bracelets de cuir épais autour de ses poignets, et surtout les tatouages sur ses avant-bras, qui disparaissent sous les manches retroussées.

Il jette un œil à son portable avant de regarder autour de lui. Dans un réflexe stupide, je me cache derrière Calista, les joues en feu. Mais j'ai eu le temps de voir la croix tatouée sur le côté droit de son cou.

– Euh… Tu fais quoi, Anderson ? demande Calista, visiblement déroutée par ma partie de cache-cache.

– Je ne sais pas ! je chuchote, paniquée. Si ça se trouve, ce n'est pas lui et je vais de nouveau me taper la honte !

– Bah, on va le savoir tout de suite parce que je crois qu'il est en train de t'appeler.

Quoi ? Je sors précipitamment mon téléphone de mon sac pour le mettre en silencieux, mais le début de « Dancing Queen » d'Abba retentit avec violence sur le quai vide et silencieux avant que j'aie le temps de le faire.

– Putain putain putaiiiiin ! je trépigne en appuyant désespérément sur l'écran pour faire cesser la musique, sans succès.

– Mia ?

Oh, misère.

Je relève la tête, le cœur battant, pour regarder Calista, mais cette dernière me sourit mielleusement avant de s'écarter d'un mouvement brusque et je me retrouve en plein dans la ligne de mire du jeune homme.

– Traîtresse ! je grince entre mes dents serrées en la suivant du regard.

– Tu me remercieras, plus tard ! chuchote-t-elle avec un clin d'œil.

Je ferme les yeux deux secondes et me décide enfin à lui faire face alors qu'il s'approche de moi. Et j'en ouvre la bouche de stupéfaction.

Oh, mon Dieu… Il n'a plus rien à voir avec le gamin de mes souvenirs. Plus il s'approche et plus je remarque que ses pectoraux se contractent alors qu'il ajuste la bandoulière d'un de ses sacs de voyage sur son épaule, ou bien que ses biceps dansent sous le tissu du T-shirt quand il bascule d'une main à l'autre ce qui ressemble à un étui à guitare folk.

Mamma mia…

– Oh, la vache, là, il ressemble plus à papa Miller… me

chuchote Calista, la bave aux lèvres.

Oui ! Oh oui ! Ce n'est plus Creepy Tobie, mais Sexy Tobie, maintenant… Mais qu'est-ce qui me prend de penser ça ? Il est plus jeune que moi ! Et je l'ai vu tout nu, je lui ai donné son bain, je l'ai mis au lit et je… Oh, mon Dieu, il se rapproche super vite, fais quelque chose, Mia, maintenant !

Mais je reste aussi immobile qu'une statue quand il arrive enfin face à moi, et je dois lever les yeux pour le regarder. Il enlève ses lunettes et je le reconnais immédiatement. Les yeux en amande, d'un vert intense et presque hypnotisant. Ces yeux-là n'ont pas changé…

Il me sourit en coin en déposant ses sacs et sa guitare par terre avant de venir me soulever dans ses bras pour me serrer contre son torse massif. Je décolle littéralement du sol, les mains crispées sur les muscles durs de ses épaules.

– Ça fait du bien de te revoir… chuchote-t-il dans mon cou.

Il a définitivement mué. Ce n'est pas la voix de Samuel L. Jackson comme l'avait prédit Derreck, mais elle est grave, chaude et profonde… Envoûtante, même… Et pour une raison absolument inconnue, et qui tombe pile au mauvais moment, la simple sensation de son souffle sur ma peau me provoque un frisson général et le duvet de ma peau se hérisse.

Que… quoi ? Pas plus tard qu'il y a trois jours, je disais que justement, je n'éprouvais plus rien en présence d'un homme !

Oh, génial, il ne manquait plus que ça. Réagir physiquement à l'étreinte du gamin de mon voisin ! Qui n'a plus rien d'un gamin…

Je baragouine un vague : « À moi aussi… » avant de tendre la main pour lui tapoter gentiment le biceps dans le but de lui signifier qu'il peut me reposer à terre.

Mauvaise idée, Mia ! Ne touche pas les muscles de ses bras, ne touche pas les muscles de ses b…

Trop tard.

Oh, misère ! Je retire mes mains comme si je venais de me brûler et m'éloigne rapidement quand mes pieds touchent enfin le sol.

– Je… euh… Waouh ! Tu as changé, dis donc !

Je viens vraiment de dire ça ?

– C'est fou comme tu ressembles à ton père, intervient Calista, ce qui me sauve d'un silence gênant. Tu as quel âge maintenant, au fait ?

Je sursaute et la regarde en écarquillant les yeux. Elle ne vient quand même pas de tenter une approche avec lui ? Il se contente de lui sourire gentiment mais se tourne vers moi pour répondre.

– 22 ans.

Pendant un instant fugace, j'ai l'impression qu'il m'adresse un regard lourd de sous-entendus… mais il remet rapidement ses lunettes de soleil et soulève son étui à guitare.

– On y va ?

Je tressaille au son de sa voix mais reprends rapidement mes esprits. Je m'avance vers l'un de ses sacs laissés à terre et le soulève dans le but de… de me ridiculiser, parce qu'il est tellement lourd que j'arrive à peine à le soulever. Je le repose bien vite.

– Voilà, voilà…

J'ai beau avoir fait beaucoup de sport, apparemment j'ai la force d'une gamine de 5 ans quand il s'agit de soulever un étui…

– Il contient ma pédale et du matos de sono, c'est pour ça.

Tobias sourit largement et vient le soulever d'une seule main, comme s'il pesait le poids d'un sac de plumes, ce qui me rappelle de nouveau, et avec force, qu'il n'a plus rien du petit garçon que je pouvais traîner au lit en le tirant par les pieds…

Non, maintenant, vu sa masse musculaire, c'est plutôt lui qui pourrait me traîner au lit…

Oups ! Non, mauvais chemin, Mia, mauvais chemin !

– Bon, on rentre ?

Il me fait signe de le précéder.

– Je te suis…

Je passe devant lui en jetant un regard éloquent à Calista, qui a gardé la bouche ouverte pendant toute la conversation.

– Ferme la bouche, Cal…

Elle remonte son menton dans un claquement sonore et nous emboîte le pas jusqu'au pick-up.

Tobias dépose ses affaires à l'arrière d'un geste ample mais garde son étui à guitare avec lui avant de grimper sur la banquette arrière pendant que je m'installe au volant.

– Alors, Tobias… commence Calista en se tournant vers lui. Tu es devenu musicien, donc ?

Sa voix séductrice me fait sourire et je la remercie mentalement de lui faire la conversation à ma place. Je me sens mal à l'aise, comme si je ne savais plus où se trouvait ma place. De « grande » je suis passée à « plus petite », et le rapport de force s'est totalement inversé. J'ai l'impression d'être devenue une gamine devant ces quasi deux mètres de virilité. Sérieusement, comment est-ce qu'on peut devenir aussi beau et impressionnant à tout juste 22 ans ? Quand je repense à mes petits amis de l'époque, ils m'apparaissent comme des minets encore loin de la virilité du jeune homme assis sur la banquette arrière.

Même ses colliers mystiques lui donnent un petit style rock'n'roll entre Lenny Kravitz et Johnny Depp…

Sans parler des manchettes en cuir épais qui attirent mon regard comme un aimant. Elles mettent ses avant-bras en valeur. Et les tatouages dessus… Je me gifle mentalement et reporte mon attention sur la route pendant qu'il répond calmement aux nombreuses questions de mon amie. J'apprends donc qu'il vient de finir ses études de musicologie, qu'il joue du piano, de la guitare, de la basse, du banjo et de l'harmonica, voire un peu de batterie « pour dépanner si besoin ».

Normal, un homme-orchestre, en fait.

– Tu veux bien nous jouer quelque chose ? trépigne Calista en frappant dans ses mains.

– Cal, il vient à peine d'arriver… Laisse-le respirer, un peu.

– Ça va, je lui demande une chanson, pas un strip-tease !

À ces mots, je manque de m'étouffer. Elle en rajoute une couche en se tournant vers lui pour ajouter avec un clin d'œil :

– Pas encore…

– Cal !

– Mi !

Je vois Tobias hausser un sourcil surpris dans le rétroviseur, puis il enlève ses lunettes de soleil.

– Non, ça ne me dérange pas, en fait…

Il ouvre l'étui posé à côté de lui et en sort une guitare en bois couleur miel avec un effet fumé noir. Je n'arrive pas à bien distinguer dans le rétroviseur mais j'ai l'impression qu'il y a des dessins sur la caisse de résonance.

– Un colibri ? demande ma copine en devançant ma question.

– Gibson Hummingbird[1]. Cadeau pour mes 20 ans.

– D'où le tatouage sur ta main droite…

Hein ? Je n'avais même pas vu qu'il avait un tatouage sur la main. Il accorde sa guitare d'une main experte avant de répondre à Calista.

– Cadeau de moi à moi pour mes 18 ans.

Qu'il a eus il y a quatre ans seulement… quand j'en avais déjà 26, un diplôme et un métier en poche.

Même si maintenant, à 30 ans, je n'ai plus rien du tout…

Quand il estime que sa guitare sonne correctement, il joue quelques accords avant de prendre la parole.

– Normalement, elle commence avec du banjo, mais comme je n'ai encore que deux mains…

Il commence à pincer les cordes très rapidement, les unes

---

1. Signifie « colibri » en anglais.

après les autres, et j'en écarquille les yeux. Oh, sacrée sainte mère de Dieu ! Je ne m'y connais pas trop, mais d'après ce que j'entends, il maîtrise son instrument comme un expert. Le rythme ralentit un peu et sa voix, légèrement rocailleuse comme s'il avait trop crié la veille, prend le relais. J'en ai le souffle coupé. Ce timbre lui va à merveille…

J'écoute attentivement les paroles, malgré moi, et la chair de poule sur mes bras s'intensifie quand je comprends le sens de la chanson.

« *Well I came home*
Like a stone
And I fell heavy into your arms »
(Eh bien je suis rentré à la maison,
Comme une pierre
Et je suis tombé lourdement dans tes bras)

« *These days of dust*
Which we've known
Will blow away with this new sun »
(Ces jours de poussière
Que nous avons connus
Seront chassés par ce nouveau soleil)

« *And I'll kneel down*
Wait for now
And I'll kneel down
Know my ground »
(Et je m'agenouillerai,
Attends pour l'instant
Et je m'agenouillerai,
Connais mon sol)

« *And I will wait, I will wait for you*
And I will wait, I will wait for you »

(Et j'attendrai, je t'attendrai
Et j'attendrai, je t'attendrai)

Les couplets s'enchaînent, entrecoupés de passages silencieux aux accords épars. Puis le rythme s'accélère de nouveau et Tobias hausse la voix pour chanter le dernier refrain, sa tête oscillant rapidement d'avant en arrière. J'ai un mal de chien à me concentrer sur la route et à ne pas le fixer dans le reflet du rétroviseur. Il a retiré ses lunettes de soleil avant de jouer et ses yeux sont fermés, ses sourcils froncés alors qu'il joue avec ses tripes. Même Calista en perd la parole. Quand la chanson se finit, elle applaudit avec entrain, et je suis légèrement déçue de ne pas pouvoir l'accompagner, puisque mes mains sont crispées sur le volant. Je me contente de le regarder dans le reflet du rétroviseur et mon cœur manque un battement quand son regard croise le mien. Un regard intense, bref et insaisissable, avant qu'il ne sourie de nouveau à Calista comme si rien ne s'était passé.

– Tu l'as écrite ? lui demande-t-elle.

– J'aurais aimé, mais c'est de Mumford & Sons, répond-il en rangeant la guitare dans son étui.

Je me sens stupide d'un coup et je cligne plusieurs fois des yeux, ahurie par mon propre délire mental. La sonnerie du niveau de réserve me donne une excuse pour m'éloigner de l'atmosphère confinée et étouffante du pick-up.

– Je dois aller mettre de l'essence.

Calista opine du chef sans réellement me regarder et continue de bombarder Tobias de questions. Quand je me gare sur le parking de la station-service, je suis tellement pressée de sortir de l'habitacle que j'en oublie de détacher ma ceinture. Le passant sur ma poitrine se tend brusquement quand je me redresse et je bascule en arrière avant de heurter durement le dossier et l'appui-tête.

– Ouch !

– Doux Jésus, Mi ! s'exclame Calista en me voyant quelque

peu sonnée. Je sais que les ceintures peuvent sauver des vies, mais pense à l'enlever quand tu sors !

Je grogne, les yeux fermés en frottant mon buste endolori et tâtonne pour déboucler ma ceinture mais je me fige en sentant une main masculine frôler la mienne.

– Attends, Mia, laisse-moi faire…

Il s'est approché du siège derrière moi et son visage est juste à côté du mien. Proche.

Trop proche…

J'ouvre brusquement les yeux quand son autre main se pose sur mon crâne comme pour vérifier que je n'ai pas de blessure.

– Tu devrais t'en sortir avec une belle bosse, murmure-t-il en souriant.

Je déglutis bruyamment et fuis sans même le remercier dès que la ceinture de sécurité me le permet. Cal me suit en sautant gracieusement du véhicule.

– Je vais acheter des chewing-gums, vous avez besoin de quelque chose ? Mia ? Tobias ?

Elle prononce son prénom avec un sourire engageant et une voix de téléphone rose, si bien que je lève les yeux au ciel. Il ne répond pas mais sort aussi du pick-up et se retrouve coincé entre elle et la portière quand elle se rapproche pour le surprendre. Il hausse les sourcils, déconcerté, et se recule légèrement, ce qui me fait sourire alors que je place le pistolet à essence à l'entrée du réservoir.

– Tu veux venir avec moi ? susurre-t-elle.

Il éclate de rire avant de remettre ses lunettes de soleil et de s'écarter d'elle.

– Mes excuses, madame, mais je dois aller là où la solitude m'appelle…

Il se dirige d'un pas rapide vers les toilettes et j'entends Calista s'indigner alors que je mate discrètement Tobias de dos.

– « Madame »… Il m'a appelée « madame » !

Je sursaute quand mon front heurte le montant de la voiture dans un bruit sonore alors que je me penche pour le suivre des yeux.

– Aïe !

Calista pouffe de rire alors que je me frotte le front et je la fusille du regard.

– Arrête de te moquer, « madame »...

– Je suis une femme de 30 ans dans la force de l'âge et qui fait encore tourner les têtes ! Pas une « madame » ! s'exclame-t-elle, outrée.

Je ricane pour me moquer mais elle n'en démord pas.

– C'est officiel, ce gamin vient de descendre dans mon estime, il a beau être gaulé comme un dieu grec, chanter comme une rock star et avoir le plus beau cul que j'aie jamais vu, personne ne m'appelle « madame » !

– Tu ne crois pas que tu en rajoutes un peu ?

– Non, sérieusement, il a vraiment le plus beau cul que j'aie jamais vu.

J'éclate de rire.

– Je ne parlais pas de ça !

– Menteuse, je t'ai vue le mater aussi.

Ce qui est bien avec elle, c'est qu'elle ne s'embarrasse pas de faux-semblants et dit les choses franchement.

– Je ne matais pas !

– Oh si ! Tu bavais, même !

Elle soupire fortement puis se retourne vers moi.

– De toute façon, je vois bien qu'il n'est pas intéressé par moi. Il t'a reluquée comme pas possible depuis qu'il est arrivé. Je te le laisse.

Le pistolet à essence m'échappe des mains sous le coup de la surprise.

– N'IMPORTE QUOI !

– Mia, Mia, Mia... Tu me dépites. Tu es tellement naïve... Je t'ai connue plus sûre de toi.

– C'était sûrement avant que mon fiancé ne m'apprenne

qu'il était finalement gay, que je perde mon job et mon appartement avant de rentrer dormir dans ma chambre d'adolescente…

– Arrête de te plaindre, ça pourrait être pire.

Je la dévisage, éberluée.

– Tu pourrais être moche ! explique-t-elle en me désignant.

J'éclate de nouveau de rire, malgré moi. Cal et son sens des priorités. Je secoue le pistolet pour faire tomber les dernières gouttes quand le plein est fait et elle regarde attentivement mon geste.

– Quand on y pense, ça ressemble vachement à une pipe avec éjaculation au fond de la gorge…

Je m'étouffe en reposant le pistolet.

– Ne me dis pas que tu viens de comparer le fait de mettre de l'essence avec une fellation ?

– Si, tout à fait. Et si tu veux mon avis, les voitures sont toutes de belles salopes… ajoute-t-elle en chuchotant.

Je suis encore pliée de rire quand la voix de Tobias retentit dans mon dos et me fait sursauter.

– De quoi vous parlez ?

Calista se tourne vers lui et sourit jusqu'aux oreilles. Pitié, non…

– De rapports bucco-génitaux.

Elle l'a fait…

Il cille à peine et le coin de ses lèvres se retrousse en un sourire amusé.

– Bien… J'arrive au bon moment, apparemment.

Je ne sais plus où me mettre et m'empresse de trouver quelque chose à faire avant de me mettre à le regarder comme une folle. J'avise le seau d'eau savonneuse laissé à la disposition des clients et prétexte une envie subite de nettoyer le pare-brise pour m'éloigner de lui. Je saisis le seau et le balai en éponge, mais à peine arrivée à côté du capot, je réalise que je suis beaucoup trop petite pour le faire correctement.

– Donne, je vais le f…

Surprise, je me retourne trop vite, si bien que je renverse

l'intégralité du seau sur son T-shirt.

Oh, non...

Si le tissu mettait déjà bien en valeur son torse, c'est encore pire mouillé. Ses muscles saillants apparaissent avec une netteté qui me fait rougir jusqu'à la racine des cheveux. Il s'écarte sous le choc de l'eau froide et je reste clouée sur place.

– Oh nooooon... Quelle CATASTROPHE ! Laisse-moi t'aider...

Calista saute sur l'occasion. Après avoir arraché un bon paquet d'essuie-mains au distributeur de la pompe à essence, elle se précipite sur lui pour l'éponger avec des gestes langoureux, tout en me gratifiant d'un clin d'œil et d'un grand sourire malicieux.

Mais... mais quel génie !

– Ça va aller, répond-il en riant légèrement et en secouant le tissu humide pour le décoller de ses abdominaux. Ce n'est pas que je n'apprécie pas le coup de frais inopiné, mais je vais changer de T-shirt et en prendre un sec.

Et sur ces belles paroles, il saisit l'arrière du T-shirt en question d'une main, comme le font tous les hommes, pour le faire passer par-dessus sa... tête... et... et...

Je détourne le regard, le feu aux joues. Sinon je serais restée scotchée à l'admirer. Il passe à l'arrière du pick-up pour farfouiller dans son sac pendant que Calista se rapproche de moi, une main sur le cœur. Je profite du fait qu'il ait le dos tourné pour l'observer de nouveau.

– Je retire ce que j'ai dit, tu peux te brosser pour que je t'abandonne un morceau pareil !

Je ne réponds pas, trop occupée à admirer la croix tatouée au milieu de son dos. Rien d'ostentatoire, surtout comparé au reste de son torse. J'ai cru voir que ses pectoraux étaient recouverts d'inscriptions en lettres gothiques, son bras gauche est tatoué de l'épaule jusqu'au poignet, une croix simple décore le côté de son cou, et quelques citations recouvrent certaines parties de son ventre et de ses côtes. Mais le dos est entièrement nu, à l'exception de cette croix, centrée sur sa colonne vertébrale.

Sa musculature est sèche et bien dessinée, on voit bien que c'est un sportif et non un mec qui fait de la « gonflette ».

– Et regarde ces grains de beauté disséminés un peu partout… ça ne te donne pas envie de les lécher un par un ? continue-t-elle alors que je suis encore en train de l'observer avidement.

Sa question me fait sortir de ma transe et je fronce les sourcils en tournant le visage vers elle.

– Quoi ?

– Je te jure, Mia, dis-moi que tu vas te le faire, que tu me raconteras tout, et j'accepterai peut-être de passer outre…

Je lui donne une claque sur le bras.

– Arrête tes bêtises ! Il a huit ans de moins que moi !

– Et tellement d'endurance ! rétorque-t-elle. Imagine, un jeune plein d'énergie, qui te baise *« all night looooong »* !

Elle en rajoute une couche en mimant une levrette sur la chanson de Lionel Richie, si bien que je rougis en pouffant.

– Le plein est fait ?

Nous sursautons quand Tobias revient vers nous en passant une main dans ses cheveux humides, vêtu d'un T-shirt blanc tout simple. Mais si bien ajusté… Je me racle la gorge pour retrouver la parole et le regarde dans les yeux pour éviter de le regarder dans les abdominaux. Même s'ils me font de l'œil.

– Oui ! Oui, on peut y aller…

Il me sourit lentement, le regard espiègle, et je me sens de nouveau rougir comme une enfant prise en faute. Je me détourne rapidement pour remonter derrière le volant, démarrer et le ramener en vitesse chez lui afin de couper court à ce trajet embarrassant.

Plus qu'embarrassant…

7

– OH, PUTAIN, CET AVION DE CHASSE ! s'écrie Calista en entrant dans ma chambre.

Je jette mon T-shirt sur le lit pour enfiler ma chemise de travail avant d'aller rejoindre mes parents à la quincaillerie. Judy était ravie de voir son fils et m'a chaleureusement remerciée après m'avoir glissé quelques billets en douce. C'était le deal et pourtant, je me suis sentie mal à l'aise quand Tobias nous a surpris et m'a lancé un regard indéchiffrable.

Pour être honnête, j'ai l'impression de ne pas les mériter. Surtout que j'ai passé tout le trajet à le regarder en douce, à frissonner au son de sa voix grave, à sentir mon ventre se serrer quand il chantait et à baver sur son physique. Je me fais l'effet d'une pédophile. Merde, c'était le petit garçon que je gardais ! Je lui ai donné sa douche, j'ai même été jusqu'à lui passer de la crème sur les fesses avant de le coucher, à la demande de sa maman, quand il avait eu une grosse réaction suite à ses vaccins.

Je lui ai passé de la crème sur les fesses !

Oh, misère, et maintenant je m'imagine le faire de nouveau mais sur un postérieur beaucoup plus attrayant. Ou mieux, que ce soit lui qui le fa…

– Mais qu'est-ce qu'il est baisable ! reprend Calista, surexcitée, m'interrompant sur le chemin graveleux que prenaient mes pensées.

– Plus fort, Jones ! Je crois que la ville entière ne t'a pas entendue ! je lui souffle en serrant les dents après avoir passé la tête par l'encolure de ma chemise.

– Ça vaaa… La fenêtre est fermée et il doit être en train

de raconter sa vie passionnante de beau gosse sexy à sa môman, assis tranquillement dans le salon avec une orangeade maison.

– Tu vas un peu loin, là, non ?

– Pas du tout, tu l'as regardé ? Le mec fait tout gentil tout mimi, mais tu vois bien qu'il a les yeux qui crient « orgasmes multiples ». Sérieusement, il est Bingley et Darcy [1] à lui tout seul !

Je reste interdite.

– Quoi ? demande-t-elle.

– Parfois j'oublie que tu es professeure de littérature et que tu es capable de me sortir des trucs pareils.

Elle sourit et balaye l'air de sa main.

– Je sais, ça le fait assez régulièrement à mes parents aussi. Mais attends... TU PEUX LE MATER DEPUIS TA CHAMBRE ?

Je me précipite vers elle et la bâillonne quand je remarque que ma fenêtre était entrouverte pour profiter de l'air frais matinal.

– Cal ! je grince entre mes dents serrées.

– Mmmmf grummf fimmm ?

Je fronce les sourcils en la dévisageant et elle hausse les siens dans l'attente de ma réponse. Oui parce que j'en déduis qu'elle m'a posé une question, vu l'intonation de sa voix étouffée par ma main.

– Qu'est-ce que tu as dit ?

Elle baisse les épaules, dépitée, avant de lever les yeux au ciel et de me forcer à dégager ma main de sa bouche.

– Tu me désespères. Tu comptes me ramener ? J'ai besoin de finir ma nuit.

– Ah, oui, pardon.

Je regarde rapidement ma montre. Neuf heures trente. Mes parents ont ouvert le magasin depuis une demi-heure.

---

1. Personnages d'*Orgueil et Préjugés*. M. Bingley est joyeux et modeste, tandis que M. Darcy est sombre et complexe.

– Prends tes affaires, on y va.

Elle prend le temps de se tordre le cou pour voir si elle aperçoit quelque chose dans la chambre en face de ma fenêtre.

– Caaaaaal ! je la gronde.

– Ça va ! C'est bon, on y va !

Elle attrape son sac et s'avance vers la porte puis se retourne pour me bloquer le passage en agitant un doigt menaçant sous mon nez.

– Mais sache que je ne te lâcherai pas tant que tu n'auras pas été secouée par le canon en face !

Je suis effarée.

– Tu es sérieuse ? C'est le fils du pasteur, enfin ! Il doit encore être vierge et se préserver pour le mariage…

Elle penche la tête sur le côté en secouant la tête.

– Tu sais que je repère les gays, non ?

J'acquiesce lentement, pas certaine de comprendre le lien avec ce que je viens de dire.

– Eh bien, je repère aussi les dieux du sexe, et ce type, en face, c'en est un. Alors arrête de me faire ton Alissa[2] et mets ta pudeur de côté pour aller te faire peler l'abricot par Sexy Tobie.

Je cligne lentement des yeux plusieurs fois d'affilée en la regardant, la bouche grande ouverte.

– Il y a tellement de choses perturbantes dans ta phrase que je ne sais pas par quoi commencer. Entre le prénom inconnu, le nouveau surnom et l'histoire de l'abricot…

– Tu chercheras *La Porte étroite* d'André Gide sur Wikipédia quand je serai partie, et pour le reste, pas besoin de te faire un dessin, je crois que tu as compris comme une grande, réplique-t-elle en me tapotant la joue.

---

2. Personnage de *La Porte étroite* d'André Gide. Alissa, qui craint le plaisir charnel, se considère comme un obstacle entre l'homme qu'elle aime et la sainteté, et se sacrifie pour ne plus l'empêcher d'atteindre la pureté religieuse.

Je suis sur le point de lui demander plus d'explications quand son portable sonne.

– Attends… Allô ?

Elle reste de marbre quelques instants puis son visage s'illumine.

– Mais bien sûr que je suis disponible, James… susurre-t-elle d'une voix enjôleuse.

Je ferme les yeux en soupirant et la pousse doucement dans le couloir avant de descendre les escaliers devant elle.

– Ce soir ? Mais pourquoi attendre ? Je peux être là dans… quinze minutes ?

Elle cache le combiné d'une main et m'interpelle.

– Hey, Mi, tu peux me déposer à Mapleton ? J'ai un rencard !

– Sans déconner… je marmonne avant de hocher la tête.

– Nickel ! James ? J'arrive, prépare l'huile de massage et la cire chaude…

Je pouffe. Calista est une sacrée épicurienne et je suis persuadée qu'elle aurait plein de choses à m'apprendre sur les techniques sexuelles… même si, pour l'instant, je n'en ai pas vraiment l'utilité. Mais sait-on jamais ?

– Petit coquin, va ! s'écrie-t-elle avec un rire de gorge. Et tu comptes me faire quoi, exactement ?

Je lève les yeux au ciel en fermant la porte derrière elle. Génial, je vais avoir droit à du sexe par téléphone interposé pendant tout le trajet. Elle avance d'un pas rapide vers le pick-up et monte sans un regard vers moi, trop occupée à écouter les détails que lui donne son amant alors que je verrouille la porte d'entrée. Je suis sur le point de ranger mes clés dans mon sac quand une voix à côté de moi me fait sursauter.

– Mia ?

Je fais un bond et mes clés un vol plané avant d'être interceptées par Tobias. Il retient un rire en me les tendant alors que je tente de calmer les battements frénétiques de mon cœur.

Certainement causés par la frayeur que je viens d'avoir. Je ne vois pas d'autre explication.

C'est un signe de bipolarité, de se mentir à soi-même ?

– Tobias ! Hum… merci. Je peux t'aider ? je demande d'une voix mal assurée.

Il sourit en coin et m'observe un court instant.

– Je voulais te parler rapidement, si tu as quelques minutes à m'accorder.

Je jette un coup d'œil vers le pick-up où Calista est en train de jouer avec une de ses mèches de cheveux en riant à gorge déployée.

– Oui, bien sûr, et puis ça m'évitera d'assister à la conversation téléphonique de Cal…

Il fronce les sourcils et regarde vers le véhicule que je désigne d'une main.

– « *Phone sex* », précisé-je en mimant des guillemets.

Il éclate de rire et s'appuie d'une épaule contre l'encadrement de la porte d'entrée en m'observant à travers quelques mèches en désordre. Mon Dieu, je ne me souvenais pas qu'il avait des yeux aussi verts…

– Ma mère m'a expliqué que tu avais été un peu… réticente à l'idée de venir me chercher.

Je pique un fard gigantesque en fermant les yeux de honte. Bien joué, Judy ! Sérieusement, qui dit ça à son fils ?

– Écoute, je n'étais pas vraiment réticente, je… j'étais juste…

– Ne t'inquiète pas, je comprends.

Je me risque à ouvrir un œil pour le regarder alors qu'il croise les bras. Merde, ça fait vachement ressortir ses tatouages… et aussi ses muscles fins, au passage.

– Pardon ?

Il fait une moue et baisse les yeux, apparemment honteux à son tour.

– Après tout ce que je t'ai fait subir, je conçois que tu ne sois pas super emballée à l'idée de me revoir…

J'en suis complètement sonnée. Si on m'avait dit ce matin que je me retrouverais face à mon tourmenteur personnel et qu'il ferait amende honorable, je ne l'aurais jamais cru.

– Non, Tobias, ce n'était pas pou…

Il hausse un sourcil peu convaincu et je m'arrête de parler avant d'éclater d'un rire désolé.

– Bon, OK, peut-être… j'admets finalement en me frottant le front d'une main gênée.

Il rit à son tour et je suis agréablement surprise par son sourire. Je ne me souviens pas vraiment avoir vu Tobias sourire aussi franchement avant. Tout son visage s'illumine et ses yeux verts perçants se mettent à pétiller. Je l'observe, fascinée de découvrir cette partie de sa personnalité que je ne connaissais pas.

– Et puis tu sais, pour l'argent, c'est juste que j'ai eu quelques problèmes de boulot dernièrement et je…

– Ne t'inquiète pas, Mia, ça ne me regarde pas, me coupe-t-il d'une voix douce.

Je suis soulagée de ne pas avoir à me justifier et je relâche mon souffle. Je me sens moins honteuse de savoir qu'il s'en fiche royalement. Il continue de m'observer, un léger sourire flottant sur ses lèvres et je l'examine à mon tour en silence. Sa mâchoire est devenue carrée, et il porte une barbe de deux, trois jours qui l'ombre légèrement. Ses sourcils sont également plus fournis, et ses yeux me semblent plus sombres qu'avant, même s'ils ont toujours cette teinte vert clair qui me sonde comme quand il était enfant. Il cligne des yeux après un long silence et se racle la gorge avant de parler de nouveau.

– Bref, je voulais m'excuser pour tout ce que je t'ai fait subir avant.

– Tu n'es pas obligé…

– Si, m'assure-t-il. J'ai été un gamin horrible chaque fois que tu venais nous garder. Un putain de sale môme ! ajoute-t-il en riant.

– Si peu…

Je me moque ouvertement de lui et il plisse les yeux, amusé par ma taquinerie.

– En tout cas, je voulais que tu saches que j'ai changé.

Sans déconner ?

Je m'en étais facilement rendu compte…

– Et j'espère qu'on pourra repartir sur de nouvelles bases, toi et moi.

Un léger frisson me prend à cette expression. « Toi et moi. » Je ne sais pas pourquoi mais ça me provoque un fourmillement sur la peau. Je me frotte énergiquement le bras pour faire passer la chair de poule qui s'étend avant qu'il s'en rende compte, mais je le vois tiquer légèrement en regardant mon bras nu, puis il plante de nouveau ses yeux pénétrants dans les miens. J'en suis perturbée. Je reste immobile et silencieuse, hésitant à parler pour détendre l'atmosphère.

– Je suis ravie de l'apprendre, annoncé-je finalement d'une voix polie.

« Je suis ravie de l'apprendre » ? Mais tu te prends pour qui, Mia ? Sa prof principale ?

Il sourit à peine, soulevant uniquement le coin gauche de sa bouche avant de se redresser.

– Je ne te dérange pas plus. Tu vas travailler, c'est ça ?

Je baisse les yeux vers la chemise floquée au nom du magasin de mes parents en souriant avant de passer l'anse de mon sac sur l'épaule.

– Ah non, ça, c'est juste pour le look, ça va super bien avec mon jean.

Il sourit franchement et me détaille rapidement de la tête aux pieds avant de poser de nouveau les yeux sur mon visage légèrement échauffé par son inspection.

– C'est vrai que tu le portes bien.

Et vlan ! Je deviens immédiatement rouge pivoine. Je le sens parce que mon visage devient brûlant. Je tente de faire passer ça avec un peu d'humour.

– Vil séducteur, va !

Il ne répond pas et plisse légèrement les yeux vers moi avant de s'éloigner lentement.

– Je te vois dimanche à la messe ? m'interpelle-t-il une dernière fois.

– Heu… oui ! Oui, bien sûr…

Je n'y suis pas vraiment retournée depuis que je suis revenue alors que mes parents y vont tous les dimanches. Je les ai accompagnés quelquefois histoire de faire bonne figure, mais pas plus.

Mais j'avoue que cette fois-ci, je suis tentée d'y aller.

– Super.

Il me sourit une dernière fois et se retourne pour rejoindre la maison de ses parents. Je secoue la tête en le voyant sauter par-dessus la barrière d'une main et hausse la voix pour qu'il m'entende :

– Tu es certain de ne plus être un sale môme ?

Il s'immobilise rapidement puis se retourne vers moi et pose ses avant-bras sur la barrière en bois, une moue songeuse sur le visage. Il semble peser le pour et le contre avant de me répondre enfin :

– Seulement quand il faut…

Je hausse les sourcils, amusée, et il me fait un clin d'œil avant de rejoindre la porte d'entrée. J'en profite au passage pour reluquer ses fesses, tant qu'il ne me remarque pas, en soupirant bruyamment. Mon Dieu, j'avoue qu'il est devenu vraiment, vraiment, agréable à regarder… Quand il disparaît de mon champ de vision, je secoue la tête pour reprendre mes esprits et me tourne vers la voiture pour…

Oh, merde.

Calista me fixe intensément, les yeux plissés, la bouche grande ouverte avant de me désigner d'un doigt accusateur. Je suis morte. Elle me fait signe de la rejoindre et je pince les lèvres en m'avançant vers le pick-up, certaine qu'elle ne me ratera pas.

– OK, je veux tout savoir ! Qu'est-ce qu'il t'a dit ? Pourquoi tu as rougi et quand est-ce que vous allez baiser ensemble ?

Elle m'abreuve de questions dès que je m'installe derrière le volant.

– Tu délires, il est juste venu s'excuser de m'avoir mené la vie dure et m'a demandé si j'allais à la messe dimanche, j'explique en espérant qu'elle se contentera de cette version.

– À la messe ? Mais pourquoi il irait à la messe ?

Je la regarde en écarquillant les yeux.

– Peut-être parce que son père est pasteur ?

Elle réfléchit quelques secondes avant d'ouvrir de grands yeux ronds et de me regarder en souriant jusqu'aux oreilles.

– Oh, non, Calista, hors de question ! je la devance, sachant déjà ce qu'elle va me dire.

– Oh, si ! Je viens avec vous, dimanche !

– NON !

– SI !

– Oh, mon Dieu, ça va être un carnage… je gémis en me frottant les yeux avant de démarrer le moteur.

– Ça va être génial, tu veux dire, plutôt, non ?

« Génial » ? Vous avez déjà imaginé Calista dans une église remplie de fervents chrétiens ? Moi, si.

Et ça ressemble à peu de chose près à lâcher un renard enragé dans un poulailler.

8

Mais comment est-ce que j'ai pu accepter ça ?

Je me répète cette phrase en boucle en fixant le plafond de l'église d'un air suppliant, espérant que le Seigneur m'aidera à passer cette épreuve.

– Mais c'est long, en fait, une messe… ronchonne Calista à côté de moi.

– Elle a commencé depuis quinze minutes seulement, je marmonne à voix basse.

Un « chhhhhht ! » exaspéré retentit dans notre dos et je réponds par un regard navré à la vieille dame que notre conversation indispose. Calista parle sans s'arrêter depuis le début et mes parents ont même décidé de s'éloigner de nous d'une place pour ne pas être gênés par le bla-bla incessant de mon amie.

– C'est quoi, son problème, à la grenouille de bénitier ?

– Caaaaal… chuchoté-je, menaçante.

Mais elle ne m'écoute pas et se retourne vers la femme.

– Vous devriez vous concentrer sur ce que dit le pasteur au lieu d'écouter notre conversation. Honte à vous !

Je ferme les yeux, le visage rouge de honte alors qu'un hoquet outré m'indique que Calista a réussi à choquer son interlocutrice. Je la force à se rasseoir normalement en lui plantant mes ongles dans la main.

– Tu me fais mal, Mi !

– Je te ferai bien plus si tu ne la fermes pas une bonne fois pour toutes ! je grince un peu plus fort.

Un raclement de gorge nous fait sursauter et je deviens livide quand je remarque que Jonas, les mains sur son lutrin, nous couve d'un regard insistant.

– Pardon… j'articule silencieusement avant de fusiller Cal du regard.

– Oups, désolé, Jonas, répond-elle, pas émue pour un sou d'avoir interrompu le déroulement de la messe.

Je m'enfonce un peu plus sur le banc en voyant les regards converger vers nous et en me maudissant d'avoir laissé Calista assister à la messe. Je pince les lèvres en balayant des yeux les personnes autour de nous alors que le pasteur reprend sa lecture, et je sursaute légèrement en voyant Tobias me regarder depuis le premier rang, visiblement amusé par la situation. Il ne reste pas longtemps et se retourne afin d'écouter son père officier, mais je sens le rouge me monter aux joues. J'ai l'impression d'avoir été surprise en pleine bêtise par un adulte, alors que c'est moi qui suis censée être plus âgée.

Je respire profondément pour me calmer et écoute le sermon d'une oreille distraite tout en jetant régulièrement un coup d'œil vers ma droite. Je n'aperçois que son profil, et la croix noire tatouée sur le côté de son cou.

– Arrête de le dévorer du regard…

– Je ne le dévore pas du regard ! je chuchote à Calista alors qu'elle me fixe, peu convaincue.

– Mia… Tes yeux crient « braguette » quand tu le vois… répond-elle à voix basse.

Je l'en remercie mentalement mais, manque de bol pour moi, un visage outré se retourne depuis le banc devant nous.

– Vous n'avez pas honte ?

– Oh, ça va, Martha, tu ne vas pas me faire croire que Willy et Joan sont issus de l'Immaculée Conception, non ? répond mon amie en levant le menton vers elle.

– Oh, pitié, mon Dieu, faites-moi mourir ici… je murmure, mortifiée par le tour que prend cette conversation.

– Bah, au moins, on sera sur place pour l'enterrement.

– Calista, tais-toi, s'il te plaît…

– Jamais, chérie.

Je soupire de désespoir quand Jonas prononce soudainement un prénom qui me fait sortir de mon auto-apitoiement.

– Et maintenant, je vais profiter de la présence de mon fils et de son don pour chanter les louanges du Christ. Viens, mon garçon.

La chapelle redevient silencieuse. Ce qui n'est pas très compliqué étant donné qu'il n'y avait que Calista qui parlait, et les visages sont tous dirigés vers Tobias qui se lève et s'installe sur une chaise avec sa guitare. Son père vient poser un micro sur pied devant lui et le règle à sa taille alors que son fils remonte les manches de sa chemise. Une chemise blanche toute simple mais terriblement bien ajustée sur sa taille étroite. Il sort un tube en métal de sa poche, vérifie les cordes de sa guitare et prend le temps de serrer quelques vis sur le manche avant de se racler la gorge. Je réalise que je retiens mon souffle, comme le reste de l'assemblée. Je l'ai déjà entendu chanter mais c'était il y a cinq jours, et même si j'ai tendu l'oreille, le soir, en rentrant, je ne l'ai jamais entendu depuis sa chambre. D'ailleurs, je ne l'ai pas encore aperçu depuis ma fenêtre. De son côté, la lumière est constamment éteinte. J'ai cru comprendre par l'intermédiaire de ma mère, qui a discuté avec Judy, qu'il a passé pas mal de temps en dehors de chez lui pour aller voir ses anciens amis du collège. Ce qui n'est pas plus mal, au moins je ne panique pas à l'idée de tomber sur lui en rentrant dans ma chambre s'il considère sa maison comme un hôtel. Je faisais pareil à son âge.

Et merde, je viens de me prendre dix ans dans la figure en disant ça...

– Bonjour, je vais déroger à la règle habituelle et vous chanter une chanson de Kelly Joe Phelps qui s'intitule « Down to the Praying Ground », annonce-t-il de sa voix grave.

Il ferme ensuite les yeux et commence à gratter les cordes de sa Gibson en jouant avec le tube en métal sur le manche, puis il accélère. Je suis séduite par sa façon de jouer, on dirait un blues un peu rétro, ce qui change des chants de messe habituels. Puis sa voix légèrement rocailleuse résonne dans le bâtiment et je sens les cheveux se hérisser sur ma nuque.

« So many years, dead on a hollow road
Dirty old blood runnin' through my veins »
(Il y a tant d'années, mort sur une route vide
Un vieux sang taché coulant dans mes veines)

« Makin' all kind of weird decisions
To cut all the light from the sky »
(Prenant toutes sortes de décisions étranges
Pour bloquer la lumière venant du ciel)

« Seeing change as my knees are fallin'
Down to the praying ground »
(Voyant du changement alors que je tombais à genoux
Sur le sol de la prière)

« Holy might has grabbed hold of my soul for God »
(La puissance sacrée a saisi mon âme pour Dieu)

Je pousse un gémissement étouffé quand Calista plante ses ongles dans mon bras en l'observant, la bouche grande ouverte.

– Putain, j'avais oublié à quel point il était bandant quand il chantait...

– Cal, putain ! je grince de nouveau en réalisant qu'elle n'a pas parlé à voix basse.

– Déstresse, regarde, plus personne ne fait attention à nous, ils sont tous en train de l'admirer. Surtout les femmes.

– Quoi ?

Je tourne le visage vers les bancs et je réalise, éberluée, qu'effectivement toutes les femmes et filles présentes dans l'assemblée le dévorent du regard. Ahurissant... je fais de nouveau face à Tobias, encore sonnée de le voir aussi magné-tique. Il n'y a pas que moi qu'il fascine, mais chacune des fidèles de sexe féminin…

« *Lord, forgive me… Lord, have mercy* »
(Seigneur, pardonne-moi… Seigneur, aie pitié)

– Qu'est-ce que je te disais ? Un aimant à chattes, reprend Calista.

Martha sursaute devant nous et je file un coup de coude à mon amie.

– Arrête tes conneries, bordel !

Elle se contente de me dévisager, horrifiée.

– Mia Anderson… Des gros mots ? Dans une église ?

Je plisse les yeux à son intention alors qu'elle sourit comme le chat d'*Alice au pays des merveilles*.

– Il te fait plus d'effet que ce que je pensais, dis-moi… ajoute-t-elle d'une voix malicieuse.

– Il ne me fait pas d'effet… je marmonne, fatiguée de devoir me justifier.

– À d'autres, Mi !

– Sérieusement, Cal, je le connais depuis qu'il est enfant. C'est comme si c'était mon petit frère, OK ? Alors tais-toi.

– Tu vas me faire croire que c'est presque maternel ce qu'il provoque dans ta culotte ?

– Tu as mis « maternel » et « culotte » dans la même phrase ?

– Oui.

– C'est dégueulasse…

– Tu n'as pas répondu.

– Oui, c'est « maternel » ! je rétorque, presque énervée. Tu es contente ? On peut arrêter, maintenant ?

Elle se renfrogne et secoue la tête en regardant autour d'elle. Je profite de ce silence inespéré pour écouter Tobias chanter. Sa voix un peu cassée captive toutes les personnes ici présentes alors que Jonas et Judy le couvent d'un regard fier.

– Tu me diras, c'est aussi maternel pour les autres femmes... reprend soudain Calista en chuchotant.

Je la regarde sans comprendre, les sourcils froncés.

– Pourquoi tu dis ça ?

Elle me sourit malicieusement et je regarde de nouveau Tobias, qui achève son morceau par un enchaînement de notes rapides allant crescendo. Mais Calista me prend de court en disant :

– Elles ont clairement toutes envie de lui donner le sein.

Je pouffe et, malgré mes tentatives pour ne pas briser le silence religieux qui nous entoure, je finis par pratiquement ex*poser* de rire, aussitôt imitée par Calista. Nous attirons tous les regards et j'ai toutes les peines du monde à me retenir de partir en fou rire. Vous savez, ces fous rires qui deviennent quasiment impossibles à réprimer juste parce que vous savez que vous n'avez pas le droit de laisser libre cours à votre hilarité.

Je suis donc en train de contracter tous mes abdominaux dans l'espoir vain de me calmer, mais le fait que Calista soit également morte de rire rend la tâche extrêmement compliquée. J'en pleure presque quand je réussis enfin à diminuer les spasmes qui secouent mes épaules en regardant le pasteur d'un air désolé. Il se contente de soupirer et je me mords la lèvre inférieure, le visage rouge, en détournant les yeux. Je surprends alors ceux de Tobias, vissés sur moi. Il ne semble pas vexé et secoue gentiment la tête à mon intention. Je lui adresse un sourire crispé et tends la paume de ma main gauche devant moi avant de venir la frapper avec mon autre main en signe de pénitence. Il hausse un sourcil amusé à mon geste et je me sens rougir de nouveau.

Ça va, Mia, ce n'était qu'un petit geste innocent, enfin... et je parle de mon geste à moi, pas du sien. Ni du clin d'œil qui accompagne le sourire qu'il m'adresse avant de poser sa guitare et de reprendre sa place sur le banc, au premier rang. Je déglutis difficilement et baisse les yeux sur mes mains légèrement tremblantes. Je les glisse entre mes cuisses pour tenter de cacher mon trouble jusqu'à ce que Calista se penche sur moi et vienne chuchoter dans mon oreille.

– Changement de programme, ce n'est plus lui qui attire tous les regards…

Je relève un visage interloqué vers elle.

– C'est toi, ma chérie. Et ils ne sont pas aussi bienveillants… explique-t-elle.

Je fronce les sourcils et regarde autour de moi. Je retiens de justesse un hoquet quand je vois Roselyne Jiggins me fusiller du regard avant de tourner dédaigneusement les yeux. Je balaie un peu plus la salle et croise de nouveau quelques regards furieux qui me laissent sur les fesses.

– Mais qu'est-ce qui leur prend ? je murmure, effarée.

Calista me sourit et prend gentiment ma main.

– Chérie, tu as attiré l'attention du plus beau mec de la pièce.

– Mais je le connais depuis des années !

– Je sais, Mi… Mais elles ne sont pas idiotes.

J'écarquille de nouveau les yeux. Je ne vois vraiment pas où elle veut en venir.

– Qu'est-ce que tu veux dire ?

Elle prend le temps de regarder autour d'elle, d'observer Tobias me regarder brièvement avant de reprendre sa place, et conclut :

– Elles savent pertinemment qu'elles n'ont aucune chance, contre toi.

9

– La semaine est enfin finie !

Je m'écroule sur le comptoir à côté de l'ordinateur quand je zippe enfin la poche qui contient le fond de caisse, sous les rires de mes parents. La canicule s'est définitivement installée cette semaine et la chaleur dans la quincaillerie familiale est étouffante. Je rêve de rentrer pour changer de vêtements.

– Tu as bien bossé, ma chérie. Rentre à la maison, va, on s'occupe de faire le ménage.

Je plisse les yeux en fixant mon père.

– Vous m'avez déjà fait le coup la semaine dernière… j'annonce en croisant les bras. Qu'est-ce que vous me cachez ?

Ma mère rougit et je suis prise d'une sueur froide.

– Oh, non ! Ne me dites pas que vous profitez de mon absence pour faire des cochonneries dans le magasin ? je m'écrie.

Ma maman devient écarlate à cette insinuation et mon père en lâche son balai.

– Mais non, bien sûr que non !

– Mais qu'est-ce que tu crois, enfin !

Ils parlent tous les deux en même temps, accompagnant leurs paroles de grands gestes des bras, si bien que je ne les crois pas une seule seconde.

– Vous n'avez pas honte ? je m'amuse même à ajouter.

Je sais bien que mes parents ne m'ont pas eue par miracle, ils ont forcément fait l'amour, et j'espère pour eux qu'ils le font encore. Même si je n'ai pas réellement envie de le savoir. Mais j'avoue que ça m'amuse beaucoup de voir ma maman pâlir en jetant des regards anxieux vers mon père.

– Mia, ça ne te regarde pas ! tonne-t-il.

J'éclate de rire et je vois le soulagement détendre les traits crispés de ma mère.

– Tu es horrible… me sermonne-t-elle en me jetant le chiffon qu'elle tient à la main.

Je l'évite en me baissant derrière l'écran et il finit accroché à l'un des rails fixés au mur derrière moi et sur lesquels nous fixons les produits un peu plus chers.

– Je rigole ! Mais vous me cachez quand même quelque chose.

J'agite un doigt devant eux en baissant volontairement mes lunettes de repos sur le bout de mon nez pour amplifier l'effet « directrice d'école ».

– On peut lui dire, non ? murmure mon père.

– Me dire quoi ?

Ils se consultent du regard avant de se tourner vers moi d'un même geste.

– Janice a créé un cercle de poker, explique finalement ma maman.

– Mais il n'y en avait pas déjà un ?

– Si, mais Rebecca Huffman en fait partie…

– Aaaaah… je gémis en comprenant.

Apparemment, jouer de l'argent n'est pas un péché…

– Elle refusait que nous revenions dans le cercle de poker, alors Janice en a créé un autre.

– Vous avez fait un « contre-cercle de poker » ? je m'exclame, éberluée.

– Pas nous, Janice ! Pour qu'on puisse jouer avec elle, Miles, Holy, Brighton et Angela.

– Et comme Rebecca est la voisine de Janice, on a proposé de l'organiser dans le magasin pour éviter de lui créer des problèmes, ajoute mon père.

– OK, je comprends mieux, maintenant. Pourquoi vous ne m'en avez pas parlé plus tôt ?

– Avec tout ce que Rebecca a fait suite à ta rupture avec Derreck, on ne voulait pas te mettre en porte-à-faux.

Je suis attendrie par leurs explications.

– Vous rigolez ou quoi ? Je suis super fière de vous ! Vous êtes des rebelles ! j'ajoute en faisant le signe des cornes du diable et en leur tirant la langue, ce qui fait rire ma maman.

Mon père s'esclaffe en réaction.

– Donc tu peux rentrer, on va ranger et préparer le magasin.

– Je suis toute seule toute la soirée ?

– Oui !

– Merveilleux !

Je leur lance la pochette avec l'argent, mon père me lance les clés du pick-up en réponse et je file sans demander mon reste, sous leurs éclats de rire. Je rentre en vitesse à la maison tout en appelant Calista au passage.

– Yep ?

– Hey, soirée comédie et pop-corn chez moi, ça te dit ?

– Argh… Désolée, ma chérie, mais j'ai rendez-vous avec un mec, ce soir…

– Sérieusement ? Tu choisis une soirée de sexe au lieu d'une soirée vieilles filles avec moi ? je m'exclame, faussement vexée.

– Est-ce que j'ai déjà choisi une soirée vieilles filles à la place d'une soirée sexe avant ?

Je réfléchis rapidement.

– OK, jamais, j'admets en éclatant de rire.

– Très bien ! Donc rien de nouveau sous le soleil !

– Bon, ben, je vais passer la soirée seule, alors…

– Et pourquoi tu n'invites pas ton voisin super sexy à la passer avec toi ?

– Tu es sérieuse ? Depuis ce que tu m'as fait à l'église, dimanche dernier, j'évite les Miller comme la peste !

C'est vrai, j'ai consciemment évité de tomber sur eux de peur de me faire houspiller par Jonas. J'ai même attrapé Calista pour partir en vitesse à la fin de la messe. D'habitude, je reste avec mes parents qui discutent à droite et à gauche mais là, j'ai préféré éloigner de l'église le cataclysme ambulant qui me sert d'amie avant qu'elle ne provoque une nouvelle catastrophe. Elle a un peu grogné, au début, mais quand j'ai conduit sa voiture vers le bar de Mitch en lui promettant une bière, elle a arrêté de râler.

– Tu es seule, moi je trouve juste une solution à ton problème ! se justifie-t-elle.

– Je n'ai PAS de problème, Cal.

– Ah, si, ma chérie, toi, en particulier peut-être pas, mais ton minou esseulé pense l'inverse, crois-moi.

– Parce que tu parles à mon minou esseulé, maintenant ?

– Pas plus tard qu'hier, il m'a appelée pour me dire que tu l'avais abandonné et qu'il songeait à te quitter pour de bon.

J'éclate de rire en me garant devant la maison de mes parents.

– Bien, si je te promets de m'occuper de lui ce soir, tu le convaincras de ne pas m'abandonner ?

– Et si tu proposais à Tobias de s'occuper de lui ?

Je lève les yeux au ciel en coupant le contact.

– Ça devient pathologique, là, Calista.

– Moi, si je fais ça, c'est pour ton minou !

– Mon minou va très bien ! je rétorque en descendant du véhicule.

– Qu'est-ce qui me le prouve ? D'ailleurs, qui me prouve qu'il est encore là ? Ça fait super longtemps que personne ne l'a vu…

– Très bien, je vais raccrocher, maintenant.

– Pense à ton minou ! me crie-t-elle alors que je coupe la communication en entrant chez moi.

Je monte d'un pas rapide dans ma chambre et me débarrasse prestement de ma chemise d'uniforme et de mon jean pour enfiler un short en toile et un débardeur plus léger. Rien que le fait d'avoir les bras et les jambes à l'air me fait soupirer de bonheur. Je crevais de chaud sous mon uniforme et je sentais les gouttes de sueur ruisseler le long de ma colonne vertébrale. J'en profite également pour attacher mes cheveux en un chignon haut et décoiffé pour dégager ma nuque.

Je viens juste de finir de passer l'élastique quand une voix masculine me fait sursauter.

– Tu te sens mieux ?

– TOBIAS ! je hurle en pivotant vers la fenêtre.

Il me regarde, légèrement de profil, depuis sa propre chambre.

Torse nu.

Je reste hébétée quelques secondes devant ses tatouages avant de me reprendre.

– Tu m'as regardée me changer ?

Il a un léger mouvement de recul puis sourit largement, une main sur le cœur.

– Je te promets que j'ai détourné le regard.

Je plisse les yeux, dubitative.

– Parole de scout ! il ajoute en levant deux doigts à côté de son visage.

Deux doigts que je verrais bien ailleurs... NON ! NON ! Stop, Mia !

Bon OK, mon minou se sent peut-être un peu seul comme le pense Calista...

– Mais tu es apparue en plein dans mon champ de vision en déboutonnant ta chemise, donc j'ai peut-être eu le temps d'apercevoir ton soutien-gorge... avoue-t-il quand même dans un sourire malicieux.

Je déglutis. Je suis habillée mais je ne peux m'empêcher de serrer les poings sur ma poitrine comme pour la cacher.

– Comment ça, « dans ton champ de vision » ?

Il désigne l'ordinateur ouvert sur le bureau sous l'encadrement de la fenêtre et je comprends qu'il était assis devant quand je suis entrée en trombe dans la pièce.

– Tu faisais quoi ? je demande pour détourner la conversation de mon soutien-gorge.

– Je travaillais sur un arrangement pour une composition.

– Quel style ?

Il s'assoit de nouveau devant l'ordinateur et je remarque le manche de sa guitare posée contre le rebord du bureau.

– Un mix entre guitare blues et connotations électro…

Mon visage doit trahir ma perplexité parce qu'il rit et se saisit de sa guitare.

– Je vais te montrer, ce sera plus simple à comprendre…[1]

Il pianote quelques instants sur son clavier, bidouille des choses que je ne vois pas et des accords résonnent dans les haut-parleurs. Il les accompagne en jouant quelques notes lancinantes sur les cordes de sa guitare. Puis il reprend les mêmes accords d'un geste sec, l'épaule tendue, quand des basses vibrantes rejoignent l'ensemble. Je les sens même vibrer jusque dans ma poitrine. Il enchaîne ensuite en posant sa voix chaude dessus.

« I feel high, locked in your velvety thighs
Let me know what you need to make you fly »
(Je plane, emprisonné entre tes cuisses de velours
Fais-moi savoir ce dont tu as besoin pour voler)

Il ne chante pas fort, il murmure presque mais sa voix grave me fait frissonner. Et la signification ouvertement sexuelle des paroles provoque un raz de marée dans mon bas-ventre. Il continue, imperturbable, les yeux fermés, concentré sur sa chanson.

« Let me sleep into your world, black eyed beauty
I promise, I promise to make you keep craving it… »

---

1. Je conseille vivement de lire ce passage avec « Love is a Bitch » de *Two Feet* en fond sonore, parce que c'est le morceau dont je me suis inspirée pour décrire celui de Tobias. Et qu'il envoie du steak, niveau sexytude !

(Laisse-moi glisser dans ton monde,
beauté aux yeux noirs
Je promets, je te promets que tu en redemanderas…)

Mes cuisses se contractent alors que je suis totalement figée, envoûtée par sa voix chaude. Il quitte sa guitare quelques secondes à peine pour lancer un son sur l'ordinateur. Celui-ci monte en puissance et atteint son climax au moment où Tobias redevient silencieux. Il reprend alors les notes lancinantes du début mais plus fort, en faisant vibrer les cordes sur le manche de sa guitare, totalement hermétique au monde extérieur. Je profite d'ailleurs de ses yeux fermés pour l'admirer tout mon soûl. Et en cet instant, le torse nu, les tatouages exposés à ma vue, le visage concentré et tendu alors qu'il ne fait plus qu'un avec son instrument, il est tellement beau et sexy que j'en retiens ma respiration. La musique influe beaucoup sur mon état d'esprit, parce que les riffs envoûtants qu'il distille, la tête penchée sur sa guitare, sont obsédants et presque érotiques… comme le mouvement sensuel de deux corps l'un contre l'autre…

La simple évocation de peaux nues me fait frissonner de plus belle. Je n'arrive pas à garder les yeux ouverts et des images lascives de son corps sur le mien, en train de bouger voluptueusement entre mes jambes, apparaissent en panoramique derrière mes paupières closes. Il reprend enfin le rythme doux et les accords du début, et sa voix basse recommence à chanter, me faisant sombrer un peu plus.

« Come along, let me sink into your mind
We are free, drunk on pleasure and wine »
(Viens, et laisse-moi couler dans ton esprit
Nous sommes libres, ivres de plaisir et de vin)

« Hold me tight, you keep it ready for me
I'll be your slave, happy being down on my knees »

(Serre-moi fort, tu es toujours prête pour moi
Je serai ton esclave, heureux d'être à genoux)

Oh, misère...

Un deuxième refrain sans chant, lui et sa guitare, et je suis en plein film pornographique dans ma tête. Je l'imagine jouer de mon corps comme il joue de sa guitare, me faisant vibrer, prononcer des sons désarticulés qui finiraient en cris de plaisir... Je sursaute quand la musique cesse brusquement sur un accord sec. J'ouvre les yeux, le cœur battant, alors qu'il me regarde, en attente d'un avis.

Pendant un court instant, j'ai peur d'être aussi rouge qu'une débutante, comme si j'avais été prise la main dans le sac en train d'avoir des pensées impures dans lesquelles il avait le premier rôle...

Je me racle plusieurs fois la gorge jusqu'à tousser, même, pour tenter de retrouver une voix normale avant de lui répondre.

– C'est, euh... c'est vraiment... vraiment... particulier !

J'ai sorti ce mot sur un coup de tête parce que le seul qui me venait était « excitant ». Et je me voyais mal le lui dire, au risque de passer pour une trentenaire désespérément en manque de sexe et en train de baver sur le jeune voisin...

Il sourit en haussant les sourcils.

– « Particulier » ? Pas vraiment ce que j'espérais, mais OK.

– Non, attends ! je m'écrie en tendant les bras devant moi.

Il écarquille les yeux à mon intervention véhémente, et prend le temps de reposer sa guitare avant de me faire face, visiblement amusé.

– Nan, en fait... je... Écoute, je n'ai juste pas osé te dire ce que je pensais vraiment...

Je fais une moue embarrassée et, à ma grande surprise, il éclate de rire et s'adosse plus confortablement dans sa chaise de bureau en croisant les bras.

– OK. Eh bien, tout musicien se doit de faire face à la critique, quelle qu'elle soit. Donc, je t'écoute…

J'inspire profondément avant de me lancer.

– C'est très… sensuel.

Bien. C'est déjà mieux qu'« excitant ».

– C'était le but…

Sa voix profonde me fait frissonner. Il n'a pas vraiment parlé, je dirais même qu'il a roucoulé cette phrase en me regardant droit dans les yeux. J'en suis tellement perturbée que je glousse comme une idiote.

– C'est très… réussi.

Il se penche en avant et pose son menton sur ses mains croisées en me fixant ouvertement, un léger sourire aux lèvres. J'en suis troublée et je me sens frissonner sous son regard tranquille. Sincèrement, comment un jeune homme de 22 ans peut-il être aussi tranquille et serein ? J'ai huit ans de plus que lui mais j'ai l'impression d'être la plus jeune de nous deux dans ce duel de regards. Je me sens hésitante, presque embarrassée d'être détaillée de front alors qu'il ne cille même pas.

– Et donc, tu veux faire de la musique, plus tard, c'est ça ? Chanteur dans un groupe ?

Ma voix est un peu chevrotante, mais je me félicite d'avoir réussi à trouver un sujet de conversation normal pour mettre fin à ce jeu de regards. Il cligne enfin des yeux. Il n'a pas de soucis de sécheresse oculaire, ça, c'est sûr. Parce qu'à sa place, j'aurais déjà eu les globes aussi sec qu'un haricot. Il me sourit gentiment en fermant l'écran de son ordinateur portable et je remarque enfin qu'il a une console de mixage posée devant le clavier. On dirait un cockpit, ce truc, il y a tellement de boutons et de curseurs que je ne sais pas comment il réussit à se servir de tout ça.

– Pas vraiment.

– Tu voudrais faire quoi ? Compositeur ?

Ma voix a repris un ton normal et adulte. Voilà, une

conversation basique, sans musique sensuelle ou tentation de lui faire un strip-tease. Parfait.

– Producteur.

Je hausse les sourcils, surprise.

– Tu veux dire financer les musiciens ?

Il rit franchement et s'avachit sur le dossier de sa chaise en jouant d'une main avec un bouton de la table de mixage devant lui. Je vous jure que je n'ai aucun fond d'obsession sexuelle ou autre déviance dans ma famille, mais le mouvement de ses doigts sur le curseur est presque hypnotique et je le fixe avidement en me demandant s'il serait aussi agile de ses mains ailleurs...

Mauvaise direction, Mia, mauvaise direction !

– Tu confonds avec producteur exécutif. Ce que je veux faire, c'est de la production musicale.

– C'est-à-dire ?

Je ne sais pas comment je réussis à lui répondre alors que je regarde fiévreusement le jeu de ses doigts.

– C'est un peu comme un réalisateur de film : le producteur musical contrôle les sessions d'enregistrement, accompagne et guide les artistes et travaille sur la mise en œuvre et la cohérence d'un album ou d'un titre.

– OK, je comprends mieux... Désolée, je viens de la finance, donc j'ai tendance à tout interpréter en fonction de ça.

Et crotte, ce n'est peut-être pas le moment d'ouvrir la porte à une conversation sur mon magnifique échec professionnel. Pour une raison qui me dépasse, je n'ai pas envie de passer pour une ratée à ses yeux et je me crispe inconsciemment en attendant la question qui ne va sûrement pas tarder.

– Pas de problème.

J'expire doucement, soulagée qu'il ne relance pas le sujet sur la perte de mon emploi.

– Donc le devant de la scène ne t'intéresse pas, enchaîné-je pour éviter de laisser la porte ouverte à la conversation que je souhaite éviter.

– Ce n'est pas mon truc. Je préfère être derrière, si tu vois ce que je veux dire…

J'ouvre les yeux en grand, estomaquée. Il ne vient quand même pas de…

– Tobias Miller ! Est-ce que tu viens de faire un sous-entendu sexuel ?

Il sourit jusqu'aux oreilles, l'œil canaille, et répond en me faisant un clin d'œil.

– *Yes, Ma'am !*

J'éclate de rire en me cachant le visage des deux mains.

– Ton père est pasteur !

– Et tu crois que j'ai été conçu comment ?

Je pince les lèvres en secouant la tête.

– Je ne suis pas une pro de l'anatomie, mais certainement pas comme ça…

C'est à son tour d'éclater d'un rire sonore.

– Tu as l'esprit encore plus mal tourné que le mien…

Son rire m'envoie une nuée de papillons dans le ventre et je lui souris, fière de moi.

– Si on m'avait dit qu'un jour, je ferais des blagues de cul avec mon ancienne baby-sitter…

Ouch. Douche froide.

– Merci de me rappeler que je suis vieille…

– Je n'ai jamais dit ça.

– Je suis quand même assez vieille pour avoir été ta baby-sitter.

– Et alors ?

Je cille, perturbée par le tournant que prend la conversation.

– J'ai huit ans de plus que toi…

– Mes parents ont onze ans d'écart.

Ce qui restait de mon sourire s'évanouit. Là, je ne sais pas où il veut en venir et je ne sais pas si j'ai envie de le savoir.

– C'est ton père qui est plus âgé, je tente, hésitante.

– Je ne te savais pas aussi conformiste…

Son regard chaud me détaille lentement de la tête aux pieds et j'ai l'impression d'être tombée dans la quatrième dimension. Encore. Ça n'arrête plus depuis qu'il est revenu et qu'il a gentiment bousillé toutes mes convictions. Bon, il faut dire qu'elles avaient déjà été mises à mal par mes déboires sentimentaux et professionnels.

– Tu as froid, Mia ?

Je tressaille. Pourquoi me demande-t-il ça ? Il fait au moins trente-cinq degrés, dehors… En baissant les yeux vers mes bras, je réalise que j'ai la chair de poule. À cause de son regard sur moi. Ce qui veut dire que si mes poils se sont hérissés, alors… OH, MON DIEU ! je croise vivement les bras devant moi pour cacher les preuves de mon trouble et il sourit en coin, nullement dupe de mon manège. Heureusement pour moi, sa maman entre en trombe dans la pièce.

– Tobias ! Ça fait dix minutes que je te cherche partout. Oh, bonjour, Mia !

– J'étais au même endroit que lorsque tu m'as déjà reproché d'avoir disparu, il y a deux heures, répond-il d'un ton mordant mais amusé.

– Ces enfants, tu les mets au monde, tu leur donnes ta jeunesse et regarde comment ils te remercient, s'écrie-t-elle en s'adressant à moi, le sourire aux lèvres.

Je le lui rends et Tobias lève les yeux au ciel.

– Je m'avoue vaincu. Loin de moi l'idée de me battre contre deux femmes en même temps.

– Surtout quand les deux ont déjà changé tes couches !

C'est déloyal mais je ne retiens pas cette petite pique. Il plisse les yeux en se levant et me jette un regard noir.

– Descends, on va manger. Et mets une chemise, enfin ! Qu'est-ce qu'ils vous ont appris à l'université, le naturisme ? reprend Judy en tournant autour de lui pour ranger des bibelots et un désordre imaginaire, comme seule peut le faire une maman.

Je me demande même si elle ne va pas finir par lui chercher des poux dans la tête. Mais Tobias se contente de soupirer et enfile un T-shirt. À mon grand déplaisir.

Maintenant qu'il est debout, je me régale à le regarder bouger.

– Non, on m'a appris à faire de la musique, maman.

– En tout cas, on ne t'a pas appris à ranger ta chambre, ça, c'est sûr !

Je pouffe et cache bien vite mon hilarité derrière mon poing quand il plisse de nouveau les yeux en se tournant vers moi.

Désolé, mon grand, je sais ce que c'est de se faire malmener par sa maman comme un gamin, et encore plus en public.

– D'après ce que j'ai entendu, il est très doué, tenté-je en gage de paix.

Et ça fonctionne parce que Judy se tourne vers moi, visiblement fière, et vient le serrer dans ses bras en les passant autour de sa taille, la tête posée sur ses pectoraux.

J'adore Judy. Vraiment, je l'adore. Mais là, je suis jalouse.

Encore plus quand il sourit tendrement et passe un bras autour d'elle pour la serrer brièvement contre lui. Dans le geste, le tissu de son haut se tend sur son biceps.

Misère, qu'est-ce que j'aimerais être à la place de ce T-shirt... Ou de ce pantalon. Au choix. Je ne suis pas difficile.

– C'est vrai qu'il est doué, mon grand garçon ! Un véritable don du ciel, reprend-elle.

Elle ne se doute pas un seul instant que j'adorerais voir les talents du grand garçon de plus près...

– D'ailleurs, c'est étrange parce que c'est le premier de la famille à être musicien. Jonas joue bien un peu de guitare pour accompagner les chants de messe, mais Tobias est le seul à avoir une telle passion pour la musique. Il a voulu jouer de la guitare du jour au lendemain, et n'a jamais arrêté depuis ! Jonas a perdu tout espoir de le voir devenir pasteur, mais l'écouter jouer, c'est comme entendre le Seigneur chanter, alors nous nous y sommes faits !

J'en suis surprise.

– Tiens donc ! Qu'est-ce qui a bien pu te pousser à ignorer l'héritage familial pour quelques cordes ?

Il me lance un regard éloquent et je déglutis. Je sens un message caché mais je n'arrive pas à savoir si je vais apprécier ou détester.

– Un jour, un mec m'a dit que si je voulais atteindre la deuxième base avec une fille, il fallait jouer de la guitare…

– Tobias ! s'écrie sa maman en lui donnant une petite tape sur le bras. Descends au lieu de raconter des bêtises ! Bonne soirée, Mia, embrasse tes parents de notre part.

Estomaquée et le feu aux joues, je ne réponds pas.

Il vient de faire référence à Simon. Le soir où j'ai perdu ma virginité.

Il s'en souvient, nom de Dieu ! Et il vient de me jeter ça à la figure avec un sourire insolent. Il pousse même le bouchon jusqu'à me faire un clin d'œil et un sourire effronté avant de s'éclipser en marchant à reculons sans me quitter du regard. Quand il sort enfin, je déglutis et me précipite sur la fenêtre pour la fermer et baisser le store par-dessus avant de m'effondrer sur les fesses par terre, la fièvre au corps et les joues cramoisies. Finalement, peut-être qu'il faudrait que je m'occupe sérieusement de « Monsieur M. », ce soir, histoire de me clarifier les idées. Je finis néanmoins par éclater de rire en me pinçant l'arête du nez, totalement sidérée par son aplomb.

Il va me tuer…

Et je suis sûre que j'y prendrai beaucoup trop de plaisir.

10

– Attends-moi, Mi !

Je sursaute en entendant la voix de Calista dans mon dos. J'ouvre de grands yeux quand je la vois débarquer en legging moulant et brassière de sport, ses longs cheveux roux retenus en queue-de-cheval. Je range mes écouteurs dans la poche de ma brassière. Apparemment, je ne cours pas seule, aujourd'hui.

– Calista Jones ! Il est sept heures trente et tu viens courir avec moi ?

– Visiblement, j'ai bien choisi ma tenue, tu as compris tout de suite. Bien joué, Sherlock.

Je pouffe en la regardant. Ses vêtements semblent neufs, je crois bien que c'est la première fois qu'elle les utilise si je me fie à la blancheur éclatante de ses chaussures de sport.

– OK, qui êtes-vous et qu'avez-vous fait de mon amie ? je demande en riant.

Elle ne relève pas et me fait un clin d'œil en arrivant à ma hauteur.

– Arrête de m'admirer et commence à courir.

– Non mais tu es sérieuse ? Tu vas vraiment courir avec moi ?

– Qu'est-ce qu'il y a d'extraordinaire ?

– Cal…

– OK, OK ! Je viens juste de rentrer de Salt Lake et j'avais envie de te raconter ma nuit ! avoue-t-elle dans un sourire.

Je secoue la tête en souriant à mon tour. Calista qui se lève tôt un dimanche pour aller courir, c'est comme si on venait de nous annoncer que des extraterrestres vivaient cachés sur la Lune depuis plus de mille ans. Autant dire : improbable. Je finis de m'échauffer et commence à trottiner un peu plus lentement que d'habitude pour lui permettre de me suivre sans difficulté. Enfin, ça, c'était avant qu'elle ne décide de me raconter sa soirée avec un bel inconnu.

– Et si tu… si tu avais vu sa queue énorme, Mi ! me raconte-t-elle, totalement essoufflée, entre deux expirations.

– Arrête de parler et cours, je réponds en riant.

– Je ne peux pas ! s'écrie-t-elle, surexcitée. Le mec avait la plus… grosse bite… que j'aie jamais vue !

– Tu m'as dit ça déjà pour le mec de la semaine dernière…

– Lequel ?

– Celui qui achetait un bouquet de fleurs pour sa femme, je précise en la fusillant gentiment du regard.

Calista sait très bien ce que je pense de ses habitudes. Pour elle, un homme reste une proie possible, peu importe qu'il soit marié ou non, ça ne lui fait ni chaud ni froid. Une vraie mante religieuse.

– Ah oui ! Carlos ! … Sacré pénis, lui aussi, c'est vrai…

– Et tu sais ce qu'on dit : ce n'est pas la taille qui compte, c'est la façon de s'en ser…

– Phrase de *loser*, tu sais… Bien sûr que la taille… compte. Tu ne vas pas me dire que ce mec… en première année… t'a fait jouir avec toute la… meilleure volonté du monde ?

– Je n'aurais jamais dû te parler de la taille de son équipement… je marmonne.

– Tu me racontes tout, ma chérie… répond-elle en souriant et en me faisant un clin d'œil, c'est normal que je te raconte tout… aussi !

– Sauf que moi, ça risque de me transformer en témoin dans une tentative d'homicide !

– Oh, tant que leurs femmes ne savent rien… réplique-t-elle en balayant ma remarque d'une main.

– Calista ! je la réprimande, les yeux écarquillés.

– Quoi ?… Ils sont mariés et ils couchent… quand même…

132

avec moi ! Si elles doivent s'en prendre à... quelqu'un, c'est... à eux !

— Peut-être mais si tu ne les draguais pas, ils ne coucheraient pas avec toi !

— Foutaises, un homme ne craque... pas s'il ne veut pas craquer... soit ils les trompaient déjà... soit ils sont trop imbéciles... pour résister.

— C'est ce qu'on marquera sur ta tombe, je rétorque en riant. « Calista Jones, tuée par la femme d'un mec trop imbécile pour résister. »

— Je préférerais... « Calista Jones : ... trop bonne pour qu'ils... résistent » !

— On dirait le titre d'un film porno, je me moque.

— C'est l'histoire... de ma vie, ça, chérie ! Attends, on s'arrête là, je vais crever...

J'éclate d'un rire sonore en m'arrêtant un peu plus loin. Calista se tient penchée en avant, le souffle court et les mains appuyées sur les hanches.

— Point de côté ? je demande, mutine.

— Des DEUX côtés, putain !

J'éclate de nouveau de rire et reviens vers elle.

— Allez, Usain Bolt, relève-toi. On va marcher et réguler ta respiration pour les faire passer.

— Non, vas-y sans moi, laisse-moi mourir ici... se lamente-t-elle en gémissant comme si elle était à l'article de la mort. Je vais te ralentir.

— Tu es trop bonne... je murmure en secouant la tête.

— Ah, toi aussi, tu trouves ? réplique-t-elle en se redressant comme un ressort.

Je me cache le visage d'une main en riant.

— Heureusement que tu existes, Cal, sérieusement...

Elle fronce les sourcils en regardant par-dessus mon épaule.

— Hey... mais ce n'est pas Sexy Tobie, là-bas ?

— Hein ?

Je sursaute en pivotant face au parc à côté duquel nous

nous sommes arrêtées.

Effectivement, un peu plus loin, je le vois en train de faire des tractions sur une barre de l'aire de jeu.

Torse nu.

Une musique rock'n'roll l'accompagne depuis une mini-enceinte et je me demande comment j'ai fait pour ne pas l'entendre avant. Et surtout pour ne pas le voir…

– Tu baves, chérie…

Je ne regarde même pas Calista, je n'arrive pas à décrocher mes yeux du corps tatoué de Tobias qui monte et descend à la seule force de ses bras. J'aperçois même les gouttes de sueur glisser sur sa peau… J'en suis une des yeux qui descend jusqu'à la lisière de son bermuda kaki… Misère, la sueur ne devrait pas me faire autant d'effet…

– Dis-moi, si on fantasme de faire des trucs interdits par l'église avec le fils du pasteur, techniquement, ça compte comme un péché mortel, ou juste un péché lambda ? questionne Calista en le regardant, la tête penchée dans une mimique appréciatrice.

– Quoi ? je m'écrie en la regardant.

Et surtout en me sentant fautive parce que j'imaginais justement des choses.

– Ah, toi aussi, tu te posais la question ?

– Quoi ? Moi ? Mais non, enfin !

– « Tu ne mentiras point », se moque-t-elle en citant l'un des dix commandements.

Je soupire en la voyant si sûre d'elle. Rien ne touche Calista Jones.

Sauf les organes génitaux masculins.

– Tu racontes n'importe quoi, c'est le gamin que je gardais ! je réponds en le désignant.

– Il n'a plus rien d'un gamin…

Je soupire plus faiblement en le regardant de nouveau. À quoi bon mentir ?

– J'avoue…

Le sourire victorieux de mon amie ne m'échappe pas.

– Tu te calmes, Jones, j'ai beau le trouver très agréable à regarder, ça ne change rien : il est trop jeune, pour moi comme pour toi ! je la préviens en la désignant.

– OK, OK, Madame Rabat-joie ! Mais est-ce qu'on peut quand même mater ?

Je fais la moue et acquiesce rapidement. J'ai aussi envie de le regarder… Nous tournons simultanément la tête vers lui alors qu'il s'entraîne maintenant sur un seul bras.

– Regarde-moi ces biceps… souffle Calista. Rien qu'en sachant qu'il fait de la guitare, je peux t'assurer qu'il est très agile de ses doigts…

Je ne peux pas m'empêcher de rire à sa réflexion. Cal et ses déductions…

– Il sait faire des arpèges ? me demande-t-elle.

– Qu'est-ce que j'en sais, bordel ?

– Tu habites en face de lui et ta fenêtre donne sur la sienne.

Je retiens un sourire en me mordant la lèvre mais je ne tiens pas longtemps et abdique :

– Il sait faire de la guitare classique… j'avoue finalement.

– Oh, putain… OK, Sexy Tobie vient de devenir « Doigts magiques » dans ma tête.

Nous pouffons toutes les deux, et Tobias descend à ce moment-là de son perchoir. En tournant la tête, il nous aperçoit en train de l'observer sans gêne. Je sursaute, prise en faute et tourne bien vite la tête en cherchant quelque chose pour me redonner une contenance alors que Calista continue de soutenir son regard en souriant de plus belle.

– Tobiaaaaaaaas ! hurle-t-elle en lui faisant de grands signes.

– Putain, Cal ! je siffle entre mes dents serrées.

– Trop tard, il vient vers nous, ma chérie, répond-elle sans même me regarder, avec un sourire gigantesque.

Oh, misère… Je ferme les yeux et me force à me tourner pour lui faire face. Il avance en courant doucement, son

T-shirt à la main et ses colliers à grigris dansant sur son torse à chaque foulée. Il ralentit en marche rapide quand il n'est plus qu'à deux mètres et nous sourit de toutes ses dents.

– Mesdames…

Je lance un regard moqueur à Calista quand je la vois tiquer. Bien fait.

– Ça, ça s'appelle le karma, Cal… soufflé-je avant qu'il nous rejoigne.

Elle me lance un regard noir mais retrouve rapidement son sourire.

– Tobias ! Tu fais du sport, toi aussi ?

Je pouffe discrètement. « Toi aussi » ? Alors, ça, c'est le plus gros mensonge que j'aie jamais entendu.

– Oui, j'essaie de faire ça deux ou trois fois par semaine avec un footing pour rester en forme, explique-t-il en passant une main dans ses cheveux légèrement humides.

Mais merde, ça non plus, ça ne devrait pas me faire autant d'effet…

– Mais ça, c'est dingue ! Mia aussi court plusieurs fois par semaine, vous devriez courir ensemble !

J'écarquille les yeux en regardant le Judas qui me sert d'amie. Traîtresse…

J'ose regarder Tobias et il hausse les sourcils, visiblement amusé par la proposition de Calista.

– Tu cours, Mia ?

– De temps en temps… j'articule d'une voix un peu rauque.

– Tous les mardis, jeudis et aussi le dimanche.

Je serre mes poings pour éviter de foutre une gifle à Calista.

– Et si tu lui donnais aussi mon dossier médical, pendant qu'on y est ? grincé-je.

– Pas besoin.

Elle se tourne vers Tobias et reprend dans un grand sourire :

– Elle donne son sang donc elle est *clean !*

Et de conclure avec un clin d'œil. J'ouvre la bouche en grand, totalement sonnée alors qu'il écarquille brièvement les yeux en la regardant.

— Je suis… ravi de l'apprendre ?

Il fronce les sourcils vers moi, retenant un sourire et semblant se demander quelle attitude adopter. Je soupire en poussant brutalement Calista du plat de la main sur sa tempe.

– Aïe, Anderson, bordel !

– Laisse tomber, les psys ont dit qu'on ne pouvait plus rien faire pour elle.

– Si : me faire grimper aux rideaux.

Tobias éclate de rire et sa voix grave réveille les papillons au creux de mon ventre.

– Je suis certain qu'un tas d'hommes se bousculent au portillon, répond-il avec un sourire poli.

– Pas tant que ça… Il reste de la place, si jamais, roucoule-t-elle.

Je déglutis discrètement. Je connais Calista, je sais comment elle agit, son mécanisme, mais c'est la première fois que je la vois faire son numéro de charme sur quelqu'un qui ne m'est pas indifférent et ça me perturbe. Ça me gêne, même. Je guette anxieusement la réaction de Tobias et j'ai la surprise de le voir me jeter un rapide coup d'œil avant de répondre. Ce qui a le don de me faire de nouveau twister l'estomac.

– J'en doute pas mais je laisse ma place aux plus déterminés.

J'en suis bluffée. Personne ne résiste à Calista. Personne ne dit non à une invitation claire et précise de Calista ! Et je suis encore plus bluffée de voir que ça ne l'atteint même pas. Elle sourit et me fait un clin d'œil avant de lui refaire face.

– Dommage. Et sinon, donc, ces footings ?

Je lève les yeux au ciel. Sérieusement, elle ne s'arrête jamais ?

– Ça dépend de Mia…

Je me sens légèrement rougir à l'intonation ténébreuse de sa voix. Presque rocailleuse. Quand je baisse les yeux vers lui, il me fixe sans pudeur. J'ai comme l'impression qu'il me met au défi de lui dire non. Son regard vert me transperce presque alors qu'un léger sourire flotte sur ses lèvres. J'avale difficilement ma salive et je suis obligée de me racler la gorge avant de réussir à répondre sans chevroter.

– Pourquoi pas…

Il sourit largement à ma réponse et je sens le duvet de ma peau se hérisser de façon incontrôlable. Merde, je suis en débardeur !

– Parfait, le mardi, le jeudi et le dimanche, donc ? À sept heures trente ?

J'acquiesce sans répondre et il me fait un clin d'œil suivi d'un rapide sourire avant de jeter son T-shirt sur son épaule.

– Sur ce, je vous laisse. J'ai fini mon entraînement pour aujourd'hui. À tout à l'heure à l'église, Mia ?

– À tout à l'heure… je réponds, fébrile.

Il s'éloigne en courant après un dernier signe de tête à l'attention de Calista et je le suis du regard en admirant sa croix tatouée dans le dos. C'est juste un footing. Un footing entre voisins, il ne me demande pas de me déshabiller devant lui, putain !

Alors pourquoi j'ai l'impression qu'il va me dévorer toute crue dans deux jours ?

– Putain, tu vas te faire bouffer, Anderson ! jure Calista à voix basse. Je te hais !

Je fais volte-face et la fusille du regard.

– Sérieusement, Cal !

– Quoi ?

– Tu aurais pu me demander mon avis, avant, non ?

– Hey, doucement, Mi, c'est juste pour aller courir ensemble ! Il ne va pas te baiser dans le parc !

La simple évocation me fait rougir jusqu'aux oreilles.

– Ooooooooh ? On rougit, Mia Anderson ?

– Ferme-la, Jones, je siffle entre mes dents avant de reprendre mon jogging en courant plus vite pour la semer.

Elle ne tente pas de me suivre et je l'entends rire dans mon dos alors que je m'éloigne dans le sens inverse de la direction qu'a pris Tobias.

— Je te préviens, s'exclame-t-elle, les mains en porte-voix, quand vous aurez enfin assouvi vos pulsions : JE VEUX TOUS LES DÉTAILS !

Je lui fais un doigt d'honneur en accélérant le pas et elle rit de plus belle, dans mon dos, alors que je m'éloigne en imaginant malgré moi un scénario digne d'un film porno dans le parc où je jouais étant petite.

C'est officiel, je deviens totalement folle.

11

– Et celle-là ?

Je hausse un sourcil ironique devant la tenue de Calista quand elle sort de la cabine. Je ne sais pas comment elle a pu réussir à me traîner dans une embuscade pareille pendant mon jour de congé. Je suis assise au milieu des cabines d'essayage à la regarder essayer des robes toutes plus provocantes les unes que les autres. Celle qu'elle porte est un ensemble assez compliqué de rubans et de dentelle noire qui met ses courbes en valeur.

Très en valeur...

Trop en valeur, même ?

– Encore moins couvrante que les quatre premières, je réponds en ricanant. Tu es sûre que ce n'est pas de la lingerie, plutôt ? Parce qu'elle est assez... osée.

Je mime des guillemets pour ne pas dire « vulgaire », mais elle ouvre de grands yeux ravis.

– PARFAIT ! Je la prends !

J'éclate de rire en me cachant les yeux.

– Cal, si tu n'existais pas, il faudrait t'inventer.

– Je sais.

– Et modeste, avec ça.

– Allez, je te fais grâce des chaussures, déclare-t-elle après s'être changée. Viens, on va se caler dans un café.

– Amen ! j'acquiesce en riant toujours.

Elle se fige et me regarde en souriant.

Oh, non...

– Tu es devenue bien bigote, ces derniers temps, je trouve...

Et nous y revoilà !

Je soupire. Elle ne rate aucune occasion de me rappeler qu'un mâle alpha vit en face de chez moi. Aucune. Je la suspecte même d'y prendre un plaisir malsain.

– Va payer ta lingerie, et ensuite tu m'offriras un *latte* pour te faire pardonner de m'avoir piégée, je gronde pour toute réponse, tout en croisant les doigts pour qu'elle n'insiste pas plus, mais j'ai peu d'espoir, avec elle.

– Quelle autorité ! Ça pourrait presque m'exciter si tu étais un homme. Quoique, à bien y réfléchir, si tu avais été un mec, je n'aurais pas sorti ma carte bleue de la journée…

Elle réfléchit un court instant puis se tourne avec un visage de petite fille et me regarde en faisant la moue.

– Hors de question ! je m'exclame. Tu te payes ta robe et ensuite tu m'offres un café.

– Rabat-joie !

– Femme vénale, rétorqué-je aussi rapidement.

Elle se rengorge et jette ses cheveux derrière son épaule d'un geste exagéré en papillonnant des cils.

– Arrête avec les compliments, tu vas me faire rougir.

Je lève les yeux au ciel, tentant tant bien que mal de réprimer un sourire parce qu'elle réussit malgré tout à me faire rire, et la pousse dans le dos pour la forcer à atteindre la caisse alors qu'elle éclate d'un rire cristallin. Quand nous sortons du magasin, je dois presque l'arracher des mains du caissier qui lui fait les yeux doux alors qu'elle fait pigeonner son décolleté en s'appuyant sur le comptoir.

– Tu m'as privée d'une nuit de baise, Mia, ronchonne-t-elle en regardant mélancoliquement le magasin dont nous nous éloignons.

– Non, je t'ai sauvée.

Elle m'étudie, dubitative et je reprends la parole pour lui expliquer ma théorie :

– Imagine : tu lui brises le cœur…

– Je n'ai pas besoin d'imaginer, ils finissent tous par tomber amoureux de moi, me coupe-t-elle d'un ton sérieux.

– Bref ! je reprends. Tu lui briseras forcément le cœur. Et après, où est-ce que tu iras acheter des robes qui te couvrent à peine les fesses ?

Elle s'immobilise dans la rue et fronce les sourcils en réfléchissant. Je m'arrête quelques pas plus loin, les mains dans les poches, et penche la tête, la laissant se creuser les méninges. Si je me fie à son visage crispé, elle doit carburer à plein régime.

– OK, tu marques un point, Anderson, admet-elle enfin. Finalement, je ne t'en veux plus.

– Alléluia !

Je réalise ma bêtise quand ses lèvres s'étirent d'une oreille à l'autre. Mais quelle débutante…

– TAIS-TOI ! m'écrié-je pour l'empêcher de me faire une nouvelle remarque sur la religion.

Surtout que je n'ai absolument pas besoin d'elle pour me souvenir de la présence de Tobias. Dès que je rentre dans ma chambre, je ne peux m'empêcher de jeter un coup d'œil à la fenêtre de la sienne. En espérant, peut-être, l'apercevoir ? Ou tout simplement pour éviter de me faire surprendre une nouvelle fois… Bref, je suis plus que consciente de sa présence, et encore plus quand il chante à la messe.

Mais pour ma défense, toutes les femmes de la ville, célibataires ou non, sont conscientes de sa présence à la messe. Elles lui sautent toutes dessus à la sortie de l'église pour louer sa voix après l'avoir dévoré du regard dans le lieu saint. Bon OK, je le dévore peut-être aussi du regard mais je ne me précipite pas sur lui pour lui faire les yeux doux à la sortie de l'église, et encore moins avec sa famille à côté. J'ai encore un minimum de dignité… J'en profite souvent pour rejoindre les jumelles et les écouter se moquer de leur frère et de l'effet qu'il fait aux femmes. Abbie et Anna ont bien grandi aussi, et je sais qu'elles ont un côté aussi mutin que le fils aîné, mais le simple fait qu'elles soient deux les rend encore plus diaboliques. Deux esprits rebelles réunis dans un presque même corps.

Elles doivent en faire baver à leurs frères…

Calista me rejoint en me tirant la langue après avoir décidé que ce vendeur n'en valait pas la peine. Elle passe un bras sous le mien tandis que nous marchons vers le café, un peu plus loin dans la rue. Il est à peine seize heures et la canicule n'en finit plus. Je sens des gouttes de sueur dévaler le long de mon dos et j'avance rapidement pour rejoindre le plus vite possible le café et sa salle climatisée pendant que ma meilleure amie me détaille ses prochains achats de chaussures et de sous-vêtements. Je souris en voyant les hommes tiquer et se retourner sur elle quand les mots « tanga minuscule » et « talons vertigineux » s'échappent de sa bouche.

– Tu le fais exprès, avoue… murmuré-je.

Elle ouvre de grands yeux horrifiés et me fixe d'un air choqué.

– Mais pour qui tu me prends, Mia Poppy Anderson ? Bien sûr que je le fais exprès !

Je pousse la porte vitrée du café en éclatant de rire, suivie par mon amie, très fière d'elle. La sensation de frais nous entoure rapidement et je soupire intérieurement de plaisir. Depuis que j'ai enfin convaincu mes parents de changer leur climatisation, ils dorment nettement mieux et mon père souffre moins du dos grâce à l'oreiller à mémoire de forme que je lui ai acheté de force. Parfois, j'ai l'impression de les materner plus qu'ils ne me maternent. J'ai aussi poussé ma mère à acheter un savon pharmaceutique et une crème spéciale pour ses mains abîmées, alors qu'elle s'entêtait à utiliser des produits bas de gamme qui amplifiaient ses crevasses. C'est comme si j'étais investie d'une mission de sauvetage à leur encontre : régler leurs dettes, améliorer le fonctionnement financier de leur magasin et soulager leurs douleurs. Et grâce à la climatisation, je les sens plus détendus, le matin. Enfin, bref, ils ne souffrent pas de la chaleur, cette fois-ci, et j'en suis contente. Après tant d'années à ne rien dire, je suis soulagée de les savoir entourés d'un peu plus de confort matériel.

– Tu veux quoi ?

Je sors de mes pensées quand Calista me demande de choisir.

– Un *latte* glacé eeeeet… un muffin à la myrtille, ajouté-je en lui faisant un clin d'œil.

Elle hausse les sourcils et me détaille de la tête aux pieds.

– On se lâche, Mia Poppy Anderson… À ce rythme-là, tu vas perdre ta jolie taille de guêpe et tes fesses bombées.

Je secoue la tête sans répondre à sa pique. J'ai l'habitude, avec elle.

– Suis-je bête ! reprend-elle en se frappant le front. Tu fais du « footing » !

Et nous y voilà, de nouveau ! Deuxième round de la journée.

– Tu n'en rates pas une, hein ? soufflé-je en lui filant un léger coup de coude.

– Toutes les occasions sont bonnes, ma chérie, explique-t-elle avec un clin d'œil. Surtout moi.

– Ben tiens…

En parlant de footing, justement… Mon ventre se tord légèrement quand je réalise que demain matin, je ne courrai pas seule. M. Miller fils est censé me rejoindre. Tobias va venir courir avec moi. Transpirer avec moi. Et peut-être même qu'il enlèvera son T-shirt…

Pleine d'espoir, moi ? Si peu…

– Tu viens courir avec nous, demain matin ? demandé-je nerveusement à mon amie alors qu'elle paye la commande.

– Pardon ? Tu m'as regardée, Mia ? Comment est-ce que je peux entretenir ces courbes de rêves en courant ? Puiser dans mes réserves et perdre mes seins ? JAMAIS ! je préfère mourir avec un bonnet D qu'avec une taille trente-six.

Je pouffe en voyant un adolescent en ouvrir la bouche de stupeur de l'autre côté du comptoir alors que nous avançons pour attendre nos boissons.

– Un peu moins fort sur tes seins, Cal, tu vas provoquer une crise cardiaque au serveur… murmuré-je en désignant discrètement notre spectateur.

– Qui ça ? Gérald ! s'écrie-t-elle.

L'adolescent rougit de plus belle alors qu'elle lui offre un sourire lumineux.

– M-mademoiselle Jones… répond-il en baissant les yeux, gêné.

– Je ne savais pas que tu travaillais ici !

Visiblement, elle le connaît.

Et si je me fie au regard en douce sur ses seins, lui aussi les connaît.

– Pour les vacances seulement…

– C'est très bien, ça. Et le tablier te va comme un gant, ajoute-t-elle d'une voix plus suave.

Il sourit légèrement alors que je lève les yeux au ciel pour la centième fois de la journée. Je n'y crois pas, même les adolescents ! J'attends qu'il nous donne nos boissons d'une main tremblante avant d'embarquer mon amie de force vers une table éloignée.

– Sérieusement, Cal ? je grogne presque. Il a à peine 15 ans !

– Et alors ?

J'écarquille les yeux en m'asseyant en face d'elle. Elle est folle. Et irresponsable.

– « Et alors » ? Je doute que sa mère apprécie que son fils se fasse draguer par une trentenaire !

Elle me regarde longuement en s'appuyant contre le dossier de sa chaise.

– Il n'a pas de maman. Il est orphelin.

Oh, mon Dieu !

Sa phrase me rend brusquement silencieuse.

– Ses parents ont été tués dans une prise d'otage alors qu'il n'avait que 5 ans, reprend-elle en lui jetant un regard attristé.

– Merde…

J'en reste sans voix et je tourne rapidement le regard vers lui. Mais je fronce les sourcils en notant qu'il nous fixe. Il me remarque, rougit, et son visage reprend un air plus calme alors qu'il me sourit timidement.

– OK… Je ne suis pas certaine d'être très sympa en disant ça, mais il est un peu bizarre, non ?

Elle relève un regard serein vers moi avant de répondre.

– Gérald ? Ah oui, il est carrément flippant, même !

Elle parle d'une voix normale en attaquant son yaourt au granola alors que j'écarquille les yeux devant son aplomb. Il y a deux secondes, j'avais sainte Calista, défenseuse des âmes perdues, devant moi, et là je retrouve Calista, l'amie irresponsable que j'ai l'habitude de côtoyer. Tout va bien.

Elle reprend après avoir avalé sa bouchée :

– Il n'a pas eu une vie facile. Il a été ballotté de famille d'accueil en famille d'accueil. Et pas les plus sympas, apparemment. Heureusement qu'il est bien loti chez ses nouveaux parents d'accueil.

Et de nouveau sainte Calista. J'en aurais presque la tête qui tourne à force de la voir jongler entre les deux. Je suis quand même étonnée de la voir aussi impliquée. C'est une des rares fois où j'ai vu Calista se soucier d'un autre être humain qu'elle.

Enfin, à part moi.

Même si, parfois, je préférerais qu'elle ne focalise pas toute son attention sur ma personne.

– Par contre, il a l'air fou amoureux de toi, Calista.

– Je sais.

– Pardon ? m'exclamé-je.

Elle balaie l'air de la main.

– C'est juste une amourette, il est encore vierge donc je représente le but ultime pour lui, mais ne t'inquiète pas, quand il aura trempé sa nouille dans une gamine, je perdrais tout attrait à ses yeux. En attendant, je lui donne de quoi rêver quand il est tout seul dans son lit.

– Calista Jones ! soufflé-je, estomaquée. Tu titilles un adolescent alors que tu pourrais être sa mère !

À ces mots, elle avale sa bouchée de travers et, confortablement installée contre le dossier de ma chaise, je prends un malin plaisir à la regarder, les bras croisés, tenter de retrouver son souffle.

– Euh... votre amie a l'air de s'étouffer, là... me fait remarquer un homme à côté de nous.

– Oui, je sais.

– Mais... vous ne comptez pas l'aider ?

Il tire une tête de six pieds de long et me fixe comme si j'étais le diable en personne alors que Calista bat des bras, tentant de retrouver de l'oxygène. J'avoue qu'elle simule super bien. Je la suspecte même de retenir sa respiration pour avoir ce teint légèrement bleuté.

– Laissez, je la connais : elle fait semblant pour m'attendrir, expliqué-je calmement.

Et pile au moment où je dis ça, elle s'arrête subitement de tousser pour retrouver un visage serein avant de me fusiller du regard.

– Tu es beaucoup moins drôle depuis que tu es revenue de la ville, Anderson.

– Qu'est-ce que je vous disais ? je conclus en la désignant sans quitter M. Secouriste des yeux.

Elle lâche un « pffff » dédaigneux à mon intention et se décale pour sourire au héros du jour.

– Vous êtes un gentleman...

– Allez, c'est bon pour la journée, je la coupe en la forçant à regarder sa commande. Mange ton yaourt au lieu de draguer.

– Mia, ça fait deux fois, là ! Trois, si on compte Gérald !

Je lui lance un regard torve.

– Oh, pardon d'avoir tenté de réprimer tes tendances pédophiles... je lui réponds d'une voix ironique.

– Dit la fille qui fantasme sur Creepy Tobie.

– Je ne fantasme pas sur lui ! je m'écrie.

Ma phrase provoque un silence autour de nous et je me sens rougir jusqu'à la racine des cheveux. Quant à Calista, elle est morte de rire. Rappelez-moi de réviser mes choix en matière d'amitié.

– Je ne fantasme pas sur lui... je reprends à voix basse.

– Et le pire, c'est qu'elle y croit, en plus...

Je soupire fortement et l'ignore, me concentrant sur mon muffin.

– Au fait, tu vas courir avec lui, demain, non ?

Je maudis tous les dieux en tentant de me souvenir que j'aime mon amie et que je n'ai légalement pas le droit de lui arracher les cordes vocales avant de lui répondre.

– La faute à qui ?

– Grâce à qui, plutôt, chérie.

– Je devrais vraiment changer d'amie...

– Tu t'ennuierais sans moi, mon amour.

– Pas sûr...

– Siiii... Écoute ton cœur, qu'est-ce qu'il te dit ?

– « Change d'amie, Mia ».

– OK, n'écoute pas ton cœur, écoute-moi, plutôt : tu m'aimes et tu ne veux pas me tuer.

Je plisse les yeux en la fixant du regard.

– Et en plus, on est venues avec ma voiture, ajoute-t-elle.

Elle marque un point.

– Au temps pour moi, je t'aime et je ne veux pas te tuer, jusqu'à ce que tu me ramènes chez moi.

Elle sourit en croisant les mains sur son cœur, les yeux brillants.

– C'est la plus belle déclaration qu'on m'ait faite !

Et j'éclate de rire, incapable de lui résister, une fois de plus.

Calista est mon Prozac. Je ne peux pas lui en vouloir, j'en suis physiquement incapable.

Je finis la journée en la suivant dans des magasins de chaussures, la regardant essayer des talons aiguilles en grimaçant, consciente du côté dangereux de Calista Jones jouant avec des objets pointus. La dernière fois qu'elle m'a raconté ce qu'elle avait fait à l'un de ses amants avec ce genre d'accessoire, j'ai failli vomir et j'en ai fait des cauchemars pendant trois jours.

Et c'était le mois dernier.

Mais si l'on fait abstraction de ses innombrables histoires d'amour, de son penchant pour les hommes en général, sans limite d'âge, et de sa capacité à m'abandonner pour une partie de jambes en l'air, Cal est une amie formidable qui me fait rire.

Je finis la soirée chez elle à regarder des comédies romantiques tandis qu'elle essaie désespérément de m'inscrire sur Tinder. Mais vu que Calista est une quiche en informatique, elle met au moins une heure à m'installer l'application et à en comprendre le fonctionnement, tandis que je regarde le film. Elle n'en a jamais eu besoin donc, forcément…

Je rentre chez moi vers vingt-deux heures, ravie d'avoir passé la soirée à rigoler avec elle au lieu de penser à l'épreuve du lendemain matin. Même si je ne peux m'empêcher de regarder sa fenêtre en me couchant. Et de me demander s'il est aussi nerveux que moi à l'idée de me retrouver demain.

12

– Mademoiselle Anderson…

La voix grave qui s'élève derrière moi me fait sursauter. Je me retourne aussitôt et me retrouve nez à nez avec Tobias. Dans le genre « sereine », on peut mieux faire, Mia…

– Tobie !

Il grimace légèrement à ce surnom.

– Ça fait longtemps qu'aucune personne extérieure à ma famille ne m'avait appelé comme ça.

Je souris en retour.

– Je fais presque partie de la famille, non ?

Il ne répond pas et penche légèrement la tête en arrière pour me regarder de dessous ses paupières à moitié baissées. J'ai l'impression qu'il m'observe avec attention, comme au microscope. Et je ne peux m'empêcher de réfléchir à l'image que je renvoie tandis qu'il reste silencieux.

– Presque.

Je respire à nouveau en entendant sa réponse et je ne sais si je dois me sentir soulagée ou déçue. Il n'a pas cherché à me convaincre que j'étais comme un membre de sa famille pour lui, ni à le nier. Il a juste repris un de mes mots.

Statu quo.

Un partout, balle au centre.

C'est bien ça, non ? Ça devrait me rassurer, normalement. Mais à la place, ça m'attriste un peu. Je me gifle mentalement pour endiguer le tour que prennent mes pensées et je commence à sautiller sur place pour me donner une contenance.

– On se prépare ?

Il opine du chef et je m'échauffe rapidement alors qu'il m'imite. J'en profite pour le regarder alors qu'il tourne la tête vers le côté opposé : il porte un short de sport gris et un T-shirt en nylon dans les mêmes tons. L'ensemble est un peu usé, preuve qu'il fait du sport régulièrement. Quant à ses tennis, elles ont clairement vu des jours meilleurs, comme les miennes. Donc c'est un vrai sportif, pas comme Calista qui possède une tenue complète immaculée.

Sa tenue à lui est simple, pas comme celles des hommes de mon ancienne salle, qui aimaient montrer leur musculature en portant des marcels moulants. Et je ne parle même pas des femmes qui venaient aussi faire du sport dans des tenues plus adaptées à la plage qu'à la salle de fitness…

Je remarque avec agacement que mes mains tremblent légèrement et je décide de lancer ma playlist spéciale footing pour m'occuper les doigts.

– Tu cours en musique ?

Je sursaute presque à sa question, manquant de lâcher mon téléphone, et lève un regard aux abois vers son visage.

– Euh… je… Oui.

Il acquiesce légèrement en m'étudiant de nouveau du regard et je me sens rougir. En y réfléchissant bien, je réalise que ce n'est pas super engageant. Il vient courir avec moi et je prépare mes écouteurs !

– Pardon, excuse-moi. Ce n'est pas sympa pour courir ensemble.

– Non, pas de souci, d'habitude, j'écoute aussi de la musique.

– Oui, mais là, ce n'est pas le but non plus…

Je me confonds en excuses alors qu'il me sourit gentiment.

– Tu écoutes quoi, d'habitude ? me demande-t-il.

Je suis surprise par sa question.

– Euh, ça dépend, mais plutôt des chansons des années mille neuf cent quatre-vingt.

– OK.

Il ne parle pas plus et sort un petit boîtier de la poche de son short avant de l'ouvrir et d'en sortir une paire d'oreillettes sans fil. J'écarquille les yeux en le voyant tendre la main vers mon portable.

– Ça ne te dérange pas qu'on écoute la même chose ?

– Euh… non ! Non, bien sûr que ça ne me dérange pas, je bafouille en lui tendant mon téléphone.

Il me sourit chaleureusement et s'occupe d'appairer les écouteurs en Bluetooth alors que je me dandine sur place, mal à l'aise. Et s'il n'aime pas ma musique ? Il a étudié la musicologie à l'université, il doit avoir des goûts plus affirmés que les miens, une sensibilité à la musique et aux instruments que je n'ai pas.

Et pourquoi je me pose autant de questions ? J'ai 30 ans, nom de Dieu ! Si je n'assume pas mes choix musicaux maintenant, je ne le ferai jamais.

Allez, Mia, on bombe le torse et on affirme ses goûts !

Oui, enfin, pas trop non plus parce que ce débardeur est déjà assez moulant comme ça.

– Compilation… euh… « footing », c'est bien ça ? demande-t-il en retenant un sourire amusé.

Je l'imite, surprise qu'il trouve ça drôle.

– Ça m'en a tout l'air, Sherlock.

Il hausse brièvement les sourcils en me regardant, puis lance la musique. Les premières notes de « Dancing with Myself » de Billy Idol résonnent alors que je positionne l'un des écouteurs sans fil qu'il me tend dans mon oreille. Il fait une moue appréciative en positionnant le sien, range mon téléphone dans son sac de bras et me fait un clin d'œil.

– Je le garde avec moi. On y va ? demande-t-il.

J'acquiesce en souriant et nous nous élançons au même rythme sur l'asphalte. Aucun de nous ne parle et nous nous contentons de courir sur le même tempo. Je suis rassurée de voir que je peux agir normalement et courir sans me casser la figure juste parce qu'il me trouble. C'est presque un soulagement, d'ailleurs. Je prends mon itinéraire habituel et il me suit sans rien dire mais je le surprends plusieurs fois à sourire, ce qui m'intrigue.

– Qu'est-ce qu'il y a ? demandé-je finalement.

– Rien. Ce sont les paroles de la chanson qui m'amusent.

Je fronce les sourcils, dubitative.

– Qu'est-ce qu'il y a de drôle là-dedans ?

Il me lance un regard surpris et sourit de plus belle.

– Tu n'as jamais fait attention ?

Je suis larguée. Je prends le temps d'écouter un peu mieux les paroles avant de le regarder de nouveau.

– Tout ce que j'entends, c'est l'histoire d'un mec qui danse seul.

Il éclate de rire et regarde devant lui avant d'éclairer ma lanterne.

– Disons qu'apparemment, c'est une jolie façon de dire qu'il fait… « autre chose » tout seul.

Je reste interdite puis écarquille brusquement les yeux quand il me regarde en coin, scrutant ma réaction.

Oh. Mon. Dieu.

Donc j'ai mis trente ans à réaliser ce qu'un gamin de 22 ans savait déjà.

Bien joué, Mia.

Je rougis malgré moi en l'entendant éclater de rire. OK, dans le genre subtil, on peut mieux faire. Je viens d'écouter une chanson sur la masturbation avec lui. Rien que ça.

Heureusement, elle se finit enfin et je souffle intérieurement. Allez c'est bon, c'est parti pour une autre chans…

Oh, non !

– Ah, on reste dans le thème, apparemment… murmure-t-il en se mordant les lèvres pour retenir un nouveau rire.

Quant à moi, je suis écarlate quand « Touch Me » de Samantha Fox commence. Sérieusement ? C'est un complot, là ! En plus je ne me souviens même pas d'avoir ajouté cette chanson à ma playlist !

– OK, pour ma défense, je ne savais pas pour Billy Idol et je ne me rappelais pas avoir mis cette chanson non plus. Tu peux changer, s'il te plaît ?

Oui parce que, en plus, c'est lui qui a gardé mon téléphone, donc je ne peux pas couper court à cet instant de gêne.

– Oh, non, c'est dommage…

Et il me cherche, en plus ! Je ris malgré moi quand il se met à chantonner les paroles mais je sens de nouveau le feu me monter aux joues quand la chanteuse pousse des gémissements.

OK, ce n'est qu'une chanson, rien de plus.

Qui parle d'une fille qui veut le corps d'un garçon.

Tout le temps.

Très proche de la vérité. Beaucoup trop, même.

Je vais mourir…

Je soupire de nouveau quand la chanson se finit. Misère, ce début de course ne se passe pas du tout comme je l'avais prévu. Mais maintenant, on devrait passer sur une autre chanson comme « Footloose » ou bien « Take on Me » et je devrais mieux respi… rer.

J'écarquille de nouveau les yeux en entendant la chanson qui suit. OK, là, il y a quelque chose qui cloche. Je ne me souviens absolument pas d'avoir mis « Let's Get Physical[1] » d'Olivia Newton-John.

Mais vraiment pas. Je veux bien croire à un ajout magique, mais deux ? Il y a anguille sous roche.

– Attends, tu es bien sur ma playlist ?

Il vérifie sur mon téléphone entre deux foulées et deux sourires.

– « Compilation footing de Mia Anderson, trentenaire en manque de sexe » ?

– OH, MON DIEU !

Calista ! Je vais la TUER !

---

1. « Devenons physiques ».

– Ce n'est pas du tout ma compilation ! je me justifie, le rouge aux joues. Cal a dû modifier toutes les chansons hier quand elle jouait avec mon téléphone.

– C'est ce qu'on dit, oui…

Je rêve ou il se moque de moi ?

– Sérieusement, je recommence en riant quand même face à ses taquineries. Il n'y a qu'elle pour enchaîner les chansons qui parlent de sexe ! Donne-moi le téléphone, s'il te plaît, je vais changer de playlist.

Je tends le bras vers lui mais il s'écarte brusquement et accélère pour me distancer. Je reste interdite en le voyant se réfugier hors de ma portée.

– Tobias ! Rends-moi mon téléphone !

– Non, maintenant, je suis encore plus curieux d'écouter le reste.

Oh, misère.

– Tobias !

Mais il ne m'écoute plus et pianote sur l'écran.

– Voyons voir… Oh, celle-là est parfaite.

Ni une, ni deux, il change de musique et je lève les yeux au ciel en entendant « Do You Wanna Touch Me[2] » de Joan Jett, alors qu'il hausse les sourcils plusieurs fois de façon comique.

– Très malin… marmonné-je avant d'essayer une nouvelle fois de récupérer mon téléphone.

Mais il est clairement plus rapide que moi, et surtout plus grand. Il lève le bras trop haut pour que je puisse l'atteindre.

– Bon, allez, ça suffit. Rends-moi mon téléphone, Tobias Miller !

– Et si on mettait le mode « aléatoire » ? me demande-t-il en se mettant à courir à reculons face à moi.

– Non, ne fais pas ça, je le préviens. Je la connais, elle a dû caser des trucs improbables, dedans…

---

2. « Est-ce que tu veux me toucher ? »

– Raison de plus.

Je n'ai pas le temps de l'en empêcher et c'est au tour de « You Shook Me all Night Long » de AC/DC de retentir dans nos oreilles, ce qui le fait éclater de rire. Quant à moi, je rougis de plus belle, mais je ne retiens pas un sourire amusé quand Tobias commence à chanter les paroles en courant toujours devant moi.

– « *She was a fast machine, she kept her motor clean, she was the best damn woman I had ever seen...*»[3]

Je sens un petit looping dans mon estomac quand il les récite en me fixant, un sourire en coin mais je me force à garder un visage neutre pour ne pas trahir l'effet qu'il me fait.

– Tu vas finir par te casser la figure... je le sermonne en souriant pour dévier la conversation et le sous-entendu ouvertement sexuel de ce qu'il chante en me regardant.

Mais il se contente de secouer la tête en rythme, ce qui fait voleter ses mèches en désordre devant ses yeux.

– « *She told me to come but I was already there, 'cause the walls start shaking, the earth was quaking, my mind was aching, and we were making it and you...* »[4]

Il me désigne en plissant les yeux et je hausse les sourcils, surprise, en continuant de le suivre à petites foulées.

– « *Shook me aaall night looooong !* »[5]

J'éclate d'un rire incrédule en le voyant aussi taquin.

Tobias, Tobias, Tobias... tu me surprends. Plus que je ne l'aurais imaginé.

– Allez, gros malin, rends-moi mon téléphone, maintenant.

Je prends une voix de maîtresse d'école mais il plisse les

---

3. « C'était une machine de course, elle gardait son moteur propre, elle était la meilleure putain de femme que j'ai jamais vue... »
4 « Elle m'a dit de jouir mais je l'avais déjà fait, parce que les murs commençaient à s'ébranler, la terre tremblait, ma tête me faisait mal et on le faisait et toi... »
5. « Tu m'as secoué toute la nuit... »

yeux en réponse et répond dans un murmure :

– Viens le chercher, Anderson.

Il conclut avec un clin d'œil et se retourne prestement avant d'accélérer le pas, me distançant rapidement. Je tomberais presque sur les fesses devant tant d'espièglerie, mais je me reprends et augmente la cadence de mes foulées pour tenter de le rejoindre. Manque de bol pour moi, il court vite. Je ne me laisse pourtant pas distancer et j'éclate de rire en entendant la chanson suivante.

« One Way or Another » de Blondie.

Bon, OK, celle-là était déjà dans ma compilation.

Et elle sonne très bien avec notre petite course. Je lui crie les paroles pour le prévenir et je l'entends rire par-dessus la musique alors qu'il accélère de nouveau.

Honnêtement, je ne sais pas comment je me retrouve à lui courir après en plein milieu des rues, complètement morte de rire.

Je sens mon souffle s'accélérer et je ralentis un peu pour éviter de me fatiguer trop vite. Merde, il va finir par me distancer, mais là, si je ne ralentis pas, je vais finir par cracher mes poumons trop vite. Je perds de la vitesse en maugréant mais je tique quand je remarque qu'il ralentit aussi après avoir jeté un regard par-dessus son épaule.

Ooooh… ? Un gentleman.

Sauf que ça ne va pas jouer en ta faveur, mon petit Tobie. Je souris plus largement quand une idée diabolique germe dans mon esprit à la vue du petit parc vers lequel il se dirige. Est-ce que j'oserais ? Oui ?

Oui.

Je ralentis de plus en plus en forçant sur mon souffle pour lui faire comprendre que je faiblis. Et comme prévu, il ralentit aussi.

– Et alors, Mia ? On abandonne aussi facilement ?

– Je… je n'arrive plus à suivre…

Je mime une voix essoufflée et une respiration saccadée

pour l'attendrir un peu plus. Il redescend en rythme de marche rapide alors que je suis sur le point de m'arrêter. Je fais mine d'abandonner à peine quelques secondes plus tard, les mains posées sur mes genoux, la respiration saccadée.

Et Tobias s'arrête enfin, quelques mètres plus loin.

Bingo.

– Ça va ?

Je continue à respirer laborieusement et fixe ses pieds pour voir s'il va agir comme je l'attendais. Je retiens un sourire victorieux en le voyant avancer vers moi d'un pas assuré.

– Mia ?

Je chantonne la chanson dans ma tête d'une voix malicieuse alors qu'il se rapproche petit à petit : « I'm gonna trick ya', trick ya', trick ya', trick ya » [6]

Je me retiens encore un peu en continuant de feindre la fatigue physique. Juste le temps qu'il vienne plus près.

Encore un peu plus près…

À peine un peu plus…

Encore un peu…

Je bondis subitement et prends appui d'un pied sur le petit muret qui délimite l'entrée du parc pour lui sauter littéralement dessus quand il est enfin assez proche de moi, en le prenant par surprise. J'ai à peine le temps de le voir sursauter avant de finir agrippée à ses épaules, en appui sur son dos.

– MON TÉLÉPHONE ! je crie en essayant de le saisir alors qu'il tend de nouveau le bras en tournant sur lui-même.

– Je n'y crois pas, elle a feinté !

Je suis hilare alors qu'il continue de tendre la main en tournant sur lui-même pour me faire tomber. L'image doit être cocasse : un homme qui bouge dans tous les sens avec une femme accrochée à lui comme un koala.

Normal.

– C'est vilain, ça, Anderson, jouer sur la corde sensible…

---

6. « Je vais te duper, te duper, te duper, te duper. »

me sermonne-t-il en riant à gorge déployée.

Je m'agrippe à lui plus fort parce que je manque de glisser quand il enchaîne les mouvements brusques.

– C'est pour toutes les années de baby-sitting où tu m'as mené la vie dure ! je rétorque, aussi hilare que lui.

– Une basse... vengeance ! réussit-il à articuler alors que je l'escalade presque pour me rapprocher du but.

Si bien que je me retrouve face à lui, et non plus sur son dos. Je comprends même qu'au lieu de me rejeter et de me faire tomber, il me soutient de sa main libre pour éviter que je glisse. Je fronce les sourcils en atteignant presque mon but, concentrée sur les derniers centimètres à franchir avant d'attraper mon trésor, quand je sens la catastrophe arriver.

Oh, non.

Je pousse un petit cri quand je réalise qu'il perd l'équilibre et que nous basculons brutalement par terre, l'un sur l'autre, dans une cacophonie de jurons étouffés.

Enfin, « l'un sur l'autre »... plutôt lui sur moi.

Entre mes jambes.

C'est moi ou j'ai déjà rêvé de cette scène ?

L'instant ne dure pas plus d'une seconde, mais il suffit à me faire twister l'estomac. Violemment. Surtout quand sa cuisse appuie sur mon aine alors que son visage se trouve à quelques millimètres du mien. Nos parties intimes sont beaucoup trop proches, et nos lèvres aussi. Les siennes sont d'ailleurs tentantes... Mais heureusement pour moi, son visage se crispe et il baisse rapidement les yeux avant de se relever d'un bond, me laissant allongée et pantelante par terre.

Mais...

Avec le téléphone en main !

Je le brandis en poussant un cri de victoire et il éclate de rire avant de tendre la main pour m'aider à me relever. Je l'accepte volontiers et me remets debout avec un sourire gigantesque plaqué sur le visage. Je pousse même le bouchon jusqu'à me dandiner sur « Need You Tonight » d'INXS, qui avait commencé quand nous étions par terre, en lui montrant le téléphone, dans le but de le narguer.

Oui, j'ai le triomphe visiblement modeste.

Il continue de me fixer intensément, un sourire goguenard aux lèvres, alors que je continue de me dandiner joyeusement.

Et le pire, c'est qu'il est terriblement craquant quand il fait ça. Ses cheveux sont humides de sueur et encore plus en bataille que d'habitude suite à notre bagarre. Un sourire malicieux éclaire son visage et ses yeux rieurs. Il soulève le bas de son T-shirt pour s'éponger le front, me laissant l'opportunité d'admirer furtivement ses abdominaux. Je détourne les yeux et éteins la musique pour m'occuper les mains et éviter de me faire prendre en flagrant délit. Je désigne les jeux pour enfants où il s'entraînait la dernière fois. Tout en parlant, je lui tends mon écouteur pour qu'il le range avec le sien.

– Tu vas faire tes tractions, maintenant ?

– D'abord des abdominaux et des pompes et ensuite, ouais, je finirai par les tractions.

Je fais une moue appréciative. Sa routine sportive semble rodée.

Il s'étire rapidement et s'avance d'un pas rapide vers une table de pique-nique.

– Tu veux bien m'aider ?

J'acquiesce et le rejoins alors qu'il s'assied sur la table, le dos vers le bord. Il me désigne ses jambes. Je me penche pour poser mes mains dessus et appuyer mais il se contente de pouffer en dégageant sans problème ses pieds de mon emprise.

– Il va me falloir un peu plus de « poids » dessus, Mia...

Je prends la mouche et le fusille gentiment du regard avant de monter sur la table pour m'asseoir en tailleur sur ses mollets et le regarder en croisant les bras.

– Et maintenant, Miller ?

Son sourire se fait plus taquin et il positionne ses fesses au bord de la table sans répondre, puis commence sa série en basculant dans le vide. Je dois contracter les miens pour le maintenir en place mais je reste assez impressionnée par sa maîtrise. Il ne fait visiblement pas de gonflette car sa musculature est assez élancée et travaillée en profondeur. Ses mouvements sont lents et contrôlés, ses muscles sont donc fins et dessinés au lieu d'être gonflés et excessifs. Je compte chaque remontée d'une voix moqueuse en restant bien campée sur ses mollets et je réussis même à ne pas mater ouvertement la bande de peau qui se découvre à chaque fois qu'il bascule en arrière.

Disons que je le fais quand même, mais discrètement…

Je suis assez fière de moi car j'agis normalement tout en profitant de l'instant présent. Tobias est d'une compagnie assez agréable et je me surprends à essayer de le suivre dans sa série de pompes mais j'échoue misérablement après dix, quand il en enchaîne une vingtaine sans faiblir en calant deux minutes de planche entre chaque série.

– Ça va, pas la peine de te la péter… marmonné-je en riant quand il se relève prestement après trois séries.

– L'entraînement, répond-il laconiquement en passant devant moi afin de rejoindre les jeux pour enfants et la barre sur laquelle il fait ses tractions.

– Genre…

– L'entraînement dans cette position est beaucoup plus utile qu'il n'y paraît.

Je souffle d'exaspération quand il hausse les sourcils plusieurs fois d'affilée, un sourire de Joker plaqué sur le visage.

– Tu es intenable.

– Dit la fille qui a une compilation de chansons qui parlent de sexe.

– Encore une fois, je décline toute responsabilité ! J'ai juste très mauvais goût en matière d'amitié.

Il ne relève pas et passe une main dans son dos pour enlever son T-shirt avant de s'essuyer les mains dessus. OK, Mia, ne regarde pas directement son torse et ses tatouages… Ne regarde pas son torse et ses tatouages… Ne regard…

Trop tard.

Il agrippe la barre et se suspend en croisant les pieds, genoux pliés pour éviter de toucher le sol, avant de commencer une série de tractions. Je me rapproche lentement de lui pour le regarder faire, les bras croisés.

– Sept… huit… neuf… dix.

Il souffle et repose ses pieds à terre.

Sérieusement ?

– Attends, là, c'est tout ?

– Je fais une deuxième série et c'est bon.

J'en reste scotchée. Il a enchaîné une soixantaine d'abdominaux, trois séries de vingt pompes avec planche et là, il fait deux séries de dix tractions ? J'éclate de rire sans pouvoir m'en empêcher.

– OK, Mademoiselle Maligne, et si tu me montrais ce que tu sais faire au lieu de te moquer ?

– Ah, non, je t'arrête tout de suite : je n'ai pas de force dans les bras. Tout dans les jambes ! je réponds en tapotant ma cuisse de la main. Par contre, j'avoue que toi, tu me déçois…

Il écarquille les yeux et croise les bras en me regardant.

– OK, je t'en fais une vingtaine de plus si tu arrives à en faire au moins cinq.

Je plisse les yeux et fais une moue rapide en étudiant la barre. Je ne risque rien à essayer…

– Vendu !

Je le rejoins rapidement et étudie la barre. Bon. Juste cinq tractions, Mia, tu as réussi à soulever Irene Smith lors du concours régional de *cheerleading*, et Dieu sait qu'elle était lourde et musclée, alors tu peux le faire ! Je roule des épaules pour me réchauffer légèrement les muscles et saute pour attraper la barre des deux mains. OK. Déjà, rien que ça, c'est compliqué. Je glisse au bout de dix secondes à cause de mes mains moites et Tobias éclate de rire.

– Minute, je sèche mes paumes et je reprends. C'était juste pour tâter le terrain… affirmé-je, de mauvaise foi.

– Oui, oui…

Je lui tire la langue et frotte rapidement mes mains moites contre mon legging avant d'inspirer profondément. Je saute de nouveau et enroule fermement mes doigts autour de la barre avant de positionner correctement mes mains. Je contracte tous mes muscles pour m'aider à soulever mon poids et réussir à passer péniblement le menton par-dessus la barre une première fois.

OK, plus que quatre, maintenant !

Je réussis à le passer une deuxième fois en grognant mais j'ai beau contracter tout mon corps, mes bras refusent de me soulever une troisième fois. Je reste néanmoins en place, persuadée que je vais y arriver, alors que Tobias se tord de rire à côté de moi.

– Sale môme, va ! J'ai huit ans de plus que toi, je te rappelle ! je grince en essayant désespérément de me soulever.

Je suis sur le point de lâcher et de me ridiculiser quand deux bras solides m'entourent au niveau des cuisses et me soulèvent.

– Wow ! je m'exclame, surprise.

– Allez, plus que deux, Mia !

Je ricane. Je ne fais plus aucun effort, c'est lui qui me fait monter et descendre en pliant les genoux alors que je me contente de garder mes mains sur la barre.

– Je pouvais y arriver toute seule ! je râle.

– Pas de souci, ça faisait un petit moment que je n'avais pas soulevé de poids, de toute façon…

Je le fusille du regard en éclatant de rire.

– Fais attention à ce que tu dis ! je le menace alors qu'il me soulève une ultime fois avant de me garder prisonnière contre lui et d'avancer pour s'éloigner de la barre.

Je perds légèrement l'équilibre dans le mouvement et pose mes mains sur ses épaules nues pour me stabiliser alors qu'il me fait lentement descendre contre lui.

Très lentement…

Trop lentement pour ma santé mentale…

Mais il se débrouille pour me faire glisser sans réellement mettre nos deux corps en contact, ce dont je le remercie mentalement. Je suis déjà assez troublée par sa proximité sans devoir en plus gérer un frottement poussé. Il ne s'attarde pas contre moi et recule pour revenir sous la barre.

– Bien, je te dois vingt nouvelles tractions, il me semble.

Je lui lance un regard torve. Il ne me doit rien du tout et il le sait très bien. Mais son petit clin d'œil complice me fait de nouveau légèrement rougir et je me contente de lui faire signe de continuer avant de bégayer comme une idiote devant lui. Je compte les tractions et secoue la tête en le voyant les enchaîner sans souci.

– OK, visiblement tu sais très bien le faire, alors pourquoi te contenter de dix ?

Il repose les pieds à terre avant d'appuyer ses avant-bras sur la barre en me fixant.

– Je les travaille un peu plus mais de façon ponctuelle. Ça développe trop les biceps. Tu as déjà vu les mecs trop gonflés ?

– J'allais quatre fois par semaine à la salle, j'ai littéralement vu tous les types de mecs musclés, y compris les trop musclés, je réponds, curieuse de savoir où il veut en venir.

– Ils n'arrivent pas à serrer les bras à cause de leurs muscles. Je ne peux pas me permettre ça avec la guitare, ça me gênerait.

Je pousse un gémissement de compréhension. Forcément, ça se tient.

– OK, tu es pardonné, je lui concède. Mais pour ma défense, dimanche dernier, je t'ai vu en faire plus, d'où mon étonnement, ce matin.

Il pince les lèvres et me regarde un long moment avant de parler.

– Je vais t'avouer quelque chose…

– Je suis tout ouïe.

Il se penche un peu plus vers moi sous la barre et je sens le duvet de mon bras se hérisser.

– C'était juste pour épater la galerie…

Je lui fais les gros yeux en comprenant ce qu'il veut dire. Il a fait exprès d'enchaîner les tractions parce qu'il m'avait vue avec Calista. Je ne sais pas si je dois me sentir flattée ou vexée. Je suis flattée de penser qu'il voulait m'impressionner, ou vexée de voir qu'il ne l'a fait que devant Calista…

– Tu as eu raison, Cal ne jure que par les hommes musclés. Elle est inscrite à trois chaînes YouTube de coachs sportifs juste pour les regarder faire leurs exercices en mangeant du chocolat, plaisanté-je d'une voix légèrement pincée pour masquer ma déception.

Il penche légèrement la tête sur le côté et me sourit à peine avant de murmurer à voix basse.

– Qui a dit que c'était elle que je voulais impressionner ?

Et en moins d'une seconde, je suis happée par ses yeux verts alors qu'il me regarde sans fléchir, sans baisser les yeux, d'une manière franche et directe.

Tobias et ses yeux…

Je n'ai jamais connu quelqu'un qui me troublait autant avec son regard. Même quand il était plus petit. À tel point que je suis figée, hypnotisée par ses iris verts. Nous restons immobiles tous les deux à nous regarder en chiens de faïence quand une musique retentit soudain. Je sursaute en l'entendant et je vois Tobias hausser les sourcils en souriant de plus belle.

– Dusty Springfield ?

Je fronce les sourcils en regardant autour de moi avant de réaliser qu'elle provient de ma brassière. Et je pique un fard en entendant les paroles.

« The only one who could ever reach me

Was the son of a preacher man
The only boy who could ever teach me
Was the son of a preacher man »
(Le seul qui pouvait m'atteindre
Était le fils d'un prédicateur
Le seul garçon qui pouvait m'apprendre
Était le fils d'un prédicateur.)

Je me rue sur mon sac de bras pour sortir mon Smartphone et grogne en voyant la photo de Calista s'afficher sur l'écran tactile. Cette garce a aussi changé ma sonnerie ! Je fais signe à Tobias de m'excuser et m'éloigne avant de décrocher.

– Espèce de connasse ! je jure à voix basse.

– J'en déduis que tu as apprécié ma nouvelle compilation ?

– Sérieusement, Cal ! Je suis passée pour une idiote ! Et cette sonnerie, putain, tu veux ma mort ou quoi ?

– Une petite mort[7] suffira.

– Je… je…

– « Je t'aime, Calista, ma super copine » ? me suggère-t-elle.

J'en suis clouée sur place. On dira ce qu'on voudra de Calista, mais elle a de la repartie. Trop pour moi, d'ailleurs.

– Dis-moi que tu as noté toutes les épitaphes que j'ai faites à ton nom, parce que je vais avoir du mal à choisir quand je t'aurai ÉTRANGLÉE !

– À choisir, je préférerais un coup de feu en plein cœur : radical et efficace. Presque sans douleur, même. Et puis ça facilitera le boulot du maquilleur, post mortem.

– Je rêve…

– Trêve de bavardage : comment ça se passe avec Doigts magiques ? Dis-moi qu'il vient de te prendre en cachette contre un tronc d'arbre !

– Il ne se passe rien, Calista.

---

7. Expression pour désigner l'orgasme.

– Rien ? RIEN ? Après tous les efforts que j'ai dû faire ? Tu sais combien de temps ça m'a pris de faire cette compilation sans que tu me surprennes ? !

Si elle était en face de moi, je la fusillerais du regard.

– Tant de gâchis pour « rien »…

– Je vais raccrocher, Cal.

– Attends, dis-moi au moins s'il est dégoulinant de sueur !

– Je raccroche.

– Non, non, att…

Je coupe la communication et ferme les yeux en inspirant un bon coup avant de faire de nouveau face à Tobias, un peu plus loin. Il a eu le temps de remettre son T-shirt et un écouteur. Le bon côté de cette conversation avec la folle qui me sert de meilleure amie, c'est que ça m'a permis de me remettre les idées en place. Je suis plus sereine quand je me rapproche de lui et qu'il me tend un des écouteurs.

– J'ai mis ma compilation, cette fois-ci, pour le retour. Tu es prête à rentrer ?

J'acquiesce, soulagée qu'il agisse comme si rien ne venait de se passer. Après tout, j'ai peut-être rêvé ce moment de flou entre nous. C'est juste mon voisin. Le petit Tobias qui me faisait tourner en bourrique, rien de plus. Et visiblement, il continue de le faire à l'âge adulte. Je pose l'écouteur dans mon oreille pour entendre un son de blues grésillant et souris. C'est un gamin avec des goûts musicaux assez éclectiques, mais encore un gamin, finalement.

Et pile quand je pense ça, il soulève encore une fois le bas de son T-shirt des deux mains pour frotter son visage dedans, m'offrant une vue panoramique sur son torse et ses tatouages.

Histoire de me rappeler que Tobias n'est plus un gamin, mais un homme…

13

– Tu sors, chérie ?

Je souris gentiment à ma maman, assise dans le canapé du salon avec mon père, en train de regarder une série policière.

– Je vais faire un tour dans le parc, profiter un peu de l'air frais.

La journée a été étouffante. La vague de canicule perdure depuis un bon mois et ma chambre ressemble à une fournaise. Je passe mes journées engoncée dans une chemise qui me fait transpirer, et je meurs d'envie de profiter du léger vent qui apporte un peu de fraîcheur. J'ai revêtu un short en jean boyfriend, une paire de sandales à brides confortables et un débardeur rouge fluide à bretelles fines. Je ne porte pas de soutien-gorge dessous et le tissu a le mérite de ne pas me coller à la peau et me donne une sensation de frais.

Et je rêve de fumer une cigarette. Si j'avais encore été à New York, un simple coup de fil et j'avais de quoi la pimenter. Mais à Springville, trouver de la marie-jeanne se révèle beaucoup plus compliqué. Je me contente donc d'une petite cigarette de temps en temps pour décompresser. Mais jamais devant mes parents.

– Très bien. Fais attention, d'accord ?

– Promis, maman.

Je sors rapidement et marche d'un pas rapide vers Spring Creek Park. Il est vingt et une heures et à part quelques joueurs de basket sur le terrain, le parc est désert. Je m'avance vers l'aire de pique-nique couverte en sortant une cigarette du paquet caché dans la poche arrière de mon short et l'allume en avançant sans regarder devant moi. Je sursaute quand la voix de Tobias m'interpelle, et l'aperçois finalement, installé en tailleur sur une des tables.

– Un plaisir coupable, mademoiselle Anderson ?

Je manque m'étouffer à cause de la fumée. Il éclate de rire.

– Pardon, je ne cherchais pas à te faire peur, promis !

Je pose une main sur mon cœur qui bat la chamade, encore sous le coup de l'émotion.

– Cette capacité à me faire crier commence sérieusement à devenir flippante, Tobie !

Je me rends compte de mon sous-entendu sexuel quand son sourire s'élargit.

– Si seulement…

Une nouvelle toux, provoquée par la gêne, cette fois-ci, me prend par surprise et je détourne le regard de ces deux billes vertes qui me font frissonner. J'aperçois Sheldon, le shetland des Miller, renifler un peu plus loin et je souris en revenant vers Tobias.

– Corvée de sortie de chien ?

Il sort la bouteille de bière qu'il cachait entre ses jambes et la lève devant lui.

– Je plaide coupable.

Je pose les doigts sur mes lèvres en l'étudiant, mutine.

– Je suis prête à ne pas me moquer si tu veux bien partager avec moi.

Je désigne sa bouteille de bière et il sourit en avalant une gorgée avant de sortir un pack caché derrière son dos.

– Je veux bien partager si tu partages aussi…

Il désigne ma cigarette du menton. Je penche la tête sur le côté, surprise.

– Tu fumes ?

Il fait une petite moue de connivence et regarde autour de lui avant de sortir une petite pochette transparente de la poche de son jean. J'en ai la mâchoire qui se fracasse au sol et je me précipite vers lui pour l'attraper.

– Putain ! T'as trouvé ça où ? m'écrié-je en la levant devant mes yeux pour vérifier que je ne rêve pas.

Les petites boutures vertes à l'intérieur ne laissent aucun doute sur l'identité de la plante.

– Réserve personnelle. J'ai fait le plein avant de quitter L.A.

Je baisse la main pour le fixer, hébétée.

– Bière et marie-jeanne ? Tu es officiellement devenu mon nouveau meilleur ami !

Calista peut aller se rhabiller ! D'ailleurs, je n'ai eu aucune nouvelle d'elle, cette semaine. Ce sont les vacances scolaires et nous approchons du mois d'août, ce qui veut dire qu'elle est en pleine période de chasse intensive. Si j'avais eu l'exclusivité de mon amie pendant la fin de l'hiver et du printemps, je peux lui dire adieu pendant les mois d'été. Calista est comme un prédateur, elle choisit les grosses chaleurs pour cibler des hommes assommés par les températures élevées et leur tomber dessus. D'où mon intérêt soudain pour Tobias.

Bon, d'accord… pas si soudain que ça !

Je cours avec lui deux fois par semaine mais heureusement, nos footings sont devenus sérieux, et Calista n'a plus tenté de pimenter la course en changeant la sonnerie de mon téléphone. Nous nous contentons de trottiner côte à côte sans réellement discuter. Et ça me convient très bien. Même si, pour être honnête, je meurs d'envie d'en savoir un peu plus sur lui.

Dix minutes plus tard, je suis assise à côté de lui, une bière à la main, pendant qu'il finit de rouler le joint en léchant légèrement le papier à cigarette.

Chanceux papier…

Il a sorti son téléphone et nous a mis Cypress Hill en fond sonore avec « Hits from the Bong ». Je danse en remuant les épaules et en faisant semblant de rapper, et nous prononçons en chœur : « *I love you Mary Jaaaane !* » avant d'éclater de rire. Il me fait l'honneur de me laisser allumer la précieuse cigarette et j'inspire à pleins poumons quand la fumée âcre descend dans ma gorge et que l'odeur d'herbe brûlée me détend immédiatement.

– Putain de merde, c'est jouissif…

J'exhale avec bonheur la fumée et lui fais passer le joint. Il le pince entre son pouce et son index en frôlant mes doigts et inspire profondément à son tour.

– Je ne t'aurais jamais imaginée fumeuse de cannabis, avoue-t-il.

– Quand je travaillais à Wall Street, c'était un boulot stressant. Grisant, mais parfois trop. Me rouler un joint de temps en temps permettait de faire retomber la pression, tu vois ? Et toi ?

– J'ai fait musicologie à L.A. Est-ce que j'ai besoin d'ajouter quelque chose ?

J'éclate de rire et porte la bouteille à ma bouche pour boire une longue gorgée rafraîchissante.

– Cette soirée finit encore mieux que prévu. J'espérais fumer une cigarette rapide en solo, mais la bière et le joint, c'est carrément le pied !

Je lui prends le pétard des mains pour fumer à mon tour et il m'observe en souriant. Il a étendu ses jambes devant lui pour poser les pieds sur le banc et s'appuie sur ses coudes. Son T-shirt noir à manches retournées, ajusté et tendu sur les pectoraux, met ceux-ci particulièrement bien en valeur, et je le mate ouvertement, sans chercher à me cacher.

Le combo alcool et herbe, sûrement.

– Tu es différent de ce que j'imaginais.

Il hausse brièvement les sourcils.

– Tu t'attendais à quoi ?

– Je ne sais pas, un musicien un peu coincé qui irait évangéliser les gens sur la plage…

– Je suis déjà allé évangéliser les gens sur la plage avec mon père.

Je m'étouffe presque en aspirant une longue bouffée.

– Quoi ? je réussis à articuler en le fixant, ébahie.

– J'avais 14 ans. Mauvais souvenir. On change de sujet ?

Je lui tends le joint et il se redresse pour fumer à son tour. En parlant de mauvais souvenir…

– Pourquoi tu ne me poses jamais de questions sur mon ancien boulot ?

Il boit une gorgée de bière et tourne le visage vers moi en appuyant ses coudes sur ses genoux repliés.

– Tu n'as pas l'air de vouloir en parler.

Je suis agréablement surprise. Sa réponse est claire et directe. Pas de faux-semblants ni de chemins détournés. J'apprécie.

– Ça se défend…

– Tu veux en parler ?

– Non !

Mon cri du cœur l'amuse visiblement et il tend la main pour poser le joint sur mes lèvres, sans le lâcher.

– Alors on n'en parle pas…

J'aspire la fumée en effleurant ses doigts avec mes lèvres, sans le quitter des yeux. Il me regarde faire, un sourire en coin et le reprend bien vite pour aspirer à son tour. Je déglutis difficilement quand je réalise qu'il pose sa bouche au même endroit que la mienne. J'essaie d'imaginer ce que je ressentirais s'il m'embrassait vraiment.

Est-ce que ses lèvres seraient douces ? Dures ? Exigeantes ? Est-ce que j'apprécierais la sensation de sa barbe de quelques jours ? Question stupide, il me rend tellement fébrile que je suis persuadée que j'aurais un orgasme rien qu'avec un *french kiss*…

Il rejette la fumée, le visage renversé en arrière, jouant avec sa langue pour former des ronds et je suis fascinée par le jeu de sa pomme d'Adam qui monte et redescend. Je baisse les yeux quand il se retourne vers moi et je regarde pendant quelques secondes Sheldon qui joue dans l'herbe et course une sauterelle. Je n'ose pas me tourner parce que je sais qu'il me regarde. D'ailleurs, il ne s'en cache jamais – pas comme moi. Comme s'il assumait totalement d'étudier les gens. Comme s'il se foutait d'être surpris. J'aimerais être aussi détachée mais j'ai vécu dans un monde de pouvoir et d'apparences où il fallait se montrer fort et infaillible pour ne pas se faire écraser, et j'ai du mal à me montrer vulnérable, même si sa simple présence me rend timide. Une nouvelle chanson remplace la précédente. Un couinement bizarre comme celui d'un canard. Je pouffe et me tourne vers lui pour hausser un sourcil comique.

– Tu m'expliques ?

Il ne répond pas et monte le volume quand les paroles commencent.

Oh, bordel.

Je ferme les yeux, rougissante. Ça m'apprendra à poser des questions stupides…

> « *Fucked and drank all night*
> *Acted all alright*
> *Had no need to fight*
> *Tonight, tonight…* »
> (J'ai baisé et bu toute la nuit,
> J'ai fait ça très bien
> Je n'ai pas eu besoin de me battre,
> Ce soir, ce soir…)[1]

– Pourquoi toutes les chansons qu'on écoute ensemble parlent de cul, d'alcool ou de drogue ? je demande en riant nerveusement.

– J'écoute aussi des chansons qui parlent d'amour, rétorque-t-il en s'appuyant d'un coude sur la table, à moitié tourné vers moi.

– D'amour ? Vraiment ?

---

1. Two Feet, « Go Fuck Yourself ».

Il fait une mimique qui s'apparente à un « plus ou moins » et j'éclate de rire en lui volant le joint. J'inspire longuement avant d'exhaler dans un soupir profond, la tête renversée en arrière et les yeux fermés, complètement envahie par le rythme lancinant de la musique. Je me surprends même à onduler légèrement en rythme.

– J'aime bien.

– Je vois ça.

J'ouvre les yeux pour lui faire un clin d'œil et je m'allonge sur le dos pour fumer encore une fois. Il m'imite et récupère le pétard pour fumer à son tour. Je me sens bien, détendue et plus confiante que lorsque je suis avec lui, habituellement.

– Alors comme ça, tu as décidé de faire de la musique à cause de Simon ?

Il fronce les sourcils.

– Il s'appelait comme ça ? Avec sa dégaine de rock star, je n'aurais jamais cru…

– Tu t'en souviens, putain ! je m'écrie en le désignant d'un doigt accusateur.

Il éclate de rire et se redresse.

– Ça te dérange si je retire mon T-shirt ? Je crève de chaud.

J'avale difficilement ma salive.

– Fais-toi plaisir…

Il le retire d'une main et balance ses chaussures dans le même geste.

– Rassure-moi, tu ne vas pas finir tout nu quand même, si ?

Il s'allonge de nouveau et me sourit.

– Pas encore.

Je fixe le ciel au-dessus de moi.

– Donc… tu te souviens du jour où j'ai perdu ma virginité.

Il s'étouffe en avalant la fumée.

– C'était ce soir-là ?

Je me mords les lèvres pour réprimer un sourire victorieux.

– Han, han, je confirme en opinant du menton et en tournant mon visage vers lui.

Il s'esclaffe bruyamment et passe une main dans ses cheveux.

– Oh, merde !

– Et toi ? Tu es encore vierge ?

Il fait mine de me lancer un regard noir et j'éclate de rire.

– OK, j'en déduis que c'est non ! Allez, raconte-moi, c'était quand ?

Il me passe le joint et j'inspire alors qu'il me répond.

– J'avais 16 ans. Pendant un camp d'été.

Je ne peux m'empêcher de pouffer.

– Dans le genre « camp de musique » comme dans *American Pie* ?

– Pire. Un camp religieux…

– Naaaaaaan… Avec une autre campeuse ? Ou un campeur ?

Je ne sais même pas pourquoi je précise, il n'a pas l'air gay, mais il est peut-être bisexuel… Il pivote pour me lancer un regard noir, mais je sais à son sourire amusé qu'il n'est pas vraiment vexé.

– Avec une des monitrices.

– Tiens donc ? On les aime plus vieilles, monsieur Miller ?

Il me détaille rapidement de la tête aux pieds.

– Peut-être…

Oh. Mon. Dieu.

Je me redresse comme un ressort pour échapper à ses yeux verts et je suis prise de bouffées de chaleur. J'attrape mes cheveux pour les soulever sur le dessus de mon crâne en me maudissant de ne pas avoir pris d'élastique.

– Il fait chaud, là, hein ?

– Tu peux enlever ton T-shirt aussi, si tu veux.

Je tressaille à sa suggestion et le dévisage, estomaquée. Il ne vient quand même pas de me proposer de me déshabiller ?

– Je ne me formaliserai pas, ajoute-t-il avec un clin d'œil.

Je secoue la tête en souriant légèrement.

– J'ai vécu à New York, pas à Los Angeles. Chez nous, les gens s'habillent…

Je finis ma phrase en chuchotant, comme si je lui confiais un secret capital.

– Quelle ville grégaire et disciplinée…

– Dit le fils du pasteur.

– Ça te perturbe que mon père soit pasteur, dis-moi.

Je me retiens de justesse de lui répondre que c'est lui qui me perturbe, et je détourne légèrement le sens de ma phrase à la place.

– C'est plutôt ton côté « non conformiste » qui me perturbe.

Il se tait pendant quelques instants, puis se redresse pour se mettre debout face à moi et me tend la main pour me rapprocher de lui. Il serait presque entre mes cuisses si le banc sur lequel j'ai posé les pieds ne l'en empêchait pas. Il désigne les lettres gothiques sur le haut de son torse

– Hope and Faith[2].

Puis il désigne la croix sur sa nuque et tend son bras gauche devant moi pour me montrer les différentes parties :

– Une colombe, le visage du Christ, de la Vierge Marie, un chapelet…

En effet, cachés au milieu des dessins représentant un nombre incalculable de flammes, motifs de feuilles, rayons de soleil ou nuages, je découvre toutes les références chrétiennes. Il enchaîne en me désignant ses côtes gauches où un paragraphe est retranscrit.

– « L'Éternel Dieu forma l'homme de la poussière de la terre, il souffla dans ses narines un souffle de vie et l'homme devint une âme vivante. […] L'Éternel Dieu dit : Il n'est pas bon que l'homme soit seul ; je lui ferai une aide semblable à lui. […] Il prit une de ses côtes, et referma la chair à sa place. L'Éternel Dieu forma une femme de la côte qu'il avait prise de l'homme. » Extrait de la Genèse.

Je fixe la peau devant moi et effleure du bout des doigts les inscriptions sans pouvoir m'en empêcher.

2. « Espoir et foi. »

– Tu vois, je fais honneur à mon héritage familial… souffle-t-il.

Je réalise bien vite que j'ai outrepassé mes droits et envahi son espace vital, alors je retire ma main comme si je m'étais brûlée. Il ne s'en formalise pas et se retourne pour me montrer la croix gothique qui occupe le centre de son dos. Mes doigts me démangent de le toucher à nouveau mais à la place, je serre le poing sur ma cuisse.

– Tous tes tatouages font référence à la religion ? demandé-je.

Il me fait de nouveau face et tend le bras droit. À l'intérieur de son avant-bras, une partition est dessinée.

– C'est le riff de guitare du début de « All Along the Watchtower » par Jimi Hendrix.

Puis il tourne le bras pour me montrer le colibri sur le dos de sa main, et tire sur son oreille droite, derrière laquelle je découvre une clé de sol.

– Le reste, ce sont des références musicales ou juste des conneries tatouées sur un coup de tête.

– Comme quoi ?

Il sourit d'un air canaille et vient appuyer du pouce sur la ceinture de son jean pour baisser légèrement la toile sur ses hanches. Mon estomac se retourne alors qu'un pan supplémentaire de peau apparaît sur son aine droite, ainsi que le dessin d'une clé ancienne. Je fronce les sourcils.

– Une clé ? Pourquoi ?

– Aucune putain d'idée. J'ai juste eu envie d'en faire tatouer une.

Je pouffe et lève les yeux vers lui.

– Vous me surprenez, Tobias Miller…

Il me fait un clin d'œil et relâche son pantalon.

– Et vous, mademoiselle Anderson ? Aucun tatouage caché sur cette jolie peau dorée ?

Il trouve ma peau jolie ?

Je tente de récupérer un semblant de contenance.

– Rien du tout !

– Déception…

– Sauf peut-être un piercing.

Il semble soudain très intéressé et se penche pour poser les mains de part et d'autre de mes cuisses. Je me recule légèrement pour continuer à le regarder dans les yeux.

Et aussi pour garder une certaine distance avec lui, même si sa présence ne me dérange pas, bien au contraire.

– Tiens donc. Où ça… ?

Je souris, mutine.

– Tu aimerais bien le savoir…

Il sourit de plus belle et penche légèrement la tête sur le côté.

– Si tu me dis où est le tien, je te dis où est le mien.

Il a un piercing ? Je regarde inconsciemment vers son téton mais je ne vois rien. Il a bien une boucle d'oreille mais je ne vois pas d'autre bijou de peau. Merde, la tentation de savoir où il est percé est beaucoup plus forte que je ne le croyais, alors je relève doucement mon débardeur pour dévoiler mon ventre et le petit diamant qui brille en son centre.

– Acte de rébellion à mes 16 ans, j'explique.

Il baisse les yeux et se redresse en s'éloignant légèrement avant de venir effleurer mon nombril du pouce, très furtivement. Mais assez pour me provoquer une vague dans le bas-ventre. Qui n'est pas très loin du sien, d'ailleurs…

– Très joli… commente-t-il d'une voix sourde.

– Tu me montres le tien, du coup ?

Il sourit d'une oreille à l'autre avant de se reculer et de remettre son T-shirt.

Quoi ?

Je fronce les sourcils quand il se retourne pour siffler à l'attention du chien, qui accourt en vitesse. Je le regarde, ébahie, alors qu'il écrase par terre les dernières cendres du joint et jette le filtre dans une poubelle. Il se saisit ensuite du pack de bières à moitié vide, de son portable qu'il range dans la poche de son jean et me fait un clin d'œil avant de s'éloigner.

Sérieusement ?

– Et ton piercing ? m'écrié-je alors qu'il quitte le parc.

Il se retourne en continuant de marcher à reculons et me répond d'une voix forte.

– Cherche « piercing Prince Albert » sur Internet !

Je me rue sur mon téléphone pour ouvrir Google et taper dans la barre de recherche. Et je…

Oh, putain !

– TU ES SÉRIEUX ?

Il se contente de me faire un salut militaire pour toute réponse et quitte le parc sous mes yeux médusés.

Le piercing du Prince Albert, c'est un piercing sur le gland.

Il a un piercing au pénis !

14

– OK, c'est quoi ton problème, Mi ?

Je quitte la scène des yeux et me tourne vers Calista, à côté de moi. C'est la soirée caritative organisée par sa mère et Judy Miller et elle a réussi à m'y traîner de force avec mes parents. Toute la ville est là pour recueillir des fonds destinés à l'association Noah Miller. Mais il fait une chaleur de dingue dans la salle des fêtes en cette mi-août et malgré ma robe d'été jaune légère, je me sens moite et collante.

Et encore plus depuis que je sais que Tobias a un piercing… en bas.

Je suis complètement déboussolée, je n'arrive plus à superposer l'image du jeune Tobias avec celui que je découvre au fur et à mesure. C'est comme si je le découvrais pour la première fois. Il me surprend continuellement. Je me surprends aussi, je viens tous les dimanches à la messe pour l'écouter chanter et j'attendais avec impatience nos sessions de footing, même si j'ai prétexté une légère blessure à la cheville pour ne pas faire ceux des deux dernières semaines. Pour être honnête, il me fait trop d'effet. Tellement d'effet que je suis terrifiée.

Terrifiée parce que je me fustige mentalement en me rappelant qu'il est plus jeune que moi, que nos familles se connaissent depuis longtemps, et surtout parce que je suis perdue. Je nage en eaux troubles depuis ma séparation. J'ai l'impression d'être rouillée. Je ne sais plus exactement comment réagir, interagir avec lui.

Je ne sais pas quel camp choisir. Amie ? Grande sœur ? ou beaucoup plus que ça…

Bon, soyons honnête, je sais quel camp je veux choisir, mais je ne sais pas lequel je devrais choisir. Et ça me rend folle.

– Lequel, exactement ? je réponds enfin à mon amie. Parce que ces derniers mois, j'ai réussi à accumuler pas mal de pots cassés…

Elle me fixe sans broncher.

– Avec le beau gosse tatoué qui te regarde comme une friandise humaine ?

J'ouvre la bouche pour répondre mais je me ravise. Calista est beaucoup trop perspicace et elle devinera très vite que je fantasme constamment sur Tobias. En plus, elle m'a fait une remarque en me voyant arriver. J'ai choisi ma robe préférée, à fines bretelles et décolleté cœur. Elle se noue en ruban dans le dos et laisse peu de place à l'imagination. Même si elle reste sage, comme le dit si bien mon amie, « il suffit d'un simple geste pour transformer le tout en film interdit aux moins de 16 ans ».

Je sais que je l'ai choisie pour lui, pour lui plaire. Je ne suis pas stupide. J'avais envie qu'il me regarde. Qu'il m'admire. Et pourtant, je n'ai pas osé le regarder une seule fois depuis que je suis arrivée ici. J'entends Calista se racler la gorge et je réalise qu'elle attend une réponse à sa question. Je lève mon verre pour boire une gorgée de punch.

– Il n'y a aucun problème, je réponds platement.

Mais je ne dois pas avoir l'air si sûre de moi parce qu'elle plisse les yeux et fait une moue qui signifie clairement : « Tu veux faire croire ça à qui ? »

– Donc je suis en train de rêver la tension sexuelle qui règne entre vous ?

Je m'étouffe dans mon verre et je crache une bonne partie de la gorgée que je m'apprêtais à avaler. Génial. Du punch à la bave.

Merveilleux.

– Il n'y a aucune tension sexuelle entre nous, Cal.

– Si.

– Non !

– Si !

– NON !

Putain, on dirait deux gamines totalement hystériques. Cal vient d'ailleurs de me pincer le bras.

– Ouch ! Mais t'es folle ou quoi !

– SI, MI !

– NON, CAL !

– SI, MI !

– Aïe ! Mais arrête de me pincer, bordel !

– Je te pincerai jusqu'à ce que tu avoues !

Elle recommence et je suis obligée de poser mon verre pour contre-attaquer en la pinçant à son tour aux hanches. Elle éclate de rire. Des pincements, nous passons aux chatouilles puis aux tapes sur la tête jusqu'à quasiment finir en clé de bras, totalement hilares.

– Tout va bien, les filles ?

Je relève la tête, à moitié coincée sous l'aisselle de Calista, et aperçois les visages éberlués de mes parents à travers mes mèches folles. Nous nous figeons immédiatement, un regard innocent plaqué sur le visage.

– Tout va très bien, pourquoi ?

– Bonsoir, monsieur et madame Anderson ! chantonne Calista en resserrant sa prise sur mon cou.

En douce, j'en profite pour la pincer méchamment aux fesses et elle se tend sans pour autant réagir, ce qui me fait sourire jusqu'aux oreilles. Mon père hausse les sourcils et prend le bras de ma mère pour l'éloigner tranquillement, comme si cet événement était tout à fait normal.

– Elles ont 30 ans mais j'ai l'impression de les voir à 12 ans… marmonne-t-elle en s'éloignant.

Je reste figée un instant avant d'éclater de rire en cœur avec Cal. Quand elle me libère enfin, je passe un bon moment à remettre de l'ordre dans mes cheveux avant de récupérer mon verre.

– Sérieux, Cal, on devrait arrêter, un jour.

Elle me regarde, horrifiée.

– Et quoi ? Devenir « responsables » ?

J'éclate de rire à sa suggestion. Calista ne sera JAMAIS responsable, elle est bien trop imprévisible pour ça. On ne sait jamais ce qu'elle va faire ou dire, et ce que j'aime par-dessus tout, c'est qu'elle assume totalement tout ce qu'elle fait sans se soucier des conséquences ou du regard des autres. Une qualité que je ne connais pas…

– Bon, plus sérieusement, Mia, je te jure, Tobias va foutre le feu à la salle s'il continue à te regarder comme s'il allait te bouffer la chatte.

Je recrache de nouveau une gorgée de punch.

– Putain, Cal, évite de sortir des conneries chaque fois que je bois !

– Je ne fais que souligner un fait.

– Tu racontes n'importe quoi, il regarde tout le monde comme ça.

C'est vrai que Tobias a un regard pénétrant.

OK. Mauvais choix de mot.

– C'est faux, chérie, et tu le sais aussi bien que moi.

Je lui fais les gros yeux mais elle ne répond pas tout de suite et me désigne un point de l'autre côté de la piste de danse.

– Il ne fait que te mater depuis tout à l'heure.

Je suis la direction de son doigt bien malgré moi et je surprends le regard de Tobias sur nous.

Enfin… sur moi. J'en sursaute presque mais il ne flanche pas et continue de me fixer droit dans les yeux. Puis il sourit légèrement, lève sa bouteille de bière à mon intention et me fait un clin d'œil avant de regarder l'homme avec qui il discutait, sans honte ni gêne de s'être fait surprendre. Je suis jalouse. Je n'ai pas autant d'assurance que lui.

– Sérieusement, Mi, regarde ce corps et ces yeux qui te crient : « Je vais te baiser comme le putain de Dieu du sexe que je suis, Mia Anderson ! »

Je rougis jusqu'aux oreilles.

– Arrête de délirer, il est trop jeune pour moi, de toute façon. J'ai 30 ans.

Je viens de prononcer à voix haute une des raisons pour lesquelles Tobias ne sera jamais qu'un simple coup de cœur. Sans plus. Pour autant, je ne peux pas m'empêcher de le dévorer du regard alors qu'il lève sa bouteille pour boire une gorgée et expose son cou musclé et la croix noire tatouée sur le côté.

– Il a le droit de boire de l'alcool ? demande Calista.

– Il a 22 ans, je grommelle, il est bien assez vieux.

– Ah, ah !

Je ferme les yeux, dépitée.

Je viens de me faire prendre à mon propre jeu.

– Calista Jones, ça ne change rien au fait que j'ai 30 ans.

– C'est dans ta tête, ça, Mia Anderson.

– Bizarrement, c'est aussi écrit sur ma pièce d'identité…

D'un geste de la main, elle me fait comprendre que cela n'a pas d'importance.

– Un détail, ma chérie. Si ça ne tenait qu'à moi, on serait toujours jeunes. Éternellement.

– *« Foreveeeer youuuung »*… je chantonne, sérieuse, en souriant à moitié.

Elle sourit et reprend la suite du refrain avec moi.

– *« I wannaaaa beee, foreveeeer youuuung ! »*

Mais elle s'arrête en me laissant continuer sur ma lancée, une main tendue vers l'horizon comme si je m'adressais à un public imaginaire…

– *« Do you really wanna b… »*

… avant de poser brusquement la main sur ma bouche pour me faire taire.

– Bien, maintenant qu'on s'est mises d'accord sur le fait que l'âge n'est clairement pas un obstacle, tu vas me faire le plaisir d'aller bouger ton petit cul de l'autre côté de la salle pour aller le frotter sur le pénis sûrement déjà en érection du beau gosse tatoué qui crève d'envie de te prendre à quatre pattes en plein milieu de la piste de danse.

J'écarquille les yeux au fur et à mesure de son discours tandis que des hoquets horrifiés s'élèvent derrière nous. Je me dégage de sa main et tourne le visage avant d'apercevoir une mère qui cache les oreilles de sa fille et fusille Calista du regard.

– Cal, bordel ! je grogne. Désolée, elle ne pensait pas ce qu'elle disait.

– Putain, si ! me contredit-elle.

Elle se tourne même vers la mère horrifiée.

– Vous savez qu'un jour, votre fille fera l'amour ? Et elle en redemandera, même !

Je lui file une savate sur la tête mais elle ne bouge pas d'un iota.

– Mais quelle horreur ! Vous devriez avoir honte ! On s'en va, chérie, viens ici !

Et tandis qu'elles s'éloignent d'un pas pressé, Calista parle d'une voix plus forte :

– Un jour, quelqu'un d'autre viendra ! DANS SON COOORPS !

Je suis cramoisie. Les gens autour de nous nous fixent d'un œil mauvais.

– Ou alors dans sa bouche, au choix.

Je cache mon visage dans ma main libre. Calista est ma meilleure amie mais parfois elle est très, très gênante.

– Putain, Caaaaal…

Elle me fait face, les sourcils froncés.

– Je suis allée trop loin, c'est ça ? La bouche et tout ?…

– Définitivement trop loin.

Elle semble peser le pour et le contre, puis finit par sourire jusqu'aux oreilles en s'adressant à l'assemblée.

– Oups ! J'irai à confesse demain !

Plusieurs personnes s'offusquent puis quittent notre coin pour aller se réfugier de l'autre côté de la salle, et j'hésite

185

presque à les accompagner.

– En parlant de « fesse », justement, regarde la jolie paire qui vient vers nous…

Je bondis et fixe d'un regard paniqué la sortie de la salle. Oh, non, pas de Calista à côté de Tobias ! Elle serait capable de lancer un nombre incalculable de sous-entendus plus ou moins subtils ! Et surtout PEU subtils.

– Je vais prendre l'air ! annoncé-je sans lui laisser le temps de répondre, et je file d'un pas rapide vers l'extérieur.

J'entends vaguement la voix de Tobias m'interpeller, mais je ne me retourne pas et sors pour aller avaler une grande bouffée d'air frais. Hélas, il fait aussi chaud dehors que dedans.

Bordel, mais quelle fournaise de dingue !

Je m'éloigne vers le parc adjacent pour tenter de glaner un peu de frais venant de l'herbe et non pas la chaleur étouffante qui remonte du bitume. Après quelques pas, je m'immobilise, au calme, loin de la fête, mais assez près pour entendre les basses qui résonnent dans la salle et les bruits de rires et de discussions qui l'entourent. Je soupire profondément en levant les yeux vers le ciel étoilé. J'ai toujours aimé faire ça, me rappeler que nous ne sommes qu'une infime partie de l'espace et qu'il y a forcément quelque chose qui nous dépasse quelque part dans l'univers. Je ne dirais pas que je suis une fervente défenseuse de l'existence des ovnis mais je pars du principe que rien ne contredit leur existence et qu'on ne sait pas tout ce qui nous entoure. J'espère d'ailleurs qu'il y a quelqu'un ailleurs : autant d'espace pour nous tout seuls, ce serait du gâchis.

Perdue dans mes pensées, je n'entends les bruits de pas qui crissent sur l'herbe, dans mon dos, qu'au dernier moment, et le duvet de mes bras se hérisse. J'ai un flash en repensant à M. Playton qui me coince contre la porte de mon bureau et une peur panique me prend par surprise et me broie les entrailles.

– Besoin d'être seule ?

La tension qui venait de s'éveiller dans mon corps se relâche d'un coup pour laisser place à une douce chaleur.

– Je peux partir, si tu veux, reprend Tobias.

– Nón… tu peux rester.

Il ne me fait pas peur. Du moins, il ne me fait plus peur… Ce qui est étrange quand on y pense. Plus de Creepy Tobie.

Je ne me retourne pas vers lui et je continue de fixer la voûte étoilée au-dessus de nous. Ça m'avait manqué. À New York, les lumières et le bruit de la ville occultent le ciel. Le seul endroit où l'on pouvait regarder les étoiles, c'était Central Park. Mais si vous êtes de Manhattan, vous savez que personne ne s'aventure jamais dans Central Park la nuit. Du moins pas dans la partie nord. Vers la Soixante-Douzième Rue, ça devient assez fréquenté, mais en dehors de ces endroits, je déconseille. Et encore plus en hiver. Bref, je n'avais plus trop le loisir de regarder les étoiles depuis un bon moment et je réalise brusquement que ce spectacle est toujours à couper le souffle.

– Tu es très belle, ce soir.

Je retiens ma respiration. Est-ce que j'ai dit que les étoiles étaient à couper le souffle ? Le compliment de Tobias aussi… parce qu'il vient de me retourner l'estomac et je sens une nuée de picotements danser dans mon ventre fébrile.

– Merci, je souffle.

– Est-ce que j'ai le droit de trinquer avec la plus jolie fille de la ville ?

– Ça dépend, elle est venue, ce soir ?

Il rit doucement et je sens sa main jouer avec une mèche de mes cheveux. Je frissonne sous sa caresse et ferme brièvement les yeux.

– Tu n'as décidément pas changé, Mia…

– J'ai forcément changé. On change tous…

Surtout lui.

– Oui… Est-ce que je peux trinquer avec ma voisine, à la place ?

Il n'a pas dit « avec mon ancienne baby-sitter », et pour une raison surprenante, ce choix de mot me ravit. Il ne met pas de barrière d'âge entre nous et me considère simplement comme sa « voisine ». D'égal à égal.

Je souris lentement et me retourne vers lui, mais je me crispe en réalisant qu'il est très, très près de moi. À tel point que le poignet qui supporte mon verre touche son torse. Mais je ne cherche pas à reculer parce que je me perds dans ses yeux verts. Il me regarde sous ses paupières à demi baissées et la sensation dans mon ventre s'amplifie.

– Tchin… dis-je d'une voix enrouée par l'émotion.

Il sourit et lève sa bouteille pour venir la frôler silencieusement contre mon verre.

Oh, mon Dieu…

Je ne sais pas pourquoi mais le fait de ne pas l'entendre frapper distinctement le verre me rend encore plus chancelante. C'est comme s'il imitait un préliminaire langoureux.

Ma peau se met de nouveau à frémir quand sa main libre remonte le long de mon épaule nue et qu'il se rapproche encore de moi, si bien qu'il emprisonne ma main et mon verre entre nous deux. Il la pose ensuite sagement sur ma hanche, et ma respiration s'accélère inexorablement alors qu'il se tait. Encore un nouveau pas et nos hanches se touchent alors que ses doigts se crispent légèrement sur le tissu de ma robe. Je sens la chaleur qui émane de son corps, de sa paume et je suis presque certaine d'avoir frôlé son bassin avec le mien. La simple pensée de cette partie de nos corps en contact me donne une brusque bouffée de chaleur et une sensation de… vide. Sexuellement parlant. J'ai l'impression que mon bas-ventre se crispe sans résultat et qu'il réclame quelque chose. N'importe quoi. Tant que ça vient de l'homme en face de moi.

Une série d'images toutes plus obscènes les unes que les autres défilent dans ma tête : sa bouche, ses doigts, sa langue… et la partie de son corps qui s'approche dangereusement de celle qui est en train de réclamer son dû chez moi. Je sens mon buste se soulever de façon anarchique et se presser contre le sien et contre ma main prisonnière. Je sens même un léger souffle sur la peau en haut de mes cuisses quand je réalise qu'il serre tellement fort le tissu dans son poing qu'il en a relevé l'ourlet de ma robe de quelques centimètres.

Oh, mon Dieu, je suis presque en train de me faire peloter par Tobias Miller… et je suis clairement en manque de sexe. Tellement en manque… La chaleur, la pression, la friction… tout cet ensemble de sensations grisantes qui rendent ma tête lourde et brumeuse. Ça va faire plusieurs mois que mon corps n'a pas joui et le spécimen en face de moi apparaît comme le moyen le plus efficacement dangereux de me faire crier à m'en évanouir… Mes reins flambent à l'idée d'être nue sous son corps, et ses cuisses viennent appuyer contre les miennes alors que sa bouche se rapproche dangereusement de mon visage.

Et ses yeux… Mon Dieu, ses yeux me parlent tellement que j'en chavire… Je n'arrive plus à bouger, complètement hypnotisée par son regard pénétrant, par son corps qui vient de se rapprocher encore un peu plus, pas après pas, sans me quitter des yeux. À cet instant, je le vois comme un prédateur qui paralyse sa proie. Parce que je suis à sa merci, prête à me faire dévorer…

Et pour être honnête, j'en meurs d'envie. Le mélange de ses yeux, de sa chaleur, de mon attirance pour lui, de mon envie de contact physique, tout ça se ligue contre ma raison et mes doutes pour me pousser à aller à sa rencontre et à briser définitivement la distance qui me sépare encore de l'assouvissement, que je devine incomparable…

– MIAAAAAAAAA ! Tu es où, vieille fille prude ?

La voix de Calista me fait sursauter et je recule légèrement la tête. Nos bouches étaient sur le point de se poser l'une sur l'autre.

Mais qu'est-ce que je fais ? Je m'éclaircis la gorge pour tenter de remettre mes idées au clair mais Tobias ne s'écarte pas.

– MIA ! MIA MIA MIA MIA MIA MIA MIA MIA MIA MIAAAAA !

Je recule comme si j'avais le feu aux fesses. Ce qui n'est pas loin de la vérité. Mon corps entier se révulse contre ce mouvement et me crie de revenir à ma position initiale, mais mon esprit prend enfin le dessus et je baisse les yeux alors que Tobias me laisse m'éloigner de lui, la mâchoire contractée.

– J'y vais, sinon elle va réveiller tout le quartier… murmuré-je en le dépassant pour rejoindre Calista qui hurle avec les mains en porte-voix.

– MIAAA… Ah ben, t'es là, toi ! Qu'est-ce que tu fais… Oh, non !

Je la rejoins d'un pas rapide et fébrile, en fixant presque mes pieds, le cœur battant, alors que ses épaules s'affaissent.

– Ne me dis pas que je viens d'interrompre quelque chose…

– Rien du tout, marmonné-je en la dépassant pour foncer vers la salle.

Je n'ai plus les idées claires. J'ai besoin de me remettre le cerveau en place parce que je crois que Tobias vient d'en griller une partie.

– Tu vas où ?

– Boire un truc plus fort ! je réponds sans me retourner mais en levant mon verre de punch.

Arrivée dans la salle, je me précipite vers la table des boissons pour me servir un grand verre de tequila pure, que je bois en quelques gorgées, au point de me brûler la gorge. Bien. L'alcool a l'effet escompté et la sensation de feu qui irradie dans ma poitrine prend la place de celle qui irradiait depuis mes reins… Je ferme les yeux, le verre vide collé contre ma poitrine, et me fustige mentalement. Mon bras tremble et ma peau frémit toujours de la sensation de ses mains presque sur moi. Je ne sais pas combien de temps je passe à enchaîner les verres pour me punir de l'avoir presque embrassé, mais c'est finalement Calista qui m'empêche de boire le dernier et l'avale à ma place.

– OK. Il s'est passé quoi, dehors ?

– Rien du tout.

Si je le répète assez, j'arriverai peut-être à m'en convaincre ? Non ?

Elle ne répond pas, se sert un nouveau verre, le boit aussi vite que j'ai avalé les précédents et me fixe longuement. Puis elle pose brutalement le verre et me tire sur la piste de danse, vers la table où se situe l'ordinateur qui diffuse la musique depuis le début de la soirée.

– Qu'est-ce que tu fais ?

– Je choisis une meilleure playlist. Tout sauf cette merde de country beaucoup trop vieillotte.

Elle clique sur plusieurs dossiers avant de sourire d'un air triomphal en lançant « Devil » de The Wandering Hearts.

– C'est une bonne idée, ça, comme titre de musique, pendant une soirée caritative… croassé-je d'une voix un peu pâteuse.

Elle ne répond pas et m'entraîne, toute souriante, sur un rock rendu approximatif par l'alcool. Je ne peux m'empêcher de sourire et de danser avec elle en exagérant tous les mouvements pour la suivre. Mais lors d'une pirouette, mon regard retrouve deux yeux verts qui me transpercent. Je me fige, quelque peu chancelante, pour lui rendre son regard, mal à l'aise. Il est adossé au mur et ne me quitte pas des yeux, les siens légèrement plissés. Je n'ignore pas que je l'ai allumé, d'une certaine façon, en restant immobile alors qu'il se rapprochait. Mais je ne suis pas la personne qu'il lui faut.

Je suis totalement larguée.

Je suis encore en pleine reconstruction.

Je déglutis et baisse les yeux avant de recommencer à danser avec Calista pour oublier l'épisode qui vient de se dérouler.

En admettant que ce soit possible.

15

Je regarde le réveil pour la millième fois en deux heures.
Trois heures quarante-six.

Je soupire de frustration en me passant la main dans les
cheveux humides de transpiration qui me collent aux tempes.
L'alcool ingurgité plus tôt et la petite scène avec Tobias dans
le parc m'empêchent visiblement de dormir.

Trois heures quarante-neuf.

Cette canicule va me tuer. Et la climatisation en rade aussi.

Trois heures cinquante.

C'est quoi, cette faille spatio-temporelle ? Plus ça va, plus
j'ai l'impression que le temps ralentit... Je me lève, en nage.
Mes vêtements poisseux collent à ma peau et j'ai l'impression
de me liquéfier. Mes draps aussi sont humides. Je décide de
les changer rapidement en ne mettant qu'un drap-housse sur
le matelas, sors à pas de loup dans le couloir et fonce prendre
la douche glacée la plus rapide de l'Ouest pour éviter de
réveiller mes parents. J'aimerais éviter une possible discussion nocturne avec ma maman, pendant laquelle elle essaiera,
autour d'une limonade, de me faire trouver un sens à ma vie.
La douche me fait un bien fou et malgré le peu de temps
passé dessous, je revis. Quand je reviens dans ma chambre
seulement couverte d'une serviette, je me sens un peu plus
humaine. Mes cheveux mouillés tombent en cascade dans
mon dos et m'apportent une sensation supplémentaire de
fraîcheur. Je les frotte dans une seconde serviette et me place
face à la psyché pour les démêler doucement. Je profite de
la fraîcheur des quelques gouttes qui tombent sur mon dos
et mes épaules. J'en soupirerais presque de bonheur. Je

manque de perdre ma serviette trois fois pendant l'opération mais je la rattrape chaque fois, in extremis. D'ailleurs, je me demande bien pourquoi je la garde. C'est un ultime rempart contre la nudité, en attendant de me rhabiller, mais finalement, avec cette température de malade, je pourrais tout aussi bien dormir nue… Je jette inconsciemment un coup d'œil dans le miroir en direction de la fenêtre de Tobias et je me fige quand je perçois un mouvement derrière la vitre. Mes poings se crispent sur la serviette en éponge nouée au niveau de ma poitrine. J'ai dû rêver. Il est à peine plus de quatre heures du matin. Il doit dormir. Ou bien… Je regarde discrètement le reflet tout en me brossant de nouveau les cheveux d'une main tranquille, la seconde posée sur la serviette en éponge.

Et je frissonne de la tête aux pieds quand je le vois apparaître. Juste le reflet de ses abdominaux et d'un de ses bras tatoués, grâce à la lumière qui provient des lampadaires. La plus grande partie de son corps est encore plongée dans l'obscurité. Mais maintenant, je sais qu'il est là.

Je *sais* qu'il me regarde.

Le bas de mon ventre se tord dans un maelström de sensations : timidité, satisfaction féminine, excitation, anxiété, désir…

Beaucoup de désir…

Malgré tout l'alcool que j'ai ingurgité, le besoin que j'ai ressenti dans ses bras, un peu plus tôt, ne s'est pas estompé. La sensation est même plus enivrante que la tequila, et elle me prend par surprise. Je savais déjà que j'aimais le regarder et qu'il me faisait frémir chaque fois qu'il me touchait, mais de là à éprouver une excitation sexuelle juste parce qu'il me regarde à moitié nue ? C'est un nouveau pas.

Après dix ans passés avec Derreck, je me sens un peu rouillée et je ne sais pas comment je dois agir. M'enfuir ? Rester ? Le mettre dos au mur ?

Si seulement lui pouvait me mettre le dos au mur, plutôt…

Mon cœur tambourine contre ma cage thoracique et j'hésite

à avancer dans la direction que prend mon cerveau. Je ne sais pas si j'oserai… Je l'ai déjà repoussé un peu plus tôt et je me sens minable. Merde, Mia putain, tu as 30 piges et tu te comportes comme une vierge effarouchée !

Bon, OK, ton fiancé a subitement décidé qu'il préférait les hommes, soit. Ça n'aide pas vraiment à avoir confiance en soi. Mais… plus le temps passe, plus je remarque que Calista a raison et que Tobias me regarde plus que les autres. Ses regards ne sont pas flagrants mais ils sont un peu plus… « insistants » que ne l'autorisent les convenances. Ça, plus la scène de ce soir. Alors peut-être que je me trompe. Peut-être. Il avait peut-être bu. Il ne savait peut-être pas ce qu'il faisait.

Mais si je ne lui plaisais pas, du moins physiquement parlant, il ne se cacherait pas pour m'observer.

Plaisir : OK.

Excitation : OK.

Confiance en soi : de nouveau en cours d'acquisition.

Je me sens prise de légers vertiges. C'est comme si ma tête pesait soudain trop lourd pour ma nuque… Ça, plus le battement sourd qui s'amplifie au creux de mes cuisses… Tout un tourbillon qui me grille le cerveau et fait fondre les dernières résistances qui m'empêchaient de passer à l'acte. Je ne peux pas l'avoir, mais je peux lui offrir quelque chose. Je ne sais pas vraiment ce qui me décide finalement à passer le pas, peut-être que c'est l'abondance de sensations grisantes, ou bien parce que je remarque que la fenêtre de sa chambre est maintenant légèrement entrouverte…

Comme s'il cherchait à en absorber plus que la simple vue.

Je pose les mains sur ma serviette une dernière fois et la lâche d'un coup. Elle tombe au sol et j'apparais entièrement nue dans le miroir en pied. OK. C'est fait. Plus de retour en arrière possible. Je prends le temps de me regarder en faisant glisser mes cheveux humides sur une épaule. La sensation de froid sur mon sein me fait frissonner de plus belle. J'essaie d'imaginer l'image que je renvoie. Je ne suis pas filiforme, ni toute en courbes. Je suis tonique. Je suis moi. Une trentenaire encore bien conservée. Si en mon for intérieur, c'est le chaos, mon corps, lui, envoie quand même encore un peu de rêve. Je soupèse légèrement un de mes seins pour en éprouver la taille. Je les connais déjà, je sais à quoi ils ressemblent mais je me prends au jeu. Ce petit show secret est pour lui.

Seulement pour lui.

J'ai la sensation diffuse que je risque de le regretter, demain matin, en me levant, que mes dernières réticences, celles qui m'ont fait reculer plus tôt, reviendront à la charge au lever du jour, mais à l'instant T, je n'en ai rien à faire. Je veux me sentir belle, désirable, et savoir qu'il m'observe amplifie toutes les sensations. Je remonte les mains vers ma nuque et roule la tête en fermant les yeux. Lentement, langoureusement. J'agis comme si j'étais seule. Bon, en vrai, je ne fais pas ça quand je suis seule, mais il n'est pas censé le savoir. J'ouvre de nouveau les yeux et j'observe mon visage, les mains encore enfouies dans mes cheveux, sur le haut de ma nuque. Si je devais choisir quelque chose que j'aime sur cette partie du corps, ce serait ma bouche. Elle est pulpeuse sans être trop grosse. J'adorais la mettre en valeur lorsque je me maquillais pour aller au travail. Un rouge brique mat et je me sentais comme une femme fatale. Je souris en réalisant que je me sentais comme à cet instant précis : féminine, puissante. Je frôle mes lèvres du bout de l'index et du majeur, puis je descends. Je fais légèrement glisser le dos de mes doigts entre mes seins, sur mon ventre et mon nombril. Un peu plus bas... encore plus bas... jusque sur...

Le bruit d'un battant qui claque me fait légèrement sursauter et je tourne machinalement le regard vers la fenêtre de ma chambre. Vers la fenêtre de la sienne. Un léger coup de vent a fait bouger un des ventaux et je vois une main se saisir de la menuiserie pour l'immobiliser avant de rentrer aussi vite se cacher dans l'obscurité. Une main avec un colibri.

Je souris lentement tout en ramenant mon regard vers le miroir.

Je sais que tu es là, Tobias... Je sais que tu t'adonnes à un petit jeu de voyeurisme. Je sais.

Et *j'aime ça.*

Je lève une dernière fois mes cheveux pour lui offrir une ultime pose, puis je coupe court en allant chercher une culotte dans un de mes tiroirs, mais je fais exprès de choisir un tanga en dentelle prune plutôt qu'une simple culotte en coton noir. Je prends mon temps pour l'enfiler, à moitié dos à lui, penchée pour glisser chacun de mes pieds, puis je la remonte avec lenteur, pour la poser sur mes courbes tout en ajustant le tissu délicat sur mes fesses. S'il y a bien quelque chose dont je n'ai pas honte, ce sont elles. Après des années de squats et de sauts en tout genre chez les pom-pom girls, de gymnastique et autres sports de fitness, elles sont bombées et fermes. Je continue même en passant encore et encore la main dans mes cheveux, comme si la chaleur m'étouffait. Jusqu'à glisser une main légère sur mon épaule. Je suis en feu mais ce n'est plus à cause de la chaleur extérieure... Je l'imagine me regarder, à moitié nu, lui aussi. Caché dans l'ombre de sa chambre. La lumière jouant avec les reliefs de son corps. Créant de nouveaux dessins sur sa peau... Ses yeux verts apparaissant dans un rai de lumière...

La simple vision mentale me fait trembler comme une feuille. Je suis en train de me monter un scénario tellement érotique que je commence à me demander si je ne vais pas avoir besoin de me soulager seule. Je tourne la tête vers le côté de ma chambre. Mon lit est hors de vue, de sa fenêtre, seuls ma porte d'entrée et mon bureau sont visibles. Il ne risque pas de me voir.

Mais il peut m'entendre...

Je souris en me mordant la lèvre quand je prends conscience que ce petit jeu va beaucoup plus loin que prévu. Beaucoup plus loin que ce que j'avais imaginé ce soir. Je dois vraiment être une allumeuse… Mais ça me plaît énormément… Je ne porte pas de talons ou de rouge à lèvres mais je me sens plus puissante que jamais. Plus que lorsque je faisais de bons mouvements financiers et que je permettais à mes clients de gagner des millions. Je me tourne pour lui offrir une rapide vue de mon profil et d'un de mes seins, dernier cadeau furtif à son intention, avant d'avancer vers le lit pour me coucher. Je fais attention à ne pas faire trop de bruit et, comme je m'y attendais, j'entends sa fenêtre grincer légèrement, comme s'il l'ouvrait un peu plus. Comme s'il en voulait plus… et je suis prête à lui en donner plus… tellement plus… Je vérifie rapidement que j'entends bien le léger bourdonnement de la climatisation de mes parents avant de me lancer dans ce qui sera sûrement l'événement vocal le plus érotique de ma vie.

Je ne me suis jamais caressée devant personne, pas même devant Derreck. Ça reste un moment intime et totalement personnel. Mais ce soir, j'ai envie de l'offrir à Tobias. Du moins, une partie.

Je m'allonge lentement sur le dos et ferme les yeux en imaginant qu'il se tient sur la chaise de bureau en face de moi, et pas de l'autre côté de la clôture, dans sa propre chambre. Que ses yeux clairs me fixent, m'observent, m'admirent, même… Ma main trouve naturellement son chemin et je halète quand elle frôle ce point si sensible. Je pense percevoir une expiration surprise et grave venant de l'extérieur mais, perdue dans mes fantasmes et mes sensations, je n'y prête plus attention. Je me caresse pour moi, pour lui, pour personne en particulier. Je me caresse parce que c'est la suite logique de mon état d'excitation et que mon corps, mon cœur et mon esprit réclament leur dû. Ils veulent leur shoot d'héroïne, et je le leur accorde. Mais je préfère le faire doucement, sûrement, en espérant qu'il entendra mes souffles de plaisir depuis sa chambre. Je monte inexorablement, tremblant de plus en plus, sans me presser.

Je fais, littéralement, durer le plaisir. Je l'imagine même en train de se caresser également et cette image mentale achève de me faire basculer dans un gémissement sourd et presque douloureux, la tête renversée dans les oreillers, les mains serrées entre mes cuisses tremblantes, le corps cambré à l'extrême. Pendant ce qui semble durer une éternité...

Wow...

Ruée magistrale, si je peux me permettre. J'intégrerai plus souvent Tobias en train de se caresser dans mes fantasmes, à partir de maintenant !

Le silence revient peu à peu dans la pièce quand mes oreilles cessent de bourdonner, et je l'entends. Distinctement. Un long soupir saccadé. Presque tourmenté...

Quant à moi, je suis enfin sereine.

Les effets combinés de la douche froide et de mon orgasme achèvent de m'engourdir totalement et je sens le sommeil me gagner petit à petit.

Je sombre dans les bras de Morphée, un grand sourire aux lèvres.

16

Gueule de bois la plus horrible de ma vie : check.

Je me traîne comme une âme en peine entre les rayons de la quincaillerie familiale avec une machine à étiqueter. Je ne sais même pas ce qui me file le plus la nausée : l'alcool ou le souvenir de mon show nocturne. Je ferme les yeux en venant frapper mon front plusieurs fois contre une des étagères.

Stupide, stupide, stupide Mia !

– Mal au crâne ?

Je grogne en réponse à la pique de mon père quand il passe dans mon dos sans relever la tête. Il pense que je suis malade à cause des verres de tequila, et je préfère le laisser dans l'ignorance. J'imagine qu'aucun père ne veut savoir que sa fille s'en veut de s'être fait jouir devant un homme. Enfin presque devant. Il rit et s'éloigne vers le comptoir pour accueillir un client alors que je me redresse, les yeux encore vitreux. Je ne sais vraiment pas ce qui m'a pris. Trop de mois sans sexe. C'est sûrement la seule raison valable pour expliquer le fait que j'ai fait un strip-tease suivi d'une séance de caresses perso alors que mon voisin me regardait.

Ou alors je suis exhibitionniste.

Je grimace en m'imaginant me déshabiller devant d'autres personnes. Ouais, non. Je ne pense pas... je soupire en reprenant mon inventaire des produits sans prix et je passe un long moment à coller des étiquettes foireuses sur des produits minuscules, comme des vis ou des écrous...

– Tu sais que tu n'as pas besoin d'en coller sur chaque vis... ?

Je fronce les sourcils en regardant ma mère.

– Ah bon ?

Elle tente de cacher un sourire et me montre un cahier avec des feuilles plastifiées où se trouve un listing des prix avec les références. Je ferme les yeux et gémis de dépit.

– Putain, ça fait deux heures que je fais ça…

Son rire cristallin m'arrache un léger sourire.

– Ma chérie… commence-t-elle en posant deux mains apaisantes sur mes épaules. Il est bientôt l'heure de manger, je vais aller chercher des sandwichs au café, qu'est-ce que tu veux ?

– Pastrami, s'il te plaît.

– Poulet, pour moi ! crie mon père depuis le comptoir. Et une bière !

Ma mère me jette un regard en coin, un sourire moqueur aux lèvres, et je la fusille du regard.

– Je passe mon tour, cette fois.

Elle pose un baiser sur mon front et sort du magasin après avoir attrapé son sac au passage. Je tire sur le col de ma chemise jaune floquée « Anderson's ». Mon père et ma mère portent les mêmes, histoire d'être visibles entre les rayonnages, et j'ai eu la chance d'en hériter. Sauf qu'aucune n'est à ma taille et que je flotte dedans. Je l'ai rentrée dans mon jean pour essayer de ne pas paraître ridicule mais de toute façon, avec la tête que je me paie aujourd'hui, je ne suis plus à ça près… J'ai attaché mes cheveux emmêlés par le séchage sur oreiller en une demi-queue de cheval approximative avec une petite pince. Mes yeux sont cernés, et même après avoir tenté le maquillage pour camoufler, je me suis fait une raison : j'ai une sale tête. Pourtant, malgré tout ça, je me sens… bien. Moins tendue.

Forcément, après l'orgasme perso de cette nuit… Enfin, presque perso…

Presque.

– Mia !

Je sursaute à l'injonction de mon père. J'étais complètement perdue dans mes pensées, et en plein *revival* de cette nuit, mais avec Tobias aux commandes, cette fois-ci. Oups.

– Oui ?

– Je pars faire une livraison rapide pour le chantier sur Fallon Street, je te laisse fermer le magasin pour la pause déjeuner ?

Je vérifie ma montre. Il est midi vingt, il reste encore dix minutes avant de fermer. J'opine du chef. Je devrais survivre à dix minutes seule dans la quincaillerie. J'ai été élevée dedans, je connais les différentes utilisations possibles de chaque boulon.

Bon, j'ai encore du travail à faire sur l'étiquetage, par contre.

– OK. À tout de suite, ma chérie !

Quand je me retrouve seule, la chanson « Middle Of The Night » de Lilly Wood & the Prick retentit à la radio et je lève les yeux au ciel. Putain, même le karma se ligue contre moi pour me rappeler mon coup d'éclat... Alors que j'inspire profondément pour tenter de me remettre les idées au clair, un mouvement derrière la vitrine me fait baisser les yeux. Puis les écarquiller aussitôt.

Put...

Je me tourne lentement, comme un automate, et me baisse aussi peu rapidement pour m'accroupir derrière le rayon, en gardant les yeux obstinément vissés au sol.

Vous me croyez si je vous dis que Tobias est dehors en train de discuter avec un passant ? JUSTE devant la quincaillerie de mes parents ?

Je suis en train de maudire la terre entière, qui s'amuse à me mettre dans des situations impossibles quand la clochette de la porte du magasin retentit. Oh, non... Faites que ce soit M. Oswald ! Je suis prête à supporter un vieux vicelard qui tente à chaque fois de me mettre la main aux fesses plutôt que de faire face à Tobias, surtout aujourd'hui !

– Pitié, pitié, pitié, pitié, pitié… je gémis, accroupie au sol et les yeux fermés.

– Tu as perdu quelque chose, Mia ?

Je sursaute en reconnaissant ce timbre légèrement rocailleux à quelques centimètres de mon visage et me relève tellement vite que ma tête heurte le contenant à écrous avant de le faire basculer, lui et tout ce qu'il contient, sur le sol et sous les rayonnages. Tobias retient un rire en se mordant la lèvre et se redresse face à moi alors que je contemple, impuissante, le drame que je viens de causer. Je ferme les yeux et soupire de détresse. Je veux mourir…

– Tu as besoin d'aide ?

Je n'ose même plus ouvrir les yeux. Je ne sais pas ce qui m'attend si je le regarde.

– Wow, c'est quoi, ce bordel ? !

J'inspire brusquement en relevant les paupières.

– Jake !

ALLÉLUIA !

Je ne suis pas seule avec Tobias dans le magasin désert ! Son petit frère nous regarde, les sourcils relevés avant de se prendre une tape derrière la tête.

– Parle correctement !

– Me touche pas ! s'écrie-t-il en essayant d'esquiver une deuxième frappe, visiblement désireux de ne plus être considéré comme un gamin.

Comme son frère au même âge.

Oui, parce que je connaissais Tobias au même âge et à l'époque, j'avais presque l'âge qu'il a aujourd'hui. 20 ans. Quand je les regarde, la différence d'âge me saute aux yeux et je réalise que j'ai vraiment merdé. Sacrément, même.

– Qu'est-ce que je peux faire pour vous, les garçons ?

Autant leur demander directement, histoire de conclure…

La vente ! Conclure la vente !

– J'ai besoin d'huile pour lubrifier la chaîne de mon vélo, répond le plus jeune des deux.

OK, Mia, ne pas penser au mot « lubrifier ».

Challenge personnel des dix prochaines minutes.

– Bien sûr, suis-moi.

Je pars en direction du rayon sur lequel sont placés les différents accessoires automobiles et je trouve rapidement un petit bidon d'huile lubrifiante avec un bec à embout rétréci que je lui tends.

– Voilà, tu avais besoin d'autre chose ?

Je relève les yeux vers Tobias, certaine qu'il demandera lui aussi un article en particulier.

– Non, c'est tout.

Je fronce légèrement les sourcils. Jake est déjà venu plusieurs fois, et seul. S'il n'avait pas besoin de quelque chose, alors pourquoi l'a-t-il accompagné ?

Je ferme brièvement les yeux.

Stupide, stupide Mia...

Quand je les rouvre, le sourire de Tobias est tout sauf innocent. Je déglutis difficilement et pars vers le comptoir pour encaisser l'article et finir au plus vite la transaction.

– Ça fera cinq dollars et quatre-vingt-dix cents, annoncé-je d'une voix monocorde en regardant fixement Jake.

À défaut de baver sur son grand frère, lequel pose un billet de dix dollars sur le comptoir, sous les exclamations vexées de son petit frère.

– Je peux payer !

– Je sais, murmure-t-il sans me quitter des yeux.

– T'es trop chiant, pourquoi t'es venu ? Quand je suis avec toi, les filles ne me regardent même pas !

Je pouffe discrètement en voyant Tobias écarquiller les yeux et lever les paumes en signe de reddition.

– Désolé, mec, ce n'était pas mon intention…

– Je peux venir seul !

Je le vois sourire tendrement et ébouriffer les cheveux de Jake.

– Je sais. Mais je ne raterais pas une occasion de passer

du temps avec mon petit frère adoré.

L'adolescent se renfrogne mais je le surprends à cacher un sourire satisfait, ce qui me fait sourire à mon tour. Tobias est un grand frère présent, sans aucun doute. Je regarde Jake et pendant un court instant, une pointe de tristesse me pince le cœur. Noah aurait eu deux ans de plus que lui. Je me demande à quoi il aurait pu ressembler... Je chasse mes pensées mélancoliques et regarde Jake dans les yeux, le regard très sérieux.

– Si ça peut te rassurer, je trouve que tu es le plus beau...

Je sens plus que je ne vois Tobias hausser un sourcil ironique et je me mords la lèvre pour ne pas sourire. Jake, quant à lui, plisse les yeux et se tourne vers son frère, le visage triomphant.

– C'est moi le plus beau !

Et en effet, Jake a hérité des traits virils et des cheveux bruns du pasteur Miller, mais des yeux verts de leur maman, comme son grand frère. Alors que les jumelles sont le portrait craché de Judy, avec leurs longs cheveux roux. Mais elles possèdent les yeux bleus de leur père.

À eux quatre, ils forment un magnifique melting-pot du couple Miller.

Mes yeux remontent inconsciemment vers l'aîné de la fratrie et je suis une nouvelle fois frappée par son magnétisme. Même épuisée, honteuse et en pleine gueule de bois, je suis assez réveillée pour me rappeler que Tobias est tellement sexy que j'en baverais presque... Oh, misère ! Je passe une main anxieuse sur mon menton pour vérifier que je ne bave pas pour de vrai avant de me reconcentrer sur l'ordinateur. Mes parents n'ont pas d'ordinateur récent malgré mes nombreuses propositions de leur en acheter un nouveau quand j'avais encore les moyens. À la place, ils continuent de pianoter sur ce vieil Apple. Vous savez, celui qui avait un écran tellement gros qu'il fallait songer à péter un mur avant de pouvoir le placer sur un bureau... Bref, il est vieux, il est lent et il m'énerve. Surtout à cet instant précis ! J'aimerais entrer la référence assez vite pour leur imprimer un reçu et pouvoir les faire sortir de ce magasin. Surtout maintenant que Tobias me fixe avec insistance, un sourire moqueur aux lèvres alors que je viens une nouvelle fois de l'imaginer torse nu. Puis tout nu. Puis sur m…

STOOOOOP !

– Bien dormi, Mia ?

Mes doigts se suspendent au-dessus du clavier et mon cœur manque un battement. Il ne vient pas de me demander ça, non ? Non ?

Je me racle la gorge et tente de calmer la course effrénée de mon cœur avant de lever un regard incertain vers lui et de lui répondre, d'un air que j'espère assuré :

– Très bien… pourquoi ?

Il se passe le bout des doigts sur les lèvres et me regarde en biais.

– Je te trouve un peu à cran…

Je sens mon visage devenir brûlant et je n'ai pas besoin de me regarder dans un miroir pour deviner que je suis devenue totalement rouge.

Oh. Mon. Dieu. Vite, changer de sujet.

– Tu devrais te détendre un peu plus. Penser à « relâcher la pression » de temps en temps…

OK, changement de programme, je vais faire comme s'il n'existait pas !

Lui et son charme de dingue, son torse musclé, ses tatouages et son piercing au pénis…

Je fixe sans discontinuer l'écran de l'ordinateur et déglutis bruyamment. Voilà ce qui arrive quand on s'amuse à se caresser au vu et su de son voisin : quand on tombe sur lui après, on se sent ridicule. Et peut-être un peu excitée.

Bon, OK, beaucoup.

– Hey, tu m'aideras à remonter le garde-boue arrière, Tobie ?

Jake m'offre une porte de sortie inattendue et inespérée et je m'engouffre dedans.

– Tu fais du vélo donc ?

– Du free-style en BMX.

Du quoi ? Je fais la moue et acquiesce comme si je comprenais ce qu'il venait de me dire.

– Intéressant…

– Tu connais pas, c'est ça ?

– Pas du tout.

Il éclate de rire et je me détends un peu, profitant de l'ambiance allégée pour saisir le billet précédemment posé sur le comptoir par Tobias, sous le regard de nouveau excédé de son petit frère.

– Est-ce que je le prends, ou pas ? demandé-je, amusée.

– Oui.

– NON !

Ils répondent en même temps et je ne peux m'empêcher de comparer leurs réactions. Celle de Jake est impulsive, alors que Tobias répond calmement, sans me quitter du regard. Sûr de lui.

Charismatique.

Sexy…

Concentration !

Je me racle la gorge et toussote en secouant le billet devant eux.

– Alors ?

– Prends-le, répond-il avant que son petit frère ait le temps d'ouvrir la bouche pour protester. De toute façon, je vais utiliser l'huile aussi.

Je hausse les sourcils en même temps que Jake mais je ne fais pas plus de commentaires et range le billet avant de lui rendre la monnaie.

– Tu vas faire quoi avec ? le questionne l'adolescent en saisissant la bouteille.

Oui, moi aussi, ça m'intéresse, curieusement… Il prend

le temps de ranger l'argent dans sa poche avant de me fixer droit dans les yeux, un léger sourire aux lèvres.

– La fenêtre de ma chambre grince.

Mon sourire disparaît et je rêve de m'enfouir six pieds sous terre. Mais Tobias continue, sans aucune pitié pour ma pauvre personne.

– J'aimerais qu'elle s'ouvre plus facilement, la prochaine fois…

Je déglutis bruyamment alors que sa voix est descendue d'une octave pour se faire plus rauque, plus caressante. Et ses yeux… Ses yeux sont tellement expressifs que lorsqu'ils glissent sur ma silhouette, je suis certaine qu'il me déshabille mentalement. Et comme il m'a vue nue…

Je me sens presque emprisonnée dans une bulle qui s'épaissit de plus en plus, complètement isolée du reste du monde, paralysée par son regard sensuel. Enfin, jusqu'à ce que ma mère arrive et la brise dans un « ploc ! » imaginaire.

– Le repas est là !

Je cligne plusieurs fois des yeux et Tobias fait de même. Nous étions tellement fascinés l'un par l'autre que nous avons oublié que nous n'étions pas seuls, et Jake nous regarde comme deux extraterrestres. Je me racle la gorge et Tobias s'éloigne du comptoir sur lequel il avait posé ses coudes pour adresser un sourire lumineux à ma mère.

– Sarah, vous êtes resplendissante, comme d'habitude !

Je souris légèrement quand je vois les joues de ma maman se colorer.

– Et toi, tu es un *flatt*eur, Tobias. Mais toute femme aime recevoir des compliments venant d'un aussi beau jeune homme ! N'est-ce pas, Mia ?

– Moui…

Un *flatt*eur doté d'une attraction presque magnétique. Une arme de destruction massive, en somme.

– Votre fille ne semble pas partager votre avis. Apparemment, mon frère est plus à son goût. Qui sait, dans dix ans, vous célébrerez peut-être leur mariage.

Je m'étouffe presque en retenant un rire quand Jake ouvre de grands yeux horrifiés en me regardant.

– J'attends la bague… chuchoté-je en lui faisant un clin d'œil et en agitant ma main gauche nue.

Je rentre sans aucun problème dans le jeu de Tobias, surtout quand il s'adresse à son petit frère. Mais je ne pense pas que j'aurais réussi à faire pareil si l'insinuation avait concerné le grand frère…

– Sarah, ma mère m'a demandé de vous inviter à dîner, ce soir. Apparemment, il va faire encore chaud et elle vous propose un barbecue autour de la piscine.

Je soupire presque de soulagement. Voilà une raison suffisante pour venir à la quincaillerie de mes parents. Même si la petite phrase assassine ne laisse aucun doute sur ce qu'il a vu cette nuit, d'un autre côté, je suis rassurée qu'il ne soit pas venu dans ce but unique.

– Avec plaisir. Je vérifie avec Joseph mais ça ne devrait pas poser de problème. Un petit plongeon avant d'aller au lit n'est pas de refus. Les nuits sont tellement chaudes que ça devient difficile de dormir, même en pyjama léger !

Si je me pensais en sécurité, j'avais tort. Parce que Tobias relève les yeux vers moi un court instant, mais suffisamment longtemps pour que je puisse saisir l'allusion. Je cligne plusieurs fois des yeux avant de détourner le regard, le feu aux joues.

– Bien, maintenant que le message est passé, ma mission ici est terminée. Tu viens, Jake ?

L'adolescent continue à me fixer et je lui adresse un sourire encourageant. Il rejoint Tobias, mais juste avant de passer le pas de la porte, il se retourne une dernière fois vers moi.

– Dans six ans, j'en aurai 18. On pourra se marier, à ce moment-là ?

J'éclate d'un rire sonore, rapidement suivie par ma mère, alors que Tobias se renfrogne et secoue la tête de son petit frère.

– Mais, euh ! Lâche-moi, Tobie !

– Allez, Casanova, viens, au lieu de dire des bêtises. Maman nous attend pour manger et j'ai encore une course à faire.

– C'est pas des bêtises, regarde, elle est vachement bonn…

Il ne finit pas sa phrase parce que son grand frère le bâillonne et l'entraîne de force dehors avec un dernier salut à notre intention.

– Eh bien ! Tu fais des ravages chez les fils Miller ! s'exclame ma mère en retournant l'insigne sur la porte et en la verrouillant.

– N'importe quoi. Ils me font surtout tourner en bourrique, comme lorsque je les gardais.

Enfin, surtout l'aîné. Je récupère mon sandwich et le déballe avant de mordre dedans à pleines dents.

– Ah, oui, c'est vrai, Tobias était amoureux de toi, à l'époque.

Je recrache presque ma bouchée.

– QUOI ? Mais non, maman, il me détestait !

Ma mère sourit tendrement en secouant la tête.

– Ma puce, ce petit bonhomme était fou de toi, il passait son temps à te regarder et se mettait à bafouiller quand tu arrivais avant de rougir et de prendre la poudre d'escampette.

Je fronce les sourcils et fouille dans mes souvenirs. Je me rappelle effectivement qu'il se renfrognait dès que j'arrivais et partait en courant, souvent en me bousculant, mais je pensais que c'était parce qu'il ne pouvait pas me sentir. Comme le petit garçon insupportable qu'il était à l'époque.

– Je ne me souviens pas de ça comme ça.

– C'est parce que tu ne le voyais pas d'un œil extérieur. Mais l'aîné Miller a toujours eu le béguin pour toi, et j'ai l'impression qu'il l'a peut-être encore un peu…

Elle me fait un clin d'œil et je me mets à rougir.

– Mais il a 22 ans, maman !

– Et alors ?

Je recule la tête, surprise. Sérieusement, si elle commence

à s'y mettre, elle aussi, je suis carrément dans la merde.

– Mais j'en ai 30, nom de Dieu !

– Personne ne te demande de l'épouser…

Je suis abasourdie. Ma mère vient vraiment de me suggérer de m'envoyer en l'air avec le fils Miller juste pour m'amuser ?

– Qui va épouser qui ? demande mon père en rentrant par la porte de service.

Je souris, soulagée d'avoir un allié. Mon père a toujours été protecteur avec moi. Derreck a subi un interrogatoire en règle avant d'être enfin accepté par la supériorité paternelle. Au bout de deux ans.

– Personne !

– Ta fille vient quand même de recevoir une demande en mariage. Du fils Miller !

– De Tobias ?

J'avale une gorgée d'eau de travers.

– Non, le petit dernier ! s'écrie ma maman dans un éclat de rire en voyant ma tête.

– Oh, non ! s'exclame mon père.

Je fronce les sourcils alors qu'il s'installe à côté de nous pour manger.

– Pourquoi ? je ne peux m'empêcher de demander par curiosité.

Il prend le temps de manger un bon tiers de son sandwich, visiblement affamé, avant de daigner me répondre.

– Imagine qu'il y ait rupture, tu te verrais venir chez nous alors que ton ancienne belle-famille vit dans la maison d'à côté ?

J'ouvre la bouche et la referme assez vite. Je n'ai pas le temps d'argumenter parce que mon portable sonne. Je jette un rapide regard avant de me lever.

– C'est Calista. Je reviens.

Je vais dans la réserve avant de décrocher

– Yep !

– Mi ! Ma super copine de l'amour qui m'aime malgré

tout ce que je pourrais bien faire ?

Oh, non ! Mauvaise nouvelle en approche !

– Ça dépend de ce que tu vas lui apprendre…

– Tu m'aimes quand même, quoi que je fasse, rappelle-toi bien ça pour les cinq prochaines minutes, d'accord ?

– Caaaaaal… je gronde pour la sommer de déballer ce qu'elle a à me dire.

– J'ai rencontré un mec !

Je hausse un sourcil, peu convaincue.

– Quand ? Entre les shots de tequila et le moment où je t'ai ramenée à la maison, totalement ivre morte ?

– Tu étais loin d'être blanche comme neige, Mia Anderson ! Je l'ai rencontré sur Internet, il y a quelque temps.

– Et tu ne m'en as pas parlé ?

Étrange… Cal me raconte tout, même le moindre texto promotionnel qu'elle reçoit.

– Je pensais que c'était sans suite. Est-ce que tu te souviens si on a déjà tout réservé pour le festival du Burning Man ?

– Ne me dis pas que tu l'as invité à venir ! C'est vachement réglementé et NON, on ne le cachera pas dans le camping-car !

Nos billets sont pris depuis des mois. Il est hors de question d'essayer de rentrer avec un resquilleur ! Nous avons loué un camping-car pour transporter les vivres pour une semaine et pouvoir dormir tranquillement sur place, vu que rien ne s'achète dans le désert.

– Mais nooooooooon, enfin ! Personne n'a jamais suggéré d'essayer de faire rentrer des gens en douce !

– Tu l'as encore fait pas plus tard que la semaine dernière…

– C'est un détail. Là, je ne te parle pas de ça. Il se trouve que ce monsieur m'a proposé de partager un séjour au spa qu'il avait eu en cadeau pour ses fiançailles… parce qu'il a finalement rompu.

J'ouvre les yeux en grand.

– Tu te moques de moi, Cal ! Ne me dis pas que tu renonces

à aller au Burning Man avec moi pour aller dans un spa avec un inconnu qui vient de rompre ses engagements et se sert de ses cadeaux pour s'assurer quand même une semaine de baise !

– C'est dingue, tu fais toujours tout passer pour des trucs glauques…

– TU NE LE CONNAIS PAS !

Je hurle presque dans le combiné. Elle me fait peur à vouloir partir en vacances avec un inconnu rencontré sur le Net. Je sais que Calista est une hédoniste, mais de là à partir dans un lieu isolé avec un étranger !

– J'ai fait une recherche sur lui grâce à mon cousin dans la police, il est clean.

Je ferme les yeux, dépitée…

– Je rêve… tu m'abandonnes…

– Il a un ÉNORME pénis ! Mets-toi à ma place !

– Mais qu'est-ce que tu en sais, tu ne l'as jamais vu !

– Il me l'a envoyé en photo !

– J'hallucine…

– Bon, écoute, je sais que tu m'en veux mais sache que j'ai déjà trouvé une solution.

– Pardon ?

– J'ai revendu ma place à quelqu'un qui viendra avec toi.

– QUOI ?

Je bondis sur mes pieds en hurlant comme une pestiférée.

– Tu as vendu ton billet d'entrée à un inconnu et tu me demandes en plus de partir avec lui ? Mais tu es tarée, c'est pas possible !

– Ça, c'est pas nouveau.

– Putain, Cal, je te jure, je ne sais pas ce qui me retient de te mettre une gifle !

– Le fait qu'on soit au téléphone, peut-être ?

Je cligne des yeux avant d'éclater d'un rire nerveux et presque hystérique.

– Tu es malade… Tu devrais vraiment te faire soigner.

– Bon, écoute, avant de me mettre au pilori, sache que je suis inconsciente, certes, mais pas au point de te mettre en danger. J'ai vendu le billet à quelqu'un que tu connais. Très bien, même.

Je suis encore abasourdie par la nouvelle.

– Je m'en fous, Cal, je ne te fais pas confiance, cette fois-ci…

Je suis vraiment déçue. On prévoit ce Burning Man depuis très longtemps et l'année de nos 30 ans était le moment idéal pour le faire et se lâcher en beauté. Avec les récents événements, entre mon mariage avorté et mon licenciement, j'en avais d'autant plus besoin !

– Là, tu vas devoir le faire. Il a déjà payé le ticket mais je lui ai fait grâce des frais de location pour le camping-car.

– IL ??? Sérieusement, Calista, si tu m'as refourgué un des neuneus que ma mère tente désespérément de me faire épouser, je t'enterre vivante et on gravera sur ta tombe : « Morte pour avoir fait un coup fourré à sa meilleure amie. »

– Aaaaaah, donc je suis toujours ta meilleure amie ?

Je ferme les yeux en soupirant et me pince l'arête du nez.

– À qui tu l'as vendu, Cal ? je demande en essayant de me calmer.

Avec elle, ça ne sert à rien de s'énerver. Pour Calista, rien n'est grave. Même pas le fait d'abandonner sa meilleure amie pour aller s'envoyer en l'air avec un inconnu. Et je parle en connaissance de cause, elle l'a fait plusieurs fois. La dernière en date : le jour de ma fête d'anniversaire.

– Devine…

Je mords mon poing pour retenir un cri. J'ai bien envie de lui raccrocher au nez mais elle serait capable de refuser de me dire le nom de la personne qui l'a acheté avant le jour J.

– Je ne sais pas ! Alors accouche, bordel !

– Quelle rabat-joie ! Tu ne veux jamais jouer. Déjà, à la maternelle, tu refusais toujours de jouer à la marelle !

– CAL !!

– Je l'ai vendue à ton voisin !

J'en perds la parole un instant.

– Quel voisin ? je questionne, suspicieuse.

Faites que ce soit M. Johnson, mon petit voisin retraité. Gentil, mignon, avec les yeux parfois baladeurs, mais totalement inoffensif.

– Grand, tatoué, beau comme un dieu ?…

Oh, merde !

Elle parle de mon autre voisin.

Celui qui n'a rien, mais rien du tout d'inoffensif.

– Tu l'as vendue à Tobias ? je demande d'une voix blanche.

– Oui ! Il se trouve qu'il a toujours voulu voir le Burning Man ! C'est dingue, ça, non ?

Et beaucoup trop suspect à mon goût…

– Calista Margaret Jones, je te jure que si tu as revendu ta place EXPRÈS, je ne te parlerai plus jamais !

– Je te jure que je ne l'ai pas fait exprès ! Sur la tête de ma grand-mère !

– Elle est décédée !

– Raison de plus pour jurer sur sa tête ! Tu te rends compte que tu me fais tout un foin alors que j'ai réussi à trouver une personne digne de confiance et que tu connais depuis longtemps ? Et qui a toujours rêvé de voir le Burning Man ? Tu es sans cœur, Mia Poppy Anderson…

Je ferme les yeux et grogne de frustration.

– Tu me racontes n'importe quoi, je l'ai vu tout à l'heure et il ne m'a rien dit !

– Oui, il me l'a dit. Il est passé avec son frère juste après pour me donner l'argent et récupérer les références de réservation. Il attendait sûrement d'être sûr avant d'en parler. Tu sais bien qu'on ne peut pas me faire confiance !

Elle éclate de rire et je m'assieds sur un carton, totalement choquée. Je gémis de dépit en enfouissant ma tête dans mes genoux. Ma copine est folle. Totalement tarée et inconsciente.

– Il t'en parlera ce soir, de toute façon, vous allez bien

manger chez eux et profiter de la piscine, non ?

– Moui… je marmonne contre mes cuisses.

– Parfait ! Allez, sur ce, je te laisse, j'ai un programme d'épilation intégrale avec une flèche vers mon clitoris à mettre en place pour dans deux semaines !

– Non, non, non, tu ne t'en sortiras pas comme ç…

– Je t'aime ! Bisous !

Et elle raccroche sans plus de cérémonie.

Je reste de longues secondes à fixer mon téléphone, hébétée. Je ne sais absolument pas comment j'ai pu passer par autant d'émotions en une seule matinée.

– Tout va bien, mon ange ?

Ma mère m'apostrophe de l'autre côté de la porte et je me lève enfin pour ouvrir le battant.

– Tout va bien.

Je ne donne pas plus de détails. Il est hors de question que je dise à mes parents que Calista m'a organisé une semaine de festival torride avec le voisin qui est, lui aussi, torride… Si personne ne le sait, il me reste une chance de renverser la vapeur. Je reprends ma place pour manger et réfléchis intensément à la marche à suivre. Je vais profiter de la soirée pour discuter avec lui et tenter de le faire changer d'avis. En arguant que je voulais aller à ce festival avec ma meilleure amie, j'arriverai peut-être à le convaincre de revendre nos deux places sur Internet. Ou alors je peux lui proposer de céder ma place à un de ses amis. Voilà, ça devrait le faire.

Résolue, je me prépare mentalement à lui exposer mes arguments ce soir, pendant le barbecue !

Il faudra juste que j'attende qu'il soit habillé pour lui parler.

– Ma chérie, pourquoi est-ce qu'il y a des écrous par terre ?

Oups.

17

– Alors comme ça, vous allez au Burning Man, Tobias et toi ? !

L'exclamation bruyante de Judy me cloue sur place. Je suis figée, dans le sentier qui mène de leur cuisine au jardin, un saladier rempli de salade de riz dans les mains.

Elle vient de foutre en l'air ma dernière carte.

– Mais tu ne devais pas y aller avec Calista ? s'étonne ma mère.

Elle me dépasse et rejoint les jumelles et Judy, occupées à mettre la table, pendant que Jonas et ses fils allument le barbecue. Je reste immobile jusqu'à ce que mon père me bouscule légèrement.

– Eh bien, avance, Mia !

Je m'exécute comme un automate et viens déposer le bol en plastique. J'essuie mes mains moites sur mon short en toile avant de répondre au regard de ma mère, toujours braqué sur moi.

– Calista a annulé et elle a revendu la place à Tobias… expliqué-je piteusement.

– C'est pour ça qu'elle t'a appelée, tout à l'heure ?

J'opine du chef et elle fronce les sourcils.

– Pourquoi tu ne m'as rien dit ?

Je soupire silencieusement et me rapproche d'elle.

– Je voulais d'abord en parler à Tobias pour savoir s'il voulait récupérer ma place pour un de ses amis, par exemple, expliqué-je à voix basse.

Elle fait la moue en fronçant les sourcils mais ne dit rien de plus et part aider Judy. Quant à moi, je fulmine. Je pivote

pour braquer un regard furieux sur l'origine de la fuite :
M. Miller fils.

Qui se trouve être juste derrière moi.

Je sursaute et pousse un bref cri étranglé en me reculant brusquement et en posant une main sur mon cœur pour tenter de le calmer.

– Bonsoir, voisine.

Son sourire goguenard me crispe.

– On peut discuter, Tobias ?

Il sourit plus largement et me désigne la cuisine d'une main, sans parler. Je pars d'un pas excédé vers la baie vitrée et entre dans la pièce alors qu'il se dirige vers le réfrigérateur.

– Une bière ?

– Non, merci, je grince entre mes dents serrées.

Il hausse les épaules et en sort une pour lui avant de la décapsuler d'un geste sec en frappant le haut du goulot contre le plan de travail en marbre. Wow ! Je ne connaissais pas cette technique… Il réussit même à rattraper la capsule de l'autre main avant de porter le goulot à ses lèvres pour prendre une longue gorgée.

Merde, c'était carrément sexy.

Je tente d'éviter de le regarder alors que sa pomme d'Adam monte et descend. Et encore moins la bande de peau qui se dévoile sur son ventre alors que son T-shirt se soulève quand il lève le bras. Juste au niveau des os iliaques. Je me force à ne pas regarder tout en essayant de faire aussi abstraction de son biceps qui se contracte et tend le tissu de façon totalement indécente sur son bras.

Misère, cet homme est une invitation au péché… Je ne supporterai pas de passer une semaine dans le même camping-car que lui. Je vais devenir folle.

– De quoi tu veux parler ?

– Du Burning Man.

Il sourit légèrement et baisse les yeux.

– De ça, donc…

Je rougis de plus belle en réfléchissant et en comprenant rapidement qu'il s'attendait peut-être à ce que je parle de l'autre sujet. Le spectacle de cette nuit.

Je préférerais clairement me jeter sous les roues d'un semi-remorque.

– Écoute, je voulais y aller avec ma copine donc, si tu veux, je te propose de revendre ma place et la location du camping-car à un de tes amis pour que vous y alliez entre potes, ça te va ?

Il semble peser le pour et contre mais finit par sourire en reprenant une gorgée de bière.

– C'est tentant mais je n'ai pas d'ami à qui la vendre.

Je hausse les sourcils.

– Tu n'as pas d'amis ?

– Je n'ai pas dit ça. J'ai dit que je n'avais aucun ami intéressé pour y aller.

Son ton est caressant, presque moqueur et ça me fiche en rogne. Il se moque clairement de moi : tous les mecs de 20 ans rêvent d'aller au Burning Man, juste pour le nombre incalculable de filles peu vêtues qui y transitent. C'est un festival où tout est permis, où les esprits et les corps parlent librement, jusqu'au plus étrange des langages. Aucun garçon normalement constitué ne refuserait d'y aller !

– En plus, ma mère est ravie que j'y aille avec toi.

– Pardon ?

Il se redresse du comptoir sur lequel il s'était appuyé et se rapproche de moi. Heureusement que nous sommes séparés par la table à manger qui trône en plein milieu de la pièce.

– Tu sais ce que c'est, le puritanisme et la liberté d'expression corporelle…

Il me regarde droit dans les yeux en prononçant les deux derniers mots et mon corps me trahit bien malgré moi. Mes reins se mettent à se réchauffer doucement sous son regard magnétique et je glisse les mains dans les poches arrière de mon short pour éviter de lui montrer qu'elles tremblent légèrement.

– Je crois qu'elle est rassurée à l'idée que j'y aille avec quelqu'un de responsable.

– Tu es très responsable, j'en suis sûre. Tu t'en sortiras aussi bien sans moi.

– Pas sûr...

Je ne sais pas à quel jeu nous jouons mais nos voix se font de plus en plus basses, presque un chuchotement, comme si nous étions seuls au monde. C'est la deuxième fois de la journée que je me retrouve dans cette sensation d'isolement avec lui, et je ne comprends pas comment il peut y arriver. Quand il est là, je ne vois que lui et j'oublie tout ce qu'il y a autour. Il ne dit plus rien et me fixe en esquissant lentement un sourire.

– Ce n'est pas une bonne idée, Tobias... murmuré-je.

Mon regard est suppliant et je ne sais même plus de quoi je parle – du festival ou bien de cette tension sexuelle palpable entre nous et qui se fait de plus en plus évidente depuis la veille.

– Pourtant, je suis certain que ce serait phénoménal... chuchote-t-il.

Ma respiration s'accélère. La sensation de vide renaît dans mon bas-ventre et j'oublie instantanément le plaisir que je lui ai donné hier pour l'assouvir. Elle revient en puissance sans me laisser le temps ni la possibilité de la combattre. Mais j'ai la satisfaction de voir Tobias lutter, lui aussi. Il ne sourit plus et s'appuie des deux mains sur la table en me détaillant de la tête aux pieds, le regard grave et sombre. Je me sens de nouveau nue sous son regard et je suis certaine que nous nous battons contre les mêmes démons. Mais pour des raisons différentes. J'essaie d'éviter de rentrer dans ce jeu et cette possible attirance charnelle pour de bon, alors qu'il semble résister à l'envie de me déshabiller juste parce que sa famille est à côté. Je secoue la tête et m'arrache à son regard pour essayer de retrouver mes esprits.

– Essaie d'y réfléchir. Calista m'a dit que tu rêvais d'y aller. Ne gâche pas ce moment à cause d'elle ou de moi.

Son argument se tient et je soupire. Je rêve effectivement de ce festival depuis mes 18 ans. J'ai passé un long moment à tout préparer, organiser. Y aller devait marquer le coup pour ma dernière année en tant que « jeune fille », étant donné que je me mariais en septembre. J'étais censée y fêter mon enterrement de vie de jeune fille et, après la rupture et mon licenciement, je me suis accrochée à cet événement en me disant que tout n'était pas totalement foutu et que je pouvais toujours y aller pour profiter du festival et m'amuser, tout simplement. Sans penser au reste. Quand je relève les yeux vers lui, son regard est plus doux, presque encourageant. Je ferme les yeux, vaincue.

– J'y réfléchirai.

– Bien.

Je lui souris gentiment et il me répond de la même manière.

– Tu voulais parler d'autre chose, peut-être ?

Ses yeux verts me transpercent et c'est comme si un poids s'abattait sur mes épaules. Je n'ai pas besoin d'explication pour comprendre à quoi il fait référence.

Cette nuit.

– Non.

Ma voix est rauque mais ferme. Je n'en parlerai pas. Même si sa simple présence me donne envie de recommencer. Avec lui, cette fois-ci.

Il penche la tête sur le côté et me détaille rapidement avant de murmurer :

– Dommage…

J'inspire profondément. Le Tobias souriant est plus que charmeur, mais le Tobias « intense »… Mon Dieu, je crois que je suis en train de me liquéfier devant lui. Il a le pouvoir de vous faire vous sentir à la fois vulnérable et puissante. La pression dans mes reins et mon bas-ventre devient de plus en plus lourde, de plus en plus intolérable.

De plus en plus délicieuse…

Il reprend une gorgée de bière et s'éloigne de la table pour repartir vers la porte-fenêtre. Mais avant de sortir, il passe une main dans son dos et retire son T-shirt d'un coup sec, me faisant gémir intérieurement à la vue de la gigantesque croix qui y est tatouée. Comme un appel au péché et à la tentation divine qu'il représente… Il sort sans me regarder et part d'un pas rapide pour poser sa bière avant de saisir par surprise chacune des jumelles sous ses bras. Il plonge ensuite dans la piscine avec ses sœurs tout habillées, accompagné de leurs rires et hurlements stridents. Je sors de la cuisine mais reste sur le pas de la porte et soupire en le regardant émerger de l'eau et se passer une main dans les cheveux. À quel moment le petit Tobias Miller est-il devenu aussi beau, aussi intense, aussi renversant ?

Et à quel moment est-ce que j'ai bien pu sombrer au point de lui faire jouer le premier rôle dans tous mes fantasmes ?

Le reste de la soirée se passe relativement bien et je me détends petit à petit. Comme il me l'avait dit, Judy est effectivement ravie de savoir que je serai de la partie et m'explique qu'elle le laisse partir uniquement parce qu'elle a confiance en moi. Si elle savait… Si elle savait un dixième de ce que je rêve de faire avec lui…

Tobias m'épargne le plongeon surprise qu'il fait subir à ses sœurs un nombre incalculable de fois, mais je n'échappe pas au bref regard sombre qu'il me lance quand je me mets en maillot de bain pour me baigner après le dessert. Jonas propose de lancer une partie de water-volley et nous participons tous, ravis de profiter de la fraîcheur de la piscine des Miller par cette chaleur. Mais la partie devient de plus en plus difficile pour moi quand je comprends que Tobias m'effleure volontairement en passant derrière moi pour rattraper la balle, pose une main sur ma taille nue sous l'eau pour rejoindre sa place ou bien caresse mes jambes alors qu'il flotte sur place. Je fais tout pour l'ignorer et quand la soirée prend fin, je recommence à respirer correctement. Jusqu'à ce que je me retrouve dans ma chambre et le surprenne en train de se frotter les cheveux derrière sa fenêtre fermée, une serviette autour des reins. Il ne me voit pas de suite et je m'immobilise, totalement fascinée. Le temps de réaliser que je le regarde la bouche quasiment ouverte, il redresse la tête et me surprend en plein matage.

Merde !

Son sourire insolent parle pour lui et je me précipite vers ma commode pour trouver quelque chose à faire. Je ferme les yeux en entendant le déclic de sa fenêtre qui s'ouvre.

– Mia. Ça faisait longtemps…

– Ta fenêtre ne grince plus… je ne peux m'empêcher de faire remarquer d'une voix mordante.

Je ne le regarde pas mais je sais qu'il sourit.

Je le sens.

– J'ai huilé les gonds. On ne sait jamais.

Je ferme le tiroir que j'avais ouvert dans un claquement brusque et me tourne vers lui, furieuse.

– Écoute, Tobias, je ne sais pas ce que tu t'imagines mais ça ne…

– Je n'imagine rien, Mia, me coupe-t-il.

Je suis surprise et je me retrouve sans savoir quoi dire pendant un bref instant. Il ne sourit plus et appuie son avant-bras sur le montant de la fenêtre. Son corps penché au-dessus du bureau est un appel au crime et je suis le trajet d'une goutte d'eau le long de son ventre dessiné.

– J'attends.

Sa voix me fait presque sursauter et je relève les yeux vers son visage. Les siens me clouent sur place. Son regard est très sérieux, ne laissant aucun doute sur le sous-entendu. Il m'attend.

– Ça n'arrivera pas.

Ça n'arrivera plus.

Mais il se contente de sourire, visiblement peu convaincu par mon assurance de façade.

– Si tu le dis. Passe une bonne nuit, Mia…

Sa voix se fait caressante sur mon prénom et je déglutis difficilement en continuant de le fixer. Il secoue légèrement la tête et se retourne en saisissant le bord de sa serviette. Mes yeux s'agrandissent de surprise quand il la retire, me permettant de voir ses fesses en panoramique. Je lâche un hoquet de stupeur et le regarde, complètement assommée alors qu'il sort de mon champ de vision. Je ferme précipitamment ma fenêtre et tire sur les rideaux avant de me plaquer contre le mur, le cœur battant et la respiration haletante.

J'ai une furieuse envie de recommencer ce que j'ai fait cette nuit pour me permettre de faire retomber la pression qui vient de naître en moi. Mais mon esprit lutte contre l'envie de le faire seule, et celle d'assumer mon attirance et de proposer à Tobias de venir m'aider…

Je sens que ces deux prochaines semaines vont être difficiles.

18

Est-ce que j'ai dit « difficiles » ? J'aurais dû dire « impossibles à vivre ».

Douze jours à jouer au chat et à la souris avec Tobias, à inspirer profondément avant d'ouvrir la porte de ma chambre, de peur de le surprendre en petite tenue de l'autre côté, à tenter de garder mon calme lorsqu'il me fixe intensément...

Le jeune a de la patience et beaucoup de ressource. J'ai passé un bon moment à tourner et retourner la situation dans ma tête, et la solution que j'ai trouvée, c'est d'y aller avec lui mais de l'abandonner pendant le festival en espérant qu'il trouvera une jeune fille pour répondre à sa demande. Je finirai forcément seule, mais étant donné que je devais y aller avec Calista, ce serait arrivé de toute façon.

En regardant les photos des éditions précédentes, le nombre de filles en sous-vêtements, voire quasiment nues, est tellement impressionnant que je n'aurai aucun mal à lui faire oublier ma présence. Et je pourrai profiter du festival dans mon coin.

Seule.

Ce petit détail m'a filé le bourdon mais après tout, j'ai 30 ans, je peux aussi apprécier de vivre un festival sans avoir forcément quelqu'un avec moi. Je vais déjà au cinéma seule. Bon, après trois tentatives avortées, soit, mais c'est déjà une victoire. Alors la prochaine étape : sept jours à me lâcher dans un festival. Peut-être même que je rencontrerai un trentenaire sympa avec qui me lâcher un peu plus. Forte de ces bonnes résolutions, j'ai prévenu Tobias que j'acceptais d'y aller avec lui et, bizarrement, ma réponse positive a quelque peu calmé ses ardeurs et ses tentatives pour me mettre mal à l'aise ces deux derniers jours.

Je devrais me sentir rassurée mais finalement, ça me manque… J'avais pris l'habitude de ces joutes visuelles bien malgré moi. Et je mentirais en disant que je ne me sens pas flattée par cette attention. Même si je sais qu'elle ne mènera à rien de bon, autant pour lui que pour moi.

Je flâne entre les rayons du Walmart que nous avons trouvé sur la route menant au désert. Après avoir rejoint Salt Lake City pour récupérer le camping-car avec générateur que j'avais loué il y a plus d'un an en prévision du festival, et les deux vélos qui nous serviront de moyen de déplacement, nous avons pris la route direction le Black Rock Desert. Contre toute attente, les trois premières heures de trajet ont été assez calmes. Nous nous sommes relayés : l'un conduisait pendant que l'autre dormait, et moi qui avais peur de me retrouver coincée avec lui dans un endroit clos, je n'ai pas vu passer le trajet. Mais avant d'arriver sur les lieux du festival et de devoir faire la queue pendant huit heures, il nous faut faire un stock de vivres et d'eau potable. C'est pour ça que je me retrouve en plein Walmart à deux heures du Nevada, le caddie rempli d'une cinquantaine de bouteilles d'eau et de provisions. J'ai préféré m'arrêter avant pour être sûre de tomber sur un magasin qui ne soit pas dévalisé par les burners. Le caddie de Tobias déborde tout autant mais, contrairement au sien, le mien est rempli de produits relativement bons pour la santé alors qu'il accumule un nombre incalculable de barres chocolatées et autres cochonneries industrielles. Encore une différence flagrante entre nous. Je secoue la tête, un sourire aux lèvres, en le voyant déposer un nouveau pack de barres chocolatées.

– Quoi ? demande-t-il en surprenant mon regard.

– Tu es conscient qu'on va dans le désert ? Et que tes précieuses barres au chocolat vont entièrement fondre ?

Il me sourit en coin mais ne répond pas. Il porte un marcel

large, déchiré au col, et un bermuda en jean qui a vu des jours meilleurs. Sous ce large haut, j'aperçois une bonne partie de ses tatouages, même ceux de son torse. D'ailleurs les regards sur son passage me confirment qu'une bonne partie de la population féminine les regarde aussi... Il porte également ses éternels bracelets en cuir et colliers à grigris. Je ne peux m'empêcher de l'observer quand il se tourne et se dirige vers le rayon des spiritueux pour remplir la partie encore libre de son caddie de packs de bière.

– Il n'y aura jamais assez de place dans le petit réfrigérateur pour tout ça, Tobias.

– Alors on les mettra au fur et à mesure.

Je soupire et continue mes achats. Je passe devant un rayon farces et attrapes et pouffe devant les tenues improbables qu'on y trouve. Il va falloir que je m'y fasse : ce festival sera une succession de gens et réalisations toutes plus improbables les unes que les autres. Je prends un chapeau « corbeille de fruits » et le pose sur ma tête pour me regarder dans le petit miroir en souriant.

– Tu devrais le prendre. Il te va bien.

Je sursaute à la voix dans mon dos et repose le chapeau bien vite.

– Pas besoin, je serai sûrement la personne la plus « normale » de ce festival.

– Je croyais que tu y allais pour te lâcher.

Je relève les yeux vers lui et lui souris d'un air mystérieux. Enfin, j'espère.

– Il y a d'autres manières de se lâcher...

Ses yeux se plissent mais il ne dit rien de plus. Cette tendance à ne plus rebondir à chacune de mes répliques me laisse perplexe. Je fais un dernier tour en vérifiant sur ma liste que je n'ai rien oublié et vérifie auprès de Tobias qu'il a tout ce qu'il lui fallait avant de m'avancer vers la ligne de caisses. Nous mettons l'intégralité des deux caddies sur le tapis roulant. Nous avons prévu de partager les frais mais

Tobias pose un séparateur de caisse avant de déposer d'autres articles derrière.

– Qu'est-ce que tu fais ? On avait dit qu'on partageait.

– Oui, mais ça, ce sera pour une utilisation personnelle…

Je souris en plissant le nez et me penche pour vérifier ce qu'il a posé avant de perdre aussitôt mon sourire.

Trois boîtes de préservatifs et le fameux chapeau corbeille de fruits. Et ce n'est pas le chapeau qui me perturbe le plus. Je déglutis et reprends ma place en me raclant la gorge.

– Trois boîtes ? Tu as sacrément prévu de te « lâcher », dis-moi…

Et je n'ai même pas pensé à en prendre pour moi. C'est là qu'on voit les différences de priorités entre hommes et femmes.

– Je t'en prêterais bien, mais j'ai peur qu'ils ne soient pas à la bonne taille si tu rencontres quelqu'un.

L'hôtesse devant moi pouffe et je jette un rapide coup d'œil sur les boîtes avant de hausser un sourcil, ironique.

– XL ? Vraiment ?

Il sourit largement en croisant les bras sur son torse en en appuyant sa hanche contre la caisse.

– Tu sembles surprise, Mia.

Et nous y revoilà ! J'avais dit qu'il s'était calmé ? J'avais tort. Tobias coquin est de retour, le regard brillant, la langue acérée et l'esprit mal placé… Je préfère changer de sujet plutôt que de prendre ce chemin glissant et détourne le visage sans trahir une quelconque émotion.

– Au moins, elles ne fondront pas au soleil…

J'ai à peine le temps de finir ma phrase que je sens son souffle sur ma nuque et contre mon oreille. Je me fige, le cœur battant et les yeux écarquillés alors qu'il s'amuse à faire courir son nez le long de la courbe de mon cou avant de venir chuchoter dans mon oreille.

– Si tu savais… J'espère bien que ce festival sera assez brûlant pour faire fondre toute résistance…

J'inspire par saccades, le ventre noué, et mes mains se crispent sur mon petit sac à dos. Mon estomac se tord de surprise quand sa main droite remonte le long de mon bras nu, comme lors de la soirée caritative, et que ma peau se recouvre d'une fine chair de poule à son contact.

– Tu as froid, Mia ?

Son ton caressant m'enveloppe entièrement et je prends sur moi pour passer outre. Je me dégage légèrement et pars sans un mot récupérer nos courses de l'autre côté de la caisse pour les empiler dans le premier caddie vide. J'entends bien un rire étouffé dans mon dos mais je ne le regarde pas. Il vient me prêter main-forte sans relancer la conversation et sans essayer de me toucher de nouveau. Et je me sens presque… abandonnée.

Je suis malade. Je prie pour qu'il me laisse tranquille, et je le regrette quand il s'arrête. Je vais avoir besoin de trouver rapidement un homme pour assouvir mes pulsions sexuelles et me permettre d'oublier celui qui se tient en face de moi. Nous effectuons le reste du trajet dans un silence étouffant. Il nous faut encore trois heures pour rejoindre l'entrée du festival, sans compter la queue qui nous attend sur place. J'ai délibérément pris la route un peu tard pour nous permettre d'arriver en fin de journée et éviter le plus gros de la file d'attente. Tobias ne prononce pas un seul mot mais pose régulièrement sur moi un regard insondable. Il me dévisage, tantôt les yeux plissés, tantôt avec un léger sourire aux lèvres, parfois en biais, parfois franchement. Et chacun de ses regards m'émoustille un peu plus. Je peux presque sentir le chemin de ses yeux sur ma peau, remontant le long de mes cuisses nues, de mon bras qui se couvre de chair de poule, de mon cou, de ma nuque, de mon visage… Je résiste à la tentation de le regarder et je fixe la route sans parler. La musique qui provient de la radio m'offre un répit confortable mais passager. Certaines chansons, ouvertement sexuelles ou à l'ambiance lourde, ne font qu'attiser mon excitation. Mes mains se crispent régulièrement sur le volant et je sais qu'il s'en aperçoit parce qu'un léger sourire éclaire son visage chaque fois que je maltraite la bande de cuir. J'ai chaud, j'ai froid, j'ai envie de relever mes cheveux, de m'éventer, de me couvrir pour échapper à son regard… Je ne sais plus ce que je veux.

Arrivés au festival, après quatre heures de bouchon, il nous faut encore cinq bonnes heures de file d'attente avant de rejoindre notre emplacement. Mais cette fois-ci, c'est Tobias qui prend le volant. Je fais donc semblant de dormir pendant une bonne partie de la longue attente ou je joue sur mon portable. N'importe quelle personne extérieure dirait que nous nous ignorons, mais c'est faux. Je suis extrêmement consciente de sa présence à côté de moi, de ses doigts qui se rapprochent chaque fois qu'il touche le levier entre nous. Comme nous sommes arrivés en fin de journée, notre emplacement est assez loin du centre du festival mais ça m'arrange. Le bruit sera moins assourdissant. En descendant du camping-car, je suis soufflée par la vue. Le désert s'étend tout autour de nous et je ne vois quasiment pas la fin, si ce n'est à l'aide des collines rocheuses qui délimitent le périmètre. Le soleil commence à descendre sur l'horizon et baigne l'espace d'une lumière presque surréaliste alors que je me tourne vers le Man, difficilement visible au milieu de la poussière tractée par les véhicules. Il fait une chaleur étouffante mais j'inspire à plein poumons pour m'imprégner de l'ambiance surnaturelle qui m'entoure.

J'y suis.

Douze ans que je rêve de ce festival. Depuis mes 18 ans. J'aide Tobias à manœuvrer pour garer le camping-car et regarde tout autour de moi, le sourire aux lèvres. Les gens sont tous souriants, habillés simplement ou de façon excentrique. Personne ne se ressemble, la foule est un melting-pot de couleurs, de styles et de comportements différents.

– Tu es belle quand tu souris.

Je me tourne vers lui. Il est appuyé d'une épaule contre le

véhicule, et me regarde, un léger sourire aux lèvres. J'hésite à répondre. Ce compliment est innocent, alors je ne risque rien à le remercier. Je rougis légèrement en replaçant une mèche de cheveux derrière mon oreille.

– Merci…

Il sourit un peu plus et se redresse pour se rapprocher en me tendant un bandana.

– Tiens, il y a beaucoup de poussière, ça te permettra de respirer plus facilement, surtout en cas de tempête de sable.

Je saisis le bandana en le remerciant de nouveau.

– Si tu veux, je branche le générateur et on prend les vélos pour aller faire un tour ?

Sa suggestion est plus qu'alléchante. Je rêve d'avancer dans le festival pour repérer les lieux et aller voir le fameux Man.

– OK. Je viens t'aider.

Il se dirige d'un pas rapide vers l'arrière du camping-car et ouvre la trappe du générateur pour brancher l'alimentation sur celle du véhicule. J'en ai choisi un haut de gamme et j'ai eu la bonne idée de le régler quand j'étais encore trader. Sinon il m'aurait coûté le prix d'un rein au marché noir aujourd'hui. L'agence de location nous a rempli la gigantesque cuve d'eau potable avant de prendre la route, et bien qu'il ne soit pas très grand, il offre le confort nécessaire pour survivre à ces sept jours dans le désert. Je rougis mentalement quand je me rappelle qu'il n'y a qu'un lit deux places pour dormir. Je comptais passer la semaine avec Calista, donc je n'avais pas jugé nécessaire d'en prendre un plus grand avec un lit en plus. Les banquettes autour de la table peuvent se convertir en petit lit d'appoint mais ça reste une solution précaire.

– Pour le lit… je commence en me raclant la gorge.

Il referme la trappe et lève la tête vers moi, le regard indéchiffrable.

– Si tu veux, on peut faire un roulement avec la banquette,

je continue en me grattant machinalement le bras. Une nuit chacun…

Il ne dit rien et hoche la tête. Un mouvement infime.

– Je ne dormirai peut-être pas dans le camping-car tous les soirs, alors n'hésite pas à prendre le lit quand ça arrivera, même si c'est mon tour.

Sa réponse me fait perdre le sourire. Donc il compte bien trouver des « hébergements » temporaires.

Ça devrait me rassurer. Me confirmer que j'ai pris la bonne décision. Me faire sauter de joie.

Mais à la place, je ne ressens qu'une sensation de déchirure dans la poitrine. Je m'étais habituée à ses sous-entendus charmeurs et la rapidité avec laquelle il tourne la page me donne la nausée. Je ne suis qu'une parmi tant d'autres.

Je ne suis rien pour lui.

Je me force à sourire pour donner le change.

– Tu as raison. Amuse-toi tant que possible. Je ne te gênerai pas, promis.

J'essaie d'adopter un ton neutre mais ma gorge est tellement nouée que j'ai l'impression de lui avoir parlé sèchement. Il ne répond pas et me fixe, les yeux sombres. Aucun de nous ne parle pendant un long moment jusqu'à ce que, le premier, il baisse les yeux pour déverrouiller le porte-vélo.

– On y va ?

J'avale péniblement ma salive en acquiesçant et remonte mon bandana sur mon visage pour cacher en partie l'amertume qui doit se lire sur mes traits. J'ai bien besoin de me cacher derrière quelque chose. Je le laisse détacher le premier vélo en fixant ostensiblement mes pieds. Il me dit que je suis jolie, et ensuite il me fait comprendre qu'il va sûrement finir la nuit dans une festivalière. Qui fait ça ? Question stupide : les joueurs. Ceux qui ne prennent rien au sérieux. Ceux qui se moquent des conséquences de leurs actes. Si je m'écoutais d'un point de vue extérieur, je me trouverais hargneuse, voire blessée.

Parce que c'est ce que je ressens, de la colère et de la tristesse mêlées. Je m'en veux de m'être imaginé des choses et je suis malheureuse qu'on me les retire finalement en un claquement de doigts. Des larmes de déception et de honte perlent au coin de mes yeux.

Je suis stupide et crédule. Encore une fois.

Mia Anderson, sainte patronne des femmes flouées.

Je me détourne pour passer une main rageuse sur mes yeux cuisants et monte en selle sans même l'attendre.

– Mia ! Attends !

– On se retrouve ce soir ! je hurle en pédalant pour m'éloigner le plus vite possible de lui et me perdre dans la foule.

Ses cris se perdent dans le bruit ambiant et je fonce comme une dératée en frôlant au passage quelques burners qui laissent échapper des jurons. Je prends n'importe quelle direction pour brouiller les pistes et l'empêcher de me retrouver. Mais je comprends rapidement qu'il lui sera presque impossible de me retrouver au milieu de tous ces gens à vélo. Je soupire de soulagement en le réalisant, m'arrête, descends du vélo en le laissant tomber par terre et retire mon bandana pour tenter de me calmer, une main tremblante posée sur le visage. Je n'ai pas pensé à prendre les clés du véhicule. Je ne sais même pas si je réussirai à retrouver mon chemin dans ce dédale désertique.

– Oh là, mademoiselle ! Qu'est-ce qui se passe ? On n'est pas censé pleurer, au Burning Man…

Je sursaute lorsqu'un homme d'une cinquantaine d'années en legging blanc troué et chapeau de cow-boy argenté m'interpelle. Son visage est avenant et j'éclate malgré moi d'un rire nerveux. Il ne porte pas de T-shirt et je remarque à ses pieds des Crocs en fourrure rose. Il n'y a qu'ici qu'on peut voir ce genre de choses.

– Pardon. C'est la fatigue du voyage, sûrement…

– Ah, oui, ça, je sais ! Avec mon mari, nous avons voyagé depuis Boston pour venir ici. Ça fait vingt ans qu'on ne rate aucune édition ! C'est votre première fois ?

Un homme chauve le rejoint avec un mug isotherme et pose sa main sur son épaule.

– Oui. Je suis vierge.

Ma réplique déclenche un rire de leur part.

– Vous venez d'où, charmante demoiselle ? me demande son compagnon en allant verser une rasade d'un liquide inconnu dans un verre en plastique réutilisable.

– Salt Lake City.

Il revient me tendre le verre et je fronce les sourcils en regardant le contenu. C'est vert et inconnu.

– Ici, tout est une question de don. Rien ne se vend, à part le café. Allez-y, buvez.

– J'ai le droit de savoir ce que c'est, avant ?

Ils sourient largement et secouent la tête.

– Non, ce ne serait pas drôle, sinon.

Leur joie est contagieuse et je ris de nouveau. Leur bonheur d'être ici, évident, est aussi contagieux. Je porte le gobelet à mes lèvres et avale une première gorgée. C'est… bizarre. C'est définitivement alcoolisé mais ça a un goût de concombre et… d'autre chose. Je fais la moue avant de décider, finalement, que ce n'est pas mauvais. Je finis le verre rapidement avant de le tendre à mon barman improvisé mais il le refuse d'une main et me fait signe de le garder.

– Ici, vous allez découvrir beaucoup de choses, et notamment des boissons différentes. Gardez le verre avec vous, il vous permettra de boire plus facilement.

– C'est pour ça que vous avez un mug isotherme ?

– Touché !

Je lui souris et range le verre dans la poche arrière de mon short en le remerciant.

– Aaaah ! Je préfère voir un joli sourire plutôt que vos larmes ! Allez, bambina, en selle, il est temps de découvrir les joies du Burning Man !

Je remonte sur mon vélo et commence à pédaler en leur

adressant un signe de la main avant de m'immobiliser.

– Je ne connais même pas vos prénoms !

Ils se contentent de me sourire en retour en haussant les épaules et le cow-boy argenté prend la parole.

– Les noms n'ont plus d'importance, ici. Nous sommes tous égaux.

Je plisse les yeux, surprise, et je leur fais un nouveau signe de la main avant de reprendre mon chemin. Je passe l'heure suivante à me balader entre les tentes et les gens, le corps plus léger.

Tellement léger que je me demande s'il n'y avait pas un ingrédient supplémentaire dans le cocktail vert offert un peu plus tôt. Plus j'avance, plus j'ai l'impression de pédaler dans le coton. Je réalise aussi que les gens se couvrent de plus en plus alors que la chaleur disparaît pour laisser la place à une température plus fraîche, mais je ne ressens pas le froid. Je croise plusieurs personnes qui me sourient, je m'arrête pour regarder des démonstrations artistiques éphémères, je me retrouve avec deux nouvelles boissons dans mon verre, de la bière artisanale, et la deuxième ? Aucune idée… Mais je m'en fiche, je suis de plus en plus imprégnée par la notion de liberté qui m'entoure. Je suis seule dans un festival et pourtant, je ne me sens pas isolée. Je pense que l'alcool y est pour beaucoup mais la générosité ambiante aussi. Tout le monde semble heureux. Il me paraît inconcevable de me sentir triste ici. Après avoir mangé un muffin au chocolat distribué par un homme sur des échasses en bois, je perds totalement la notion du temps et lorsque je me retrouve au milieu d'une boîte de nuit improvisée, le soleil est déjà couché depuis longtemps. Je reste bouchée bée, fascinée pendant de longues minutes par la voiture en forme de poisson sur laquelle il est écrit « Discofish » en néons rouges. L'avant du camion représente une énorme gueule de poisson des profondeurs, avec des dents et deux yeux globuleux et lumineux. Je respire à fond en regardant autour de moi, les néons se confondent et je me sens ballottée dans une brume euphorisante. Les corps semblent bouger au ralenti et j'ai l'impression de ressentir la musique sur ma peau et dans toutes mes cellules.

Oups. Je crois bien que c'était un space cake.

J'éclate de rire au milieu de la foule qui écoute la musique et se déhanche au rythme d'un morceau de Daft Punk. Enfin, je crois. J'ai des tiges de néon colorées autour des poignets et du cou, et je ne sais même pas qui me les a données. Je suis totalement larguée mais pour une raison incompréhensible, je suis heureuse. Je suis bien. Je ne sais pas où se trouve mon vélo, ni mon verre, et je crois bien que j'ai donné mon bandana à une fille aux cheveux roses. Je suis même étonnée d'avoir encore mes deux chaussures, mon short et mon débardeur. Je lève mes bras pour soulever mes cheveux et commence à me déhancher en totale contradiction avec le rythme de la chanson. Je suis mon propre rythme, ma propre musique. Un bras inconnu me soulève et me fait tournoyer dans les airs alors que je rigole. L'instant suivant, mon cavalier improvisé disparaît dans la foule. Mais je continue de danser, ivre de sensations. Je partage de temps en temps ma danse, une boisson avec des amis éphémères, mais je danse pour moi, pour moi seule. La chanson « Starboy » retentit soudain et le rythme lancinant me prend aux tripes et me fait fermer les yeux tout en souriant. Un nouveau cavalier se presse dans mon dos et je passe mes bras derrière pour m'arrimer à sa tête sans relever les paupières. Je me laisse bercer par le mouvement de nos corps joints, les joues rouges, la tête légère. Ce n'est qu'en tournant le visage vers lui que je pense reconnaître l'odeur qui émane de sa peau. Un faible éclair tente de traverser ma tête nuageuse mais meurt bien vite au milieu de ma sensation de bien-être. Je n'ai pas envie d'ouvrir les yeux, je veux juste profiter du moment. Je le laisse me ballotter, me bercer, me manipuler, totalement consentante. Un bras ferme passe sur mon ventre et me serre de plus près contre mon compagnon de danse. Ma tête bascule vers l'avant et un souffle balaie ma nuque tandis qu'une main dégage mes cheveux pour permettre à une bouche chaude de se poser sur ma peau. Je frissonne, grisée par le contact. Je ne sais pas qui est cet homme mais il me fait frémir. Du moins, je pense que c'est un homme. Je tâtonne de la main sur le bras qui me retient prisonnière et soupire de soulagement en sentant des muscles et une pilosité qui sont définitivement d'origine masculine. Ma main remonte le long de son avant-bras avant d'effleurer un bracelet de cuir. Mes doigts se figent. Mon cœur accélère quand mon cerveau assimile enfin les informations. Cette odeur, cette familiarité, ce bracelet… J'ouvre les yeux et quand je vois le colibri tatoué sur la main aux doigts écartés qui appuie sur mon ventre, mon cœur manque un battement. Mais je continue de bouger en rythme avec lui.

Tobias…

Il m'a retrouvée.

J'hésite un court instant à me retourner mais la sensation de ses lèvres qui frottent sur le haut de mon dos me fait de nouveau fermer les yeux. Je préfère faire comme si je ne savais rien. Je suis libre. Et l'alcool et la drogue aidant, je perds toute inhibition même en sachant qui se trouve derrière moi. Je me cambre pour me coller plus étroitement contre lui, j'amplifie les mouvements de mon bassin pour me frotter à son corps tendu. En réponse, son bras me serre plus fort et son autre main se crispe dans les cheveux de ma nuque pour me forcer à basculer la tête sur son épaule. J'obtempère, la respiration saccadée, alors que ses lèvres s'attaquent à la courbure de mon épaule, de mon cou, me mordillant au passage. Mes mouvements perdent en fluidité et deviennent erratiques, convulsifs. Je me frotte sans vergogne contre lui, la main glissée dans ses cheveux humides de transpiration alors qu'il suçote la peau tendre de mon cou. Mon bas-ventre est brûlant, mes jambes deviennent faibles, mon cœur bat en une course effrénée alors que notre danse se transforme de plus en plus en prélude érotique. Je gémis sous sa poigne, sous sa main qui glisse dangereusement vers la jonction entre mes cuisses… Mais finalement, il la remonte et me fait lentement pivoter dans ses bras. Je n'ouvre toujours pas les yeux et passe les mains autour de son cou avant de me cambrer en arrière, le bassin collé au sien. Ses mains se posent sur mes fesses pour me retenir à lui alors que je descends lentement en me déhanchant. J'ai gardé ma souplesse et je me plie quasiment en deux, soutenue par ses bras et ses hanches qui ondulent en huit lancinants. L'une de ses paumes se détache de moi pour glisser à plat sur mon ventre et entre mes seins en faisant se relever le tissu de mon débardeur. La chaleur de sa main me fait gémir, puis sa langue suit le chemin entre la naissance de mon buste, le creux de mes clavicules et mon menton alors que je remonte lentement, avant de venir se coller contre mes lèvres. Pas de baiser. Nos bouches sont l'une contre l'autre, ouvertes, échangeant leur souffle vital alors que la pointe de sa langue vient effleurer le coin de mes lèvres. Ou alors c'est la mienne qui vient jouer contre sa bouche ? Je ne sais plus…

Cet instant est parfait. Il glisse une main dans mes cheveux et tire sur ma masse capillaire pour exposer ma gorge avant de fondre dessus. Il l'embrasse, la lèche, la mordille, vient appuyer ses dents sur le renflement de ma poitrine, glisse une main impatiente sur mon sein, ma hanche et finit en serrant ma cuisse contre sa taille. Oh, mon Dieu… Je me déhanche de plus en plus contre lui, viens mordiller le pouce qui caresse ma lèvre inférieure, ondule avec frénésie sur son excitation évidente en expirant des soupirs presque doulou- reux. J'aime ça. J'adore ça… Ma tête tourne et les lumières m'éblouissent, m'aveuglent, me font presque perdre connais- sance.

Quand l'obscurité m'enveloppe, je me laisse glisser dedans avec plaisir…

19

J'ouvre les yeux en grimaçant. Mes tempes douloureuses me font gémir de douleur. La lumière entre à flots dans le camping-car et je me relève doucement en prenant appui sur mes mains, les yeux encore à demi clos. Je suis seule dans le véhicule. Je prends le temps de regarder autour de moi. Aucun signe de vie. À l'intérieur, en tout cas. Dehors, la musique, les basses et les cris de joie retentissent. De mes doigts, j'exerce une pression entre mes sourcils pour tenter de soulager la douleur qui s'est propagée jusqu'à mon front. Waouh… pour mon premier soir, j'ai fait fort.

Mia, 30 ans, réussit à finir ivre et shootée en moins de vingt-quatre heures.

J'ai conscience d'avoir rencontré un nombre incalculable de personnes, mais je ne me souviens d'aucun nom. Je ne sais même pas comment je suis revenue jusqu'au camping-car. La dernière chose dont je me souvienne, c'est d'avoir dansé comme si j'étais seule au monde…

Je descends lentement du lit pour aller me servir un verre d'eau fraîche. En ouvrant le frigo, j'aperçois les bières de Tobias. Ce qui me rappelle mes années d'université. Soigner le mal par le mal.

Enfin, ça, c'était surtout le credo de Calista. Et ça concernait plus souvent les douleurs liées au sexe que la gueule de bois. Ce qui ne risque pas de m'arriver…

Je soupire et prends une bière avant de fouiller dans la petite pharmacie pour avaler un comprimé pour le mal de crâne. La trentaine fait mal. À 20 ans, je me serais réveillée en pleine forme. Un peu fatiguée, peut-être, mais moins

238

amochée que maintenant.

Bienvenue dans le monde des adultes, Mia.

La bière fraîche me fait du bien et je prends le temps de la finir en me forçant à grignoter des crackers pour donner quelques forces à mon corps. Je suis étonnamment reposée. Quand je jette un coup d'œil à ma montre, j'écarquille les yeux. Merde, il est carrément quinze heures trente passées ! Tu m'étonnes, j'ai dormi presque seize heures… Tobias a déjà dû partir. S'il est rentré entre-temps. À l'évocation de son nom, un flash me revient en mémoire. Je me revois glisser mes doigts dans les cheveux châtains d'un homme, puis l'image s'évanouit aussi vite qu'elle est venue. Mais son passage éclair suffit à me faire douter. Pendant un court instant, je me demande si je n'ai pas couché avec un parfait inconnu, hier soir…

Oh, misère…

Je contracte rapidement les muscles de mon pelvis mais je ne sens aucun inconfort. Ce n'est pas une preuve suffisante, mais je commence déjà à me rassurer malgré tout.

En revanche, l'idée que Tobias ait pu dormir ailleurs cette nuit me traverse. Je me fige, un cracker à quelques centimètres de ma bouche. Et en un éclair, je suis debout à chercher partout les boîtes de préservatifs. J'ouvre plusieurs placards à la volée, fouille des tiroirs avant de les trouver dans un sac en plastique dans la mini salle de bains. Ma main tremble quand j'avise la boîte ouverte sous mes yeux. Le blister a été enlevé et la bande argentée dedans est en désordre, preuve qu'un ou plusieurs emballages individuels ont été découpés. Je ferme les paupières sur mes yeux brûlants.

Merde. Je ne pensais pas que ça me ferait aussi mal…

Quand je rouvre les yeux, mon reflet dans le miroir me fait peur. J'ai les yeux gonflés, les cheveux en pétard et un reste de mascara assombrit mes cernes. Je me passe le dessus de la main sous le nez pour me calmer et lisse ensuite mes cheveux des deux mains en arrière. J'abandonne l'idée de sortir de la pièce pour l'instant. Si Tobias rentre et me trouve dans cet état, je ne suis pas sûre de réussir à garder mon calme.

Je risquerais même de le gifler…

Je me déshabille et prends une douche rapide pour éliminer les dernières traces de fatigue, de maquillage et de tristesse. Je me sens un peu plus légère mais toujours aussi morose en me séchant. Je me fustige mentalement. C'est moi qui l'ai quasiment repoussé en lui disant que c'était impossible. Je n'ai aucun droit sur lui. Mais même en me répétant ça, je me sens légèrement nauséeuse.

Je me rhabille rapidement après avoir fermé la petite porte de la chambre et revêts un short en jean effilé presque blanc, taille haute et un cropped top à manches courtes, noir et décolleté qui s'arrête juste au-dessus de la ceinture de mon short. J'enfile ensuite mes vieilles Dr. Martens kaki – les tongs ou les sandales ne sont pas idéales pour déambuler dans cette étendue de sable brûlant. Un dernier regard dans le miroir et je serre les lèvres, satisfaite du résultat malgré ma mélancolie. J'adore le revival des années quatre-vingt-dix, ça me rappelle mon enfance et toutes ces filles que je regardais en bavant presque tant je voulais leur ressembler. Notre film préféré, à l'époque, à Calista et moi, c'était Dangereuse Alliance. Quatre adolescentes qui faisaient de la magie noire et se retrouvaient dotées de pouvoirs. Autant dire qu'avec Buffy et les Spice Girls, c'était l'avènement du girl power ! Ce petit retour aux sources me fait du bien.

J'ai 30 ans. J'ai encore beaucoup de choses à vivre, de gens à rencontrer, alors je refuse de me morfondre.

Haut les cœurs !

Ou plutôt haut-le-cœur dans mon cas, ce matin.

Je laisse mes cheveux onduler naturellement et je sors d'un pas décidé de la chambre. Toujours personne dans le camping-car. Qu'à cela ne tienne, je branche mon téléphone pour le recharger en express et connecte la petite enceinte Bluetooth pour mettre « Paper Love » d'Allie X. Les cachets et la douche font effet, et je me sens mieux. Je me prépare un sandwich et le mange debout, les fesses appuyées contre le minuscule plan de travail. La porte du véhicule s'ouvre alors que j'en suis à la moitié et Tobias s'engouffre à l'intérieur. Il se fige en me voyant et un silence gênant s'installe entre nous.

« Oh, I know that boy's gonna rip me up
'Cause he ain't that nice, he won't do right
He'll leave a nasty cut »
(Oh, je sais que ce garçon va me déchirer
Parce qu'il n'est pas si gentil, il n'agira pas bien
Il laissera une vilaine coupure)

« Oh, I cry until I just dissolve
Come on watch my heart turn to pulp
Like paper, Paper Love »
(Oh, je pleure jusqu'à me dissoudre
Viens, regarde mon cœur se transformer en pâte à papier
Comme du papier, un amour de papier)

Je le fixe un long moment avant de baisser les yeux et de continuer à manger comme si son arrivée ne me faisait ni chaud ni froid alors qu'en vérité, mon cœur bat la chamade. Il porte une chemise bariolée et un bermuda en toile avec des rangers. Et même avec une chemise aussi dingue, il reste beau comme un dieu… Il fait glisser les lunettes de soleil qui recouvraient ses yeux et les plie avant de glisser l'une des branches dans l'encolure de sa chemise.

– Bien dormi ?

Je hoche la tête sans parler. Il referme la porte derrière lui et vient prendre une bière dans le petit frigo avant de s'appuyer en face de moi, contre l'évier. Putain, je n'avais pas remarqué à quel point ce camping-car était petit. Nos genoux se touchent presque dans l'habitacle. Il la décapsule à la main et boit une longue gorgée en me fixant. Ce petit jeu de regards devient totalement ridicule... surtout quand le sien glisse le long de mon corps pour me détailler.

– Ça te va bien, cette tenue.

C'est moi ou sa voix est plus rauque ?

– Merci. Tu as passé une bonne soirée, hier ?

Il plisse rapidement les yeux mais reprend un visage impassible tout aussi vite.

– Très bien. Et toi ?

Je fais une légère moue.

– Je ne me souviens pas de tout, mais je crois que je me suis amusée.

– Tu ne t'en souviens pas ou tu ne veux pas t'en souvenir ?

Je reste interdite. Qu'est-ce qu'il entend par là ? Mon froncement de sourcils parle pour moi parce qu'il reprend la parole.

– Oublie ça. Qu'est-ce que tu veux faire, maintenant ?

– Je pense aller me balader à vélo pour voir le plus de structures éphémères possible.

– OK. Je finis ma bière et je t'accompagne.

Je jette les miettes de mon sandwich dans la poubelle et attrape un nouveau bandana pour le nouer autour de mon poignet. Je n'ai pas retrouvé celui d'hier.

– Tu n'es pas obligé. Je n'ai pas besoin de baby-sitter.

Il ricane en portant la bouteille à sa bouche.

– C'est vrai, j'oubliais que c'était toi, la baby-sitter...

Je m'immobilise en inspirant profondément, dos à lui, et quand je retrouve un semblant de sang-froid, je chausse mes lunettes de soleil, prends une bouteille d'eau dans un petit sac en toile et sors aussi vite du camping-car.

– Mia, attends...

Il me rattrape aussi vite et tire sur mon bras pour me forcer à le regarder.

– QUOI ?

OK, je suis peut-être encore énervée.

Un peu.

Beaucoup.

Il soupire et se passe une main dans les cheveux. Bordel, qu'il est sexy quand il fait ça…

– On ne va pas passer le festival à se faire la gueule, non ?

Je souffle longuement en me sentant me dégonfler comme un ballon de baudruche. J'ouvre la bouche pour lui répondre quand une voix nous interrompt.

– Hey, le rocker !

Une blonde vient se pendre à son cou et lui roule une énorme pelle juste sous mes yeux écarquillés. OK. Plus besoin de chercher à savoir ce qu'il a fait cette nuit. Même si Tobias semble surpris de cette démonstration d'affection, je secoue la tête, déçue, avant de partir en vitesse. Par un heureux hasard, mon vélo est également de retour au camping-car et je l'enfourche avant de pédaler pour partir. Mais je n'ai pas fait une dizaine de mètres qu'un autre vélo me passe devant et braque pour me barrer la route.

– Putain, Mia, arrête de fuir comme ça !

Mes mains se crispent sur le guidon alors que je pose les deux pieds par terre pour me stabiliser et le fusiller du regard.

– Tu semblais « occupé », pardon de n'avoir pas voulu rester pour assister à vos ébats !

– Je la connais à peine, putain ! Je n'ai fait que la croiser hier en te cherchant !

– Oh, les amoureux, on se calme, pas de crise de jalousie ici ! On s'aime tous, au Burning Man !

La réflexion de l'homme qui passe les bras en l'air sur un monocycle me fait rougir. Putain, c'est vrai que j'ai l'impression de lui demander des comptes comme une petite amie jalouse… Cette intervention a le mérite de faire retomber la tension grandissante entre nous. Tobias lâche un rire nerveux en se grattant l'arrière de la tête et je le rejoins.

– Pardon… soufflé-je en baissant les yeux. Je n'avais pas à réagir comme ça. Tu fais ce que tu veux, Tobias.

Sa main apparaît dans mon champ de vision et se pose au centre du guidon que je serre comme si ma vie en dépendait.

– Ce que je veux, c'est profiter du festival avec toi.

Je relève la tête vers lui et son sourire tendre me fait fondre. J'ai beau essayer de paraître indifférente, il suffit d'un seul sourire pour que je redevienne aussi malléable qu'une poupée de chiffon. C'est un peu comme si Tobias était ma kryptonite. Je n'ai aucune volonté, face à lui.

– Est-ce qu'on peut profiter du reste de la journée sans chercher à se fuir ou à s'entre-tuer ?

J'inspire profondément et souris pour lui confirmer que je suis d'accord. Et quand ses yeux se mettent à briller de joie, cela me remet du baume au cœur. Les heures qui suivent se passent dans une entente plus qu'agréable, j'éclate de rire en le voyant mettre le chapeau corbeille de fruits sur sa tête. Celui que j'avais regardé dans le centre commercial et qu'il avait acheté sur un coup de tête. Au milieu des tenues excentriques des autres burners, il passe totalement inaperçu ! Nous roulons côte à côte pour aller voir quelques-unes des sculptures de bois monumentales qui jonchent la ville et qui seront détruites par le feu à la fin du festival. Je suis émerveillée par tout ce que je vois, par les gens qui nous entourent, par la communauté temporaire qui s'est créée en moins d'une journée. Un inconnu m'aide à monter dans un bus qui fait office de piscine à balles. Un groupe nous offre de l'eau de concombre sous une tente, je fais de la balan-çoire, poussée par Tobias, sur une structure en métal gigantesque, nous roulons dans une procession de vélos équipés de néons, Tobias offre son chapeau à un inconnu, bref... Nous nous immergeons dans l'esprit du festival. Ensemble. Nous allons même voir le fameux Man qui trône au centre du demi-cercle qui constitue la ville temporaire de Black Rock Desert. La vue depuis le promontoire est sublime, surtout avec le soleil couchant qui recouvre le désert blanc d'une lumière presque rosée.

Le Burning Man, c'est indescriptible, je crois qu'il faut le vivre pour le comprendre. Plus aucune règle n'est appliquée, si ce n'est celles du respect et du don. La nuit tombe plus rapidement que je ne l'aurais cru, avec la fraîcheur qui l'accompagne, et nous nous réfugions dans un « bar » totalement en bois où des boissons sont servies. Je suis morte de rire quand un policier du festival demande à Tobias sa pièce d'identité en le voyant boire une des bières qu'il avait emportées en prévision et j'en profite pour le charrier pendant un long moment. Mais je me fais vite avoir en essayant de décapsuler ma propre bière sur le bar et arrache un morceau au passage sans même réussir à faire bouger la capsule en métal. Tobias ne se prive pas de se moquer de moi en retour alors que j'essaie de cacher discrètement mon désastre avant de l'entraîner un peu plus loin pour échapper à une possible remontrance. J'avance sous une nouvelle tente remplie d'acrobates, de jongleurs et de contorsionnistes qui se livrent à des prestations artistiques, et je suis en train de pencher la tête pour comprendre une position quand un groupe d'hommes passe en courant devant moi. Tobias me tire brusquement en arrière pour me permettre d'éviter la collision et mon dos heurte son torse.

– Ça va ? me souffle-t-il.

Je hoche la tête mais je ne réponds pas, complètement sonnée.

En me retrouvant dans cette position, sa main sur mon ventre, des flashs se multiplient dans mon esprit et je me revois en train de danser langoureusement, collée contre un torse puissant, une main tatouée avec un colibri me serrant contre lui. Je revois différentes positions, je ressens de nouveau différentes sensations et mon cœur s'emballe au fur et à mesure que j'assimile les informations que mon cerveau amnésique remet en place.

Oh. Mon. Dieu…

J'ai dansé avec lui.

Les cheveux châtains, c'était lui.

Et je n'ai pas fait que danser, je me suis carrément frottée contre lui sans aucune pudeur...

– Mia ?

Je déglutis péniblement alors qu'il me contourne pour se positionner devant moi.

– Qu'est-ce qu'il y a ?

– Pourquoi tu ne m'as rien dit ? soufflé-je.

Il fronce les sourcils, l'air de ne pas comprendre.

– Hier soir ! La danse !

Son visage se ferme et il pince légèrement les lèvres.

– C'était toi ?...

– Tu ne t'en souvenais pas. Je ne voulais pas te brusquer.

Me brusquer ? Putain, depuis que je sais à quel point je me suis déhanchée contre lui et à quel point j'ai aimé ça, mon corps est en ébullition. Je recule lentement, hagarde.

– Mia, tout va bien...

Je secoue la tête, évitant de le regarder. Les souvenirs font ressurgir une nouvelle vague d'excitation et j'essaie d'articuler une phrase cohérente mais je ne fais que bafouiller devant lui.

– Ce... Ce n'est p-pas une b-bonne id...

– Si tu penses que je vais m'excuser pour ça, c'est hors de question.

Son ton sec me fait relever les yeux. Il me fixe, les yeux sombres et s'avance d'un pas lent et mesuré sans me quitter un seul instant du regard.

– Si tu crois que je vais agir comme s'il n'y avait rien entre nous, tu te trompes, Mia.

Je recule alors qu'il se rapproche de moi comme un prédateur.

– On en crève d'envie tous les deux, putain...

Son ton résolu, ses bras bandés, ses poings serrés, tout en lui respire la détermination et je sens mes jambes devenir faibles. Si j'espère lui échapper, ce n'est pas en restant ici à le regarder… Il est tellement nerveux que j'en ai le cœur qui bat la chamade. Il est tellement puissant que j'en ai le bas-ventre qui se tord d'impatience. Il est tellement beau que je ne vois plus que lui…

Un sursaut de lucidité me traverse.

– Je ne peux pas…

C'est tout ce que je murmure avant de me retourner brusquement et de partir en courant vers mon vélo.

20

– MIA !

Je l'entends m'appeler mais je ne me retourne pas. Je retrouve rapidement mon vélo et je trace en direction de notre emplacement. Je ne cherche même pas à l'attacher en arrivant. Je le laisse tomber et me précipite vers le camping-car pour m'engouffrer à l'intérieur. Des pas dans mon dos me font comprendre qu'il est juste derrière moi, qu'il m'a suivi et qu'il veut des explications.

– STOP, PUTAIN !

Je m'immobilise dans le petit espace cuisine, dos à lui. Quand je l'entends fermer la porte derrière nous, je comprends que je suis prise au piège.

– Tu n'as pas une ou deux minettes à mettre dans ton lit, ce soir ? je lâche d'une voix tranchante, les mâchoires serrées.

Quand on ne sait plus se défendre, l'attaque est la meilleure tactique. Et c'est clairement mon arme de prédilection, ce soir. Je suis passée en mode « Mia va être une véritable connasse », mode intégré après un entraînement de plusieurs années avec Calista.

– Est-ce que j'ai vraiment l'air d'être un mec à « minettes » ?

Sa voix grave me fait frissonner. Mais son ton sec me fait presque sursauter.

– Je suis certaine que la petite blonde de tout à l'heure se ferait un plaisir de te prouver l'inverse…

Je me gifle mentalement en crachant ça. Est-ce que j'ai vraiment besoin de me faire du mal en l'envoyant directement dans les bras d'une fille qui a dix ans de moins que moi ? Vraiment ? Surtout en plein Burning Man, quand quatre-vingt-dix pour cent des participantes sont ouvertes à tout type d'expérience…

– Elle n'est pas mon genre…

Vraiment ? Là, il se moque de moi. Je fais volte-face, furieuse, pour le regarder droit dans les yeux. Il se tient de l'autre côté de la kitchenette, les poings serrés, la chemise ouverte et j'ai une vue panoramique sur son torse.

– Et c'est quoi ton genre, Tobias ? grincé-je en le fusillant du regard.

Il ne sourit pas et me fixe. Pendant un court instant, je me demande ce qui m'est passé par la tête pour lui avoir posé la question, parce que j'ai peur d'entendre la réponse.

– Toi.

Mon estomac se tord violemment quand il répond enfin. Il a à peine murmuré le mot, mais son effet sur moi est dévastateur. Il avance lentement et je suis comme paralysée devant lui, offerte… Mais au dernier moment, je tends un bras devant moi pour l'immobiliser.

– Attends, Tobias ! Ce n'est pas bien…

– Qu'est-ce qui est mal, Mia ? Le fait que j'ai tellement envie de toi que j'en deviens fou ? Putain, non, ce n'est pas mal !

Il l'a dit à voix haute… Il l'a presque crié, même. Il a mis à jour ce qui bout entre nous depuis si longtemps, alors que j'essayais laborieusement de l'enterrer pour ne pas franchir la ligne jaune.

– Tu as huit ans de moins que moi… soufflé-je.

– Et ?

Et… et… et je ne sais pas, moi, merde ! J'ai 30 ans, et lui 22 ! Rien que l'idée semble absolument incongrue.

– J'ai promis à ta maman de veiller sur toi.

Je ne sais pas d'où je sors cette excuse mais je la brandis comme un bouclier devant moi. Malheureusement, elle semble n'avoir aucun effet parce qu'il hausse les sourcils et secoue la tête, incrédule, sans s'arrêter d'avancer alors que je recule.

– Je suis majeur. Je ne suis plus un enfant…

Ça, je l'avais remarqué. Beaucoup trop, même… Dès le premier jour, quand je suis allée le chercher à la gare. Comme un violent uppercut.

– Mia… On en crève d'envie tous les deux… Si tu savais tout ce que je rêve de te faire…

Je lâche un rire hystérique qui me semble tout à fait inapproprié dans cette situation mais je n'arrive pas à m'en empêcher. Mon corps tente d'évacuer par n'importe quel moyen la tension qui prend possession de toutes mes cellules et me consume de l'intérieur.

– Je t'ai gardé quand tu étais petit, Tobias, merde. Je t'ai même mis en pyjama ! Tu es un môme !

– Ça ne semblait pas te déranger quand tu t'es mise toute nue devant la fenêtre…

Je sens mon visage devenir cramoisi. Il sait que je l'ai vu. Il sait que ce spectacle était pour lui.

Peu fière, je garde le silence. Je savais bien que ça ressortirait un jour et que je passerais un sale quart d'heure. Mais je croise finalement les bras et relève le menton en signe de défi.

– Tu es un gamin, Tobias.

J'appuie sur le mot pour tenter de le faire reculer, mais tout ce que j'obtiens, c'est un sourire coquin qui m'enflamme le bas-ventre.

– Est-ce que je dois vraiment te prouver que je ne suis plus un gamin ?

Et à peine sa phrase prononcée, il retire sa chemise, déboutonne son short et baisse le tout, embarquant également ses sous-vêtements, tout en me fixant avec un léger sourire en coin. J'ai la faiblesse de baisser les yeux et les relève très rapidement vers le plafond, le souffle court.

Mais j'ai eu le temps d'apercevoir ce que je ne devais pas apercevoir.

Et ça vient de réduire en cendres mes souvenirs de baby-sitting…

– Regarde-moi, Mia.

Il se rapproche encore, si bien que je peux sentir la chaleur qui émane de son corps. Je suis au bord de la combustion spontanée.

– Mia…

Il chuchote à mon oreille et, malgré moi, mes yeux s'égarent de nouveau vers le bas avant de remonter lentement pour se plonger dans les siens. Il est en érection. Et ça me fait un effet dingue… La sensation de vide en moi se fait plus forte et je crève d'envie de prendre ce que Tobias m'offre sur un plateau. Mon corps se rebelle mais mon esprit le mate. Quant à l'homme en face de moi, ses pupilles dilatées et ses paupières lourdes ne cachent absolument rien de son trouble. J'ai l'impression que mon propre regard fait écho au sien parce que j'ai soudain la bouche sèche. La tension sexuelle ressentie en sa présence depuis ces dernières semaines s'empare de nouveau de mon corps. J'humidifie mes lèvres et ce simple geste le fait siffler entre ses dents serrées.

Mauvaise idée, Mia.

Je fixe mon regard au-dessus de sa tête, le souffle court, pour tenter de me calmer, mais il prend ma main dans la sienne.

– Touche-moi, Mia…

Je ferme les yeux en respirant difficilement quand il pose ma paume sur son ventre dur et déglutis, le corps en ébullition et les jambes soudain faibles. Mon souffle s'accélère et ma poitrine se soulève de façon saccadée quand il descend d'autorité ma main le long de son bas-ventre, sur son pubis et enfin sur son…

Nous soupirons de concert quand ma paume entre en contact avec sa peau chaude et bandée… Je n'irais pas jusqu'à dire que c'est doux, mignon ou tout autre adjectif ridicule pour décrire ça, mais c'est définitivement brûlant

251

et dur comme de l'acier.

Et ça me donne le tournis.

Mes doigts se referment instinctivement sur lui et il pose son front sur le mien, la respiration saccadée.

– Non… ce n'est pas… On ne devrait pas…

Les mots se mélangent dans ma bouche et je n'arrive pas à aligner une phrase correcte. Pourtant, si mon esprit se refuse à aller plus loin, ma main, elle, semble douée d'une volonté propre et remonte en légers va-et-vient.

– Chuuuuuut…

J'ouvre les yeux quand il saisit mon menton dans sa main et me force à le regarder.

– Arrête de réfléchir, Mia…

– Tu es si jeune…

– Je suis bien assez vieux pour ça…

– Tes parents me font confiance…

– Qu'est-ce que tu fais ? Tu essaies de me convaincre ? Ou de te convaincre ? souffle-t-il en raffermissant sa prise.

Il me surplombe de toute sa hauteur et le temps se suspend entre nous quand je réalise que mes lèvres sont à quelques millimètres des siennes. Mon corps entier se rebelle avec violence contre ma raison, renverse tout et me pousse à combler la distance pour enfin prendre ce qui me fait désespérément envie depuis des jours et des jours…

– Mia…

C'est tout ce dont j'avais besoin pour me lancer.

– Tais-toi, Tobias.

Ma voix se perd dans un murmure quand je glisse ma main libre dans ses cheveux et prend sa bouche d'assaut. Furieusement. Comme si mon corps se dépêchait d'agir avant que je change d'avis. Comme si demain n'existerait jamais…

Ses mains se plaquent contre ma chute de reins alors qu'un grondement sourd s'échappe de sa gorge, et me serrent contre lui à me briser. Ma main quitte son bas-ventre pour glisser autour de son cou et je me colle le plus près possible, dans une tentative désespérée de fusion. Sa langue investit ma bouche, urgemment d'abord, avec intensité, puis il ralentit lentement et m'embrasse de façon plus câline, plus cajoleuse... Notre baiser se fait plus doux et plus intense à la fois. Sa langue me caresse, flirte avec la mienne, me frôle, me lèche, me déguste... Ce baiser est tellement lent et profond qu'il en devient décadent. Lascif. Dévergondé...

J'irais même jusqu'à dire « immoral ». Mais tellement, tellement bon...

Comme pour accompagner la danse impudique de nos bouches, son corps me force à reculer et me coince contre la table. Ses mains me hissent doucement dessus et il vient se loger entre mes cuisses accueillantes. Puis, dans un mouvement indécent et sensuel, son bassin ondule entre mes jambes sans me laisser quitter la chaleur de ses lèvres. Mes mains quittent le haut de son corps pour agripper la paire de fesses qui me narguait insolemment depuis des semaines et accompagnent le mouvement obscène de son bas-ventre contre mon pubis. Je le force à se presser plus fort, à exiger plus de mon corps. Il y a un côté totalement scandaleux à être entièrement habillée alors qu'il est nu contre moi. Mais rapidement, ses paumes chaudes glissent sous mon T-shirt et il se baisse légèrement pour le faire passer par-dessus ma tête tout en semant des baisers brûlants de mon nombril jusqu'au centre de ma poitrine avant de venir me coller de nouveau contre lui en reprenant possession de ma bouche. Nous continuons le ballet érotique de nos langues, et je m'alanguis de plus en plus, ma main glissée dans ses cheveux alors que je m'appuie sur la table avec l'autre, cambrée en arrière. J'aime beaucoup trop l'embrasser de cette façon : profondément, comme si j'essayais de me connecter à lui, d'aspirer son souffle, son essence, son âme... Puis ses doigts s'attaquent au bouton et à la fermeture Éclair de mon short sans cesser de m'embrasser langoureusement. Je me soulève un peu en m'appuyant des deux mains sur la table pour lui permettre de l'enlever complètement. Quand il appuie sur ma chute de reins pour me rapprocher du bord, nos deux corps se collent enfin, presque peau contre peau, si ce n'est la dernière barrière de mes sous-vêtements, et je tressaille quand une sensation de froid vient frôler mon bas-ventre.

– Qu'est-ce que…

Je baisse la tête et j'écarquille les yeux quand je le vois enfin. Le piercing Prince Albert. Il n'est pas directement sur le gland comme je l'avais imaginé, mais en dessous. C'est pour ça que je ne l'avais pas vu plus tôt. Un fer à cheval avec deux petites boules au bout, glissé sous le frein. Je reste fixée dessus alors qu'il m'observe en passant la main dans mes cheveux.

– Est-ce que ça fait mal ? je demande, incertaine.

– Tu veux dire quand je me suis fait percer ? Ou bien pendant l'acte ?

J'inspire lentement, totalement fascinée, sans oser le toucher.

– Pendant l'acte… pour ta partenaire…

Il rit doucement et soulève mes cheveux pour venir embrasser la courbure de mon cou en remontant vers mon oreille. Je me laisse faire, la tête penchée sur le côté pour lui faciliter l'accès, les paupières closes.

– Personne ne s'est jamais plaint, bien au contraire… chuchote-t-il.

Je sens un battement sourd prendre possession de mon entrejambe, et une douce chaleur se répand en vague brûlante du bas de mon ventre vers le reste de mon corps. Il me rend dingue… Je ne sais pas si je sortirai vivante de ce camping-car. Trente ans d'existence, presque la moitié à avoir des partenaires sexuels et pourtant, rien ne m'avait préparée à ce qui est en train de m'arriver avec lui. J'ai l'impression de redevenir jeune et inexpérimentée… et la sensation est enivrante. C'est comme si je redécouvrais le sexe pour la première fois. Une voix me souffle que c'est parce que j'ai passé dix ans avec le même homme et que j'avais juste oublié les frissons de la « première fois », pourtant j'ai vraiment la sensation que ce qui est sur le point d'arriver changera ma vision des rapports homme-femme. Je m'apprête à faire l'amour avec un homme plus jeune et totalement différent de tous ceux que j'ai pu connaître. Ça me fait peur mais c'est grisant... Tout est enivrant en lui : son corps, son âme...

– Tu me fais confiance, Mia ?

Son murmure me fait frissonner et j'entrouvre les paupières pour le regarder de nouveau dans les yeux. J'acquiesce lentement pour lui confirmer et il sourit. Ses mains glissent sous mes genoux et se posent sur mes fesses pour me soulever. Je m'accroche à son cou pour rester droite alors qu'il s'éloigne lentement de la table pour m'emmener vers le lit deux places. La position est peu orthodoxe mais, grâce à elle, mon buste se trouve au niveau de son visage et il en profite pour me taquiner de la langue à travers le fin tissu de mon soutien-gorge, tout en avançant d'un pas tranquille. Je penche la tête quand il passe la petite porte avant de m'allonger délicatement sur le lit. Il se redresse mais ses mains ne quittent jamais mon corps et en redessinent les courbes inlassablement. Je ferme les yeux, alanguie, alors qu'il dresse une carte de mon anatomie, m'embrasse, me mordille, me goûte... Mes sous-vêtements disparaissent l'un après l'autre, ainsi que mes chaussures et mes chaussettes, et mes yeux s'ouvrent brusquement quand son souffle vient effleurer l'intérieur de ma cuisse. J'hésite un court instant, avant de m'abandonner en glissant les mains dans ses cheveux ébouriffés. Et je ne regrette pas quand il passe à l'acte et me déguste dans un grondement appréciateur. Ma peau s'électrise et mon corps vibre à l'unisson des didgeridoos du festival qui se font entendre à toute heure du jour et de la nuit. J'ai presque l'impression de vivre une expérience mystique, comme si j'étais connectée à la musique. Je décide de lâcher totalement prise et de ne rien préméditer, de ne plus rien contrôler...

Et la plongée est sublime.

Mes principes sont restés à l'entrée du festival et il ne reste que mes sensations et moi en train de grimper, de monter, d'escalader inexorablement la montagne du plaisir jusqu'à atteindre le point culminant, celui qui annonce qu'il n'y a plus aucun retour en arrière possible.

Je me tends comme un arc dans un gémissement, jusqu'à me rompre dans une explosion. Mes sens sont saturés, mes oreilles sont inondées de musique, mon cœur gonflé de bien-être, et mon cerveau est submergé par des décharges de plaisir pur. Mes yeux se révulsent sous mes paupières et ma peau me semble presque trop petite pour toutes ces sensations... Je suis secouée par une multitude de vagues salvatrices qui balaient tout sur leur passage et nettoient ce qui restait de mes doutes.

Il me faut un long moment pour redescendre sur terre, le cœur battant.

Je sens à peine Tobias embrasser mon ventre et ses cheveux frôler ma peau alors qu'il remonte jusqu'à ma bouche pour m'offrir un profond baiser. Je sens une saveur douce-amère sur sa langue, et j'ai l'impression qu'il partage avec moi le plaisir qu'il a pris à me dévorer. Je lui rends son baiser, avide de me fondre en lui, prête à tout lui donner, et à prendre tout ce qu'il voudra bien m'offrir...

– Tu es parfaite...

Son souffle sur mes lèvres me fait ouvrir les yeux pour plonger directement dans les siens. Ce regard vert, envoû-tant... J'ai toujours été fascinée par ses yeux, souvent intriguée de façon innocente, mais je me sentais parfois mal à l'aise quand il me sondait. Les yeux de Tobias ont le pouvoir de vous mettre à nu, de vous détailler comme si vous n'aviez plus aucune barrière à lui opposer.

Il prend ma main et la pose sur son membre. Je réalise qu'il a pris le temps de se couvrir pendant que je redescen-dais lentement de mon orgasme.

– Fais-moi entrer en toi…

Je déglutis, légèrement inquiète et il vient mordiller mon oreille.

– Fais-moi confiance, Mia.

Son bassin bascule légèrement vers l'avant pour m'inviter à le laisser entrer, ce qui me décide enfin. Je le serre, et le guide lentement en moi, en sursautant quand son piercing force légèrement le passage. Oh, mon Dieu, c'est comme s'il traçait une ligne de plaisir… Il s'enfonce jusqu'à m'emplir complètement et s'immobilise entre mes jambes pendant que je respire lourdement, la tête renversée en arrière et le corps de nouveau tendu, prêt à rompre. Il donne une légère impulsion des hanches et le piercing frotte de nouveau contre mes parois intimes. Je gémis avec violence sous la sensation nouvelle et il est secoué d'un rire satisfait.

– Tu vas adorer ça… me promet-il dans le creux de l'oreille en se retirant complètement.

Puis il mordille mon lobe et bascule son bassin de nouveau, encore et encore… Plus fort, plus profondément, sans me laisser de répit, sans me laisser comprendre ce qui est train de m'arriver. Je suis clouée sous lui, haletante, accrochée à ses épaules, à son corps qui me brise en deux. Il remonte une de mes jambes sur sa hanche et passe le bras sous mon genou pour me maintenir collée contre son bas-ventre et m'ouvrir encore plus à ses assauts. Ma tête bascule de droite à gauche, se cambre en arrière en lui offrant l'accès à ma gorge, totalement submergée par les sensations de son corps sur le mien, en moi, dans tous les pores de ma peau… Il vient poser son front contre le mien, et nos bassins continuent de s'entrechoquer inlassablement. Nos peaux humides de sueur glissent l'une contre l'autre, et mes ongles se plantent dans son dos, le griffent, le marquent. Je viens broyer sa taille entre mes cuisses alors qu'il accélère le mouvement, qu'il redouble d'ardeur entre mes jambes jusqu'à faire claquer nos corps dans un bruit obscène et érotique.

– Putain de merde…

Sa voix rocailleuse me fait haleter. Je n'arrive plus à parler. Ma gorge ne laisse passer que des sons désarticulés et je me laisse emporter par cet homme sublime. Le haut de mon crâne heurte la paroi alors qu'il pousse plus loin, plus vite jusqu'à me faire crier quand la tension devient insoutenable. Il me rejoint tout aussi bruyamment, quelques poussées plus loin, en grondant dans mon cou, les doigts enfoncés dans ma cuisse, les dents plantées dans mon épaule.

Je reste silencieuse un long moment tandis qu'il retrouve sa respiration dans le creux de ma nuque.

– Oh, mon Dieu… j'articule enfin, sonnée.

Il éclate d'un rire léger et embrasse ma peau frissonnante.

– Tu peux m'appeler Tobias, ça suffira.

C'est à mon tour de rire, puis de gémir quand il se redresse pour se retirer complètement. Il enlève le préservatif et se lève pour le jeter avant de revenir s'allonger à côté de moi. Je me blottis avec délice contre lui quand il ouvre ses bras pour m'inviter à le rejoindre, ma tête sur son torse, la cuisse posée sur son ventre. Nous restons sans parler pendant quelques minutes. Sa main joue avec mes cheveux. Je tente de prendre enfin la parole.

– C'était…

– Hmmm ?

Il baisse le visage vers moi tandis que je lève le mien et j'hésite à lui répondre, un grand sourire aux lèvres.

– En fait, je ne sais pas du tout ! je m'esclaffe finalement. Je m'attendais à tout sauf à ça.

– Première fois avec un « Prince » ?

Il hausse plusieurs fois les sourcils, le menton désignant son pénis en souriant comme un enfant et mon hilarité reprend de plus belle.

– Oh, putain, Tobias, tu m'as tuée…

Il m'embrasse, visiblement fier de lui. Je soupire de bien-être quand il joue légèrement avec ma langue et finit en mordillant ma lèvre inférieure. Il embrasse comme un dieu. C'est comme s'il essayait de faire l'amour avec un simple baiser et le simple contact de ses lèvres envoie des décharges dans le creux de mes reins.

– Comment est-ce qu'un fils de pasteur a bien pu apprendre à embrasser comme ça ? soufflé-je contre sa bouche quand il s'écarte.

– C'est réellement la seule chose qui te fait tiquer chez moi ? répond-il dans un murmure, manifestement amusé.

Je plisse les yeux, joueuse.

– Non. Ton pénis percé est encore plus intrigant…

Il hausse les sourcils.

– On m'a déjà dit « performant », « efficace », « orgasmique »…

Il se rapproche de moi pour coller son nez contre le mien.

– « Appétissant », même, parfois…

Je lui souris, mutine.

– Mais « intrigant », ça, jamais, finit-il dans un rire rauque.

– Il faut bien une première fois à tout.

Il se contente de me faire un clin d'œil comme il en a l'habitude et je baisse les yeux vers lui. J'ose même le prendre dans ma main pour le soulever et regarder plus facilement le bijou qui me captive.

– OK, je ne résiste plus : comment tu t'es retrouvé avec un piercing au pénis, sérieusement ?

Il éclate de rire quand je saute du coq à l'âne et pose sa main sur la mienne pour faire glisser la peau et me permettre de mieux voir.

– Un pari avec un pote.

– Un pari ? Tu te fous de moi…

– Véridique. En première année, il se vantait d'aller en soirée chez Paris Hilton. Je me foutais de sa gueule en pensant qu'il racontait de la merde. Et un jour, j'ai eu le malheur de lui dire que s'il réussissait un jour à nous faire entrer, je me faisais un piercing au pénis.

– J'en déduis que tu as vu miss Hilton en vrai…

– Bingo.

J'éclate de rire à son air contrit et le lâche par la même occasion pour glisser ma main sous mon menton et le regarder.

– Comment ?

– Son frère était le coach sportif de la star. Il nous a emmenés à une soirée chez elle. Aussi simple que ça… Le lendemain, ce connard m'emmenait dans un salon de tatouage pour me faire percer. C'est là que j'ai découvert Jesus.

– Hein… quoi ?

– Le tatoueur s'appelait Jesus, explique-t-il, un sourire en coin.

J'éclate à nouveau de rire.

– C'est lui qui t'a tatoué ?

– Oui, il était mexicain et fervent catholique. Quand j'ai vu le tatouage de la Vierge Marie sur son épaule, ça m'a fasciné. J'avais toujours trouvé les tatouages cool mais ça n'allait pas avec l'image de gamin de la campagne, élevé dans une chapelle que j'avais à l'époque.

– Ça a bien changé.

Il baisse les yeux vers moi et un sourire satisfait s'étend sur ses lèvres.

– Lui ressemblait à un biker dangereux, reprend-il, avec veste en cuir, piercing, tatoué de partout et, au final, il allait à l'église tous les dimanches. Je lui ai posé des questions, on a discuté de religion pendant un long moment et finalement, après le passage à l'acte « fatidique », j'ai repris rendez-vous pour me faire tatouer une croix dans le dos. Je n'ai plus arrêté depuis…

– Je vois ça… commenté-je en effleurant du bout de mes doigts les dessins de son torse.

Il me laisse faire, les paupières à demi fermées. J'en profite pour effleurer la clé ancienne qui m'avait fait frissonner quand je l'avais vue pour la première fois.

– Tout ça grâce à un piercing au pénis, donc ?

– Entre autres, il ricane. J'ai accepté de le faire en pensant que je l'enlèverais plus tard mais finalement, j'ai tenté de coucher avec une fille après avoir cicatrisé, pour voir… Ça a été un truc de dingue, autant pour elle que pour moi, alors j'ai décidé de le garder.

– Qu'est-ce qui avait changé ?

Il semble réfléchir à la question en me détaillant d'un regard tranquille, puis il vient saisir ma cuisse pour la ramener contre lui et me serrer un peu plus. La simple friction de mon corps encore sensible me fait tressaillir. Il le remarque et son sourire s'élargit.

En même temps que le reste de son corps…

– Disons que ça donne une « plus-value », surtout dans certaines positions…

Ma respiration s'accélère alors qu'il tend la jambe pour venir appuyer là où mes sens s'échauffent.

– Quelles positions ? je demande dans un souffle.

Il me hisse lentement mais fermement sur ses hanches et je finis à califourchon sur ses cuisses, les mains appuyées de part et d'autre de son visage. Il ne parle toujours pas et je plisse les yeux vers lui.

– Ouiiii ?…

D'une simple pression de ses paumes sur mes fesses, il me fait lentement glisser de bas en haut, sans me quitter des yeux, et j'ai un soubresaut quand son piercing vient appuyer sur le petit point nerveux qui me fait monter si souvent au plafond. Je tousse et me racle la gorge en fermant les yeux sous la sensation.

– OK, OK… J'ai pigé le truc…

Ce bijou est définitivement magique !

– Ce n'est pas tout.

Il a la voix enrouée et se redresse lentement pour me murmurer à l'oreille toutes les choses qu'il compte me faire dans les prochaines heures. En moins de deux secondes, je suis basculée sur le ventre, et il vient s'appuyer de tout son poids sur mon dos, pour m'embrasser furieusement les épaules, la colonne vertébrale, et me faire découvrir de nouveaux horizons...

21

Je me réveille avec la voix de K.Flay assourdie par la petite porte qui isole la petite chambre du reste du camping-car. Je suis seule dans le lit.

Et nue.

Et… putain de bien !

Wow. Si j'avais su que coucher avec Tobias m'aurait fait me sentir aussi légère, j'aurais hésité beaucoup moins longtemps ! Quoique, habitant avec nos familles, les chances de se retrouver seuls et en position allongée étaient assez faibles. Venir à deux dans ce festival, loin de la pression familiale a été l'élément déclencheur. Finalement, le désistement de Calista a été une aubai…

Mais. Quelle. Conne.

J'éclate de rire en me passant une main sur le visage quand je réalise enfin. Elle m'a eue. Cette histoire de mec qui utilise son cadeau de fiançailles avec elle était beaucoup trop tirée par les cheveux pour être vraie. Et pourtant, rien que le fait d'être amie avec Calista m'a permis de vivre un nombre incalculable d'histoires invraisemblables.

Le bruit de la porte qui s'ouvre fait taire mes pensées et je souris quand Tobias apparaît torse nu, dans toute sa splendeur de dieu grec tatoué…

– Bonjour… murmuré-je.

– Bonjour, mademoiselle Anderson…

Mon cœur se gonfle toujours de plaisir quand il m'appelle comme ça. Sa façon de ronronner sur la fin de mon nom de famille, le regard qu'il a en le prononçant, et encore plus depuis qu'il m'a vue nue.

Et oui, je parle de l'épisode de la fenêtre.

Il grimpe sur le lit en souriant comme un enfant qui s'apprête à faire une bêtise. Puis il vient se placer à quatre pattes au-dessus de mon corps alangui pour m'embrasser rapidement. Il s'assied ensuite sur moi avant de tirer doucement sur le drap qui me recouvre pour dénuder ma poitrine. La vue de mes seins lui tire un grondement appréciateur et ses yeux s'assombrissent. Pourtant, je n'ai pas une très grosse poitrine, mais il faut croire qu'elle suffit largement à le faire saliver.

Confiance en soi : record explosé.

– Bien dormi ? lui demandé-je alors qu'il fixe ma poitrine comme s'il hésitait à la manger.

Sa main glisse sur mon ventre et englobe l'un de mes seins tandis que l'autre se pose sur mes côtes.

– Hmm hmm…

Je hausse les sourcils avec un sourire moqueur.

– « Hmm hmm » ? Un peu vague comme réponse, non ?

– Chhht… Je suis concentré, là.

Je pouffe en le voyant effectivement très attentif aux réactions de mon corps. Il penche la tête quand ma peau se recouvre d'une fine chair de poule et que le centre de mon sein répond positivement à la caresse appuyée de son pouce. Deux secondes plus tard, il vient le prendre dans sa bouche et je soupire de façon saccadée.

– Encore ? je souffle, impressionnée.

Je n'ai quasiment pas dormi. J'avais oublié ce que c'était de faire l'amour plusieurs fois par nuit. Au bout de dix ans avec Derreck, notre vie sexuelle s'était fortement ralentie. Bon, soit, en fait, il préférait les partenaires un peu plus… « équipés ». Ceci expliquant cela. Je frissonne violemment quand sa langue me taquine de façon plus appuyée puis il délaisse mon sein pour venir poser un baiser sous mon oreille.

– Je n'en aurai jamais assez, Mia…

Je soupire exagérément et il rit doucement en venant

m'embrasser. Sans la langue. Je préfère la garder avec moi, étant donné que je viens à peine de me réveiller. La sienne tente de venir à sa rencontre mais je tiens bon et serre les lèvres.

– Chipie.

Je reste interdite.

– « Chipie » ?

– Tu vas répéter tout ce que je dis ?

J'éclate d'un rire sonore en le voyant aussi malicieux.

– Tobias, on n'appelle pas les grandes personnes « chipie », je le sermonne pour me moquer.

Il prend le temps de s'appuyer sur ses bras tendus au-dessus de mon visage en souriant avant de répondre.

– Après cette nuit, je m'autorise tout avec toi, Mia Anderson…

Mon corps réagit au quart de tour et je contracte les muscles de mon bassin en réponse à sa voix rauque.

– Tout ?

Il sourit encore un peu en laissant son regard glisser vers le bas de mon corps, offert sous le sien, avant de revenir vers mon visage. Sa voix n'est qu'un murmure à mon oreille quand il répond.

– Tout. Je veux tout découvrir. Ce qui te fait crier, ce qui te fait gémir, ce qui te rend folle… Ce n'est que le début, mademoiselle Anderson. Je veux en profiter longtemps, et très, très, longuement…

Ça ressemble à s'y méprendre à une promesse de relation à long terme et mon cœur trébuche légèrement. Il se redresse et me tend la main pour m'aider à me lever.

– Habille-toi, Mia, j'ai préparé le petit déjeuner et si tu restes nue, tu n'en verras jamais la couleur.

– Et si je n'ai pas faim ?

Ma voix rauque lui fait froncer les sourcils.

– Ne m'incite pas, espèce de tentatrice…

Je souris malicieusement en posant délicatement ma main

sur son érection évidente, ce qui le fait sursauter. Il saisit doucement mon poignet pour immobiliser mon geste.

– On refuse le fruit défendu, monsieur Miller ?

Il gronde et m'embrasse de façon brusque, ce qui me surprend et me fait ouvrir les lèvres pour venir à la rencontre de sa langue.

– Vous êtes un débauché, Tobias Miller… soufflé-je quand il me lâche après un baiser étourdissant et érotique.

– Putain, oui…

Il vient prendre mon menton en dégageant ma main de son entrejambe.

– J'aurais croqué sans problème dans la pomme et quitté le paradis pour tes beaux yeux.

Son ton sérieux me laisse sans voix. Il m'embrasse rapidement puis il descend du lit alors que je suis encore sonnée.

– Habille-toi, je t'attends pour manger.

Il disparaît et je pose mes doigts sur ma bouche pour vérifier que je ne rêve pas. Elle est encore gonflée de ses baisers. Mais alors que j'essaie d'analyser malgré moi sa dernière phrase, une odeur de bacon grillé et de café vient me chatouiller les narines. Mon ventre gronde en réponse et je réalise que je n'ai mangé qu'un sandwich et des crakers, hier. Je meurs littéralement de faim. Je me lève et attrape dans ma petite valise un short en toile kaki et un top beige fluide et à bretelles croisées sur le dos et le décolleté. J'enfile des sous-vêtements et m'habille en vitesse. Quand je sors, la petite table est recouverte de bacon grillé, d'un plat d'œufs brouillés et de toasts. Tobias lève les yeux vers moi et les écarquille brièvement.

– Tu veux ma mort, en fait ?

Je souris. Mon top est effectivement léger et le soutien-gorge noir à empiècement que j'ai mis dessous se voit par transparence.

Oui, je l'ai fait exprès.

Je lui remonte le menton pour lui faire fermer la bouche

en passant à côté de lui et lui souffle un baiser au passage avant d'aller m'asseoir à table. Je prends mon temps, le fixe longuement avant de répondre en croquant dans une tranche de bacon croustillante. Il plisse les yeux en retour et ce petit jeu de regards m'amuse follement. J'ai bien envie de le pousser dans ses retranchements. Peut-être que j'ai simplement envie de tester mon pouvoir de séduction, aussi. Quoi qu'il en soit, je suis bien décidée à rendre ce petit déjeuner intéressant, surtout après m'être fait allumer par Tobias dans le lit.

Retour de karma, mon grand…

Plus le petit déjeuner avance, plus ma façon de manger évolue. Je ne mange pas pour me nourrir mais pour le rendre fou. Et ça m'amuse beaucoup !

Son visage se crispe alors que je suce délicatement mes doigts, que je laisse consciencieusement une goutte de café dégringoler le long de mon menton et sur ma poitrine, avant de la stopper dans sa course d'un doigt léger, ou bien lorsque j'accentue mes exclamations de plaisir en mangeant. À la fin du repas, il est adossé contre la banquette, les bras en partie croisés, ses doigts serrés autour de son mug de café et la mâchoire contractée. Il me fixe comme s'il allait me tuer.

Ou me dévorer.

Je nettoie délicatement ma bouche avec une serviette en papier puis me lève en me penchant exagérément pour lui offrir une vue plongeante dans mon décolleté.

– On y va, Miller ?

– Tobias…

Je m'immobilise, perplexe.

– Ce sont les gens qui ne me connaissent pas qui m'appellent Miller, explique-t-il. Toi, tu m'appelles Tobias.

Je sais que je le connais depuis assez longtemps pour l'appeler par son prénom, mais cette petite phrase envoie des décharges de plaisir dans une partie inavouée de ma cage thoracique. Vers la gauche, plus précisément…

– Ou Tobie… je ne peux m'empêcher d'ajouter en lui faisant un clin d'œil.

Il me fusille du regard mais son léger sourire dément le regard sombre qu'il m'adresse. Je fais une moue et me dirige vers la salle de bains pour me maquiller légèrement et me brosser les dents. Il me rejoint après avoir débarrassé et fait de même en ne me quittant jamais du regard dans le miroir. J'essaie de ne pas faire dépasser la mousse de ma bouche mais ça devient mission impossible quand il commence à me sourire. Je me pince les lèvres pour ne pas craquer. La pièce est exiguë, le lavabo est minuscule et nous sommes collés l'un contre l'autre, ce qui rend l'action très compliquée. Je sens l'odeur de son déodorant, la chaleur de son corps à côté du mien… Il pose même une main chaude sur le bas de mes reins, voire carrément sur mes fesses, quand je me penche pour me rincer la bouche, ce qui me fait sursauter. Je m'éclipse quand il se rince à son tour et enfile rapidement mes chaussures, m'attache les cheveux en chignon pendant qu'il enfile un T-shirt. Je fais exprès de le frôler plusieurs fois. Je prends tout mon temps pour relever mes cheveux, je lui fais un show… et je sens son regard appréciateur sur moi. Nous ne prononçons aucun mot, alors que la tension augmente de nouveau, comme une soupape prête à exploser. Je pensais que cette tension électrique entre nous disparaîtrait une fois que nous serions enfin passés à l'acte, mais j'avais tort… Passer la nuit dans les bras d'un homme offre une certaine familiarité mais, dans notre cas, ça a été le cheminement inverse : je connais Tobias depuis presque toujours. J'étais déjà familière avec lui et ensuite, la tension s'est construite entre nous, nous faisant basculer du schéma « amis d'enfance » à celui d'amants. J'ai beau avoir l'impression de le connaître, je le découvre. Et plus j'en sais sur lui, plus j'ai du mal à ne pas sombrer…

J'attrape mes lunettes de soleil et mon bandana pour sortir

avant de perdre la tête et de le violer sur place, mais j'ai à peine ouvert la porte qu'une main puissante s'abat dessus et la fait claquer. Le bras de Tobias frôle mon oreille alors qu'il reste appuyé sur le battant, son corps à quelques millimètres de mon dos.

J'ai déjà vécu ce genre de scène, notamment le jour de mon renvoi avec M. Playton, et cette situation m'avait donné la nausée. Mais pas là. Au contraire, ce geste brutal qui m'emprisonne fait s'envoler une nuée de papillons dans mon ventre. J'aime ça. Et je souris. Parce que je ne suis visiblement pas la seule à essayer de me contenir. Surtout si je me fie à sa respiration saccadée. Mais je ne bouge pas d'un pouce. J'attends. Fiévreusement, impatiemment, les bras détendus le long de mes hanches. Je ne tourne même pas le visage vers lui et le laisse venir effleurer ma nuque du bout des lèvres. Il ne me touche pas vraiment mais son passage suffit à me faire frissonner et à couvrir mon corps d'une fine chair de poule, ce qu'il ne manque pas de remarquer. Je le sens presque sourire contre ma peau.

– Ne joue pas à ce jeu avec moi, Mia…

– Quel jeu ? je demande, mutine.

Sa main libre glisse sur ma hanche et vient défaire le premier bouton de mon short alors que mon ventre se contracte instinctivement, dans l'attente de ce qui va suivre.

– Je suis capable de te garder enfermée dans ce camping-car si j'en ai envie… souffle-t-il contre mon cou.

Je ferme les yeux en tentant de contrôler ma respiration pour qu'il ne réalise pas à quel point il m'atteint, mais sa main se glisse sous le tissu et dans la chaleur de mes sous-vêtements. Je retiens de justesse un halètement alors que ses doigts me frôlent, caressant à peine mon point sensible de la pulpe du majeur. Il joue délicatement avec, le contournant en cercles lascifs, et se colle plus étroitement contre moi en maintenant la porte fermée d'une main implacable.

– Je peux m'enfuir pendant un instant de répit… je murmure

pour le défier, la voix très légèrement essoufflée.

Ma phrase le fait rire doucement et il vient poser sa bouche sur mon oreille avant de me surprendre en plongeant brusquement vers le bas pour venir enfoncer ses doigts en moi. La sensation m'arrache un gémissement sourd de satisfaction et je plante mes ongles dans la main qui tient la porte, tandis que mon autre main se saisit de son poignet pour le maintenir en place, dans mon corps…

– Il n'y aura aucun « répit » avec moi, mademoiselle Anderson…

Il se dégage doucement de ma poigne et fait glisser sa main le long de mon bas-ventre, en appuyant délibérément et avec force sur l'épicentre au passage. Mes hanches sursautent involontairement et mon corps se révulse contre son départ, mais il me libère enfin en lâchant également la porte. J'ouvre les paupières et me tourne vers lui, légèrement hagarde, pour me figer en le voyant porter les doigts à sa bouche sans me lâcher des yeux. Il les savoure rapidement devant mes joues échauffées, avant de me faire un clin d'œil, le regard indécent.

Ce garçon va me tuer…

Avant d'avoir réalisé ce qui vient de se passer, il me pousse dehors et ferme le camping-car derrière nous alors que je ne suis toujours pas remise de cet intermède. Il me fait signe de le précéder en désignant les vélos.

– Après toi.

Je le fusille du regard en souriant, et il me répond de la même manière. J'enfourche le vélo que j'avais abandonné par terre la veille et l'attends, pour une fois, avant de me diriger au hasard entre les campements. Il y a tellement de choses à voir dans ce festival que je ne sais pas si nous aurons le temps de tout visiter, mais la sensation est d'autant plus grisante maintenant que nous avons dépassé un cap dans notre relation. Je me sens tellement plus libre, plus sereine…

Selon Tobias, c'est en grande partie grâce aux orgasmes « monstrueux » qu'il m'a donnés, pour reprendre ses mots exacts, ce qui me fait rire. Je me permets de lui rappeler que je savais très bien m'occuper de moi toute seule.

– Donc tu savais que j'étais là.

Je pile sur mon vélo en me retournant vers lui, immobile, deux mètres derrière moi. Je prends le temps de faire demi-tour pour tourner autour de lui en riant.

– Bien sûr !

Il essaie plusieurs fois de m'attraper mais je réussis toujours à l'esquiver. Heureusement, nous sommes au centre du festival. J'ai ainsi largement la place de tourner autour de lui sans renverser un piéton. Le demi-cercle dans lequel sont regroupés les campements est dense mais, autour du Man, l'espace est vide et permet toutes les folies. Certains burners passent dans des véhicules improbables, comme un steampunk saloon, ou font des démonstrations de cracheur de feu. Je fais un écart en lui tirant la langue alors qu'il tend de nouveau le bras. Je m'amuse comme une gamine.

– Tu crois que je me fais des strip-teases perso ? je me moque tout en décrivant des cercles plus ou moins précis autour de lui.

Il secoue la tête en se mordant le poing.

– Putain, tu m'as rendu dingue…

– Un prêté pour un rendu, Tobias Miller.

Il plisse les yeux, un sourire en coin, et appuie ses avant-bras sur le guidon, dans l'attente d'une explication. Je m'arrête à quelques mètres de lui et me penche de la même façon sur le guidon. Il incline la tête sur le côté pour regarder avec gourmandise dans mon décolleté.

– Tu m'as allumée comme une folle, ce soir-là…

Son sourire s'élargit et devient carnassier. J'ai à peine le temps de réagir qu'il pédale dans ma direction et m'attrape par la taille alors que j'essaie de m'échapper. Je réussis néanmoins à me défaire de sa poigne et fonce vers les campements, prise d'un fou rire. Il arrive rapidement à ma hauteur et me tire par le short pour me faire basculer sur lui alors qu'il lâche son vélo. J'atterris lourdement sur son ventre en couinant et en me cognant la hanche au passage contre sa selle, mais la douleur disparaît bien vite et mon hilarité redouble quand je l'entends pousser un juron sous le choc. Un groupe un peu plus loin nous applaudit alors qu'il gît par terre, complètement sonné, tandis que je suis encore morte de rire. Si bien que je ne comprends pas tout de suite qu'il bouge pour me chevaucher et me clouer les poignets au sol. Mon rire meurt petit à petit sous son regard lascif, et j'ondule sous son bassin, impuissante, quand il m'embrasse enfin. Mes jambes se plient, mes doigts de pieds se recroquevillent de plaisir, mon dos se cambre et mes poings se contractent alors que je gémis contre sa langue. Mais le baiser ne dure pas et il se redresse puis se lève en me soulevant par les poignets pour me remettre debout. J'ai droit à un nouveau baiser renversant quand il enroule ses bras autour de ma taille et me soulève, si bien que mes pieds ne touchent plus le sol. Je m'arrime fermement à lui en nouant mes bras autour de son cou et je lui mordille la lèvre quand il s'écarte de ma bouche.

– N'essaie même plus de t'échapper, Mia.

– Tu peux toujours rêver.

Il fait mine de me mordre et me repose enfin à terre. Nous avançons encore au hasard pendant deux bonnes heures avant de nous arrêter au camping-car pour grignoter. Et apparemment, je fais aussi partie du menu… Quand j'arrive enfin à m'extirper du véhicule, c'est sur des jambes tremblantes et suivie d'un Tobias plus que satisfait.

– Efface ce sourire victorieux de ta belle gueule, espèce de sale môme… je me moque.

– Tu trouves que j'ai une belle gueule ?

Je lève les yeux au ciel en avançant au hasard entre les campements. J'ai cru apercevoir une énorme caravane Airstream, hier, et j'aimerais la voir de plus près. J'ai toujours adoré ces caravanes rétro toutes en rondeur et métal rutilant.

Quand je la repère enfin, je tire sur la main de Tobias pour m'en approcher.

– Tu fais quoi, Mia ?

– Viens, je vais leur demander si on peut voir l'intérieur !

Il fronce les sourcils et regarde ce que je lui désigne avant de sourire en me jetant un regard en biais.

– Qu'est-ce qu'il y a ?

Il se pince les lèvres en m'observant, visiblement amusé.

– Rien. Viens, on y va.

Il entremêle ses doigts aux miens et avance d'un pas rapide vers l'immense Airstream avec un tag dessus.

– Les « Devil Cats », je déchiffre en arrivant juste devant. Intéressant...

Un homme sort du véhicule pour rejoindre le groupe exclusivement masculin qui boit tranquillement autour d'une table en plastique, sous un auvent rouge.

– Hey ! Tobias, Mia !

Je sursaute en entendant mon prénom. Je plisse les yeux vers l'homme, entre 30 et 40 ans, qui nous sourit et avance vers nous.

– Joe ! répond chaleureusement Tobias en lui frappant le poing.

Je suis totalement perdue. Le fameux Joe se tourne vers moi et me sourit de plus belle alors que Tobias ricane.

– Tu vas mieux ?

Je hausse les sourcils, perplexe.

– Euh... je crois.

Il penche légèrement la tête et se tourne vers l'homme qui me tient la main et essaie de retenir un rire.

– Elle ne se souvient de rien, c'est ça ?

– Rien du tout ! lui confirme Tobias en éclatant de rire.

Oh, mon Dieu...

– Oh, non... Il s'est passé autre chose lors de mon trip ? je les questionne, de plus en plus inquiète.

C'est le seul moment où j'ai perdu conscience de ce qui

se passait autour de moi.

– Juste un plan à quatre.

J'ouvre la bouche en grand, complètement sonnée.

– Vous vous moquez de moi… je souffle en fusillant Tobias du regard.

Il m'en aurait parlé. Il en aurait forcément parlé !

– Pas du tout. Ça a duré au moins vingt minutes, renchérit-il alors que Tobie acquiesce, hilare.

Mon visage devient blanc et je commence à me sentir mal.

– Vingt minutes ? questionné-je, livide.

– Oui. Juste le temps de te ramener au camping-car parce que tu avais perdu connaissance en pleine danse.

Le sang revient en force dans mes joues et je sens ma peau s'échauffer alors que je comprends enfin ce qu'il insinue.

– Oh, merde… je souffle en me posant une main sur le visage.

Je suis moitié gênée, moitié hilare. Tobias, lui, est complètement mort de rire et je lui file un coup dans le ventre pour le punir d'avoir participé à cette mascarade.

– Pardon, c'était trop tentant.

– OK. Qu'est-ce que j'ai fait exactement, pendant mon trip ?

La peur me ronge un peu. Je ne pense pas avoir défié la morale mais je n'en suis pas non plus persuadée…

– Je crois que tu tentais de faire l'amour avec la musique jusqu'à ce que j'arrive, répond Tobias, très sérieusement.

Joe acquiesce et je me sens de nouveau rougir.

– OK. Et ensuite ?

Tobias glisse sa main dans la mienne et pose nos mains liées sur ma chute de reins pour m'attirer à lui. Je lève le visage vers le sien pour le regarder quand il me surplombe.

– On a dansé ensemble…

Je sens un frisson me parcourir. De nouveaux souvenirs ont surgi depuis hier et je me rappelle à quel point cette danse érotique m'a fait vibrer.

– Tu es presque tombée dans les vapes. Tu t'es accrochée à moi. Ils ont cru que j'allais t'enlever ou te violer. Joe t'a examinée parce qu'il est médecin et finalement, tu as dit devant tout le monde que j'étais trop sexy pour être réel…

Je cligne plusieurs fois des yeux en assimilant le nombre d'actions qu'il vient d'énumérer.

– Je t'ai dit ça ?

– C'est tout ce que tu retiens ? me taquine-t-il avec un clin d'œil.

– Parce que c'est la seule chose qui me paraît « inventée », je le sermonne.

– Ah, non, tu l'as bien dit, je suis témoin.

Je me tourne vers le fameux Joe en écarquillant les yeux avant de faire de nouveau face à Tobias.

– Donc, tu savais parfaitement ce que tu faisais, hier… murmuré-je.

Il sourit légèrement et se penche un peu plus vers moi.

– Je sais parfaitement ce que je fais depuis que je suis revenu à Springville et que je t'ai surprise en train de me mater les fesses à la station-service, Mia…

Je sens mes joues s'échauffer légèrement mais je ne retiens pas le sourire qui naît sur mes lèvres. Ça ne sert à rien de nier, j'ai été happée et fascinée par lui à l'instant même où je l'ai aperçu sur le quai de la gare. Je plonge mes yeux dans les siens pendant un long moment, sans parler, et j'ai la sensation qu'une bulle nous entoure. Il n'y a plus rien autour de nous. Je ne vois que lui.

Jusqu'à ce que Joe se racle la gorge à côté de nous.

– Je vais vous laisser seuls…

Tobias ne le regarde pas, il se contente d'un rapide signe de la main alors qu'il continue de me fixer et je ne tourne pas le visage vers Joe non plus. Je n'ai pas envie de quitter ces yeux verts.

Est-ce que j'aurai un jour réellement envie de le faire ?

22

Sept jours de festival.

Et je me sens libre, libre comme jamais…

Je ne pense plus, je ne réfléchis plus, je me laisse simplement porter par les événements. Je ne cherche même pas à
discuter plus avec Tobias, je le laisse me guider dans cet
océan de sensations nouvelles, aussi bien en termes d'expériences mystiques que physiques…

Tous les jours, j'ai l'impression de découvrir des endroits
extraordinaires. Ce festival est tellement grand ! Et il y a une
multitude de gens incroyables. Ma tête et mes yeux sont
remplis pour les vingt ans à venir. Et pourtant, je continue
d'admirer l'homme à mes côtés. Je n'aurai assez d'images
de lui.

Tobias n'est définitivement plus un enfant à mes yeux…

Je ne sais pas où cette histoire va nous mener, je ne sais
pas si elle durera après le festival mais pour l'instant, je
refuse d'y réfléchir. Je veux juste me laisser porter. Et cette
semaine en plein désert me permet de lâcher définitivement
prise avec la réalité et ma vie à Springville. Je réalise avec
satisfaction que je ne considère plus New York comme chez
moi. Je souris à Joe, à côté de moi dans la foule. Nous avons
sympathisé avec la bande des Devil Cats et partagé plus
d'une fois nos repas. J'ai aussi eu le « plaisir » de recroiser
la jolie blonde qui avait embrassé Tobias devant moi le
deuxième jour, et elle a recommencé.

Elle lui a de nouveau roulé une pelle devant mes yeux.
Loin de moi l'idée d'être possessive, cette histoire entre lui
et moi est encore trop récente, mais j'ai senti mon sang

bouillonner en la voyant enrouler ses bras autour de son cou. Heureusement pour moi, ou pour elle, il s'est dégagé très rapidement après l'effet de surprise, puis est venu passer un bras autour de ma taille avant de me présenter.

Et là… la fameuse blonde s'est fendue d'un énorme sourire et a sorti un « Ah, OK, enchantée, moi, c'est Heaven ! » avant de venir m'embrasser à son tour. J'ai été tellement stupéfaite que je n'ai pas bougé, et je suis restée immobile, les yeux écarquillés alors qu'elle m'embrassait comme elle venait de le faire avec lui. Tobias n'en croyait pas ses yeux, et moi non plus. Après ça, elle nous a salués rapidement avant de s'éclipser avec un grand sourire. Il a été le premier à sortir de sa torpeur et a éclaté de rire en me voyant cligner des yeux, éberluée. Et j'ai enfin compris que c'était sa façon de « dire bonjour ». Subitement, comprendre qu'il n'avait rien fait de plus que la croiser, le premier jour, a fait tomber mes dernières barrières.

Ce qui est bien avec le Burning Man, c'est sa diversité. Moi qui avais quelques réticences à avancer avec Tobias au milieu de la foule, persuadée qu'on nous regarderait, je me suis rendue à l'évidence : il y a trop de choses à voir, de gens différents à rencontrer qu'on passe presque inaperçus.

J'ai fait tellement d'activités différentes : de la méditation, de la sculpture, des concerts de musiques mystiques, des bains de boue, de la balançoire gigantesque, de l'escalade de pierres penchées, des balades au milieu d'œuvres éphémères et saisissantes, des trajets en bus remplis de boules comme dans les jeux pour enfants, des soirées à danser jusqu'à ce que la fatigue me plie en deux, jusqu'à dormir sous un parasol gigantesque, une journée entière, dans les bras chauds de mon compagnon de voyage.

J'ai revu le couple sympathique qui m'avait offert une boisson verte au début du festival. Nous avons mangé de tout, des plats orientaux, des hot dogs classiques et même des spécialités québécoises, en pleine nuit.

Je me sens ivre d'expériences et c'est le sentiment le plus extraordinaire que j'ai pu vivre en trente ans. Je referai ce festival sans hésitation aucune. Sûrement avec Calista en plus, cet endroit hétéroclite est fait pour elle.

Je lève les yeux vers la statue du Man, devant nous. C'est l'avant-dernier soir, celui où le Man brûle et signe le début de la destruction de cette ville éphémère. Demain, le temple sera lui aussi brûlé et les burners disparaîtront en emportant leurs affaires et leurs souvenirs de ce festival inimaginable. La foule est compacte autour de moi mais je ne me sens pas oppressée pour autant, j'ai l'impression de ne faire qu'un avec les autres festivaliers, comme une seule entité, tournée vers l'homme debout, illuminé de néons multicolores. L'obscurité n'est troublée que par les colliers fluorescents, les lumières des burners et, un peu plus loin, les installations lumineuses qui entourent la plage du festival comme une barrière protectrice. Je n'aurais jamais imaginé me sentir à ma place au sein d'une organisation aussi folle et pourtant, j'ai une boule dans la gorge en regardant le symbole du festival, face à moi. Je sursaute à peine quand les bras de Tobias entourent ma taille et je me laisse aller contre lui, dos à son torse. Nous ne parlons pas et la foule est partagée entre les festivaliers joyeux et ceux qui montrent les premiers signes de nostalgie à l'approche de la fin.

Le feu d'artifice commence et des sifflements s'élèvent autour de nous, mais mes yeux sont rivés sur le Man. Quand les flammes l'engloutissent soudain tout entier, j'ai un pincement au cœur. Tobias et Joe hurlent autour de moi alors que je reste silencieuse, à observer les flammes s'élever tout autour de lui, embrasant la statue et la structure qui le soutient.

Merde… Je ne pensais pas que ça me ferait aussi mal. C'est comme si cet incendie emportait avec lui la liberté acquise ici. Les bras de Tobias me serrent d'un peu plus près et je réalise que je suis en train de pleurer comme une conne.

– Doucement, jolie Mia, m'interpelle Joe en me tendant

un verre rempli d'alcool. Ne pleure pas pour ça, réjouis-toi plutôt de tout ce qui a changé grâce au festival !

Je souris et accepte son verre avant de boire une longue gorgée. Je n'ai aucune idée de ce que c'est mais ça me fait grimacer et ça me réchauffe de l'intérieur. Je continue de siroter tranquillement ma boisson en jetant des regards autour de moi. Ça me rassure de me rendre compte que beaucoup de burners deviennent peu à peu silencieux.

Plus la statue s'enflamme, plus la foule se calme, jusqu'à devenir presque immobile, contemplant l'homme qui disparaît.

Mais quand il s'écroule enfin, c'est un tonnerre de sifflements et d'applaudissements qui s'élève. Je me surprends même à hurler, les bras tendus, alors que Tobias siffle dans mon dos.

J'acclame et rends hommage à l'homme qui m'a permis de laisser mes principes à l'entrée du désert.

Quand les derniers vestiges du socle s'effondrent à leur tour, Tobias tire sur ma main pour m'entraîner avec lui.

– Qu'est-ce que tu fais ?

– Je te change les idées, viens.

Joe et ses acolytes nous emboîtent le pas et nous nous faufilons à travers la foule qui s'éparpille peu à peu jusqu'à rejoindre une des boîtes mobiles. J'éclate de rire en reconnaissant le poisson devant lequel j'avais déjà dansé.

– Je recommence : qu'est-ce que tu fais, Tobias Miller ?

– Je boucle la boucle, Mia Anderson.

– Devant un poisson fluorescent ?

Il sourit de façon énigmatique et m'attire doucement vers lui en me tirant par la main.

– Le premier soir, quand je t'ai vue danser ici, tu avais l'air seule au monde et tellement heureuse… Je veux revoir la même Mia, ce soir.[1]

L'un des Devil Cats nous bouscule en enlevant son T-shirt

---

1. Je conseille « Animal » de Zayde Wolf en fond sonore.

et en courant vers la scène quand les gens décident, sur le char lumineux, d'arroser d'alcool la foule en dessous. Je ris en le voyant hurler de joie avant d'être rejoint par ses amis. Tobias en profite pour m'enlacer et je lui adresse un sourire en coin, les yeux mi-clos. Je l'observe et il m'observe en retour, sans faux-semblants.

– Vous dansez, mademoiselle Anderson ?

Une musique assourdissante prend mes oreilles d'assaut et je me noie dans ses yeux verts alors qu'il commence à onduler doucement en entraînant mon bassin contre le sien. Je glisse mes mains avec nonchalance sur ses épaules avant de croiser les doigts sur sa nuque pour me coller plus étroitement contre lui. Je ferme enfin les yeux quand son front se pose sur le mien et aspire entre mes lèvres quand son souffle les effleure. Nous n'avons pas cessé nos mouvements langoureux un seul instant et je glisse ma jambe entre les siennes pour me fondre un peu plus en lui. Je souris quand sa main glisse sur mes fesses et me maintient prisonnière, me clouant contre son corps rude. Je bouge en rythme et prends presque les rênes de ce ballet érotique en amplifiant les mouvements tout en le maintenant d'une poigne de fer contre moi. Il me suit avec docilité et je souris de plus belle. Je lui mordille le menton, taquine, et grogne de contentement en le sentant trembler contre moi. J'aime le pouvoir que j'ai sur lui et je m'en nourris sans aucune honte. C'est bien trop enivrant pour ne pas en profiter.

– Ne fais pas ta maligne, Mia… ronronne-t-il contre mon oreille.

Sa phrase déclenche un éclat de rire et l'instant d'après, il me fait pivoter sans ménagement pour coller mon dos contre son buste. Si je pensais avoir les rênes, j'avais tort… Il m'a littéralement remuée comme une poupée de chiffon.

« I've got that lightening in my veins
I'm feeling something I can't explain

Waking up the animal
Waking up »
(J'ai cet éclair dans mes veines,
Je ressens quelque chose que je n'explique pas
Qui réveille l'animal
Qui réveille)

« I've got this power living inside
It has no mercy
You cannot hide
Waking up the animal
Waking up the animal… »
(J'ai ce pouvoir qui vit en moi
Il n'a aucune pitié
Tu ne peux pas le cacher
Qui réveille l'animal
Qui réveille l'animal…)

Le rythme langoureux et puissant de la chanson mixe des percussions tribales et des paroles qui m'emportent un peu plus. Je me laisse diriger par Tobias en levant les mains au ciel, la tête en arrière, heureuse…

Et je continue jusqu'au bout de la nuit à onduler dans les bras de mon amant, sans penser au lendemain.

***

Le lendemain matin, je me réveille seule dans le lit. J'ai un mouvement de surprise en découvrant la place de Tobias froide et vide. Mais un léger son de guitare, à l'extérieur, me fait sourire. Le temps de vérifier l'heure et je me lève pour m'habiller rapidement avant d'attraper de quoi manger. Je me verse du café dans un mug puis je sors pour le rejoindre. Comme je m'y attendais, il est assis sur une chaise, sous l'auvent, avec sa guitare. Je souris en voyant une dizaine de personnes arrêtées pour l'écouter jouer. Il semble improviser, perdu dans son monde et je m'approche doucement de lui.

Je sais quand il perçoit mes mouvements dans son champ de vision parce qu'il se met à sourire.

– La Belle au bois dormant se réveille enfin ? dit-il d'une voix très légèrement moqueuse en me regardant en coin.

Je lui tire la langue pour toute réponse et il modifie le rythme de son blues pour passer sur une nouvelle mélodie. Il me faut quelques secondes pour reconnaître l'air de « Once upon a Dream », mais j'éclate de rire quand je percute enfin. Tobias sourit, satisfait de lui, puis enchaîne avec les paroles de la chanson :

« I know you, I walked with you once upon a dream
I know you, that look in your eyes is so familiar a gleam
And I know it's true that visions are seldom all they
seem
But if I know you, I know what you'll do
You'll love me at once, the way you did once upon a
dream... »
(Je te connais, j'ai déjà marché avec toi dans un rêve
Je te connais, ce regard dans tes yeux est une lueur
si familière
Et je sais que les visions sont rarement tout ce qu'elles
semblent, c'est vrai
Mais si je te connais, je sais ce que tu vas faire
Tu m'aimeras tout de suite, comme tu l'as fait dans
un rêve...)

Je m'assois à même le sol en l'écoutant et je grignote mon bagel en silence alors qu'il continue de chanter en me souriant. Je ne prends pas ça pour une déclaration, mais plus comme une taquinerie. Il finit enfin en grattant frénétiquement sa guitare, l'air faussement concentré, comme pour conclure une sérénade, et des applaudissements fournis accueillent la fin de son show improvisé. Il salue humblement son public avant de se pencher pour m'embrasser sur le front et voler une bouchée de mon petit déjeuner.

– Hey !

Il ne répond pas, dépose sa guitare et me tire sur la main pour me forcer à me lever avant de m'asseoir d'autorité sur ses genoux.

– On range aujourd'hui et on part après la destruction du temple ?

Sa question me noue le ventre et je ne réagis même pas quand il finit mon bagel d'une seule bouchée.

– Tu ne veux pas attendre demain ? Il nous reste toute la journée pour rendre le camping-car et les vélos.

– J'ai discuté avec Joe, hier soir, et si on veut éviter les huit heures de queue à la sortie du désert, il faut partir de nuit après l'incendie du temple. On pourra s'arrêter un peu plus loin sur un parking pour dormir et reprendre tranquillement la route demain, tu en penses quoi ?

– Comme tu veux.

Je lance une banalité mais c'est parce que je ne sais pas quoi répondre. Si l'incendie du Man clôture le festival, celui du temple en signe l'arrêt définitif.

Et je n'ai vraiment pas envie que ce festival s'arrête.

– Allez, Mia, toutes les bonnes choses ont une fin.

Je fais volte-face et le fixe, le regard soupçonneux. Qu'est-ce qu'il cherche à me dire ? J'essaie de sonder son regard mais son petit sourire en coin me rassure malgré moi.

– Toutes ? je demande sans pouvoir m'en empêcher.

Tobias perd son sourire et ses yeux deviennent brusquement sérieux.

– Ça, ça ne dépend pas que de moi…

Si ça dépendait de moi seule, ce festival ne s'arrêterait jamais. Je suis tellement bien ici, dans ce désert, dans cette caravane, dans ses bras…

Je suis interrompue dans mes pensées par une voix familière.

– Hey, les tourtereaux ! nous hurle Heaven depuis la partie opposée du véhicule.

Je serre les dents en la voyant arriver et je ne desserre pas les lèvres quand elle m'embrasse rapidement sur la bouche avant de faire pareil avec Tobias. Mais elle a le bon goût de se contenter d'un baiser rapide et sans la langue. Pour nous deux. Ce qui m'arrange.

– Hey, Heaven, comment ça va ? demande-t-il, tout sourire.

– Nickel, on se fait un dernier bœuf sur la plage avec les autres musicos plus quelques autres qu'on a croisé en cours de festival, tu te joins à nous ?

– Maintenant ?

– Nope, d'ici deux heures, le temps de rameuter tout le monde.

Il me regarde rapidement, en quête de mon approbation.

– Ça te dit ?

J'acquiesce en souriant et descends de ses genoux.

– Le temps de commencer à ranger et on vous rejoint, j'ajoute à l'intention de la blonde.

Elle sourit et frappe dans ses mains pour exprimer sa joie.

– Cool ! À tout à l'heure, les amoureux !

Je rougis légèrement alors qu'elle s'éloigne.

Ouh là, il est encore trop tôt pour parler d'amour !

Les mains de Tobias sur ma taille me sortent de mes pensées et je frissonne en refermant mes mains sur ses avant-bras quand il embrasse le creux de mon cou.

– On range ?

J'inspire un long moment, le cœur légèrement en miettes.

– On range, je confirme.

Le soir même, après un concert improvisé, un repas partagé et un débat sur les religions à cause des tatouages de Tobias, nous sommes tous installés en silence face au temple.

Cette année, il ressemble à une sorte de volcan en spirale. De loin, l'effet est bluffant, on dirait vraiment une montagne rocheuse, mais plus on s'approche, plus la structure alvéolée transforme l'édifice. Je l'ai visité de nuit avec Tobias, il y a quelques jours, et j'y suis revenue le lendemain matin. Quand on se tient au centre et qu'on regarde au-dessus de soi, l'ensemble est hypnotisant. J'ai vu des photos de la structure vue du ciel, et ça ressemble à une galaxie. Comme si tous les points convergeaient vers un seul centre.

Un peu comme les âmes des festivaliers.

Contrairement à hier, pas de lumières, ce soir, pas de cris, pas de sifflements.

La foule est sagement posée à même le sable, dans un silence presque religieux. J'aperçois un groupe de burners s'approcher avec des torches et mettre feu à la structure dans une tranquillité respectueuse. Le feu se propage lentement, mettant en exergue les lumières qui continuent de danser dans l'édifice, puis cinq flammes s'allument en même temps tout autour. En moins de vingt minutes, le temple est en feu et les flammes convergent en suivant la structure en spirale avant de danser dans la cheminée centrale.

Ma gorge se serre à la vue de ce spectacle et je pose la tête sur l'épaule de Tobias, assis à côté de moi. Je sens ses lèvres effleurer mon front et il se dégage pour passer le bras autour de moi et me serrer contre lui. J'inspire difficilement en continuant d'admirer le bûcher, puis je tourne le visage vers lui. Mes yeux s'embuent un peu plus quand j'admire son profil grave et sa pomme d'Adam qui monte et descend alors qu'il déglutit péniblement.

Il doit sentir mes yeux sur lui et tourne le visage pour plonger ses yeux dans les miens. Un instant qui semble durer une éternité. Je ne retiens plus rien, la peur de ce qui suivra ce festival, l'angoisse du retour à la réalité et l'envie de ne jamais quitter ce cocon avec lui. Je lui transmets tout par le regard. Sans masque. Sans déguisement.

Je suis paniquée par la suite des événements.

Il vient poser son front contre le mien en soupirant puis pose délicatement ses lèvres sur les miennes. Un baiser léger mais appuyé d'à peine cinq secondes, qui suffit à me soulager d'une partie de mes angoisses. Je ferme les yeux en pinçant les lèvres quand il frotte avec douceur son nez contre le mien, puis je quitte son visage pour poser la joue sur ses genoux alors qu'il m'enlace plus étroitement en nichant son menton dans mon cou.

Nous finissons de regarder le temple disparaître, sans siffler quand la cheminée s'effondre. Sans verser de larmes quand nous rejoignons le camping-car dans un silence de mort alors qu'Heaven pleure comme si sa vie venait de s'arrêter.

Nous n'échangeons pas un mot, simplement des regards appuyés, pendant que Tobias fait démarrer le camping-car pour prendre la route du retour.

Vers la réalité.

23

– Tu as juste des goûts de merde, Mia. C'est aussi simple que ça.

Je grogne pour la forme alors que nous roulons en direction de Salt Lake City après avoir rendu le camping-car. J'ai eu un pincement au cœur en réalisant que c'était le dernier matin où je me réveillais dans les bras de Tobias mais j'ai joué la carte de la bonne humeur. Je garde un nombre incalculable de souvenirs dans la tête et dans les yeux. Plus une foule de souvenirs charnels avec Tobias. Cette parenthèse hors du monde était irréelle, et même si je rigole, je n'en mène pas large. Depuis ce matin, mon cœur se serre un peu plus à l'idée de retrouver la vie réelle et toutes les conséquences que cela engendre. Je ne sais pas comment je vais réagir, comment Tobias va réagir.

Je suis plus stressée que je n'ose l'admettre mais je fais bonne figure en lui filant une petite tape sur la main.

– Tu vas respecter un peu tes aînés ?

– Je t'ai respectée pas plus tard que ce matin, et je compte bien te respecter encore une fois sur la route avant de rentrer…

Je me mords les lèvres pour ne pas sourire mais c'est peine perdue : j'ai la banane. Et il le sait parce qu'il sourit encore plus en tenant le volant d'une main tout en posant l'autre sur ma cuisse. Il pousse même le bouchon jusqu'à remonter sous ma jupe, et beaucoup trop haut pour que je reste immobile. Je commence à me tortiller sur le siège en tentant de dégager ses doigts curieux mais il s'accroche à moi comme une moule à un rocher.

– Concentre-toi sur la conduite, Tobias.

Je lui pince la peau sur le dessus de la main et il consent enfin à me lâcher, même si je le regrette immédiatement : j'aime la sensation de ses doigts sur moi. Sa remarque m'a émoustillée et je croise les jambes pour soulager un peu la tension qui s'est désormais logée entre mes cuisses.

– Puisque tu es si malin, vas-y, choisis la musique.

Il me prend le téléphone des mains et tape d'une main dans la barre de recherche YouTube. Je reconnais la chanson aux premiers accords et je suis soufflée. « Mad World » par Gary Jules. Je m'attendais à tout sauf à ça. Et j'ai l'impression de faire un saut de quatorze ans en arrière…

***

Quatorze ans auparavant

Je rentre discrètement par la porte de derrière en essayant de faire le moins de bruit possible quand la moustiquaire se referme. Il est quatre heures du matin et normalement, je dors. Normalement. Je soupire de soulagement quand je réussis à tout fermer dans un silence religieux mais je suis stoppée dans mon élan par la lumière de la cuisine qui s'allume brutalement. Assise sur une chaise, à table : ma mère. Qui n'a pas l'air contente du tout.

Oups.

Il faut dire que j'étais censée dormir, mais à la place, je suis allée à une fête avec Calista. Elle avait lieu chez Simon, le garçon qui me fait rêver depuis un petit moment mais rien à faire, il m'ignore.

– Tu vas m'expliquer pourquoi j'ai trouvé ton lit vide en allant dans ta chambre ?

Son visage est livide et je la sens plus angoissée que d'habitude.

– Je… je suis sortie, j'avoue, penaude.

Faute avouée, à moitié pardonnée, non ?

– Est-ce que tu t'imagines la peur que j'ai pu ressentir quand je suis entrée dans ta chambre et que tu avais disparu ?

Sa voix s'élève très vite et je suis surprise par sa véhémence.

– Ça va, maman, je n'étais pas loin, je suis allée à une fê...

– TU N'ÉTAIS PLUS DANS TON LIT !

Je sursaute quand elle se met à crier tout en pleurant. L'instant d'après, elle se jette sur moi pour me serrer dans ses bras à m'en écraser les côtes. Je sens son corps secoué de sanglots quasi hystériques.

– Maman...

– J'ai eu tellement, tellement peur...

Je suis totalement perdue. Je sais que je n'aurais pas dû sortir en cachette mais je ne comprends pas sa réaction. Mon père apparaît dans l'embrasure de la porte, le visage grave. Mon estomac se tord et j'ai un mauvais pressentiment. Il se rapproche doucement de moi et pose une main maladroite sur mon crâne alors que ma mère continue de pleurer en me serrant dans ses bras. Elle me relâche enfin et s'éloigne en me regardant dans les yeux.

– Jonas a appelé. Judy a eu un accident de voiture en revenant de chez le pédiatre.

La bile me monte à la gorge quand je réalise que l'état de mes parents est dû à une mauvaise nouvelle. Judy a accouché d'un petit Noah il y a trois mois, un adorable poupon aux grands yeux bleus que j'aime cajoler quand je le croise en train de se balader avec lui.

– Comment elle va ? je demande d'une voix blanche.

– Elle est dans le coma mais son état est stable, répond mon père. Jonas est avec elle.

Je me rappelle la phrase de ma mère et une nausée menace de me submerger alors que le sang quitte mon visage.

– Est-ce qu'elle était seule ?

Les yeux de ma maman s'emplissent de larmes et je la vois lutter pour ne pas sombrer. C'est finalement mon père qui reprend la parole.

– Elle revenait d'un rendez-vous pour Noah.

Mon menton se met à trembler quand je saisis le sous-entendu et mes jambes menacent de lâcher.

– Non...

– Elle a été heurtée par une voiture sur le côté passager. Noah...

Noah n'a pas survécu, ma puce.

Le sol se dérobe sous mes pieds et j'éclate en longs sanglots incontrôlables, dans les bras de mes parents. Je n'ai que 16 ans mais je sens mon cœur se déchirer quand je comprends qu'une âme innocente vient de disparaître à l'aube de sa vie.

La mienne ne sera plus jamais pareille.

Une heure plus tard, je suis consignée pour deux mois, privée de sortie et sommée de rejoindre ma chambre. J'ai pleuré longtemps, très longtemps, je ne crois pas me souvenir d'avoir vécu un autre drame dans ma vie, c'est le premier et même s'il ne me concerne pas directement, j'ai l'impression qu'une partie de mon cœur et de mon innocence m'a été arrachée. Mes yeux sont secs et mes larmes se sont taries mais je me sens oppressée dans le silence de ma chambre. J'allume ma chaîne hi-fi et glisse le CD de Gary Jules avant de brancher la lecture en continu. Je baisse le son pour ne pas déranger mes parents, mais je pense qu'ils ne viendront pas me gronder. Je m'assieds un long moment sur le lit, fixant le mur blanc de ma chambre. J'ai encore une boule dans la gorge et j'imagine la panique de ma maman. Après l'horrible nouvelle, elle a eu besoin de venir me voir, de s'accrocher au fait que j'étais en sécurité dans mon lit, mais je n'y étais pas. Je m'en veux énormément de l'avoir inquiétée à ce point. Je m'en veux de ne pas avoir réfléchi aux conséquences avant d'agir. Je me lève pour enlever mon pull et je jette un œil vers la maison des Miller. Leur grand-mère paternelle est venue garder Tobias et les jumelles pendant que leur père se tient au chevet de sa femme. Je plisse les yeux quand je crois apercevoir une forme dans l'obscurité de la chambre en face de la mienne. Je vais ouvrir la fenêtre quand je le reconnais.

– Tobias ?

Il est devant la fenêtre de sa chambre, assis face à son bureau, et semble complètement perdu.

– Tobias… je reprends d'une voix plus douce.

La lumière sur son bureau s'allume et il m'apparaît plus nettement. Le chagrin menace de revenir quand je remarque ses joues striées de larmes. Il n'a que 8 ans mais à cet instant, il donne l'impression que le monde pèse sur ses épaules.

– Ça va, mon grand ?

Je lui parle très calmement, comme lorsqu'on essaie d'approcher un animal sauvage. Il ne répond pas et se contente de secouer la tête en signe de négation.

Bien sûr que ça ne va pas, putain, Mia ! Sa maman est à l'hôpital et son petit frère vient de mourir !

– J'ai appris… Je… je suis tellement désolée…

– Papa dit que les voies de Dieu sont impénétrables. Qu'on ne peut pas expliquer pourquoi Noah est parti…

Je me penche un peu plus en avant en sortant le haut de mon corps par la fenêtre pour le regarder.

– Il dit que Dieu l'a rappelé à lui…

Sa voix est plate, presque monocorde. Ça me tue de le voir aussi calme, à son âge. Comment est-ce qu'on peut expliquer à un enfant que la vie est injuste et que parfois, elle reprend sans aucune raison les personnes qui nous sont chères ? Comment est-ce qu'on peut lui faire comprendre ça ?

– C'est ma faute…

– Quoi ?

Ses épaules tremblent presque convulsivement alors qu'il baisse le visage et je tape du plat de la main sur le rebord de la fenêtre pour attirer son attention.

– Tobias ! Tobias, regarde-moi !

Il garde la tête baissée.

– Ce n'est pas ta faute, tu m'entends ?

– Si…

Une toute petite voix, si enfantine…

– Non, Tobias, c'est la faute du chauffard si tu veux trouver un coupable, mais ce n'est en aucun cas la tienne !

– J'ai dit que je voulais qu'il disparaisse…

Je me mords l'intérieur de la joue en passant une main tremblante sur ma bouche. Les Miller ne veulent jamais connaître le sexe de leurs enfants avant la naissance. L'arrivée des jumelles a été un choc pour Tobias, mais l'arrivée d'un autre petit garçon l'a totalement perturbé. Judy me parlait encore il y a quelques jours de l'attitude agitée de son fils aîné depuis la naissance de son petit frère. J'ai honteusement pensé qu'il avait besoin d'une bonne gifle et qu'il montrait enfin son vrai caractère quand sa maman m'a assuré qu'il avait juste besoin de temps. Je me sens coupable d'avoir osé penser ça quand je le vois aussi accablé par la culpabilité.

– Tobie…

Ma voix suppliante et son surnom le font enfin réagir. Il relève doucement des yeux embués de larmes.

– Ce n'est pas ta faute, mon cœur. Tu étais triste et un peu jaloux, oui, mais ça ne suffit pas à faire disparaître quelqu'un… Tu comprends ?

Il déglutit difficilement mais hoche lentement la tête, sans me regarder.

– On ne peut pas contrôler le destin. Ton papa t'a dit que Dieu avait ramené Noah à lui, et c'est sûrement pour une raison qu'on ne peut pas comprendre.

Je ne suis pas croyante, du moins pas vraiment. Je continue de penser qu'un connard ivre a décidé à la place de Dieu de renvoyer ce pauvre bébé au paradis mais je ne veux pas aller à l'encontre des principes d'éducation des Miller.

– Papa a dit que je devais être fort…

Je le regarde, médusée, serrer ses poings jusqu'à faire blanchir les jointures de ses doigts, enfonçant les ongles dans la paume pour se retenir de pleurer. Je me sens totalement impuissante et ça me tue.

– Tobie… je ne peux pas venir te voir, je suis punie, mais je… Merde !

Je quitte la fenêtre pour regarder autour de moi, à la recherche de quelque chose qui me permettrait de le rejoindre, d'une certaine manière, de l'aider. J'avise mon drap et l'arrache d'un coup sec avant de faire un gros nœud pour le lester. Je reviens ensuite vers la fenêtre.

– Je vais lancer le drap, Tobie, OK ? Tu veux bien l'attraper dans tes mains ? Tu peux faire ça pour moi ?

Il acquiesce rapidement et je sors totalement le drap par la fenêtre avant de jeter le côté noué vers la sienne. Je dois m'y reprendre à trois fois avant de réussir à faire rentrer le drap pour qu'il l'attrape. Quand il l'a suffisamment tiré vers lui, je le bloque pour lui faire comprendre de le laisser en place. Je ramène ensuite ma chaise face à la fenêtre et m'assieds dessus avant de saisir le drap des deux mains.

– Tobie, je voudrais que tu m'écoutes, maintenant, tu es d'accord ?

Nouveau hochement de tête.

– Je veux que tu t'accroches à ce drap pendant que moi, je le tiens de l'autre côté.

Il enroule ses petits bras autour du drap pour le serrer contre son cœur, et le mien flanche un peu plus.

– Je sais que ton papa t'a dit d'être fort mais… tu as aussi le droit de pleurer, mon grand.

– Mais papa a dit…

– Je sais, Tobias, je le coupe d'une voix douce, mais tu as aussi le droit d'être triste. Si tu veux, c'est moi qui serai forte. Là, je tiens ce drap, et c'est un peu comme si je te tenais, tu comprends ? Laisse-moi être forte pour nous deux, ce soir. Tu peux pleurer tant que tu veux, mon ange, je suis là, OK ? Je suis là…

Je vois ses petites mains se crisper sur le tissu avant qu'un sanglot déchirant retentisse dans le silence de la nuit. Je dois lutter de toutes mes forces pour ne pas éclater en larmes à mon tour, pour le laisser pleurer et absorber sa souffrance. Pour lui permettre de se sentir plus léger… Je reste assise en face de lui, sans le quitter des yeux alors qu'il pleure toutes les larmes de son corps pendant ce qui me semble une éternité jusqu'à s'endormir, épuisé, la tête appuyée sur le drap, tandis que la voix douce de Gary Jules nous enveloppe.

« Find it hard to tell you, I find it hard to take
When people run in circles it's a very, very mad world,
mad world »
(Je trouve ça dur à te dire, je trouve ça dur à supporter
Quand les gens tournent en rond, c'est un monde totalement
fou, un monde totalement fou…)

Je reste encore un long moment à le regarder alors que le soleil commence à percer l'obscurité jusqu'à m'endormir aussi.

C'est la main de ma maman qui me réveille doucement en me secouant l'épaule.

– Mia, ma puce, réveille-toi…

Je sursaute en me souvenant de l'endroit où je suis.

– Tobias.

Je relève le visage vers sa fenêtre mais il n'est plus assis face au bureau.

– Jonas est rentré. Judy s'est réveillée, ses jours ne sont plus en danger. Elle a réclamé ses enfants alors il les a emmenés à l'hôpital. C'est lui qui nous a prévenus que tu t'étais endormie comme ça.

Je déglutis laborieusement, mais le regard de ma maman est très doux.

– Il était tellement malheureux… il disait que c'était sa faute… articulé-je difficilement.

– Je sais, mon cœur. Je suis très fière de toi…

Elle caresse doucement mes cheveux et les replace derrière mon oreille alors qu'une larme vient rouler silencieusement sur ma joue et que j'enfouis mon visage contre son ventre.

***

Je n'ose pas parler, le ventre noué.

– Je lui chante, parfois…

La voix de Tobias perce le silence de la voiture alors que la chanson se termine doucement.

– À Noah ? demandé-je d'une voix douce.

Il hoche la tête.

– Après cette soirée, dès que j'entendais cette chanson, je pensais à lui. C'est la première chanson que j'ai appris à jouer au piano.

Je ne cherche pas à répondre, je me contente de le regarder alors qu'il se livre.

– Je l'ai adaptée à la guitare et à son anniversaire, je la chante en pensant à lui, ou bien au cimetière, devant sa tombe…

Je n'ai plus jamais parlé de Noah avec Tobias après cette soirée. Ses parents ont été formidables, Judy s'est raccrochée à ses trois autres enfants pour ne pas sombrer et, quelques années plus tard, elle a créé l'association Noah Miller pour lutter contre l'insécurité routière. Elle va régulièrement à Washington présenter ses programmes de renforcement des mesures contre l'alcoolisme routier devant les députés. Je suis toujours aussi admirative de la force qu'elle a su déployer pour survivre, pour continuer à s'occuper de ses enfants. Un an après la disparition de son fils, elle retombait enceinte. Jake est né deux ans et douze jours après l'anniversaire de Noah. Un beau moment, mais teinté d'un sentiment doux-amer pour la famille Miller.

Je prends doucement la main de Tobias dans la mienne et mêle mes doigts aux siens. Il la porte à sa bouche pour en embrasser le dessus puis pose nos mains jointes sur sa cuisse en me serrant un peu plus fort.

– Je ne t'ai jamais remerciée pour ce que tu as fait, cette nuit-là.

Une boule vient se former dans ma gorge et je sens que je suis à deux doigts de verser une larme. Sa voix à lui ne tremble pas, et rien ne pourrait laisser croire qu'il est atteint, sauf sa main. Il me serre tellement fort que je commencerais presque à avoir mal.

– Tu n'as pas à le faire.

– Si.

Je sais qu'il en a parlé à ses parents parce que Judy est venue me remercier personnellement le lendemain de son retour de l'hôpital. C'est une des raisons pour lesquelles je suis restée la baby-sitter officielle de leur famille. Le pasteur et sa femme ont été très touchés de savoir que j'étais restée à parler à leur fils aîné pour le soulager de sa douleur. Mais je ne voulais pas accabler Tobias, alors je me suis comportée avec lui comme avant, comme si rien ne s'était jamais passé. Il a vite retrouvé sa mine renfrognée, mais le malheur que j'avais vu dans ses yeux cette nuit-là a disparu, et ça suffisait à mon bonheur. Il embrasse de nouveau ma main et la garde un long moment contre sa bouche avant de murmurer un « merci » presque silencieux contre ma peau.

J'inspire longuement pour évacuer la tristesse qui encombre ma poitrine, mais aussi parce qu'un sentiment nouveau se répand dans mon cœur. Une douce chaleur qui me prend par surprise et vient faire battre mon cœur un peu plus vite. Je détourne les yeux et regarde la route devant moi pour essayer de garder une contenance.

Si je ne fais pas attention, je risque bien de tomber amoureuse de lui.

Si ce n'est pas déjà le cas.

24

Le retour vers Springville, après avoir rendu le camping-car à Salt Lake, se fait dans un silence de plus en plus pesant. Je sens que je me referme comme une huître. Et Tobias ne cherche pas non plus à parler. J'en viens à me demander comment l'ambiance si légère qui s'était créée a bien pu tourner à ce gouffre immense qui se creuse entre nous. Seule la voix de Ruelle sur « The Other Side » comble le vide.

« I don't want to know who we are without each other
It's just too hard
I don't want to leave here without you
I don't want to lose part of me »
(Je ne veux pas savoir qui nous sommes l'un sans l'autre
C'est juste trop dur
Je ne veux pas partir d'ici sans toi
Je ne veux pas perdre une part de moi)

« Will I recover that broken piece
Let go and unleash all the feelings
Did we ever see it coming ?
Will we ever let it go ? »
(Vais-je retrouver cette pièce brisée ?
Laisse-la partir et laisse les sentiments se déchaîner
Est-ce que nous l'avions jamais vu venir ?
Est-ce que nous la laisserons jamais partir ?)

Mon ventre se tord alors que nous approchons de la rue de nos parents, mais au lieu de tourner pour s'y engager,

Tobias accélère brusquement et vient se garer à côté du petit parc, trois pâtés de maisons plus loin. Quand il coupe le contact, il n'y a plus le ronronnement du moteur pour meubler le silence. Je fixe le relief des falaises rocheuses de l'autre côté du pare-brise en cherchant quelque chose à dire, mais c'est finalement lui qui prend la parole.

– Dis-le moi tout de suite, Mia, si tu veux que ce qui s'est passé au Burning Man reste au Burning Man.

Sa voix est étrangement sereine. J'ai la sensation fugace qu'il se moque de ce qui peut bien advenir de cette conversation et ça m'atteint beaucoup plus que ce que j'imaginais.

– Je n'en ai pas envie…

– Mais ?

Je tourne enfin le visage pour le regarder. Il me sourit légèrement, dans l'attente de ma réponse. Il est tellement beau et il me fait tellement vibrer que les mots m'écorchent presque la bouche quand je les prononce :

– C'est compliqué, Tobias. Tant qu'on était au festival, j'étais en dehors de tout mais là, je réalise tout ce qu'une relation avec toi implique.

– Comme quoi ?

Je soupire en détournant le regard.

– Tu réalises ce que les gens vont dire sur nous ?

– Que j'ai réussi à embobiner la plus jolie fille de la ville ?

Sa remarque me fait rire doucement et je me sens rougir bêtement, comme une adolescente.

– Je pensais plutôt à « Mia Anderson : cougar officielle de Springville ».

– Un titre largement surestimé si on réfléchit au temps qu'il t'a fallu avant de te décider à me mettre dans ton lit…

J'éclate d'un rire franc et il prend ma main dans la sienne avant de la porter à sa bouche.

– Les gens vont forcément nous juger, Tobie.

– Qui se soucie de ce que les gens pensent ?

– Moi.

Il fronce légèrement les sourcils et me regarde sans réellement comprendre. Je ressens le besoin de lui expliquer la situation.

– Quand j'ai perdu mon travail et après la rupture avec Derreck, il y a eu toutes sortes de réactions. Ceux qui m'ont plainte, ceux qui ont demandé plus de détails et ceux qui m'ont jugée responsable de tous mes problèmes, voire ceux qui ont jugé bon de dire à tout va que c'était une punition divine pour ma vie dissolue.

Il me détaille sans saisir le sens plus profond de ma phrase.

– Je n'étais pas encore revenue en ville qu'il y avait déjà des victimes : mes parents.

Ses sourcils se redressent furtivement et son visage se ferme quand il comprend où je veux en venir.

– Ils ont perdu une partie, certes infime, mais une partie quand même de leurs clients. Certains d'entre eux ne voulaient pas venir dans le magasin des parents de la fille qui avait couché avec un « hérétique ». L'homosexualité de Derreck était visiblement ma faute.

Tobias ferme brièvement les yeux et se pince l'arête du nez.

– Ton père a eu beau tenter de raisonner certains de ses paroissiens, le mal était fait. Entre ceux qui ne venaient plus et ceux qui venaient juste pour grappiller des détails croustillants, mes parents n'en pouvaient plus…

Il me lâche la main et se frotte le front en regardant devant lui.

– Je ne veux pas leur faire revivre ça une seconde fois, je conclus.

– Tu veux tout arrêter ?

Je déglutis difficilement en baissant les yeux.

– Honnêtement, non… Mais je ne peux pas non plus ignorer ce qui va se passer si quelqu'un l'apprend.

La main de Tobias vient se placer sous mon menton pour me forcer à tourner le visage vers lui.

– Personne n'est obligé de savoir pour l'instant, Mia… On

peut garder ça pour nous jusqu'à ce que les premiers remous se calment.

Sa proposition est tentante. Très tentante. Mais ça ne ferait que repousser l'inévitable.

– Écoute, reprend-il sans me laisser le temps de répondre, et si tu prenais le temps d'y réfléchir calmement pendant quelques jours avant de te décider ?

J'inspire longuement. J'apprécie qu'il m'offre la possibilité de m'éloigner un moment afin de mettre les choses au clair dans ma tête, et dans mon cœur. J'acquiesce lentement, sans répondre. Il sourit et dépose un léger baiser sur mon front avant de redémarrer. Il reprend la direction de nos maisons respectives et se gare cinq minutes plus tard sur la place de parking qui longe le côté de la maison de mes parents, opposé à celle de ses parents, avant de couper le contact. Nos familles ne vont pas tarder à débarquer pour nous aider à décharger la voiture et nous demander le détail de nos aventures au festival, alors je profite des derniers instants en tête-à-tête pour le regarder une dernière fois sans faux-semblants, dans le silence de l'habitacle. Pour l'admirer sans voile, sans jeu d'acteur et sans secrets. Pour l'avoir rien que pour moi – peut-être pour la dernière fois. Il me fixe aussi, intensément, avant de se pencher soudain pour m'offrir un baiser bref mais étourdissant. J'ai le souffle court quand il se détache de moi tout aussi soudainement pour reprendre sa place comme si de rien n'était.

– Un petit souvenir pour t'aider à réfléchir.

Il m'adresse un clin d'œil en descendant du véhicule pour accueillir sa mère qui se dirige vers nous.

– Tobie, mon chéri !

Judy est rapidement suivie par le reste de la famille Miller, puis de mes parents. Je descends de la voiture pour les embrasser. Et quand je regarde Tobias entouré de sa famille, je réalise à quel point nos vies sont noyées dans nos cellules familiales respectives. Chacun à sa place, moi, enfant unique, encadrée par mes deux parents, et lui, accueilli à bras ouverts par cinq personnes. C'est comme si les Miller l'entouraient, l'isolaient, l'éloignaient inconsciemment de moi. Refermaient leur noyau familial. Personne ne se doute de ce qui s'est passé entre nous, l'inverse serait improbable. Je suis leur baby-sitter attitrée, la fille des voisins. Celle qui assurait la sécurité de leurs enfants quand ils n'étaient pas là.

Judy choisit cet instant précis pour venir m'embrasser.

– Merci d'avoir pris soin de mon bébé, Mia !

Mon ventre se tord et je souris faiblement en haussant les épaules mais je ne rate pas le regard insondable de Tobias quand il entend sa mère. Nos yeux s'accrochent une fraction de seconde, assez pour me rappeler ce que nous avons fait.

Et assez pour me faire trembler et culpabiliser en même temps.

Parce que, l'espace d'un instant, je réalise que j'ai peut-être fait la plus grosse connerie de ma vie.

***

Je jette mon sac sur le lit, l'ouvre et commence à trier mes vêtements quand la sonnerie de mon téléphone me fait sursauter. Je souris en voyant la photo de Calista, debout sur un bar en train de danser, s'afficher sur l'écran d'accueil.

– Allô ?

– Mi ! Dis-moi tout ! Vous avez baisé comme des lapins ?

Je lève les yeux au ciel en soupirant. Mais je souris quand même.

– Ce n'est pas moi qui avais prévu un week-end de luxure avec un homme… j'ironise en réponse.

– Avec qui ?

– AH ! Prise sur le fait, Calista Jones ! Tu étais censée partir en week-end au spa avec le mec qui venait de larguer sa fiancée !

– Hein ? Ah, oui, c'est vrai. Merde.

– Tu es la pire menteuse du monde… Tu ne te souviens même pas de tes propres bobards !

– J'ai toujours eu une mémoire déplorable.

– Qui est l'auteur des Grandes Espérances ? je demande pour la tester.

– Baudelaire ?

Je penche la tête sur le côté, pas convaincue pour un sou. Elle rit puis reprend :

– Dickens, espèce de vieille prude ! Je suis peut-être nulle en bobards mais je suis professeure de littérature, je te rappelle. Un professeur sexy, soit, mais un professeur tout à fait respectable.

– C'est ce qu'on marquera sur ton épitaphe : « Calista Jones, professeure de littérature sexy et respectable, mais nulle en mensonges. »

– Donc, toi aussi, tu trouves que je suis sexy !

J'éclate de rire en m'asseyant sur la chaise de mon bureau.

– Alooooors ! Ne me laisse pas dans ce suspense de malade, je veux tout savoir ! Jusqu'où vont ses tatouages ? La taille de sa queue ? Est-ce qu'il fait l'amour comme un saint ou comme un démon ? Dis-moi, dis-moi, dis-moi !

Je me balance de gauche à droite sur la chaise de bureau en jetant de rapides coups d'œil vers la fenêtre de Tobias. Nous venons de passer deux bonnes heures chez les Miller, devant une limonade, à raconter tout ce que nous avons vu au festival en omettant, bien évidemment, les passages intimes dans le camping-car… L'épisode où nous avons de nouveau croisé Heaven et où elle a embrassé Tobias les a bien fait rire… Tobias et moi l'avions suivi jusqu'à son groupe d'amis et il avait improvisé un blues avec eux. J'étais restée fascinée par le jeu de ses doigts agiles sur les cordes en sachant pertinemment ce qu'ils étaient capables de faire sur mon corps…

– Mia ?

Je prends brutalement conscience que je me suis perdue dans mes propres souvenirs du festival.

– Pardon.

– Dis-moi… je ne sais pas où tu t'es égarée mais ça avait l'air sympa…

– Ça, pour avoir été sympa…

– Donc vous avez bien couché ensemble !

Je suis sur le point de lui répondre une bêtise pour la taquiner encore un peu quand je remarque un mouvement de l'autre côté de la fenêtre. Mon cœur manque un battement et des papillons s'envolent dans mon ventre quand Tobias me sourit derrière la vitre. Je fonds devant lui. J'ai envie de sauter par-dessus la cloison de bois qui sépare le terrain de mes parents de celui des siens pour aller me jeter dans ses bras et l'embrasser jusqu'à ce que nous ne puissions plus respirer… Mes yeux semblent parler d'eux-mêmes parce que Tobias ne sourit plus et me fixe d'un regard brûlant, immobile au milieu de la pièce.

– Mia Anderson ! hurle Calista dans le combiné.

Je sursaute et détourne le visage.

– Tu vas lâcher des infos, oui ?

– Tu es disponible pour aller boire une bière ?

Je regarde machinalement l'heure sur le radio-réveil. Il est dix-huit heures passées.

– Tout va bien, Mi ?

Ma voix légèrement tremblante vient de lui mettre la puce à l'oreille.

– Je ne sais pas trop, en fait… avoué-je dans un souffle.

Un court silence s'installe avant qu'elle ne reprenne la parole.

– OK, chez Mitch dans trente minutes.

– OK. À tout de suite, Cal.

Je jette un dernier regard vers la chambre de Tobias mais il n'est plus là. Je déglutis difficilement et soupire avant de me changer pour rejoindre ma meilleure amie.

25

– La vache. Le fils du pasteur cache bien son jeu…

Je file une tape sur la tête de Calista alors qu'elle se penche pour boire une gorgée de bière.

– Mia ! J'ai failli me renverser le verre dessus ! Imagine si j'avais fini avec le T-shirt mouillé, il aurait pu y avoir une émeute à cause de mes fans…

Je pouffe.

– Alors parle moins fort, Cal.

Elle plisse les yeux et boit une gorgée de bière en me fixant par-dessus son verre.

– Alors, récapitulons : le mec sur qui tu craques non-stop depuis deux mois te saute dessus, tu lui sautes dessus, vous faites l'amour comme des dingues pendant quatre jours et quand vous revenez, tu mets un terme à tout ça ?

J'ouvre la bouche mais je reste sans voix.

– Mia, pourquoi le repousser ? Tu as perdu des neurones, là-bas, ou quoi ?

Je soupire fortement en posant mon front sur la table.

– C'est plus compliqué que çaaaaa… je gémis, la bouche contre le bois.

– Qu'est-ce qui est compliqué, Mi ?

Je relève la tête et pose le menton sur mes bras croisés sur la table.

– Mes parents ont déjà assez souffert comme ça sans que j'en rajoute une nouvelle couche.

Calista penche la tête sur le côté en pinçant légèrement les lèvres.

– Mi, tes parents sont assez grands pour se défendre.

– Imagine s'ils perdent encore des clients ? Déjà que je leur reviens cher à travailler avec eux, si je flingue encore une partie de leur clientèle, je m'en voudrai toute ma vie...

– Bon, Mia Poppy Anderson, tu vas m'écouter.

– Je n'aurais jamais dû te donner mon second prénom, tu l'utilises beaucoup trop à mon goût...

– Alors habitue-toi parce que je l'utiliserai souvent.

– Souvent comment ?

Elle se penche par-dessus la table pour me fixer droit dans les yeux.

– Jusqu'à ma mooooort...

– Prions pour ta mort arrive assez vite... soupiré-je d'une voix ironique.

Elle me fait un clin d'œil et se redresse.

– Désolée, chérie, si j'avais dû mourir jeune, je l'aurais fait avant pour rejoindre le club des 27.

– Le quoi ?

Elle boit une gorgée avant de me répondre.

– Le club des artistes maudits qui sont morts à 27 ans : Morrison, Hendrix, Joplin, Cobain, Winehouse... Quitte à mourir, autant mourir en légende. Maintenant que j'ai bientôt 30 ans, c'est trop tard.

Elle conclut sa tirade d'une pichenette sur mon nez.

– Si j'avais su ça il y a trois ans...

Elle me lance un nouveau clin d'œil et je me redresse pour boire une longue gorgée de bière rafraîchissante. Le bar de Mitch est toujours aussi mal climatisé et je commence à transpirer mais c'est un endroit calme et il y a des alcôves pour discuter tranquillement. Autant dire que c'est le repère des couples adultères de la ville.

Et le second lieu de vie de Calista.

– Plus sérieusement, Mi, tu crois vraiment que tes parents aimeraient que tu te sacrifies pour eux ?

– Ce n'est pas un sacrifice... je la contredis.

– Si. À partir du moment où tu décides de mettre entre

parenthèses quelque chose qui te fait du bien pour le bonheur d'autres personnes, c'est un sacrifice. Et apparemment, le fils Miller sait te faire beaucoup, beaucoup de bien…

Elle appuie sa tirade d'un regard en coin et je souris sans pouvoir m'en empêcher.

– Je ne sais pas, Cal, il a quand même huit ans de moins que moi.

– Et ?

– Un jour, je voudrai des enfants, une maison à moi… Bientôt, même. Et je doute que d'ici un ou deux ans, il soit prêt à franchir ce pas avec moi.

– Qu'est-ce que tu en sais ?

– Il a 22 ans ! je martèle. Quel homme veut se caser et avoir des enfants à cet âge-là ?

– Mitch ! s'écrie-t-elle en désignant le barman.

– Ça ne compte pas ! m'écrié-je. Il a mis sa petite copine enceinte au lycée !

– Et il a eu trois autres enfants ensuite.

– Avec deux femmes différentes !

– Il aime la variété, OK, mais ça ne fait pas de lui un mauvais père.

– J'hallucine…

– Je vous entends, les filles, intervient le principal intéressé, de l'autre côté du comptoir.

– Pardon, Mitch ! crions-nous à l'unisson en lui souriant.

– Bref, reprend Calista, écoute, tu as visiblement besoin d'y réfléchir, et Tobias a eu la présence d'esprit de te donner l'occasion de le faire à tête reposée. Rien que ça, ça devrait te rassurer sur sa maturité.

Elle marque un point. Je n'aurais jamais cru que Tobias serait le genre d'homme à se mettre en retrait. Je l'aurais plutôt imaginé en train de tenter de me séduire par tous les moyens pour me faire changer d'avis.

– Tu m'emmerdes avec tes arguments…

Calista sourit et me fait un clin d'œil derrière son verre.

Nous finissons nos bières tranquillement, en discutant. Je suis obligée de tout lui raconter en détail et je rougis quand la femme de l'alcôve derrière nous me demande de hausser la voix car elle n'a pas bien entendu ce que Tobias avait fait ensuite. Cal éclate de rire et je finis mon verre cul sec avant de jeter quelques billets sur la table pour payer nos consommations, puis je la saisis par le bras et la fais sortir de force du bar, qui n'est pas si intime que ça, finalement... Elle embarque son verre au passage en tentant de le boire d'une main tandis que je la traîne sans ménagement par la porte d'entrée.

– Tu penseras à me ramener le verre, Jones, l'interpelle Mitch.

– Sans faute, Buchannon !

– Et arrête de m'appeler comme ça...

– Dans tes rêves, Buchannon[1] !

Je pouffe malgré moi en passant la porte d'entrée. Il faut dire que Mitch a les mêmes cheveux bouclés, un peu poivre et sel que David Hasselhoff dans la série, et Calista passe son temps à le taquiner à ce sujet. Heureusement que Mitch est un amour et que Calista est une très, très bonne cliente. Je les suspecte d'ailleurs d'avoir fait plus qu'échanger des consommations...

– Bordel, Mi, arrête, je vais gaspiller la bière... râle cette dernière.

– Mademoiselle Jones ?

Je m'arrête brusquement devant un attroupement d'adolescents. Si bien que Calista heurte mon dos en renversant une partie de sa bière dessus. Je hoquette de stupeur lorsqu'une partie du liquide passe par-dessus mon épaule et glisse dans mon décolleté.

– Ah ben, voilà, bien joué, Anderson... Heureusement que c'est toi qui as tout pris, on devrait éviter l'émeute.

---

1. Mitch Buchannon, héros de la série *Alerte à Malibu*.

Je chuchote un « connasse » étouffé en tentant de décoller de ma poitrine le tissu de mon débardeur quand elle se tourne vers le groupe qui a provoqué mon arrêt brutal.

– Hey, les garçons ! Alors, pressés de retourner en cours demain ?

Un concert de grimaces accueille sa question.

– Mouais… Moi non plus, je n'ai pas trop envie de revoir vos têtes, en fait… marmonne-t-elle en souriant à moitié.

Sa remarque a le don de faire naître quelques rictus timides. Mais je les sens assez gênés et lorsque j'aperçois l'un d'entre eux cacher un sac en papier qui laisse échapper un tintement de verre, je comprends. Ils vont aller boire en cachette du côté des hangars désaffectés de la gare. On y allait aussi, avec Calista.

– Tiens donc… sourit mon amie en penchant la tête sur le côté. Qu'est-ce que vous cachez, les garçons ?

– Rien du tout ! s'écrie celui qui tient le sac.

Je reconnais Gérald, le jeune homme que nous avons croisé au café. Il est tout rouge et semble vraiment mal à l'aise de s'être fait surprendre en plein délit.

– Vous en avez combien ?

– On n'a rien du tout ! rétorque un autre adolescent.

Calista plisse les yeux et se rapproche de Gérald d'une démarche chaloupée.

– Gérald ?

Il baisse les yeux et se pince les lèvres avant de lâcher le morceau.

– Un pack entier…

– G !

– Putain, Gérald !

Ses amis le fusillent du regard et l'un d'entre eux lui tape derrière la tête.

– T'assures pas, putain !

– Hey ! intervient Calista. Calme-toi, Jamie, sinon je te file une retenue !

Il ouvre la bouche en grand.

– Vous avez pas le droit de faire ça ! On n'est même pas en cours !

Elle se penche vers lui et le fixe avec un rictus.

– Je suis la fille du maire et l'une de tes profs. Tu penses vraiment que je n'ai pas la possibilité de te torturer ?

Il déglutit et baisse les yeux, vaincu, alors que Gérald sourit en fixant Calista d'un regard énamouré. Ouais, le gamin est décidément fou amoureux d'elle.

Pauvre môme… Elle va lui briser le cœur.

Mais lorsque Cal se retourne vers lui, il retrouve bien vite son regard renfrogné.

– Bon, les mecs, vous êtes cinq, et il y a six bouteilles…

Je lève les yeux au ciel quand je comprends enfin où elle veut en venir.

– Caaaal… grondé-je.

Mais d'un geste, elle m'intime de ne pas m'en mêler.

– Si vous m'en donnez une…

Les garçons sont suspendus à ses lèvres.

– Disons que j'oublierai ce que j'ai vu.

L'un d'entre eux me regarde furtivement et me désigne du doigt.

– Et elle ?

Calista me regarde en souriant. Oh, non… Je sens le mauvais coup venir.

– Elle ? Elle a déjà trop de problèmes sexuels à régler avec un petit jeune pour s'occuper d'une bande de mômes qui veulent boire en cachette.

Cinq visages pivotent vers moi et me fixent, bouche bée. Je ferme les yeux. Je vais la tuer…

– Vous aimez les jeunes ?

J'ouvre la bouche, estomaquée, quand l'un d'entre eux me pose la question avec un sourire en coin. Sérieusement, il a sûrement à peine 16 ans et il me fait du gringue avec un toupet phénoménal.

– Dégage, Jeremy, elle les aime jeunes mais pas prépubères, intervient Calista. Bon, vous me la donnez, cette bière, oui ou mer…

– Cal ! je la coupe.

– Oh, ça va, ils en ont entendu d'autres !

– Vous direz rien à nos parents ? questionne le fameux Jamie.

– Promis !

Elle fait mine de se fermer la bouche à clé et de la jeter. Je les vois hésiter, se rassembler pour se concerter rapidement puis finalement sortir une bouteille de Bud du sac pour la lui tendre. Elle sourit victorieusement et s'en empare avant de venir leur chuchoter d'un air de conspirateur :

– Par contre, les garçons, qu'on soit bien clairs : je ne vous ai pas vus, mais vous ne m'avez pas vue non plus, OK ?

Je secoue la tête. Sûrement une histoire pour se couvrir de la dernière femme de Mitch qui est connue pour être d'une jalousie maladive… À jouer avec le feu, un jour elle en paiera le prix. Elle ou sa voiture.

– Allez, dégagez, les morveux !

Ils ne se font pas prier et s'enfuient presque alors que Cal décapsule sa bière à l'aide du talon de son escarpin.

– Mais comment tu fais ça ? demandé-je, sincèrement impressionnée.

Il faut vraiment que j'apprenne à le faire.

– Ne jamais sous-estimer le pouvoir du talon aiguille. Ça peut aussi servir d'arme blanche si tu te fais agresser !

– Rien que de savoir que tu y as pensé, ça en dit long sur toi.

– Ah, non, je n'ai pas fait qu'y penser, je m'en suis déjà servi.

Je laisse échapper un rire et passe mon bras sous le sien pour marcher tranquillement.

– Bon, Mia Poppy Anderson, commence-t-elle.

Je lève les yeux au ciel.

– Tu as besoin de réfléchir, je comprends, continue-t-elle, mais réfléchis à quelque chose : Tobias ne t'attendra peut-être pas pendant mille ans.

Je pile et elle avance de quelques pas pour me faire face.

– Je crois que tu as besoin de faire un travail sur toi-même pour arrêter de te sentir coupable de tous les maux de la terre.

– Je ne me sens pas coup…

– Stop, Mi, me coupe-t-elle. L'autoflagellation, ça suffit. Tu as toujours été trop empathique, tu t'es toujours sentie responsable des autres, quitte à te croire fautive même quand ce n'était pas le cas.

– Mais pas du t…

– Si !

Je ne vais pas réussir à en placer une, elle passe son temps à me couper la parole.

– Tu crois que Derreck est devenu gay à cause de toi.

– Je…

Je ne trouve pas quoi répondre. En même temps, quand vous passez dix ans de votre vie avec un homme et qu'il décide subitement de changer de bord, il y a de quoi se poser des questions, non ?

– Et tu es persuadée que si tes parents ont quelques soucis financiers, c'est aussi de ta faute.

– Mais si, ils ont perd…

– Mia, tes parents ont toujours été dans cette situation. Je ne compte plus le nombre de fois où tu m'en parlais en te sentant coupable de faire des études, ou bien d'exister, tout simplement. Si tu as racheté leur fonds de commerce et remboursé leurs crédits, c'est parce que tu te sentais coupable.

J'ouvre la bouche pour la contredire mais je suis bloquée dans mon élan par sa main qui se pose sur ma bouche.

– Penses-y avant de prendre une décision. Et discute avec tes parents avant de décider de tout envoyer bouler. C'est peut-être le bon moment pour crever l'abcès, non ?

Je soupire contre sa paume et elle consent à me libérer.

– Depuis quand tu es devenue aussi psychologue ? la questionné-je en recommençant à marcher avec elle, bras dessus, bras dessous.

Elle a un rire de gorge et rejette la tête en arrière.

– C'est juste l'alcool, chérie.

Je rentre chez moi une heure plus tard et mes parents sont tranquillement installés dans le salon devant un épisode d'une série policière. Je viens m'asseoir à côté d'eux et pose ma tête sur l'épaule de ma maman.

– Tu t'es amusée, ma puce ?

– Oui.

– Où est-ce que vous êtes allées ? demande mon père d'une voix absente.

– Chez Mitch.

Il tourne la tête vers moi et fronce les sourcils.

– À pied ?

– À l'aller, oui, mais Calista m'a ramenée en voiture.

– OK, je préfère ça. Fais attention, la fille de Johnny Egerts s'est fait agresser, là-bas.

– Sérieusement ?

Je n'en ai absolument pas entendu parler.

– Il y a quelques mois, ils buvaient entre jeunes, elle s'est éloignée et ils ont entendu des cris. Heureusement, rien de grave, mais la pauvre petite a été sérieusement amochée. Elle a été attaquée par-derrière et n'a rien vu.

– Ils ont trouvé le coupable ?

– Un groupe de marginaux s'était installé dans un des hangars désaffectés. Bill les suspecte d'avoir essayé de lui voler de l'alcool.

– Eh bien… Springville, Harlem : même combat, j'ironise pour détendre l'atmosphère. Au moins, je ne suis pas dépaysée par rapport à New York !

Mais mon père fronce un peu plus les sourcils et me regarde sévèrement.

– Fais quand même attention, jeune fille.

– Je plaisante, papa.

Bon Dieu, ils regardent trop de séries policières...

– Je vais me coucher, annoncé-je en me levant et en embrassant ma mère sur la joue avant de faire pareil avec mon père.

Je sors du salon et avance vers les escaliers quand la conversation avec Calista me revient en tête.

– Je peux vous poser une question ?

Ils tournent la tête vers moi, immobile dans l'entrée.

– Est-ce que...

J'inspire un bon coup avant de me jeter à l'eau.

– Est-ce que mon retour vous a fait du tort ?

Le regard effaré de ma maman et celui, choqué, de mon père, valent mille mots.

– Mais qu'est-ce que tu racontes, enfin ? s'écrie ma mère.

Je fuis son regard, incertaine de ce que je vais dire.

– Je sais que certains clients ont déserté le magasin à cause de moi...

– Des imbéciles qu'on ne regrettera pas ! tonne mon père.

– Des imbéciles qui faisaient tourner votre commerce...

Ma maman se lève et vient prendre mes mains pour attirer mon attention.

– Regarde-moi bien, Mia : tu ne nous causeras jamais, jamais de tort ! C'est compris ?

– Vous avez dû dépenser tellement pour moi... soufflé-je, les larmes aux yeux.

– Et tu nous as tant offert en retour, me contredit-elle.

Je déglutis et baisse de nouveau le visage.

– Je sais que vous n'avez pas eu d'autres enfants car vous n'en aviez pas les moyens, et je ne peux pas m'empêcher de me dire que c'est à cause de moi que v...

– Oh, mon Dieu, c'est ce que tu crois ? Mais ma puce, ça n'a rien à voir...

Je plisse les yeux et la regarde, dubitative.

– Je vous ai souvent entendus dire : « Heureusement qu'on a seulement un enfant à charge »...

Ils soufflent tous les deux.

– Tu n'étais pas censée entendre ça… murmure mon père en se levant.

– Les murs sont fins, ici, je réponds en souriant à moitié.

– Mia, commence ma mère, si nous n'avons pas eu d'autres enfants, c'est parce que c'était impossible.

J'écarquille les yeux en la regardant.

– Mais de quoi tu parles ?

Elle sourit et prend mon visage en coupe.

– Tu es un miracle, ma puce. Ton père et moi sommes… « incompatibles ». Selon les docteurs, nous avions une chance sur dix mille d'avoir un enfant naturellement. Et tu es arrivée…

Mes jambes flanchent et je me retiens à la rambarde de l'escalier.

– Nous avions abandonné tout espoir d'avoir une famille, continue mon père en posant une main sur mon épaule. Tu es la plus belle chose qui nous soit arrivée, Mia.

– Mais… mais pourquoi je n'en savais rien ?

– Ma puce, dès qu'on commençait à parler de sexualité, tu te bouchais les oreilles et quittais la pièce en courant, s'amuse ma mère.

– Oh, merde… soufflé-je en me pinçant l'arête du nez. Pendant des années, j'ai cru que j'étais fille unique parce que vous n'aviez pas les moyens d'avoir un autre enfant.

– Je ne dis pas que nous aurions pu assumer cinq monstres dans ton genre, répond mon papa, mais nous remercions le Seigneur tous les jours d'avoir eu la chance de t'avoir.

Il me dégage doucement des bras de ma mère et me saisit aux épaules.

– Alors écoute-moi bien, nous serons toujours fiers de toi, de ce que tu fais. Tu es une battante, ma puce, d'autres se seraient écroulés, après ce que tu as vécu. Alors ne laisse pas ces idiots du village te laisser penser que tu n'es pas assez bien. Quoi que tu fasses, quoi que tu décides, nous serons à tes côtés.

– Toujours, renchérit ma maman.

J'ai beau serrer les dents, plisser les yeux et retenir tant bien que mal l'émotion forte que cette révélation a provoquée, les larmes franchissent la barrière de mes cils pour inonder mon visage.

– Oh, mon bébé…

Je plonge dans les bras rassurants et aimants de mes parents, le corps secoué de sanglots. Ils les referment autour de moi et je me sens comme dans un cocon protecteur. Je pousse un profond soupir après avoir pleuré un long moment.

Et je sens un énorme poids quitter ma poitrine.

26

– Tu es sûre que tu veux faire ça ? me demande Calista.

Je la regarde, elle est allongée sur le ventre, la jupe relevée jusqu'à la taille alors qu'une montagne recouverte de tatouages s'applique à lui en faire un sur la cuisse gauche. Il y a quelques semaines, déjà, j'avais promis de l'accompagner pour la soutenir. L'idée de se faire tatouer une jarretelle autour de la cuisse lui trottait dans la tête depuis longtemps et elle a décidé de sauter le pas pour ses 30 ans. Je hausse les sourcils, interloquée par sa question.

– C'est la fille à moitié nue sur une table de tatouage qui me demande ça ?

– Non, mais moi, je suis irresponsable, tout le monde le sait, rétorque-t-elle. Demande à Darryl.

Elle désigne le tatoueur qui me regarde en souriant.

– Tout le monde le sait, confirme-t-il.

– Tu vois !

Je pouffe en pliant les genoux sur le fauteuil et grimace en me serrant de nouveau ma main.

– Bon Dieu, Cal, c'est juste un tatouage, pas besoin de me broyer les doigts ! Qu'est-ce que ce sera quand tu accoucheras ?

Elle manque de s'étouffer.

– Parce que tu crois sérieusement que je vais avoir des enfants, au risque de détruire ce corps ? Tu es encore plus naïve que je ne le pensais…

Je vois les épaules de Darryl se soulever alors qu'il rit silencieusement.

– On s'éloigne du sujet, reprend-elle. J'adore l'idée mais

je trouve ça un peu « radical ». Surtout juste pour un garçon…

– Ce n'est pas « juste pour lui », c'est aussi pour moi.

– Chérie, tu te mens à toi-même en disant ça.

– OK, c'est peut-être un peu pour lui, mais je ne vais pas non plus me retrouver avec son nom en gros sur la poitrine !

– Encore heureux ! Quel est l'intérêt de se faire tatouer le nom d'un mec ?

– C'est sûr que si on avait dû te tatouer le prénom de toutes tes conquêtes, il n'y aurait plus aucune surface de peau libre… j'ironise en la regardant en biais.

Elle se rengorge et sourit à Darryl qui a levé un sourcil interrogateur.

– Je suis une déesse, que veux-tu…

Elle lui fait un clin d'œil quand il sourit en la balayant d'un regard appréciateur. Miséricorde, elle va se le taper aussi. Bientôt.

– Bref, reprend-elle, tu en es bien sûre ?

J'inspire et souffle un bon coup.

– Certaine ! J'ai toujours rêvé de me faire tatouer mais je ne savais pas quoi exactement. Au pire, j'inventerai une connerie psychédélique du Burning Man pour l'expliquer à mes parents s'ils le découvrent.

En rentrant dans le salon de tatouage et en feuilletant les catalogues de dessins, je suis restée scotchée sur un en particulier. Et j'ai eu une illumination.

– Si tu veux, j'ai eu une annulation, ce matin. Je peux te caler à onze heures.

J'écarquille les yeux vers Darryl.

– Aussi vite ?

– Pourquoi ? Tu comptais le faire poireauter encore combien de temps ? me demande Calista. Ça fait déjà plus d'une semaine, Mia.

– Euh, je… je ne sais pas, je pensais avoir encore deux ou trois jours devant moi pour me faire à l'idée, en fait.

Je ris, légèrement incrédule.

– Eh bien, c'est maintenant ou jamais, Mi.

Je fixe Darryl, incertaine.

– Finalement, j'aime bien cette idée, reprend Cal. C'est l'occasion de faire sauter tes dernières barrières.

Le tatoueur me sourit, le visage engageant, et je regarde Calista une dernière fois avant de sauter le pas.

– OK.

***

Je suis assise sur ma chaise de bureau, en train de me balancer de gauche à droite depuis un bon moment déjà. Je patiente tranquillement. J'attends que Tobias vienne dans sa chambre. Je ne veux pas rater son visage quand il recevra mes messages. Ma patience est enfin récompensée quand il apparaît de l'autre côté de la fenêtre fermée. Il ne me voit pas tout de suite et je lui envoie le premier texto avec une photo, celle du salon de tatouage.

Je le regarde se saisir de son téléphone et hausser furtivement les sourcils avant de relever le visage vers ma fenêtre. J'aperçois un léger éclair de surprise quand il me découvre en train de le regarder tranquillement.

– Hey… j'articule sans bruit en lui faisant coucou du bout des doigts.

Il fronce les sourcils mais sourit en cliquant sur le message pour l'afficher. Mon sourire s'épanouit quand son froncement de sourcil s'accentue. J'en profite pour lui envoyer le deuxième message avec une autre photo : moi, allongée sur la table de tatouage, un pouce levé vers Calista qui prenait la photo, avec Darryl en pleine action sur mon aine gauche.

Je retiens un éclat de rire quand il la reçoit et lève un visage perplexe vers moi. Je vois le renflement de sa langue qui joue inconsciemment sous sa lèvre inférieure avant qu'il comprenne enfin que je me suis fait tatouer et je sens mon corps s'enflammer quand son visage perd toute trace de gentille bienveillance pour se charger de sexualité brute et puissante. Il ne sourit plus et s'approche du bureau pour ouvrir la fenêtre qui nous sépare encore. Je me tourne vers lui, un sourire taquin aux lèvres. J'adore ce que je suis en train de faire, ce jeu de devinettes, ces messages entre nous. Il ne sait pas encore que j'ai pris ma décision et je sens que mes textos le déroutent mais l'excitent en même temps.

– À quoi tu joues, Mia ? demande-t-il en s'appuyant des deux mains sur le battant de bois de la fenêtre.

Sa voix grave et légèrement rocailleuse me donne des papillons dans le bas-ventre. Je lui souris sans répondre et lève un doigt pour lui faire signe de patienter alors que j'envoie la troisième et dernière photo. Son téléphone bipe quelques instants plus tard mais il ne me lâche pas du regard. Je le fixe en retour, tendue à l'extrême. J'essaie de paraître nonchalante mais je suis déjà en ébullition alors que je remarque que ses biceps sont contractés et font bouger les dessins de son bras gauche. Il porte un T-shirt donc je ne vois pas le reste de ses tatouages mais je ne peux pas m'empêcher de jeter un œil vers son aine droite, où je sais qu'une certaine clé antique est dessinée. Ses yeux verts me déshabillent du regard un long moment avant que je lui fasse signe de regarder son téléphone. Il ne m'obéit pas tout de suite, mais accepte de me quitter du regard. Il se redresse et appuie sur l'écran de son téléphone.

Je vois exactement l'instant où il découvre mon tatouage. Sa mâchoire se serre et un nerf tressaute sur sa joue. Il relève à peine le menton tout en fixant l'écran. Sa poitrine se soulève plus fort alors que ma respiration s'accélère. Son poing libre se serre le long de sa hanche alors que le mien s'accroche au bord de mon short en jean.

Et il me regarde.

Je décide d'enfoncer un peu plus le clou en augmentant le son de la chanson que j'écoutais en boucle en l'attendant, quand le refrain démarre. « Dangerous Woman » d'Ariana Grande.

« Something 'bout you makes me feel like a dangerous woman
Something 'bout, something 'bout something 'bout you
Makes me wanna do things that I shouldn't... »
(Quelque chose en toi me fait me sentir comme une femme dangereuse
Quelque chose, quelque chose, quelque chose en toi
Me donne envie de faire des choses que je ne devrais pas...)

Je sais qu'il l'entend parce que ses yeux se plissent alors qu'il penche légèrement la tête en arrière pour me dévisager. Tout dans sa posture respire la force brute. Je suis à deux doigts de sauter par la fenêtre pour le rejoindre, et peu m'importe si je m'empale sur les piquets de la clôture en bois, mais il disparaît de mon champ de vision.

Hein ?

Je me redresse furtivement quand j'entends la porte de sa chambre claquer. Je pose mon téléphone sur le bureau et me lève, totalement perdue, pour regarder par la fenêtre. Cinq secondes plus tard, j'entends la porte de sa maison se fermer, et je l'aperçois traverser la pelouse pour rejoindre la porte d'entrée de la maison de mes parents. Mes yeux s'élargissent et mon cœur démarre au quart de tour quand la sonnerie de la porte d'entrée résonne. Mon père est au magasin mais ma mère est en bas. Je me précipite vers la porte de ma chambre pour l'ouvrir quand des voix me parviennent depuis l'étage inférieur.

– Tobias, mon grand, qu'est-ce que je peux faire pour toi ?

– Bonjour, madame Anderson, j'ai trouvé un chargeur de portable inconnu, je crois que c'est celui de Mia. Je viens le lui rapporter.

– C'est gentil ça. Mia ?! crie ma mère depuis la dernière marche de l'escalier.

Ma main tremble sur la poignée de la porte.

– Je suis en haut ! je réponds d'une voix légèrement vacillante.

– Tobias est venu te rapporter ton chargeur, ma chérie, descends !

– Pas la peine, je te le monte, répond ce dernier rapidement.

– Ah ? OK, d'accord. Je te laisse faire, tu connais le chemin…

Le bruit rapide et sourd des chaussures de Tobias sur les marches de l'escalier de bois fait monter la pression et mon cœur explose presque quand il apparaît sur le palier, le regard sombre et indéchiffrable. Il avance d'un pas lent mais déterminé vers la porte de ma chambre et me repousse à l'intérieur d'une main douce tout en fermant derrière lui. Je suis prise au piège. Il jette ensuite un câble noir sur mon lit en se rapprochant de moi.

– Ma mère est en bas… chuchoté-je, légèrement paniquée.

Il ne répond pas, ne sourit pas, ne me laisse aucun indice sur ce qu'il va faire. Quand il est à quelques centimètres de moi, je dois lever les yeux vers lui, et lorsqu'il pose les mains sur la ceinture de mon short en jean, mon estomac a un sursaut et j'expire légèrement. Ses doigts glissent ensuite le long de la peau frémissante de mon ventre pour en rejoindre le centre. J'observe son visage, complètement fascinée, alors qu'il déboutonne et baisse très lentement la fermeture Éclair de mon vêtement.

Oh, mon Dieu, je vais entrer en combustion.

Je sursaute légèrement quand il se baisse pour s'agenouiller devant moi sans me quitter des yeux, puis il crochète ses doigts dans mon short en jean et tire doucement pour le baisser jusqu'à la moitié de mes fesses. Le plastique transparent qui recouvre mon aine gauche apparaît, en partie caché sous l'élastique de mon tanga, et ses yeux quittent enfin les miens pour se poser dessus. Il tire sur le tissu noir et découvre enfin mon petit secret. Une serrure ancienne, de style victorien, avec des volutes en fer forgé comme sur les portes des vieilles maisons de maître.

Je l'ai placée sur l'aine gauche. De cette façon, elle est pile en face de la clé ancienne tatouée sur l'aine droite de Tobias. En miroir. Le message est clair et Tobias l'a compris tout de suite.

Ses mains chaudes et calleuses viennent se poser de chaque côté de mes fesses à moitié dénudées. Je glisse mes doigts dans ses cheveux en bataille et soupire de plaisir quand il pose délicatement la bouche sur le plastique qui recouvre ma peau, encore légèrement rougie. Il embrasse mon nouveau tatouage avec tendresse, mais ses doigts crispés sur le bas de mes hanches ne cachent rien de sa tension. Il me serre à m'en faire mal. Et j'adore ça…

Sa bouche chaude se déplace vers le dessous de mon nombril et remonte doucement le long de mon ventre alors qu'il se redresse. Je ferme les yeux et bascule la tête vers l'arrière quand il vient embrasser le relief sous ma poitrine par-dessus le tissu en coton de mon marcel blanc, puis le centre en glissant le menton dans mon décolleté, le renflement de mon sein, ma clavicule… Son corps glisse contre le mien. Plus il remonte, plus ses baisers deviennent puissants, voraces, affamés. Aucun centimètre de ma peau n'est oublié. Je me colle contre lui en réponse et je gémis presque quand ses dents viennent mordre le creux de ma nuque. Il rejoint enfin mes lèvres dans un grondement sourd et je me précipite contre les siennes, avide de les sentir enfin. Nos dents s'entrechoquent sous la puissance de l'assaut et je gémis sans retenue contre sa langue quand il vient caresser la mienne, en crispant mes doigts dans ses cheveux alors que ses mains se plaquent sur mes fesses pour me presser contre lui.

Oh, merde.

Ça faisait longtemps, trop longtemps… Comment est-ce que j'ai pu croire un seul instant que j'arriverais à me passer de ça ? De lui ?

Je dois ressembler à une droguée qui replonge après un sevrage. Je le respire, le bois, le dévore… Je m'accroche à lui avec l'énergie du désespoir et de ces jours sans ses lèvres. J'en veux plus, encore plus... Je pose ma paume sur son torse et le repousse d'une main brutale pour le plaquer contre le mur puis le rejoins aussitôt en me collant à lui. C'est moi qui mène la danse et j'approfondis le baiser en tirant sur ses mèches de cheveux. Je le mords sans douceur, me frotte à lui, soulève son T-shirt pour sentir le relief de ses abdominaux sous ma paume, le caresse, le taquine, le domine et il accepte la soumission, pendant un court instant. Quelques secondes plus tard, mon propre dos rencontre le mur et mes cuisses s'enroulent autour de ses hanches alors qu'il me soulève pour me presser plus étroitement contre sa puissante érection. Son bassin entame une danse obscène contre le mien et je halète contre ses lèvres, oubliant tout autour de nous. Ma mère en bas, la fenêtre de ma chambre ouverte, ses parents qui peuvent rentrer à tout moment dans sa chambre et nous surprendre en pleine action de l'autre côté de la clôture... Je bascule dans une spirale envoûtante en gémissant de moins en moins discrètement, glissant mes mains dans la ceinture de son jean pour agripper ses fesses et l'inciter à me serrer plus fort. Il obéit docilement, en me faisant haleter de surprise, encore et encore, à chaque pression de son bassin contre le mien. Puis ses hanches se pressent une dernière fois contre les miennes, me clouant au mur, et il libère enfin ma bouche.

Nous restons immobiles un moment, nos bouches à quelques millimètres à peine l'une de l'autre, mélangeant nos souffles, et les yeux plongés dans ceux de l'autre. Les miens doivent être voilés d'un désir inassouvi alors que les siens me transpercent. Il est dur contre moi, tendu et rigide, mais il ne bouge plus.

– Le parc, dans deux heures.

Je ne réponds pas à son ordre rauque et me contente de hocher légèrement la tête. Il me libère lentement en gardant une main plantée dans la chair de ma cuisse alors que mes pieds touchent de nouveau le sol. Il reste encore un instant à inspirer profondément, les yeux fermés et le front collé contre le mien, puis il s'éloigne, créant une sensation de vide insupportable entre mes bras. Je le regarde m'observer alors qu'il se rajuste rapidement puis sort de la chambre.

– Au revoir, madame Anderson !

– Ah, au revoir, Tob…

Le bruit de la porte d'entrée qui se ferme brutalement couvre la voix de ma mère. Je suis encore haletante contre le mur et je ris d'une voix rauque en glissant à terre. Il vient de déclencher une vraie tornade. Je sursaute quand la sonnerie de mon téléphone me sort de ma rêverie, et je me précipite dessus. Mais ce n'est pas Tobias, c'est Calista qui m'appelle.

– Alooors ?

Son impatience me fait sourire.

– Tu arrives pile poil : il vient de quitter ma chambre.

– Quoi ? Quoi ? Vous avez baisé dans ta chambre ?

– Chhhhut, Calista, je pouffe en posant un doigt sur ma bouche.

– Comme si tes parents pouvaient m'entendre depuis le téléphone…

– Les miens, non mais, te connaissant, les tiens et le reste de la ville, oui.

– Bref, on s'en fout, est-ce que vous avez baisé ou pas ?

– Non, Cal.

– Déception…

– Mais il est venu tout de suite, avec un prétexte, quand il a reçu la photo du tatouage.

– Et ?

Je soupire en m'asseyant au sol, les yeux fermés et en posant ma tête contre le mur, dos à la fenêtre de Tobias.

– Et il vient littéralement de m'embraser d'un simple baiser…

– Un bisou ? C'est tout ? Bordel, je m'attendais à plus…

– Si tu veux tout savoir, il a d'abord déboutonné mon short sans un mot, s'est agenouillé devant pour embrasser mon tatouage, est remonté le long de mon ventre et de mes seins, m'a mordu l'épaule et embrassée tellement violemment, plaquée contre le mur de ma chambre, que je crois que j'ai les lèvres gonflées et qui saignent…

Silence de l'autre côté du combiné.

– OK. Il vient de remonter dans mon estime.

Je souris, le regard rêveur. Quand j'avise mon reflet dans la psyché, je remarque une trace de morsure à la base de mon cou. Je pose la main dessus. Je devrais me sentir gênée, me demander comment je vais réussir à la cacher mais à la place, je souris à mon reflet. Je n'avais pas eu de « preuves » évidentes de passion depuis des années. Ça me rappelle mon adolescence quand on devait se contenter de baisers passionnés derrière les gradins et de suçons placés stratégiquement pour ne pas éveiller les soupçons de nos parents.

Ce mélange de frustration et d'empressement, ce désir inassouvi et grisant qui transformait chaque rencontre en explosion de chaleur, Tobias me fait ressentir de nouveau tout ça. L'exaltation, le brasier qui s'allume instinctivement dès que je le vois, ce besoin de lui, de sa fougue… Je me sens de nouveau vivante à son contact. Plus que je ne l'ai été depuis des années.

– Il m'a donné rendez-vous dans deux heures au parc…

– Oh, bordel, vous allez baiser !

J'éclate de rire en me cachant le visage d'une main. Je dois avoir l'air ridicule, une vraie midinette.

– Merde, Cal, je suis totalement larguée, il m'a court-circuité le cerveau…

– OK, jeune Padawan, je prends les choses en main à partir de maintenant. Première chose : tu es bien épilée ?

Je me mords les lèvres en pouffant. Il n'y a que Calista pour penser à ça alors que je suis encore perdue dans le souvenir de notre baiser brûlant.

– Presque…

– Comment ça « presque » ? Oh, merde, je dois tout lui

réapprendre… OK, j'arrive. On t'épile, brushing sexy, et ensuite on trouve la robe parfaite pour ce soir.

Je regarde l'heure. Il est dix-huit heures passées de cinq minutes.

– Pourquoi une robe ? Je doute qu'on sorte au restaurant.

– Non, mais c'est la tenue idéale si vous devez vous jeter sauvagement l'un sur l'autre en pleine nature ou dans une voiture.

Elle marque un point.

– Bien joué, Maître Jedi.

– Laisse-toi faire, Mia, je débarque et on te prépare pour une nuit de dingue, ma chérie.

Je souris. Ma copine est la meilleure.

– Qu'est-ce que je ferais sans toi, Cal ?

Elle soupire à l'autre bout du combiné mais je sais qu'elle sourit quand elle reprend la parole.

– Du sexe poilu et entravé par ton jean, sûrement.

27

– Vous sortez, les filles ?

Nous nous arrêtons net dans l'entrée en entendant la voix de mon père, comme deux gamines prises en flagrant délit en train de faire le mur. Ce qui est ridicule étant donné que nous avons toutes les deux 30 ans. Calista prend les choses en main et se tourne vers mes parents.

– Peine de cœur. J'accompagne Mia pour aller boire un verre.

Ça aurait pu être crédible si Cal n'avait pas la réputation d'être une briseuse de cœurs. Et si elle ne souriait pas d'une oreille à l'autre. Mon père plisse le nez alors que ma mère cache son sourire derrière une main.

– Peine de cœur pour toi ou pour lui ? demande mon papa.

Je pouffe derrière Calista. Qu'est-ce que je disais ? Mais elle ne se laisse pas démonter et pose les mains sur ses hanches.

– Pour lui, bien évidemment ! Enfin, monsieur Anderson, vous me connaissez suffisamment, depuis le temps, pour savoir que personne ne peut me briser.

– Allez, Casanova, je l'interromps en la tirant par le bras, on y va.

Je suis impatiente. Très, très impatiente. Qui ne le serait pas ? Je viens de subir une heure de torture en laissant Calista m'épiler et une fouille minutieuse de mon dressing pour finalement sortir ma petite robe légère à dos nu en coton gris qui est composée de deux pièces qui se superposent, et dont le haut est attaché au niveau de la nuque puis se sépare en deux pans libres sur ma colonne vertébrale. Je ne porte pas de soutien-gorge. Et je n'arrive toujours pas à réaliser que j'ai écouté Calista pour le reste…

– Bonne soirée ! s'écrie-t-elle en se laissant tirer par le bras.

Nous sortons et je monte dans la Mini de Cal pour qu'elle me dépose au parc. Durant le court trajet, je suis assez nerveuse. Pourtant, j'ai déjà couché avec lui mais ce soir signifie le début d'une liaison secrète. Ce qui rend le tout encore plus excitant. Ça, plus l'idée saugrenue de mon amie.

– Pourquoi je t'ai écoutée… je râle.

Elle me fait un clin d'œil.

– Arrête ! Dis-moi que tu ne te sens pas comme la fille la plus puissante du monde !

– Je me sens surtout comme la fille la plus nue du monde…

– Mais quelle puritaine…

Je lui tire la langue. Heureusement, j'ai eu la bonne idée de prendre de quoi me changer dans mon sac. Nous nous approchons du parc et la luminosité change soudainement.

– Sans déconner, qui a éteint la lumière ? murmure Calista en regardant dehors.

Je jette un regard anxieux vers le ciel. Il s'est couvert très vite et a plongé la ville dans un presque début de nuit, alors que le soleil est censé se coucher seulement d'ici une heure. Le vent vient de se lever et les feuilles des arbres sont emportées par les bourrasques et les branches des arbres semblent malmenées par la puissance des rafales.

– Okayyy… tu veux que je te laisse ma veste ?

Nous sommes arrivées au parc et il fait de plus en plus sombre, mais l'air est encore chaud. L'orage ne va pas tarder à s'abattre sur nous. L'atmosphère est humide et lourde et une odeur terreuse remonte du sol, ce qui augure de la pluie à venir.

– Non, ne t'inquiète pas, je vais rester à l'abri en attendant qu'il arrive.

– OK, éclate-toi bien, ma chérie !

Elle me plante un bisou bruyant sur la joue et je sors en emportant mon sac à main et en maintenant ma jupe d'une main pour éviter qu'elle ne se soulève entièrement. Elle démarre aussitôt pour repartir, et moins de cinq secondes plus tard, une pluie drue s'abat sur ma tête alors que je la regarde tourner le coin de la rue[1].

– Oh, merde ! je m'écrie, surprise par le contact soudain de l'eau froide sur ma peau.

Je pars en courant vers l'aire de repas couverte mais le temps de la rejoindre, je suis complètement trempée. Adieu joli brushing, robe fluide et maquillage parfait.

Super.

Je pose mon sac sur une table de pique-nique, puis en sors un mouchoir pour m'essuyer le visage et rattraper les coulures de mascara sous mes yeux en grommelant. Je secoue le tissu de ma robe pour le décoller de mon corps mais à chaque fois, il revient se plaquer insidieusement contre moi.

Est-ce qu'il y aurait au moins un truc qui pourrait se passer comme prévu ce soir ? Non ?

Non, apparemment.

J'essaie d'essorer mes cheveux tant bien que mal et souris en remarquant que je ne suis pas la seule à m'être mise à l'abri. J'aperçois un groupe de quatre ou cinq jeunes blottis sous la structure de jeu en bois, une dizaine de mètres plus loin. Je suis d'ailleurs en train de les regarder tout en torsadant ma masse capillaire quand deux bras chauds et humides m'emprisonnent contre la table en bois.

Je sursaute au contact du T-shirt mouillé sur mon dos nu, et mon cœur s'emballe quand je reconnais les tatouages de Tobias sur l'un des bras qui me maintiennent captive.

Bonjour, mini crise cardiaque…

Il ne parle pas et se contente de m'entourer en gardant ses mains à plat sur la table. Je me mords la lèvre alors qu'il

---

1. Je conseille « Pillowtalk » de Zayn en fond sonore.

frôle la courbe de mon épaule avec son nez. Je ne cherche pas à me retourner, je le laisse m'apprivoiser doucement, me découvrir avec lenteur. Je penche même la tête sur le côté pour lui laisser plus de marge de manœuvre et ferme les yeux quand ses lèvres tièdes se posent enfin sur ma peau frémissante, alors que son bras droit vient enserrer ma taille pour me plaquer contre lui.

Enfin…

Je n'y tiens plus et pivote dans ses bras pour l'embrasser. Sa main libre se glisse dans mes cheveux alors que sa langue vient à la rencontre de la mienne. Je perçois un gémissement sourd et souris contre ses lèvres quand je réalise qu'il vient de moi. Le baiser se poursuit encore et encore, dans une chaleur humide et lourde, tandis que la pluie tombe en gouttes épaisses et bruyantes sur le toit en tôle de la structure, nous entourant d'un rideau quasi opaque, nous isolant dans une bulle où plus rien n'existe à part sa bouche qui me dévore, ses mains qui me caressent, son odeur qui m'enveloppe et son goût qui me fait voir des étoiles derrière mes yeux fermés.

Le septième ciel, peut-être ?

Il me pousse contre la table et je réagis à sa requête silencieuse en m'asseyant dessus alors qu'il empoigne mes cheveux et me force à pencher la tête en arrière pour approfondir notre baiser. Je ne suis pas en reste, je plante mes ongles dans son crâne pour le maintenir en place et le forcer à continuer ces délicieux préliminaires. Je croise également mes jambes sur sa chute de reins pour le maintenir captif entre mes bras. Notre étreinte est tellement puissante et passionnée que j'en perds l'équilibre et manque de basculer en l'entraînant avec moi. Il nous retient en s'appuyant d'une main sur la table, sans jamais quitter la chaleur de ma bouche.

Je me laisse totalement fondre entre ses bras, m'alanguis, m'assouplis contre lui, totalement consentante. Dans un nouvel élan de faiblesse, je manque de basculer de nouveau et mes mains quittent son crâne pour venir s'appuyer sur la table dans mon dos. Nos lèvres se séparent et nous restons face à face, haletants, à nous dévisager pendant de longues secondes. La pluie s'épaissit, l'obscurité tombe de plus en plus bas sur le parc et les collines rocheuses autour de nous. Mais les yeux de Tobias luisent presque dans la quasi-obscurité. Il balaie mon corps du regard, mes vêtements humides qui collent à ma peau, les gouttes qui glissent depuis la pointe de mes cheveux trempés pour dessiner des sillons humides sur ma peau encore moite… Il me regarde une dernière fois dans les yeux et se redresse en me tendant la main.

– Viens.

Je la saisis sans hésitation et me lève pour le suivre. Nous partons en courant sous l'orage pour rejoindre son pick-up garé un peu plus loin. Je suis complètement trempée quand je ferme enfin la porte derrière moi. Tobias fait le tour et monte côté conducteur. Il démarre aussitôt et met la ventilation à fond pour évacuer la buée sur les vitres. Il prend le temps de secouer la tête en projetant une multitude de fines gouttes autour de lui. J'éclate de rire en en recevant une bonne partie et il s'arrête en réalisant ce qu'il fait.

La lumière du tableau de bord le nimbe d'une lueur bleutée alors qu'il se passe une main dans ses cheveux tout en me regardant. Je l'admire sans aucune pudeur. La pluie a collé son T-shirt blanc contre son torse et je vois nettement le dessin de ses pectoraux, le léger renflement de son téton, les ombres de ses tatouages et les creux de ses abdominaux… Il me donne l'eau à la bouche. Il provoque une faim insatiable en moi, j'ai l'impression de n'en avoir jamais assez. Son propre regard est tout aussi perçant et je sais que ma robe ne cache plus rien de mon anatomie. La pointe de mes seins se durcit lorsque son regard s'y pose longuement, et mes cuisses s'ouvrent d'elles-mêmes – de quelques millimètres à peine, mais assez pour qu'il le remarque. Son regard revient sur mon visage, encore plus brûlant qu'avant, et j'inspire à pleins poumons.

– Attache-toi.

Je me saisis de la ceinture de sécurité et viens la clipser sans le quitter du regard. Il démarre enfin et nous conduit à travers la ville en direction de Mapleton. Je regarde défiler la route et les gouttes de pluie dessiner des traînées abstraites le long de la vitre. Il quitte la ville vers l'est, en direction de Maple Canyon, et s'arrête au bout de quinze minutes sur un bas-côté aménagé le long de la route. L'endroit est désert, seulement entouré de montagnes et d'arbres qui commencent à rougir alors que l'automne approche. Il n'y a aucune habitation aux alentours et la route semble peu empruntée. L'orage continue de gronder et un éclair illumine soudain l'habitacle juste après que Tobias a coupé le contact. Je sursaute quand, aussitôt, le tonnerre gronde. Nous sommes pile en dessous, au cœur même de la tempête. Des bourrasques font siffler les fenêtres. La voiture tangue légèrement sous le déchaînement de la nature et le bruit d'impact des gouttes d'eau sur la carrosserie devient presque assourdissant, mais je l'entends à peine. Je suis fascinée par l'homme en face de moi. Je regarde sa grande main déclipser la ceinture de sécurité et s'en débarrasser lentement. Je l'imite doucement, souriant à peine. Il passe ensuite le bras sous son siège et le recule au maximum. L'invitation est claire et précise. Sans ambiguïté. Je passe par-dessus le levier de vitesse pour m'asseoir à califourchon sur lui. Heureusement pour moi, le plafond du pick-up est assez haut et je n'ai pas besoin de me courber. Les yeux de Tobias me scrutent puis descendent lentement sur ma poitrine, le tissu humide ne cachant plus grand-chose. Ses paumes chaudes et calleuses glissent sur mes mollets jusqu'à mes pieds, m'enlèvent mes sandales et remontent le long de mes cuisses pour se rejoindre sur mes fesses, sous la robe. Je souris quand il se fige, les yeux légèrement écarquillés.

Finalement, l'idée de Calista n'était pas si mauvaise que ça...

Ses mains me palpent rapidement pour vérifier qu'il ne rêve pas et il se rend enfin à l'évidence, le souffle court.

– Où est votre culotte, mademoiselle Anderson ? questionne-t-il dans un murmure rauque, un léger sourire flottant sur sa bouche.

Je me mords la lèvre pour me retenir de sourire à mon tour. Je pensais que ce moment serait gênant mais le regard sombre de Tobias alors qu'il réalise que je suis entièrement nue sous ma robe se révèle être un puissant aphrodisiaque. Ses doigts jouent quelques instants avec l'ourlet du tissu, puis il le remonte brusquement pour me dénuder et faire passer le vêtement par-dessus ma tête. Je me laisse faire, et lorsque plus rien ne me recouvre, j'appuie mon dos sur le volant pour lui permettre de me voir en entier. Cette fois-ci, c'est moi qui suis entièrement nue alors qu'il est encore habillé. Bien que la pluie ait plaqué le coton blanc sur son corps, ne laissant que peu de place à l'imagination. Je suis à sa merci. Offerte, avide. Impatiente.

Sa pomme d'Adam monte et descend alors qu'il déglutit avec force en parcourant des yeux les moindres recoins de mon corps. Ses mains enserrent ma taille et l'une d'entre elles se détache pour venir glisser sur ma peau, explorant chaque centimètre carré, de ma lèvre inférieure jusqu'à la jonction entre mes cuisses. Son pouce s'attarde sur la serrure de mon aine gauche, encore protégée par le morceau de cellophane, l'observant avec intensité. J'ai l'envie subite de voir le sien, la clé sur son aine. Je glisse mes mains sous son T-shirt pour le lui ôter, et il m'aide d'une main en gardant la seconde sur l'encre qui recouvre ma peau. Il ne la retire qu'une fraction de seconde pour faire passer le tissu humide et le jette sur la banquette arrière. Je m'attaque sans attendre au bouton de son jean et à sa fermeture Éclair, puis me redresse légèrement pour lui permettre de lever les fesses afin de faire descendre la toile épaisse, ainsi que son boxer noir. Il apparaît enfin en entier sous mes yeux et je ne me lasse pas de l'observer. Lui, ses tatouages, son piercing…

Je l'ai déjà vu nu, mais j'ai l'impression de le découvrir une nouvelle fois. Les muscles roulent sous sa peau couverte de motifs, ses lèvres appellent les miennes et ses yeux me transpercent, à moitié cachés par les cheveux humides qui tombent en pagaille sur son visage. Je respire tellement fort qu'une buée dense se forme sur les fenêtres du véhicule, nous isolant un peu plus du monde extérieur. Je fais glisser le bout de mes doigts sur son torse, effleurant son nombril, faisant légèrement sursauter les muscles de son ventre avant de finir ma course sur le dessin qui m'intéresse. Ses lèvres pleines se recourbent en un sourire quand je le frôle. Il tire doucement sur le plastique transparent pour me l'enlever et me force à me cambrer au maximum d'une main ferme, avant de venir plaquer nos bassins, peau contre peau.

Tatouage contre tatouage.

Je m'écrase contre son corps et l'embrasse, éperdue. Il me serre contre lui à m'en briser et se redresse en m'emportant pour se saisir d'un préservatif dans la poche de son jean. Je le lui arrache des mains et recule pour le défier du regard. Il s'installe plus confortablement contre le dossier et m'adresse un sourire en coin, m'invitant à faire ce que je veux de lui. J'ouvre le sachet argenté et le recouvre sans attendre. Mes gestes sont précis et lents, j'en profite même pour jouer légèrement avec son bijou, mais sitôt la protection en place, nous nous jetons l'un sur l'autre dans un même élan. Il me soulève, se guide d'une main et m'empale sur lui dans un geste impatient. Je gémis sous l'intrusion délicieuse et sous la sensation grisante que son piercing provoque en moi, puis il commence à bouger sans me laisser de répit et je l'accom-pagne, augmentant la puissance de nos rencontres, amplifiant le choc de nos corps l'un contre l'autre. Nos bouches se dévorent sans douceur. L'orage accompagne la montée de notre excitation, les éclairs jaillissent plus régulièrement, nous éclairant de flashs bleutés par intermittence. Le bruit retentissant du tonnerre recouvre nos gémissements et le sifflement strident du vent se fait l'écho de mes plaintes de plaisir.

Tobias me maintient à flot d'une main implacable alors que j'escalade avec lui ce déchaînement de puissance sans jamais ralentir la cadence. Aucun de nous ne souhaite aller doucement. Nos corps en manque s'entrechoquent, se rejoignent, se repaissent l'un de l'autre. Prennent leur shoot après une longue période de sevrage.

Et alors que l'orage s'amplifie, que le tonnerre gronde de plus en plus fort, que la pluie redouble d'intensité et que le vent secoue la voiture sous nos assauts combinés, j'atteins de nouveau l'extase entre ses bras.

28

« They don't know 'bout who we are
They don't know 'bout you and I
They ain't know 'bout the stars of your eyes
Oh hot blood love is gonna get ya... »
(Ils ne savent pas qui nous sommes
Ils ne savent pas à propos de toi et moi
Ils ne savent pas non plus pour les étoiles dans tes yeux
Oh, sang chaud, l'amour va t'attraper...)

Tout en m'étirant, j'observe discrètement Tobias alors qu'il s'entraîne sur l'aire de jeu avec « Hot Blood » de Kaleo en fond sonore. Le footing matinal trois fois par semaine est une excellente excuse pour nous retrouver sans attirer l'attention. Sauf quand des personnes sont déjà présentes. Comme les jumelles, ce matin. Elles ont insisté pour nous accompagner et honnêtement, ça me fait royalement chier. J'adore les filles, je les ai connues quand elles n'étaient encore que des bébés mais là, je suis obligée de ronger mon frein et de l'observer à la dérobée alors que ses sœurs s'étirent avec moi...

– Alors, Mia, comment va ta vie amoureuse ? demande brusquement Abbie en me faisant un clin d'œil.

– Quoi ?

Je sursaute en tournant les yeux vers elle. Un sourire angélique illumine son visage et je me sens devenir légèrement rouge. Deux paires d'yeux bleus me fixent en souriant et j'ai presque l'impression d'être au pied du mur.

– Ma quoi ? je reprends en riant pour détourner la conversation.

– Personne en ce moment ? demande Anna, un grand sourire aux lèvres, en se penchant sur sa jambe tendue quasiment à la verticale sur la poutre métallique de l'abri qui couvre l'aire de pique-nique.

Purée, elle est sacrément souple. Cela dit, elle a 19 ans, elle et sa sœur ont été co-capitaines de l'équipe de *cheerleaders* dans le même collège que moi. Ça plus le fait qu'elles ont onze ans de moins que moi… OK, je viens de me prendre un nouveau coup de vieux, comme si le fait de sortir en secret avec un homme de 22 ans n'était pas suffisant pour me rendre compte de mon âge. Il y a deux jours, je me suis gentiment moquée de lui en le comparant à Al de Code Quantum, quand j'ai trouvé une photo de lui portant sa chemise bariolée, un cigare aux lèvres et concentré sur son téléphone. Il a froncé les sourcils en me demandant qui c'était.

J'ai hésité à le gifler ou à aller m'acheter un déambulateur.

– Eh non, personne. Je sors à peine de dix ans de relation alors l'idée de me remettre en couple ne m'intéresse pas trop.

Je mens sacrément bien, dis donc.

– Ah mais je ne parlais pas d'une relation « sérieuse », je parlais juste de plan cul.

Je m'étouffe presque en l'entendant dire « plan cul ». Mais merde, les enfants Miller ne sont pas censés rester vierges jusqu'au mariage ? C'est logique quand on a un pasteur comme père, non ?

– Abbie !

– Quoi ?

– Mais enfin… je… et avec votre père qu…

– Ah ! s'exclame Anna. Non, ne t'inquiète pas, papa est assez ouvert, là-dessus. Il était loin d'être un saint avant de devenir pasteur. Il nous a toujours dit que nous étions libres de faire nos choix, mais seulement si nous savions prendre nos responsabilités.

– Traduction : mettez des préservatifs, les filles, et ne me dites rien, je ne veux pas savoir ! rigole Abbie.

Je ris. Je pensais connaître mes voisins mais finalement, je réalise que je ne sais presque rien de cette famille. Je connais le passé dissolu du pasteur Miller, ancien junkie qui a découvert Dieu en cure de désintox et s'est rangé par la suite – il l'évoque assez souvent dans ses sermons – mais avec le côté vieux jeu de Judy, je pensais que les enfants seraient aussi bigots et prudes qu'elle. Résultat : je me suis royalement plantée. Et pourtant, je suis bien placée pour le savoir…

– Regarde-le faire son beau… murmure Anna en secouant la tête, un sourire moqueur aux lèvres.

Abbie ricane et je tourne la tête pour voir Tobias faire des tractions d'une main. Oh, merde, il est à tomber… Je pourrais passer mon temps à l'admirer. Mais je détourne le visage en plaquant un air blasé sur mon visage.

– Les garçons… je ricane en les regardant.

J'ai un léger mouvement de recul quand je m'aperçois qu'elles me fixent toutes les deux en souriant.

– Ça va, les filles ? demandé-je, mal à l'aise.

Elles sourient largement et Abbie regarde furtivement son frère avant de venir s'asseoir sur la table sur laquelle je m'appuie pour étirer mes cuisses.

– Ça va. Tu sais, tu peux le mater plus librement, on a l'habitude que notre frère fasse tourner la tête des filles.

– QUOI ?

Je hurle presque, si bien que je vois du coin de l'œil Tobias qui fronce les sourcils vers nous et descend de son perchoir. Une boule se loge dans mon estomac. Je suis pétrifiée : ce n'est pas possible, elle ne vient pas de dire ça.

– Mais non, je le connais depuis qu'il est gamin… Je vous connais tous depuis que vous êtes tout petits ! je me défends tant bien que mal.

Anna rejoint sa sœur en s'asseyant à son tour et croise les bras en m'offrant un sourire espiègle.

– Peut-être, mais ce n'est plus un gamin, maintenant…

– Oh, bordel, je suis dans la quatrième dimension, en fait,

c'est ça ? murmuré-je, effarée, en les fixant tour à tour.

– Vous parlez de quoi ? demande Tobias en arrivant derrière moi.

– DE RIEN ! m'écrié-je en les suppliant du regard.

– De toi, répondent-elles en même temps que moi.

Je ferme les yeux et je sens mon visage devenir cramoisi.

– En mal, j'espère ! plaisante-t-il.

Je me force à rouvrir les yeux pour retrouver un visage normal et lui offrir l'expression la plus neutre possible.

– Toujours. Tu nous connais ! s'exclame Abbie en mimant l'effarement.

Il lui fait un clin d'œil et vient lui ébouriffer les cheveux. Elle grogne en se dégageant.

– Tobie, putain ! On ne fait pas ça aux filles !

– Pourquoi ?

– Tu sais le temps qu'il m'a fallu pour me lisser les cheveux ?

– Autant que pour rembourrer ton soutien-gorge ?

– Oh, c'est mignon, il se voile encore la face, après toutes ces années, en pensant qu'on n'a pas de poitrine, se moque Anna en lui faisant la moue.

Je les observe, légèrement amusée malgré mon malaise alors qu'il se venge en lui ébouriffant les cheveux également. Elle râle et le repousse.

– Sans déconner Tobie, il faut vraiment tout t'apprendre sur les filles ! Tu ne touches pas les cheveux ! lâche-t-elle en détachant chaque mot.

– J'ai eu des avis contraires… prononce-t-il d'une voix suave avec un sourire.

Elles miment l'écœurement et je pouffe en saisissant ma bouteille pour boire un peu d'eau.

– Merde, Mia, je ne pensais pas que tu étais du genre à te faire attraper par les cheveux… souffle Abbie en me regardant, les yeux écarquillés.

J'avale de travers et recrache ma gorgée en toussant bruyamment.

Quoi ? Quoi ? QUOI ?

Je lève le visage vers elles, le cœur battant, et je vois Tobias se figer à côté de moi.

– M-mais, de quoi tu p-parles, enfin ? je demande, totalement paniquée.

Elles se collent bras contre bras et nous observent, l'un après l'autre, en souriant.

– Vous nous prenez vraiment pour des idiotes ? s'exclame Abbie.

Je deviens livide alors que leur sourire s'agrandit. Je ne regarde pas Tobias mais je l'entends rire doucement, le salaud ! Il ne cherche même pas à démentir !

– La prochaine fois que vous baisez presque sur les tables de pique-nique en plein orage, pensez à vérifier que vous ne connaissez personne aux alentours, nous sermonne gentiment Anna.

– Oh, mon Dieu… je gémis en attrapant ma bouteille avant de fuir comme une lâche.

Mais je ne vais pas loin : Tobias crochète son doigt dans mon legging et me tire de force vers lui.

– Tobias, putain ! je grogne alors qu'il passe son bras autour de ma taille.

Je le repousse des deux mains mais il me tient fermement contre lui.

– Mia, laisse tomber, elles nous ont vus, rétorque-t-il en riant presque.

Il est tellement serein à l'idée de savoir que ses petites sœurs nous ont surpris en pleine action que ça me choque presque, parce que je me souviens parfaitement que cet instant était loin d'être chaste et mignon… J'avais fini assise sur la table, les jambes autour de sa taille, à lui dévorer la bouche sans pudeur.

– On était retranchées sous l'aire de jeu avec des amis, confirme Anna en me souriant largement.

– Je veux mourir… me lamenté-je en me cachant le visage

alors qu'il éclate franchement de rire.

Sérieusement, Mia…

Je le sens glisser une main sur ma nuque d'un geste possessif et je me tortille pour lui échapper.

– Elle a du mal avec l'idée d'être une cougar, plaisante-t-il sans honte.

Je le frappe sans ménagement avec ma bouteille et il recule en riant, peu impressionné.

– Mais ferme ta grande bouche, Tobias Miller ! m'écrié-je en continuant à le frapper alors qu'il recule, un grand sourire aux lèvres.

Je tente une nouvelle fois de lui faire mal mais il me maîtrise en emprisonnant la main qui tient la bouteille et en la tordant dans mon dos, si bien que je me retrouve collée contre lui, le visage à quelques millimètres du sien alors qu'il plonge ses yeux verts dans les miens. Je déglutis en écarquillant les yeux. Il ne compte quand même pas m'embrasser devant elles ? Je panique en regardant aux alentours, certaine que des personnes nous verront.

– Hey, Mia, t'inquiète, on s'en fiche de votre différence d'âge ! s'écrie Anna.

– Et promis, on ne dira rien ! renchérit Abbie.

– Tu vois ? murmure Tobias.

Je n'ai pas le temps de répondre qu'il m'embrasse sauvagement sous les hurlements de dégoût de ses petites sœurs. J'essaie de le repousser de ma main libre mais il la bloque entre nous en glissant son autre main derrière mon crâne. Je suis obligée de lui mordre la langue pour qu'il accepte enfin de me libérer en riant de plus belle. Je lui file un ultime coup avec ma bouteille en hurlant presque.

– Putain, TOBIAS !

De loin, il m'adresse un baiser accompagné d'un clin d'œil et je soupire d'exaspération.

– Yes, Mia ! Vas-y, mets-lui la misère !

– Il le mérite !

Je ferme les yeux, désespérée par la tournure que prennent les événements. Je n'avais pas prévu de me donner en spectacle aujourd'hui. Vraiment pas. Mais force est de constater que le rire des jumelles est communicatif parce que je me retrouve à sourire malgré moi et je me retiens de partir moi aussi en fou rire. Je relève le visage vers Tobias et le fusille du regard mais il s'en amuse plus qu'autre chose et je me surprends à pincer les lèvres pour ravaler mon sourire.

– La prochaine fois que tu m'embrasses sans ma permission, Miller, je te jure que tu t'en souviendras.

– Tu vas faire quoi ? me défie-t-il. Me punir ?

– Peut-être…

Son sourire s'agrandit et il se rapproche de moi pour répondre dans un murmure.

– J'ai toujours adoré être puni par vous, mademoiselle Anderson…

Je secoue la tête en souriant à moitié et le repousse des deux mains avant de faire face à notre public.

– OK, les filles, écoutez… Rien de tout ça n'était prévu, d'accord ?

– Oh, tu veux dire que tu n'avais pas prévu de te taper notre frère quand tu le gardais alors qu'il avait 10 ans ? Comme c'est étrange… se moque Anna.

Je lève les yeux au ciel et sursaute presque quand Tobias laisse glisser sa main sur ma hanche en passant derrière moi.

– Mia est paniquée par le regard des gens, explique-t-il en s'asseyant à côté de ses sœurs comme si tout était normal.

Je suis debout face à eux trois. Ils me regardent, sereins, et j'ai l'impression d'être au tribunal. Sauf que cette fois-ci, je suis le juge, le procureur et l'accusé. Je m'incrimine toute seule comme une grande alors qu'ils agissent normalement.

Et je suis censée être l'adulte.

– Mais vous êtes en couple ou c'est juste du cul ? demande Abbie en nous fixant tour à tour.

Mon estomac fait un looping et quand j'ouvre la bouche,

aucun son n'en sort. Je ne sais même pas quoi répondre à cette question… Tobias m'observe avant de prendre la parole.

– Tranquille, Ab', ça ne fait pas longtemps. On laisse couler et on verra plus tard.

Elles hochent la tête alors que je le fixe. Il m'observe intensément sans bouger et je me sens mise à nu par son regard. Ça me rappelle à quel point cette relation est incroyable, grisante mais bancale. Il a suffi de quelques jours pour nous faire surprendre et ça m'a mise dans tous mes états. Qu'est-ce que ce sera si ses parents le découvrent ? Je sens la nausée me gagner et mon regard se porte vers les jumelles.

– On peut compter sur votre discrétion ? leur demandé-je, anxieuse.

Du coin de l'œil, je vois Tobias hausser un sourcil. Elles sourient et font la moue. C'est assez fascinant à regarder : Abbie et Anna ont toujours eu les mêmes réactions au même moment, comme là. Elles ne se regardent pas, ne se consultent pas et pourtant, elles font tout à l'identique comme si elles étaient face à un miroir.

– Ça dépend de…

– … ce qu'on a en échange ?

Là encore, l'une a fini la phrase de l'autre. Je plisse les yeux en penchant la tête. Les jeunes sont filoutes mais elles oublient un détail : moi aussi.

– L'assurance que Calista ne montrera à personne la photo de vous deux chez Mitch ?

Tobias fronce les sourcils et se redresse pour regarder ses sœurs, qui ont subitement pâli.

– C'est dégueulasse, ça, Mia… gémit Anna.

– Vous avez commencé, les filles, répliqué-je calmement.

L'année dernière, lors d'une semaine de vacances chez mes parents, je les avais retrouvées ivres mortes au bar de Mitch, accrochées au même garçon. Buccalement parlant. J'avais été assez tétanisée de les voir se le partager à tour de rôle mais Calista avait été plus rapide et les avait prises en

343

photo avant que je l'en empêche. Les filles avaient été aveuglées par le flash avant de nous apercevoir. Et le moment avait été extrêmement gênant. Jusqu'à ce que j'embarque Calista de force parce qu'elle voulait les mitrailler de nouveau. Je la bénis aujourd'hui de l'avoir fait parce que ça me fait un moyen de pression contre elles.

– De quoi elle parle ? questionne Tobias, suspicieux.

– De rien du tout ! s'écrient-elles en même temps.

Je souris en croisant les bras.

– C'est bon, Anderson, tu as notre parole. On ne dira rien. Mais tu nous jures que Calista se taira aussi ? demande Abbie.

– Elle sera muette comme une tombe, je promets.

Je jubile d'avoir retourné la situation à mon avantage. Je suis de nouveau en position de force et la sensation que j'ai, lorsque je les vois se décomposer en comprenant que je suis en possession d'un atout dans ma manche, est grisante.

– Mia… menace Tobias en me regardant.

– Tu rêves, Miller, c'est entre tes sœurs et moi. Et tant qu'elles garderont leur jolie bouche fermée, ça restera notre petit secret.

– Tu es le démon, Mia, grommelle Anna.

– Vous allez bien ensemble, tous les deux, renchérit Abbie en nous scrutant, son frère et moi.

Je leur fais un clin d'œil avant de prendre ma bouteille.

– Je rentre, vous restez ici ou vous me suivez ?

– Et risquer de finir en enfer ? s'exclame Abbie en riant d'effroi.

– Certains ne s'en plaignent pas… murmuré-je d'une voix enjôleuse, en désignant Tobias d'un mouvement de tête.

Ce dernier hausse brièvement les sourcils, surpris par mon revirement, avant de secouer la tête en souriant légèrement, les yeux plissés. Les jumelles lèvent quant à elles les yeux au ciel avec une mimique écœurée. Je regarde rapidement autour de moi pour vérifier que nous sommes seuls et pousse le bouchon jusqu'à aller embrasser langoureusement le tatoué devant moi. Il semble un peu surpris quand je pose mes deux mains sur la table, de chaque côté de ses hanches, et me penche en avant pour m'emparer de sa bouche avant de jouer avec sa langue. Mais il se reprend et plaque rapidement une main sur l'arrière de mon crâne pour approfondir le contact. Je ronronne avec délice dans sa bouche avant de mettre fin à ce baiser dévastateur. Je ris doucement alors qu'il mord légèrement ma lèvre inférieure quand je m'éloigne de lui.

– C'est dégueulasse… se lamente Anna tandis qu'Abbie mime un vomi avec le doigt dans la gorge.

Je souris à Tobias en face de moi et il m'observe sous ses paupières à demi closes, les commissures de ses lèvres à peines recourbées.

– Ça dépend pour qui, je rétorque, mutine.

Et je pars en courant pour rentrer chez moi sans attendre leur réponse.

Que M. Miller se débrouille avec ses sœurs pour le reste, j'ai déjà fait ma part du contrat en m'assurant de leur silence.

29

Barbecue annuel de la paroisse : une foule de gens mariés, bien-pensants qui viennent tous s'enquérir de mon échec professionnel et de ma rupture amoureuse.

Aussi connu sous le nom de « jour de l'enfer ». Dans les jardins de l'église.

C'est particulier, comme combo, mais c'est possible. J'en suis à ma sixième remarque sur ma vie actuelle et je suis sur le point de jeter mon verre de citronnade à la prochaine personne qui viendra me demander, d'une voix remplie de pitié : « Comment ça va, Mia ? Après tous tes malheurs… Nous avions peur que tu fasses une bêtise… » Mais je suis prête à jeter le contenu du verre et AUSSI le contenant – qui est en verre, alors ça risque de faire mal. Calista m'a honteusement abandonnée pour aller draguer un dentiste. Super copine… En plus, Tobias est de l'autre côté du jardin et deux jeunes filles d'à peine 20 ans sont en train de le coller. Pardon, de lui parler. C'est limite si elles ne le regardent pas avec des étoiles dans les yeux. Pour les adolescentes du coin, Tobias représente l'interdit, mais autorisé. Le fils du pasteur, avec un look de bad boy, tatouages à la clé, qui fait de la guitare mais a été bien élevé dans la foi protestante par son papa et sa maman. Du pain bénit, pour elles. Elles peuvent baver sur lui en plein milieu de l'office religieux sans risquer de se faire gronder par leurs parents.

Oui, bon, OK, je bave aussi sur lui pendant la messe. Sauf que moi, c'est parce que je sais ce dont il est capable quand son masque de fils de pasteur tombe et qu'il est lui-même.

Et j'ai déjà vu son piercing.

Ce qui fait de moi une personne avec pas mal d'avance, d'ailleurs… Nouvelle question, Mia : pourquoi est-ce que tu te sens menacée par deux gamines qui sont sûrement encore vierges alors que tu es la seule à profiter des talents cachés de Miller fils ici présent ? La réponse est toute trouvée : elles sont jeunes, tu es vieille.

Et bim.

— Mia, ma grande ! Comment vas-tu ?

Je lève les yeux au ciel avant de me retourner pour faire face à une nouvelle connaissance de mes parents en arborant un sourire poli. L'avantage de la sortie d'église, c'est que les croyants sont trop occupés à aller saluer le pasteur pour se faire bien voir du reste de la paroisse alors jusqu'ici, je passais inaperçue mais aujourd'hui, on dirait bien que je suis l'attraction du jour. Apparemment, le délai pour me laisser me remettre tranquillement de ma rupture et de mon renvoi a été jugé suffisant car tous les vautours de la ville se sont pointés pour connaître les détails croustillants de mes échecs personnels. Et profiter des hamburgers offerts par l'Église.

— Bonjour, Louisa. Très bien, et vous ?

Je souris à m'en faire mal à la mâchoire alors que je rêve de lui faire manger la bombe de laque qu'elle vide tous les matins sur sa mise en plis.

— Moi, ça va, mon petit, mais toi ? J'ai appris pour ton fiancé. Et ton travail. Quels malheurs, mon Dieu…

Qu'est-ce que Dieu a à voir dans tout ça ? Réponse : rien du tout. Ça s'appelle le destin et une mauvaise gestion. Et aussi l'absence de bijoux de famille en ce qui concerne Derreck. Je continue de sourire. Comme une hystérique, même.

— Les aléas de la vie.

— Oui, mais bon… Dis-moi : tu n'avais rien vu venir, concernant ton fiancé ? Il devait quand même y avoir des signes, non ?

Je serre les doigts sur mon verre et mon sourire s'évanouit

petit à petit. Je ne supporte pas les fouineurs qui insistent. Si la réponse était évasive, c'était pour une raison. Ça voulait dire : « Je ne veux pas t'en parler alors va voir ailleurs si j'y suis. » Mais rien à faire, certaines personnes cherchent à fouiller la merde. Je suis sur le point de lui dire d'aller se mettre ses bigoudis chauffants là où je pense quand Tobias m'empêche in extremis de prononcer la phrase fatidique qui aurait certainement plombé l'ambiance.

– Mia ?

– Oui !

Je le regarde comme s'il était le messie et un léger sourire se dessine sur ses lèvres.

– Ma mère aurait besoin qu'on vienne lui donner un coup de main pour préparer les salades. Tu peux venir, s'il te plaît ? Je dois aller m'occuper de la viande en attendant.

Misère, je suis prête à me raser les cheveux si ça peut me permettre d'échapper à toute cette mascarade !

– Bien sûr ! Désolée, Louisa, le devoir m'appelle !

Et je la plante là sans écouter sa réponse pour suivre Tobias dans la cuisine qui jouxte le presbytère. Je soupire de bonheur en fermant la porte derrière nous et en posant mon verre sur le plan de travail.

– Putaaaiiin, j'ai cru que j'allais la tu…

Je suis coupée dans mon élan par sa bouche qui s'écrase sur la mienne et ses mains qui me traînent de force dans la pièce qui sert de placard à provisions et de buanderie et il nous enferme dedans sans allumer la lumière. Je me dégage tant bien que mal de son étreinte en couinant.

– Tobias, bordel ! On est dans une église, et il y a une cinquantaine de personnes dehors ! Ça ne te suffit pas d'avoir déjà été surpris par tes sœurs ?

Je le distingue à peine mais assez pour le voir sourire insolemment. Il m'ignore et me soulève pour me poser sur le congélateur coffre avant de m'embrasser de nouveau.

– Tobias ! protesté-je entre deux attaques buccales.

Je le repousse tant bien que mal mais je me bats de moins en moins fort. Je suis presque anesthésiée par ses baisers et ma paume qui le frappait durement au début devient de plus en plus molle, et aussi efficace que celle d'un nouveau-né. Il le sent et rit contre mes lèvres en palpant mes cuisses avec fièvre. J'abandonne finalement en enfouissant les miennes dans ses cheveux.

– OK pour les baisers, articulé-je durant les quelques secondes de répit qu'il m'accorde. Mais c'est tout !

Il ricane en s'attaquant aux boutons de ma chemise et je recommence à paniquer.

– Tobie, putain, arrête de déconner ! On est dans une église !

– Et ?

OK, génial. C'est le premier mot qu'il prononce et c'est pour me faire comprendre qu'il se fout royalement de mes arguments.

– Et je doute que faire l'amour dans un lieu saint soit super bien vu par le boss de ton père !

Il se recule légèrement et ôte son T-shirt. Mes yeux se sont habitués à l'obscurité et le rai de lumière qui provient de sous la porte illumine ses abdominaux et les tatouages de ses avant-bras.

– OK. Non, là, c'est déloyal… murmuré-je, les yeux écarquillés face à ce torse qui me donne chaud.

Il fonce sur ma poitrine et j'essaie de me réveiller pour le repousser.

– Tobias, je te jure que je vais te frapper avec une bible si tu continues !

Sa seule réponse ? Un rire moqueur.

– Tu es un sale môme… je ris à moitié en me laissant manipuler par sa bouche dans mon cou.

Il ne riposte pas et reprend ses baisers furieux mais s'éloigne régulièrement pour réciter des phrases que je ne comprends pas :

– Que de beauté dans ta tendresse, ma sœur, ma fiancée !

Combien ta tendresse vaut mieux que le vin, et la senteur de tes parfums que tous les aromates !

Il s'interrompt parfois pour m'embrasser dans le cou, ou bien sur la chair tendre de mes seins.

– Tes lèvres distillent le miel, ma fiancée ; il y a sous ta langue du miel et du lait, et la senteur de tes vêtements est comme la senteur du Liban.

Je ne comprends rien à ce qu'il raconte mais sa voix rauque rend le tout hypnotisant et je le laisse me déshabiller à moitié en enlevant ma chemise, et continuer à m'embrasser alors qu'il y a deux secondes, j'étais prête à le griffer.

Volonté : zéro.

– Éveille-toi, vent du nord ! Viens, vent du sud ! Souffle sur mon jardin, et que ses aromates s'en exhalent !

Je suis aussi molle qu'une poupée de chiffon entre ses bras, mon bassin vient se coller contre le sien et ma langue jouer avec la sienne alors que sa voix m'ensorcelle.

– Que mon bien-aimé entre dans son jardin, et qu'il mange de ses fruits exquis…

Je ne sais pas ce qu'il récite, mais sa voix chaude et soufflée rend le tout tellement sensuel que je suis trempée.

– OK, je ne sais pas de quoi tu parles, mais j'adore…

– « Cantique des Cantiques », chapitre quatre…

Je ris avec incrédulité contre ses lèvres quand il répond.

– Quoi ?

– Ancien Testament.

Il s'arrête enfin pour prendre mon visage entre ses mains. Nous sommes essoufflés et ses yeux rieurs plongent dans les miens.

– Quitte à me frapper avec un texte sacré, fais-le avec celui-là. Au moins, ils se marraient plus.

J'éclate de rire et il me vole à nouveau un baiser.

Avec mon consentement, cette fois-ci.

Nos mouvements se précisent, nos mains se cherchent, nos corps se trouvent, nos esprits s'excitent mutuellement et

350

l'atmosphère dans la pièce devient plus lourde, plus sensuelle. Chargée d'électricité. Je glisse mes mains sous la ceinture de son jean, sur ses fesses affriolantes quand la porte s'ouvre brutalement, nous éblouissant de lumière. Nous sursautons tous les deux en nous tournant vers l'intrus. Mon cœur manque un battement, puis je reconnais la personne dans l'encadrement de la porte.

Calista.

Elle ouvre la bouche sans rien dire, visiblement choquée, puis sourit de toutes ses dents avant de refermer la porte aussi vite, en levant son pouce au passage.

C'est comme si on m'avait versé un seau d'eau glacée sur la tête ! Je repousse Tobias des deux mains et saute du congélateur en enfilant ma chemise.

– Voilà ce qui peut arriver avec tes conneries ! Sérieuse-ment…

Il se contente de me fixer avec un sourire goguenard tandis que je reboutonne mon vêtement en pestant quand je réalise que j'ai attaché mardi avec mercredi.

– Imagine si ça avait été ton père ! Ou ta mère !

Il vient passer ses bras autour de ma taille et se colle dans mon dos pour chuchoter à mon oreille.

– Et imagine l'orgasme de dingue que je t'aurais donné si Calista ne nous avait pas interrompus…

Je n'ai aucun doute… Je chancelle encore un peu sur mes jambes et mon cœur bat à cent à l'heure. Ma raison me pousse à prendre la poudre d'escampette mais mon corps se rebelle contre cette idée et voudrait remonter sur ce foutu coffre pour laisser Tobias me faire crier de plaisir.

Après une lutte acharnée, je réussis à me rhabiller correc-tement tandis qu'il m'observe, moqueur, et je sors rapidement de la pièce. J'ai à peine fait un pas à l'extérieur qu'une main me tire soudain dans un recoin. J'aurais dû me douter que Calista ne me louperait pas en sortant.

– Mais c'est une manie, aujourd'hui, de me secouer dans

tous les sens ? râlé-je.

– Vous alliez baiser dans le presbytère ? s'écrie-t-elle en sautillant, tout excitée.

– Moins fort, Cal, putain ! je jure entre mes dents.

– Quoi, ce n'est pas ce que vous alliez faire ?

– Je…

Je ne trouve rien à dire parce que finalement, oui, j'étais prête à laisser Tobias me faire ce qu'il voulait dans un lieu sacré. Alors que ses parents, les miens et la paroisse en entier étaient juste à côté. Mon visage devient rouge quand je réalise que je suis passée à deux doigts de me faire surprendre par quelqu'un d'autre.

– Oh, non, la honte… je gémis en me cachant le visage.

– Oh, mon Dieu… souffle Calista, une main sur le cœur.

– Je sais…

– Je suis tellement fière de toi…

J'ouvre un œil pour la regarder à travers mes doigts. Elle m'observe avec des yeux brillants.

– Non, Cal. C'est du n'importe quoi ! Et si ses parents nous avaient découverts ? chuchoté-je, paniquée. Je n'arrive plus à réfléchir correctement quand il est dans le coin…

Je m'affale contre le mur et glisse au sol. Elle s'assoit à même le parquet, en face de moi, avec un sourire encourageant.

– Relax, Mi, personne ne vous a vus, aucun incident diplomatique en vue, alors respire…

– Cette relation est en train de me faire faire n'importe quoi…

– Et c'est si mauvais que ça ?

– Je ne sais pas…

Je fixe mes mains tremblantes en ressassant la dernière demi-heure. J'ai toujours été droite dans mes bottes, ni coincée ni délurée, mais entre les deux. J'ai travaillé dur à la fac pour avoir un bon métier. J'étais sur le point de me marier il y a moins de six mois et en l'espace de trois mois, je deviens totalement différente de tout ce que je m'étais juré d'être. Le constat fait mal.

– Je ne me reconnais plus, Cal.

Elle sourit un peu plus et me frotte gentiment le bras.

– Si ça peut te rassurer, moi, je te reconnais toujours.

Je pouffe, triste malgré tout.

– Je me suis fait tatouer, merde…

– OK, là, je suis d'accord : c'était un peu poussé, comme décision. Et si même moi, je le pense, c'est que tu es allée loiiiiin…

Je ris un peu plus fort en la voyant écarquiller les yeux de façon comique.

– Mais j'aime te voir comme ça, Mi. Tu as l'air plus… libérée. Heureuse, même.

– J'étais heureuse avant, je la contredis.

– Non, tu étais contente de ta situation. Mais tu n'étais pas foncièrement heureuse. Tu réalises à quel point tu t'es remise rapidement de la perte de ton emploi et de ta rupture avec Derreck ? Si tu avais été profondément heureuse avec lui, ou dans cette boîte, tu serais encore en train de pleurer dans ton lit comme une merde dépressive.

Je lui lance un regard torve.

– Tu sais trouver les bons mots pour consoler les gens, toi… marmonné-je.

– Qui a besoin de tact ? Autant arracher le pansement direct, merde.

– C'est ce qu'on dira lors de ton éloge funèbre, tiens : « Ça va, elle est morte, merde ! Autant arracher le pansement direct. »

– C'est dingue. Après toutes ces années, tu continues à croire que tu vas me survivre… souffle-t-elle en secouant la tête.

Je ris de nouveau en lui souriant largement. Calista est un antidépresseur à elle seule. Elle a raison, je me suis remise beaucoup plus vite que ce que je croyais, mais même si j'avais fini en dépression, Cal aurait réussi à me sortir de ma léthargie pour me remettre sur pied en moins de deux jours.

– Pour rien au monde je ne souhaiterais te survivre… murmuré-je avec un sourire tendre.

Elle arbore, quant à elle, un sourire satisfait.

– On n'a qu'à mourir en même temps, Mia Anderson.

– C'est une promesse, Calista Jones ?

Elle crache dans sa paume et me la tend.

– C'est dégueulasse ! m'écrié-je, morte de rire.

– Ouais, ben, je n'avais pas de couteau sous la main pour faire une promesse de sang, alors on se contentera de ça.

– Encore pire, on aurait pu mourir d'une septicémie !

– Ouais, mais ENSEMBLE !

Je ferme les yeux, prise d'un fou rire alors que ma copine sourit de plus belle, très fière d'elle.

– Promesse, Mi ?

Je soupire profondément en regardant sa paume qui dégou-line presque. Je fais une rapide moue amusée avant de cracher dans la mienne et de venir serrer sa main dans un bruit de succion assez répugnant, ce qui nous fait éclater de rire.

– Promis, Cal, je lui réponds quand je me suis calmée.

– C'est trop tard pour le reste du monde, chuchote-t-elle avant de tirer violemment sur ma main pour me rapprocher d'elle. À la vie, à la mort, Anderson : tu es à MOI, mainte-nant !

Elle prononce la dernière phrase en écarquillant les yeux au maximum afin de simuler une psychopathe. Son jeu préféré depuis que je la connais, mais il ne prend plus avec moi. Après toutes ces années, je sais qu'elle ne simule pas : elle est vraiment psychopathe.

Je lui tire la langue pour toute réponse et elle m'imite.

J'essuie ma main libre sur mon jean et elle m'imite aussi. Mais sur mon jean également.

– Hey !

– Quoi ? C'est une Ralph Lauren ! Je n'allais quand même

pas essuyer ma bave avec ! se justifie-t-elle en désignant sa robe polo. En plus, ton jean est troué…

– Je l'ai acheté comme ça, justement !

– Ah mais c'était fait exprès, le côté « clocharde » ? Au temps pour moi… Mais remarque, grâce à ça, tu accentues l'usure.

Je la fixe, les yeux écarquillés. Comment fait-elle pour toujours retourner les situations à son avantage ?

– Ne me remercie pas… souffle-t-elle avec un clin d'œil.

– Ses sœurs nous ont surpris, je lâche sans préambule.

Je ne sais pas pourquoi je dis ça maintenant mais j'aimerais avoir son avis sur la question. Pour me convaincre que ce n'est pas grave. Ou me dire d'arrêter. Ou de continuer ? Je ne sais pas… Elle devient silencieuse et m'observe un long moment.

– Et ?

– Et elles ne diront rien, mais… j'ai été paniquée quand j'ai compris qu'elles savaient. Comment je vais réagir si nos parents le découvrent un jour ?

– Vous avez prévu de leur dire ?

– Non !

– Alors où est le problème ?

Je soupire longuement en me passant une main dans les cheveux.

– Tu as peur de quoi, Mi ? Que ça ne fonctionne plus si vous êtes découverts, ou justement que ça fonctionne ?

Elle a parlé d'une voix très douce, comme si elle s'adressait à un animal blessé.

– Je ne sais rien de lui en dehors de Springville, s'il a des amis, ses expériences à la fac… murmuré-je. Comment je peux décider de tenter l'aventure sur du long terme si je ne sais rien de l'homme avec qui je couche ? Et si je découvre qu'il est gay aussi ?

Elle éclate de rire et tapote ma tête comme elle le ferait à une enfant.

– Chérie, je ne suis pas allée vérifier de près mais, crois-moi, vu le nombre de fois où il a maté mon décolleté, il n'est pas gay.

– Et s'il ne vote pas comme moi ? Et s'il est contre l'idée d'avoir des enfants ? Et si je découvre chez lui des manies qui m'irritent ? Et si…

Les questions se bousculent dans ma tête et j'en perds mes mots.

Le constat est frappant. Je m'entends bien avec Tobias. Extrêmement bien. Autant sur le plan physique que sur le plan intellectuel. Mais à part nos moments à deux, je ne connais rien de lui, ni de sa vie d'avant, de ses anciennes petites amies, etc. Lors du Burning Man, nous n'avons jamais évoqué nos vies personnelles. Nous nous sommes contentés de vivre le festival au gré de nos errances et découvertes physiques… Il m'a quand même raconté quelques anecdotes avec ses amis, mais qui me dit que tout se passera bien si nos deux mondes entrent en collision ?

– Et si… tu lui demandais ? intervient Calista. C'est aussi simple que ça, Mi.

– Pourquoi tout a l'air toujours aussi simple, dans ton monde, Cal ? je pouffe en secouant la tête.

Pour Calista, rien n'est difficile. Il y a toujours une solution à chaque problème, et même s'il n'y en a pas, le fameux problème n'en vaut pas la peine. J'aimerais être aussi détachée qu'elle, ça me faciliterait beaucoup la vie…

Elle me sourit et vient s'asseoir à côté de moi contre le mur. J'en profite pour poser ma tête sur son épaule alors qu'elle tend les jambes devant elle.

– Parce que mon monde est moins compliqué que le tien, petite souris, répond-elle en tapotant le bout de mon nez.

Je fronce les sourcils en la regardant.

– C'est l'explication la plus naze que j'aie jamais entendue…

– Je n'ai jamais dit que mon monde était parfait non plus.

30

Je me force à ne pas tourner la tête vers Tobias alors que Calista est en train de lui parler. Dès que nous avons rejoint le reste des invités, elle s'est fait alpaguer par les jumelles qui voulaient lui subtiliser de la bière, et elle a accepté, bien entendu. Calista reste Calista.

– Alors, comme ça, on s'est fait surprendre à faire des mamours dans le cellier ?

J'écarquille les yeux devant Abbie.

– Quoi ?

– Ça va, ce n'était que ta copine, pas Mme Lambert, précise Anna.

– Mais comment…

Je ferme les yeux en soupirant. Tobias. C'est Tobias qui le leur a dit.

– Votre frère devrait apprendre à fermer sa bouche… soupiré-je en le regardant discuter avec Cal.

– Pourtant, je croyais que ça te plaisait quand il l'utilisait, rétorque Anna, un sourire diabolique aux lèvres.

Abbie conclut en me faisant un clin d'œil et je lève les yeux au ciel. Elles sont intenables.

– Où sont passées les adorables petites filles que je gardais ? demandé-je, souriant à moitié. Quand est-ce que vous êtes devenues des démons ?

Elles font une moue simultanée.

– On a été à bonne école, entre Tobias et toi, répond Abbie.

– Je ne vous ai jamais appris ça…

Elles font mine de réfléchir en fronçant les sourcils et je pouffe malgré moi.

– OK, c'était peut-être juste Tobias qui nous a appris à être comme ça, mais TOI AUSSI, tu es un démon, Mia, affirme Anna en me désignant.

– Je n'ai jamais dit l'inverse…

La conversation est interrompue par Calista qui revient avec deux bouteilles de bière.

– OK, les filles, trouvez-moi un endroit discret pour transvaser ça…

Elles piaillent de joie et l'entraînent un peu plus loin, de l'autre côté de l'église, en me laissant sur place.

– Non, mais, allez-y, je vous en prie… je râle quand je me retrouve seule.

Je lève les bras de dépit en regardant autour de moi mais je sursaute quand Calista revient soudain vers moi.

– Va lui parler ! ordonne-t-elle avant de disparaître de nouveau.

– Euh… OK.

Je sais pertinemment de qui elle parle.

Bon, Mia, quand faut y aller…

J'inspire un bon coup avant de prendre mon courage à deux mains et de m'avancer vers lui. J'essaie de paraître calme et sereine mais ma motivation est mise à rude épreuve quand je vois son regard balayer autour de lui avant de se poser sur moi.

Oh, misère…

Il ne me regarde pas, il me dévore des yeux. Littéralement. J'ai l'impression d'être toute nue… Je suis aussi gênée qu'excitée mais ma pudeur reprend le dessus et je m'immobilise, mal à l'aise. Il baisse aussitôt les yeux et je peux de nouveau respirer. Je n'avais même pas conscience d'être en apnée.

Merde, Mia, allez, tu y vas, tu poses des questions, tu es une adulte ! C'est même toi, l'adulte, entre vous deux.

Je recommence à marcher et quand j'arrive à sa hauteur, je fais mine de prendre une bière dans la glacière à côté de lui pour me donner une contenance.

– Tobias, murmuré-je avec un sourire aux lèvres en décapsulant la bouteille sans même le regarder.

– Mademoiselle Anderson, répond-il sur le même ton.

Je tente de me battre contre le gigantesque sourire qui menace de fleurir malgré moi sur mon visage. « Mademoiselle Anderson. » Il sait très bien l'effet que ça me fait quand il utilise ce nom.

– Remise ?

Je lève les yeux au ciel.

– Très bien. Et toi ?

Il ne répond pas tout de suite et je sens son regard sur ma nuque.

– Difficilement, pour ma part...

Une bouffée de chaleur m'envahit et je bois rapidement une gorgée pour tenter de me rafraîchir et endiguer le feu qu'il a allumé d'une seule phrase. Je me racle la gorge et adopte la même position que lui, les fesses appuyées sur la table.

– Alors, bien discuté avec Calista ? demande-t-il en portant sa bouteille à ses lèvres.

J'arbore une petite moue amusée.

– Très bien, merci. Et toi, avec les jumelles ?

Il ricane et secoue la tête.

– Et dire qu'elles sont allées cafter, ces morveuses...

Nous continuons à boire en silence sans jamais réellement nous regarder. Et je me sens bien pour l'instant. J'hésite même à lui parler, à lui poser des questions... Sa simple présence a légèrement apaisé le tourment qui m'avait prise par surprise.

– Qu'est-ce qu'il se passe, Mia ?

Je sursaute à sa question.

– Rien.

– Menteuse...

Je m'autorise un regard en coin avec un sourire diabolique.

– Je mens si je veux… rétorqué-je en plissant les yeux.

Il m'observe à la dérobée et sourit lentement à son tour.

– Pas à moi, mademoiselle Anderson…

Tiens donc…

Je hausse les sourcils, complètement surprise.

– Et on peut savoir pourquoi ? m'exclamé-je.

Il boit une nouvelle gorgée et je regarde sa pomme d'Adam monter et descendre quand il déglutit. Elle fait légèrement bouger la croix tatouée sur son cou. Ses tatouages me fascinent… Il choisit cet instant pour se tourner vers moi et me regarder dans les yeux avec un léger sourire.

– Parce que je sais à quoi tu ressembles quand tu jouis, Mia… Tu n'as plus de secret pour moi.

Sa réponse me fait de l'effet et la frustration de ne pas avoir fini ce qu'on avait commencé un peu plus tôt revient en force. Il sourit de plus belle, visiblement fier de lui quand j'avale péniblement ma salive, et reprend sa position initiale.

– Ce serait peut-être judicieux d'être un peu plus discret, marmonné-je en piquant du nez vers ma bouteille de bière.

– Personne ne nous regarde et tout le monde s'en fout de ce qu'on dit.

– Tu ne peux pas en être sûr.

– Toi non plus.

– Nom de Dieu, entre toi et Calista, c'est impossible d'avoir une discussion sérieuse…

– Aaaah… c'est donc ça que tu veux, une discussion « sérieuse », murmure-t-il en souriant.

Je soupire profondément.

– Je ne sais pas grand-chose de toi, si on y réfléchit bien.

– Tu sais à quoi je ressemble quand j'éjacule.

– Tobias, putain ! sifflé-je entre mes dents serrées.

Il pouffe et je regarde rapidement autour de nous, soulagée de voir qu'il n'y a aucune personne assez proche pour nous entendre.

– Je parlais de choses plus « basiques »… je reprends. Tes

goûts culinaires, ou même musicaux…

— Je bouffe des cochonneries, j'adore les steaks saignants, je déteste la rhubarbe et les champignons, par contre je bave comme un chien devant les roulés à la cannelle et les tacos.

J'ouvre la bouche sans savoir quoi répondre.

— Quant à mes goûts musicaux, ils sont assez éclectiques. J'aime tout, du rock psychédélique au hard rock en passant par le blues, le jazz, la pop et même l'électro. Par contre, j'ai un peu de mal avec le R'N'B', j'avoue…

Il finit sa tirade avec un clin d'œil et je souris en regardant devant moi.

— Qui n'aime pas les champignons, sérieusement ?

— C'est tout ce que tu as retenu ? s'esclaffe-t-il.

— Tu votes de quel côté ? je demande de nouveau en ignorant sa remarque.

Il fronce les sourcils et m'observe comme si j'étais une énigme de la nature.

— J'ai fait musicologie à la fac, mon père est un ancien junkie, je suis tatoué et je fume de la marijuana…

— OK, OK ! j'abdique en riant. Tu votes démocrate, j'ai compris !

Il semble fier de lui et je l'observe à la dérobée.

— J'aimerais bien en savoir un peu plus sur toi.

Il écarquille brièvement les yeux mais continue de regarder fixement devant lui.

— Il n'y a pas grand-chose à savoir, je suis un mec normal.

— Permets-moi d'en douter… je me moque ouvertement. Tu ne te dévoiles pas vraiment, Tobie. En fait, tu es encore une énigme pour moi.

— « L'affaire Tobias Miller » ? questionne-t-il en riant.

— À peu de chose près, oui… j'admets. À quoi ressemblent tes amis ?

Il rit franchement mais je ne lâche pas l'affaire.

— Damon est… Damon, commence-t-il. Incorrigible. Ensuite, il y a mes potes qui ont un groupe, les Mystical

Lobsters : Alvin, Theo, Ewan, Jay et Bastian. Damon les accompagne sur leur tournée. Ils sont sympas et moins incontrôlables que Damon.

– Ah, je vois, Damon est ta Calista…

– On peut dire ça, ricane-t-il. Il en faut toujours un, non ? Pour nous permettre de nous sentir « normaux ».

J'éclate de rire mais m'interromps très vite quand je réalise que quelques têtes se sont tournées vers nous. Et le peu de regards que je croise semblent plus interloqués que bienveillants.

Je déglutis et m'écarte de quelques pas, ce qui lui fait froncer les sourcils.

– On nous regarde… j'explique à voix basse en tentant de prendre un air désinvolte.

Il hoche la tête et finit sa bouteille avant de me regarder.

Un regard chaud et très perturbant.

– Et pour le reste, quand ce barbecue sera terminé, qu'est-ce que vous diriez de vous enfuir avec moi loin des regards indiscrets, mademoiselle Anderson ? Pour qu'on puisse… découvrir nos secrets réciproques…

Son regard brûlant, l'utilisation de mon surnom, le sous-entendu caché dans sa voix… Il ne me faut pas longtemps pour prendre ma décision.

– Avec plaisir, monsieur Miller…

***

– Quel est… ton plus grand fantasme ?

Je suis allongée à l'arrière du pick-up, sur une couverture. Tobias nous a conduits sur une route isolée d'une des montagnes du Wasatch Range, à l'est de la ville, à la nuit tombée. Nous sommes installés sur une terrasse naturelle qui surplombe Springville, Mapleton et Spanish Fork. En contrebas, les trois villes réunies forment comme un tapis de lumières à nos pieds, et nous fumons un joint en discutant.

Je lui ai raconté ma plus grosse peur, mon premier baiser ainsi que ma plus grosse honte. La sienne était toute trouvée : apparemment, l'épisode de ses 12 ans, quand je l'ai surpris en pleine masturbation, l'a marqué à vie. J'ai éclaté de rire quand il me l'a raconté de son point de vue. Ça fait du bien de discuter avec lui sans, finalement, chercher à se toucher. Ce n'est pas l'envie qui m'en manque, mais je prends sur moi pour continuer la discussion et en découvrir plus sur lui, et je sais qu'il fait de même de son côté. D'ailleurs, Tobias devient subitement silencieux et ne répond plus. À la place, il tire une longue bouffée de cannabis.

– Tobie ?

– J'ai l'impression d'avoir de nouveau 10 ans quand tu m'appelles comme ça.

Je souris, mutine, avant de lui voler le joint.

– Bah, c'était il y a quoi ? Deux, trois ans tout au pl...

Je ne finis pas ma phrase. Il me grimpe dessus pour m'embrasser à pleine bouche et me faire taire. J'éclate de rire contre ses lèvres. Le charrier sur son âge est devenu une de mes activités favorites. Il ramène mes mains au-dessus de ma tête et vient mordiller mon oreille sans douceur.

– Tu veux que je te rappelle ce que le « gamin » est capable de te faire ?

– Des promesses, toujours des promesses...

Il se joint à mon rire et se relève pour s'asseoir à califourchon sur mes cuisses, tout en récupérant le pétard. Une de ses mains s'égare sur mon ventre, sous ma chemise et je profite du fait qu'il soit occupé à admirer mon piercing au nombril pour l'observer. Torse nu, il me surplombe. Les lumières de la ville l'illuminent légèrement. Il est sublime. Comme un ange déchu, croisé avec le diable en personne. Un homme bien élevé, qui connaît la Bible et les chants de messe, mais qui se transforme en démon quand la porte de la chambre se referme sur lui.

Deux personnalités en une seule personne.

– Qui es-tu donc, Tobias Miller ? chuchoté-je, pensive.

Il semble surpris par ma question mais sourit d'un air canaille. Il ne parle pas mais vient m'embrasser langoureusement, comme lui seul sait le faire. Tobias embrasse comme s'il voulait me donner un orgasme à chaque baiser. Profondément, lentement… La façon dont sa langue joue avec la mienne ressemble à un acte sexuel. Il embrasse comme il fait l'amour : avec érotisme, sensualité et décadence. Je gémis avec délectation contre sa bouche et il rit en me mordant la lèvre inférieure.

Je reste pantelante quand il s'écarte et s'allonge de nouveau à côté de moi.

– OK. Déjà, tu es celui qui embrasse le mieux. Et de loin.

J'ai presque soupiré en disant ça et il rit, le joint coincé entre les lèvres.

– Je suis flatté.

– Tu peux. Mais tu n'as toujours pas répondu à ma question…

– Laquelle ? Je trouve que tu parles trop et que tu n'es pas assez déshabillée…

Sa main s'égare sur ma cuisse et je lui file une tape pour la dégager.

– Sur le fantasme.

– Si je te dis : « Le faire dans un pick-up », il sera sur le point de se réaliser ?

J'éclate de rire.

– Non ! Il ne se passera rien tant que tu n'auras pas répondu…

Il soupire longuement et tire sur le joint avant de me le tendre. Je le regarde tout en fumant à mon tour mais il fixe le ciel étoilé.

– Alors ?

– Je ne sais pas si j'ai envie de te le dire…

– Oh, pourquoiiiii ?

Je ressemble à une gamine vexée et déçue, ce qui le fait sourire.

– Qu'est-ce que ça peut te faire, de toute façon ?

– Allez ! Ça me permettra de cerner un peu plus « l'énigme Tobias Miller »…

Je murmure d'une voix de conspiratrice les trois derniers mots, et ça semble l'amuser un peu plus.

– Il n'y a rien à cerner. Je suis un mec lambda.

– Un fils de pasteur tatoué et percé. Rien que cette définition te classe directement dans la catégorie « ovni ».

– À force de me le répéter, je suis étonné de ne pas t'entendre crier « le fils du pasteur » au lieu de « Tobias » quand on couche ensemble…

Je plisse les yeux vers lui avec un sourire en coin.

– D'une : je ne crie pas, et de deux : encore moins ton prénom, monsieur Miller.

Il sourit également.

– C'est vrai, tu es plutôt du genre « gémisseuse », au lit…

– Parce que tu as des catégories pour les filles au lit ?

– Oui. Dans l'ordre décroissant : « crieuse », « gémisseuse », « couineuse » et, la pire de toutes : la « silencieuse »…

Je suis morte de rire devant son expression horrifiée.

– Donc, la « crieuse », c'est le top du top ?

– Une femme qui crie ton prénom au lit, c'est quand même flatteur.

– Désolée, je lui réponds, moqueuse.

– Un jour… promet-il en me faisant un clin d'œil complice.

Je pouffe et tire sur le joint avant de le lui tendre.

– On s'éloigne du sujet, là… je reprends, plus que curieuse.

Je suis intriguée par son refus de m'avouer un de ses fantasmes. Je suis soudain prise d'une envie de le titiller, de prêcher le faux pour savoir le vrai.

En tout bien tout honneur.

– C'est de faire des trucs avec un mec ? je demande dans un demi-sourire.

– Quoi ?

Il se dresse, les sourcils froncés.

– Ton fantasme inavouable ?

Il me regarde, horrifié, si bien que je m'étouffe presque tellement je ris.

– Oh, ça va, il n'y a pas de honte à avoir ! Mon ex était gay, tu sais…

– Je ne fantasme pas sur les mecs, Mia.

Il a l'air tellement horrifié que j'ai du mal à me retenir de l'asticoter encore plus.

– Que tu dis !

– Je n'ai rien contre les homosexuels mais je ne fantasme pas sur les mecs ! reprend-il plus fort.

– Qu'est-ce qui me prouve que tu dis la vérité ?

– Putain, je vais finir par sortir ma queue et te montrer si je fantasme vraiment sur les mecs…

Je me tortille comme une anguille pour lui échapper, morte de rire, et je descends du pick-up alors qu'il se redresse sur les genoux face à moi.

– Allez, Miller, dis-moi tout… susurré-je. Je serai une tombe.

– Non.

– Je me fous à poil si tu le dis.

– Tu finiras à poil de toute façon.

– Je te trouve bien sûr de toi pour un gamin de 22 ans.

– Tu ne t'en es jamais plainte…

Sa voix douceureuse me promet monts et merveilles et j'hésite un court instant à laisser tomber l'affaire. Mais ma conversation avec Calista me revient en tête et je décide de continuer à insister.

– Tobiaaaas…

– Miaaaaa…

Il se moque visiblement de moi mais j'ai encore des atouts dans mon jeu.

– Tu sais que j'ai été pom-pom girl ?

– Oui. Et ?

– Je suis encore vachement souple pour mon âge…

Son visage s'éclaire quand il saisit l'allusion et j'enfonce un peu plus le clou.

– Je suis capable de te faire des positions que tu n'as jamais vues… ou même pu imaginer…

Sa pomme d'Adam monte et descend quand il déglutit et il pose une main sur son entrejambe pour se rajuster rapidement en plissant ses yeux verts vers moi.

Gagné.

– Allez, Miller… Dis-moi tout…

Je répète exactement la même phrase qu'il y a cinq minutes mais cette fois-ci, je le sens sur le point de rendre les armes. Quand il soupire longuement et se passe une main dans les cheveux en s'asseyant sur ses talons, je sais que j'ai réussi !

– Tu vas être déçue. Rien d'extraordinaire.

Je bondis et pousse un petit cri de ravissement.

– Je m'en fous, je veux savoir !

Je grimpe de nouveau dans le pick-up, tout excitée, et viens m'asseoir à califourchon sur lui. Il prend un air dépité et fixe mes seins en posant ses paumes chaudes de chaque côté de mes hanches. Il évite clairement mon regard et je l'encourage en relevant son menton pour le regarder dans les yeux.

– Il y avait cette fille… qui a occupé le rôle principal de tous mes fantasmes depuis l'adolescence…

– Une personne connue ? Une star ? je demande, amusée.

Il me regarde longuement avant de répondre enfin.

– La fille du voisin. Plus âgée que moi.

Mon sourire s'évanouit. Et un petit nœud se forme dans mon ventre.

– Tu fantasmais sur moi ? soufflé-je.

Ses pouces dessinent des cercles sur ma peau, sous le tissu, et je frissonne en attendant qu'il réponde à ma question.

– Tu débarquais dans ma chambre à l'improviste. Et tu me faisais la pipe du siècle… Ça, c'était celui qui revenait le plus souvent, en tout cas.

– Parce qu'il y en a eu d'autres ?

Ses lèvres se recourbent légèrement alors qu'il me fixe, droit dans les yeux.

– Mia, dans mes fantasmes, je t'ai baisée dans chaque recoin de ma chambre et de cette putain de baraque…

J'en ai le souffle coupé. Pendant un court instant, je ne sais pas si son aveu m'effraie ou me rend toute cotonneuse. Je crois que c'est un mélange des deux qui se produit et je sens mes seins s'alourdir et ma peau me démanger. Une sensation de vide, couplée à un besoin urgent, prend naissance entre mes jambes et mes mains se crispent sur ses épaules. Il sourit plus largement et ses paumes glissent sur mes fesses, me rapprochant de lui d'une simple pression. Je me laisse faire.

– Bien. Maintenant que tu connais mon fantasme principal… commence-t-il en venant m'embrasser dans le cou.

Mes yeux se ferment d'eux-mêmes et je penche la tête sur le côté opposé pour lui faciliter l'accès à ma peau.

– Est-ce qu'on peut enfin dégager ces putains de vêtements et passer aux choses sérieuses ?

Je ne lui oppose plus aucune résistance et il m'allonge doucement avant de venir me faire gémir de plaisir.

Comme promis.

31

– Je peux savoir ce que tu fais ici ? demandé-je pour la dixième fois à Calista qui fait le pied de grue devant la caisse du magasin.

– On est samedi. Je m'ennuie.

– Merveilleux. Donc si j'ai bien pigé, comme tu ne travailles pas, tu viens m'empêcher de faire le mien correctement ?

– Et avoue que c'est merveilleux quand c'est moi qui le fais ! répond-elle avec un sourire gigantesque.

Je pouffe en relisant pour la troisième fois la ligne sur ma liste de réapprovisionnement et lève les yeux au ciel quand elle reprend son bavardage incessant. Je décide de sauvegarder ma liste et de fermer le fichier. Je n'y arriverai pas, aujourd'hui, avec elle, autant le faire mardi quand elle embêtera ses élèves à la place.

Je croise les bras sur la surface de la caisse et l'écoute en souriant alors qu'elle m'énumère les derniers potins de la ville.

– D'ailleurs, en parlant de poufiasse, la fille de Josh et Cassie Sullivan vient de revenir en ville pour le week-end, conclut-elle en grimaçant.

– Tu as peur de te faire voler la vedette ?

Elle me toise du regard et vient planter son doigt sous mon nez.

– Personne ne me vole la vedette, OK ? Personne !

Je lève les mains en signe de reddition et recule un peu pour mettre de l'ordre dans le tiroir sous la caisse. C'est un vrai bordel rempli de stylos qui ne fonctionnent plus, de trombones tordus, de tickets perdus et d'étiquettes inconnues.

Comme le magasin est calme et que mes parents s'occupent de ranger la réserve, je n'ai pas grand-chose de plus à faire. Je suis même sur le point de demander à Calista d'aller me chercher un cappuccino au café du coin pour qu'on puisse discuter plus agréablement quand la sonnette de la porte d'entrée me fait relever la tête. Je souris machinalement à la jolie blonde qui semble perdue au milieu des outils et autres objets de quincaillerie.

– Bonjour, je peux vous aider ?

Elle semble soulagée par mon intervention et se précipite vers moi en me montrant son sac à main.

– Bonjour, dites-moi que vous avez de quoi sauver mon bébé.

Je me penche par-dessus le comptoir et constate que l'anse de son sac à main est cassée et qu'il ne tient plus que par un fil. Littéralement.

– Alors… je commence très sérieusement. Je crois qu'avec un perforateur et un kit de boutons-pression, on pourrait le sauver mais je ne peux rien promettre… Il va peut-être falloir songer à l'amputer.

Elle cligne plusieurs fois des yeux avant d'éclater de rire et je lui souris largement. Elle est très jolie et son rire est contagieux.

– Je tente ma chance avec le kit de boutons-pression, confirme-t-elle en hochant la tête.

– Bon choix. Je crois qu'il m'en reste un, je vais vous le chercher.

Je la quitte alors que Calista s'extasie sur son sac d'une marque visiblement connue et m'éloigne dans le rayon du fond vers les petits accessoires et outillages. Je parcours les rangées des yeux pour trouver le fameux kit et le perforateur en pestant.

Bon sang, je l'ai pourtant vu ici la semaine dernière ! Il n'a pas pu disparaître ou changer de rayon en moins de cinq jours, alors à moins que mes parents ne l'aient vendu, il devrait se trouver ic…

– Mademoiselle Anderson.

Mes doigts se figent sur la rangée et ma respiration se bloque dans ma cage thoracique.

Je ne l'ai pas entendu entrer, je ne l'ai pas senti s'approcher mais maintenant qu'il est là, je sens mes poils se hérisser et un fourmillement familier prendre possession de mon corps.

– Tobias… soufflé-je.

– Lui-même.

Un sourire s'épanouit sur mon visage en devinant le sien à sa voix légèrement moqueuse et je tourne le regard vers lui. Il m'étudie, les bras croisés, une épaule appuyée sur les rayonnages, un sourire taquin à peine dissimulé. Je plisse les yeux en l'observant.

– Que me vaut le plaisir de votre visite, monsieur Miller ? Besoin d'huile ?

Il hausse les sourcils et se redresse avant de s'approcher de moi d'un pas de prédateur. J'écarquille brièvement les yeux et recule d'un pas. Il est trop proche, mes parents ne sont pas loin et le magasin n'est pas totalement vide. Même si Calista est au courant, je ne tiens pas à m'afficher devant les possibles clients ni à laisser la rumeur de ma liaison avec mon jeune voisin se répandre comme une traînée de poudre.

– Repos, soldat, je le préviens en reculant de nouveau alors qu'il avance inexorablement dans ma direction. Nous ne sommes pas en zone neutre, ici. Les confédérés ne sont pas loin.

– J'aime vivre dangereusement.

Je pouffe à son clin d'œil mutin avant de l'éviter en me faufilant dans son dos.

– Tu es peut-être un Yankee tête brûlée mais moi, je suis une honorable jeune femme du sud… rétorqué-je en m'éloignant dans le rayon.

Je pousse un petit cri de victoire en apercevant ce que je cherchais et l'attrape au vol alors qu'il répond :

– L'hospitalité du sud se perd, mademoiselle O'Hara !

Je lui tire la langue et repars vers le comptoir où la jeune femme attend toujours.

– Voilà de quoi sauver votre bébé !

Elle soupire de soulagement et j'entreprends de lui expliquer comment fonctionne le perforateur quand elle relève la tête. Elle ne m'écoute plus.

– Mais regardez qui est là ! Tobias Miller !

L'entendre prononcer son nom me fait tiquer et je vois Calista faire de même. J'ai à peine le temps de relever la tête qu'elle part en courant et se jette dans ses bras.

– Danny !

OK. Je ne sais pas ce qui m'énerve le plus, le fait qu'elle se précipite vers lui ou bien le fait qu'il l'attrape au vol et referme ses bras sur elle en souriant de toutes ses dents ?

Les deux, mon général.

– OK, c'est qui, cette greluche ?

Je ne réponds pas à l'attaque de Cal, qui parlait pourtant avec elle il y a cinq minutes comme si c'était une amie de longue date. À la place, je les fixe, la bouche légèrement ouverte, sous le choc.

C'est comme un coup de tonnerre, je réalise subitement que Tobias a eu une vie avant moi, qu'il a fréquenté d'autres filles, qu'il a eu des liaisons, qu'il a une vie que je ne connais pas et ça me coupe le souffle comme un uppercut en plein estomac.

Pour une raison inconnue, je m'étais persuadée qu'il n'était qu'à moi. Comme je suis son ancienne baby-sitter, je partais du principe que j'étais l'unique femme de sa vie, mais à le voir sourire en serrant cette jolie blonde dans ses bras, je me retrouve face à ma naïveté. Nous venons de la même ville. Je tomberai sûrement sur certaines de ses anciennes conquêtes.

À bien y réfléchir, j'en ai sûrement déjà croisé plusieurs sans même le savoir.

– Yo, le gamin, tu nous présentes officiellement ?

372

Je sursaute à l'injonction de Cal et sors de ma transe. Assez pour voir un mince sourire gêné sur le visage de Tobias alors qu'il s'écarte d'elle et me jette un rapide regard.

Pris la main dans le sac, Tobie…

– Bien sûr, pardon. Mia, Calista, voici Danny, une copine du lycée.

Une « copine du lycée » ? Et pourquoi pas le pape, pendant qu'on y est ?

– Elle te saute dans les bras et te lèche presque le visage et tu nous dis que c'est une « copine de lycée » ? l'interroge Calista avec un regard perçant.

Si perçant que je vois les yeux de Tobias se plisser alors que son amie éclate de rire. Désolée, M. Miller, les copines se défendent toujours.

– Elle a raison, Tobias ! reprend la jeune femme qui le tient toujours dans ses bras. Pour tout vous avouer, on a été un peu plus que des amis, mais ça n'a pas duré longtemps.

Elle tourne le visage vers lui et lui caresse la joue d'un doigt avant d'ajouter en souriant d'un air rêveur.

– Juste le temps de quelques souvenirs mémorables sous les gradins…

J'ai envie de vomir.

Je baisse les yeux et entreprends d'encaisser le perforateur et le kit de boutons-pression pour me donner une contenance tandis que Calista reprend de plus belle.

– Aaaaah… Une ancienne copine de cul, alors ? Autant dire les choses clairement, hein, Miller ?

J'entends la jeune femme rire de façon plus nerveuse. Je n'ose pas lever la tête pour regarder Tobias, je le connais assez pour savoir qu'il aura le visage fermé et fixera Calista sans se démonter. Ce qui ne l'empêche pas de continuer sans répit.

– Vous avez besoin qu'on vous laisse seuls pour rattraper le temps perdu ou cette magnifique démonstration d'affection suffira à calmer vos ardeurs ?

– Caaal… grondé-je pour la prévenir qu'elle va trop loin.

Mais elle ne m'écoute pas. D'ailleurs, j'aurais dû le savoir, Calista ne m'écoute jamais quand elle est en colère. Un jour, elle a quasiment défiguré à coups de griffes un garçon qui nous avait insultées en boîte de nuit.

Non pas que ça l'ait dérangée de se faire traiter d'allumeuse, elle l'assume entièrement, mais quand le garçon en question m'a traitée de « pauvre fille » et de « faire-valoir », elle est devenue hystérique et s'est jetée sur lui alors que je la suppliais de laisser tomber. À quelques millimètres près, elle lui crevait un œil.

Le problème, c'est que j'aime beaucoup ceux de Tobias, et j'aimerais éviter de le rendre borgne. Par contre, j'avoue que je ne serais pas contre une petite balafre sur sa joue, là, tout de suite…

Vilaine Mia.

– Quoi ? me répond-elle. Ils se sautent dessus en plein milieu de ton magasin, le minimum serait de nous présenter en disant la vérité, non ?

Je lui fais les gros yeux et ose jeter un regard vers Tobias. Son visage est fermé mais il arbore quand même un léger sourire narquois. Il n'a clairement pas peur de Calista et semble même la défier d'aller plus loin dans ses attaques.

Merveilleux. Si une bagarre se déclare, je risque d'avoir deux grands blessés au lieu d'un seul.

– Je vous encaisse ? je demande à la fameuse Danny pour couper court à ce duel sans merci.

Elle jongle du regard entre Tobias et Calista et hoche rapidement la tête avant de se détacher de lui pour me rejoindre alors que les deux autres continuent de s'affronter du regard.

– Oui… c'est une bonne idée…

– Quinze dollars, annoncé-je en me forçant à lui sourire.

Elle me sourit en retour et sort des billets qu'elle me tend. Je les attrape et lui souris plus facilement. Je suis soulagée de constater que je ne lui en veux pas. Elle n'est pour rien dans cette situation. Et contrairement à Cal, je n'en veux pas à Tobias non plus. Je m'en veux à moi. Je m'en veux d'avoir été aussi naïve, d'avoir cru que j'étais la seule.

J'ai aussi eu une vie avant lui alors j'ignore les raisons qui m'ont poussée à croire que nous étions dans un cocon, lui et moi. C'était ridicule.

Stupide Mia…

– Je… euh…

Je relève les yeux de ma caisse quand je la sens hésiter et la découvre en train de fixer Calista et Tobias, ne sachant quoi dire. Je la comprends, à sa place, j'hésiterais aussi de peur de déclencher un cataclysme.

– Ta petite copine te parle, Miller, souffle Cal avec un sourire mielleux.

– J'ai entendu, Jones, je ne suis pas sourd, répond-il en enfonçant nonchalamment les mains dans ses poches, un sourire ironique aux lèvres.

– Ah bon ? Il paraît pourtant qu'un excès de branlette affecte l'ouïe.

– Et tu en connais pas mal sur le sujet, n'est-ce pas ?

– OK, TEMPS MORT ! j'interviens en faisant le signe du T avec mes deux mains, comme au sport. Calista, tu irais me chercher un cappuccino, s'il te plaît ?

Elle ne me regarde pas et je vois sa mâchoire tressauter alors qu'elle continue de défier Tobias du regard.

– Oui, et si tu me raccompagnais à la voiture, Tobias ? intervient Danny à côté de moi.

Je fais volte-face. OK, mademoiselle, je ne t'en veux pas et tu sembles vouloir m'aider à désamorcer la situation, mais cette initiative ne me plaît pas beaucoup… ni à Calista, d'ailleurs. Elle a changé de cible et fusille désormais la jolie blonde du regard. Tobias répond avant que Calista ait le temps de lui lancer l'une de ces répliques cinglantes dont elle a le secret.

– Désolé, Danny, j'ai deux trois courses urgentes à faire.

Par contre, si tu es libre cette semaine, on peut aller boire un verre ensemble ?

Il prend le temps de tourner le visage vers Calista avant de reprendre plus lentement.

– Pour se remémorer le bon vieux temps…

Je sais pertinemment qu'il dit ça pour énerver Cal, mais je crois qu'il ne se rend pas bien compte de l'effet que ça a sur moi. Sa remarque me provoque un pincement au cœur… J'essaie de faire abstraction de la jalousie qui me gagne et agrippe le bras de Calista pour l'empêcher de leur sauter à la gorge, à tous les deux. L'amie de Tobias ne semble pas remarquer que ma copine est remontée parce qu'elle consulte tranquillement son téléphone avant de répondre :

– Je repars dans deux jours et j'ai des repas de famille prévus, mais je suis libre ce soir, si tu veux. On se retrouve chez Mitch à dix-neuf heures ?

Tobias a l'air légèrement surpris, ce qui me soulage un peu. Il ne s'attendait visiblement pas à ce qu'elle cale un rendez-vous aussi vite. Moi non plus, d'ailleurs.

– Malcom est aussi revenu en ville pour la semaine, je lui dis de nous rejoindre ?

Je soupire de soulagement en comprenant que ce ne sera pas une soirée en tête à tête. Un peu trop fort, d'ailleurs, parce que Tobias me regarde furtivement avant de lui répondre :

– C'est bon pour moi. Dix-neuf heures chez Mitch.

Elle lui sourit largement en rangeant son téléphone et attrape le sac que je lui tends avant de sortir en nous souhaitant une bonne journée, non sans avoir regardé Calista de façon circonspecte. Son départ provoque un silence de plomb dans le magasin et je n'ose pas regarder Tobias. Heureusement pour moi, mes parents choisissent ce moment pour quitter la réserve et m'offrent une porte de sortie inespérée.

– Oh, Tobias ! s'exclame ma maman. Comment vas-tu, mon grand ? Tu as besoin de quelque chose ?

Je me hasarde à le regarder enfin et j'aperçois le muscle de sa mâchoire serrée tressauter avant que son visage se détende d'un coup quand il se retourne vers mes parents.

— Bonjour Sarah, Joseph, les salue-t-il brièvement. Non, rien de particulier. Je passais par ici, j'ai vu Mia à travers la vitrine et je voulais juste dire bonjour.

Il me regarde ensuite et sourit tristement avant de reculer vers la porte de sortie.

— Mais je crois que je l'ai dérangée en plein travail. Je ne vous importune plus. À bientôt. Calista, Mia…

Il nous salue froidement avant de quitter le magasin sans un regard en arrière, et cela me brise le cœur. J'aimerais lui courir après, m'expliquer avec lui, mais je ne peux pas. Pas avec mes parents dans le magasin. Et encore moins avec Calista qui me menace du regard, m'interdisant de me lancer à sa poursuite.

Putain de relation secrète.

— Eh bien, il avait l'air remonté… Qu'est-ce que vous lui avez fait encore, les filles ?

Calista étouffe un hoquet d'indignation.

— Comment ça, « les filles » ? C'est une insulte à mon statut de casse-pieds, monsieur Anderson ! Je suis parfaitement capable d'énerver un homme toute seule !

— Ça, je te crois sur parole… marmonne-t-il en se dirigeant vers le fond du magasin, suivi bien malgré lui par Calista qui lui fait la liste de ses exploits contre les hommes.

Je pouffe en le voyant lever les yeux au ciel et m'implorer du regard tandis que ma maman me rejoint en les observant.

— Ces deux-là, alors… s'amuse-t-elle en secouant la tête. Ma chérie, Margaret nous a proposé de venir manger chez elle ce soir, est-ce que tu veux te joindre à nous ?

Je grimace en imaginant la scène. Moi, seule au milieu de quatre quasi-sexagénaires.

Mouais…

Mais alors que j'ouvre la bouche pour décliner, Calista

revient en courant presque vers nous.

– Désolée, madame Anderson, Mia est déjà prise, ce soir. Elle sort avec moi.

Je la dévisage, les yeux grands ouverts.

Ah bon ?

– Oh, d'accord. Et puis-je savoir ce que vous comptez faire ? lui demande ma maman.

– Oui, moi aussi ça m'intéresse de le savoir, marmonné-je.

Elle me sourit de toutes ses dents avant de répondre d'une voix mielleuse :

– Et alors, chérie, tu as déjà oublié ? On va boire un verre chez Mitch, ce soir. À dix-neuf heures.

Oh, misère…

32

– Regarde-la les toucher l'un après l'autre, gronde Calista. Une vraie allumeuse. Elle cherche clairement à leur faire croire qu'elle hésite avant de jeter son dévolu sur l'un d'entre eux… Mais quelle garce !

Je pique du nez dans mon verre. Le troisième en moins d'une heure. J'ai un peu abusé, je crois, parce que je sens mon corps et mes pensées s'engourdir au fur et à mesure. Je suis dos à la scène que me décrit mon amie mais je n'en rate pas une miette parce que Cal me décrit geste par geste ce qui se passe derrière moi.

– Caaal… je proteste pour la dixième fois de la soirée. Est-ce qu'on peut arrêter cette mascarade et quitter le bar ?

– Et laisser cette connasse te piquer ton mec ? Tu rêves, Mia Anderson !

Je soupire, pour la millième fois, cette fois-ci.

– Elle ne me pique pas « mon mec », c'est juste une de ses amies et ils boivent un verre entre potes…

Elle hausse les sourcils d'un air sardonique et secoue la tête.

– Mia, Mia, Mia… tu es d'une naïveté déconcertante. C'est évident que cette garce cherche à se taper l'un des deux ! Je connais sa technique, j'utilise la même !

Je lève les yeux au ciel alors qu'elle tend le cou pour ne pas perdre une miette de la scène.

– S'il te plaît, Cal, je m'en fiche de ce qui se passe, OK ? je plaide, sans grande conviction. Je veux juste rentrer chez moi et dormir…

– Attends… Non mais je rêve ! Elle lui a carrément mis la main au paquet !

Quoi ? Je me retourne aussitôt et rougis quand je croise le regard de Tobias. Calista éclate d'un rire narquois dans mon dos.

– Tu t'en fous royalement, dis-moi… siffle-t-elle quand je tourne de nouveau la tête vers elle, le feu aux joues.

Il n'y avait pas de main au paquet. Rien du tout. Tobias est seul à table. Je me suis fait avoir comme une gamine.

– Cal, s'il te plaît…

– Non ! Cette connasse ne gagnera pas, OK ? En plus, elle a osé utiliser les gradins ! C'était MON endroit ! Mon nom est gravé sur chaque pylône de cette structure ! Rien que pour ça, je vais lui faire la misère…

Elle en fait une vendetta personnelle ! Je me frotte les yeux de dépit quand je sens un regard peser sur moi. Celui d'un certain musicien… Je me sens mal à l'aise à l'idée de m'être fait prendre en plein espionnage et décide d'aller me chercher de l'eau au bar pour fuir sa présence. Et diluer l'alcool dont les effets commencent à se faire sentir.

– Je vais chercher de l'eau fraîche… annoncé-je à mon amie, mais elle ne me regarde pas et fixe Tobias sans ciller.

– OK, je reste ici et je te raconterai ce que tu as raté.

Je cligne lentement des yeux, encore atterrée par l'entêtement de ma copine, puis marche d'un pas rapide vers le comptoir. Mitch m'accueille avec un grand sourire quand je m'y appuie.

– Une grande bouteille d'eau minérale, Mitch, s'il te plaît.

– On a un peu trop bu, Mia ? se moque-t-il.

Il se dirige vers le frigo et me ramène une bouteille en plastique.

– Comme tu dis…

Je lui tends un billet de cinquante et il me fait signe de patienter le temps qu'il me rende la monnaie. Mais il doit attendre que deux de ses serveurs finissent leur encaissement. Je soupire en posant mon front contre la surface de bois. Je commence à être réellement pompette.

– Tu imagines ? Elle a au moins 30 ans et lui 22 !

J'ouvre subitement les yeux en reconnaissant cette voix, mais je n'ose pas bouger quand je réalise que la fameuse Danny vient de s'accouder au bar, à côté de moi.

– Bah, si c'est juste pour du cul... intervient une voix masculine inconnue.

– Ça m'étonnerait, Malcom, elle avait vraiment l'air furieuse contre lui et elle est là ce soir, avec sa copine, à nous observer depuis le début de la soirée. Je trouve ça vraiment bizarre et malsain.

Une boule se forme dans ma gorge. Merde... J'ai été si peu discrète ? Je pivote lentement pour leur tourner le dos en comprenant qu'ils ne m'ont pas reconnue et sens le sang battre à mes tempes. Je devrais quitter le bar et rejoindre Cal pour la traîner de force dehors mais d'un autre côté, j'ai une envie malsaine de continuer à les écouter parler de Tobias et moi. Une envie irrépressible de savoir ce qu'ils en pensent...

– J'ai déjà entendu parler d'elle, reprend le fameux Malcom. Si tu savais ce qu'on dit d'elle, en ville...

Je sens que je vais avoir la nausée. Génial. Apparemment, j'ai une réputation de merde...

– Ce qui me rassure, c'est que je sais d'avance que ce genre d'histoire ne dure jamais. Ils sont trop différents, et quand elle commencera à parler d'enfants, il fuira. Il a toujours fui toute velléité d'engagement. Tobias n'est pas prêt à se caser et encore moins avec une cougar qui a les ovaires qui la démangent ! rétorque-t-elle en riant à gorge déployée.

Les larmes me montent aux yeux. Parce que je ne sais pas si je suis choquée par ses propos ou si je suis choquée d'être en partie d'accord avec elle...

– Tu es horrible, Danny... Elle est quand même bonne. Même moi, je me la taperais bien.

Beurk...

– Tu dis ça juste parce qu'elle a des gros seins.

Je fronce les sourcils et baisse les yeux vers mon timide

90 B. OK, là, je ne comprends plus rien…

– Nan, je veux surtout savoir si c'est une vraie rousse ! reprend l'homme derrière moi en éclatant de rire.

Oh, merde… Ils parlent de Calista. Elle croit que Tobias a une relation avec Calista, pas avec moi. Le soulagement me submerge quand je réalise que mon honneur est sauf.

– Tiens, Mia. Et dis à Calista d'arrêter de fusiller mes clients du regard, s'il te plaît. Elle fait peur à tout le monde, ce soir, intervient Mitch en me ramenant ma monnaie.

Génial. Timing parfait.

Je sens un mouvement dans mon dos et serre les lèvres en pivotant à peine pour récupérer les billets qu'il me tend. Assez pour que la fameuse Danny comprenne que j'ai tout entendu.

– Oh, non… soupire-t-elle, visiblement gênée en me voyant la fixer d'un air presque désolé. Pardon… je ne voulais pas dire que… Enfin, qu'elle était…

– C'est bon, c'est bon, je l'interromps. Je connais Calista, je sais le genre d'impression qu'elle peut laisser aux gens qui ne la connaissent pas, je tente de la rassurer.

Elle fait une grimace en tournant le visage vers Cal qui affronte toujours Tobias du regard.

– Je sais, je ne la connais pas, mais… Je veux juste protéger mon ami. Je connais Tobias depuis longtemps et ce genre de relation ne lui correspond pas. Je veux dire… Tu as vu l'écart d'âge ? Elle a presque dix ans de plus que lui, quand même ! s'exclame-t-elle, un air implorant sur le visage.

OK. Malaise intense.

Mais vraiment intense… Je commence même à me sentir mal. La tête me tourne et je sens des bouffées de chaleur m'envahir. J'attrape la bouteille d'eau, dévisse le bouchon et bois une longue gorgée pour me remettre les idées en place.

– C'est super bizarre, on pourrait même croire qu'elle est une sorte de maman, pour lui. Ça rend cette relation super malsaine… continue-t-elle, sans pitié pour mon esprit embrumé. Elle pourrait quand même fréquenter un homme de son âge, non ? Quoique si elle tape dans les plus jeunes, c'est qu'il y a peut-être un souci chez elle et qu'elle n'y arrive pas…

Je recommence à boire sans répondre alors qu'elle reprend :

– Et puis, il est seulement de passage, ici, il ne compte pas vivre à Springville. Il lui faut une grande ville pour exercer le métier dont il rêve, alors s'encroûter dans une ville de campagne comme celle-là… Honnêtement, tout ça me fait douter du bien-fondé et de la stabilité de leur rela…

– Ça va, ça va, j'ai compris ! je l'interromps brusquement en me redressant. Elle est trop vieille pour lui et vit dans une ville minable et pas assez bien pour les jeunes d'aujourd'hui, comme vous.

Ma voix a pris un ton acerbe et je pique le verre de whisky de mon voisin que je vide d'un trait. Je préfère me noyer dans l'alcool que d'entendre ce genre de conneries.

– Hey ! s'offusque le propriétaire du verre.

Je coupe court à son énervement en plaquant juste devant lui sur le comptoir les quarante-huit dollars que vient de me rendre Mitch.

– C'est pour moi !

Il hausse les sourcils puis acquiesce, apparemment content du deal, tandis que je me retourne vers les deux jeunes en face de moi. Ils semblent gênés, pour mon plus grand bonheur.

– Veuillez m'excuser, je vais aller rentrer mon cul de trentenaire périmée et au métier pourri chez moi…

– Qu'est-ce qu'il se passe ?

Je me fige à la voix que je connais si bien derrière moi. Et pique le nouveau verre de whisky qu'un serveur venait de ramener au mec assis à côté de moi.

– Hey ! recommence-t-il alors que je le vide de nouveau. Ça va aller là, non ?

– Désolée… articulé-je difficilement en sentant l'alcool brûler ma gorge.

Ce qui me rend toute cotonneuse et un peu plus joyeuse qu'il y a dix minutes.

Étrange…

Je fais face à Tobias.

– Hey, Tobie ! C'est fou ça, on parlait de toi ! Tes amis m'expliquaient justement que ta relation avec Calista, qui est beaucoup plus vieille que toi, n'allait sûrement pas durer parce qu'elle a des ovaires en voie de péremption et qu'elle vit dans une ville de merde. Sans compter que tu dois sûrement être névrosé et la voir comme une seconde mère pour toi, et qu'elle couche avec toi parce qu'elle n'est pas assez douée pour trouver un homme de son âge.

Je me tourne vers eux en souriant jusqu'aux oreilles et en titubant légèrement.

– J'ai tout bien résumé ?

Ils ont la bonne idée de baisser les yeux, gênés.

– Je te ramène chez toi, Mia. Je crois que tu as besoin de te coucher.

Je m'écarte vivement de Tobias quand il prend mon bras.

– Hey ! On se calme, le gamin, ce n'est certainement pas un mioche dans ton genre qui va me dire quoi faire ! Je te rappelle que c'est moi la plus vieille, ici !

Son visage se ferme et je me plante face à lui.

– Je suis parfaitement capable de rentrer chez moi toute seule, Miller.

– Qu'est-ce qu'il se passe ?

L'arrivée de Calista provoque un nouveau malaise, et la tension est si élevée que Mitch vient nous rejoindre.

– Hey, je ne sais pas ce qu'il se passe ici mais je n'aime pas ça…

– Il ne se passe rien du t… commence Danny, mais Calista l'interrompt :

– Qu'est-ce que t'as dit à ma copine, Boucle d'or ?

– Moi ? Mais rien ! Je n'ai rien dit !

– Comme si j'allais croire ça !

– Calista, calme-toi… la menace Mitch. Sinon je te fais sortir du bar.

– C'est plutôt eux que tu devrais faire sortir, répond-elle, ils ont à peine l'âge légal pour boire ! Je ne suis même pas certaine qu'ils aient plus de 21 ans !

Sa remarque fait mouche et Mitch prend un visage sévère tandis que Tobias et moi continuons de nous fixer sans parler ni même esquisser le moindre geste.

– Très bien, je vais vous demander de me montrer vos pièces d'identité, annonce le patron d'une voix forte.

J'entends des cris de protestation mais je les ignore, concentrée sur Tobias. Mais lorsqu'il amorce un pas vers moi, je prends la poudre d'escampette et file sans demander mon reste vers la sortie.

– Mia !

Je ne sais pas qui m'appelle, Calista, Tobias, ou même Mitch, mais je m'en fiche, je fonce comme une dératée dans la nuit noire pour leur échapper. Je cours cinq bonnes minutes pour m'éloigner du bar et me cache dans un renfoncement pour m'appuyer contre une paroi et reprendre mon souffle.

Merde, l'alcool ne fait pas de miracles, côté course à pied. Je suis essoufflée alors que d'habitude, je cours plus d'une heure sans faiblir ! Ce n'est que lorsque je retrouve une respiration normale que je jette un œil autour de moi. Je suis du côté des hangars désaffectés de l'ancienne gare.

Génial, je ne suis pas du tout partie dans la bonne direction.

Je regarde derrière l'angle du vieux container sur lequel je me suis appuyée et ne vois personne, dans la semi-obscurité. La lumière jaune diffusée par les vieux lampadaires est faible et n'éclaire pas tout ce qui m'entoure. Je sens un frisson me saisir en me rappelant les propos de mon père, la dernière fois que je suis allée chez Mitch.

Il m'a dit que la fille de Johnny Egerts s'était fait agresser ici. Mes avant-bras se couvrent de chair de poule et je les frotte en me maudissant de n'avoir pas pris de veste pour couvrir ma chemise à carreaux en flanelle. Heureusement que je suis en jean. Les températures recommencent à baisser, la nuit, même s'il fait encore bon dans la journée, et je n'ai pas eu l'idée de me couvrir plus.

Je défais les revers de ma chemise pour me couvrir les bras quand un bruit de pas sur le gravier me glace le sang. Je reste figée quelques instants, paniquée et le sang battant aux tempes, essayant de savoir d'où vient le bruit, quand un nouveau crissement de pas, puis un autre et encore un autre font monter ma panique en flèche. Je regarde autour de moi et décide très rapidement de revenir sur mes pas, vers la lumière du lampadaire le plus proche, quand le bruit dans mon dos s'amplifie et se rapproche dangereusement.

J'ai à peine le temps de contourner l'angle du container que je me prends un buste de plein fouet. Ma peur atteint un pic démentiel quand deux bras me saisissent aux épaules.

– Mia, ça va ?

Je lève des yeux hagards vers la personne en face de moi et il me faut un bon moment pour distinguer son visage, à contre-jour, et analyser la voix au travers des dernières brumes d'alcool et surtout de ma crise de panique.

– Tobias ? murmuré-je, hagarde.

Il se décale légèrement et j'aperçois enfin son profil éclairé par la lumière vacillante. Un soulagement immense me submerge quand je comprends que je ne suis pas en danger et que j'ai angoissé pour rien. Je soupire bruyamment et viens me blottir dans ses bras rassurants en nichant mon nez dans son cou.

– Dieu merci, c'est toi…

– Tu attendais quelqu'un d'autre ? demande-t-il, amusé.

– Non… je… j'ai cru entendre des pas de l'autre côté du hangar alors je me suis affolée, mais j'ai dû confondre avec l'écho des tiens.

Prise d'un tremblement, je commence à grelotter contre lui malgré la douce chaleur que me diffuse son torse. Mon

cœur bat encore à tout rompre et je n'arrive pas à me calmer…
Il referme ses bras autour de moi et m'attire vers le lampadaire pour nous éclairer tous les deux.

– Tu n'aurais pas dû venir ici seule. J'ai entendu qu'il y
avait eu une agression, me gronde-t-il comme une enfant.

Je devrais lui rappeler que je suis l'adulte, mais je suis
tellement bien contre lui que je le laisse me bercer comme
un bébé.

– Viens, je te ramène.

J'acquiesce doucement et me laisse emmener vers le parking
du bar. Mais quand je réalise que nous nous approchons d'un
lieu fréquenté, je m'écarte vivement de lui et m'éloigne d'un
bon mètre. Assez pour ne pas attirer l'attention sur nous,
mais pas assez pour ne pas remarquer le visage de nouveau
fermé de Tobias.

– On ne sait jamais… expliqué-je succinctement.

Il se contente de m'observer quelques instants, les yeux
perçants, puis hoche la tête avant d'avancer d'un pas rapide
vers son pick-up. Je sens un malaise se créer entre nous mais
en même temps, je me vois mal revenir lovée dans ses bras
après ce que j'ai entendu au bar tout à l'heure. D'ailleurs,
le souvenir de cette conversation surprise bien malgré moi
me refroidit instantanément.

J'ai réussi à m'en prendre plein la figure par deux jeunes
sans même être directement insultée. Sacrée performance.

Je regarde rapidement autour de moi quand il m'ouvre la
portière passager depuis l'intérieur. Je décide de le rejoindre
quand je suis certaine que le parking est vide. Je claque la
porte et boucle ma ceinture alors qu'il démarre et lance d'une
voix cinglante :

– Tu veux aussi t'allonger au cas où on croiserait quelqu'un
sur la route ?

Je m'immobilise, la main sur la bande de nylon qui appuie
sur ma poitrine, et relève lentement les yeux vers lui tandis
qu'il manœuvre pour sortir du parking.

– Ça ne me fait pas rire, Tobias.

– Moi non plus, Mia.

Il m'observe un long moment sans bouger puis se concentre sur la route pour nous ramener à la maison. Le trajet se déroule dans un silence pesant, sans un seul mot ou geste échangés. J'en suis même à me pelotonner contre la vitre pour mettre un peu plus de distance entre nous. Cette situation est déroutante. Jusque-là, je n'avais jamais eu de dispute avec Tobias. Du moins, depuis le début de notre « relation ». Et je ne sais pas comment me comporter. Avec Derreck, je boudais mais revenais toujours vers lui pour que nous puissions discuter et nous réconcilier. Mais là…

Ce n'est pas Derreck, et je ne suis plus la même Mia. Et surtout, cette relation n'est pas censée exister aux yeux du monde. Autant de nouvelles données qui me font perdre toute logique. Alors je reste dans mon coin et ignore tant bien que mal la boule qui se forme dans ma gorge en tentant de la faire passer à grand renfort de déglutition.

Lorsque nous arrivons dans notre rue, je me redresse pour lui indiquer de se garer plus loin mais il le fait avant même que j'aie eu le temps de lui dire. Il coupe le contact quelques mètres plus loin dans la rue, au niveau d'une maison en vente, et le silence devient encore plus assourdissant.

Je n'ose pas amorcer un geste pour sortir de la voiture. Je n'ai pas envie de me disputer avec lui mais je n'ai pas non plus envie de le quitter sur cette mauvaise note.

– Je ne comprends pas pourquoi tu es fâché, je tente en le voyant crisper la mâchoire. Tu sais très bien que ce qui se passe entre nous doit rester secret pour l'inst…

– Je sais, me coupe-t-il sèchement. Contrairement à ce que tu as dit, je ne suis pas un « mioche » qui ne comprend rien.

Je baisse les yeux, honteuse, quand il me renvoie en pleine figure ce que je lui ai asséné un peu plus tôt.

– Je suis désolée pour ça… annoncé-je timidement.

Il ne répond pas tout de suite et se contente de soupirer.

– Rentre chez toi, Mia. Je te laisse cinq minutes d'avance puis j'irai me garer.

– Et si tes parents te voient revenir plus tôt que prévu et en même temps que moi ?

Je ne risque rien du côté des miens, ils ne vont pas rentrer avant un bon moment.

– Ils sont aussi allés manger chez Margaret avec Jake, et les jumelles sont chez des amis.

Il est donc seul. Et il ne me propose pas de venir chez lui ou d'aller chez moi. Alors qu'hier encore, nous aurions sauté sur l'occasion de nous retrouver seuls.

Je le sens comme un rejet profond et je me mords la langue pour ne pas grimacer de dépit. Il ne me parle plus et regarde devant lui, alors je tente une dernière fois de me justifier.

– Ils ont quand même en partie raison, Tobias. On a huit ans d'écart, et je suis certaine que finir ici n'est pas ce que tu avais prévu. Et encore moins avoir des enfants à ton âge. Ça finira forcément par coincer à un mom…

– Et si tu me demandais directement ce que je veux, au lieu de présumer ? me coupe-t-il de nouveau d'une voix acerbe en tournant des yeux furieux vers moi. Parce que tu n'en sais rien, Mia. Rien du tout.

Ce serait le moment de lui demander enfin, de lui demander ce qu'il veut, mais je n'en ai pas le courage et je baisse les yeux sur mes mains tremblantes. Quand il comprend que je ne parlerai pas, il rit amèrement et se penche pour m'ouvrir la portière. Une deuxième fois. Mais cette fois-ci, c'est pour me mettre dehors.

Je pince les lèvres et tente d'ignorer mes yeux brillants de larmes en me détournant et en me détachant pour sortir de la voiture.

– Bonne nuit, Tobias, murmuré-je.

Il ne répond pas, ou il le fait mais je ne l'entends pas. Je fonce droit devant moi et me réfugie bien vite dans ma maison en claquant la porte dans mon dos. Je l'entends se garer juste à côté quelques instants plus tard et je me retiens de vérifier par la fenêtre de la cuisine qu'il rentre chez lui. À la place, je monte en vitesse dans ma chambre pour jeter mon sac et mes chaussures par terre. Je détache mes cheveux, retenus en chignon, et me force à inspirer profondément pour ne pas craquer. Tout sauf ça. Je reprends mes esprits et file dans la salle de bains pour prendre une douche chaude, comme pour me débarrasser de cette soirée pourrie qui me colle à la peau – les critiques, la jalousie, l'abus d'alcool, la peur bleue de me faire agresser près des hangars et le reste.[1]

Je commence par me démaquiller rapidement, encore totalement habillée, quand un bruit de plongeon provenant de l'extérieur m'interpelle. Je regarde mon reflet, les yeux grands ouverts. Je sais très bien d'où vient le bruit. Depuis la petite fenêtre en hauteur de la salle de bains, j'aperçois une partie du jardin et de la piscine des Miller. Et si toute la famille est sortie, il n'y a qu'une personne qui peut se baigner en ce moment. Avant même d'avoir eu le temps de réfléchir, je suis debout dans la baignoire, sur la pointe des pieds, pour tenter d'apercevoir quelque chose. Il ne me faut que quelques secondes de patience avant de voir un dos et des bras tatoués fendre l'eau dans un crawl parfait, puis repartir dans l'autre sens, hors de ma vue.

Mais quelle idée de se baigner à une heure pareille et par cette température ? Une légère vapeur émane de la piscine dont l'eau est éclairée et je me souviens alors qu'elle est chauffée. J'observe Tobias effectuer une nouvelle longueur, puis une autre et encore une autre…

Ses mouvements sont puissants, secs et presque furieux, comme s'il essayait de se calmer. Parce que je l'ai rendu furieux.

Je descends lentement de mon perchoir, un goût amer dans la bouche. Je n'aime pas cette situation. Le savoir si proche,

---

1. Je conseille d'écouter « Animals » de Maroon 5 sur cette scène.

et pourtant si loin de moi… Et je repense à cette foutue perche qu'il m'a tendue dans la voiture et que je n'ai pas su, ou voulu, saisir.

Mais qu'est-ce qui m'a pris, bordel ?

En moins de deux, avant de changer d'avis, je me précipite dans les escaliers pour sortir de chez moi. Je ne cherche pas à vérifier si quelqu'un m'observe dans la rue et saute par-dessus la barrière des Miller. Je contourne leur maison et rejoins l'arrière-cour où se trouve la piscine. Quand j'arrive, le souffle court, il est installé contre le bord, les bras étendus de chaque côté sur les margelles et la tête renversée en arrière, occupé à observer le ciel. On dirait un ange déchu illuminé par la lumière provenant de sous la surface de l'eau et projetant des reflets changeants sur son cou dégagé.

Mais mon arrivée en fanfare brise son immobilité et lui fait lentement baisser les yeux. Il ne dit rien quand il m'aperçoit et je ne cherche pas non plus à parler. Une brise fraîche me réveille alors que j'étais restée stoïque, droite comme une statue face à lui et je me décide à approcher de la piscine en le laissant m'étudier.

– Qu'est-ce que tu veux ? j'ose enfin demander après quelques pas.

Il hausse un sourcil ironique mais ne parle pas.

Allez, Tobias, tu peux faire mieux que ça, non ?

Je m'approche de nouveau jusqu'à monter sur la margelle qui délimite le contour de la piscine et attends quelques secondes, mais toujours aucune réponse. Seul le bruissement des feuilles et la vibration de la filtration de l'eau viennent briser le silence qui nous entoure.

– Dis-le-moi… Qu'est-ce que tu veux, Tobias ?… murmuré-je, le regard suppliant.

Il faut qu'il me parle, qu'il me réponde. Que je sache enfin si je cours droit dans le mur avec lui ou si j'ai raison de me jeter à corps perdu dans cette relation. Mais rien. Il ne fait rien, ne dit rien, n'esquisse même pas un simple geste.

Il ne va quand même pas me forcer à le rejoindre, non ?

Si je me fie à son immobilité, si.

Bon. Quand faut y aller…

J'inspire un grand coup et avance le pied pour entrer dans l'eau. Elle est plus tiède que ce à quoi je m'attendais et je suis soulagée de ne pas avoir à faire ça dans une eau glacée. Je suis prête à pas mal de choses, mais peut-être pas à choper la tuberculose pour lui.

Dit la fille qui rentre tout habillée dans une piscine pour un mec.

J'avance dans l'eau et descends lentement les marches d'escalier jusqu'à être immergée jusqu'à la taille. La sensation de mes vêtements qui tantôt collent à ma peau et tantôt se mettent à flotter est désagréable mais plus j'avance, plus je sens le poids qui pesait sur ma poitrine s'alléger. Surtout quand je vois le visage de Tobias se détendre peu à peu, puis une lueur amusée apparaître dans ses yeux. Enfin, enfin quelque chose qui m'indique qu'il est peut-être prêt à discuter avec moi. À mettre la situation à plat. OK, en me faisant rentrer en jean et chemise dans une piscine, mais c'est déjà ça.

Sale môme, va…

Il me fait avancer exprès vers lui et ne bouge pas d'un iota, mais ça me fait finalement rire. C'est une grande première pour moi. J'ai déjà eu la sensation de déplacer des montagnes pour Derreck, mais jamais je n'étais allée jusqu'à m'immerger en « eaux profondes », jusqu'à faire quelque chose que je ne pensais jamais faire pour quelqu'un. Et c'est pour lui que je le fais.

Je lui offre un petit sourire en coin et il me le rend, très furtivement, avant de se redresser. Je retiens mon souffle en pensant qu'il va me rejoindre mais au lieu de ça, il descend, tout doucement, jusqu'à enfoncer sa tête sous l'eau. Je m'immobilise, surprise, et recule d'un pas en le voyant nager sous la surface dans ma direction.

Qu'est-ce que...

Je me tends quand il se rapproche de moi, prête à subir un possible impact ou la sensation de sa main qui saisit ma jambe, mais, alors que je crois qu'il va m'attraper sous l'eau, il se contente de tourner autour de moi, plusieurs fois d'affilée. Mon cœur bat de plus en plus vite au fur et à mesure qu'il me contourne, m'empêche d'avancer ou bien de reculer... Je le suis du regard en tordant mon cou dans tous les sens pour essayer de deviner quand il va frapper. J'ai presque l'impression d'être à la merci d'un prédateur marin qui m'entoure avant de me sauter dessus pour me noyer.

Et c'est quasiment ce que je fais depuis que je me suis laissé séduire par lui, je me noie de plus en plus, jour après jour, dans ses bras. Paralysée par son emprise sur moi. Mais à la sensation de peur se mêle le désir. Une petite étincelle qui prend naissance dans mes reins, qui s'étend en picotements fébriles vers mon bas-ventre jusqu'à brûler et remonter dans ma poitrine, mes bras, mes jambes et la moindre parcelle de mon corps. J'étais prise de tremblements dus à la fraîcheur de la brise sur mes vêtements mouillés mais maintenant, je tremble parce que je suis de plus en plus impatiente. Il joue avec moi et fait durer le suspense. Et ça fonctionne. Je respire de plus en plus lourdement et je finis par ne plus le suivre, résignée et consentante, quand il passe dans mon dos. J'attends qu'il se décide. Je me sens de plus en plus alanguie, prise dans un tourbillon provoqué par sa technique de chasse.

Jusqu'à ce qu'il s'éloigne, à ma grande déception, et émerge à la surface quelques mètres devant moi en rejetant ses cheveux en arrière dans un geste ample. Les gouttes d'eau glissent sur sa peau parfaite, sur ses nombreux tatouages, sur les quelques taches de rousseur qui parsèment sa peau. C'est inhumain d'être aussi beau à cet âge-là. Je n'avais aucune chance de lui résister... Il penche légèrement la tête sur le côté et m'observe, une lueur indéchiffrable dans les yeux, puis passe une main assurée dans ses cheveux et plante ses yeux perçants dans les miens avant de s'immerger de nouveau, très lentement, jusqu'aux yeux, qu'il laisse à la surface de l'eau.

Puis il s'avance enfin. Je ne vois que ses deux pupilles vertes, ses sourcils foncés et ses cheveux assombris par l'eau. Il me maintient captive de ses yeux, si bien que je ne sais pas ce que fait le reste de son corps sous l'eau. Il pourrait tout aussi bien se transformer en monstre marin, je ne verrais rien. Je suis pétrifiée par son regard qui avance très lentement vers moi. Un peu comme un alligator qui s'approche de sa future victime…

Il est le chasseur et je suis la proie.

Je frissonne de plus en plus fort mais ne recule pas et le laisse combler la distance entre nous, centimètre après centimètre, sans fuir ni même chercher à m'échapper. Je prends beaucoup trop de plaisir à me laisser chasser par lui. Je halète presque. Il provoque un pic d'adrénaline dans mon corps, lié à la peur et à l'excitation de se faire peut-être surprendre par les voisins ou même ses parents. La peur de ce qu'il pourrait faire s'il décidait de m'abandonner, si, finalement, il ne voulait pas ce que je désire… J'appréhende, mais en même temps je trépigne, je veux qu'il m'attrape. Je veux qu'il me capture, qu'il m'entraîne avec lui et ne me lâche plus jamais.

Avance, Tobias… Allez, encore un petit peu et je serai enfin à toi…

Quand il est enfin devant moi, j'expire de soulagement. Il se redresse lentement pour me surplomber et je suis obligée de lever les yeux pour suivre les siens. Je reste capturée par son regard avant de descendre lentement pour l'admirer jusqu'à la limite de l'eau, ses tatouages, les gouttes d'eau qui ruissellent sur son corps, les veines apparentes sur ses avant-bras… Tant de détails qui me rendent fébrile et fiévreuse malgré la température extérieure. J'admire plus particuliè-rement ses mains encore cachées sous la surface. Des mains qui sont capables de faire naître une musique envoûtante, aussi bien sur sa guitare que dans ma bouche. Puis je lève enfin les yeux pour le regarder de nouveau, droit dans les siens.

Le temps se suspend entre nous, dans une tension insoutenable. J'attends qu'il parle ou fasse n'importe quoi. Mais rien. Il se contente de m'étudier. De me sonder. J'ai presque l'impression qu'il cherche à lire mes pensées, à savoir ce que je cache pour me capturer plus facilement. Pour utiliser le petit faible que j'ai pour lui contre moi et me piéger dans ses filets.

Je ne cache rien, Tobias, je te donne tout, si tu le veux...

Ma supplique silencieuse semble fonctionner parce qu'il s'avance enfin jusqu'à se coller contre moi. Je peux sentir la chaleur qui émane de son corps traverser mes vêtements mouillés et calmer les tremblements qui ne m'avaient pas quittée. Comme si un poison se répandait dans mes veines pour me paralyser et lui permettre de me dévorer...

Et il murmure enfin.

Deux mots. Deux mots qui répondent enfin à ma question.

Deux simples mots qui suffisent à m'embraser.

– Toi, Mia.

Je n'ai pas le loisir de réagir, de répondre ou même d'analyser ce qu'il vient de dire qu'il fond brutalement sur ma bouche et m'entraîne avec lui sous l'eau.

Je n'ai pas eu le temps de bien prendre ma respiration et je me sens presque étouffée par son emprise. Il nous fait tourner sous l'eau sans me lâcher, sans me laisser le temps de réfléchir. Il m'étourdit, cherche à me faire perdre mes repères. Je ne sais pas si je suis à l'endroit, où se trouve la surface, si j'ai encore assez d'oxygène dans mes poumons pour tenir sans respirer. Je suis déboussolée.

Presque noyée...

Il est partout sur moi, sa langue dans ma bouche, sa main dans mes cheveux, l'autre qui entoure ma taille, ses jambes qui se mêlent aux miennes dans un ballet aquatique et dangereux. Et alors que je commence vraiment à suffoquer, il nous ramène à la surface. J'ai à peine le temps de reprendre ma respiration qu'il me plaque contre la paroi de la piscine et reprend ma bouche d'assaut en bloquant mes mains dans mon dos pour m'empêcher de fuir ou de le toucher.

Je ne tiens en place que grâce à son bassin qui cloue le mien et à ses lèvres qui me dévorent. À son corps qui se presse par à-coups contre le mien et en fait monter la température.

C'est effrayant et en même temps jouissif. Je n'ai plus le loisir de penser ni même de réfléchir. J'ai juste envie de le laisser mener les opérations et de nous emporter loin, très loin…

Jusqu'à ce que le bruit d'une voiture qui se gare dans l'allée toute proche et la lumière de phares sur la haie, derrière lui, de l'autre côté de la piscine, nous forcent à nous séparer, les yeux hagards.

Ses parents sont rentrés.

Merde.

J'ai du mal à reprendre ma respiration. Je devrais me cacher, partir en courant et fuir mais je suis encore paralysée dans ses bras. Et il ne me lâche pas. Il m'observe intensément.

Bouge, Mia, putain, fais quelque chose…

Il me libère enfin quand la voix de Judy retentit depuis l'intérieur.

– Tu te baignes à cette heure-là, mon Tobie ?

Je me recroqueville sur moi-même pour ne pas être visible depuis leur cuisine et Tobias m'observe avant de reculer et de sortir de l'eau en se hissant hors de la piscine dans un mouvement souple.

– J'avais envie de me rafraîchir les idées, maman, mais c'est bon, j'ai fini.

Je me pétrifie en entendant le bruit des talons de Judy claquer sur le carrelage de leur terrasse. Je prends silencieusement ma respiration et m'immerge totalement, les yeux encore ouverts, pour ne pas me faire surprendre par ses parents.

Mais heureusement pour moi, la lumière s'éteint et la piscine devient sombre. Tobias a dû l'éteindre pour me cacher. Je reste encore un bon moment sous l'eau, jusqu'à ce que mes poumons se mettent à souffrir du manque d'oxygène, et sors la tête de l'eau en tentant de faire le moins de bruit possible en inhalant une grande bouffée d'air. Le jardin est redevenu silencieux et aucune lumière ne provient de la cuisine. J'ose me retourner pour regarder en laissant dépasser mes yeux par-dessus la margelle avant de voir qu'une faible lumière vient de l'autre côté de la maison, depuis le salon.

C'est ma chance !

Je rejoins les marches et sors en grimaçant, constatant que mes vêtements mouillés font plus de bruit que prévu. Mon ventre se tord quand la lumière de la cuisine se rallume et je file en vitesse sans chercher à minimiser le bruit pour me cacher derrière l'angle de leur maison, contre le mur.

– Qu'est-ce que…

– Qu'est-ce qui se passe, Judy ? demande Jonas en sortant sur la terrasse pour rejoindre sa femme qui vient d'ouvrir la baie vitrée.

Je l'entends s'avancer vers le fond du jardin et je me mords la lèvre inférieure en priant pour qu'elle ne se rapproche pas de ma cachette. Et qu'elle ne remarque pas les traces de pas que j'ai laissées sur le carrelage. Heureusement pour moi, j'ai quitté bien assez vite le revêtement en carrelage pour marcher sur l'herbe.

– J'ai cru entendre du bruit.

– Je n'ai rien entendu, moi.

Je soupire silencieusement en entendant l'intervention de Tobias.

– J'ai pourtant cru… reprend Judy.

– C'était sûrement le bruit de la pompe et du filtre, explique nonchalamment son fils.

Un silence, puis des pas qui reviennent vers la maison.

– Tu as sûrement raison, mon grand.

Le reste de leur conversation s'atténue quand ils rentrent de nouveau à l'intérieur et je ne m'éternise pas. Je finis le trajet à quatre pattes et rentre en vitesse chez moi en passant par la porte de derrière. J'atterris dans la buanderie où j'enlève mes vêtements mouillés avant de les fourrer dans le sèche-linge, puis démarre un programme. Je finis par monter les marches en vitesse, toute nue, quand le bruit de la voiture de mes parents qui se gare augmente mon angoisse d'être prise la main dans le sac. Je saute dans mon lit sans réfléchir et me cache en remontant la couette sous mon nez. Quelques minutes plus tard, ma mère entrouvre la porte et chuchote à mon père.

– Elle est déjà rentrée. Elle dort.

– Laisse-la dormir, alors, lui répond-il tout aussi bas.

J'entends ensuite le clic de ma porte qui se referme et je soupire de soulagement. J'attends encore quelques minutes quand la maison devient silencieuse pour enfiler une nuisette et attacher mes cheveux, puis je change les draps et l'oreiller trempés. Je préfère les laisser sécher en étendant le tout sur mon bureau et ma chaise au lieu de les mettre aussi dans le sèche-linge pour ne pas éveiller les soupçons de mes parents. Quand j'ai terminé, une intuition me fait relever les yeux.

Il est là, de l'autre côté, à m'observer.

Je me fige.

Rien ne se passe.

Puis il sourit lentement, comme un brigand, et s'efface dans l'obscurité de sa chambre, me laissant euphorique et intriguée.

Si l'on se fie aux statistiques, à cause de mon âge supérieur, je suis le prédateur sexuel de notre couple.

Pourtant, je suis quasiment certaine d'être la victime, avec lui…

33

– T'es sérieuse, là ? Grâce à lui, tu t'es tapé une nuit d'enfer !

Calista laisse échapper un soupir plaintif de l'autre côté de la table. Croyez-le ou non, mais finalement, après une prise de bec, Calista a fini la soirée de façon torride au lit avec la fameuse Danny et son ami Malcom. Je ne sais vraiment pas comment elle fait. Moi je me suis retrouvée grelottante et frustrée sexuellement, et elle dans un plan à trois.

Game over.

– OK, OK, attaquer ton mec n'était peut-être pas la meilleure option pour te rallier à ma cause…

– Mais quelle cause, Cal ? Parce que commencer en disant : « Ton mec commence à me taper sur le système » après avoir passé autant de temps à me jeter dans ses bras, avoue que c'est complètement stupide ! m'exclamé-je en riant à moitié.

Je sais qu'elle n'est pas méchante en disant ça mais parfois, sa façon de parler peut être mal interprétée. Je bois une gorgée de café en la regardant avec insistance par-dessus ma tasse pour qu'elle trouve des arguments plus logiques. Du moins, aussi logiques que possible quand on s'appelle Calista Jones. Elle se contente de faire la moue en penchant la tête et me regarde comme une enfant prise en faute.

– Mais euuuh… tu ne vois que lui en ce moment ! avoue-t-elle enfin.

J'écarquille les yeux.

– Attends, tu me fais une crise de jalousie, là ?

– Oui, madame.

Je ne me retiens plus et éclate d'un rire sonore dans le

café, attirant les regards sur nous.

– Donc ma jalousie te fait rire.

Je me plie en deux sur la table en essayant de ne pas renverser mon mug rempli de café brûlant. Le froid est tombé rapidement sur Springville en ce début de mois d'octobre et nous nous sommes réfugiées dans ce café à la fin des cours de Calista.

– C'est toi qui me fais rire, Jones ! Tu es une gamine capricieuse qui va bientôt avoir 30 ans !

– Calme-toi, chérie, je ne les ai pas encore.

– Petit bébé, tu crois encore que le père Noël va t'apporter une année de rab en dessous de la date fatidique pour les fêtes ?

Elle pince ses lèvres pulpeuses et ne répond pas. Si bien que j'en pose ma tasse de surprise.

– Ne me dis pas que tu es ENCORE allée t'asseoir sur les genoux du père Noël ?

– On ne sait JAMAIS, OK ? s'exclame-t-elle.

– Cal !

– Mi !

– Il y a cinq ans, on s'est fait virer du centre commercial et il y a une affichette avec ta photo dans l'entrée du magasin pendant les fêtes de fin d'année pour cause de possible exhibitionnisme devant mineurs ! Tu veux finir de nouveau en prison ou quoi ?

Elle rejette ma remarque d'un geste de la main.

– Mais non, je ne suis pas bête ! Je suis allée à Mapleton, cette fois.

– Mais COMMENT ? On est en octobre !

– Ils ont ouvert un magasin exclusivement dédié aux décorations de Noël, je n'ai eu qu'à attraper au col un des vendeurs qui avait une barbe et le traîner de force dans la réserve pour lui demander d'exaucer tous mes souhaits… et plus encore, finit-elle en chuchotant, avec un clin d'œil.

Je cligne laborieusement des yeux en la regardant. Cette

fille est folle. Et irresponsable. Je ne sais même pas comment elle peut continuer à enseigner après toutes les frasques qu'elle a commises. Heureusement que son père est maire de la ville…

– Tu es une grande malade.

– Oui mais je suis TA grande malade.

– Pas sûr que ce soit un avantage.

– Coquine, tu sais bien que tu te serais embêtée sans moi. Le destin, Mia, le destin…

Calista est née en avance un vingt-cinq décembre et moi en retard le quatre janvier de la même année. J'ai l'habitude de rigoler avec elle en disant qu'à dix jours près, si nous avions suivi les dates de naissance initialement prévues, nous aurions pu passer notre scolarité dans deux niveaux différents.

Voire avec deux années d'écart.

Sa réponse principale : « Heureusement que j'ai accéléré, tu t'en serais beaucoup moins bien sortie sans moi. »

– Alleeeeeeez, supplie-t-elle en tendant les mains par-dessus la table pour prendre les miennes, une soirée filles, rien que nous deux ! Dans un club pour adultes, sans gamins ou autre voisins sexy en diable ! J'ai besoin d'une soirée seule avec ma copine…

– Ça ne fait qu'un peu plus d'un mois que je fricote avec…

Je regarde nerveusement autour de moi avant de baisser d'un ton pour finir ma phrase :

– Avec « tu sais qui ». Et je suis rentrée il y a huit mois. Tu m'as eue pour toi toute seule pendant sept mois.

– Ça ne compte pas, tu étais déprimante.

J'éclate de rire sans pouvoir me retenir. Pas de délicatesse avec elle. Cash, directe, et sans pitié pour moi. Au final, je réalise que c'est sa façon de me brusquer qui m'a permis de remonter aussi vite la pente. Si elle m'avait dorlotée, je serais peut-être encore en train de pleurer sur mon sort.

Et rien que pour ça, elle mérite amplement tout ce qu'elle me demande. Je prends néanmoins le temps de finir mon café sous ses yeux suppliants et sa moue de petite fille boudeuse avant de lui répondre.

– OK. Une soirée où tu veux, quand tu veux. Tout ce que tu veux, bébé... lui susurré-je d'une voix langoureuse.

Elle hurle de joie et se lève pour venir me serrer à m'étouffer contre ses seins.

– Hey, râlé-je, la bouche collée contre son pull, j'ai dit oui pour une soirée, pas pour une mort subite !

Elle m'embrasse avec force sur le haut du crâne avant de me libérer pour venir se rasseoir en face de moi.

– Pas encore, chérie mais ne t'inquiète pas, ça viendra... On sort demain soir ! Vendredi, c'est la meilleure soirée sur Salt Lake.

Tout compte fait, vu son regard machiavélique, je ne suis plus si certaine d'en avoir envie...

***

– Tu vas porter ça ?

Je hausse un sourcil ironique en regardant Tobias dans le reflet du miroir de ma coiffeuse. Il est affalé sur mon lit, un bras replié derrière la tête.

– Rappelle-moi depuis quand tu as un droit de regard sur ce que je porte ?

Ma remarque le fait sourire de façon énigmatique.

– Depuis que tu cries mon nom en plein milieu d'un orgasme.

Je lève les yeux au ciel en refermant mon tube de rouge à lèvres avant de me relever et de me tourner vers lui, le dos au meuble.

– On en a déjà parlé, Miller, je ne « crie » pas ton nom.

– Bientôt... me promet-il avec un clin d'œil.

Je secoue la tête en souriant. C'est devenu son nouveau jeu, depuis son exposé sur les différents types de femmes au lit, il s'est mis en tête de me faire passer de la catégorie « gémisseuse » à la catégorie « crieuse ».

Et je prends un malin plaisir à me contenir juste pour le plaisir de le contrarier. Même si j'avoue qu'il met beaucoup d'ardeur à la tâche et que ça ne m'aide pas à tenir le cap. J'ai souvent envie de me laisser aller mais je sais aussi qu'il fera beaucoup trop le fier. Sans compter que les rares fois où je réussis à être seule avec lui se comptent sur les doigts d'une main : nos rencontres sont souvent furtives, dans nos voitures, rapidement et sans confort. Calista nous a prêté son appartement une ou deux fois pour des soirées mais depuis le Burning Man, je n'ai plus passé une seule nuit entière avec lui et ça me manque. J'aimais me réveiller dans ses bras, dans son odeur.

Cette situation secrète est excitante mais aussi un peu lassante.

Tobias me tient compagnie pendant que je me prépare pour ma sortie avec Calista. J'ai passé la majeure partie de l'après-midi avec mon amie pour faire les magasins et lui trouver une tenue « affriolante », selon ses termes. J'ai donc à peine une heure à consacrer à mon voisin. Pas question de sexe, j'apprécie juste sa présence dans ma chambre alors que je finis de me maquiller.

– Ça ne répond pas à ma question première : tu portes ça, ce soir ?

Je baisse les yeux vers ma robe portefeuille rouge sombre et sur mes escarpins noirs. Cal a prévu d'aller dans une boîte de trentenaires sur Salt Lake, donc je me suis habillée en conséquence.

– Oui, pourquoi ? Tu préfères quand je suis en jean et en chemise à carreaux ?

– Non. J'aime aussi. Tu fais plus adulte, comme ça, plus « femme ».

Je souris. Si j'en crois son regard sombre, mon côté « femme mature » n'est pas pour lui déplaire.

– Même si j'aurais préféré une paire de talons vernis...

Je pouffe à sa remarque et prends une pose de pin-up pour

lever un de mes talons noirs en velours.[1]

– Peut-être mais celles-ci me font de plus jolies jambes et elles iront parfaitement avec mon trench en laine.

– Une robe, des talons, un trench… Il ne te manque plus que les bas avec la ligne derrière pour compléter le look « femme fatale ».

Je souris malicieusement et avance vers ma commode pour prendre quelque chose dans un des tiroirs avant de me tourner de nouveau vers lui.

– Des bas couture comme ceux-là ?

Je déplie les bas devant ses yeux et il se redresse imperceptiblement, visiblement intéressé par la suite des événements. Je prends plaisir à avancer lentement vers lui et à retirer mes chaussures avant de poser un pied léger sur le matelas.

– Très bonne suggestion, Tobias… chuchoté-je en enfilant le premier bas.

Mes gestes sont paresseux et je prends le temps de faire remonter la dentelle de la jarretelle auto-fixante en relevant l'ourlet de ma robe sous ses yeux ténébreux. Il se redresse et se rapproche du bord du lit pour s'asseoir à côté de moi, sans parler. Je souris quand il pose sa paume légère sur l'arrière de mon mollet en suivant la ligne de couture. Mais je retire ma jambe aussi vite et renfile ma chaussure avant de lever l'autre jambe.

J'admire son torse qui se relève plus rapidement quand j'enfile l'autre bas avec la même lenteur.

– Tu comptes tuer tous les hommes, ce soir ? marmonne-t-il plus pour lui-même que pour moi, si je me fie à ses sourcils froncés et à son visage tendu.

– Qui sait ? Je trouverai peut-être un trentenaire célibataire à attraper dans mes filets ?

J'ajuste la jarretelle devant son regard brûlant et cette fois-ci, laisse ma jambe en place.

---

1. Je conseille « Black Velvet » d'Alannah Myles en fond sonore.

– Mets la chaussure et remets ta jambe sur le lit…

Je souris et obéis à son ordre rauque. Je ne pensais pas prendre autant de plaisir à m'habiller devant lui qu'à me déshabiller. Je laisse délibérément la robe s'ouvrir sur ma cuisse en reprenant ma position. Ses doigts rugueux à cause des cordes de la guitare glissent sur la ligne de couture avec lenteur et je sens ma propre respiration s'accélérer.

– Peut-être que ce trentenaire aura déjà un travail stable dans la finance, comme moi… ajouté-je pour le défier.

Ma petite pique provoque une réaction que j'espérais et il lève ses yeux perçants vers moi un quart de seconde à peine avant de tirer sur mon genou d'un coup sec, ce qui me force à le chevaucher à moitié.

– Quoi d'autre ? me défie-t-il d'une voix basse, avec un sourire en coin.

Je pose mon second genou de l'autre côté de ses cuisses pour mieux me positionner sur lui et frissonne quand ses deux paumes chaudes viennent effleurer mes chevilles.

– Peut-être qu'il sera propriétaire… soufflé-je.

– Mmmh mmh…

Ses mains remontent avec douceur sur mes mollets avant d'englober mes cuisses plus fermement.

– Peut-être qu'il sera poli et bien élevé… continué-je, le souffle court, quand ses doigts repoussent le tissu de ma robe et que sa bouche se pose sur le renflement de mon sein.

– Et ? murmure-t-il contre ma peau.

Ses doigts viennent défaire le nœud de ma robe et le petit bouton qui la ferme avant d'en écarter les pans pour découvrir mon corps.

– Issu d'une bonne famille… chuchoté-je en haletant, mes doigts enfouis dans ses cheveux.

Ses mains enserrent ma taille avec rudesse alors que sa langue taquine mon sein à travers la dentelle de mon soutien-gorge et me fait soupirer de plaisir. Je ne tiens plus et tire sur son pull pour le forcer à l'enlever et pouvoir admirer ses tatouages.

– Une bonne famille, tu disais ?

Je me cambre contre lui quand il écarte un peu plus ma robe et me serre dans l'étau de ses bras en continuant ses caresses diaboliques.

– Sûrement des gens civilisés et courtois… je renchéris, les yeux fermés et la tête basculée en arrière.

Je m'agrippe à l'arrière de sa nuque quand il me force à me coller contre lui d'un mouvement brusque et à onduler contre son bassin.

– À bien y réfléchir, je viens de donner la description d'un mormon… murmuré-je en souriant quand je le sens rire contre ma peau.

– Peut-être…

L'instant d'après, il me soulève par les cuisses et avance doucement vers la coiffeuse avant de me poser dessus. Il relève ma cuisse et me force à poser un pied sur son épaule. Mes muscles se tendent sous l'effort mais je ne dis rien et le laisse embrasser ma cheville, le souffle court.

– Peut-être qu'il te demandera d'éteindre la lumière quand vous ferez l'amour… chuchote-t-il en souriant.

Il allume la petite lampe de bureau à côté de nous. Elle nous éclaire d'une lumière chaude. Puis il descend le dos de ses doigts le long de mon ventre frémissant jusqu'à la jonction entre mes cuisses. Je suis sa main des yeux, la respiration saccadée.

– Peut-être qu'il te demandera de ne pas faire de bruit en jouissant…

Ses doigts me caressent sans prévenir, de façon brusque, et m'arrachent un gémissement sonore. J'ai à peine le temps de me remettre de son intrusion qu'il me force à descendre de la table avant de me tourner et de m'appuyer sur le creux du dos pour que je me penche.

– Peut-être qu'il te prendra uniquement en missionnaire… Comme un croyant bien élevé…

Je ris doucement entre deux respirations courtes quand il

repousse la robe pour découvrir mes fesses habillées également de dentelle, et remonte la paume le long de ma colonne vertébrale jusqu'à l'enfouir dans mes cheveux lâchés pour me forcer à tourner le visage vers lui.

– Peut-être qu'il se contentera d'un baiser chaste avant de te souhaiter bonne nuit en se tournant de l'autre côté du lit…

Sa bouche fond sur la mienne et il m'embrasse rudement, en mordant ma langue.

– Peut-être que la fessée ne sera pour lui qu'un châtiment corporel.

Je sursaute en souriant quand sa paume s'abat sur ma fesse dans un claquement sonore.

– C'est que je suis vraiment une vilaine fille… je réponds dans un chuchotement.

– Une très vilaine fille, mademoiselle Anderson… confirme-t-il dans un sourire avant de fondre de nouveau sur ma bouche tout en baissant ma culotte d'un geste impatient.

– Mia chérie ?

Mon estomac se rebelle quand la voix de ma mère retentit depuis l'entrée de la maison.

– Oh, merde, prononcé-je sans bruit en écarquillant les yeux face à Tobias, immobile.

En réponse, il sourit de plus belle et continue de descendre mon sous-vêtement sous mes yeux horrifiés.

– Non ! Non, non, non ! Tu rêves ! Dégage, Tobie !

Je le bourre de coups pour me libérer de son emprise et il recule de bonne grâce en rigolant. Je tente de me rhabiller avec des gestes maladroits tandis qu'il me regarde en souriant sans esquisser le moindre geste vers son pull.

– Rhabille-toi, imbécile !

– Mia, tu es là, mon ange ?

– Oui, maman ! Je finis de m'habiller pour ce soir, je réponds d'une voix forte. Putain, Tobias, mets ton pull ! ajouté-je d'une voix sifflante.

Il se pince les lèvres pour ne pas rire et lève les paumes

en signe de résignation avant d'enfiler son haut.

– Merde, qu'est-ce que je vais bien pouvoir lui dire ? marmonné-je, paniquée.

Je jette un regard à mon reflet et écarquille les yeux, horrifiée. Mes cheveux sont ébouriffés et mon rouge à lèvres est étalé autour de mes lèvres. Quand j'observe Tobias, je remarque que lui aussi a les lèvres barbouillées de rouge.

– Oh, non… soufflé-je. Il faut que tu te caches !

– Relax, Mia.

– Non ! Je ne suis pas relax ! le grondé-je en m'essuyant tant bien que mal la bouche avec une lingette démaquillante.

Je lui en tends une et il l'observe en fronçant les sourcils.

– Nettoie ta bouche !

– Pour quoi faire ?

Je ferme les yeux en soupirant, prise d'une crise de panique.

– Parce que je ne veux pas que ma mère l'apprenne comme ça !

Ma réponse le fait rire et il se nettoie rapidement avant de venir poser un baiser chaste sur ma joue.

– Détends-toi, je vais disparaître. J'ai besoin d'une douche froide, de toute façon…

– Je peux entrer dans ta chambre, ma puce ?

Mon cœur manque un battement en entendant ma mère monter les escaliers et je fixe Tobias d'un regard épouvanté.

– Je suis en train de m'habiller, maman ! m'écrié-je pour la retenir.

– Ça va, je t'ai fait naître, quand même…

Oh, mon Dieu, c'est un cauchemar ! Je reste là, impuissante tandis que les pas de ma mère se rapprochent inexorablement de la scène improbable de sa fille seule avec le fils du voisin. Tobias me fait un clin d'œil et l'instant d'après, il ouvre ma fenêtre pour évaluer la hauteur.

– Tu ne vas quand même pas… ?

Il ne me laisse pas finir ma phrase et monte souplement sur le rebord avant de m'adresser un salut militaire. L'instant suivant, il saute et je me précipite à la fenêtre pour le voir atterrir avec agilité de l'autre côté de la barrière. Il me lance un baiser avant de s'éloigner vers la porte d'entrée de chez lui, les mains dans les poches, comme si de rien n'était.

J'expire, effarée. Il aurait pu se tuer en atterrissant sur les poteaux de la barrière en bois, cet imbécile !

– Qu'est-ce que tu fais à la fenêtre ?

La voix de ma mère dans mon dos me fait faire un bond et je referme rapidement les portes vitrées avant de me tourner vers elle, le cœur battant.

– Tu m'as fait une de ces peurs !

Elle glousse en réponse et vient m'embrasser avant de lisser mes cheveux en bataille.

– Rassure-moi, tu comptes un peu mieux te coiffer pour ce soir ? Si tu veux trouver quelqu'un, ce n'est pas avec cette tignasse que ça fonctionnera !

Je ris en repensant à la scène surréaliste qui vient de se dérouler : je parlais justement de l'homme parfait avec Tobias avant que la discussion ne dérape totalement et qu'elle ne manque de nous surprendre.

– J'y vais tout de suite.

Je m'assieds de nouveau à la coiffeuse pour lisser mes cheveux et me remaquiller correctement pendant que ma mère s'installe sur le lit et me raconte sa journée.

– J'avais de nouveau mal au dos, alors ton père m'a dit de rentrer pendant qu'il fermait le magasin. Cet homme est un saint ! finit-elle après un monologue de quinze bonnes minutes sur les différents clients et connaissances qui sont passés la voir aujourd'hui.

Je souris en finissant enfin de me préparer, pour la seconde fois en moins d'une heure.

– Ah, c'est mieux ! Tu es magnifique, ma princesse !

Je rougis sous le compliment maternel et enfile mes boucles d'oreilles en perles en la remerciant.

– Et si tu mettais mon pendentif en nacre pour aller avec

tes perles ? Il tomberait parfaitement dans ton décolleté !

– Celui de mamie Titi ?

– Oui ! Je vais te le chercher, ma puce. Je reviens, ne bouge pas.

Elle se précipite hors de la chambre, excitée à l'idée de cette soirée sûrement plus que moi. Je soupire en me regardant dans le miroir, toute pomponnée. Je ne dis pas que je ne veux pas sortir avec mon amie mais cette nuit, les parents de Tobias sont absents. Ils sont partis rendre visite à une cousine de la famille en emmenant Jake avec eux. Tobias et les jumelles seront seuls jusqu'à demain soir.

J'aurais pu profiter d'une nuit entière avec lui…

– Voilà, mon ange, m'interrompt ma mère en rentrant dans la chambre, je te le mets autou… DOUX JÉSUS !

Je fais volte-face quand elle s'écrie, immobile face à la fenêtre, les yeux écarquillés.

– Qu'est-ce qu'il se passe ?

Je me lève précipitamment pour suivre son regard et ouvre de grands yeux en voyant Tobias, torse nu et seulement vêtu d'une serviette drapée autour des hanches, en train de se frotter la tête avec une autre.

– Mais ce n'est pas vrai !

Je me précipite pour frapper à la fenêtre avant de l'ouvrir quand il sursaute en nous regardant.

Son sourire parle de lui-même alors qu'il ouvre également la sienne.

– Oui, Mia ? Bonjour, Sarah !

Ma mère bégaye un : « Bonjour, mon petit » en réponse alors que je fulmine.

– La prochaine fois que tu fais un strip-tease, pense à tirer les rideaux, Miller !

Je sais qu'il l'a fait exprès. J'en suis persuadée. Et je suis certaine d'avoir raison à cent pour cent !

Il sourit largement, penché au-dessus de son bureau.

– Au contraire, qui en profiterait, sinon ?

Et sur ces mots, il se redresse en souriant de plus belle, se tourne légèrement et détache la serviette autour de sa taille de façon à nous dévoiler ses fesses de profil, tout en cachant son entrejambe. Ma mère pousse un hoquet de stupéfaction alors que j'ouvre la bouche, totalement sonnée par son culot. Je referme la fenêtre d'un geste sec et tire les rideaux en l'entendant éclater de rire.

– Il est impossible, nom de Dieu !

– Ne blasphème pas, Mia ! C'est le fils du pasteur, enfin !

– Qui vient de montrer ses fesses !

– Je ne pensais pas qu'il était tatoué jusque-là, d'ailleurs… murmure pensivement ma mère en observant les rideaux d'un air absent.

– Maman ! Il a 22 ans !

– Et alors ?

Je lève les yeux au ciel, sonnée par le tour surréaliste que vient de prendre cette journée. J'enchaîne une session torride, un presque flagrant délit, une cascade, une conversation anodine, un strip-tease et des pensées inappropriées de la part de ma mère sur mon homme.

Tout ça en moins d'une heure.

Mon téléphone sonne l'arrivée d'un texto et je me précipite dessus. C'est Calista qui m'annonce qu'elle sera là dans cinq minutes.

– Tu crois qu'il est aussi tatoué sur… enfin, sur le… du moins entre les…

Je pouffe à sa remarque en répondant à Calista.

– Non, maman.

Mes doigts s'immobilisent sur l'écran quand je réalise ma gaffe. D'ailleurs, le silence dans la pièce me confirme que ma réponse n'est pas passée inaperçue.

– Je te demande pardon, Mia ?

Je rougis avec force en relevant les yeux vers le sourire amusé de ma mère.

– Enfin, je ne sais pas, je n'en sais rien, moi ! Mais je

suppose qu'on ne tatoue pas sur le piercing ! je réponds précipitamment, le cœur battant.

Oh, non…

J'en remets une couche.

– Le « piercing » ?

– Le pénis ! Je voulais dire « LE PÉNIS ! »

– Prends-moi pour une idiote, Mia Anderson…

La sonnette met fin à ce moment gênant et j'attrape mon sac avant de courir presque hors de la chambre.

– C'est Calista, j'y vais. Bisous, maman, bonne soirée !

– Non non non ! Tu ne t'en sortiras pas com…

Sa voix s'estompe alors que je dévale les escaliers, manquant de tomber à cause de mes talons. Je suis essoufflée quand j'ouvre la porte à Cal.

– On y va ? crié-je presque en me saisissant de mon manteau.

Et en la faisant sursauter au passage.

– Attends. D'abord, je dois faire pipi !

Je ferme les yeux, dépitée de voir le piège se refermer sur moi alors qu'elle entre et claque la porte, me coinçant ici.

– Bonsoir, Sarah ! Je vous laisse, je cours aux W.-C. ! s'écrie-t-elle en gravissant l'escalier d'un pas rapide.

Je reste face à la porte, immobile en attendant que ma mère finisse de descendre tranquillement les marches. Un long silence pesant suit son arrivée dans l'entrée et je ne fais rien pour le briser, espérant qu'elle abandonnera la première. Mais c'est mal connaître ma mère.

– Mia ?

Je tressaille à sa voix douce.

– Non.

– Tourne-toi, Mia.

– Non.

Elle grogne presque mais je sens le sourire dans sa voix quand elle reprend la parole.

– Ne fais pas l'imbécile. Je ne vais pas te gronder si tu fricotes avec Tobias, enfin !

Mes épaules s'affaissent et je baisse la tête, résignée.

– Donc, c'est bien vrai…

Je soupire de façon ostentatoire.

– Qu'est-ce qui est vrai ? intervient Calista en nous rejoignant.

Il ne manquait plus que ça !

– Tu étais au courant pour Mia et le fils Miller ? lui demande ma maman, sans pitié pour moi.

– Vous rigolez ? Après tout le mal que je me suis donné pour la pousser dans ses bras ? BIEN SÛR que je suis au courant ! Comment vous croyez qu'il a pu partir avec elle au Burning Man ?

– Caaaaal !

Je me retourne, furieuse, et m'immobilise devant leurs visages souriants.

– Ma chérie, enfin… Il n'y a aucune honte à avoir ! Vous êtes majeurs tous les deux !

– C'est ce que je m'évertue à lui faire comprendre, renchérit mon amie en croisant les bras, mais votre fille est têtue. Elle est persuadée qu'on la clouera au pilori si ça se sait.

– Sans déconner… marmonné-je. Je suis l'ancienne fiancée d'un homosexuel, et ensuite je traîne le fils du pasteur dans la débauche ? Ce n'est pas au pilori qu'on va m'emmener, mais au bûcher !

– Tu dramatises toujours tout ! rejette Calista d'un geste.

– Ma puce… commence ma mère en se rapprochant et en me prenant le visage dans ses mains. Je te l'ai déjà dit, on s'en fiche de ce que les autres pensent…

– Toi, peut-être. Mais je ne suis pas encore prête à repasser sous le feu des projecteurs aussi vite après ma séparation avec Derreck…

Ma voix plaintive prêche en ma faveur et elle acquiesce doucement.

– Je comprends. Mais les gens ne seront pas éternellement dupes. J'ai bien remarqué que la façon dont vous vous regardiez avait changé depuis votre retour du festival, et ce ne sera pas long avant que le reste de la ville ou bien ton père s'en aperçoivent aussi.

Je grimace à cette idée.

– Ne lui dis rien pour l'instant, s'il te plaît...

– Promis, mon ange. Est-ce que tu es heureuse, au moins ?

Je rougis légèrement à la question et souris avec timidité. Je ne réponds pas et me contente de hocher la tête, ce qui la fait sourire largement.

– Alors je suis comblée. Sors t'amuser, ma princesse, va profiter de ta jeunesse !

Je soupire de soulagement, le cœur soudain plus léger d'avoir une personne en moins à qui mentir.

– Chef, oui, chef !

– Tu vois, Mi ? Pas la peine d'en faire tout un plat !

– Na na na...

– Allez, zou ! On sort entre filles, pour une fois, loin de Tobias Miller et de ton attraction irrésistible envers lui !

Je lève les yeux au ciel et enfile mon manteau quand elle ouvre la porte.

– Mia ?

Je me retourne vers ma maman au moment de franchir le seuil.

– Oui ?

– Il faudra quand même que tu m'expliques cette histoire de « piercing »...

Je sens mes joues chauffer en devenant cramoisie.

– Nooooon ! Tu lui as parlé de son piercing au pénis ? s'exclame Calista à côté de moi, si bien que je deviens écarlate.

Je me retourne pour lui taper l'arrière du crâne en guise de représailles alors que ma mère ouvre de grands yeux effarés.

– Au pénis ?

– Bien joué, Jones ! grogné-je à son intention alors qu'elle se frotte la tête.

– Quoi ? Je ne pouvais pas savoir ! se défend-elle en grimaçant de douleur. Tu m'as flingué mon brushing, merde !

Je prends une longue inspiration avant de faire face à ma maman.

– On va y aller, hein ?

– Mon Dieu… au pénis ? … On peut vraiment faire ça ?

– Cherchez « piercing Prince Albert » sur Internet, lui indique Calista.

Ce qui lui vaut une nouvelle vengeance de ma part sur sa tête de linotte.

– Outch ! Mais calme-toi, Anderson !

– Je me calmerai quand tu décideras de la fermer !

– Tu es sacrément tendue, ce soir, qu'est-ce qu'il y a ? Miller fils ne t'a pas fait grimper aux rideaux quand il est venu te voir, c'est ça ?

Je plisse les yeux quand elle ouvre les siens en grand, en réalisant son erreur.

– Eh bien… le petit Tobias a bien changé, apparemment, murmure ma mère.

Je vais la tuer.

– Je te laisse cinq secondes d'avance… indiqué-je à Cal d'une voix lugubre.

– Bonne soirée, Sarah ! s'écrie-t-elle en déguerpissant aussi vite vers sa voiture.

J'inspire un bon coup avant de me lancer à sa poursuite, mais avec mes talons et les siens, la tâche devient rapidement compliquée et je manque de faire des vols planés toutes les dix secondes en la coursant autour du véhicule. Cette poursuite devient du grand n'importe quoi et je m'étouffe de rire à force de rater les cascades.

– OK, OK ! Je te laisse la vie sauve, je n'ai pas envie de me casser une jambe ! annoncé-je d'une voix essoufflée en m'appuyant sur le capot.

– Juré ? demande Calista, dans le même état.

Je prends le temps de retrouver un rythme cardiaque normal

avant de me redresser en souriant.

– Promis ! Mais tu me dois au moins deux cocktails, ce soir !

Elle soupire de soulagement et ferme les yeux.

– Merci, mon Dieu, j'allais m'écrouler de fatigue !

– Tu vois que ça sert, le footing ! je me moque.

– Pour te voir te bécoter toutes les cinq minutes avec le fils du pasteur ? Merci bien mais je passe mon tour.

J'éclate de rire et désigne la voiture.

– Allez, va, tais-toi et emmène-nous dans la grande ville, loin du démon tentateur qu'est mon voisin !

– Ben, en parlant du démon, justement… Regarde qui se moque de nous depuis le pas de la porte ?

Je me retourne pour voir Tobias, appuyé d'une épaule contre le chambranle, les bras croisés, en train de secouer la tête, visiblement amusé par notre course-poursuite.

– Ça devient pathologique, cette manie de te regarder comme s'il allait te bouffer… râle Calista derrière moi.

Je glousse et jette un regard à ma mère, qui n'a rien manqué de la scène. Mais pour une fois, je ne panique pas.

Et ça me fait un bien fou.

Je peux enfin le regarder comme je le veux. J'en profite.

Je lui souris comme le chat d'Alice au pays des merveilles et ouvre mon manteau en pivotant sur moi-même pour lui montrer ma tenue finale. Il hausse les sourcils puis les fronce en regardant ma maman, un peu perdu. Elle lui répond avec un clin d'œil, ce qui lui fait hausser les sourcils un peu plus haut. Cela l'amuse, visiblement. Quand il me regarde de nouveau, ses yeux sont sombres. Il ne se cache plus non plus et me dévore du regard.

J'interprète d'ailleurs ça comme un : « N'oublie pas que tu es à moi, Mia… », qui me fait frissonner de la tête aux pieds.

– Ça va, là, vous avez fini de vous baiser des yeux ? s'écrie Cal dans mon dos depuis la place conducteur.

Sa réplique me fait éclater de rire et je cache mon visage dans mes deux mains.

– On y va, oui ou non ? Miller, arrête ça tout de suite !

Tobias simule une mimique stupéfaite et se désigne du doigt comme s'il n'était pas certain qu'elle s'adressait à lui.

– Oui, TOI ! Espèce de démon tentateur ! Tu me laisses ma copine ce soir ! Elle est À MOI !

Il rit doucement et s'avance vers la rue.

– On discutera de ce détail plus tard, Jones, répond-il.

– Ah, non ! Mia !

Je n'ai pas le temps de dire « ouf » qu'elle me tire par la main et referme la porte sur moi.

– Doucement ! râlé-je en attachant ma ceinture.

À peine a-t-elle démarré qu'elle freine violemment quand Tobias déboule devant la voiture.

– Tu es un malade, Miller ! J'aurais pu te transformer en purée ! crie-t-elle en sortant la tête par la fenêtre.

– Deux minutes, Calista, demande-t-il en faisant le tour du véhicule pour venir de mon côté.

J'ouvre la fenêtre et me penche par-dessus la portière alors qu'il s'appuie des mains au même niveau. La rue est déserte, et à part ma mère et Calista, personne ne risque de nous surprendre. J'ai croisé les jumelles en train de faire du shopping et le reste de la famille Miller est déjà parti.

– Dis-moi, Mia, si je t'embrasse, là, est-ce que ta mère m'arrachera les yeux ?

Je ris doucement et secoue la tête.

– Non.

Ma réponse le fait sourire mais il reste immobile et continue de me défier du regard.

– Est-ce qu'elle sera surprise ?

Je me mords les lèvres pour ne pas rire et secoue de nouveau la tête.

– Non plus.

Ses yeux se plissent de malice et en moins de deux secondes, sa bouche s'abat sur la mienne pour me donner un baiser étourdissant qui me fait soupirer quand il me relâche.

– Allez, amusez-vous bien, les filles…

– ENFIN ! s'écrie Calista, éloigne-toi de la voiture, Miller, que je puisse faire crisser les pneus.

Il éclate de rire et tape sur le toit en reculant de deux pas avant que Calista démarre en trombe sous mes hurlements de joie.

34

– Je ne comprends pas…

Je tente de retenir un rire en voyant Calista se décomposer. Son bar de trentenaires n'est apparemment plus tellement fréquenté par des trentenaires… Nous sommes entourés d'étudiants de 20 ans à peine, tous habillés de façon décontractée alors que nous détonnons dans nos tenues habillées.

– Ça fait longtemps que tu n'es plus vraiment sortie, Cal. Tu es peut-être un peu dépassée…

– Tais-toi, femme de peu de foi ! Je suis venue dans ce bar le mois dernier et il n'y avait que du mâle mature et pas du prépubère ! TOI ! s'exclame-t-elle en agrippant le bras d'un serveur qui passait à côté de nous. Qu'est-ce qui s'est passé, pourquoi c'est rempli d'adolescents ? Où sont les hommes, LES VRAIS ?

Je m'écroule presque de rire devant mon cocktail en la voyant le saisir au col.

– Le… le pro-propriétaire a changé le mois dernier… répond-il, les yeux écarquillés.

Elle le lâche et lui fait signe de déguerpir en montrant les dents.

– Fais-toi à l'idée, Cal, tu es dépassée. Définitivement.

– Si tu oses encore une fois insinuer que je suis vieille, je renie notre amitié pour t'écraser la figure sur la table.

– Tu as 30 ans !

– PAS ENCORE !

– DANS MOINS DE DEUX MOIS !

– OUAIS, C'EST JUSTEMENT CE QUE J'AI DIT : PAS ENCORE !

Je souffle d'exaspération et recule pour boire une gorgée de mon verre.

– Au moins, leurs cocktails ne sont pas si mal, je tente pour la rassurer.

– À quoi ça sert de boire dans un verre classe avec des talons pareils si je ne chope pas un vrai mâle pour venir me boire du champagne sur le corps ce soir ? Regarde-les, ils peuvent à peine se permettre de payer une Bud, et encore, une BUD LIGHT !

– Je te trouve assez ségrégationniste.

– David Duke[1] est ségrégationniste, je suis juste lucide. Ils sont jeunes et pauvres. Je voulais coincer du chirurgien, moi, pas de l'étudiant en lettres ou une autre connerie de ce genre.

– Hey ! Tobias a fait musicologie !

– Ouais, mais la guitare, c'est cool, donc ça passe.

– Et puis on n'était pas censées passer une soirée seulement entre filles ?

Elle pince les lèvres alors qu'elle balaie la salle des yeux et se retourne avec lenteur vers moi, un sourire figé sur les lèvres.

– Siiii... mais bon, je m'étais dit que peut-être...

– Crève.

Ma réponse sèche mais amusée la fait pouffer et elle se tourne pour me faire face.

– Touché, Anderson. Ce soir, on reste entre filles alors, au final, entre les prépubères et les docteurs, on s'en fout !

Je souris largement et lève mon verre vers elle pour trinquer.

– On s'en fout !

Une heure plus tard, je suis joyeusement pompette et j'éclate de rire dès que Calista se cache en apercevant un ancien étudiant de son lycée.

– Mais merdeuuuuu... Ils ont tous décidé de faire leurs

---

1. Homme politique américain, membre du mouvement suprématiste blanc.

études à Salt Lake ? Mais quelle bande de *loser*s, alors, grogne-t-elle en se redressant après s'être caché le visage pour la douzième fois de la soirée.

– Dit la fille qui a étudié à Salt Lake et qui est retournée vivre dans sa ville natale.

– Ah, mais moi, je n'ai jamais eu de grandes ambitions, pas comme CERTAINES !

– Tu es juste jalouse parce que je vivais à Manhattan.

– Avec un fiancé gay.

– Dans un super duplex…

– Avec un fiancé gay…

– Un salaire de folie…

– Et un fiancé gay…

– Et une garde-robe qui te faisait pâlir de jalousie…

– Que ton fiancé gay portait sûrement quand tu étais absente.

Je ris en recrachant presque ma gorgée. Ça fait du bien de pouvoir rire de ça, de savoir que cet épisode est définitivement derrière moi.

– Sérieusement ? ?

Je sursaute à la voix de Cal. J'étais perdue dans mes pensées.

– Il y a des élèves de mon établissement, maintenant ! Ils laissent vraiment entrer n'importe qui… Viens, je dois aller aux W.-C. et on en profite pour se casser après !

Elle boit son verre cul sec et je l'imite avant de descendre du tabouret d'un pas incertain. Je la laisse me traîner à travers la foule comme une poupée désarticulée et je pile quand elle s'arrête devant moi.

– Tu veux faire pipi ?

– Euh… non.

– OK, je reviens.

Et elle m'abandonne sans ménagement, seule au milieu du bar. OK…

Je reste cinq minutes à me dandiner, les yeux fermés, en chantant « All by Myself » dans ma tête, quand quelqu'un m'apostrophe.

421

– Mia ?

Ah, pas si seule que ça, finalement. Je me retourne et je crois que je vois définitivement double. À moins que... Ah, non, c'est bon, ce sont les jumelles, je ne vois pas double.

Attends, Mia...

Comment ça, les jumelles ?

– Mais... Mais vous n'êtes pas à Springville ?

– Et rater l'occasion de sortir pendant que les parents ne sont pas là ? s'exclame Abbie.

– En plus, Tobias était déprimant... On aurait dit un pauvre toutou abandonné, renchérit Anna. Il jouait des trucs méga glauques à la guitare.

– Sérieusement, tu lui as fait quoi ? On se serait cru dans un épisode de Dawson, gémit sa sœur en secouant la tête.

– Tu connais Dawson ?

C'est la seule phrase cohérente que je prononce, perdue dans mes pensées.

Tobias est seul à Springville pour tout le week-end, et je ne suis pas là...

– PUTAIN, MIA !

Je fais volte-face quand Calista revient et j'écarquille les yeux en apercevant l'hystérie joyeuse sur son visage.

– J'ai trouvé deux trentenaires !! Des cadres supérieurs ! Eux non plus ne savaient pas que le bar avait changé de propriétaire ! Ils proposent de nous emmener dans un autre bar lounge plus classe, vers le centre !

– Aux W.-C. ?

– Nooooooon, reprend-elle en me regardant comme une abrutie, dans un bar lounge. L-O-U-N-G...

– Je sais ce que c'est, râlé-je en la coupant. Je te demandais si tu les avais rencontrés aux W.-C. !

– Oui...

Je plisse les yeux, suspicieuse.

– OK, j'ai peut-être appelé un de mes plans cul pour trouver une autre soirée... avoue-t-elle enfin. Hey, les filles, ça va ?

– Salut, Calista, répondent-elles à l'unisson.

Je gémis en levant les yeux au ciel.

– Caaaaaal ! Je ne veux pas passer la soirée à te regarder te faire peloter par un de tes objets sexuels en tentant de taper la discussion avec un inconnu !

– Mais qui te dit qu'ils ne me peloteront pas TOUS LES DEUX ?

Les filles éclatent de rire dans mon dos et je baisse les épaules, dépitée. Je saisis le coude de mon amie pour l'entraîner un peu à part.

– Hors de question ! Je viens de comprendre que Tobias était seul pour la nuit et que j'avais laissé passer l'occasion de dormir avec lui pour venir passer une soirée « entre filles », alors tu ne me lâches pas pour un pénis, OK ?

– Tobias est seul ?

– Quoi ? Mais je viens de te dire que je voulais que tu restes avec moi !

– Où sont ses parents ?

Je cligne plusieurs fois des yeux sans comprendre la raison pour laquelle elle me pose cette question.

– Ils sont partis visiter de la famille avec Jake, mais pourq…

– TU TE FOUS DE MOI ?

Je suis surprise par sa véhémence et recule de deux pas, légèrement hébétée.

– Tu pouvais passer toute la nuit avec lui et tu es venue avec moi ?!

– Mais… c'est toi qui voulais que je vien…

Je ne finis pas ma phrase car elle me saisit aux épaules pour me secouer comme un cocotier.

– MIAAAAAAA ! Si tu m'avais dit ça, je ne t'aurais jamais demandé de venir, et j'aurais choisi un autre soir ! Ils rentrent quand ?

– Euh… dimanche matin, je crois, pour que Jonas puisse animer la messe…

– OK, donc si tu rentres maintenant, tu auras encore…

Elle regarde sa montre avant de continuer de parler :

– … presque six heures à profiter de son corps, alors FONCE !

Je suis surprise par ce retournement de situation.

– Mais… et notre soirée entre filles ?

– Laisse tomber, Mia, rentre ! Une occasion pareille ne se représentera pas avant un long moment ! Je sais que je peux être une sacrée connasse mais pas à ce point, et surtout pas au point d'empêcher ma meilleure amie de profiter de son homme !

Elle sort les clés de son sac et me les tend en souriant.

– Elle a raison, suggère Anna, derrière moi. Les parents sont rarement absents aussi longtemps, tu devrais en profiter…

Je la regarde, sonnée, alors qu'elle et sa sœur me sourient gentiment.

– Mia, vas-y.

Je me retourne vers Cal alors qu'elle secoue ses clés de voiture entre nous.

– Comment tu vas rentrer ?

– Je demanderai à Luke de me ramener, ne t'inquiète pas. Après trois orgasmes, il ne pourra pas me dire non…

Je ferme les yeux et me jette dans ses bras pour la serrer contre moi.

– Merci, merci, merci, merci, MERCI ! Tu es la meilleure amie du monde !

– Je sais, je mériterais un trophée, pour ça, ricane-t-elle en fermant ses bras autour de mon dos.

Je m'écarte assez pour lui planter un baiser sonore sur le front.

– Je ne plaisante pas, tu es la meilleure !

– Tu le noteras sur mon épitaphe ?

– Encore mieux : je ferai ériger une statue à ton effigie pour la poser sur ta tombe !

– Assure-toi simplement qu'on ne m'habille pas en nonne dans le cercueil et ça me suffira ! Quoique ça permettrait de faire brûler cet horrible ensemble beige que ma mère désespère

424

de me faire porter…

Je pouffe en la serrant une dernière fois dans mes bras et attrape ses clés avant de filer vers la sortie.

– Tu m'appelles quand tu es arrivée ? crie-t-elle dans mon dos.

– Sans faute !

35

Je me gare dans une rue adjacente pour éviter de me faire repérer si jamais une connaissance de mes parents passait dans le coin. J'inspire lentement en coupant le contact. Mes mains sont fébriles. J'ai le cœur qui bat à cent à l'heure, putain… Ma tête se pose contre l'appui-tête et je ferme les yeux pour tenter de calmer les émotions qui affluent en moi. Une opportunité pareille ne se représentera pas deux fois. C'est déjà assez compliqué de se retrouver, et après notre mini « lune de miel » au Burning Man, le retour à la réalité, avec nos chambres respectives chez nos parents, a été difficile. Le savoir si proche mais pourtant si loin me rend folle. Parfois, je me demande si cette passion qui a pris forme entre nous ne vient pas seulement de cette notion d'interdit et de secret. Peut-être qu'en étant un couple officiel, l'ardeur et la fièvre ne seraient pas aussi fortes…

Et ensuite, je me pose la question suivante : Est-ce que j'en ai réellement quelque chose à faire ? Je me fiche de savoir si ce serait différent, Tobias me rend folle, me fait vibrer et me sentir vivante. Alors je m'en fous.

J'inspire une dernière fois et sors de la voiture. Je coupe par les jardins pour atteindre la porte de la cuisine des Miller. Je sais où ils rangent leurs clés et je déverrouille silencieusement la moustiquaire puis la porte arrière. La maison est plongée dans le noir et silencieuse. Peut-être qu'il dort déjà. Il est minuit passé. Je souris largement : le réveiller en réalisant son fantasme pourrait être plus que mémorable… Mais en grimpant les escaliers, les accords de « Shape of My Heart » de Sting me parviennent, légèrement assourdis. Sa

426

voix chaude se pose dessus et je m'immobilise au milieu des marches, les yeux fermés.

Là, c'est ma poitrine qui se serre doucement. Mon corps réagit quand je pense à lui, mais mon cœur aussi… Je reprends mon ascension, sans bruit.

Arrivée derrière la porte de sa chambre, je suis à bout de souffle et la montée des marches n'y est pour rien. J'appuie sur la poignée et Tobias s'arrête de jouer quand j'ouvre doucement le battant.

– Mia ?

Il me regarde, surpris, mais je ne réponds pas. Je l'admire alors qu'il est installé sur sa chaise de bureau, face à la porte, seulement vêtu d'un jean qui a vu des jours meilleurs. Ses colliers à grigris reposent sagement sur le haut de son torse dénudé et ses cheveux sont humides. Il sort sûrement de la douche. Je referme la porte derrière moi et avance avec lenteur vers lui. Je jette mon sac et mon manteau sur le lit en le dépassant, et m'immobilise face à lui.

Il reste assis et lève les yeux pour sonder les miens. Je lui adresse un petit sourire avant de dénouer le lien de ma robe portefeuille. Elle glisse avec légèreté sur mes épaules pour venir tomber à mes pieds, comme la corolle d'une fleur. Son souffle s'accélère et il pose sa guitare par terre, le manche contre son bureau, avant de me faire de nouveau face. Je remarque avec satisfaction que ses mains tremblent un peu, et mon assurance augmente considérablement. Je déclipse ensuite l'attache de mon soutien-gorge, toujours sans aucun bruit, et les bretelles frôlent à peine mes bras en tombant pour rejoindre ma robe à terre. Son regard descend sur ma poitrine. Il a le souffle court et il humidifie ses lèvres en admirant mes seins gonflés et impatients.

Nouvelle satisfaction personnelle de Mia Anderson.

Je souris en me rapprochant et en le forçant à écarter les genoux avec le mien. Il se laisse faire, volontiers, les mains sagement posées sur les cuisses. Quand je m'agenouille devant lui, ses yeux deviennent sombres et le léger sourire qui flottait sur son visage disparaît.

Il vient de comprendre que les choses sérieuses vont commencer.

Oh oui, Tobias. C'est maintenant que je vais te faire grimper aux rideaux…

Je remonte mes mains le long de son bermuda pour venir défaire le bouton et la fermeture Éclair qui le retiennent encore prisonnier. Je le libère de son carcan de tissu et ses abdominaux se contractent quand je le frôle enfin. Peau contre peau.

Nos regards sont ancrés l'un à l'autre et je ne le quitte pas des yeux en me penchant sur lui pour enfin donner vie à son fantasme. Il me suit, avide de mes moindres faits et gestes, de la moindre perception de ma respiration contre lui. Puis la sensation de ma bouche le fait sombrer. Ses yeux se ferment, sa tête bascule en arrière, son souffle devient erratique et sa main se crispe dans mes cheveux. Il pourrait m'imposer un rythme, mais me laisse maîtresse de tout. Je le savoure, le déguste, le taquine. Je prends un plaisir indescriptible à le sentir trembler dans ma bouche.

Soyons honnête, faire une fellation n'apporte rien de particulier, si ce n'est la satisfaction ultime de mettre un homme à genoux. Même si c'est moi qui suis à genoux, je ne me sens pas soumise et encore moins diminuée. Je tiens les rênes, je décide si je veux faire monter l'excitation vite ou lentement, faire durer les choses et le torturer ou bien y mettre un terme. Et Tobias me fait confiance. Il m'a abandonné son corps et me laisse jouer avec lui. Et ça me rend folle. J'ai envie de lui faire oublier toutes celles qui m'ont précédée, de m'imprimer dans son esprit de façon indélébile. De lui laisser une marque impérissable.

Alors je fais tout pour.

Et sa respiration s'accélère, ses gémissements deviennent de plus en plus sourds, se transforment en grondements de satisfaction charnelle, ses doigts posés sur mes cheveux m'incitent à aller plus vite, à le mener jusqu'au point de non-retour. Ses abdominaux se contractent, son bassin plonge vers moi, sa mâchoire se serre, et sa pomme d'Adam monte et descend alors qu'il articule des sons désaccordés…

Puis il se tend soudainement.

– Mia, attends, attends…

Je ne l'écoute pas et continue. Il abdique dans un gémissement désespéré et se libère en moi. Je ne cherche pas à réfléchir et je prends ce qu'il me donne.

Tout ce qu'il me donne…

Deuxième instant de vérité : on va avouer que ce n'est pas non plus le mets du siècle. Honnêtement, celles qui disent que le sperme a un goût délicieux n'ont clairement jamais mangé dans un restaurant quatre étoiles. C'est juste du sperme. Oui, utilisons le véritable mot pour en parler : S.P.E.R.M.E. Ce n'est pas un shoot d'héroïne qui fait augmenter la fréquence cardiaque, ni un fondant au chocolat qui guérit les chagrins d'amour : c'est un fluide corporel. Point.

Ce qui est magique, c'est le regard intense de Tobias qui me fait me sentir infiniment puissante. J'observe ses sourcils froncés, sa bouche légèrement entrouverte, son corps alangui après l'orgasme et ses yeux étonnés et admiratifs, qui me dévisagent comme si j'étais la réincarnation d'une déesse.

Il enroule ses doigts dans mes cheveux et me lève brusquement pour m'embrasser. Pas un léger baiser, un baiser à la Tobias.

Il me fouille de la langue et j'ai l'impression qu'il cherche son goût en moi, comme pour vérifier qu'il n'a pas rêvé. Je lui réponds avec ardeur et quand il me libère, ses mains se posent sur mes coudes pour me forcer à me relever. Après un long moment à genoux devant lui, mes jambes sont un peu ankylosées et je vacille légèrement sur les talons que je porte encore, avec ma culotte et mes bas. Il vient me stabiliser en posant ses paumes tièdes de part et d'autre de ma taille.

Puis il dépose un baiser aussi léger qu'une plume sur mon ventre frissonnant. Je suis fébrile, excitée. Mais je ne cherche pas à ce qu'il me rende la pareille. J'étais venue pour lui, seulement pour lui…

Il prend pourtant en main la suite des opérations en glissant ses pouces dans mon ultime sous-vêtement et le descend avec lenteur le long de mes jambes. Je lève un pied après l'autre, en appui sur ses épaules, pour l'enlever totalement. Et encore une fois, nos regards ne se quittent pas pendant toute l'opération. Il se saisit à peine de mes mains, me tire du bout des doigts pour m'inviter à le chevaucher, tout en s'installant plus confortablement contre le dossier de la chaise.

Je lui souris, mutine, puis je m'assieds sur lui, toujours vêtue de mes talons hauts, les jambes gainées par les bas couture qu'il apprécie tant. Il me rapproche en pressant fortement sur mes reins et je passe mes bras autour de son cou alors que mes seins se pressent contre son torse et mon bassin contre le sien.

Puis il tourne lentement sur la chaise pivotante, les yeux plantés dans les miens, et je me retrouve dos au bureau. Mes fesses sont soulevées puis posées sans difficulté sur la surface en bois. Il m'a portée comme si j'étais aussi légère qu'une plume.

Littéralement.

Ses paumes viennent ensuite pousser sur mon ventre pour m'allonger. Heureusement, le bureau est quasiment vide, et je ne suis pas obligée de poser mon dos sur son ordinateur ou encore sur sa petite table de mixage.

Je cale ma tête légèrement de biais sur l'encadrement de la fenêtre ouverte parce que le plateau en bois est trop petit, et j'en profite pour le regarder alors qu'il s'installe à nouveau contre le dossier.

C'est tellement lui, cette position, détendu mais le regard perçant. Il agit comme un jeune homme rebelle et pourtant, il observe. Il regarde tout. Je ris doucement quand il saisit l'un de mes pieds pour le poser sur son épaule en souriant d'un air canaille. Il embrasse ma cheville et remonte le long de mon mollet en y dessinant un chemin de baisers. Tout dans son attitude est doux et mesuré. Lent et précis. Langoureux, comme ses baisers…

Ce qui explique mon hoquet de surprise quand il fond sur moi et me cloue au bureau d'une poigne de fer, avant de me dévorer. L'arrière de ma tête heurte douloureusement l'encadrement en bois mais le plaisir me fait voir des étoiles derrière mes paupières closes. Je n'ai pas le temps de comprendre ce qu'il se passe, entre mon excitation avant d'arriver et le plaisir que j'ai eu à le prendre dans ma bouche, je jouis en moins de cinq minutes. Je suis sur le point de crier mais je me mords le poing pour étouffer les bruits que je fais. Je le sens rire contre l'intérieur de ma cuisse quelques instants plus tard quand il remarque ma technique.

– Chipie…

J'éclate finalement de rire et ça me fait un bien fou. Le sexe ardent et déculpabilisé est extrêmement libérateur. Tobias m'offre un sourire de garnement puis se lève pour venir mordiller le lobe de mon oreille. Je me calme petit à petit quand je sens contre mon ventre qu'il est de nouveau prêt. Un dernier hoquet de rire et il vient me chuchoter :

– J'espère que tu es prête, Mia. Parce que je vais te baiser dans les moindres recoins de cette baraque. Dans chaque putain de centimètre carré. Et pendant des heures…

Mon rire se transforme en hoquet nerveux. Sa voix grave est sérieuse. Extrêmement sérieuse.

– Mademoiselle Anderson… Je vais le faire tellement fort que vous ne pourrez plus marcher pendant plusieurs jours…

Sitôt dit, sitôt fait.

Il l'a fait. Pendant des heures. Sur son lit, face à son bureau, par terre alors que j'essayais de le fuir pour le taquiner, sur le canapé, dans le salon de ses parents, et de façon presque frénétique. Mon Dieu, j'en aurais fait, des choses, sur cette méridienne… Puis dans la cuisine, dans les escaliers, et ainsi de suite…

Il est cinq heures trente et il m'accorde enfin le repos du brave. Blottie dans ses bras, le dos collé contre son torse, je m'endors comme une bienheureuse, enveloppée par son odeur.

Je suis réveillée par une légère caresse sur mon bras nu. Je papillonne pour découvrir les rayons orangés du lever de soleil éclairer les murs de la chambre de rais ocre[1]. Il ne doit pas encore être sept heures. Mon corps est perclus de douleurs et de courbatures mais mon cœur est repu de bien-être. Je frissonne quand la bouche de Tobias se pose sur mon épaule et remonte doucement le long de ma nuque. Ce réveil est doux et tranquille. Il dépose une multitude de baisers aussi légers que des papillons sur ma peau et je tourne la tête vers lui pour lui offrir mes lèvres dans un soupir de contentement. Il me force doucement à pivoter pour lui faire face, sans quitter ma bouche, et je m'exécute docilement en venant poser le bout de mes doigts de chaque côté de sa mâchoire. Il me libère au bout d'un long moment et plonge ses yeux verts dans les miens.

Je suis clouée sur place. Je ne peux rien faire d'autre que de les fixer en retour. Les yeux de Tobias sont capables de lire jusqu'au plus profond de mon esprit mais à cet instant, ils n'observent pas.

Au contraire, ils expriment. Ils donnent…

Je réalise, le souffle coupé et le cœur battant, qu'il vient de laisser tomber ses dernières barrières et me permet de lire en lui, à cœur ouvert. Et ce que je vois semble être le reflet de ce que je ressens pour lui.

Nous restons un long moment à nous observer dans un silence religieux, seulement troublé par sa main qui repousse

---

1. Je recommande d'écouter « I Walk on Water » de Kaleo sur cette scène.

de temps en temps une mèche de cheveux, qui caresse mon épaule, par mes doigts qui glissent avec légèreté sur ses lèvres pleines, mes yeux qui le parcourent de la racine des cheveux jusqu'au menton, et le battement presque assourdissant de mon cœur et par le sang qui pulse dans mes veines au fur et à mesure que je réalise à quel point je suis tombée amoureuse de lui.

De tout ce qu'il y a en lui : ses taquineries, son côté parfois ombrageux, sa maturité, sa douceur.

Chaque fois qu'il me regarde, je me sens capable de marcher sur l'eau, de voler. Et ça n'a rien à voir avec ce que je ressentais pour Derreck. C'était même tellement loin de ce déchaînement de passion et de sentiments puissants que je me demande comment j'ai pu croire que j'allais passer le reste de ma vie avec lui. Alors que Tobias m'attendait quelque part.

Les mots remontent, se pressent à la lisière de mes lèvres, me poussent à lui avouer enfin ce que je ressens pour lui, mais ils restent bloqués dans ma gorge. Alors j'essaie de l'exprimer à travers mon regard. Pour lui faire comprendre à quel point il a changé ma vie. Ma perception même de la vie.

À quel point il m'est devenu indispensable. Vital.

Il me regarde intensément et ferme brièvement les yeux dans un soupir presque douloureux avant de me regarder de nouveau et d'avancer lentement le visage pour m'embrasser. Je l'accueille avec bonheur et il se hisse doucement sur moi en s'appuyant sur les avant-bras. Sans cesser de m'embrasser, en effleurant parfois le bout de mon nez avec le sien, en glissant avec des gestes précautionneux ses mains dans mes cheveux épars sur l'oreiller. Je le sens se tendre entre mes cuisses et l'invite d'un mouvement du bassin à ne faire plus qu'un avec moi, ce qu'il fait. Quand il entre doucement, je soupire douloureusement, en même temps que lui. La sensation est indescriptible, plus puissante, plus intense, plus brûlante que d'habitude.

Et je prends conscience qu'il n'y a plus aucune barrière entre nous. Ni morale, ni physique…

Plus rien ne nous sépare.

Emportés par cet échange silencieux, nous n'avons pas pensé à nous protéger. Et il est déjà en moi quand je déglutis en comprenant ce que ce geste implique.

Je lui fais confiance. Entièrement.

Il m'interroge du regard en fronçant les sourcils, ses biceps bandés à l'extrême, et je lui souris à peine avant de glisser avec douceur mes bras sous les siens pour m'arrimer à lui et de resserrer mes jambes autour de ses hanches en croisant les pieds sur ses reins. Il plisse les yeux et expire fortement avant de fondre sur mes lèvres tout en recommençant à onduler entre mes jambes. Il ne me fait pas mal, ne bouge pas avec force mais plutôt avec une puissance mesurée. Je le laisse me conquérir, m'envahir. Il s'installe en maître sur mon corps et je lui cède la place.

Je gémis sous sa bouche et m'accroche désespérément à lui alors qu'il me fait l'amour avec une intensité dévastatrice, sa clé frappant sans discontinuer sur ma serrure, dans un concert de gémissements étouffés, jusqu'à me faire finalement soupirer, puis crier son nom dans un sanglot étranglé alors que la lumière du lever de soleil nous nimbe d'une aura cuivrée.

36

Il est dix heures passées quand le bruit d'une porte qui claque me tire de mon sommeil. Tobias sursaute dans mon dos et se redresse d'un bond.

– Qu'est-ce que…

Il se lève et me fait signe de ne pas faire de bruit avant d'entrouvrir la porte de sa chambre. J'écarquille les yeux en entendant la voix de Judy en bas de l'escalier.

– Tu penses qu'il est réveillé ? Peut-être qu'on devrait…

– Non, laisse-le dormir, je vais aller chez les voisins, répond Jonas.

Tobias ferme la porte le plus discrètement possible alors que je suis figée dans le lit, le drap plaqué sur ma poitrine nue et la bouche grande ouverte.

Oh, merde.

Ses parents sont rentrés. Et je suis nue dans le lit de leur fils.

Oups. Bien joué, Mia.

J'entends Tobias se retenir de rire et je plisse les yeux en le voyant de dos, visiblement secoué d'un rire silencieux. Je lui jette un coussin en chuchotant :

– Arrête de rire, imbécile !

Mais son hilarité est contagieuse et je me retrouve à pouffer comme une adolescente alors qu'il me rejoint sur le lit.

– OK, comment on fait, maintenant ?

– On fait face ? me suggère-t-il.

Je hausse les sourcils, amusée.

– C'est-à-dire que je n'avais pas imaginé avouer à tes parents que je couchais avec toi après une nuit de baise torride…

– « Torride », hein ?

Il sourit de toutes ses dents et je le repousse du plat de la main quand il tente de venir m'allonger sur les draps.

– Arrête ça tout de suite, Miller, je dois trouver un moyen de sortir d'ici.

Je regarde autour de moi à la recherche d'une issue, et la seule possible me saute soudain aux yeux. Et si j'en juge par le regard de Tobias, il a pensé à la même chose.

– OK, non. Hors de question que je passe par la fenêtre de ta chambre ! m'exclamé-je à voix basse.

– C'est la seule issue, mademoiselle Anderson.

– Mais ta chambre est au premier étage !

– Tout comme la tienne, et tout s'est bien passé, hier…

– Sauf que moi, je ne suis pas folle !

Je le regarde comme si c'était un psychopathe. Si monsieur est prêt à sauter d'une hauteur de trois mètres, moi, non !

– Ne t'inquiète pas, il y a la gouttière à côté qui donne sur l'abri bûches. Je l'ai déjà fait plein de fois.

Il me dit ça avec nonchalance, comme si le fait d'escalader une vieille gouttière était aussi facile que de monter des escaliers. Je crois qu'il oublie que j'ai passé l'âge de faire des cascades d'adolescent…

– Tu es sérieux ? Je ne passe pas par la fenêtre !

Il m'observe un instant, les yeux rieurs, un sourire en coin flottant sur les lèvres, puis me prend par la main pour me tirer hors du lit.

– Bon, ben, on va descendre dire bonjour à mes parents, alors…

– OK, OK ! m'écrié-je presque en me dégageant de sa poigne. C'est bon, j'ai compris, espèce de taré ! Je descends par la gouttière !

– Lâche…

Il secoue la tête en souriant et j'en profite pour lui tirer la langue en ramassant ma robe. J'enfile mes sous-vêtements en vitesse, suivis de ladite robe. Je renonce à mettre mes bas et les fourre dans mon sac avant que l'idée de les voler ne lui vienne en tête. Je prends ensuite mes talons à la main et ose enfin regarder par la fenêtre.

– Oh, misère, je n'arrive pas à croire que je vais faire ça… murmuré-je en regardant le vide sous mes yeux.

Tobias vient se coller derrière moi et me désigne l'abri bûches d'une main.

– Tu sors en t'agrippant à la gouttière, à droite. Tu poses bien les pieds sur les accroches murales et ensuite tu sautes sur le toit de l'abri avant de descendre par terre. Facile.

– Facile, hein ? ricané-je en sentant mon ventre se tordre d'inquiétude.

– Un enfant de 10 ans peut le faire…

Je tourne le visage vers lui.

– Donc, vous avez commencé à faire le mur à partir de 10 ans, monsieur Miller ? Intéressant…

Il se contente de me faire un clin d'œil et embrasse rapidement le bout de mon nez avant de se redresser en s'éloignant de moi.

– Allez !

Il me claque la fesse gauche et je sursaute au contact de sa main.

– File, maintenant, vilaine pécheresse.

Je pouffe en escaladant le bureau pour réussir à monter sur le rebord de la fenêtre.

Oh, merde, c'est haut…

Je regarde d'abord si la rue est vide avant de jeter mes chaussures, suivies de mon manteau et de mon sac, et je tourne les yeux vers la gouttière, à moins d'un mètre de moi. Il me suffit de tendre le bras pour l'attraper mais je suis paralysée par la peur.

– Tout va bien. Ne t'inquiète pas, c'est du solide, me rassure Tobias, les bras croisés sur la poitrine.

– Dit celui qui est bien en sécurité dans sa chambre…

Il sourit et secoue la tête.

– J'hésite d'ailleurs à aller prendre une bonne douche relaxante pendant que tu joues les équilibristes.

Il se moque ouvertement de moi et je le fusille du regard avant de fixer de nouveau mon objectif des yeux. Allez, Mia, c'est juste une gouttière, une simple gouttière. Au pire, si tu tombes, tu te casses juste un bras. Ou une jambe.

Ou la colonne vertébrale.

Parfait ! Imagine donc que tu finiras peut-être handicapée à vie. Il n'y a rien de mieux pour se motiver à faire quelque chose !

J'inspire profondément pour endiguer la peur et m'élance vers le tuyau. Je l'attrape sans souci et dégringole, emportée par mon propre poids. Je me retiens in extremis, les pieds battant dans le vide alors qu'il se penche par-dessus le rebord de la fenêtre.

– Pose tes pieds sur l'accroche murale, Mia ! m'ordonne-t-il, moitié amusé, moitié inquiet si je me fie aux plis de son front.

– Plus facile à dire qu'à faire, Tobie !

En plus, la gouttière est glacée et je tremble comme une feuille à cause de la température. À force de chercher un appui sur la façade, mon pied gauche rencontre enfin l'anneau métallique qui retient la gouttière et je souffle de soulagement en me sentant enfin accrochée à quelque chose.

– Brave fille…

Je me mords la lèvre pour retenir un juron bien senti et me contente de libérer furtivement ma main droite pour lui faire un doigt d'honneur avant de la reposer précipitamment sur le tuyau.

– C'est très vilain, ça, mademoiselle Anderson… ronronne-t-il. Descends sur l'accroche suivante, maintenant.

Je m'accroupis en descendant mes mains, petit à petit, et risque un pied plus bas pour le poser sur le second anneau.

– Bien. Encore un mètre et tu te laisses glisser sur la poutre de l'abri.

Je recommence l'opération en soufflant bruyamment. Je n'ai pas fait de sport depuis plusieurs mois, hormis mes footings matinaux, et je sens que mes bras ne sont plus aussi musclés qu'avant.

Prochaine décision intelligente : reprendre le sport et les haltères.

Quand je sens le bois sous mon pied gauche, je soupire de soulagement et me laisse tomber dessus.

Pile au moment où la poutre s'effondre sous mon poids.

Je me sens glisser en voyant Tobias tendre le bras vers moi et je m'accroche de justesse à la gouttière avant de glisser comme une otarie sur les bûches qui dégringolent sous mes fesses et m'emportent avec elles. Je finis enfin par terre, après quelques roulades, les pieds en l'air, complètement sonnée.

Il me faut un bon moment avant de comprendre que je ne suis pas morte.

– Mia ! chuchote fortement Tobias depuis sa fenêtre. Mia, ça va ?

Je secoue mollement la tête en me palpant le ventre et les côtes.

– Je crois… « Du solide », hein ?

Le temps se suspend quelques secondes et Tobias éclate de rire. Je reste hébétée puis l'accompagne dans son hilarité avant de réaliser que le bruit des bûches qui tombent a peut-être alerté sa maman.

– File te doucher, sale môme ! chuchoté-je vers lui en me relevant tant bien que mal.

Il tente de se calmer mais je le vois se redresser rapidement en regardant vers la porte.

– Non, maman, tout va bien. C'est moi qui ai fait tomber ma sono ! crie-t-il à l'intention de Judy. Fuis, je vais l'occuper !

Sa phrase me fait sursauter et je bondis sur mes pieds pour ramasser mes affaires avant de partir en courant vers le portillon de leur jardin, complètement hilare. Je me baisse même à quatre pattes en passant devant leur fenêtre pour aller récupérer la voiture de Calista, un peu plus loin. Quand je suis enfin à l'abri dedans, et correctement rhabillée, je ne retiens plus mes éclats de rire.

Je viens d'escalader une gouttière ! Sérieusement !

Je suis complètement surexcitée. Cette nuit, l'adrénaline de ce matin et la dégringolade sur l'abri bûches m'ont filé un fou rire totalement irrépressible. J'ai l'impression d'avoir de nouveau 15 ans, et c'est grisant. C'est même déculpabilisant.

Je réussis à me calmer un peu puis démarre pour venir me garer devant la maison de mes parents, moins de trente secondes plus tard. Je ne peux m'empêcher de jeter un coup d'œil à l'abri bûches qui a rendu l'âme, et mon hilarité reprend de plus belle. Je me précipite vers la porte que j'ouvre à la volée, morte de rire, et la ferme en la claquant avant de m'appuyer dessus, les yeux fermés et un sourire gigantesque plaqué sur le visage. Je me mords la lèvre en repensant à toute cette nuit avec lui et à l'avenir de notre relation. Si tout se passe bien, d'ici quelque temps, je devrais pouvoir m'afficher avec lui. J'ai hâte d'appeler Calista pour tout lui raconter. Je suis d'ailleurs certaine qu'elle m'a harcelée de coups de fil alors que mon portable était éteint. Je le sors de mon sac à main et appuie sur le bouton « on » en m'avançant dans l'entrée avant de sursauter au son de la voix de ma mère.

– Mia ?

– Maman !

Je bondis en posant une main sur mon cœur affolé.

– Nom de Dieu, tu m'as fait une de ces frayeurs !

J'éclate de rire mais ma joie s'éteint peu à peu quand je remarque le silence religieux dans le salon. Et surtout les personnes qui s'y trouvent.

Ma mère et mon père se tiennent l'un contre l'autre, le visage livide, assis sur le canapé, alors que l'adjoint du shérif est assis sur une chaise en face d'eux, de l'autre côté de la table basse.

– Qu'est-ce qu…

Je n'ai pas le temps de finir ma phrase que mes parents se jettent sur moi, les yeux emplis de larmes.

– Merci, mon Dieu !

Ma maman éclate en sanglots contre mon cou en me serrant à m'étouffer.

Mon père la rejoint quelques secondes plus tard et je me retrouve emprisonnée dans leur bras, complètement perdue. Ils sanglotent bruyamment contre moi et je suis de plus en plus sonnée.

– Maman, mais qu'est-ce qu'il t'arrive ?

– On a eu tellement peur, ma chérie, tellement peur ! répond mon père à sa place.

Je risque un regard vers le salon et vois le policier parler dans son talkie-walkie.

– Agent Berkoff au poste, mademoiselle Anderson vient de rejoindre le domicile de ses parents, saine et sauve, terminé.

« Saine et sauve » ? Je fronce les sourcils quand je remarque aussi le troisième invité, appuyé contre le mur sur le côté. Le pasteur Miller.

J'ai un mauvais pressentiment en le voyant. J'ai l'impression de me revoir le soir de l'annonce de la mort de Noah. L'angoisse de mes parents, la mauvaise nouvelle qui a suivi. Une nausée me prend à la gorge quand je pense aux jumelles. Je les ai croisées à Salt Lake. Mais le visage de leur père est beaucoup trop serein pour un père éploré, donc ce n'est pas ça.

Je repousse ma mère, doucement mais fermement.

– Maman, qu'est-ce qu'il se passe ? Ne me dis pas que tu as signalé ma disparition alors que j'étais juste partie avec Calista ?

À ces mots, le visage de ma mère pâlit.

– Viens t'asseoir, ma puce, propose mon père en posant sa main sur mon épaule.

Je le fixe, presque hébétée.

– Qu'est-ce qui se passe, enfin ? j'éclate, presque avec colère.

– Mademoiselle Anderson ?

La voix du représentant de l'ordre nous interrompt et mes parents se tournent vers lui en même temps que moi.

– J'ai besoin de vous poser quelques questions.

– Pas tant qu'on ne m'aura pas expliqué ce qu'il se passe ! rétorqué-je fermement.

Il hoche la tête alors que ma mère continue de pleurer, le visage enfoui dans ses mains. Je ne comprends plus rien, enfin, merde !

– Si nous nous installions tous pour discuter ? propose gentiment Jonas depuis l'autre côté de la pièce.

J'hésite un instant, contrariée de n'avoir toujours pas eu de réponse, puis hoche la tête avant de m'avancer vers le canapé, suivie de mes parents. Ils m'entourent et me prennent chacun une main, sous mon regard étonné.

– Nom de Dieu, mais est-ce que quelqu'un va finir par me dire ce qu'il se passe, putain ?

Mon humeur a changé du tout au tout. D'hilare, je suis passée à presque furieuse. Comme si quelqu'un avait retourné une carte pour passer du gentil valet au joker hirsute.

– Vous êtes bien sortie avec Mlle Jones, hier soir ? me demande le policier.

Je sens le sang quitter mon visage en entendant le nom de Calista.

– Il est arrivé quelque chose à Cal ?

Non. Tout mais pas ça. Je l'imagine déjà accidentée, allongée dans un lit d'hôpital et la nausée me prend par surprise.

Je n'aurais pas dû la laisser seule, hier… Je n'aurais pas dû…

Je repense à tous ces maris infidèles qui ont croisé sa route et à leurs épouses trahies. Je l'avais prévenue qu'il ne fallait pas jouer avec le feu ! Je l'avais répété un million de fois !

Ou bien elle a été blessée lors d'un autre accident ? Elle devait être ramenée par son ami… Merde, je ne me souviens plus de son nom…

– Répondez à la question, reprend l'officier alors que je m'énumère toute une liste d'accidents possibles.

– Non ! m'écrié-je vertement. Qu'est-ce qui s'est passé ? Elle a eu un accident de voiture ?

– Mia, s'il te plaît… supplie ma mère.

– Je…

Je sens mon cœur battre de plus en plus vite alors que la panique s'empare de moi. Je dois répondre à cette question afin de savoir ce qui lui est arrivé. Réponds à la question, Mia, réponds à cette putain de question, c'est tout ce qu'on te demande…

– Oui. Oui, en début de soirée… j'articule, la gorge sèche.

– Et ensuite ?

– Je… je suis partie… plus tôt.

Il hoche la tête et note quelque chose sur un carnet. Je fixe avidement sa main qui bouge en traçant des mots qui restent invisibles pour moi.

– Vous êtes partie seule ?

Je sursaute quand il me parle de nouveau et fixe mon regard sur le sien.

– Oui…

Ma voix tremble de plus en plus.

– À quelle heure êtes-vous arrivée ici ?

Je fronce les sourcils et cherche rapidement dans ma mémoire avant de répondre.

– Un peu après minuit, je crois…

Mon ventre se serre de plus en plus en attendant qu'il se décide enfin à m'expliquer la situation. Je le fixe sans sourciller alors que mes yeux commencent à piquer, annonçant l'arrivée de larmes brûlantes.

Et si elle avait été prise dans une bagarre dans le bar ? Et si elle avait été coincée lors d'un incendie ? Elle serait traumatisée à l'idée de perdre ses cheveux, elle aime tellement ses cheveux…

– Quelqu'un peut-il confirmer votre présence ?

– QUOI ?

Je me lève d'un bond en entendant cette question et j'ai presque le tournis quand je suis debout.

– Vous me demandez si j'ai un alibi ?

– Oui.

Sa franchise me prend par surprise et j'ai un mouvement de recul. Un alibi signifie qu'elle n'est pas seule dans cette histoire. Quelqu'un est impliqué. Je pense tout de suite à la femme de Mitch. Et si elle l'avait attendue pour la frapper ? Calista ne supporte pas d'avoir des bleus ou même une simple piqûre de moustique sur sa peau diaphane, elle trouve que ça l'enlaidit. Si jamais elle a un œil au beurre noir ou le nez cassé… Elle voudra sûrement le faire refaire.

– Mademoiselle Anderson ?

Je tressaille à la voix un peu plus sèche du policier.

– Je vous demande de répondre encore à quelques questions et ensuite, je vous expliquerai la situation.

Son ton calme tranche cruellement avec le maelström d'émotions que je sens vibrer dans la pièce. Les miennes, celles de mes parents, le visage grave du pasteur qui est venu s'asseoir sur le fauteuil à côté de mon père.

– Non.

Je parle plus sèchement que lui et je le regarde droit dans les yeux avant de continuer.

– Je ne répondrai plus tant que je ne saurai pas ce qui se passe, déclaré-je farouchement.

Un silence de mort suit ma déclaration. C'est finalement l'adjoint du shérif qui parle en premier.

– Le centre 911 de Salt Lake a reçu un appel de détresse provenant du portable de Mlle Jones vers deux heures du matin, cette nuit.[1]

---

1. Je conseille d'écouter « Breathe » de Fleurie.

Je me fige et le sang se glace dans mes veines à cette phrase. Et si elle avait été abandonnée en pleine route par son ami ? Calista peut être tellement têtue, parfois. Sa façon de parler manque souvent de tact et elle blesse les gens sans le savoir. Mais elle ne pense pas à mal, je le sais. Et si elle s'était retrouvée seule dans la nuit, à la merci des chauffeurs de poids lourd peu scrupuleux qui auraient exigé plus qu'un simple baiser pour la ramener chez elle ? Si Calista s'est fait violer, je ne me le pardonnerai jamais…

– Mia…

Je sens ma mère me saisir de nouveau la main et la serrer avec force alors que je fixe l'homme en uniforme devant moi.

– Les secours ont localisé son appel et se sont rendus en urgence sur les lieux.

– Où est-ce qu'elle est ? Dans quel hôpital ?

Je parle de façon monocorde. Presque sans vie. Je dois y aller, je dois aller la voir, lui tenir la main, m'excuser de l'avoir laissée seule. Je crois même que mon cœur s'est arrêté de battre.

– Mia…

La voix douce de mon père me ramène à la réalité et je me laisse tomber sur le canapé, totalement hébétée. Ce n'est pas en train d'arriver. Ça n'arrive pas. Il me dira dans quel hôpital est Calista et j'irai la retrouver, je lui amènerai des magazines people pour passer le temps. Je lui raconterai des bêtises pour lui faire oublier ce qui s'est passé, je regarderai des vieilles sitcoms avec elle en riant aux blagues nulles pour la pousser à rire aussi, je lui changerai ses vêtements, je l'aiderai même à se laver si elle en a besoin…

– Je suis désolé, mais il était trop tard.

Mon cœur s'arrête définitivement de battre quand il parle de nouveau.

– Le corps de Mlle Jones a été retrouvé après l'arrivée des secours.

Je ne sens plus aucun de mes membres. Je n'entends plus les sanglots de ma mère, juste un bourdonnement intense qui prend possession de mes oreilles et résonne dans ma tête de façon assourdissante.

– Votre amie a été assassinée.

Mon souffle se coupe et je me retrouve en apnée alors que je tombe sans m'arrêter dans un gouffre sans fin.

Calista a été tuée.

Non !

Si…

NON !

Mon cœur et ma raison se battent l'un contre l'autre alors que la pièce commence à tanguer autour de moi. Il a tort, ils ont tous tort ! Elle n'est pas morte. Elle va bien. Elle est rentrée chez elle, un peu éméchée, sûrement, comme d'habitude. Elle a même sûrement perdu une chaussure dans la soirée. Calista est la reine pour perdre ses chaussures. Je la surnomme Cendrillon à cause de ça. Elle doit dormir, d'ailleurs, je vais attendre qu'elle se réveille avant de l'appeler pour qu'elle me raconte sa soirée, je vais…

– J'ai besoin de savoir si quelqu'un peut confirmer votre alibi d'hier soir, mademoiselle Anders…

La voix du policier résonne dans le lointain mais je l'entends à peine, je suis vide, je ne ressens plus rien si ce n'est un trou béant dans la poitrine. Et je me laisse glisser dedans pour oublier.

Calista doit dormir dans son lit, en sécurité. Elle porte encore la même robe qu'hier soir et je me moquerai d'elle parce qu'elle aura les yeux vitreux. Mais elle rira, comme d'habitude, et son visage s'éclairera d'un coup, illuminant tout autour d'elle. Calista est un rayon de soleil, et le soleil ne s'éteint jamais.

Ma mère me demande de répondre, mon père tente de me secouer gentiment pour me faire reprendre pied mais je refuse de revenir.

Je ne veux plus rien ressentir. Je ne veux pas réaliser l'irréalisable. Je refuse de réfléchir, de comprendre. Je ne veux plus rien...

Je veux juste aller voir mon amie, la prendre dans mes bras en lui demandant de me pardonner pour l'avoir abandonnée hier. Elle me dira que si j'ai pris mon pied, tout va bien. Et je rirai en lui confirmant que la soirée était parfaite. Elle me racontera la sienne, sa soirée avec cet ami, les moindres détails sur son anatomie, son endurance, je lèverai les yeux au ciel en l'entendant décrypter le contenu de son portefeuille qu'elle a regardé en douce quand il était sous la douche, ensuite je lui préparerai un sandwich beurre de cacahuète-confiture de fruits rouges. Elle adore ça. C'est son sandwich « doudou ». Quand Calista est triste, elle a besoin de ça avec un verre de lait. J'essuierai la légère moustache sur le dessus de ses lèvres et on grignotera ensemble en riant de nos soirées respectives et de ma cascade le long de la maison des Miller.

Je continue de me faire le listing de tout ce que je vais faire avec elle quand j'irai la voir et je crois que je suis sur le point de perdre connaissance quand la porte d'entrée s'ouvre avec fracas, nous faisant tous sursauter. Je tourne le visage vers le couloir et mon cœur s'arrête quand je vois le visage sombre de Tobias dans l'entrée.

Un battement sourd. Dur.

Douloureux...

Un silence suit son arrivée et je vois Judy crier en le rejoignant mais je ne la regarde pas. Je le regarde, lui. Seulement lui... Il a les cheveux mouillés et me fixe avec intensité.

Il sait.

Il est au courant et il est venu me voir directement.

Mon cœur fait un nouveau bond dans ma poitrine, me ramenant définitivement à la vie, dans cette pièce. Et je craque.

Je craque enfin.

J'éclate en sanglots quand il se précipite vers moi et je

réagis en me jetant dans ses bras tout en hurlant sans retenue. Il me recueille au vol, me soulève contre lui quand je m'effondre, me soutiens quand mes jambes refusent soudainement de fonctionner et enfouit ses mains dans mes cheveux alors qu'il me serre contre ses côtes à m'en écraser la cage thoracique. Je ne retiens plus rien, le barrage a cédé sous ses yeux verts et les larmes jaillissent avec tellement de force que j'ai l'impression que je n'arriverai plus jamais à m'arrêter de pleurer.

Je ne verrai plus Calista, je ne lui parlerai plus, je ne l'entendrai plus rire, je ne l'appellerai plus quand je suis triste pour qu'elle me remonte le moral, je ne lui servirai plus d'alibi pour ses coups foireux, je ne me calerai plus dans son cou pour inspirer son parfum légèrement sucré, je ne la verrai plus passer la main dans ses longs cheveux roux, je ne la verrai plus danser comme si le monde lui appartenait... La réalité me frappe de plein fouet comme un train lancé à pleine vitesse. Calista est partie.

Calista n'est plus là.

Je ne sais même plus ce que je lui dis, si je pleure, si je répète inlassablement « non », si je lui dis que Calista est morte, si je lui dis que ce n'est pas possible ou si je ne fais qu'articuler des sons incompréhensibles. Il se contente de me serrer contre lui et de me soutenir en me laissant déverser mon désespoir sur son épaule, sous les regards pesants de nos témoins. Je m'étouffe, je crie, je hurle, je pleure, je le frappe, je laisse la peine s'emparer de mon corps et de mon cœur, et forcer mon cerveau à accepter l'horrible réalité.

Calista est morte.

Calista a été assassinée.

Et je n'étais pas là pour la protéger...

Il ne recule pas et supporte sans broncher le déchaînement de douleur que je lui fais subir. Il me laisse évacuer la souffrance qui me broie le cœur, qui me détruit. Il laisse s'échapper le torrent qui emporte tout sur son passage, en me brisant comme un vulgaire morceau de bois sec, sans me lâcher. Jusqu'à ce que je m'effondre comme une poupée de chiffon entre ses bras. Je n'ai plus de forces, je ne veux plus avoir de forces, et je me laisse glisser alors qu'il passe une main sous mes genoux pour me soulever dans ses bras.

J'entends la voix de l'officier de police dans son dos, au milieu du brouillard, alors qu'il se dirige vers les escaliers en me tenant fermement contre lui.

– Je n'ai pas fini de lui poser des questions, Tobias.

– Lâche l'affaire, Jeffrey, elle n'a rien à voir là-dedans, répond-il d'une voix dure.

– J'ai besoin de connaître son alibi.

Tobias s'immobilise au bas des escaliers et je sens ses mains se serrer contre ma peau avant qu'il ne fasse volte-face. Je ne bouge pas, je ne cligne même pas des yeux.

Je suis vide.

– C'est moi, son alibi, déclare-t-il d'une voix tranchante.

Je ne réagis même pas au long silence qui suit sa phrase, et lui non plus parce qu'il reprend aussi sèchement.

– Elle est arrivée chez moi un peu après minuit, seule, et elle a passé toute la nuit avec moi avant de repartir il y a moins de quinze minutes. Je suis prêt à témoigner sous serment qu'elle ne m'a pas quitté, alors reprends ton foutu carnet. L'interrogatoire s'arrête ici, elle a besoin de se reposer.

Son ton est sans appel, et j'entends un hoquet provenir de l'entrée. Sûrement de Judy.

Je réalise dans mon hébétude qu'elle vient d'apprendre que son fils couche avec moi. Mais je n'en ai rien à faire. Je ne ressens plus rien. Je n'ai plus la force de ressentir quoi que ce soit…

– Bien. Je t'attends demain au poste pour consigner tes déclarations.

– J'y serai, répond Tobias avant de monter les escaliers d'un pas assuré.

Je me laisse ballotter dans ses bras, je ne cherche pas à

sentir son parfum frais alors que d'habitude, je me drogue presque à l'odeur de son corps.

– Je suis là, OK ?

Inerte, je fixe le mur qui défile devant mes yeux.

Je sens le relief de mon lit quand il me dépose dessus.

Mais je ne réagis pas.

– Mia… Réponds-moi, s'il te plaît…

Je ne parle pas, je me recroqueville en position fœtale et fixe les portes de mon armoire d'un regard vide. Je l'entends soupirer et quelques instants plus tard, sa chaleur dans mon dos vient adoucir légèrement la sensation glacée qui me tient prisonnière. Il entoure ma taille de ses bras et embrasse mon épaule. Assez pour me faire légèrement tressaillir et raviver les larmes qui ne se sont pas taries. Est-ce qu'elles se tariront un jour ?

J'ai perdu ma sœur, j'ai perdu ma meilleure amie, j'ai perdu la meilleure version de moi… Je suis incomplète, sans Calista.

Je suis seule.

– Je suis là. Je ne te laisse pas, reprend Tobias d'une voix grave et douce.

Non. Je ne suis pas seule.

Mais Calista l'était quand elle s'est fait agresser.

Et ça, je ne me le pardonnerai jamais.

37

Deux semaines.

Il aura fallu deux semaines pour réussir à récupérer son corps. L'autopsie judiciaire, la demande administrative, les délais de réponse… L'enquête piétine, personne n'a vu Calista partir du bar, ni su dire en compagnie de qui. Personne ne sait avec qui elle était. Personne ne sait pourquoi c'est tombé sur elle. Elle a été étranglée, puis violée. Son corps sans vie a été retrouvé abandonné sur le bas-côté d'une route, son beau visage figé pour l'éternité. J'ai fait un malaise puis une crise d'angoisse en apprenant ce qui lui était arrivé. Le légiste a certifié que les lésions au niveau de ses organes sexuels ont été faites post-mortem.

La ville entière a été traumatisée par ces annonces alors que je semble être la seule à avoir été soulagée qu'elle n'ait pas été violée de son vivant.

Les forces de l'ordre pensent à un détraqué qui aurait croisé son chemin « par hasard ».

Calista serait morte « par hasard » ? Elle aurait subi l'horreur « par hasard » ? Ce terme me révolte et me donne envie de vomir. Ce n'est pas possible, elle méritait mieux que de finir au mauvais endroit, au mauvais moment. Sa famille mérite mieux que de pauvres explications qui précisent que ce serait un coup de malchance. Qui meurt par chance ? Qui fait ça ?

Depuis, je végète. J'ai été secouée par tous ces événements – les interrogatoires, la visite au poste de police avec ses parents pour identifier le corps et confirmer que ses effets personnels étaient bien ceux qu'elle portait ce soir-là, les policiers qui m'ont demandé un million de fois le déroulement exact de notre soirée, mais aussi les nombreuses liaisons de Calista, ses habitudes, etc.

Apparemment, j'étais la seule qui la connaissait vraiment. Assez pour fournir des informations plus précises aux policiers, sur le fameux Luke, dont le nom m'est revenu plus tard. Mais aucune piste n'a réellement porté ses fruits : son ami n'est finalement pas venu la chercher au bar et son alibi est solide. Personne ne sait ce qu'il s'est passé. Les jumelles n'ont été d'aucune aide car elles ont quitté le bar avant elle.

J'ai mis ma vie entre parenthèses. Le docteur m'a prescrit des antidépresseurs qui m'assomment. Je dors presque toute la journée, et je me réveille tous les jours avec Tobias. Parfois allongé à côté de moi, parfois assis sur une chaise à m'observer, le front barré d'un pli soucieux.

Je m'enfonce dans ma propre tombe. Si les policiers n'ont pas trouvé de coupable, je l'ai fait à leur place.

Je suis coupable.

Coupable de l'avoir laissée seule, coupable de ne pas avoir été là pour la protéger, ou simplement pour dissuader l'agresseur. Coupable de ne pas l'avoir davantage avertie des dangers de sa façon de vivre. Je me suis autoproclamée accusée, juge et juré.

Et la sentence est irrévocable.

Mes parents et Tobias se relaient pour me lever, me forcer à me doucher, à manger, à vivre. Ils tentent de me faire croire que ce n'est pas ma faute, et j'acquiesce pour qu'ils me laissent tranquille.

Mais aujourd'hui, c'est le jour où tout bascule. Je me suis levée seule, sans être réveillée par quelqu'un de mon entourage, et j'ai pris le temps de me faire belle. Pour elle. J'ai mis ma robe noire avec le col blanc, celle qu'elle aimait tant. J'ai laissé mes cheveux détachés parce qu'elle me préférait comme ça, et j'ai chaussé mes escarpins noirs parce qu'elle me répétait qu'ils me faisaient des jambes sublimes. Mais quand je me regarde dans le miroir, je ne me reconnais pas. J'ai maigri. Trop. Et je me trouve hideuse. J'ai beau me maquiller, rien n'efface la culpabilité que je porte H24 sur le visage.

– Tout va bien ?

Je relève les yeux et croise ceux de Tobias dans le miroir de la salle de bains où je me suis recluse. Je revêts de nouveau mon masque « normal », celui que je porte pour ne pas inquiéter mes proches. Mais s'il fonctionne sur mes parents, je sais qu'il ne dupe pas cet homme. Tobias sait lire en moi. Mais je tiens bon sous son regard scrutateur. Je ne laisse rien sortir. Et je ne laisserai rien sortir à l'avenir.

– Il faut, je réponds platement à sa question.

Il me fixe sans parler et je soutiens ses yeux verts sans broncher.

– OK. Je vais aller chercher mon costume chez mes parents. Tu m'attends pour y aller ?

– Est-ce que j'ai vraiment le choix ?

Il soupire mais ne relève pas ma réflexion. Quand il sort enfin de la pièce, mes mains recommencent à trembler. Je me regarde de nouveau dans le miroir. Je suis pâle à faire peur, je l'envoie bouler plusieurs fois par jour, je ne le laisse plus me toucher et pourtant, il est toujours là. La bile me brûle la gorge. Je ne le mérite pas. Je ne méritais pas non plus l'amitié de Calista. Si nous sommes parties entre filles à Salt Lake, c'est parce que je m'étais enfermée dans une bulle avec lui et que j'avais délaissé Calista.

C'est ma faute, tout est ma faute.

Je l'ai entendu se disputer avec ses parents, sa mère, plus précisément. Il était parti récupérer des affaires dans sa chambre et j'ai entendu leurs éclats de voix par la fenêtre entrouverte. Je l'ai entendu tenir tête à sa mère qui lui répétait que cette histoire était folle, qu'il était trop jeune pour se caser avec moi et qu'elle ne comprenait pas comment j'avais osé « m'en prendre à lui ».

Dans la tête de Judy, je suis passée de gentille baby-sitter à pédophile et j'ai eu envie de vomir en l'apprenant. Je sais que son père est plus mesuré mais qu'il n'approuve pas non plus à cent pour cent notre relation. Tobias est resté inflexible. Il leur a répété qu'il décidait lui-même de ce qui était bon pour lui, avec ou sans leur accord. Depuis ce jour, j'évite encore plus de sortir de chez moi. Je ne veux pas croiser le visage accusateur de mes voisins. De tout le voisinage.

L'information de notre liaison s'est répandue comme une traînée de poudre et mes parents en ont déjà fait les frais, comme je l'imaginais. Ma mère a beau me répéter qu'elle se fiche de ce que pensent les autres, mon père a beau m'assurer qu'ils seront toujours fiers de moi, quoi que je fasse, je sais que je leur fais du tort.

Je fais du tort à tous ceux que j'approche, à tous ceux que j'aime.

À cause de moi, Tobias s'est brouillé avec sa famille, Calista n'est plus de ce monde et mes parents se retrouvent dans la panade.

Je ne vois pas d'issue favorable à tout ce gros merdier.

J'entends des pas dans le couloir et je me reprends quand Tobias entre dans la chambre. Je quitte enfin la salle de bains pour le rejoindre et je m'immobilise sur le seuil. Il est dos à moi et ne porte qu'un pantalon de costume noir. Je l'observe défaire les boutons de sa chemise pour l'enfiler avant de pencher la tête pour la boutonner correctement. Je l'admire, avide. Je m'emplis les yeux et la tête de son image, de ses tatouages, de chacun de ses gestes pour m'en souvenir plus tard, quand je serai seule avec mes souvenirs. Parce que c'est la suite inévitable de cette histoire. Quand il comprendra que je n'attire que des problèmes, il me quittera. Comme Derreck.

Et comme Calista.

Les larmes commencent à me brouiller les yeux et je ferme les paupières pour ne pas craquer. Ce n'est pas le jour pour pleurer. Je ne veux pas pleurer, pas aujourd'hui. Plus jamais.

– Tu as le droit de craquer, Mia…

J'ouvre brusquement les yeux et je manque de laisser tomber les barrières que j'ai érigées autour de moi quand ses yeux verts me sondent. Je secoue la tête de droite à gauche.

– Pas aujourd'hui.

Il se contente de hocher la sienne et s'approche de moi pour poser ses mains sur ma taille. Je sursaute presque à son contact et je le vois se tendre en réponse à ma réaction.

– Mia…

– On y va ? je le coupe. On va être en retard.

Il déglutit en me fixant et acquiesce avant de me lâcher et de m'inviter à le précéder. Il ne parle pas plus lorsque nous nous installons dans le pick-up. Ni lors du trajet jusqu'à la chapelle mortuaire. Il ne m'approche pas quand je m'avance d'un pas hésitant vers le cercueil qui repose face aux rangées de sièges. Elle voulait être incinérée pour être transformée plus tard en diamant, quand la technologie serait assez développée, ou bien « voler » depuis le sommet d'une des montagnes de Wasatch Range. Pour continuer à flotter dans l'air de sa ville natale qu'elle aimait tant, et dans laquelle elle avait décidé de vivre. Mais l'État a refusé. Les circonstances de sa mort l'empêchent de partir comme elle le voulait. En cas d'assassinat, il est en effet impossible de se faire incinérer, au cas où l'enquête ait besoin d'être rouverte. Dans ces cas-là, il leur faut le corps… À la place, elle sera inhumée dans le cimetière de la ville. Je grimace en imaginant sa réaction. Elle aurait détesté finir mangée par les vers. Je m'immobilise quelques mètres avant de voir son visage. Je n'en ai pas la force. Les larmes brouillent ma vue et je suis sur le point de faire demi-tour quand une voix douce m'interpelle.

– Mia ?

Je fais volte-face au son de la voix de la mère de Calista. Elle est assise au premier rang avec son mari et son fils.

– Theresa, David, John, les salué-je succinctement après un effort monumental pour retenir mes larmes.

Le temps s'éternise entre nous et je commence à me sentir mal. Je ne suis pas allée les voir, je n'en ai pas eu le courage… Trop de culpabilité. Je n'aurais jamais pu les regarder dans les yeux après avoir laissé leur fille seule face à un assassin.

Je sursaute quand sa maman se lève et vient me serrer dans ses bras avec force.

– Je suis tellement contente que tu sois là, me chuchote-t-elle. J'avais peur que tu ne viennes pas…

Je suis figée, sous le choc.

Elle devrait me détester, elle devrait !

Moi-même, je me déteste, je ne supporte plus de me regarder dans le miroir. Je n'arrive plus à faire face à cette faute qui me ronge, qui me bouffe de l'intérieur et me vide entièrement. Quand elle me libère, je n'arrive presque plus à respirer correctement.

– Est-ce que tu acceptes de parler ? Pour elle…

Je ferme les yeux, au bord du malaise. Je n'avais pas prévu de dire quoi que ce soit. Je voulais juste m'asseoir et la regarder partir.

– S'il te plaît, Mia, reprend-elle. Calista aurait voulu que tu dises quelque chose…

Je serre les mâchoires pour me reprendre, pour ne pas pleurer, et j'acquiesce finalement, le cœur au bord des lèvres. Je parlerai. Pour elle. Parce qu'elle le mérite.

Ma réponse provoque un soupir de soulagement chez sa mère et elle me libère enfin. J'hésite encore à m'approcher du cercueil, mais je me fais violence une nouvelle fois. Je me dois de le faire. Je fixe le mur en face de moi en grimpant les quelques marches qui me séparent de sa dernière résidence. Et quand je trouve le courage de baisser enfin les yeux vers elle, je suis soulagée. Le cercueil est fermé.

J'ai vu son corps avant l'autopsie, son visage figé dans les stigmates de la douleur, sa peau blafarde, les bleus autour de son cou… Elle était tellement belle, elle n'aurait pas dû mourir comme ça, finir glacée dans une boîte…

Je retiens in extremis un sanglot et serre les dents pour ne pas pleurer.

Ce n'est pas Calista. C'est tellement loin de ce qu'elle était…

Je détourne les yeux de cette « boîte » pour me fixer sur la photo d'elle, posée un peu plus loin sur un chevalet. Une photo prise lors de l'anniversaire de mariage de ses parents. Elle portait la robe rouge drapée aux épaules qu'elle avait achetée pour l'occasion. Sa robe de star hollywoodienne, comme elle disait. Elle sourit avec grâce au photographe légèrement derrière elle, un verre de vin à la main, la tête penchée en arrière, ses longs cheveux flamboyants effleurant presque sa chute de reins. Elle était maquillée comme une pin-up des années cinquante, trait d'eye-liner prononcé et lèvres rouge intense.

Un faible sourire étire les miennes. Cette photo lui ressemble davantage.

J'expire fortement quand la peine menace de me submerger de nouveau et je descends précipitamment pour me trouver une place plus loin. Je ne cherche pas à m'asseoir avec sa famille, même si j'entends sa maman protester quand je passe devant eux. Dès que je suis assise, Tobias quitte le poste qu'il occupait, toujours debout, et vient s'asseoir à côté de moi. Il ne cherche pas à me prendre la main et je l'en remercie mentalement. Il se contente juste d'être là.

La salle se remplit peu à peu. Je suis dans un état second, je n'entends pas le discours de ses parents, ni celui de son frère ou du directeur du collège. Ce n'est que lorsque Tobias me secoue doucement la cuisse que je réalise que c'est à mon tour de parler. Je lève les yeux, le cœur battant, et croise ceux de sa mère qui me supplient. J'inspire profondément pour endiguer la crise de panique qui menace de me submerger et me lève pour rejoindre le pupitre en face de moi. Quand je suis installée derrière, le silence est pesant. Tout le monde me fixe, me juge, peut-être ? Je suis paralysée par la peur. Je n'ai rien préparé, rien écrit. Mes mains recommencent à trembler convulsivement et j'ai peur de craquer ici, maintenant. J'essaie de retrouver une respiration normale, je cherche mes parents du regard, puis ceux de Calista, puis Tobias. J'essaie de trouver quelque chose à quoi m'ancrer mais ça ne fonctionne pas. Ce n'est qu'en regardant le visage souriant et heureux de Calista que je réussis enfin à me calmer. C'est à elle que je me raccroche. C'est à elle que je parle quand ma bouche s'ouvre enfin.

– Cal… J'essaie de chercher les adjectifs et les mots justes pour te décrire. Mais il y en a tant… Celui qui me vient en premier est tellement injuste que j'hésite à l'utiliser. Pourtant c'est celui qui te décrit le mieux. Tu étais vivante.

Un reniflement discret en provenance du banc de ses parents me fait tressaillir mais je tiens bon. Je ne regarde plus l'assemblée, je la regarde, elle.

– J'ai tellement plaisanté avec toi sur les épitaphes possibles après ta mort… mais jamais je n'aurais imaginé que je vivrais ce jour pour de vr… merde !…

Je fais une pause en sentant ma voix dérailler légèrement.

Ne craque pas, Mia, putain, ne craque pas ! Elle ne mérite pas ça ! Fais-le pour elle.

Je m'accroche à ses yeux rieurs alors que les miens s'emplissent de larmes amères.

– Tu me manques tellement, je n'arrive pas à imaginer la vie sans toi…

Je ferme les paupières en entendant sa mère sangloter à quelques mètres de moi.

Tiens bon, putain…

Encore un petit effort, Mi…

Je pourrais presque entendre sa voix quand je me dis ça, je pourrais presque sentir sa main dégager la mèche de cheveux qui s'est échappée devant mes yeux pour la remettre derrière mon oreille et me chuchoter que je suis assez forte pour tenir.

Je pourrais presque sentir son parfum, sa chaleur alors qu'elle prendrait mon bras pour l'accrocher entre les siens et poser sa joue sur mon épaule en regardant, elle aussi, sa photo.

– Sans toi, Calista, la vie est fade, triste…

Je réussis à arracher mes yeux de la photo pour regarder enfin sa maman. Elle est blottie dans les bras de son mari, son fils de l'autre côté, qui lui tient la main. Et elle me sourit gentiment. Elle lui ressemble tellement…

– Elle répétait sans arrêt qu'elle serait éternellement jeune. Jamais une promesse n'a été aussi douloureuse…

Son père ferme les yeux alors que son frère essuie discrè-tement les siens, manquant de me faire basculer de nouveau. Je m'arrache à leur contemplation pour fixer de nouveau mon regard sur elle.

– Puisses-tu être en paix, où que tu sois, puisses-tu conti-nuer à briller aussi fort que tu le faisais. Les étoiles doivent être bien ternes, à côté de toi…

La fin de ma phrase se perd dans un souffle étranglé alors que la pièce redevient silencieuse. Trop silencieuse pour elle. Je l'imagine sans problème passer entre les chaises et s'énerver d'un tel état de solennité. Elle aurait été la première à sortir une flasque de son sac à main pour trinquer à sa santé en énumérant des souvenirs inavouables. Et je souris en imagi-nant la longueur de la liste.

– Je suis certaine qu'elle est déçue de nous voir tous aussi sages, je reprends en regardant l'assemblée ; et qu'elle espérait certaines anecdotes croustillantes… mais désolée Cal, il n'y a pas assez de temps pour toutes les raconter.

Un léger rire se répand à travers la foule et je me sens un peu plus légère en l'imaginant lever les yeux au ciel, debout face à moi dans l'allée, me fusillant du regard tout en me souriant, les bras croisés.

– Si ça ne vous dérange pas, j'aimerais passer une chanson qu'elle aimait, et qu'elle aurait adoré entendre à son enterrement.

Je m'adresse directement à sa famille et je vois son père hocher la tête après les avoir consultés du regard. J'imagine même Cal lever un sourcil intrigué en me dévisageant, avec un sourire en coin. Je lui fais même un clin d'œil et me rapproche du représentant des pompes funèbres pour lui indiquer la chanson que je souhaite. Il hoche la tête et la cherche sur Internet. Des murmures s'élèvent quand « Forever Young »[1] d'Alphaville retentit dans la pièce. Je sais qu'elle adore l'ironie de la chanson. Elle sourit et lève sa flasque à mon intention avant d'en boire une longue gorgée, pour ensuite grimacer sous la brûlure de l'alcool. Je ris doucement en me moquant d'elle. Calista buvait mais toussait toujours après une gorgée d'alcool fort. Je quitte l'estrade en la regardant, face à moi dans l'allée, les yeux brillants de fierté parce que je n'ai pas craqué. J'avance au ralenti en la revoyant, la première fois que je l'ai rencontrée, quand je m'étais cassé la figure de la balançoire dans la cour de récréation et qu'elle était venue taper du pied à côté de moi en me grondant parce que j'avais abîmé mes chaussures vernies en tentant de freiner sur le sol. Avant de m'aider à me relever et de me consoler. Ce jour-là, elle était devenue ma meilleure amie.

Je la revois lors de la dernière année de primaire, quand elle avait tiré les cheveux de Rosamund Myers alors qu'elle m'embêtait et s'était battue avec elle avant de se faire punir par la maîtresse. Je lui avais apporté une glace chez elle le soir même, et j'avais dû me cacher dans un buisson sous la fenêtre de sa chambre parce qu'elle était consignée.

Ou bien lors de la rentrée au collège, quand elle avait réussi à cacher à ses parents qu'elle avait mis une minijupe sous sa longue jupe sage, qu'elle avait retirée aux W.-C. en arrivant. Je me souviens d'avoir soupiré quand elle m'avait expliqué

---

1. « Éternellement jeune. »

qu'une popularité se décidait le jour de la rentrée et que j'avais rétorqué qu'elle aurait une réputation de fille facile. Elle avait éclaté de rire en m'expliquant que c'était le but, justement !

Je la revois quand elle revenait d'un rendez-vous sous les gradins, les yeux brillants, avant de passer à quelqu'un d'autre, sans remords, quelques jours plus tard. Quand elle m'attendait à quelques pâtés de maison, quand nous faisions le mur au lycée, sa joie quand elle était venue klaxonner sous ma fenêtre quand ses parents lui avaient offert sa première voiture, puis sa grimace en la rayant sur toute l'aile gauche, quelques mètres plus loin, alors que j'étais morte de rire.

Je me souviens d'elle quand elle m'avait expliqué comment mettre un tampon et m'avait prêté un string pour un rendez-vous amoureux. Je me souviens de ses appels furtifs pour me demander de la couvrir alors qu'elle comptait découcher toute la nuit. Quand elle avait volé une bouteille dans le bar de son père, à 14 ans, et l'avait bue avec moi dans le petit parc, pas loin. Nous avions fini ivres toutes les deux et j'avais dégringolé du toboggan sous ses éclats de rire.

Lorsqu'elle était venue passer la nuit chez moi après mon premier vrai chagrin d'amour, en apportant une collection de comédies, de mouchoirs et de glaces.

Je la revois quand elle m'a harcelée de questions quand j'ai perdu ma virginité, quand je la harcelais de questions juste avant pour savoir quoi faire le jour J, quand j'ai fumé ma première cigarette en cachette avec elle, cachée derrière un buisson, avant de l'éteindre en panique quand une branche sèche avait commencé à prendre feu, et quand elle venait m'encourager lors des matchs alors qu'elle détestait le football.

Je la revois dans sa longue robe vert émeraude pour le bal de promo, quand elle avait abandonné son rendez-vous parce que j'étais seule après avoir rompu avec Simon, en train de m'attendre à la porte de ma chambre en me disant de m'habiller parce qu'elle serait mon cavalier. Je me souviens d'elle quand elle avait soutenu à l'élève de l'entrée que nous étions effectivement en couple, d'un air très sérieux, alors que je me tordais de rire.

Je me mords les lèvres en me rappelant qu'elle était capable de citer des auteurs classiques comme les paroles de Beyoncé ou de Tina Turner.

Ou bien quand elle était venue déguisée en Geri Halliwell lors d'une soirée pour Halloween alors qu'elle m'avait forcée à me déguiser en Victoria Beckham. Sa robe était tellement courte qu'on lui voyait constamment la culotte et j'avais passé la soirée à repousser tous les garçons qui essayaient de lui mettre une main aux fesses.

Je souris en me souvenant de ses innombrables histoires d'amour, chaque fois qu'elle m'a fait rire, chaque fois qu'elle m'a consolée, chaque fois qu'elle a été là quand j'avais besoin d'elle, et chaque fois qu'elle a disparu lors d'une soirée, m'abandonnant sans vergogne avant de se faire pardonner, le lendemain, avec un câlin étouffant.

J'entends de nouveau son rire cristallin, je l'entends chantonner, me raconter des ragots. J'entends de nouveau ses blagues pour me changer les idées lorsque Derreck m'a quittée et sa joie quand elle m'a prise dans ses bras à mon retour.

Je la regarde avidement en me rapprochant d'elle. Je la dévisage : ses yeux rieurs, sa bouche pleine, ses joues roses et ses sourcils arqués alors que je comble la distance entre nous. Je lui souris en la dépassant et j'effleure sa main de la mienne quand elle tend le bras entre nous et nos doigts s'accrochent furtivement.

– Bien joué, Mi.

Ma gorge se serre à sa voix douce alors que je la dépasse sans m'arrêter, jusqu'à quitter la salle, les joues inondées de larmes, la gorge nouée, sans même attendre la fin de la cérémonie.

38

– Tu es sûre ?

J'acquiesce lentement en regardant le cercueil, au loin, appuyée contre la portière du pick-up de Tobias. Tous ceux qui la connaissaient se sont réunis autour des parents et du frère de Calista pour l'accompagner dans sa dernière demeure. Je n'ai pas réussi à franchir la barrière du gazon qui m'aurait rapprochée de la cage en bois dans laquelle elle est enfermée. Je regarde les montagnes, au loin, en resserrant mon manteau. La neige s'est répandue sur les hauteurs avec le retour du froid, en cette fin d'octobre, et une boule obstrue ma gorge quand je me rappelle qu'elle aimait la vue de ces montagnes. Malgré son côté girly et son amour pour la Cinquième Avenue, elle n'aurait pour rien au monde échangé la vue de ces monts enneigés contre des gratte-ciel.

Tobias soupire en voyant que je ne lui réponds pas et s'appuie contre le véhicule à son tour, juste à côté de moi. Je m'en veux de lui faire subir ça. Et je ne comprends pas pourquoi il n'est pas déjà parti.

Qui voudrait d'une loque comme moi ?

La seule qui réussissait à me reconstruire, c'était Cal. Et maintenant qu'elle n'est plus là, je pars en lambeaux…

Je suis des yeux la descente du cercueil dans le trou béant et glacé qui s'est ouvert pour l'emprisonner à jamais. Je retiens mon souffle en sentant mon cœur se serrer jusqu'à ce que les larmes brouillent ma vue quand il disparaît définitivement de mon champ de vision.

Lorsque Calista disparaît définitivement de ma vie.

– Emmène-moi, s'il te plaît…

Ma voix enrouée provoque un mouvement à côté de moi et quelques secondes plus tard, je m'engouffre dans l'habitacle alors que Tobias referme la porte derrière moi. Il monte sans un bruit et fait démarrer le véhicule.

– Où est-ce que tu veux aller ?

– N'importe où.

Tant que je quitte cet endroit.

Je fixe quand même le cimetière alors que la voiture s'éloigne de l'alignement des croix qui décorent la pelouse verdoyante. Quand je ne le vois plus, je pose mon front contre la vitre et ferme les yeux pour faire le vide dans ma tête. Ne plus penser, ça me semble être la meilleure idée de la journée… J'ouvre péniblement les yeux en réalisant que la voiture est garée. La lumière m'éblouit et je réalise que je m'étais endormie. Alors que depuis la mort de Calista, je ne m'endors jamais sans cachets…

– Où est-ce qu'on est ?

– Devant Chez Mitch. J'ai besoin d'un café.

Je tourne le visage vers Tobias et je remarque seulement ses yeux rouges et ses traits tirés. Il a l'air exténué. Il soupire, frotte ses yeux d'une main et me fixe d'un air suppliant. Je ne suis pas vraiment sortie de la maison depuis quinze jours et mon ventre se serre à l'idée d'être « exposée ».

Exposée aux ragots.

Exposée à la pitié des gens.

Exposée à un possible assassinat, comme elle…

– S'il te plaît, Mia…

Je pince les lèvres et serre mes paupières le plus fort possible pour retenir les larmes qui me brûlent les yeux. Je n'en peux plus d'être dans cet état. Je dois faire quelque chose, n'importe quoi…

– OK…

Il accueille ma réponse avec un profond soupir de soulagement et détache sa ceinture. Je défais la mienne d'une main tremblante et fixe le lointain pour endiguer la nausée qui me prend. Allez, Mia… C'est juste un café… J'inspire à fond pour me calmer mais mon cœur bat à cent à l'heure quand j'ouvre la portière et descend du pick-up, les jambes tremblantes. Tobias fait le tour et vient prendre mes mains dans les siennes après avoir fermé la portière. Je retiens un sanglot quand il pose son front contre le mien en fermant les yeux et murmure à mon intention :

– Tu peux le faire…

Le vent glacé me frigorifie malgré mon manteau épais et même les mains chaudes de l'homme en face de moi ne suffisent pas à m'insuffler un peu de chaleur. Je suis gelée.

Je décide de faire front en soufflant un bon coup et le suis quand il m'entraîne avec lui vers l'entrée du café. Mais en passant la porte, je m'immobilise quand les discussions s'arrêtent. Mon cœur reprend sa course folle alors que tous les regards se posent sur nous, et surtout sur la main de Tobias qui tient la mienne.

– On les emmerde, Mia.

Il parle à voix basse en se rapprochant de moi et je dois déglutir au moins deux fois, les joues rouges, avant de hocher la tête et de le suivre jusqu'au comptoir. Mais le sort s'acharne sur moi quand je reconnais l'adolescent qui m'a servi plus d'une fois lorsque je suis venue avec Calista. Les larmes manquent de me submerger de nouveau quand je vois ses yeux rougis. Il me regarde furtivement et baisse les yeux en reniflant.

– Je vous écoute… prononce-t-il d'une voix mal assurée.

– Tu veux quelque chose ?

Je ne réponds pas à Tobias et me contente de secouer la tête en regardant l'adolescent en face de moi alors qu'il commande un unique café pour lui. « Gérald », je lis sur son badge. Il était amoureux d'elle. Je sais qu'il était amoureux d'elle. Et encore par ma faute, un cœur est brisé à vie.

Ma négligence, quand je l'ai laissée seule, a affecté telle-ment de personnes en ville que j'ai l'impression que les chuchotements dans notre dos s'amplifient de plus en plus, jusqu'à se transformer en un bourdonnement insupportable. Ils emplissent ma tête et m'assomment presque. Ils prennent toute la place.

Toute la place...

– Sur place ou à emp...

– À emporter ! je m'écrie avant Tobias.

Le silence se fait de nouveau dans le café suite à mon coup d'éclat et je sens les regards brûler ma nuque avec une telle violence que je baisse la tête, honteuse.

– Vous n'avez rien d'autre à foutre ? crache Tobias en direction des curieux qui nous observent.

Il ne reçoit aucune réponse et serre la mâchoire en payant avant de prendre son gobelet et de serrer ma main dans la sienne pour sortir d'un pas furieux. Je me laisse traîner comme une poupée de chiffon, les yeux baissés, et il me fait monter dans la voiture avant de claquer la porte et de me rejoindre dans l'habitacle.

Mais il ne démarre pas tout de suite et frappe le volant de la paume, me faisant sursauter au passage.

– Merde, pardon... Je ne voulais pas te faire peur.

Je me recroqueville instinctivement quand il tend la main vers moi et ma réaction le fait se figer.

Merde... mais merde, merde, merde, MERDE !

Qu'est-ce qui me prend à la fin ? Pourquoi je suis comme ça ? Pourquoi je réagis comme ça ?

Je l'entends se repositionner avec lenteur et caler le gobelet fumant entre nous, dans l'emplacement prévu à cet effet, sans parler.

Un long silence s'installe dans l'habitacle. Un silence gênant, inconfortable.

– Écoute, Mi...

– Je suis désolée, soufflé-je d'une voix plaintive.

Il ne répond pas alors que je serre les paupières pour endiguer mes larmes.

Je suis une loque. Je suis une merde. Je n'arrive même plus à regarder l'homme que j'aime dans les yeux, alors qu'il n'y est pour rien.

Tout est ma faute. Pas la sienne.

– Je suis tellement, tellement désolée… prononcé-je en laissant s'échapper un sanglot malgré moi.

L'instant d'après, une main tiède me saisit pour me forcer à tourner le visage. Il me faut cinq bonnes secondes avant de réussir à ouvrir les yeux pour les plonger dans les siens. Il m'observe gravement, le front plissé d'inquiétude.

– Je sais que c'est compliqué…

Tu n'imagines pas à quel point…

– Mais je m'en fous, Mia, OK ? Je me fous de ces abrutis et de leurs préjugés à la con.

J'appuie ma joue contre sa paume alors qu'il me parle d'une voix forte. Il a l'air tellement convaincu et sûr de lui. J'aimerais avoir sa force mais je sais que je ne l'ai pas…

– C'est toi et moi, Mia. Personne d'autre.

Il vient poser son autre main sur ma joue et me fixe, attendant une réponse. Je me contente de hocher la tête, les yeux humides, et il soupire.

Puis il amorce un léger mouvement vers moi. Infime. Juste assez pour demander ma permission. Mon instinct me pousse à reculer mais je me fais violence pour ne pas bouger et le laisser approcher. Ce qu'il fait, centimètre par centimètre, sans me quitter du regard, guettant ma réaction.

Je ne bouge pas, et quand ses lèvres se posent enfin sur les miennes, je soupire de soulagement contre sa bouche.

Je ne l'avais pas embrassé depuis la mort de Calista. Deux semaines que je le repousse et qu'il attend patiemment que je me reprenne.

Et je réalise, confuse, à quel point ça m'a manqué…

Je le laisse approfondir le contact et je gémis de plaisir quand il pousse jusqu'à forcer le passage de mes lèvres. Je me laisse faire et m'assouplis de plus en plus dans ses bras.

Je retrouve la chaleur qu'il me donnait, la sensation de bien-être et de sécurité qu'il m'apportait… Cet ensemble de sentiments qui me faisaient perdre la tête pour lui.

Et je suis soulagée de savoir qu'ils sont encore là.

Je me rapproche de lui et quand l'impatience prend le dessus, je quitte mon siège pour monter sur ses genoux.

– Attends, Mi…

Je ne le laisse pas finir sa phrase et l'embrasse à en perdre haleine. Je réalise soudain à quel point j'avais besoin de ça, de la chaleur et du semblant de vie qu'il m'insuffle. Alors je me raccroche à lui.

– Doucement… murmure-t-il entre deux baisers.

– Non…

L'urgence a pris la place de la réserve. J'ai besoin de lui. Besoin de me sentir vivante. Peu importe le lieu ou l'heure de la journée. Je me colle contre lui, à califourchon sur ses cuisses, alors que nous stationnons, en pleine journée, en plein milieu de la rue.

Je l'empêche presque de respirer tant j'ai besoin de son contact. Une voix intérieure me souffle que ce n'est pas le bon moment, pas le bon timing, mais je la fais taire. Je la noie sous le tumulte de sensations grisantes qui se bousculent en moi.

Je plante mes ongles dans son crâne et prends possession de sa bouche plus en profondeur. J'ai presque l'impression d'essayer de l'immobiliser, de lui instiller un venin pour le tétaniser sous mon baiser, pour qu'il me laisse prendre ce dont j'ai besoin.

– ARRÊTE ! hurle-t-il en dégageant mes mains d'une poigne solide et me forçant à reculer.

Je suis à bout de souffle. Perdue. Je ne comprends pas pourquoi il me repousse et j'en suis blessée.

– Qu'est-ce que tu cherches à faire, putain ? souffle-t-il en me dévisageant, les sourcils froncés.

J'ouvre la bouche, troublée, mais un cri provenant de l'extérieur nous fait sursauter.

Nous tournons brusquement la tête vers le trottoir pour découvrir Rebecca Huffman en train de hurler, un doigt vers nous, et l'autre main sur son pendentif en forme de crucifix.

La honte s'abat sur moi quand je réalise ce que je viens de faire dans une voiture stationnée en pleine rue. Plusieurs passants se sont d'ailleurs arrêtés et nous observent avec sévérité, certains chuchotent même et quelques clients du café regardent par la vitrine pour voir ce qui pousse Rebecca à hurler.

– Vous êtes des païens ! Des pêcheurs ! Vous incitez à la débauche en pleine rue ! Dieu vous punira pour cet affront ! hurle-t-elle, le visage rouge.

Je me recule sur mon siège avec brusquerie alors que Tobias rugit.

– Je vais me la faire, putain !

Je me voûte sous les nombreux regards qui nous jugent, tandis qu'il sort précipitamment de la voiture pour se jeter sur Rebecca.

– Mais fermez votre gueule, Rebecca !

– Tu devrais avoir honte ! HONTE ! Tu es un débauché ! Ton père ne devrait pas…

– LAISSEZ MON PÈRE EN DEHORS DE ÇA ! hurle-t-il en s'approchant d'un pas menaçant.

Elle recule sous l'intimidation mais continue de hurler.

– Vous êtes tous témoins ! Je vais me plaindre à l'évêché, un tel comportement venant de la famille du pasteur est intolérable ! C'est une honte !

Je manque d'air quand elle parle de prévenir les autorités religieuses. Et les accusations tournent en boucle dans ma tête comme une tornade dévastatrice.

Son père risque de perdre sa position à cause de moi. Calista est morte à cause de moi, sa famille est en deuil à cause de moi, mes parents s'endettent à cause de moi, Gérald est brisé à cause de moi, la famille Miller implose à cause de moi, tout est ma faute !

MA FAUTE !

Je retiens un vomissement quand Rebecca quitte enfin la rue en continuant de hurler sur Tobias, qui lui répond copieusement. Le silence qui suit son départ est lourd et étouffant. Je risque un regard autour de moi, le souffle erratique, et découvre une vingtaine de personnes qui ne bougent pas et nous observent.

Les visages durs se mêlent aux visages curieux et à d'autres, profondément dégoûtés. Je sens de nouveau les larmes monter et je crispe les mains sur le siège pour ne pas craquer devant eux.

– Occupez-vous de vos culs, putain ! hurle Tobias en tournant sur lui-même. Que toute cette putain de ville s'occupe de ce qui la regarde !

Il rentre ensuite avec colère dans la voiture.

– Attache-toi, Mia.

Je lui obéis, dans un état second, alors qu'il démarre en trombe et quitte la rue sans desserrer les dents.

39

Le trajet de retour chez nos parents me paraît interminable. La tension est palpable et nous restons silencieux. Je ne prononce pas un mot, trop occupée à revivre en boucle ce qui vient de se passer.

Tobias qui me repousse, Rebecca qui le menace et les regards… tous ces regards… Ils m'ont poignardée.

Quand il coupe le contact devant la maison de ses parents, je ne lui accorde pas un regard. Je dois m'éloigner de lui et réfléchir. C'est la conclusion qui s'est imposée à moi. Je ne peux pas me permettre de tout détruire autour de moi.

– Arrête ça.

Je sursaute à la voix dure de Tobias, mais je continue de fixer mon regard devant moi, sans me tourner vers lui ni lui répondre.

– Je sais ce que tu fais, Mia.

Je serre les lèvres pour ne pas répondre.

– Tu refuses de me regarder ? OK, tu vas écouter, alors…

Je l'entends se déplacer puis son souffle vient balayer ma joue. Il s'est rapproché de moi.

– Tu pourras me repousser tant que tu veux, tenter de nier et te sacrifier pour une putain de cause de merde, tu pourras refuser de me voir, m'éviter, oublier ce que tu ressens, je ne lâcherai rien.

J'inspire profondément à sa voix menaçante et je me crispe pour ne pas me laisser aller dans ses bras.

– Prends le temps qu'il te faut pour réfléchir sérieusement à tes conneries. Après quinze ans, je ne suis plus à quelques mois près…

Je serre les lèvres. Son ton est dur.

– Et tu crois vraiment que c'est en m'ignorant que tu vas me forcer à laisser tomber ? Tu me crois aussi con ? Sérieusement, Mia ?

Je continue de l'ignorer même si je brûle d'envie de lui dire qu'il a largement le temps de retrouver quelqu'un et de tomber amoureux. Il n'a que 22 ans.

– Et n'essaie pas non plus de me briser le cœur, tu n'y arriveras pas, je suis trop rodé pour ça.

Je ne réussis pas à m'empêcher de froncer les sourcils.

Il rit avec amertume et se renfonce dans son siège mais je sais qu'il ne me quitte pas des yeux.

– Tu te souviens de ce jour où tu avais ramené ton mec, Derreck ?

Je risque un rapide coup d'œil vers lui et ses yeux incisifs me clouent sur place.

– Ce soir-là, vous aviez fait des trucs sur le canapé du salon.

Je deviens livide.

– Tu nous as vus ? demandé-je d'une voix blanche.

– Oui.

Il me fixe, la mâchoire contractée.

– Putain, j'ai eu envie de le tuer. J'ai eu envie de te tuer.

Je baisse le regard en déglutissant difficilement.

– Tu crois quoi ? Que je vais t'oublier, que c'est mieux de fuir comme une lâche avant que je tombe amoureux de toi ? C'est raté, Mia, je suis tombé amoureux de toi le soir de la mort de Noah.

Je sens mes yeux piquer mais je fais un effort surhumain pour me ressaisir et lui faire de nouveau face.

– Et tu m'as brisé le cœur un nombre incalculable de fois. Chaque fois que tu m'ignorais, chaque fois que je te croisais avec un petit ami, chaque fois que je regardais ta fenêtre et ta chambre vide quand tu es partie à la fac, chaque putain de fois où je réalisais que tu ne me regarderais jamais comme tu le faisais avec les autres garçons…

Il articule lentement la dernière phrase pour appuyer son propos. Et moi, je mords l'intérieur de ma joue pour ne pas craquer.

Il garde le silence quelques instants, la mâchoire contractée, et se rapproche ensuite de mon visage pour parler.

– Je n'ai pas abandonné avant. Et je n'abandonnerai pas non plus maintenant.

Je soutiens ses yeux furieux sans répondre.

– Mets-toi bien ça en tête. Et quand tu arrêteras de faire n'importe quoi, je serai dans la maison juste à côté.

Puis il descend de la voiture et claque la portière. Je l'imite, tout aussi furieuse de l'avoir laissé me faire douter de ma décision, et pars d'un pas irrité vers la maison de mes parents.

– Fuis, Mia… tu n'iras jamais assez loin… se moque-t-il dans mon dos.

Je me permets de lui faire un doigt d'honneur avant de rentrer chez moi, et je claque la porte, excédée.

– Mia ?

La voix inquiète de ma mère me sort de mes pensées et je relève les yeux vers elle.

– Désolée, maman, je ne voulais pas te faire peur.

Elle sourit gentiment et s'approche de moi.

– Je t'ai cherchée, au cimetière, mais je ne t'ai pas vue.

Je soupire en accrochant mon manteau dans l'entrée.

– J'ai regardé depuis la route. Je ne pouvais pas…

Je ne cherche pas à expliquer plus et elle hoche la tête d'un air compréhensif.

– Ne t'inquiète pas. J'ai essayé de t'appeler, aussi, mais tu ne répondais pas.

– J'ai laissé mon portable ici. Pardon, je ne voulais pas t'inquiéter.

– Non, je n'étais pas inquiète, je savais que tu étais avec Tobias.

Un rire amer franchit mes lèvres au souvenir de ce qui vient de se passer.

– Tout va bien, ma chérie ?

Je me force à lui sourire et retire mes talons.

– Tout va bien, maman, ne t'inquiète pas.

Elle m'observe un long moment, suspicieuse, avant de renoncer à me poser plus de questions.

– Bien. Si tu le dis. Je t'ai appelée parce que tu as de la visite.

Je fronce les sourcils en me rapprochant d'elle.

– De la visite ? Qui ça ?

– Bonjour, Mia.

La voix grave qui provient du salon me fige sur place. Il me faut un long moment avant de tourner la tête vers son propriétaire.

– Derreck…

Je le découvre enfin, assis sur le canapé face à mon père qui le fusille du regard. Il me sourit gentiment et se lève pour m'accueillir. Je reste immobile, complètement sonnée, alors qu'il dépose un baiser léger sur ma joue. Son odeur me surprend et ravive une foule de souvenirs que j'avais tenté d'oublier. Des souvenirs d'une vie heureuse, sans complications.

– Qu'est-ce que tu fais là ? je réussis néanmoins à lui demander, d'une voix tremblante.

– Tu ne répondais pas à mes appels alors je suis venu.

Je fronce les sourcils et essaie de me rappeler, mais les dernières semaines sont complètement embrouillées dans ma tête. J'ai reçu un million d'appels sur mon portable et je les ai tous ignorés. Je ne réussissais pas à faire face au monde extérieur et à ceux qui me présentaient leurs condoléances alors que je ne les méritais pas. Je soupire en passant une main dans mes cheveux.

– Désolée, j'ai été un peu perdue, ces derniers temps…

– Ça se comprend.

Il sourit avec peine.

– Je suis désolé pour Calista. Vous étiez très proches.

Une boule se forme dans ma gorge et je déglutis pour tenter de la faire disparaître. En vain.

– C'était ma sœur.

Il ne dit rien de plus et baisse la tête un instant.

– Tu as fait tout ce chemin pour me présenter tes condoléances ?

Ma remarque le fait sourire et il me désigne le canapé.

– Viens, je vais tout t'expliquer.

Je le suis et fais les gros yeux à mon père, qui continue de l'assassiner du regard. Quand nous sommes installés, il se tourne vers moi, les mains jointes, et son visage redevient sérieux.

– Je suis venu à la demande de Silvia. Tu n'as pas non plus répondu à ses messages et elle ne savait pas où tu étais exactement dans l'Utah. Elle ne pouvait donc pas venir elle-même.

Silvia aussi a tenté de m'appeler ? Merde, j'étais vraiment dans le coaltar, ces derniers temps. Et je réalise, maintenant que les obsèques de Calista sont passées, que je vois un peu plus clair. Rien que ce petit constat me rassure.

– Je suis désolée. Je l'appellerai pour m'excuser. Mais c'est quand même un peu gros de faire New York-Salt Lake juste pour ça.

– Il n'y a pas que ça. Je suis venu parce que ça concerne ton ancien emploi.

J'écarquille les yeux, stupéfaite.

– Pardon ?

– John Playton vient d'être arrêté pour viol. Multiples viols.

Le ciel me tombe littéralement sur la tête. Je suis complètement assommée par son annonce. À tel point que j'en reste sans voix et le dévisage comme une ahurie.

– Le scandale est énorme, il a été surpris par un vigile en train de violer une de ses employées sur leur lieu de travail et depuis son arrestation, il y a trois semaines, une quinzaine de femmes ont porté plainte contre lui, pour viol, harcèlement sexuel ou attouchements. Dont sa propre épouse.

Nom. De. Dieu…

Mes parents sont silencieux et dévisagent aussi Derreck. Nous sommes tous pendus à ses lèvres.

– Et la perquisition à son domicile a permis de prouver qu'il faisait chanter plusieurs femmes à l'aide de photographies.

Estomaquée par ces révélations, je respire difficilement.

– Silvia a tenté de te joindre suite à ton licenciement par sa faute. Apparemment, tes anciens employeurs cherchent à te contacter pour éviter un procès.

– Quel procès ? demandé-je, perdue.

– Ils ont peur que tu portes plainte contre eux pour licenciement abusif. Apparemment, découvrir que Playton était un prédateur sexuel leur a enfin permis de comprendre qu'ils étaient en tort. Et ils veulent te faire réintégrer ton poste.

Reprendre mon emploi ? Mon premier réflexe est de refuser. J'ai abandonné cette vie à contrecœur mais, finalement, c'était un mal pour un bien. Je ne nage plus dans une eau infestée par les requins de la finance et je ne m'en porte pas plus mal.

En parlant de requin…

– Et Harvey ?

Derreck sourit jusqu'aux oreilles.

– Renvoyé manu militari pour faux témoignages. Il est également mis en cause dans l'affaire, pour le viol d'une strip-teaseuse qu'ils auraient commis ensemble.

Je retiens une nausée en portant le dos de mes doigts à ma bouche. Ces hommes sont des psychopathes. Des malades mentaux… et je les ai côtoyés pendant des années… Qui sait ce qui aurait pu m'arriver si je n'étais pas parvenue à me défendre, ce jour-là ?

Ma mère semble en être arrivée à la même conclusion car elle pousse un cri étranglé et vient s'asseoir à mes côtés pour me prendre dans ses bras.

– Mon Dieu, mon ange… Si jamais ça t'était arrivé… Je n'ose même pas imaginer…

Sa phrase se finit dans un sanglot et je lui frotte doucement le bras pour la rassurer.

– Je vais bien, maman, il ne m'est rien arrivé.

– Je sais, mais entre ça et le meurtre de Calista…

Je comprends ce qu'elle veut dire. Qui aurait pu penser que j'étais aussi susceptible d'être une victime ici qu'à New York ? Moi qui me targuais de venir de l'État qui avait le taux de criminalité le plus bas des États-Unis…

– J'ai besoin d'un verre… articulé-je difficilement.

– Je vais te chercher un verre d'eau.

– Non, maman, j'ai besoin de quelque chose de plus fort.

Je me dégage de ses bras et vais dans la cuisine pour sortir la bouteille de vodka de mon père. Je m'en sers un grand verre et en bois les deux tiers en une seule fois.

– Eh bien…

Je repose le verre d'un geste sec, les bras tendus et les mains posées sur le plan de travail, et tourne le visage vers Derreck, qui m'a rejointe.

– Quoi ? Tu en veux un aussi ?

Il sourit, sort un verre du placard et se sert lui-même avant de trinquer avec moi.

– C'est vrai que tu es un peu comme chez toi, ici, je fais remarquer d'une voix acerbe.

Il se contente de sourire plus largement et bois une gorgée. Je m'en veux d'être aussi sèche. Il vient quand même de faire cinq heures de vol. Pour moi.

– Tu es toujours avec Morgan ? je lui demande d'une voix plus aimable.

Il hoche la tête.

– Et ta famille ?

Là, par contre, il fait une légère grimace.

– Ils s'y feront. Un jour…

Je lui souris. Un vrai sourire, cette fois-ci.

– Donc, ce que tu es venu me dire, c'est que je peux récupérer mon ancienne vie, en fait ?

Ses yeux pétillent de malice alors que j'appuie délibérément sur le mot « vie » et tout ce que ça implique.

– Une partie, du moins.

Je ris doucement. Derreck a toujours été malicieux, mais gentil. C'était l'homme parfait. Vraiment parfait.

– Je n'ai pas de logement…

– Je peux t'héberger.

Je suis surprise et recule légèrement pour lui faire face.

– Mais tu ne vis pas avec lui ?

– Si. Et cette idée vient autant de lui que de moi.

Là, je suis stupéfaite.

– Pardon ?

– Silvia habite en banlieue, avec un enfant en bas âge, donc on s'est dit que ce serait plus simple que tu loges chez nous, le temps de te retourner.

Je reste sans voix.

– En plus, on a une super chambre d'amis avec salle de bains privée.

Je ne réussis pas à m'empêcher de le titiller.

– Je ne risque pas de tomber sur vos déguisements ou tenues en résille ?

Ma pique le fait sourire largement et il croise les bras en s'appuyant nonchalamment sur le plan de travail.

– Tu as une idée un peu stéréotypée des homosexuels… On les range, quand même.

Je pouffe et croise les bras pour imiter sa posture.

– Pas de photos d'hommes nus sur les murs ?

– Seulement dans la chambre rouge.

– Des soirées cuir moustache ?

– Le troisième vendredi du mois, mais on te préviendra assez tôt pour que tu t'organises.

– Un chihuahua qui s'appelle Cher ?

Ses yeux pétillent de nouveau et il me fait un sourire en

coin avant de répondre.

– On a préféré l'appeler Bijou.

Là, j'éclate sincèrement de rire et il m'imite. Cet instant est tellement inattendu, aujourd'hui, après l'enterrement de Calista, la dispute avec Tobias et les informations sur Playton, que mon rire semble presque incongru, voire inapproprié. Mais il me fait un bien fou et soulage un peu le poids qui pèse sur ma poitrine depuis plus d'un mois. Alors je lâche prise et ris un long moment, assez pour me tirer quelques larmes.

– Tu y réfléchis ? me demande-t-il quand je me calme enfin. Si tu veux revenir, j'ai pris un billet de retour pour toi. On part dans trois heures, si tu acceptes. Sinon, je comprendrai.

Je me contente d'acquiescer sans répondre et il me serre brièvement le bras avant de me laisser seule.

Je reste un long moment à tout retourner dans ma tête. La tentation de retrouver ma vie et de soulager mes parents en quittant Springville est grande.

Mais il y a Tobias... et il est l'unique raison qui me ferait tout lâcher. Je ferme les yeux, de nouveau au bord des larmes en réalisant que je ne sais pas quoi faire, quelle décision prendre, quand des cris me parviennent depuis l'extérieur. Je pivote vers la fenêtre de la cuisine pour voir Tobias sortir d'un pas excédé, suivi par Judy qui hurle derrière lui et Jonas qui tente visiblement de les raisonner. Je n'entends pas tout mais je comprends rapidement la raison de leur dispute quand les mots « prédatrice » et « trahi notre confiance » me parviennent aux oreilles. Mon visage perd toute couleur et je sens mes membres s'engourdir en voyant Tobias se disputer avec sa famille.

À cause de moi.

Je me sens comme une voyeuse, à les regarder hurler alors que je sais pertinemment que je suis la raison de leur colère. Quand Tobias rentre dans la voiture et claque la portière au nez de sa mère, je sursaute au bruit sec du métal. Il démarre ensuite en trombe et s'éloigne alors que Judy fond en larmes dans les bras de Jonas. Je ne réussis pas à détourner le regard et continue de les fixer, comme paralysée.

Mais lorsque les yeux de Judy se tournent vers la maison et qu'elle me surprend en train de les observer, je sens que je perds définitivement toutes mes couleurs et mes oreilles se mettent à bourdonner.

Son regard passe de larmoyant à furieux et elle se précipite vers moi avant d'être interceptée par Jonas.

– Tu devrais avoir honte, Mia ! Je te faisais confiance !

– ARRÊTE, JUDY ! hurle Jonas en la tirant de force vers la maison.

Mais elle ne s'arrête pas et continue de hurler que je suis une prédatrice qui a jeté son dévolu sur son fils[1]. Et ses mots sont autant de lames qui me transpercent de part en part.

– Mais qu'est-ce qu'il se passe ? tonne mon père en entrant dans la cuisine alors que je reste immobile à la regarder me hurler dessus, m'accuser d'avoir abusé de son fils…

Mon père tire les rideaux d'un coup sec alors que Derreck et ma mère nous rejoignent dans la cuisine.

– Ça ne va pas se passer comme ça ! Elle n'a pas le droit de te traiter de cette manière ! Je vais aller la voir et lui faire comprendre que personne ne touche à ma fille ! gronde mon père d'une voix forte en faisant les cent pas dans la pièce alors que ma mère vient me serrer dans ses bras en murmurant des paroles réconfortantes.

Mais je suis stoïque.

Parce que je viens enfin de comprendre ce que je devais faire.

J'ai pris ma décision.

– Il me reste combien de temps pour faire mes valises, Derreck ?

Ma voix calme provoque un silence dans la pièce. Je devrais

---

1. Je conseille « Save Yourself » de Kaleo en fond sonore.

être effondrée mais je suis sereine. C'est la meilleure solution, la seule possible. Celle qui réglera tous les problèmes que je crée aux gens qui m'entourent.

– Mia… gémit ma maman.

– Combien de temps ? la coupé-je en tournant le visage vers mon ancien fiancé, silencieux sur le pas de la porte.

Il hésite visiblement en regardant mes parents tour à tour, puis revient sur moi.

– En comptant le trajet jusqu'à Salt Lake, on devrait partir maximum dans trente minutes.

– Bien.

Je me dégage des bras de ma mère et la bouscule presque pour sortir de la cuisine avant de monter les marches quatre à quatre. Je me rue dans ma chambre et ouvre mes deux valises avant de jeter au hasard tout ce que je trouve : vêtements, produits de beauté, bijoux, chaussures… Je ne plie rien, je me contente de tout faire rentrer en forçant pour m'empêcher de changer d'avis.

Et pour partir avant qu'il revienne.

Ma mère tente bien de me faire réfléchir un peu plus à la situation en me rejoignant dans la chambre, mais je reste hermétique à ses arguments. Ma décision est prise. Dans la salle de bains, je fais tomber tous mes produits de beauté dans mon vanity en balayant le lavabo d'un grand geste avant de vérifier que j'ai bien l'ensemble de mes papiers dans mon sac à main.

– Mia… tente une nouvelle fois ma mère alors que je fais l'inventaire de mon sac, assise sur mon lit.

– Tu pourras envoyer un colis avec ce que j'ai oublié ? Je t'enverrai l'adresse par texto.

Quand je suis sûre d'avoir tout ce qu'il me faut, je passe le sac sur mon bras et déplie les poignées de mes deux valises pour fixer mon vanity sur l'une d'elles avant de me tourner vers ma mère, dans l'attente de sa réponse.

Je manque de vaciller en voyant ses yeux embués de larmes,

481

mais je me retiens à la poignée et serre les dents pour ne pas craquer.

– Tu es sûre de ce que tu fais ?

– Certaine, je réponds d'une voix ferme.

Mon assurance semble enfin porter ses fruits et elle ferme les yeux en laissant échapper une larme avant de venir me serrer dans ses bras.

– D'accord. Je comprends, mon ange. Mais si finalement tu changes d'avis, sache qu'on sera là. OK ?

Je retiens un spasme de douleur et passe un bras dans son dos pour la serrer contre moi en humant une dernière fois son parfum.

– Je sais, je chuchote.

Elle me serre un peu plus fort et s'éloigne. J'aperçois mon père dans l'embrasure de la chambre et lui souris faiblement quand il vient me serrer également dans ses bras de façon un peu plus brute.

– Je descends tes valises, ma princesse.

Je le laisse prendre mes bagages avant de le suivre, escortée par ma maman.

Derreck nous attend sagement dans l'entrée, son manteau posé sur l'avant-bras. Je lui souris quand il se saisit du mien pour m'aider à le passer.

– Aucun regret ? questionne-t-il.

Je fais « non » de la tête avant de mettre mes chaussures tandis que mon père range mes valises dans le coffre de la voiture de location stationnée devant chez nous. Je ne l'avais même pas vue…

Derreck me fait signe de le précéder et je sors dans le froid de novembre, suivie de ma maman et de mon ancien fiancé. Derreck leur dit au revoir en premier et va s'installer derrière le volant pour faire démarrer le véhicule alors que je les regarde une dernière fois.

– Je suis désolée d'avoir mis le bazar dans votre vie… murmuré-je, presque honteuse.

Mon père soupire tandis que ma mère me fusille du regard.

– Je t'interdis de penser ça ! s'écrie-t-elle. Tu es la plus belle chose qui nous soit arrivée !

– La plus belle, confirme mon père.

Je me contente de leur sourire doucement.

– Vous allez me manquer...

– Toi aussi, ma puce, murmure mon papa.

Puis ils viennent me serrer dans leur bras, ensemble, alors que je renifle laborieusement. J'ai beau être sûre de ce que je fais, la séparation n'en est pas moins difficile. Je savoure un long moment cette étreinte chaude et rassurante et respire leurs parfums afin d'engranger le plus de souvenirs possible pour le moment où je craquerai. Parce que je craquerai sûrement. Je le sais. Mais pour l'heure, je fais abstraction du reste, des bruits de la rue, des voitures qui nous dépassent, des regards des voisins... Je redeviens une petite fille, l'espace d'un court instant.

Quand je m'éloigne enfin d'eux, les larmes ne sont pas loin de jaillir de mes yeux, alors qu'elles ont déjà laissé des sillons humides sur les joues de ma maman et que les yeux de mon père brillent d'émotion. Je recule doucement sans les quitter du regard.

– Je vous appelle dès qu'on arrive à New York, OK ?

Ils acquiescent et je me retourne pour monter dans la voiture.

Mais je me fige, la main sur la portière ouverte.

Je ne l'ai pas entendu garer sa voiture.

Je n'ai pas été assez rapide.

Tobias me dévisage, l'air choqué, à moitié debout sur le trottoir, à moitié encore dans la voiture.

Et je fais pareil.

Je sens mon cœur vaciller quand il me fixe puis regarde Derreck dans la voiture, puis mes parents, qui ne cachent plus leur émotion.

Mon ventre se contracte. Mes doigts se crispent sur la

portière et mes jambes se mettent à trembler quand son regard vert se pose de nouveau sur moi. Et ce que j'y lis me donne envie de tout abandonner.

La douleur, la trahison, la peine, la fureur...

Toutes les émotions se bousculent sur son visage et font rouler une première larme sur ma joue.

Assez pour me ressaisir.

Je détourne le visage et monte rapidement dans la voiture avant de claquer la portière.

– Mia !

– Avance, vite ! ordonné-je à Derreck en bouclant ma ceinture.

Il m'obéit en fronçant les sourcils puis s'engage dans la rue.

– MIA !

– PLUS VITE ! je crie presque à Derreck alors que Tobias contourne la voiture en se précipitant vers nous quand nous passons à côté de lui.

– MIA ! !

Je sursaute quand il réussit à frapper la fenêtre alors que Derreck prend de la vitesse.

– C'est quoi, ce bordel ? C'est quoi, son problème, à lui ? s'écrie-t-il.

– On s'en fout Derreck, accélère, s'il te plaît... je le supplie presque, les larmes menaçant de briser définitivement mes derniers efforts.

Je ne dois pas le laisser nous rattraper. Je dois fuir. Le plus loin possible.

Je n'irai jamais assez loin, c'est lui qui me l'a dit.

J'entends ses pas qui nous suivent. Il court derrière la voiture en hurlant mon prénom sans cesse. Je le fixe un long moment dans le rétroviseur extérieur, pour me punir, peut-être, pour le regarder le plus longtemps possible.

Il court à en perdre haleine, le souffle saccadé, en aboyant mon prénom, encore et encore...

Derreck jette de nombreux regards inquiets dans le rétro-viseur intérieur alors que je ferme enfin les yeux et m'enfonce dans le siège.

– Mia, qu'est-ce qu'il se passe ?

– Rien… je gémis en laissant les larmes dévaler mes joues avec fureur, tandis que les cris de Tobias deviennent de moins en moins audibles, jusqu'à s'éteindre définitivement.

En même temps que mon cœur.

40

Déjà deux mois… [1]

Deux mois que je suis revenue à New York et que j'ai repris mon emploi chez Goldsmith & Weston. Ma routine habituelle, mes tenues habillées. J'ai retrouvé mon ancien assistant, Nathan, Silvia, ma collègue de travail, et une jolie hausse de salaire pour s'assurer de mon silence et m'inviter à signer une renonciation aux poursuites judiciaires à l'encontre de mes patrons. Je l'ai fait. Pas pour la prime mais parce que je m'en fiche. Je refuse même de porter plainte contre Playton, alors que Derreck essaie de me faire changer d'avis. J'en ai fini avec lui. Je viens à peine de sortir d'un tourbillon judiciaire avec l'enquête sur la mort de Calista, je refuse d'y retourner. De plus, les témoignages et nombreux chefs d'accusation ne laissent aucun doute sur l'issue de ce procès. Comme l'avait dit Derreck, le scandale est énorme et a remué toute la ville. Certains employés de la banque n'osent pas m'adresser la parole tandis que d'autres sont venus chercher directement des détails.

Je leur en ai fait grâce. Je n'ai pas envie de parler, ni même de partager quoi que ce soit. J'arrive tôt au travail, je ferme la porte de mon bureau et me plonge dans les comptes de mes anciens clients ainsi que dans une partie de ceux d'Harvey pour rattraper mon retard. Je travaille sans relâche et suis souvent la dernière à quitter le bureau le soir, alors que la nuit est bien entamée. J'ai l'impression d'avoir de nouveau arrêté de vivre.

---

1. Je conseille « Something » de Marina Kaye en fond sonore. Pendant tout le chapitre…

Je suis un robot bien huilé qui se lève le matin, part travailler, ne lève quasiment jamais la tête de son ordinateur, même pour manger, et rentre se coucher.

J'ai de nouveau perdu du poids. Et même les plats préparés par Morgan ne réussissent pas à me remplumer. Je n'ai toujours pas trouvé d'appartement, d'ailleurs. Sans trois fiches de paye récentes, au minimum, signer un bail de location se révèle difficile, alors je loge encore chez lui et Derreck.

Et même si ça me coûte un peu de l'admettre, Morgan est adorable et Derreck et lui ont l'air heureux ensemble. Jamais ils ne m'ont fait me sentir de trop chez eux. Tous les matins, une tasse est sortie pour moi. Ils ont également avancé la programmation du café parce que je me lève avant eux. Tous les soirs, ils m'attendent pour manger alors que parfois, je rentre à vingt-deux heures passées.

Ils savent pertinemment que je les évite mais ils prennent aussi un malin plaisir à me forcer à passer du temps avec eux, surtout le week-end. Souvent, je passe l'après-midi à la salle de sport, à m'entraîner sans relâche pour occuper mon esprit et me permettre de dormir plus facilement le soir. Mais ce n'est pas aussi facile. Après plusieurs crises de larmes et séries de cauchemars, Morgan a accepté de me prescrire des somnifères assez puissants pour m'assommer et me permettre de ne plus penser. Enfin.

Mais l'inconvénient de vivre avec un avocat et un psychiatre, c'est que l'un essaie de me forcer à porter plainte tandis que l'autre essaie constamment de me psychanalyser. C'est pour ça que je les évite. Mais ça ne fonctionne pas tout le temps. Notamment pendant les fêtes de Thanksgiving. Mes parents sont venus, invités par Derreck qui leur a gentiment payé les billets d'avion, et nous nous sommes retrouvés au milieu d'un repas familial chez les Parker.

Apparemment, la famille de Derreck ne digère toujours pas son changement d'orientation sexuelle. Il était sombre, ce soir-là, et nous étions sur la même longueur d'onde. Mes parents l'ont senti et ont délibérément choisi de ne pas parler de Tobias, ce dont je les remercie.

Il a tenté de m'appeler. Plusieurs fois. Souvent une dizaine de fois à la suite, au tout début. Mais à chaque fois, j'ignorais où je renvoyais l'appel. J'essayais de le faire comme si ça ne me touchait pas, mais c'est beaucoup plus dur qu'il n'y paraît. Le simple geste de faire glisser un doigt sur un écran pour rejeter ses appels était aussi douloureux que d'avaler de l'acide… Heureusement pour moi, il a arrêté, depuis, et mes parents font comme s'il n'existait pas.

Ça fait une semaine qu'ils sont repartis. Décembre commence à peine et les rues de Manhattan se parent de vitrines lumineuses, alors que les premières chutes de neige ont bloqué une partie de la ville en début de semaine. De nouvelles précipitations sont programmées pour ce week-end, c'est pourquoi l'ensemble des employés de la banque ont été priés de quitter le travail tôt, ce vendredi, pour rejoindre leur domicile, afin de ne bloquer personne dans l'enceinte du bâtiment.

Je me retrouve donc, à dix-huit heures, assise sur le canapé de Derreck, en train de caresser leur énorme saint-bernard.

Il ne m'a pas menti, il s'appelle bien Bijou. Par contre, ce n'est pas un chihuahua.

Cette découverte m'avait arraché un sourire timide. Mais depuis, sourire est devenu compliqué.

Je devrais être heureuse d'avoir récupéré mon travail, mes collègues, Silvia, d'être logée, d'avoir enfin de l'argent sur mon compte en banque, de ne plus dépendre de mes parents. Je leur ai fait un virement il y a deux jours après avoir reçu ma paye, ce qui m'a valu un coup de fil furieux de ma maman. Mais j'ai refusé de récupérer l'argent.

On ne me changera pas. Ils ont pris soin de moi, à moi de prendre soin d'eux.

Même si cette phrase laisse un goût amer dans ma bouche.

De qui je me moque ? Je pourrais jouer les bons samaritains tant que je veux, je ne floue personne. Calista prenait soin de moi, Tobias aussi.

Et pour ce que je leur ai rendu…

– Mia, tu peux venir m'aider, s'il te plaît ?

Je sors de mes pensées à la voix de Morgan et repousse Bijou pour me lever et le rejoindre de l'autre côté du comptoir.

– Est-ce que tu peux égoutter les pâtes pendant que je finis de préparer la sauce ?

Je m'exécute et vide le contenu de la casserole dans la passoire placée dans l'évier tandis qu'il continue de fignoler sa sauce Alfredo. Morgan est un excellent cuisinier.

– Derreck, mets-nous la table, s'il te plaît, lui demande-t-il alors que je reviens avec la casserole remplie de pâtes.

– Je vais t'aider, annoncé-je en la posant sur la plaque.

Je le rejoins avec des assiettes et nous nous affairons dans un silence seulement troublé par les sifflements de Morgan.

Derreck me sourit quand il se met à chanter une vieille chanson de Dean Martin, et je l'imite timidement.

– C'est bon ?

Nous répondons par l'affirmative.

– Parfait ! À table !

Je m'assieds en face de Derreck sur la table ronde, mais Morgan m'intercepte.

– Non, Mia, tu te mets entre nous, ce soir.

J'ai un bref mouvement d'hésitation mais le sourire encourageant de Derreck me rassure un peu. Je m'exécute et me retrouve entre lui et son compagnon. Tous les soirs, Morgan nous sert à la suite, et le repas commence, en silence, jusqu'à ce que Morgan se mette à parler de la pluie et du beau temps d'une voix enjouée. Mais ce soir, le silence s'éternise alors que nous mangeons.

Derreck prend la parole d'un ton sérieux.

– Mia, il faut qu'on te parle.

Je manque de m'étouffer et avale péniblement avant de

poser ma fourchette pour lui faire face.

– Ça ne peut plus continuer comme ça…

Je deviens livide. Merde, oui, ça fait deux mois que je squatte chez eux…

– Je suis désolée, bafouillé-je, mal à l'aise, je vais trouver ailleurs, je vous le prom…

– Il ne s'agit pas de ça.

Je m'interromps face à son regard perçant.

– Tu dois arrêter de te renfermer et de mettre ta vie entre parenthèses.

– Il a raison, Mia, confirme Morgan d'une voix douce.

Je les fixe tour à tour, choquée par la tournure que prend ce repas. Je ne veux pas parler. Je n'en ai pas envie.

– Je n'ai plus faim, je pense que je vais aller me coucher…

Je me lève en emportant mon assiette à peine entamée.

– Tu dois parler d'elle, Mia… reprend Derreck.

Je ne réponds pas et me dirige vers la cuisine avant de verser le reste de mes pâtes dans la gamelle de Bijou.

– … ou de lui.

Mes mains tremblent avec violence et je lâche brusquement mon assiette dans l'évier quand il fait allusion à Tobias.

Parce que je sais qu'il parle de lui.

– Qui ça ? demande Morgan, intrigué.

Je ne me retourne pas et reste immobile au-dessus du robinet, les poings serrés.

– C'était le fils des Miller, n'est-ce pas ?

Mes ongles se plantent dans la paume de ma main quand j'entends son nom de famille.

– Il y aurait donc une autre personne responsable de cette dépression ?

« Dépression. »

Le mot est violent. Surtout venant d'un psychiatre. Mes bras se mettent à trembler de plus en plus fort, et la secousse prend petit à petit possession de tout mon corps alors que je me retiens tant bien que mal au plan de travail.

– Mia…

Je sursaute à la voix proche de Derreck. Et aussi quand il pose une main sur mon dos.

Non… je ne veux pas… je ne veux pas penser à lui… Je refuse… J'ai lutté tellement fort pour l'occulter, pour le ranger dans un coin de ma mémoire, et il est en train de tout foutre en l'air.

– Tu es amoureuse de lui…

Ce n'est pas une question, c'est une affirmation. Et elle suffit à faire resurgir une foule de souvenirs que j'avais enterrés et auxquels je refusais de m'accrocher. Ils surgissent par vagues et brisent le mur que j'avais réussi à monter entre eux et moi.

Ils me brisent, moi.

J'éclate en sanglots irrépressibles et je suis rapidement entourée des bras de Derreck, qui me serre contre lui en me berçant doucement.

– C'est ça… Laisse-les sortir… Arrête de te retenir…

Je m'accroche à son pull alors que ces sentiments contre lesquels je luttais sans relâche rugissent en moi comme une tempête. Il me manque tellement. Son sourire, son rire, son odeur, ses yeux, le sentiment de bonheur que je ressentais entre ses bras… Comment est-ce que j'ai pu oublier ça ? Comment est-ce que j'ai pu croire que j'arriverais à l'oublier définitivement ?

Je pleure un long moment dans les bras de Derreck, rejoint par Morgan qui caresse mon dos en cercles apaisants.

Je reste entre eux, à déverser mon désespoir avec violence, à trembler, à m'effondrer quand mes jambes ne me portent plus, quand le chagrin m'ôte les dernières forces que j'avais déployées comme un bouclier…

Une demi-heure plus tard, je suis installée sur le canapé, calmée par les cachets que Morgan m'a donnés. Derreck est à côté de moi et Morgan est assis sur le fauteuil en face de nous.

– Il s'appelle Tobias… murmuré-je après un long silence.

– Tobias, c'est vrai, se rappelle Derreck. Il était fou amoureux de toi, à l'époque.

Je souris légèrement à sa remarque. Et je le laisse expliquer rapidement à Morgan qui il est exactement.

– Donc, tu avais rencontré quelqu'un ?

J'acquiesce lentement.

– Pourquoi être rentrée ici, alors ? demande de nouveau Morgan en fronçant les sourcils.

Je déglutis difficilement et baisse les yeux, honteuse.

– Parce que je lui attirais des problèmes. Ainsi qu'à mes parents...

Ma réponse le laisse silencieux et il m'observe pendant un long moment. J'ai la nette impression d'être de nouveau en séance de psychanalyse avec lui.

– Est-ce que tu connais le sentiment de culpabilité ?

– Pardon ?

– La culpabilité, reprend-il, c'est bien ce que tu ressens, non ? Tu penses que tu causes du tort à tes proches ? Que tu es coupable de leur malheur ?

J'ouvre la bouche mais les mots se bloquent un instant dans ma gorge.

– Je... je...

– Oui ou non ?

– OUI ! Bien sûr que oui ! Mes parents ont perdu des clients à cause de moi, Tobias s'est brouillé avec sa famille à cause de notre différence d'âge et ma meilleure amie est morte parce que JE L'AI LAISSÉE SEULE ! j'explose. Alors, OUI ! Je suis coupable !

Mon cri du cœur provoque un silence effaré dans la pièce. C'est la première fois que je le dis à voix haute. D'habitude, je le garde pour moi. Je ne l'ai jamais exprimé aussi claire-ment que ce soir.

– Même Derreck s'est brouillé avec sa famille parce qu'il m'a quittée ! continué-je en pleurant. Mes parents se sont endettés sur des années pour me permettre d'étudier ! Calista ne serait jamais allée dans ce bar si je n'avais pas été là, elle voulait qu'on passe une soirée entre filles !

Je suis en larmes, les joues ruisselantes alors que j'ose enfin sortir tout ce que j'ai gardé au fond de moi.

– Je n'aurais même pas dû naître ! Mes parents ne sont pas « compatibles », je n'aurais même pas dû vivre ! Si je n'avais pas été là, tout le monde irait beaucoup mieux, Tobias vivrait normalement, mes parents n'auraient pas de soucis d'argent, Derreck ne serait pas en froid avec sa famille et Cal serait toujours vivante ! Tout ça ne serait jamais arrivé si je n'avais PAS EXISTÉ !

Je finis debout devant lui, le cœur battant, le souffle saccadé. Je lui en veux de m'avoir fait sortir tout ça, je m'en veux aussi de ne pas avoir été assez forte pour le garder.

– Bien.

C'est tout ce qu'il dit alors qu'il me regarde sans laisser transparaître la moindre émotion, alors que je ne suis qu'une loque, une éponge qui dégouline d'un trop-plein d'angoisse… Le contraste entre nous est tellement saisissant que je me rassois comme un automate quand la main de Derreck m'invite à le faire. Je m'appuie contre le dossier du canapé et ferme les yeux en laissant les larmes rouler de nouveau sur mes joues.

Ils ne cherchent pas à me consoler, cette fois-ci, ils me laissent simplement sortir ce trop-plein seule. Par mes propres moyens.

Et malgré mon mal-être, l'absurdité de ce que je viens de dire m'explose au visage. J'ai souhaité ne jamais avoir vu le jour… Qui peut souhaiter ça ? Malgré ces années à être chérie par mes parents, je porte la même culpabilité depuis tellement de temps qu'elle me broie.

– Tu connais le syndrome du survivant ? me demande Morgan quand je me calme enfin.

Je suis fatiguée et je n'ai même plus la force de lui répondre. Je me contente de faire « non » de la tête.

– C'est un syndrome qui touche les vétérans, les survivants de guerres, d'accidents, de catastrophes naturelles ou bien de tentatives de meurtre…

Je penche la tête sur le côté, lasse de la tournure que prend cette discussion.

– Mais il y a quelques années, on a découvert qu'il touchait aussi les enfants qui ont survécu à un avortement, ceux qui remplacent un enfant « avorté », mais aussi ceux qui sont nés par hasard…

Il insiste sur les deux derniers mots en se penchant vers moi. Et moi, je reste immobile.

« Nés par hasard. »

Ces trois mots résonnent en moi puissance mille.

– En gros, ce sont des enfants qui, logiquement, n'auraient pas dû voir le jour.

Je continue de le fixer sans parler.

– Ces enfants développent beaucoup de signes, la culpabilité existentielle, le sentiment de ne pas « mériter » de vivre, l'attachement anxieux. Ils se sentent « obligés » envers leurs parents et développent une relation ambivalente : ils ressentent le besoin d'être proches d'eux mais pensent aussi que ce n'est pas bon, et surtout, ils développent un énorme manque de confiance en eux. Je crois que je n'ai pas besoin de t'expliquer ce dernier point.

Je fais « non » de la tête.

– Je pense que tu souffres de ce syndrome. Et la mort de Calista, et surtout le fait que ce soit elle qui ait été victime alors que vous passiez la soirée ensemble, a amplifié ce syndrome au point de créer un sentiment exacerbé de culpabilité envers toutes les personnes à qui tu aurais causé du tort par le simple fait de les côtoyer.

Ma poitrine se creuse alors que ses mots cheminent en moi.

– Tu te persuades d'être à l'origine des problèmes de tes proches, mais c'est faux.

Je ris amèrement en quittant son regard. Il ne sait pas à quel point il a tort… Je ne me persuade pas : je le sais.

– Regarde Derreck, tu penses être à l'origine de son conflit familial ? Ce n'est pas le fait de t'avoir quittée qui en est la cause, c'est le fait d'avoir avoué son homosexualité. Derreck n'y est pour rien, et moi non plus. C'est une action, qui plus est légitime et humaine, qui a entraîné cette situation. Pas toi.

Je continue de refuser de le regarder.

– Tes parents n'ont sûrement jamais regretté de t'avoir eue et je pense que c'est même le contraire, n'est-ce pas ?

Je tique en repensant à toutes les fois où ils m'assuraient que j'étais un miracle et une bénédiction, et non un fardeau. Ce serait tellement plus simple si j'arrivais à les croire, mais une part de moi refuse de le faire.

– Calista était une tête brûlée, si je ne me trompe pas, continue-t-il sans pitié pour mon esprit en miettes. Est-ce qu'elle ne s'est pas déjà mise seule dans une situation dange-reuse ? Sans toi ?

– Si, confirme Derreck dans mon dos. Tu disais tout le temps qu'elle jouait avec le feu, à rencontrer des inconnus sur Internet.

Je déglutis difficilement. Calista était bien une épicurienne, sans une once d'instinct de préservation. Mais si je n'étais pas partie ce soir-là, si on était rentrées toutes les deux, ça ne serait pas arrivé.

– Et ce Tobias. Pourquoi serait-il en froid avec ses parents à cause de toi ?

Je serre les lèvres pour me retenir mais les mots sortent tout seuls et m'écorchent presque la bouche.

– Parce que je suis plus âgée que lui. Je l'ai connu quand il était enfant. C'est comme si je l'avais « violé », pour sa mère, comme si je m'étais attaquée à son enfant.

– Et est-ce que c'est le cas ?

Je le fusille du regard, les yeux rouges d'avoir tant pleuré.

– Non, bien sûr ! Il était consentant !

– Et majeur.

– Ça ne change rien ! Je ne vaux pas mieux que John Playton ou Harvey ! Je l'ai mis dans une position impossible parce que j'ai laissé libre cours à mes pulsions !

Il ne répond pas et se renfonce dans le fauteuil en m'étudiant.

– Est-ce que tu connais exactement la définition de « prédateur sexuel » ? me demande-t-il enfin.

Je lève les yeux au ciel, exaspérée.

– C'est une personne qui use de moyens malhonnêtes et illégaux pour obtenir des faveurs sexuelles d'une autre personne. Tu te reconnais là-dedans ?

Moi, non. Mais Calista, oui.

Je souris malgré moi en pensant à sa façon complètement improbable d'obtenir ce qu'elle voulait.

– Qu'est-ce qui te fait sourire ?

– Calista aurait pu être un prédateur sexuel…

Derreck rit doucement et Morgan sourit à son tour.

– Sans aucun doute, confirme Derreck.

– Elle faisait même du chantage à ses élèves pour obtenir de l'alcool, raconté-je, me rappelant la soirée chez Mitch. Elle pouvait même séduire un élève juste pour lui remonter le moral. D'ailleurs, elle a montré ses seins à Tobias quand il avait 9 ans, parce qu'elle était triste pour lui après la mort de son frère. Elle a montré ses seins en soutien…

Ils éclatent de rire et je souris avec eux. Parler d'elle me fait du bien.

Beaucoup de bien.

– Je faisais simplement une bonne action…

Je cligne des yeux en la voyant, derrière Morgan, en train de me tirer la langue. Elle est revenue. Depuis son enterrement, je ne l'avais plus vue…

Je la fixe, éberluée, au point que Morgan se retourne pour regarder derrière lui. Merde, il ne manquerait plus qu'il comprenne que j'ai des hallucinations. Je me reprends et baisse les yeux vers lui en ignorant la rouquine qui hausse les sourcils, pas dupe de mon manège.

– Tobias a perdu un frère ?

Je cligne laborieusement des paupières car je ne comprends pas tout de suite la question.

– Euh… oui. Dans un accident de voiture avec sa mère alors qu'il était encore bébé…

Il acquiesce lentement, comme si le chemin s'éclairait.

– Pourquoi ?

Morgan me sourit gentiment avant de répondre.

– Ça explique la réaction disproportionnée de sa maman. Elle doit ressentir le même syndrome que toi. Mais elle doit, en plus, se sentir coupable d'avoir failli à son rôle de mère. De n'avoir pas su protéger son enfant. Donc elle a reporté ce sentiment d'impuissance sur son fils. Tu étais « sûre », pour elle, comme une certaine sécurité. Elle t'avait confié ses enfants et elle n'a pas supporté de voir que finalement, tu n'avais pas joué le même rôle qu'elle.

– Ou alors, elle est juste mal baisée…

J'ignore délibérément Cal derrière Morgan et je le fixe sans ciller.

– Mais elle a tort. Tu n'étais pas leur mère de substitution, tu as juste conservé ton rôle de femme. Et elle n'a pas supporté d'avoir fait de nouveau une erreur.

– Ou alors elle est juste mal baisée.

J'inspire profondément.

Ferme-la, Cal…

– Jamais chérie, même dans la mort.

– Mia, ce n'est pas contre toi, personnellement, qu'elle en a, mais contre elle. Elle a juste fait un transfert parce qu'elle ne supporte pas d'avoir failli à son rôle de mère. Mais en rejetant la faute sur toi, elle a amplifié ton propre syndrome du survivant. Vous souffrez toutes les deux de la même chose. Mais vous l'exprimez différemment…

Je sens les larmes quitter mes yeux.

– Son père risque des problèmes à cause de nous…

– C'est un ancien junkie, non ? intervient Derreck. Je pense qu'il en a vu d'autres…

Morgan ne répond pas mais son sourire s'allonge.

– Qu'est-ce qu'il a à sourire comme un abruti, celui-là ? Sérieux, si je l'avais vu avant, je t'aurais dit direct qu'il était gay, ça se sent à des kilomètres !

Je l'ignore encore une fois et me concentre sur lui.

– Pourquoi tu souris ?

– Parce que tu as dit « à cause de nous ». Et non « à cause de moi ».

Je fronce les sourcils et cherche dans ma mémoire.

J'ai dit ça ?

– C'est exactement ce que j'essaie de te faire comprendre, Mia. Tu n'es pas l'unique cause des problèmes de tes proches. Il y a beaucoup de facteurs qui entrent en compte, et tu n'es que l'un d'eux. Tes parents ont des difficultés financières car le pays traverse aussi une crise économique, Derreck est en froid avec sa famille car il leur a avoué son homosexualité, Calista est décédée parce qu'un violeur a croisé son chemin et Tobias s'est disputé avec sa mère car il lui a sûrement tenu tête.

– Il a raison, Mi…

Tais-toi, Cal.

– Le fait que Calista ait été violée, puis tuée, ne vient pas de…

– Elle a été violée après, je l'interromps.

Il fronce les sourcils.

– Pardon ?

Je déglutis et reprends la parole.

– Elle a été violée après le meurtre. Pas avant.

Je ne sais même pas pourquoi je précise ça. Peut-être pour me raccrocher au fait qu'elle n'a pas subi un viol et un meurtre. Seulement le meurtre…

C'est ridicule, putain…

– On est bien d'accord, j'aurais clamsé dans tous les cas.

Je lui jette un rapide coup d'œil. Elle est assise sur le dossier derrière Morgan et joue avec le chewing-gum qu'elle mâche en l'étirant avec son doigt.

– C'est étrange… D'habitude, les crimes hasardeux découlent d'un viol. Le coupable réalise ce qu'il a fait et que la seule issue pour échapper à la justice est de se débarrasser de la victime… murmure Morgan.

– Qu'est-ce que ça change à l'issue finale ? je fais remarquer. Elle est quand même morte.

Il ne répond pas tout de suite. Il semble plongé dans ses pensées. Au point que je regarde Derreck, mal à l'aise face à son silence.

– Dans quel état étaient ses vêtements ?

– Hein ? m'exclamé-je, déroutée par sa question.

– Ses vêtements, ils étaient déchirés ou intacts ?

Je réfléchis rapidement et tente de me rappeler l'identification du corps. J'ai dû aller vérifier si ses effets personnels correspondaient à ce qu'elle portait ce soir-là. Et je ne me souviens pas d'avoir vu le moindre accroc sur sa robe… Une de ses boucles d'oreilles manquait à l'appel, mais les policiers ont supposé qu'elle l'avait perdue en se débattant. Ses chaussures étaient intactes aussi, il me semble… mais j'étais déjà sous cachets, à ce moment-là, donc mes souvenirs sont troubles.

– Je n'en suis pas certaine, mais il me semble qu'ils étaient intacts… Pourquoi ?

Il soupire et se redresse pour se pencher vers moi.

– Ça ressemble plus à un crime compulsif…

– Quoi ? murmuré-je, effarée.

– C'est comme si le meurtrier avait tué Calista puis avait pris soin d'elle ensuite parce qu'il se sentait coupable.

– En la violant ? m'emporté-je.

– Pour une personne dérangée, c'est une façon comme une

autre de prendre soin de la victime…

– Oh, ducon, moi, c'est Calista, OK ?

– Mais… mais… ça veut dire quoi, ça ? bafouillé-je.

Il me regarde, le visage peiné.

– Ça veut dire que Calista connaissait peut-être son meurtrier.

La nouvelle m'assomme totalement. Elle me remue l'estomac au point que je suis obligée de me lever pour courir aux W.-C. et vomir le peu que j'ai mangé. Derreck me rejoint rapidement et tiens mes cheveux alors que je convulse au-dessus de la cuvette, mélangeant les restes de nourriture avec les larmes qui coulent furieusement.

Elle le connaissait ! Elle devait sûrement le connaître ! Elle ne serait pas rentrée seule avec un inconnu ! Elle faisait tout le temps des recherches grâce à son cousin policier avant de rejoindre un homme qu'elle avait rencontré sur Internet. Elle était peut-être inconsciente, mais pas à ce point !

– Elle lui faisait confiance. Elle lui faisait CONFIANCE !

Je hurle comme une hystérique en réalisant qu'elle a été tuée par quelqu'un en qui elle avait confiance. Avec qui elle se sentait en sécurité !

Derreck me tire de force hors des W.-C. alors que je continue de hurler sans réussir à m'arrêter. Il lui faut l'aide de Morgan pour réussir à me maîtriser. Mais je continue de crier jusqu'à ce que mes cris se transforment en pleurs, en sanglots déchirants alors que je réalise ce qu'elle a vécu.

Ce qu'elle a subi.

41

Une heure plus tard, je suis amorphe sur mon lit, veillée par deux hommes inquiets. Je tourne et retourne dans ma tête toutes les relations qu'elle a eues, les personnes qu'elle aurait pu croiser à Salt Lake, mais il y en a tellement...

Tellement...

– Désolée d'avoir été populaire, Mia chérie.

Je ne la regarde pas mais elle est assise sur la chaise en face de mon lit et se lime les ongles. Je ne fais que réfléchir encore et encore... sans fin...

Je revois les jumelles, je l'entends me parler de son ami. Et si c'était l'autre ami ? Non, ils avaient tous les deux un alibi...

Je ne me rappelle pas avoir croisé un visage connu, pas un seul. J'essaie de me souvenir des visages que j'ai vus ce soir-là dans l'espoir de trouver un indice, une idée de la personne qui aurait pu faire ça.

– Ça ne sert à rien, Mi... Arrête de chercher des visages connus.

Je l'ignore et continue de me repasser la soirée en boucle, le serveur qu'elle agresse, son visage déconfit devant tous ces jeunes hommes.

Ces très jeunes hommes...

Je continue de ne pas l'écouter et la revois rire, commander des cocktails, chanter à tue-tête, tomber à moitié de sa chaise, puis râler quand elle s'est rendu compte qu'elle avait vu des...

J'écarquille les yeux en me remémorant quelque chose de crucial. Je la regarde instinctivement et elle me sourit.

Un sourire victorieux.

– Oh, mon Dieu… murmuré-je en me redressant.

– Wow, wow, wow ! Doucement, Mia, gronde Derreck.

– Des élèves ! je crie en le regardant, presque hystérique.
Il y avait des élèves de son lycée dans le bar !

– Quoi ? Mais de quoi tu par…

– Je l'avais oublié ! Je ne l'ai pas dit aux enquêteurs parce
que j'avais oublié ! Elle a vu des élèves à elle avant de partir !

Je me lève et sors du lit en courant presque vers mon
téléphone, mais Morgan m'intercepte.

– Calme-toi, Mia, ne fais rien sans réfléchir !

Je me débats tant bien que mal mais il me retient d'une
poigne de fer et me force à m'asseoir sur le canapé.

– Arrête ! Avant d'accuser qui que ce soit, essaie de réfléchir. Est-ce qu'elle avait des élèves qui ont témoigné un
quelconque intérêt pour elle ?

Calista éclate de rire depuis la chambre et j'abdique enfin
pour le regarder dans les yeux, dépitée.

– À part tous ses élèves masculins ?

– TOUS ! confirme-t-elle joyeusement.

– OK, OK ! Mais est-ce qu'elle ne t'aurait pas parlé d'un
en particulier ? Un qui aurait été un peu plus insistant que
les autres ?

Je secoue la tête, perdue, cherchant dans ma mémoire, et
je…

Gérald.

Son nom m'apparaît aussi clairement qu'un néon en grand
format.

– Il y en avait un ! m'écrié-je. Gérald, il travaille au café,
je sais qu'il était amoureux d'elle et qu'elle flirtait avec lui
pour s'amuser !

Ils me fixent du regard, atterrés.

– Pour s'amuser ?

– Mauvais choix de mots, Mi, reformule.

Je ferme les yeux et gronde en cachant mon visage pour

réussir à m'expliquer correctement.

– Il a… il était… MERDE !

J'inspire un bon coup pour me calmer et retrouver mon sang-froid.

– C'est ça… m'encourage Derreck.

Quand je suis un peu plus calme, je prends le temps de formuler ma phrase dans ma tête avant de parler.

– Il est orphelin, ses parents ont été tués dans une prise d'otage, je crois…

– OK, continue s'il te vient autre chose en tête.

– Il a été ballotté dans des familles d'accueil, elle me l'a dit. Apparemment, il a eu une enfance difficile et elle flirtait avec lui parce qu'il lui faisait mal au cœur. Elle essayait de lui apporter un peu de… de bonheur…

– Mieux !

– Il la fixait tout le temps quand on le croisait, c'était super bizarre, même Calista avouait qu'il était flippant !

– Très bien… C'est un bon début. Est-ce que tu sais s'il a des antécédents ? De violence ou de colère ? Ça pourrait nous aider à définir s'il est psychologiquement instable.

Je me frotte les yeux, puis les tempes en tentant de me souvenir du moindre détail qui pourrait m'aider.

– Je ne sais pas… Quand je l'ai vu, le jour des obsèques, dans le café où il travaille, il a refusé de me regarder dans les yeux… Il semblait au bord du gouffre…

– Si c'est lui, et ça reste potentiel, il culpabilise peut-être d'avoir brisé l'objet de son obsession… commente Morgan. Tu es certaine que rien d'autre ne te vient en tête ? C'est un peu mince pour diriger les enquêteurs vers lui.

Je plonge dans mes pensées et essaie de retrouver quelque chose, n'importe quoi. La première fois que je l'ai croisé au café, puis devant chez Mitch…

Je sursaute en faisant le lien dans mon cerveau.

Pas trop tôt…

– Derrière chez Mitch ! Il y a des hangars désaffectés et

les jeunes y vont pour boire et fumer en douce. On l'a croisé avant qu'il y aille et une jeune fille y a été agressée, l'année dernière. Elle n'a pas vu son agresseur et ils n'ont trouvé aucun indice, à part les traces des jeunes qui y vont ! Ça pourrait être lui, non ?

Morgan réfléchit un long moment puis hoche la tête.

– Ça pourrait, en effet. Elle lui a peut-être dit non, et il s'est peut-être emporté. Les personnes instables ne supportent pas le rejet, surtout celles qui ont été exposées au rejet toute leur vie. S'il a été ballotté de famille d'accueil en famille d'accueil, ça a pu amplifier sa sensation de rejet de la société. Il faudrait prévenir le commissariat en charge de l'enquête pour leur indiquer une éventuelle piste. Mais ça reste potentiel, Mia, rien ne nous prouve qu'il est coupable…

Je me rue sur mon téléphone sans lui répondre alors qu'il me libère et cherche fébrilement le numéro du poste de Springville. Je compose le numéro mais une hôtesse m'informe que la ligne est occupée. Je retente plusieurs fois d'affilée, impuissante, pour entendre toujours la même réponse.

– MERDE ! hurlé-je en jetant furieusement mon portable. Ils ont eu des chutes de neige importantes, ils doivent être en plein bordel dans la ville, à essayer de débloquer les habitants. Ça arrive souvent, en hiver !

Je ne supporterai pas d'attendre qu'ils libèrent la ligne, je ne peux pas ! Il y a cinq ans, à Noël, mon père a râlé parce qu'ils avaient mis douze heures avant de pouvoir répondre à son appel. Et il s'est déplacé lui-même au poste.

– Il faut que j'y aille, annoncé-je avant de récupérer mon portable et de courir dans ma chambre, où Calista est toujours tranquillement assise.

– Attends… QUOI ?

Derreck se rue dans mon dos et me force à lui faire face alors que je jette ma valise sur le lit pour la remplir.

– Lâche-moi !

– Non, Mia, tu es tarée !

– Ils vont être occupés pendant des jours, et je refuse de rester ici et de me faire bloquer par les prochaines chutes de neige !

– Tu ne peux pas partir comme ça, bordel !

– POURQUOI ?

Mon hurlement le surprend.

– Pourquoi ? je reprends, plus calmement, cette fois-ci. Si c'était Morgan qui avait été attaqué, est-ce que tu ne retournerais pas la terre entière pour mettre son meurtrier en prison ?

– On ne sait même pas si c'est lui !

– MOI, JE LE SAIS ! Je le sens, OK ? C'est sûrement irrationnel et il y a une probabilité pour que je me trompe, mais je ne peux pas rester ici à réfléchir sur la décision à prendre. Je dois faire quelque chose, Derreck, je dois faire quelque chose !

Mon souffle est saccadé et le sien aussi. Il me fixe, les yeux écarquillés, avant de soupirer fortement.

– OK, mais je viens avec toi ! Hors de question que tu y ailles seule !

Je suis tellement soulagée de voir qu'il ne m'empêchera pas de partir que je lui saute au cou.

– Merci ! Dépêche-toi de faire ta valise, lui ordonné-je après m'être éloignée.

– Je prépare les nôtres, indique calmement Morgan depuis le pas de la porte.

– Hors de question ! gronde Derreck.

Il se contente de hausser les sourcils.

– À moins que tu n'aies des contacts dans les services sociaux et un diplôme en psychiatrie qui te permettrait d'établir un diagnostic plausible auprès des autorités, je crois que vous aurez besoin de moi.

– Peu importe, moi, je m'en fous, tant que vous vous dépêchez ! Il y a un vol dans une heure trente et je refuse de le rater, indiqué-je après avoir vérifié les horaires sur mon téléphone.

Derreck serre les dents puis rugit un bon coup avant de fusiller son compagnon du regard, alors qu'il se contente de lui sourire.

– Appelle Jenifer pour lui demander de venir s'occuper de Bijou, je m'occupe du reste.

Vingt minutes plus tard, nous sommes dans un taxi en direction de l'aéroport, pendant que je réserve trois places sur le vol Delta en direction de Salt Lake et que Derreck réserve une voiture de location pour l'heure d'arrivée. Les cinq heures de vol qui suivent me semblent durer une éternité. Je suis en ébullition, je n'arrive pas à me calmer et ma jambe sautille sans cesse.

– Calme-toi, murmure Derreck en posant une main sur mon genou tressautant.

J'inspire à fond plusieurs fois d'affilée pour me reprendre. Morgan est endormi tandis que Derreck veille. Même si je le sens fatigué, il refuse de s'endormir tant que je ne dors pas.

Et je ne dormirai pas. J'ai prévenu mes parents de notre arrivée en urgence sans leur expliquer la réelle raison de notre présence, mais étant donné notre heure d'arrivée, je ne pourrai aller au poste de police qu'à l'ouverture, à huit heures et demie. L'inconvénient des petites villes, c'est que les permanences tournent entre Mapleton et Spanish Fork. Je pourrais aller au poste de police de Salt Lake, mais le corps de Calista a été retrouvé dans le district de Springville. C'est donc leur poste de police qui est en charge de l'affaire.

Affaire classée, ceci dit.

Je me mords la langue en pensant que le tueur se trouvait sous mon nez et que je n'ai rien vu.

– Tu sais que ce n'est peut-être pas lui…

J'observe Derreck, à ma gauche, mais je ne lui réponds pas.

– Peut-être que ce n'est pas lui, Mia. Alors, avant de te braquer, garde ça en tête.

J'acquiesce pour le rassurer.

Mais je sais. Je le sens.

– Écoute ton instinct, Mi chérie…

Je fixe Calista, deux rangs plus loin, installée sur une place vide, sans bouger. Elle hoche la tête avec un sourire entendu.

Je sais.

Il est une heure trente passée quand nous garons la voiture devant chez mes parents. J'en sors comme une fusée et saute dans les bras de ma maman.

– Mia, mon ange, que se passe-t-il ? demande-t-elle d'une voix inquiète.

– J'ai une piste pour le meurtre de Calista.

Ma réflexion provoque un silence stupéfait et mon père semble sous le choc, autant que ma mère. Tellement sous le choc que lorsque je présente Morgan comme le nouveau compagnon de Derreck, mon papa réagit à peine et leur serre la main d'un geste absent.

– Je les installe dans la chambre d'amis, je vais dans la mienne et demain, nous allons au poste de police.

Ils répondent à peine, hébétés. Je me charge d'emmener Derreck et Morgan dans leur chambre avant de rentrer dans la mienne après avoir rassuré mes parents sur mon état.

Ce n'est que lorsque je ferme la porte dans mon dos, que je m'appuie dessus et que je relève les yeux que je m'autorise enfin à regarder la maison d'à côté.

Je n'ai pas osé le faire, même lors de mon arrivée en voiture. Je n'ai gardé que la maison de mon enfance en vue, en occultant la personne qui se trouve dans la maison voisine.

Mon cœur bat la chamade alors que je regarde lentement devant moi. Mais il trébuche quand je remarque la planche de bois qui barre la fenêtre de Tobias et me cache la vue de sa chambre.

J'écarquille les yeux et avance avec lenteur vers la vitre. Quand mon front est presque collé dessus, j'aperçois un des montants de la fenêtre en partie brisé. Qu'est-ce qu'il s'est passé ?…

Je baisse les yeux et cherche son pick-up mais je ne le vois nulle part dans la rue. Peut-être qu'il est au garage ? Peut-être qu'il est sorti ? Peut-être qu'il...

– Il est parti.

Mon cœur se pince en entendant la voix de ma mère derrière moi. Je ne l'ai pas entendue rentrer mais j'ai clairement entendu ce qu'elle vient de dire.

Tobias est parti.

– Où ? prononcé-je d'une voix éraillée.

– Je ne sais pas, ma puce...

Je continue de fixer la rue en espérant voir apparaître son pick-up comme par magie, mais rien ne se passe.

– Qu'est-ce qu'il s'est passé ?

Je l'entends soupirer dans mon dos et me force à quitter la fenêtre pour la regarder. Elle porte une couverture épaisse dans les bras et me sourit avec tristesse.

– Est-ce que tu es sûre de vouloir savoir ?

Je fais « oui » de la tête et elle s'assoit sur le lit en tapotant la place à côté d'elle pour que je la rejoigne. J'obéis et elle prend le temps de repousser quelques mèches de mes cheveux derrière mon oreille avant de parler.

– Il a... réagi très violemment à ton départ...

Venant de ma maman, cette phrase est un euphémisme. Ce qui me rend de plus en plus inquiète.

– C'est-à-dire ?

– Je ne connais pas tous les détails, ma puce. Depuis ton départ, nous ne parlons plus aux Miller... Judy est très malheureuse et Jonas...

Elle se tait un instant et soupire.

– Il a tout détruit. Sa chambre, sa guitare, son matériel de sono... Il est devenu fou, ma puce.

Une larme menace de franchir la barrière de mes paupières et je ferme les yeux pour la retenir.

– On l'entendait hurler, continue-t-elle. Ma chérie, il criait comme un animal blessé... Quelques instants après, il est parti en voiture et nous ne l'avons plus revu depuis. Janice m'a dit qu'il envoyait régulièrement des messages à ses parents, donc il est encore en vie, mais je n'en sais pas plus, mon cœur...

Je renifle pitoyablement en ouvrant mes yeux humides et les sèche d'un revers de la main. J'aurais pu avoir de ses nouvelles. Si j'avais répondu à un seul de ses appels, j'aurais pu savoir où il était, ce qu'il faisait... mais je me suis refermée comme une huître. Je n'ai pas le droit de pleurer. De toute façon, je suis ici pour une seule et unique raison : faire arrêter le tueur de Calista.

Le reste... je verrai plus tard.

– C'est pour moi ? demandé-je en désignant la couverture.

Elle sourit et me la tend.

– Oui, la température a chuté avec l'arrivée de la neige.

Je la prends en lui rendant son sourire et elle vient m'embrasser le front avant de quitter enfin la pièce.

Je reste un long moment à étudier le mur en face de moi sans bouger, puis je lui demande :

– Tu le savais ?

Je tourne le regard vers Calista, assise sur la chaise de ma coiffeuse.

– Non, Mi, me répond-elle en secouant doucement la tête.

Je plisse les yeux et l'observe, pas certaine de croire ce qu'elle vient de dire, mais mon regard perçant la fait sourire.

– Je suis uniquement dans ta tête, Mia. Je ne sais que ce que tu sais.

Je soupire. Évidemment qu'elle ne le savait pas. Je me laisse tomber sur le lit et fixe le plafond pendant de longues minutes. Je repasse dans ma tête ce que vient de dire ma mère.

– Je l'ai brisé, Cal...

– Je sais, Mi.

Elle ne dit rien de plus et je m'allonge plus confortablement dans le lit sans me changer. Il n'est pas loin de cinq heures du matin quand je réussis enfin à fermer les yeux.

42

– Calmez-vous, mademois…
– NON, JE NE ME CALMERAI PAS !

Je suis furieuse. J'explique ce que je sais à l'agent de police en face de moi pour la dixième fois de la journée et son entêtement à me demander si je suis certaine de ce que je raconte me porte sur les nerfs. Il ne me croit pas.

Personne ne me croit, dans ce poste de police !

Je suis là depuis trois heures, maintenant, à ressasser la même histoire, à leur expliquer par A + B que j'ai peut-être trouvé leur suspect principal mais à part me faire changer d'officier pour essayer de me raisonner, ils n'ont rien fait. Pas même passer un coup de téléphone au collège pour vérifier si ce fameux Gérald était un fauteur de troubles. Ils n'ont rien fait.

Rien !

– C'est plus ce que c'était, les policiers…

J'ignore Calista, perchée sur le coin de la table, et fixe l'officier en face de moi.

– Mais essayez au moins de contacter les services sociaux ! Faites quelque chose ! N'importe quoi ! m'emporté-je en me levant et en tapant du poing sur la table. Vous ne faites que brasser du vent alors que mon amie a été assassinée ! C'est quoi, votre putain de problème ?

– Calmez-vous ! reprend-il d'une voix plus forte. Sinon je vous colle en cellule pour outrage à agent !

J'hésite fortement à lui sauter au cou, à faire n'importe quoi pour les faire réagir mais Derreck m'en empêche en me forçant à me rasseoir.

– Mia, calme-toi, s'il te plaît !

Je me laisse tomber sur ma chaise et étouffe un gémisse-ment de rage dans mes mains alors qu'il parle à l'homme en uniforme devant nous.

– Est-ce que vous ne pouvez pas au moins vérifier ses antécédents ?

– L'affaire a été classée, alors sauf si vous avez un témoi-gnage visuel ou une preuve plus tangible de son implication dans le décès de Mlle Jones, non, je ne peux rien faire.

Cette réponse est la goutte d'eau qui fait déborder le vase et je deviens comme folle. Je monte presque sur la table pour lui sauter dessus.

– VOUS NE VOULEZ RIEN FAIRE, PLUTÔT !

Derreck me ceinture avant que je réussisse à le toucher et m'emporte de force avec lui pour m'éloigner.

– Sortez d'ici ou je vous coffre ! s'exclame le policier alors que Derreck m'embarque avec lui vers la sortie et que je me débats pour lui échapper.

Je m'accroche même à la porte d'entrée en hurlant mais il est plus fort que moi et réussit à détacher mes bras avant de me plaquer avec violence contre le mur du couloir.

– Tu es tarée ? Tu veux te faire arrêter, ou quoi ? beugle-t-il. Je n'ai pas le temps de négocier ta sortie et tes parents n'ont pas assez d'argent pour payer ta caution ! Tu veux les endetter encore plus ? C'est ça que tu veux ?

Sa phrase a le mérite de m'immobiliser mais je fais un effort surhumain pour ne plus lui échapper. Je respire fort et mon corps entier est contracté. Mais il m'a emprisonnée dans l'étau de ses bras et je dois réussir à retrouver un visage plus serein avant qu'il accepte de me libérer. Après de longues minutes à batailler contre moi-même, il consent enfin à se dégager.

– Merde, Mia, tu fais n'importe quoi, là…

– Je veux faire arrêter le tueur de Cal ! m'emporté-je de nouveau.

– Tu t'y prends mal en hurlant sur l'officier !

Je me mords l'intérieur de la joue pour me retenir de lui répondre vertement. Il se rapproche de nouveau.

– Ne me force pas à t'assommer pour te sortir de ce poste. Je suis avocat, Mia, je sais ce que tu risques à te comporter comme ça.

J'inspire entre mes dents serrées. Je n'arrive plus à réfléchir correctement.

– J'ai besoin de me rafraîchir le visage, marmonné-je en soutenant son regard furieux.

Il hésite mais accepte de s'écarter pour me laisser rejoindre les W.-C., un peu plus loin. Je m'y enferme, m'adosse à la porte et cale l'arrière de mon crâne contre le battant en fermant les yeux.

Je n'y arriverai pas...

Je frappe ma tête contre la porte plusieurs fois d'affilée en grinçant des dents, furieuse d'être aussi impuissante.

– Détends-toi, Mi...

J'ouvre brusquement les yeux et jette un regard furieux à Calista.

– Merde, tu ne vas pas t'y mettre aussi !

Elle pince les lèvres, adossée contre le mur en face de moi, les bras croisés et une jambe repliée.

– Ça me fait chier de l'admettre mais... Derreck a raison. Ça ne fonctionnera pas en les agressant, reprend-elle.

Je soupire d'exaspération et marche vers le lavabo pour ouvrir l'eau à fond. Je m'asperge le visage et l'eau glacée a le mérite de calmer un peu mes joues en feu. Je m'appuie ensuite sur les rebords en céramique et respire à fond pour me calmer.

Une respiration.

Deux respirations.

Trois respirations.

– C'est bien, Mi. Essaie de te calmer, tu réfléchiras mieux.

Je la regarde dans le reflet du miroir. Elle est maintenant

debout derrière moi.

– Tu n'es que dans ma tête… murmuré-je.

J'essaie de me persuader, peut-être. Pourtant, son image est tellement claire que je jurerais qu'elle se tient réellement à côté de moi. Elle sourit et se rapproche de mon dos.

– J'ai toujours été dans ta tête, Mi chérie. J'étais la seule à te comprendre, à savoir comment tu réfléchissais, comment tu fonctionnais.

Je ris doucement. Calista me connaissait par cœur. Il n'y avait qu'elle pour comprendre ce que je pensais en un battement de cils.

Enfin, elle et…

Une chose à la fois, Mi.

J'acquiesce rapidement. Elle a raison, je dois me concentrer.

– Allez, sors de ces W.-C. sinon ils vont croire que tu fais la grosse commission.

Je pouffe et en profite pour la détailler en souriant tendrement.

– Tu me manques, Cal…

Elle me sourit en retour.

– Toi aussi, Mi.

Je me redresse alors qu'elle passe derrière moi et disparaît, puis me sèche les mains rapidement avant de sortir.

Je n'ai fait que quelques pas quand j'entends la voix de Morgan. Je reste en retrait dans un recoin pour l'écouter discrètement.

– … un couple de Springville, les McDermott, apparemment. Sofia m'a confirmé que c'était le seul enfant pupille de la ville.

Mon cœur bat la chamade en entendant ce nom. Je les connais ! Helen et Norman McDermott. Je sais où ils habitent.

Je reste cachée à assimiler la nouvelle quand Derreck soupire avant de lui répondre.

– OK, ne dis rien à Mia, s'il te plaît. Elle ferait une connerie.

Je vais essayer de parler aux policiers.

Mes poings se contractent alors que je plisse les yeux. Calista, en face de moi, de l'autre côté du couloir, me sourit avec insolence.

– Tu sais que j'ai toujours aimé transgresser les interdits, Mi…

Je comprends en un clin d'œil et un lent sourire en coin étire mes lèvres alors qu'elle fait de même.

Je te tiens, Gérald…

Je retourne sur mes pas le plus silencieusement possible et claque la porte des toilettes pour être certaine qu'ils l'entendent avant de les rejoindre d'un pas assuré. J'essaie de cacher mon sourire victorieux sous un masque d'agacement et ça semble fonctionner car Morgan me frotte le bras.

– On va y arriver, Mia, OK ?

J'acquiesce rapidement.

– Des nouvelles de ton amie des services sociaux ? tenté-je quand même en espérant qu'il fera le choix de me mettre au courant.

Mais au lieu de ça, il se fige une microseconde et sourit avec tristesse.

– Non… Désolé, elle n'a rien trouvé, de son côté.

Je retiens une grimace face à son mensonge flagrant et me tourne vers lui, mais son visage est impassible.

Calista, elle, ne manque pas de faire semblant de vomir derrière eux, et il me faut toute ma volonté pour ne pas sourire.

Bien. Puisque ces messieurs ont décidé de filtrer certaines informations, il ne me reste qu'une seule chose à faire.

– J'ai besoin d'une cigarette, annoncé-je en soupirant avec exaspération, sinon je bute tout le monde dans ce commissariat !

Ma phrase fait tiquer la secrétaire à l'accueil et je me retiens de lui faire un doigt d'honneur. Calista, elle, ne se gêne pas.

– Springville ne t'a pas fait perdre tes mauvaises habitudes… murmure Derreck.

Je lui lance un regard furieux et il sourit à peine, amusé par ma colère.

– Mia, écoute, on va essayer de parler avec l'officier, m'informe-t-il ensuite.

– « On » ?

Il pince les lèvres.

– Morgan et moi. Si on essaie une approche plus calme avec un psy, ça les fera peut-être changer d'avis.

J'en doute, et lui aussi. Mais je le remercie quand même d'essayer. Même si je lui en veux de me tenir à l'écart.

– Et moi, je suis censée faire quoi, en vous attendant ? demandé-je d'une voix énervée.

J'essaie de paraître outrée d'être écartée, mais intérieurement, je jubile.

C'est exactement ce que je veux.

– Fume ta cigarette, le paquet entier, s'il le faut, mais laisse-moi gérer, s'il te plaît !

– Donc je reste tranquillement sur le côté comme un pot de fleurs ?!

– Mia… souffle Derreck en se frottant les yeux, tu ne m'aides pas, là.

– Ils ne sont même pas capables de reconnaître une piste sérieuse quand ils en voient une ! m'emporté-je.

– Ils ne risquent pas de le faire si tu les menaces !

Je serre les dents, furieuse de me faire gronder comme une gamine devant la secrétaire, qui sourit.

– Laisse, je la connais, c'est une vieille fille aigrie, de toute façon, c'est sûrement sa seule distraction de la semaine. Ou du mois.

Calista lui tire la langue à même pas deux centimètres de son visage et je me focalise sur l'homme face à moi.

– S'il te plaît, Mia, va attendre dehors, me supplie une nouvelle fois Derreck en me tendant les clés de la voiture.

Elles sont là, juste devant moi. Les clés de ma libération. Mais je fais semblant d'hésiter en faisant une mimique écœurée.

– S'il te plaît…

Je me mords la langue pour ne pas crier de joie en prenant enfin le trousseau et en m'éloignant d'un pas rapide vers la porte de sortie. Je claque la porte en faisant mine d'être en colère, avance à grandes enjambées malgré l'épais manteau de neige et ouvre le véhicule avant de saisir une cigarette dans mon sac à main. Je l'allume et m'appuie contre le capot en faisant un signe exaspéré à Derreck et Morgan qui m'observent.

C'est bon, je fume, les mecs. Vous avez fini de me surveiller ?

Ils semblent être rassurés en me voyant tirer comme une junkie sur le filtre, et s'éloignent de la porte vitrée. J'attends une bonne minute, le cœur battant, avant de jeter ma cigarette à peine entamée dans le manteau blanc à mes pieds et de monter dans la voiture.

La première chose que je fais, c'est de verrouiller les portes avant de démarrer. Parce que, comme je le pensais, le bruit du véhicule ne passe pas inaperçu dans le petit poste de police. Je ne prends pas la peine de mettre ma ceinture et recule en vitesse pour m'extirper de la place alors que Derreck et Morgan sortent en courant.

– MIA !

Je les ignore et démarre en trombe pour sortir du parking, faisant glisser les pneus sur les quelques plaques de verglas qui jonchent la chaussée avant de foncer chez les McDermott.

– Jolie sortie, Mi chérie. On aurait pu faire un remake de Thelma et Louise si je n'étais pas le fruit de ton imagination !

Je souris à Cal dans le rétroviseur intérieur et me concentre de nouveau sur la route.

Il me faut moins de quinze minutes pour arriver devant chez eux. À peine le moteur éteint, je jaillis du véhicule pour me faufiler par la cour arrière vers la porte vitrée de la cuisine.

Helen et Norman font partie de la paroisse et je suis déjà allée chez eux pour manger avec mes parents quand j'étais plus jeune. Ils n'ont jamais réussi à avoir d'enfant, donc leur statut de famille d'accueil ne me surprend pas. Je sais aussi qu'ils travaillent dans leur garage vers la sortie ouest de la ville. Ils ne sont donc pas chez eux le samedi. Et Gérald doit travailler aussi, au café. Je fouille autour de la porte et retiens un cri de victoire en trouvant une clé sur le haut du chambranle, cachée sous quelques centimètres de neige.

Je regarde autour de moi avant de déverrouiller la porte et de me glisser à l'intérieur. Je prends bien soin de fermer derrière moi pour ne pas éveiller les soupçons des voisins, et essuie soigneusement mes pieds sur le tapis pour ne pas laisser de traces.

J'avance prudemment pour vérifier que la maison est bien vide, et le silence, en dehors du bruit de mes semelles sur le plancher, me confirme que je suis seule.

Je tente quand même un : « Ohé… il y a quelqu'un ? », mais aucune réponse.

Bien.

J'avance vers l'escalier et me fige en voyant des photos de Gérald accrochées au mur. Il a l'air tellement heureux et simple que pendant un instant, j'ai peur d'avoir tiré des conclusions hâtives.

– Monte, Mi.

Je lève les yeux vers Calista, en haut des escaliers. Elle disparaît à l'étage et je la suis. Quand j'arrive sur le palier du haut, je déglutis péniblement. Les murs et les commodes sont tous recouverts de photos de lui. Avec Helen et Norman, à la pêche. Dans un manège, quand il était plus petit.

Ça me remue plus que je ne le pensais.

Ce n'est qu'un môme…

Est-ce qu'il serait vraiment capable de commettre un meurtre ? Et si je me trompais ? Est-ce que je serais capable de foutre en l'air la vie d'un gamin qui a déjà perdu ses parents ?

Je m'immobilise sur le palier.

Merde, je ne sais plus…

– Mi…

Je regarde Calista, hagarde.

– Et si ce n'est pas lui ? murmuré-je, soudain paniquée.

Elle soupire et rentre à moitié dans une chambre.

– Et si c'est lui ? Et s'il recommence ? Est-ce que tu lui laisserais la possibilité de faire à une autre ce qu'il m'a peut-être fait ?

Je ferme les yeux, tiraillée.

D'un côté, j'ai peur de foutre en l'air la vie d'un adolescent, et de l'autre…

J'avance d'un pas résolu vers la chambre dans laquelle Calista a disparu. Je dois savoir. Si je ne trouve rien, si je me trompe, je quitterai cette maison et je n'en parlerai plus jamais.

Mais si j'ai raison…

Je pénètre dans une chambre d'adolescent lambda. Des murs bleu pastel, des posters d'équipes de sport accrochés au mur, quelques photos, un lit défait, des vêtements qui traînent…

Ça ne ressemble pas à la chambre soigneusement rangée que j'avais imaginée. Je ne sais pas pourquoi, mais l'idée qu'il était peut-être un psychopathe me donnait une image lisse et froide de lui. Or cette chambre ressemble à la mienne lorsque j'avais 15 ans.

– Cherche quand même, Mi. Tu ne perds rien à le faire.

Je jette un rapide coup d'œil à Cal adossée contre le mur et hoche la tête après une longue hésitation.

Bien. Où est-ce que je cacherais des choses si j'étais obsédée par quelqu'un ? Sûrement pas dans le placard, Helen doit lui ranger son linge. Je vais fouiller le tiroir de la table de chevet, son bureau, les tiroirs de sa commode, sous son lit, mais rien. Je passe même ma main sous les tiroirs, cherchant une enveloppe cachée, mais il n'y a rien.

Rien de rien !

Au bout de quinze minutes de recherches infructueuses, je m'assieds sur la banquette, sous la fenêtre, démoralisée.

– C'est inutile Cal, je ne trouve rien…

Elle m'observe sans rien dire un long moment, assise sur le lit en face de moi, avant de me sourire.

– Tu te souviens de Lenny Baxter ? me demande-t-elle abruptement.

Je fronce les sourcils.

– Lenny Baxter, celui du collège ?

– Oui.

Je m'en souviens mais je ne vois pas le rapport.

– Il était raide dingue de moi. Mais genre « raide dingue » !

Je pouffe.

– Ce n'était un secret pour personne, Cal. Il t'a écrit un poème et il l'a lu devant tout le monde à la cantine.

– Je sais. Mais il n'a pas écrit que ça…

Je hausse les sourcils, surprise.

– Comment ça ?

Elle sourit comme le chat d'Alice au pays des merveilles avant de me répondre.

– Des lettres enflammées. Très enflammées… Où il me décrivait point par point ce qu'il me ferait dans un lit…

Je hoquette, abasourdie.

– C'était lui ? Les lettres dignes des romans coquins, c'était Lenny Baxter ? Il était tellement timide qu'il se fondait dans les murs !

– Il faut toujours se méfier de l'eau qui dort. J'ai rapidement appris que ceux qui parlent peu sont souvent les plus chauds au lit. Bref ! Tu te souviens que je ne voulais pas que mon père les découvre ?

– Oui…

Elle me regarde en faisant les gros yeux.

– Et où est-ce que je les cachais ?

Je réfléchis rapidement avant de me figer.

– Le conduit d'aération…

Elle lance un regard furtif vers mes pieds et en baissant les yeux, je découvre la grille, au niveau de mes chevilles. Mon cœur s'emballe alors que je m'accroupis devant et tire sur les bords en métal. La grille se défait avec une facilité déconcertante, ce qui me confirme qu'elle doit souvent être déplacée.

– Cal, tu es un génie ! chuchoté-je en la posant par terre.

Elle se contente de rire dans mon dos alors que je passe ma main pour chercher à l'intérieur du conduit. Je sens très rapidement une boîte, rangée sur le côté et invisible depuis l'extérieur.

– Bingo ! soufflé-je.

Je la sors avec précaution et la pose sur la banquette devant moi avant de l'ouvrir.

Et rien ne me préparait à voir ce qui se cachait dedans.

Mes mains tremblent lorsque je vois, en premier, une mèche de cheveux roux retenue par un ruban.

– Oh, mon Dieu…

Je la soulève délicatement et la pose sur un coussin avant de regarder le reste. Des photos, des dizaines de photos de Calista, prises incognito. Calista en train de déjeuner avec moi, Calista en train de téléphoner, Calista en train de marcher dans la rue, Calista qui éclate de rire dans un couloir… Des dizaines et des dizaines de photos d'elle.

– Il était obsédé par toi… murmuré-je d'une voix vacillante.

Mes mains tremblent alors que je soulève les photos une par une pour les étaler autour de la boîte, avec une sensation de nausée qui monte en moi petit à petit. Mais ce n'est que lorsque je vois la dernière pièce de la boîte que je sens que je vais m'effondrer.

Une boucle d'oreille.

Sa boucle d'oreille.

Celle qu'elle est supposée avoir perdue lors de son meurtre.

En se débattant.

En se battant contre lui.

Je porte les mains à ma bouche, sur le point de vomir mon petit déjeuner quand l'horreur éclate à mes yeux. Je ne retiens pas les images violentes qui se succèdent sous mes paupières closes alors que je pleure, à genoux, sans réussir à me calmer, au bord de l'hystérie. Je la vois hurler, pleurer, se battre pour lui échapper alors qu'il lui serre le cou, qu'il l'empêche de respirer…

Il a dû lui proposer de la ramener parce que j'avais pris sa voiture. Et elle est montée avec lui, confiante. Persuadée d'être en sécurité.

Je l'ai abandonnée à la merci d'un prédateur…

– Mi, range cette boîte et retourne au poste de police.

Je dois fournir un effort considérable pour me calmer avant de lui répondre.

– Pas encore…

Je sors mon téléphone de ma poche, les mains tremblant de plus en plus.

– Je dois faire des photos…

Je dois avoir une preuve de ce que j'avance pour les forcer à venir ici.

– Mi, j'ai un mauvais pressentiment…

Je ne l'écoute pas et mitraille les preuves étalées devant mes yeux.

– Mia…

– Encore une.

Elle ne répond pas et je comprends rapidement pourquoi quand le bruit d'une porte qui se ferme dans mon dos me glace le sang.

Je ne suis plus seule dans la chambre.

43

Le sang quitte mon visage quand le silence dans la pièce devient glacial. Ma peau se hérisse quand je regarde devant moi dans la rue.

La rue devant l'entrée de sa maison.

J'étais visible quand je me suis assise sur la banquette.

Mais quelle conne…

– J'ai cru que c'était elle.

Cette voix calme, derrière moi, qui brise le silence, me tétanise. Je me lève avec lenteur et me tourne petit à petit vers la porte d'entrée. Je le reconnais immédiatement et mon cœur bat à cent à l'heure quand je le vois adossé à la porte.

Je suis prise au piège.

– Gérald…

– J'ai cru que c'était elle qui était revenue…

Il regarde le vide derrière moi et ses yeux vitreux ne cherchent pas à rencontrer les miens. C'est comme s'il était perdu dans ses pensées.

– Je suis rentré plus tôt. La neige a provoqué une panne d'électricité au café.

Il ne me parle pas à moi, on dirait plutôt qu'il se parle à lui-même.

Je reste immobile mais mes yeux balaient autour de moi à la recherche d'une arme.

– Elle était tellement belle…

Je déglutis péniblement mais je retrouve un peu d'espoir quand je remarque une batte de base-ball posée à côté de la commode sur laquelle reposent un gant et une balle dédicacée.

– J'ai cru que j'avais rêvé quand je l'ai vue dans ce bar.

Je tente un pas de côté, le plus discrètement possible, avant d'en entamer un second, mais ses yeux se posent sur moi et je m'immobilise, le cœur battant.

– Vous veniez de partir. Vous l'aviez laissée seule.

Je déglutis péniblement et baisse les yeux. La honte et la culpabilité me submergent au souvenir de mon départ.

– Ne l'écoute pas, Mi.

Calista vient de chuchoter dans mon oreille et se tient à mon bras. Je peux presque sentir ses mains fermes qui m'encouragent à avancer vers la batte de base-ball.

– Vous l'aviez laissée pour moi…

Je relève les yeux, le sang battant à mes tempes en entendant son affirmation.

Non ! Je ne l'ai pas laissée pour lui ! Je ne l'ai laissée pour personne ! Calista n'appartenait à personne !

– Et ensuite, l'homme qui devait la rejoindre l'a abandonnée aussi. Elle était tellement énervée en lui parlant au téléphone…

Il esquisse un sourire et ça me donne la nausée, mais il baisse les yeux le temps d'un instant, assez pour me donner l'occasion d'amorcer un nouveau pas vers la batte.

– J'ai su que c'était le destin. C'était à mon tour…

J'inspire profondément pour me retenir de lui cracher à la figure. C'est comme si ma peur et ma punition pour l'avoir abandonnée avaient laissé place à la fureur.

Il parle d'elle presque comme si elle n'avait été qu'un objet.

– On s'en fout, concentre-toi sur la batte, Mi…

– Elle a accepté si facilement de monter avec moi. Personne ne nous avait vus. Je venais de quitter mes amis… C'était le destin… Plus rien ne nous retenait…

Ma respiration est saccadée, je suis au bord de la nausée.

– Et puis elle a commencé à crier. À crier tellement fort…

J'essaie d'avancer de nouveau mais il me voit et quitte la porte pour se redresser. Assez pour que je me pétrifie sur place.

– Je lui ai dit ! Je lui ai dit qu'on était faits l'un pour l'autre !

Il commence à s'énerver et mon cœur bat de plus en plus fort alors que ses poings se contractent.

– Elle a réussi à m'échapper quand je me suis garé pour lui faire comprendre. Elle s'enfuyait ! Alors que j'étais là pour elle !

Son visage prend un air trouble, presque malsain, et il sourit comme s'il n'y croyait pas lui-même.

Mon Dieu, il est vraiment fou…

– Elle n'a pas compris. Elle ne me voyait pas comme je la voyais. J'ai dû lui courir après.

Il me raconte ça comme si c'était l'évidence même et je sens mon estomac se révulser.

– La batte, Mi. Avance vers la batte.

– Quand je l'ai rattrapée, j'ai voulu l'embrasser. Pour qu'elle comprenne. Qu'elle comprenne enfin !

Il avance de quelques pas vers moi et la panique reprend le contrôle de mon corps. J'ose un regard apeuré vers la batte mais elle est tellement loin, encore. Je ne réussirai pas à l'atteindre s'il se jette sur moi.

– Fais-le parler, Mi, il faut qu'il te laisse assez de temps.

– Qu'est-ce qu'elle n'a pas compris, Gérald ? demandé-je d'une voix enrouée.

Ma question le surprend et il s'immobilise avant d'éclater de rire comme si je venais de dire une bêtise.

– Qu'on était faits l'un pour l'autre ! Elle n'a pas compris.

Il se frotte le visage rapidement et j'arrive à avancer de deux petits pas.

Je me rapproche.

– Je l'ai attrapée et elle m'a frappé. J'étais obligé de la tenir.

J'acquiesce rapidement, allant dans son sens pour me permettre de gagner du temps.

– Tu as eu raison… murmuré-je malgré moi.

Même si les mots me lacèrent la gorge.

– OUI, PUTAIN !

Je sursaute quand il explose et il se triture les cheveux en regardant autour de lui, le regard dément. Une sueur froide dévale ma colonne vertébrale quand je prends conscience de la folie de ce jeune homme.

– Et elle s'est mise à crier ! Alors je lui ai couvert la bouche en la maintenant au sol.

Il mime presque les gestes devant moi et je retiens mes larmes en imaginant le calvaire qu'a vécu Calista.

– Ne craque pas, Mi, pas encore. Tiens le coup.

Je profite d'un moment où il baisse les yeux pour avancer d'un nouveau pas.

– Super, continue comme ça…

– Mais elle n'arrêtait pas. Alors j'ai dû la secouer. J'ai serré son cou pour la secouer et lui dire d'arrêter.

Il hoche la tête vers moi, les yeux écarquillés, alors que je manque de m'évanouir. Il l'a étranglée parce qu'elle criait. Seulement parce qu'elle criait pour tenter d'attirer quelqu'un qui la sauverait.

– Et puis elle a arrêté de crier. Mais elle devait comprendre. Alors, j'ai… j'ai continué !

Il prononce cela presque comme si c'était une excuse. Comme si la faute venait de Calista.

– Et quand elle a cessé de se débattre, j'ai pu l'embrasser. Enfin…

Elle était morte ! MORTE !

Je brûle de lui hurler ça à la figure et je dois me mordre la langue pour ne pas le faire.

Il sourit, les yeux dans le vide.

– Le plus beau de tous les baisers… Elle me laissait enfin faire.

Elle ne pouvait plus rien faire, espèce de malade !

Je pince les lèvres pour ne pas laisser sortir les mots qui me bouffent de l'intérieur.

– Avance, Mi…

– Cette nuit était… magique.

J'ai envie de vomir… j'ai envie de vomir, de lui frapper la tête contre les murs pour l'obliger à se taire aussi. Qu'il subisse ce qu'il lui a infligé…

– Elle avait enfin compris… Elle m'a laissé faire…

Je sens mon estomac se rebeller et mes poings se serrent alors que je retiens de moins en moins la tempête qui se déchaîne en moi.

– Elle m'a laissé lui faire l'amour…

– TU L'AS VIOLÉE, ESPÈCE DE MALADE ! hurlé-je enfin.

La pièce devient silencieuse après mon coup d'éclat et il me fixe froidement. Sans plus aucun éclat de joie malsaine dans le regard. Ses yeux glacés sont vissés sur moi et je sens la peur affluer dans mes veines alors que je prends conscience de ce que je viens de faire.

J'ai réveillé le monstre.

Je serre les poings, prête à courir alors que son corps se contracte aussi.

Le temps semble se suspendre entre nous. Comme si nous étions en apesanteur.

– Cours, Mia.

Je bondis sur la batte mais il est plus rapide que moi et me plaque au sol avant que je l'atteigne.

J'étouffe un cri alors qu'il plante ses ongles dans ma cuisse et rampe sur moi. Ma main tendue n'est qu'à quelques centimètres de l'arme providentielle mais je n'arrive pas à l'atteindre. Je lui donne des coups de pied, je me débats, je l'empêche d'atteindre mon cou mais il est plus fort que ce que je pensais.

– Bats-toi, Mi ! me hurle Calista, derrière lui.

Je l'entends à peine alors que je me retourne pour planter mes ongles dans son visage, pour le griffer et le blesser.

J'ahane sous l'effort, j'essaie de l'atteindre avec mes pieds,

526

je le mords alors qu'il m'agrippe le menton.

– Utilise-moi !

Je ne comprends pas tout de suite et continue à me battre contre lui, à le repousser de toutes mes forces.

– MIA !

Je comprends enfin et fixe l'endroit où elle se trouve avant de parler enfin en continuant de le repousser.

– Calista ? crié-je d'une voix étonnée.

Assez pour le faire se retourner dans la direction. Juste quelques secondes. De précieuses secondes.

Je réussis à me détacher de lui, à tendre assez le bras pour attraper la batte avant de le frapper au visage quand il se retourne vers moi.

Le coup est violent et j'entends un craquement juste avant qu'il ne s'effondre sur moi.

Je suis sonnée, le souffle court et l'esprit embrouillé.

– SORS D'ICI, MI !

Je sursaute et le repousse avant de ramper pour me dégager du corps inerte qui pèse sur moi. Je titube presque en me relevant et suis prise de terreur en l'entendant grogner derrière moi. Il se réveille. Je claque la porte pour lui barrer le passage et descends les marches à la volée pour me précipiter vers la porte. Mais quand je l'atteins et que j'essaie de l'ouvrir, elle résiste. Elle est verrouillée.

Mon cœur manque un battement et je me précipite, affolée, vers la cuisine pour ouvrir la porte arrière mais elle refuse aussi de céder. J'ai à peine le temps de me retourner vers la fenêtre qu'une ombre surgit dans l'entrebâillement de la porte.

J'étouffe un cri en reconnaissant sa silhouette alors qu'il s'élance sur moi.

Je réussis à lui échapper de peu mais je trébuche contre une chaise et tombe à la renverse.

Putain ! PUTAIN !

Je tente de m'enfuir à quatre pattes mais il est de nouveau

plus rapide et se jette sur moi de tout son poids.

J'ai une montée d'adrénaline quand il pose ses mains autour de mon cou et commence à serrer.

– TIENS LE COUP, MI !

Mon œsophage se contracte sous la violence de sa poigne et je lutte pour trouver de l'air en continuant de me débattre, en plantant mes ongles dans son visage, en continuant de le blesser du mieux que je peux.

– ENCORE, MI !

Je continue, désespérée. Je m'acharne comme une forcenée contre lui mais je commence à manquer d'air et des points noirs apparaissent dans mon champ de vision.

Mes mouvements se désordonnent et je plante mes ongles dans ses mains, celles qui me tuent. Celles qui sont en train de me priver de ma vie...

J'essaie en vain de les éloigner de mon cou pour trouver un peu d'air, pour respirer un peu, à peine...

– Mi, il faut que tu cries !

Calista se pose au-dessus de moi et je la vois me hurler de crier alors que la tête de Gérald, rouge et furieuse, fait tout pour m'en empêcher.

– Mi, tu dois crier ! Maintenant !

Je n'y arrive pas...

Je n'y arriverai pas... Je n'ai plus d'air. Je ne peux pas crier...

– Tu dois le faire !

Je ferme brièvement les yeux et je vois son visage alors que je sens mon corps s'engourdir et mes mains se détendre sur les siennes.

Tobias.

Je vois son visage...

Son sourire.

Ses yeux verts.

Sa main qui se tend vers moi...

« C'est toi et moi, Mia, personne d'autre... »

Un éclair de lucidité me traverse alors que j'entends clairement sa voix. J'ouvre les yeux dans un sursaut d'adrénaline et Calista se penche au-dessus de moi.

– Maintenant !

Elle plante ses mains dans les miennes et, sans comprendre comment, par quel miracle, je sens mes forces revenir et je réussis à écarter les mains de mon assassin.

Assez pour aspirer une goulée d'air.

Assez pour me donner la force de crier.

Je hurle le plus fort possible, je me brise la voix, j'essaie de lui percer les tympans alors que Calista hurle tout aussi fort, m'insufflant sa force, son énergie en fondant ses mains dans les miennes.

Mais ça ne dure qu'un bref instant et il serre de nouveau sur ma gorge lorsque la surprise de m'entendre crier est passée.

Mes jambes commencent à convulser sous lui, puis mon corps entier, et je ne sens plus rien.

Je ne me débats plus, je n'ai plus assez de force.

Il a gagné…

Mais soudain, ma gorge se libère du poids de ses mains et mon corps lutte pour survivre. J'aspire avec avidité, plusieurs fois d'affilée, les yeux écarquillés par la surprise.

– Mia !

Des mains me poussent sur le côté alors qu'une quinte de toux me prend, brûlant ma gorge blessée au passage.

– Mia, tu m'entends ?

La voix paniquée de Derreck me parvient au travers de l'étourdissement qui a pris possession de mes sens.

– Appelez une ambulance !

– Officier Johnson, on a un 10-52 au 1104 Bayard Street !

Le surplus d'informations se bouscule dans ma tête alors que j'assimile ce qui se passe autour de moi. Calista a disparu, Derreck et Morgan sont autour de moi à m'encourager, à me répéter de respirer, à me dire que tout va bien, le policier parle dans sa CB… Tout se mélange alors que je respire laborieusement.

J'entends des bruits de lutte étouffés dans mon dos alors qu'une voix forte recommence à parler.

– 10-15, suspect maîtrisé !

Je tousse de nouveau et grimace quand la brûlure me lacère. Quelques larmes s'échappent de mes paupières quand je réalise enfin.

Je suis vivante.

Je suis toujours vivante…

44

Je reste assise dans l'ambulance alors qu'un médecin finit de m'examiner et qu'un officier prend ma déposition.

Ils étaient là.

Ils sont entrés parce qu'ils m'ont entendue crier.

Si Calista ne m'avait pas encouragée à le faire, je serais peut-être morte à deux pas des forces de l'ordre.

J'essaie d'éviter les regards curieux des gens amassés tout autour des cordons de sécurité, et surtout ceux d'Helen et de Norman. Je me blinde pour ne pas entendre les pleurs d'Helen alors que Gérald est poussé de force dans la voiture de patrouille. Mais ses hurlements me déchirent le cœur.

– J'ai privé une nouvelle fois une mère de son enfant…

– Arrête ça, Mia.

Je regarde Morgan assis à côté de moi. Il ne m'a pas quittée tandis que Derreck hurlait sur les policiers et menaçait de les poursuivre en justice, eux et tout l'État.

– Plus…

Je m'interromps pour tousser une nouvelle fois avant de réussir à parler.

– Facile à… dire…

Ma voix est totalement cassée, ma gorge est meurtrie et couverte de bleus, mais je suis vivante.

– Vous allez devoir rester en observation pendant plusieurs heures avant de pouvoir rentrer chez vous, m'informe l'infirmier. On vous emmène à l'hôpital pour un bilan plus complet.

– Mes parents… prononcé-je d'une voix rauque.

– Je m'occupe d'eux. Derreck les a appelés, ils ne vont plus tarder.

Je souris faiblement à Morgan alors que l'ambulancier m'invite à m'allonger sur le brancard, me pose une minerve qui m'immobilise complètement puis serre les sangles autour de moi. Mon brancard s'apprête à être monté dans le véhicule lorsqu'une voix affolée retentit.

– MIA !!

Je reconnais la voix de ma mère et les larmes jaillissent de mes yeux quand elle grimpe dans l'ambulance sans même demander l'autorisation.

– Madame, vous ne pouvez p…

– C'EST MA FILLE !

Je tremble de plus belle quand son visage inondé de larmes se penche au-dessus de moi et que je sens ses mains glacées saisir la mienne.

– Maman… murmuré-je quand je la vois pleurer.

– Je suis là, mon cœur, je suis là…

J'entends vaguement un ambulancier prévenir mon père qu'une seule personne est admise pour accompagner le malade et je cherche à relever le visage vers lui, mais la minerve m'en empêche.

– Je te rejoins à l'hôpital, Sarah !

Ma mère lui fait un vague signe de la main mais son attention est entièrement tournée vers moi. Les portes se ferment et l'ambulance démarre, sirènes hurlantes alors que ma mère ne me lâche pas une seule fois, qu'elle ne me quitte pas une seule seconde des yeux.

Et je fais pareil en serrant sa main de toutes mes forces.

***

– Très bien, vous pouvez sortir à condition de me signer une décharge.

Je trépigne de joie quand le médecin m'accorde enfin son sésame pour quitter l'hôpital le lendemain matin. J'ai passé vingt-quatre heures ici et je n'en peux plus. J'ai un trauma-

532

tisme des cervicales ainsi que des bleus sur le cou suite à ma strangulation mais, mis à part une voix éraillée, je m'en sors extrêmement bien. De façon même miraculeuse, si j'en crois le médecin de garde. Je n'ai aucune lésion cérébrale, ni séquelles de mon manque d'oxygène.

Je n'en reviens pas moi-même…

Mes parents ne m'ont pas quittée et Derreck et Morgan se sont relayés pour leur apporter de quoi manger ou boire. Gérald a avoué le meurtre de Calista au bout de quelques heures de garde à vue. Selon le poste de police, aucune charge ne sera retenue contre moi malgré mon intrusion chez les McDermott. Comme j'ai utilisé une de leurs clés, je n'ai pas commis d'effraction mais, d'après le policier, j'aurais pu être poursuivie pour entrave à la justice dans le cadre d'une enquête. Heureusement pour moi, Derreck est immédiatement monté au créneau et a menacé d'attaquer le poste de police en justice pour avoir délibérément écarté et ignoré des éléments nouveaux qui auraient dû entraîner la réouverture de l'enquête sur le meurtre de Calista. Notamment mon témoignage de la présence de Gérald au bar, d'ailleurs corroboré par les jumelles – elles sont venues faire une déposition au poste hier après avoir pris connaissance de son arrestation et de mon agression.

Je n'ai pas pu les voir ni les remercier. Je suis coincée dans cette chambre aseptisée depuis plusieurs heures alors que je ne rêve que d'une chose : le retrouver.

Quand j'ai perdu conscience à cause du manque d'oxygène, je me souviens de l'avoir vu. Même s'il m'a fallu plusieurs heures pour m'en souvenir, comme un vieux film qui passe au ralenti. J'étais sur le point de mourir et la seule personne à laquelle j'ai pensé, c'était lui. Lui seul.

Je me sens coupable de ne pas avoir pensé à mes parents, mais je crois que mon inconscient m'a poussée à penser à la personne pour laquelle j'avais le plus envie de me battre pour survivre. À moins que je ne l'aie fait pour Calista ?

Je n'en sais rien… Elle n'est pas revenue depuis l'arrivée

des policiers et je panique un peu de ne plus la voir. Je ne suis pas encore prête à la quitter. Pas totalement. Pas encore…

– Je prépare les papiers et vous pourrez rentrer chez vous.

Ma mère sourit et remercie le docteur alors qu'il sort de la chambre, me laissant seule avec eux, Derreck et Morgan.

– Tu es une battante, Mia.

Je souris à mon ancien compagnon et descends du lit avec précaution pour attraper mes vêtements et rejoindre la salle de bains. Ma mère m'accompagne et m'aide à m'habiller. Avec la minerve, c'est un peu plus compliqué que prévu mais je ne me plains pas. Je suis en vie.

Une heure plus tard, mes parents garent enfin leur véhicule devant chez eux, suivis par la voiture de location conduite par Morgan. Mais alors que tout le monde sort, je reste assise, à fixer sa maison devant moi.

– Mia ?

J'inspire profondément avant de me tourner du mieux que je peux vers ma mère.

– Je ne rentre pas avec vous. Pas maintenant.

Je n'ai pas besoin d'expliquer. Elle jette un rapide regard vers la maison des Miller et hoche la tête en signe de compréhension.

Je lui en suis reconnaissante. Je ne sais pas encore à quelle sauce je vais être mangée et ça me terrifie. Je sais qu'ils sont au courant, la ville entière l'est. Le porche de mes parents est jonché de plats préparés par les voisins. Je ne sais pas vraiment si ça provient d'une envie sincère d'aider ou juste de glaner des détails en plus. Mais je m'en fous. J'ai décidé de ne plus y prêter attention.

« Il était temps », me dirait Cal.

Elle me manque. Je m'étais habituée à la voir de temps en temps venir me parler. Venir me rappeler à quel point c'était bon de l'avoir près de moi.

Mais là, il est temps de récupérer l'autre personne qui me manque, celle qui est encore en vie et que j'ai délibérément poussée hors de la mienne.

Je sors du véhicule, aidée par Morgan, et marche d'un pas lent vers la maison des voisins. Les trottoirs sont encore couverts de neige et je sais que Derreck et Morgan me suivent de près pour m'éviter une éventuelle glissade qui empirerait mes blessures.

Arrivée devant leur porte d'entrée, je suis prise de tremblements incontrôlés. J'inspire profondément et il me faut une bonne minute pour me calmer suffisamment et me permettre d'appuyer sur la sonnette.

C'est Anna qui m'ouvre et ses yeux s'écarquillent en me voyant.

– Mia !

Elle me saute au cou et je perds l'équilibre, rapidement retenue par mes anges gardiens. Mais son effusion me fait chaud au cœur et je la serre contre moi. Abbie accourt aussitôt pour se joindre au câlin général et j'éclate de rire, touchée par leur affection.

– Tu nous as fait peur, murmure Abbie contre mon cou.

– Je suis vivante.

– De peu ! contrecarre Anna.

Elles me libèrent enfin et je souris en leur passant une main dans les cheveux.

Elles ont tellement grandi, c'est incroyable. Je les ai connues toutes petites et là, ce sont deux magnifiques jeunes femmes qui me font face.

– Vous n'êtes pas en cours ?

– Année sabbatique, me répond Abbie. Les cours devaient reprendre mi-octobre, mais avec tout ce qui s'est passé…

Je suis sur le point d'en savoir plus quand Judy surgit derrière elle, rapidement rejointe par Jonas. Mon ventre se serre. Autant le pasteur me regarde avec douceur, autant sa femme me fusille du regard.

– Mia, nous sommes heureux de te savoir en vie, commence-t-il.

J'acquiesce lentement et le silence s'installe ensuite. Je suis très mal à l'aise, nous le sommes tous. Les jumelles ne disent plus rien et regardent leur mère avec anxiété tandis que Jonas se gratte l'arrière du crâne, gêné par le silence de sa femme. C'est ridicule. Toute cette situation est ridicule. S'il y a bien une chose que j'ai apprise de Calista, et surtout depuis que j'ai échappé à la mort, c'est que je ne dois pas m'embarrasser de faux-semblants. Alors je vais droit au but.

– Où est-il ? J'ai besoin de lui parler.

J'ai clairement mis les pieds dans le plat et ma question provoque la fureur de Judy.

– Comment oses-tu…

– Judy… soupire Jonas.

– Tu n'as aucun droit de savoir où il est !

– Maman ! s'exclament les jumelles en cœur, choquées de la voir s'énerver contre moi.

Mais c'est justifié. Je le mérite. J'ai brisé le cœur de son fils. À sa place, je ferais pareil.

– Je sais que je n'ai aucun droit, je reprends calmement, mais j'ai besoin de lui parler.

Je ne lâche rien et ma sérénité achève de la faire sortir de ses gonds.

– Tu ne sauras rien ! RIEN ! hurle-t-elle en avançant d'un pas menaçant vers moi.

Je ne bouge pas mais Derreck s'interpose alors que Jonas retient sa femme.

– Je te faisais confiance ! Je t'avais confié mon fils parce que je te faisais confiance !

Je la laisse crier et déverser sa colère en repoussant Derreck.

– Je n'arrive pas à croire que tu aies osé t'en prendre à lui ! Il était à peine rentré que tu lui sautais dessus comme une prédatrice !

– Vous croyez que je lui ai sauté dessus ? m'offusqué-je. La vérité est tellement loin de ce que vous imaginez… J'ai lutté contre ça, contre ce qui se passait entre nous…

– Pas très longtemps, apparemment !

Je me retiens de lui dire que c'est Tobias qui a tout fait pour me pousser dans ses bras. Je ne ferais qu'envenimer la situation. Et comme elle l'a dit, je n'ai pas lutté si longtemps que ça…

Je suis sur le point d'abandonner quand une cinquième voix nous surprend tous.

– C'est lui qui la voulait.

Judy s'immobilise instantanément et se tourne avec rapidité vers Jake, derrière elle.

– Ne te mêle pas de ça, Jake. Ce sont des histoires d'adultes, le prévient Jonas.

– Je dis juste la vérité. Il l'a dit lui-même, Mia est celle dont il a toujours « rêvé ». Il croyait que je n'écoutais pas, ce jour-là…

Un silence stupéfait suit sa déclaration.

– De quoi est-ce que tu parles ? osé-je demander.

Il esquisse un sourire avant de répondre.

– Quand on est venus acheter de l'huile dans ton magasin. Après, il est allé chercher quelque chose chez ton amie, celle qui est morte.

Il parle du billet pour le Burning Man que Calista lui a vendu. Ou plutôt donné.

– J'étais dans la voiture en train de jouer sur mon téléphone quand ils ont parlé sur le trottoir. Ils pensaient que je n'écoutais pas, mais j'ai tout entendu. Elle lui a demandé pourquoi il faisait ça, et il a souri avant de dire qu'il n'allait pas rater une occasion de se rapprocher de celle dont il avait toujours rêvé. Ça a fait rire ta copine.

Je manque de fondre en larmes en imaginant le rire de Calista.

– Quand il est revenu dans la voiture, je lui ai dit que je comptais bien t'épouser un jour, juste pour me moquer de lui, reprend-il en rougissant.

Je souris en repensant à sa demande innocente, dans le

magasin. Même si, à 12 ans passés, connaissant ce que faisait son frère à ce moment-là, je me doute qu'elle n'était pas si innocente que ça.

– Mais il m'a donné une tape sur la tête en disant qu'il t'épouserait avant moi. Même qu'il a refusé de rejoindre ses copains en tournée quelques jours plus tard parce qu'il « approchait du but ». C'est ce qu'il a dit au téléphone à son copain qui a un nom bizarre.

Damon !

Mon cerveau s'illumine quand je réalise qu'il a sûrement rejoint la tournée des Mystical Lobsters. Mais bien sûr ! Quelle idiote, bon Dieu !

– Je... Je dois y aller... Pardon pour le dérangement !

Je m'éloigne précipitamment de la porte d'entrée tandis qu'ils rentrent tous et repars d'un pas rapide vers la voiture de location en tapant frénétiquement sur mon téléphone. Quand je tombe sur leur site Internet ainsi que sur les dates de tournée, je manque de pleurer de soulagement. Je sais où il est !

Ils jouent ce soir à Henderson, dans le Nevada. Après un rapide coup d'œil sur la carte, je vois que c'est à côté de Las Vegas, donc à cinq heures et quelques de route. Il est presque quatorze heures. Si je pars maintenant, j'arriverai à temps pour le concert.

– On peut savoir ce que tu fais ? demande Derreck en me suivant.

– Je pars dans le Nevada. Donne-moi les clés.

Ma réponse lui fait écarquiller les yeux et il recule alors que je tends le bras vers lui.

– Hors de question !

Je m'impatiente et lui fais les gros yeux.

– Si je n'y vais pas avec ta voiture, j'irai avec une autre !

– Tu es tarée, Mia, tu sors à peine de l'hôpital !

– Je dois y aller !

– Mais qu'est-ce qu'il y a dans ce foutu Nevada pour que

tu prennes le risque de conduire après une agression ? Tu as failli mourir, merde !

Je suis sur le point de répondre quand Morgan me devance.

– Derreck… Sérieusement ? Il est là-bas, ricane-t-il en penchant la tête vers son compagnon.

– Non mais tu es sérieuse ? Tu vas te taper presque six heures de route pour le rejoindre ?

Je suis effarée de le voir aussi peu compréhensif.

– J'ai bien fait cinq heures d'avion pour faire coffrer le meurtrier de Calista ! Avec toi, si je me rappelle bien !

– Et tu as failli y passer !

– Je suis VIVANTE, MERDE ! Et majeure ! Si je veux aller dans ce putain de Nevada pour le rejoindre, personne ne m'en empêchera, même pas toi !

– Ni moi, renchérit Morgan avec calme.

La réflexion de son compagnon le prend par surprise et il le regarde avec effarement.

– Je suis le seul à être raisonnable, ici, ou quoi ?

– Non, mais tu seras le seul à rester ici si tu continues, lui répond Morgan. Je conduis, ajoute-t-il à mon intention, avec un clin d'œil.

Je lui sauterais au cou si je pouvais ! Derreck nous dévisage comme deux fous et se poste à côté de moi en soutien.

– Je… je… merde !

Je sursaute en l'entendant jurer.

– Vous faites chier, putain !

Mon cœur bat plus vite quand je comprends. Et Morgan aussi parce qu'il me donne un discret coup de coude en souriant. Derreck s'énerve toujours avant de lâcher le morceau, et nous le savons aussi bien l'un que l'autre.

– La voiture est à mon nom, alors je conduis ! Et on part maintenant !

Je me jette dans ses bras en murmurant « merci » un nombre incalculable de fois avant d'aller prévenir mes parents. Ils ne sont pas enchantés mais se rassurent en me sachant avec

Derreck et Morgan. Quinze minutes plus tard, après avoir pris quelques affaires de rechange, je m'installe sur la banquette arrière, prête à partir.

– On ne s'arrête pas, à part pour mettre de l'essence, alors n'essaie même pas de demander une pause pipi ! me menace Derreck depuis le siège conducteur.

Je rigole et lui fais un clin d'œil en m'attachant au milieu de la banquette.

– Chef, oui, chef !

Ma petite pique lui arrache un soupir qui s'apparente plus à un grognement et j'entends Morgan rire depuis le siège avant.

– Et c'est la dernière fois que vous vous liguez tous les deux contre m…

Il ne finit pas sa phrase. Les portes arrière s'ouvrent de chaque côté. J'ouvre de grands yeux en voyant les jumelles s'engouffrer dans la voiture et fermer derrière elles. Derreck et Morgan en sont tout aussi sonnés. Elles s'attachent comme si de rien n'était et regardent ensuite le chauffeur.

– On y va ? demande Anna.

– On n'est pas arrivés si on fait du surplace comme ça ! renchérit Abbie.

– C'est quoi, ce bordel ? murmure Derreck.

– Ben quoi ? On vient avec vous !

– On ne raterait ça pour rien au monde !

Je suis stupéfaite de les voir aussi souriantes de chaque côté.

– Mais comment… ? demandé-je, stupéfaite.

– On vous a entendus, depuis le salon, m'explique Anna.

– On avait peut-être un peu ouvert la fenêtre pour mieux entendre… confesse ensuite Abbie.

– Oh, non, certainement pas ! rugit Derreck.

– Du calme, Ken, on a 18 ans toutes les deux donc tu ne risques rien si tu sors de l'État avec nous, le rassure Abbie.

– Et nos parents sont au courant ! ajoute Anna.

– Enfin, ils le seront dès qu'ils auront trouvé le mot…
chuchote Abbie à mon intention.

Je manque d'éclater de rire mais je me retiens. Morgan
semble avoir entendu car je vois ses épaules tressauter devant
moi.

– Mia ! m'interpelle Derreck, à la recherche de soutien.

– Tu les as entendues, elles sont majeures. Et on perd du
temps à discuter. Autant les emmener avec nous !

– Je vote pour ! me soutient Morgan.

Derreck devient tellement rouge que je crois qu'il va finir
par s'étouffer à force de nous voir nous liguer contre lui. Il
nous fixe l'un après l'autre avant de soupirer, vaincu.

– Vous allez me tuer… Si jamais leurs parents me font un
procès, vous aurez intérêt à témoigner pour moi !

Et sur ces mots, il démarre, sous les acclamations des
jumelles. Je lui souris dans le rétroviseur intérieur et il me
fusille du regard mais j'aperçois l'ombre d'un sourire au
coin de ses lèvres.

Je suis quand même soulagée en quittant la ville, et sachant
que je ne suis pas seule à partir au fin fond du Nevada pour
aller chercher l'homme de ma vie.

Même si je l'aurais fait.

À genoux, s'il l'avait fallu.

45

Sept heures et quelques plus tard, nous garons la voiture sur le parking du bar.

Malgré notre départ tôt dans l'après-midi, un accident au niveau de Cedar City nous a fait perdre plus d'une heure. Sans compter les nombreuses pauses pipi des jumelles. J'ai bien cru que Derreck allait faire demi-tour un million de fois mais il a serré les dents et continué de nous conduire vers Henderson. J'ai eu peur d'arriver après le concert, mais le parking rempli et les basses assourdissantes provenant de l'intérieur du bar me rassurent.

Ils sont toujours là.

Et j'espère que Tobias est avec eux…

– Tu ne sors pas ? me demande Morgan.

Il a pris place sur la banquette arrière lors du dernier arrêt pour me permettre de reposer mon cou plus confortablement à l'avant. Et contre toute attente, il s'est très bien entendu avec les jumelles, au grand dam de Derreck.

Je fixe le bar, le ventre noué et la gorge sèche.

– Dans un instant…

Je déglutis avec difficulté en réalisant qu'il est peut-être à quelques mètres de moi. Je rêvais de le rejoindre, et maintenant que j'y suis, je suis pétrifiée.

– Ça va bien se passer, Mia… murmure Anna.

– Il t'aime depuis tellement longtemps, il acceptera de t'écouter, renchérit sa sœur.

Je leur souris gentiment avant de retirer ma minerve. Je cache quand même mes bleus sous le foulard qui me sert d'écharpe. Autant éviter d'arriver avec des marques de

542

strangulation devant lui…

OK. Quand il faut y aller… Il faut y aller.

Je relève brusquement les yeux vers l'entrée du bar en entendant de nouveau sa voix.

Elle est là.

Calista est là. Et elle me regarde en souriant depuis la porte d'entrée du bar. Je suis tellement soulagée de la voir que je manque de m'effondrer. Mais elle fronce les sourcils et me menace du regard en secouant la tête.

– Non ! Pas maintenant, Mi ! Tu vas rentrer dans ce bar et aller récupérer ton mec, OK ? Tu pleureras après.

Je ferme les yeux en inspirant profondément pour me calmer. Quand je retrouve un semblant de sérénité, je sors de la voiture, rapidement suivie par les autres.

– Hey ! Vous faites quoi, là ? Vous n'avez pas l'âge légal pour entrer dans un bar, interpelle Derreck. Vous restez dans la voiture !

Les jumelles le dévisagent un long moment avant d'éclater de rire.

– T'es sérieux ?

– Comme si on allait oublier nos fausses cartes d'identité !

Je pouffe en refermant la portière alors qu'il me supplie du regard de le soutenir.

– Désolée mais elles ont fait sept heures de route, ce serait injuste de les laisser attendre sur le parking, non ?

Il cligne plusieurs fois des yeux, pas certain d'avoir compris ce que je venais de dire, puis se tourne vers Morgan.

– Aide-moi, toi, au moins !

Mais il se contente de lever les mains pour décliner toute responsabilité.

– Désolé. J'ai fait pire, à leur âge…

– Ah ! s'exclame Abbie.

Je sens Derreck sur le point d'exploser une nouvelle fois, et il se frotte les yeux en comptant jusqu'à dix avant de claquer la porte d'un geste rageur puis de nous dépasser d'un pas énervé vers la porte d'entrée et le videur.

– Il se calmera. Je le calmerai, me rassure Morgan en posant une main dans mon dos alors que nous le suivons.

Je lui souris sans répondre.

Je n'y arrive plus, mon ventre se tord d'appréhension et ma gorge est nouée par la panique. Je sens même mon cœur battre de plus en plus vite alors que nous nous approchons de la porte du bar.

– Tout va bien se passer, me murmure-t-il quand mes mains se mettent à trembler.

Après une rapide vérification de nos cartes d'identité respectives, dont les fausses des jumelles, le videur nous laisse entrer dans le bar[1].

Je cligne des yeux pour m'habituer à l'obscurité et avance d'un pas prudent alors que des notes de guitare s'élèvent dans la pénombre. Pas de lumière sur la scène, juste un projecteur placé derrière le groupe, ce qui les transforme en ombres chinoises. Je me détourne rapidement d'eux et balaie la salle des yeux pour le chercher.

Mais pas de trace de Tobias.

Mon cœur tambourine contre ma cage thoracique alors que je me dis qu'elles se sont trompées, qu'il n'est pas là…

J'ai fait sept heures de route pour rien.

Je tente un regard angoissé vers le bar et m'en approche, mais je ne le vois pas non plus. Je commence à respirer plus fort, à paniquer en me disant que je ne le retrouverai pas, que j'ai laissé s'échapper l'unique chance de lui dire que je l'aime… lorsqu'une voix que je connais trop bien résonne dans les amplis autour de nous.

Je me fige en entendant ce timbre rocailleux que je reconnaîtrais entre mille pour l'avoir entendu me chanter des chansons douces, ou me murmurer des promesses dans le creux de l'oreille.

---

1. Je conseille Kaleo avec « I Can't Go On Without You » en fond sonore.

Mes jambes flageolent et je me retiens au comptoir avant de pivoter avec lenteur vers la scène. Les lumières de la salle s'allument progressivement alors qu'il chante face au micro, les yeux fermés.

Je sens ma respiration se saccader quand je le vois enfin. Le visage penché vers le micro, les paupières closes, les traits contractés alors qu'il chante une chanson évoquant le départ d'une femme.

« *I can't go on without you...* »
(Je ne peux plus continuer sans toi...)

Je marche d'un pas lent, hypnotisée par sa voix. Comme si je n'avais plus aucun pouvoir sur mon corps. Il est attiré par lui, par son aura, par la colère qui émane de ses traits alors qu'il joue en fronçant les sourcils, se vengeant sur sa guitare. Je pose un pas devant l'autre, pas après pas.

Sans me presser, jusqu'à me caler juste devant la scène, sous lui. Mais il ne me voit pas. Il achève la chanson sur des notes douces après avoir hurlé dans le micro, le corps tendu comme un arc.

Je suis suspendue à ses lèvres, comme toutes les personnes présentes. Il semble tellement malheureux, tellement habité par ce qu'il chante que mon cœur se serre. C'est moi qui l'ai mis dans cet état. C'est moi qui l'ai brisé...

Et à le voir comme ça, je ne sais pas si j'arriverai à le convaincre de me laisser parler.

Je ne sais pas s'il me laissera lui expliquer à quel point j'ai eu tort, à quel point je regrette de lui avoir fait ça.

Et à quel point je l'aime...

Alors que je suis perdue dans mes pensées, un silence se fait autour de nous. Je réalise alors qu'il m'a vue.

Il me fixe, les mâchoires contractées et je sens mon estomac faire une pirouette désagréable.

Tobias... Laisse-moi t'approcher... Laisse-moi te parler...

Je lui parle à travers mes yeux en le suppliant mentalement de ne pas me rejeter mais il recule avec lenteur en continuant de me fixer avec dégoût.

Non… Non, reviens, s'il te plaît…

Mais il ne m'entend pas et je sens mon cœur se briser alors qu'il s'éloigne peu à peu puis se retourne finalement sans même m'accorder un regard. Je retiens un sanglot quand une main se pose sur mon épaule et m'intime de reculer.

– Laisse-le, Mia… Il n'est pas prêt, apparemment, murmure Derreck.

Je pose une main sur ma bouche en le regardant encore alors qu'il me tourne le dos, les épaules contractées, alors que les autres musiciens me fixent également, comme toutes les personnes présentes autour de nous. Derreck me force à faire un pas en arrière, puis deux, mais mon corps se rebelle et refuse de reculer plus.

Mi, ne fais pas ça… N'abandonne pas maintenant… me supplie Calista à côté de moi.

Je ne veux pas abandonner, je refuse d'abandonner mais il ne veut pas me voir.

Et maintenant, c'est moi qui ai le cœur brisé.

Je concède un nouveau pas en arrière à Derreck, sous les yeux suppliants de Calista, qui m'intime de revenir à ma place.

Mais quelle est ma place, maintenant ?

Sûrement plus avec lui… Il vient de me le faire comprendre.

Un nouveau pas en arrière.

Un nouveau sanglot.

Le silence se fait dans la salle.

Puis un fracas retentit quand Tobias jette au sol la guitare qu'il tenait à la main. Je le vois ensuite sauter de la scène pour venir se poster devant moi, le visage furieux.

– Qu'est-ce que tu fous là, Mia ?

Le sang bat à mes tempes. Son regard farouche me file la frousse. La foule s'est écartée pour nous encercler et ne rien manquer du spectacle qui est sur le point de se jouer.

Autant aller directement sur la scène qu'il vient de quitter…

– J… je suis venue pour te parler… bredouillé-je, intimidée.

– Je n'ai plus rien à te dire.

Son ton est sec et sans appel. Et il brise les derniers lambeaux de mon cœur.

– S'il te plaît, Tobias…

– DÉGAGE !

Je sursaute à son hurlement et porte les mains en prière devant mes lèvres pour retenir un sanglot, les yeux brûlants. Merde, ça ne se passe pas du tout comme prévu et je commence à me sentir mal.

– Hey, mec, calme-toi, intervient Derreck dans mon dos. Elle a eu assez d'émotions fortes pour le week-end, alors baisse d'un ton !

Tobias le fusille littéralement du regard. Les mâchoires contractées, les muscles bandés, les poings serrés : son corps entier n'est plus que colère. Son regard assassin se pose de nouveau sur moi.

– Sérieusement ? Tu es venue avec ce mec ?

Je me sens un peu honteuse de ne pas y avoir pensé. Il nous a vus partir ensemble, alors venir avec Derreck et Morgan n'était pas forcément l'idée du siècle.

– Tobias, laisse-moi t'exp…

– « Ce mec » est un ami et il apprécie moyen que tu traites Mia comme ça, m'interrompt Derreck en venant se mettre entre nous.

Il me repousse d'une main et fait face à Tobias. La tension est à son paroxysme et je commence à sérieusement paniquer quant à la suite des événements. Je ne supporterai pas une nouvelle altercation ni de devoir expliquer ce qui s'est passé à un policier. Je ne me suis finalement toujours pas remise de l'interrogatoire après la mort de Calista et l'agression de Gérald. Morgan voit que je commence à paniquer et se poste à côté de moi en soutien. Je sens mon corps trembler de peur.

Non, tout sauf ça, je suis venue pour lui parler, pas pour créer une bagarre.

– Je sais pertinemment qui tu es, mec, lui répond-il, peu impressionné.

Ils font la même taille et Derreck est un peu plus large d'épaules que Tobias. Mais Tobias est tellement contracté que je ne doute pas un seul instant de sa puissance, si ces deux-là en venaient aux mains.

– Tu veux quoi, Mia ? M'humilier encore plus, c'est ça ?

Il me regarde par-dessus l'épaule de Derreck et je sens mes jambes flancher. Si je me sentais coupable avant, ce n'est rien à côté de ce que je ressens maintenant. Son ton a légèrement changé, et même si je le sens encore sur le point de perdre son calme légendaire, sa voix a une intonation désespérée qui me tord les boyaux.

Rien que son timbre éraillé me donne envie de venir le prendre dans mes bras, mais je sais pertinemment qu'il me repousserait.

Et ça me fait me sentir encore plus impuissante face à la situation qui dégénère sous mes yeux. Je n'arrive toujours pas à dépasser cette peur qui me ronge. Je pensais aller mieux depuis l'arrestation de Gérald, mais face à l'homme que j'aime, je tremble encore de panique.

Mais merde, Mia ! Bouge-toi !

– Oui Mi, bouge-toi. Très vite.

Ma peau se couvre de chair de poule lorsque j'entends la voix de Calista. Je la vois même me regarder en croisant les bras et en secouant la tête.

– Mais qu'est-ce que tu fais ? BOUGE, MI !

Je sursaute à son cri et cligne des yeux. L'image de la longue chevelure de Cal disparaît de mon regard et je vois de nouveau Tobias et son visage fermé, dur. Je prends une grande inspiration et repasse devant Derreck en lui faisant signe que tout va bien avant de regarder Tobias dans les yeux. Mais il fixe de nouveau le grand blond derrière moi.

– Riche, avec une situation, un job prestigieux et un appartement chic dans une putain de grande ville…

Il a un sourire amer en le détaillant, puis il baisse les yeux vers moi.

– Je n'avais aucune chance, c'est ça ?

Les larmes me montent aux yeux. Mon Dieu… Il pense vraiment que c'est la raison pour laquelle je l'ai quitté et que je n'ai jamais répondu à ses appels ? ? Cette insinuation à elle seule me donne envie de vomir.

– Tobias, écoute ce qu'elle a à te dire, intervient Abby en se postant à côté de nous avec sa sœur.

– Ne t'en mêle pas, s'il te plaît, Ab. Vous en avez déjà assez fait comme ça en la ramenant ici.

– Putain ! T'es toujours aussi con, sérieusement ! s'écrie Anna en croisant les bras, synchrone avec sa sœur jumelle.

– Et vous, vous vous mêlez de ce qui ne vous regarde pas !

– Tobias, s'il te plaît, tenté-je en posant la main sur son bras, mais il se dégage comme si je l'avais brûlé.

Je suis sonnée par sa réaction. Il vient de me repousser. J'ai tenté de le toucher et il m'a repoussée…

– Il est blessé, Mi… Ne t'arrête pas à ça, s'il te plaît…

Mes yeux hagards rencontrent le regard bleu de Calista, derrière lui, me suppliant de ne pas abandonner. Puis elle disparaît de nouveau en bougeant, ce qui me force à le regarder.

– Ne me touche pas, siffle-t-il entre ses dents serrées. Tu en as perdu le droit en me larguant pour revenir avec l'autre connard.

– Hey ! crie Derreck d'une voix ferme. Tu restes poli, gamin !

– C'est toi qui vas te calmer ! Le « gamin » en question a baisé ta meuf !

Sa phrase me fait l'effet d'une gifle retentissante et des hoquets de stupeur s'élèvent autour de nous alors que ma poitrine se brise en un millier de morceaux épars. Je ne respire plus. Je crois même que mon cœur s'est arrêté de battre.

– Outch… OK, il a l'air assez remonté, le Tobie, finalement… s'étonne Cal en écarquillant les yeux.

– Putain, Mia, un seul mot et je lui fracasse la figure, siffle Derreck dans mon dos.

Je le retiens d'un geste, sans me retourner, les yeux fermés.

– S'il te plaît, Derreck… le supplié-je. Tu envenimes la situation.

– Je t'ai toujours dit que ce mec ne servait à rien, Mi.

– Oui, « s'il te plaît, Derreck », me singe Tobias en le fusillant du regard.

Je ne sais plus où donner de la tête, entre mes hallucinations sur Calista, Derreck derrière moi qui menace de lui sauter à la gorge et Tobias. Il est dur, et je sens qu'il veut me faire du mal. Autant que je lui en ai fait. Je le mérite amplement…

– Oh, ça va, il va survivre, Mia !

Tais-toi, Cal !

– Moi, ce que j'en dis…

Il recule d'un pas en riant tristement.

– Pourquoi vous ne rentreriez pas chez vous dans votre super appart avec votre fric à la pelle, hein ? Histoire de laisser le « gamin » ramasser son cœur par terre…

La bile me monte de nouveau à la gorge et je tente de lui faire comprendre qu'il se trompe. J'en ai besoin, je veux pouvoir effacer le regard d'animal blessé qu'il pose sur moi.

– Tu ne comprends pas… Ça n'a rien à voir avec l'argent ou Derreck, tenté-je d'argumenter, la voix tremblante, pour essayer de calmer l'escalade émotionnelle qui se déroule devant mes yeux.

– Alors c'est quoi, Mia ? L'âge ? La mort de Calista ? S'il te plaît, ne te sers pas de ça pour te justifier…

Je déglutis en baissant les yeux, honteuse. J'ai laissé les préjugés des gens autour de nous prendre le dessus sur mes sentiments à cause de son âge. J'ai laissé la mort de ma meilleure amie m'enterrer au milieu d'un problème qui n'existait que dans ma tête.

– Comme moi, en fait.

À cause d'un détail à la con qui ne veut rien dire, je l'ai foutu en l'air. Il n'a plus rien à voir avec le Tobias que j'ai retrouvé, celui qui m'a fait frissonner, qui m'a fait rire… le Tobias souriant, décontracté, plein de vie et de lumière. Celui que j'ai en face de moi est tellement sombre et malheureux que je sens mon cœur se fissurer.

Je l'ai brisé…

Il éclate d'un rire amer et recule d'un pas, sonné.

– Va-t'en, Mia…

J'étouffe un sanglot dans ma poitrine. Je n'arrive pas à parler, je n'arrive pas à sortir les mots pour lui expliquer ce qui m'a fait peur. Ce qui m'a fait battre en retraite, ce qui a été important à mes yeux, au point de le détruire en partie. Aucune excuse ne pourra jamais réparer ça…

– Mi, fais quelque chose, là, n'importe quoi !

Calista le désigne d'un geste impuissant en attendant que je me décide à parler. Comme je ne réponds pas, il secoue la tête, les yeux brillants d'une émotion trop puissante puis tourne les talons.

– MI !!

– J'AI PEUR ! hurlé-je pour le retenir.

Ma phrase le fait s'immobiliser et il redresse la tête mais ne se retourne pas. C'est ma dernière chance de lui expliquer. La dernière.

– Alors, saisis-la.

– Quand Calista est partie, j'ai vu une partie de ma vie se briser. Et j'ai réalisé que, quand tu allais me quitter, je serais détruite…

Mes émotions se bousculent et ma voix est enrouée par les sanglots trop longtemps contenus.

– Parce que je savais que tu finirais par me quitter un jour ou l'autre, Tobias. Le jour où je commencerais à parler d'enfants, le jour où je commencerais à vieillir, ou encore…

Ma voix se brise et les larmes ruissellent sur mes joues.

– Je n'aurais pas pu le supporter. Te savoir avec une autre, plus jeune, plus belle…

Je tente d'inspirer profondément pour me calmer, mais rien n'y fait. Je suis sur le point de craquer complètement, de me dissoudre dans la peine qui me bouffe de l'intérieur depuis plusieurs mois. Derreck pose une paume apaisante sur mon épaule alors que les jumelles portent chacune une main tremblante à leur bouche. Je suis misérable, et le bar entier est témoin de ma lâcheté. Mais je n'en ai plus rien à faire, c'est ici et maintenant que ça doit se finir, que je dois tout lui avouer.

– Je t'aime tellement que ça me détruit…

Ses épaules se tendent de façon imperceptible.

– C'est comme si j'avais enfin commencé à respirer le jour où tu m'as embrassée. J'ai tellement besoin de toi que ça me file une frousse de malade. Je suis censée être la plus âgée, la plus mature mais je ne suis rien sans toi. Je ne suis déjà plus que la moitié de moi-même sans elle… Si tu t'en vas, le peu qui reste disparaîtra. Il ne restera rien. Rien du tout… Si tu me quittes, je mourrai. Alors je l'ai fait avant toi. Avant que tu le fasses à ma place. Putain, Tobias, je…

Il tourne légèrement la tête par-dessus son épaule mais ne dit rien.

– S'il te plaît, Tobias… articulé-je, le visage ruisselant de mes larmes cuisantes.

– Allez, Creepy Tobie… Tourne-toi…

Il se retourne enfin. Enfin…

Ses yeux me sondent et je le sens toujours tendu, mais il ne m'interrompt pas pour me dire de partir. Un bon début, déjà…

– Je n'ai aucune excuse, je reprends. Je sais que je n'ai aucune excuse… Je… je…

Je n'arrive plus à m'exprimer et je ferme les yeux quand mes larmes redoublent d'intensité. Puis je réussis enfin à parler en fixant un détail insignifiant, à ma gauche.

– Je ne te demande pas de me pardonner.

Mes mains tremblent et je porte machinalement un doigt à mes lèvres pour tenter de me reprendre. De faire quelque chose de ce corps qui me trahit.

– Je veux juste discuter avec toi, et t'expliquer… pourquoi. Juste ça.

Il baisse les yeux et regarde de côté avant de finalement me faire face.

– Pas ici.

Je sursaute et ferme les yeux à son ton sec et cassant. Ma pitoyable déclaration en public n'a pas eu l'effet escompté. Celui qui nous fait éternellement croire que ça fonctionne dans les films romantiques, au cinéma, est un putain de menteur ! Tout ce que j'ai réussi à faire, c'est me rendre ridicule en public, et énerver encore plus Tobias. Je viens de cracher mon cœur et mes entrailles dans ce bar et ça n'a servi à rien.

À rien du tout.

– Tu ne le sais pas encore, Mi…

– Prends tes affaires, Mia.

J'inspire brusquement. Sa voix s'est radoucie et il s'est déplacé jusque devant moi. Mais je n'ose pas ouvrir les yeux par peur de ce que je pourrais voir dans les siens. Quand j'ose enfin le faire, ils ne sont plus aussi sombres et une lueur d'espoir ressurgit. Il me regarde comme s'il me voyait pour la première fois. J'expire l'air que je retenais malgré moi dans ma poitrine.

– Continuez sans moi, indique-t-il aux autres avant de me prendre par le coude pour m'emmener doucement vers la sortie.

Je me laisse faire, mais Derreck me retient en posant sa paume sur mon autre bras.

– Tout va bien, le rassuré-je.

– Je ne suis pas rassuré à l'idée de te laisser seule avec lui.

– Bon, sérieusement, Derreck, ferme-la.

La main de Tobias se contracte sur mon coude et je recommence à paniquer.

Non, non, non, non ! Il commençait enfin à se calmer et Derreck est en train de tout foutre en l'air ! Je me dégage définitivement de son emprise et me rapproche de l'homme que j'aime.

– Tout va bien, articulé-je en appuyant lourdement sur chaque mot et en soutenant son regard pour lui faire comprendre que ma décision est prise : je pars avec lui.

J'entends Tobias inspirer fortement dans mon dos comme s'il était soulagé par ma prise de position.

– Bien joué, Mi.

– Bien, concède Derreck. Mais je t'appelle tout à l'heure. Si tu ne réponds pas, j'appelle les flics.

– Yo, Horatio Caine ! intervient Anna. Reste cool, mec. C'est notre frangin, pas un criminel, OK ?

Je souris malgré moi et regarde Tobias quand il presse de nouveau mon bras pour me faire signe de le précéder. Je le suis ensuite sur le parking après avoir récupéré mon sac dans la voiture de location, que Derreck ouvre à distance depuis l'entrée du bar. Il nous fixe quand nous montons dans la voiture et je sens que son zèle à nous surveiller rend Tobias de nouveau furieux. Je pose une main apaisante sur son bras quand il passe la marche arrière et ce contact le fait sursauter. Il regarde mes doigts sur sa peau tatouée un long moment, sans rien dire, sans même lever les yeux vers moi. Le temps se suspend pendant plusieurs secondes puis il recule en se dégageant doucement. Je n'essaie pas de le retenir et je le laisse nous conduire je ne sais où. Je me contente de contempler la route qui défile par la fenêtre.

Honnêtement, je n'attends plus rien.

Tout ce que j'espère, c'est pouvoir lui parler.

Juste ça, lui parler.

46

Au bout d'un moment qui me semble interminable, il quitte enfin la nationale pour se garer sur le parking d'un motel et descend sans rien dire. Je le suis, le cœur lourd, quelques pas derrière. J'en profite pour l'observer tout mon soûl. Je ne sais pas si tout va s'arranger après cette explication, alors je veux me gorger de souvenirs de lui pour nourrir mon âme douloureuse de ces images quand je serai au fond du gouffre. Il monte directement à l'étage par l'extérieur et sort un jeu de clés de sa poche avant de déverrouiller une porte et de s'engouffrer à l'intérieur en la laissant ouverte pour moi. Je baisse les yeux en triturant l'anse de mon sac à main, intimidée, et inspire un bon coup avant de rentrer pour le rejoindre. Il est dans la chambre, éclairé par la lumière tamisée d'une petite lampe de chevet, et a enlevé son T-shirt pour s'essuyer le visage avec.

Je me fige, la main sur la poignée, subjuguée par la vue qui s'offre à moi.

– Je vais me rafraîchir, fais comme chez toi.

Il désigne d'un geste ample la chambre que je devine être la sienne. Des vêtements traînent sur la chaise dans un coin, une bible est posée sur la table de chevet, et des papiers sont posés en désordre sur le petit bureau contre le mur.

Il va dans la petite salle de bains contiguë et ferme la porte derrière lui, me laissant seule dans la pièce. Je l'entends ouvrir le robinet à fond et l'eau s'écoule dans le lavabo alors que j'enlève mon manteau et défais mon foulard sans l'ôter totalement[1]. Je m'approche lentement du bureau pour poser

---

1. Je conseille « Young and Beautiful » de Lana Del Rey en fond sonore.

mon vêtement sur la chaise et regarde les partitions éparses qui le jonchent.

Apparemment, la situation a été plus qu'inspirante pour lui parce que je trouve au moins cinq ébauches ou chansons complètes sur les feuilles étalées devant moi. Et chacune des paroles écrites me brise le cœur. Tout est tellement sombre, tellement triste…

Je prends quelques feuilles dans mes mains et les parcours quand le bruit d'une porte dans mon dos me fait frissonner. Je lève les yeux et croise son regard dans le miroir, face à moi. Il ne parle pas et m'observe gravement. Je ne cherche pas non plus à engager la conversation. Même si, à l'origine, je suis venue pour ça.

Mais quelque chose dans ses yeux me coupe la parole, et me fait presque trembler…

Il continue de m'observer quelques secondes avant de parler, d'une voix presque éteinte.

– Dis-le…

Mon ventre se tord et je fronce les sourcils. Je ne suis pas certaine de comprendre ce qu'il demande.

– Quoi ?

– Tu sais très bien.

Je sens ma peau se hérisser quand il avance lentement sans quitter mes yeux et s'immobilise à quelques centimètres à peine derrière moi. Je reste fixée sur son reflet et mon cœur bat de plus en plus fort, de plus en plus violemment contre mes côtes, comme s'il cherchait à s'échapper de ma poitrine pour fuir le surplus d'émotions qui menace de le submerger…

– Dis-le-moi, Mia…

Sa voix n'est plus qu'un murmure et je ferme brièvement les yeux en déglutissant avant de croiser de nouveau son regard dans le miroir. Je peux sentir la chaleur qui émane de son corps et traverse mes propres vêtements. Ses cheveux sont légèrement humides, comme s'il y avait passé une main mouillée. Quelques gouttes brillent d'ailleurs encore sur ses épaules nues. Il est tellement beau que j'en perds le souffle.

– Je t'aime…

J'ai à peine soupiré ces trois mots.

– Je t'aime tellement que ça me fait peur… je reprends, à peine un peu plus fort.

Il inspire brutalement et passe une main brusque autour de ma taille pour plaquer mon dos contre son torse.

– Encore… gronde-t-il d'une voix ténue.

– Je t'aime…

Sa main libre glisse dans mes cheveux et empoigne mes mèches brunes avant de me tirer la tête en arrière, vers son épaule. J'ai mal mais je me laisse faire, envahie par un sentiment mêlé de plénitude et de douleur.

– Encore…

– Je t'aime…

J'accède à sa requête en murmurant, sans sourciller, les yeux fermés. Je suis prête à le répéter inlassablement, jusqu'à ma mort, s'il le faut, s'il en a besoin. Il plonge sur mon épaule pour inspirer contre ma peau.

– Encore, putain, encore…

– Je t'aime, je t'aime, je t'aime, je t'aime…

Je le chuchote encore et encore, comme une litanie, comme une formule magique qui me permettra enfin de le délivrer de l'état dans lequel je l'ai mis. Il me retourne brutalement vers lui pour m'embrasser en grondant contre mes lèvres. Rien n'est doux dans ce baiser, rien n'est romantique ni tendre, mais c'est comme si mon corps revenait enfin à la vie.

J'inspire son propre souffle pour respirer à nouveau, je me réchauffe à la chaleur de son corps contre le mien, et mon cœur bat de nouveau au rythme de celui qui tambourine contre sa poitrine…

Je me laisse faire quand il me force à reculer vers le lit, les mains accrochées aux siennes, alors qu'il tient mon visage d'une poigne de fer. Je n'oppose aucune résistance à sa

domination. Ce soir, c'est lui qui dirige, qui mène les opérations. Je veux juste le retrouver. Être contre lui, avec lui.
Mon foulard est rapidement jeté par terre, suivi de près par
mes vêtements.

Cette fois-ci, c'est moi qui suis entièrement nue et lui
encore habillé. Il n'a plus son T-shirt mais quand il m'allonge
de force sur le lit, sans jamais quitter ma bouche, il porte
encore son jean et ses chaussures. La boucle de sa ceinture
me fait mal quand il s'étend contre ma peau mais je ne
proteste pas. Il interrompt enfin le ballet de nos bouches et
quand il s'écarte, c'est pour plonger dans mes yeux.

Je sais exactement à quel moment il remarque les bleus
sur mon cou. Ses sourcils se froncent alors qu'il pose un
pouce sur une des marques. Mais je n'ai pas envie d'en
discuter maintenant. Je saisis sa main et lui intime, d'une
simple pression des doigts, de me regarder de nouveau.

– Plus tard…

L'instant est lourd. Il ne répond pas et je ne dis plus rien.
J'essaie de lui faire comprendre l'étendue de mes sentiments
pour lui de façon presque télépathique. Les mots n'ont plus
leur place, ce sont les corps qui parlent et le mien hurle. Il
me hurle qu'il a besoin de lui. Tobias accède à ma requête
et reprend ses baisers tout en descendant une main impatiente
sur mon sein, griffant ma peau au passage, puis sur ma taille,
mes hanches et enfin entre nos deux bassins. J'apprécie qu'il
ne me manipule pas comme une poupée de porcelaine malgré
les preuves de mon agression. Je ne voulais pas ça. Je sursaute
quand même au contact de ses doigts et expire par saccades
alors qu'il me caresse sans douceur. J'ai presque l'impression
qu'il veut me laisser des traces ou de nouveaux bleus, comme
s'il essayait de me marquer.

Il n'en a pas besoin, je suis déjà entièrement à lui. Je le
laisserai me martyriser délicieusement. Je le fais, la respiration saccadée. Jusqu'au point culminant où je gémis,
cambrée sous lui. Il étouffe mes sanglots de ses lèvres chaudes

et je finis de crier dans sa bouche exigeante. Il ne m'a pas lâchée un seul instant pendant l'orgasme bouleversant qu'il vient de me donner et qui me brise en deux.

Je ne suis plus qu'un tourbillon de sensations et d'émotions sur le couvre-lit. Ma peau fourmille sous l'afflux brutal de sang qui rugit dans mes veines, fait battre mon cœur plus fort et couvre ma peau d'une multitude de points et plaques rouges. Il a réussi. Il m'a marquée.

À vie.

Depuis le début, c'était lui.

Même enfant, Tobias a toujours été intense, sombre, curieux, lumineux, intimidant, parfois.

Vibrant.

Toutes ces années à vivre puis tout perdre n'étaient qu'une vaste parodie de ce que j'allais ressentir entre ses bras.

Il se redresse soudain sur les genoux et m'emporte avec lui alors que je suis presque inconsciente et vidée. Mais mes bras se referment naturellement autour de son cou alors qu'il m'observe, le visage grave et les sourcils froncés. Je dois ressembler à une folle, les cheveux emmêlés, le cou meurtri et les yeux hagards. J'arrive à peine à garder les paupières ouvertes mais je me force à lutter contre l'engourdissement pour le regarder aussi et lui parler.

– Dis-le…

Il pose une main douce et légère sur ma joue, sans pour autant répondre.

– Dis-le, Tobias. S'il te plaît…

Ma voix n'est plus qu'une supplication désespérée. Il inspire profondément et ferme les yeux avant de poser son front contre le mien. Mais il ne parle toujours pas.

Il refuse de me le dire.

Alors qu'il me l'avait déjà dit.

Ce constat rompt les dernières digues qui tenaient encore debout dans mon esprit et je fonds en sanglots incontrôlables, en resserrant mes bras autour de son cou. Je ne cherche même plus à refréner mes émotions. Tout ce qui compte, c'est de le sentir contre moi. De lui faire comprendre que j'ai besoin de lui, que je ferai tout pour mériter qu'il me le dise en retour.

Qu'il n'ait plus jamais peur de me le dire…

J'inspire frénétiquement contre son cou en l'escaladant presque, comme si je cherchais à me fondre dans sa peau. Pour le souder définitivement à moi, pour fusionner avec son corps et ne plus jamais avoir à me séparer de sa chaleur.

– Calme-toi, Mia…

Sa voix douce ne fait que redoubler mon envie de m'accro-cher à lui, et ce sont finalement ses mains qui me décrochent de son cou. J'inspire douloureusement, la joue striée de traînées humides, dans une tentative pour me calmer enfin. Quand je réussis à retrouver un rythme cardiaque stable, j'essaie de le regarder dans les yeux mais il fuit mon regard. J'ouvre la bouche pour le supplier de me regarder mais il m'en empêche en m'embrassant profondément, puis m'allonge de nouveau sur le lit où il quitte ma bouche pour répandre une pluie de baisers sur mon corps meurtri par le chagrin de l'avoir perdu. Il se redresse finalement pour quitter ses derniers vêtements et vient s'allonger sur moi pour fusionner enfin.

Et je prends ce qu'il me donne sans demander plus.

Parce que je ne sais pas si j'aurai la possibilité de le tenir de nouveau dans mes bras un jour.

47

Je me réveille avec un mal de crâne épouvantable et une raideur douloureuse dans la nuque, comme si j'avais la gueule de bois. Tobias n'est pas dans le lit. Je me redresse en regardant partout mais je ne le vois nulle part dans la chambre. La salle de bains ouverte m'indique qu'il n'y est pas non plus. Je resserre le drap contre ma poitrine en inspirant frénétiquement. Il ne m'aurait pas laissé seule ici, non ?

Je me rappelle soudain que je devais tenir Derreck au courant. Je m'enroule dans le drap, me précipite sur mon sac et quand je déverrouille mon téléphone, je vois sept appels en absence. Je grimace et compose son numéro.

– MIA !

Sa voix tonitruante achève de me réveiller et accentue mon mal de tête.

– Tout va bien, Derreck, le rassuré-je.

– J'étais en train d'appeler les flics, putain !

– Tout. Va. Bien. OK ?

– Tu es encore avec lui ?

Je n'ose pas répondre. Les partitions sont encore là, et quelques vêtements. Mais rien de plus. Pas de guitare, pas de console de mixage ni même d'ordinateur. La panique me prend quand je réalise qu'il est peut-être bel et bien parti en me laissant seule.

– Mia ? s'inquiète Derreck.

– Je suis là… je…

Je ne finis pas ma phrase quand la porte de la chambre s'ouvre et qu'il apparaît enfin, avec deux gobelets de café dans les mains.

Le soulagement est tel que j'expire avec force. Il ne m'a pas quittée sans rien dire.

– Je te laisse.

Je ne permets pas à Derreck de répondre et lui raccroche au nez en regardant Tobias s'approcher, le visage sombre. Il ne me parle pas et me tend un gobelet en carton sans rien dire. Il ne me regarde pas dans les yeux mais observe mon cou. À la lumière du jour, les marques de mon agression ne peuvent plus disparaître. Je déglutis en baissant les yeux.

– Qu'est-ce qu'il s'est passé ?

Sa voix ne trahit aucune émotion. Il n'est pas plus doux qu'hier, ni plus furieux. Il me parle comme s'il s'adressait à une étrangère. Soudain, ma nudité face à lui me met mal à l'aise. Comme si j'étais en situation d'infériorité. Même si le drap me cache à sa vue, je me sens mise à nu.

– Je m'habille et je te raconte.

Il hoche la tête et j'attrape mes vêtements ainsi que mon sac avant de foncer dans la salle de bains. En fermant derrière moi, je m'adosse à la porte, le visage crispé. Je tente de me retenir mais une larme coule sur ma joue. Il me faut cinq bonnes minutes pour réussir à me ressaisir. Quand je suis enfin calmée, j'allume l'eau et lâche le drap pour laisser la vapeur m'envelopper alors que je monte dans la baignoire. Je garde le visage relevé sous le jet en laissant l'eau s'écouler sur moi, réchauffer mon corps et atténuer la raideur dans mon cou.

Cette nuit n'était pas vraiment ce que j'avais prévu. Même si je ne sais pas vraiment ce que j'avais prévu, au final…

Je voulais qu'il me laisse lui parler : il l'a fait.

Je voulais lui dire que je l'aimais : je l'ai fait.

Je voulais lui dire que j'étais désolée : je l'ai fait.

À bien y réfléchir, je devrais être heureuse, mais je sais que je me mens. Je voulais qu'il me pardonne.

Et ça, il ne l'a pas fait…

Je frotte doucement mon cou avec le savon, puis lave le

reste de mon corps avant de sortir de la douche. Je frotte mes cheveux avec douceur pour éviter de raviver la douleur dans mes cervicales, puis m'habille et avale un cachet.

Mon café est toujours sur le bureau, là où je l'ai laissé. Et Tobias est assis sur le lit, à m'attendre.

Il ne se lève pas à mon arrivée et je choisis de m'asseoir sur la chaise de bureau au lieu de le rejoindre sur le lit. Je sens de nouveau cette distance entre nous, malgré tout ce qui s'est passé cette nuit. Je pose mes mains moites sur mon jean et relève les yeux vers lui, anxieuse.

Je ne parle pas, j'attends qu'il fasse le premier pas. Il ne tarde pas à prendre la parole.

– Ton cou ?

J'inspire à fond avant de lui raconter les événements des derniers jours. Je lui dis tout : ma crise de larmes à New York, ma discussion avec Morgan, mon possible syndrome psychologique, la révélation sur le meurtrier de Calista, notre retour en urgence, le refus des policiers de nous écouter, et ma mission stupide. Mon idée lumineuse d'aller fouiner directement chez l'homme que je suspectais d'avoir tué ma meilleure amie. Je n'ai pas le temps de finir mon récit qu'il se lève comme un ressort.

– Tu as fait QUOI ? !

Je me recroqueville comme une huître devant sa fureur.

– Je suis allée chez lui, je reprends, mais il m'a surprise…

Je n'ose pas continuer quand je vois les poings de Tobias se serrer jusqu'à faire éclater le verre en carton qu'il tient. Le café se renverse sur le sol en linoléum et je regarde le liquide sombre progresser lentement vers moi.

– Les marques…

Mon menton tremble alors que je repense à cette journée traumatisante. Je tenais le coup, jusqu'ici, simplement parce que je savais que je devais le voir, mais à cet instant, je craque. J'éclate en sanglots incontrôlables, mon corps tremblant de tous ses membres.

Mais Tobias ne vient pas me consoler. au lieu de ça, il hurle de rage et fait les cent pas dans la chambre en tirant sur ses cheveux, en frappant de colère contre le mur. Le son de l'impact me fait sursauter et il se rend compte que son état ne fait qu'empirer le mien.

Alors que je continue de pleurer, en silence, maintenant, les yeux fermés, je sens sa main se poser sur ma cuisse et la presser doucement. Quand je regarde enfin, il est à genoux devant moi.

Et son visage ne porte plus le même masque d'indifférence. Une lueur d'espoir surgit dans ma poitrine.

– Il a essayé de te tuer ?

Sa voix n'est qu'un murmure mais je sens la rage contenue derrière les mots qu'il prononce. Je me contente de hocher la tête sans répondre. Ses doigts se plantent dans ma peau et je tressaille sous la douleur. Quand il s'en rend compte, il se lève comme un ressort et recule de plusieurs pas, sonné.

– Comment ?… Comment…

– J'ai réussi à me libérer assez pour reprendre de l'air et crier. Assez pour me faire entendre par les policiers qui étaient venus sur place grâce à Derreck et Morgan.

– Morgan ?

J'esquisse un faible sourire en le regardant.

– Son compagnon. Le compagnon de Derreck.

Ma phrase provoque un silence. Je peux lire toutes les émotions qui se succèdent sur son visage : la stupéfaction, la réflexion et enfin, l'instant où il réalise.

– Tu n'es jamais revenue avec lui, alors ?

Je lui souris gentiment en secouant la tête avec douceur.

– Non…

Si je pensais que ma réponse lui ferait du bien, c'est l'inverse qui se produit. Il recule, sonné, et s'assied comme un poids mort sur le lit, le visage tordu par la douleur.

Mais… mais qu'est-ce que… ?

– Tobias…

Il m'empêche de parler en levant une main entre nous.

– Non.

Sa voix est redevenue dure et cassante. Comme hier soir. Mon souffle se bloque dans ma gorge lorsque la panique revient en force. Il se renferme. De nouveau.

– Tobie…

Le surnom le fait réagir et il me foudroie du regard.

– Ne m'appelle plus jamais comme ça. Tu as perdu le droit de le faire le jour où tu m'as quitté.

Je manque de m'évanouir face à sa voix sèche. Qu'est-ce qu'il s'est passé ? Comment la situation a-t-elle pu dégénérer ? Je lui ai tout dit, j'ai mis mon cœur à nu et il le lacère comme un vulgaire torchon.

Une voix me chuchote qu'il me fait subir ce que je lui ai fait subir.

La même putain de chose.

Il venait de m'avouer qu'il m'aimait, qu'il ne me laisserait jamais tomber. Et qu'est-ce que j'ai fait ? Je l'ai abandonné…

La douleur est tellement vive qu'elle m'arrache des larmes brûlantes.

Je l'ai brisé. Je lui ai arraché le cœur, ce jour-là. Et il se venge.

– Tu as raison, murmuré-je.

Je le vois se figer alors que je regarde le mur à sa gauche.

– J'ai perdu tout droit sur toi… Je ne te mérite plus.

Je ferme les paupières sur une nouvelle vague de larmes amères.

Je ne dois pas craquer, il mérite mieux que ça.

– Je ne te demande pas de revenir vers moi. Je sais que je t'ai fait trop mal pour ça…

Il inspire profondément et j'ose enfin le regarder dans les yeux.

Je plonge dans ses yeux verts et j'y vois la même détresse que dans les miens. Nous sommes aussi déchirés l'un que l'autre. Moi de ne pas lui avoir fait confiance, lui de m'avoir trop fait confiance…

Je n'ai pas cru en notre histoire parce que j'ai été lâche. Et je refuse de lui imposer un choix alors que je n'ai pas été capable d'en faire un.

– Je vais rentrer. Seule.

Il ne répond pas, ne me demande pas de partir avec lui. Rien.

Mais je n'attendais rien de sa part. Je n'attends rien de lui. C'est moi qui vais attendre, pour une fois.

– Je sais que tu ne viendras pas. Et je ne te demande pas de le faire. Mais sache que je t'attendrai.

Il cligne plusieurs fois des yeux et fronce légèrement les sourcils, visiblement perdu.

– Je t'aime, Tobias… chuchoté-je. Assez pour te laisser du temps.

Je le vois déglutir avec peine et il baisse finalement les yeux. Quant à moi, je suis sereine. Certaine de mon choix et de ce que je dois faire.

Pour une fois dans ma vie, je sais exactement ce que je dois faire.

– Tu m'as attendue pendant des années, je reprends d'une voix posée, c'est à mon tour de le faire, maintenant. Alors prends le temps qu'il te faut, je patienterai.

Ses yeux verts se posent de nouveau sur moi et me sondent quand j'ai fini de parler. J'ai dit ce que j'avais à lui dire et je soutiens son regard sans faiblir.

Je ne regrette rien. Ni de l'avoir rencontré, ni de le quitter maintenant.

C'est à mon tour de lui laisser de l'espace pour respirer, comme il l'a fait après le festival, comme il l'a fait après l'enterrement.

C'est à moi de l'aimer assez pour partir.

Je me lève sans parler et passe mon manteau et mon foulard.

– Tu me ramènes au bar ? Je rentre avec les jumelles et les garçons, et j'imagine que tu dois continuer la tournée.

Je sens qu'il est perdu, je le vois à sa façon de froncer les sourcils, à ses yeux qui vacillent entre la porte et moi comme s'il réalisait que j'allais partir.

– Tu as besoin de temps, Tobias. Ne t'inquiète pas pour moi.

Il respire lourdement puis hoche la tête sans parler avant de se lever et de me précéder en attrapant ses clés de voiture. En sortant de la chambre d'hôtel, j'inspire à fond.

Je me sens… bien.

Je sais que j'ai fait le bon choix. Et cette sensation ne me quitte pas alors qu'il me conduit au bar dans un silence religieux. Quand il gare la voiture sur le parking, j'aperçois mes compagnons de route adossés à la voiture de location. Je souris de loin à Morgan et Derreck pour les rassurer avant de me tourner vers Tobias.

Il regarde devant lui et il lui faut un bon moment avant de me regarder enfin.

Un long regard. Plus de colère, plus de doutes, plus de ressentiment.

Un regard intense qui me confirme ce que je sentais. Ce que j'espérais.

Il m'aime encore. Il m'aime toujours…

Assez pour me permettre de croire qu'il reviendra vers moi quand il aura refermé ses blessures.

– Je t'aime.

Ma voix n'est qu'un murmure, presque silencieux. Il ne me répond pas mais un éclat brille dans ses yeux et me donne l'audace de me pencher vers lui pour déposer un léger baiser sur sa joue. Je m'y attarde plus longtemps que nécessaire et je le sens se pencher vers moi. À peine, mais assez pour me donner du baume au cœur.

Je m'écarte avec lenteur et lui souris une dernière fois avant de sortir de la voiture.

J'avance en souriant sur le parking et entends sa voiture reculer alors que Derreck s'approche de moi, le visage sévère[1].

– On peut savoir où il va ? s'énerve Derreck en me voyant

---

1. Je conseille Cloves, « Don't Forget About Me », en fond sonore.

marcher vers lui.

Je le retiens d'une main sur le torse alors qu'il s'avance vers la route sur laquelle Tobias manœuvre.

– Laisse.

Ma voix a le mérite de l'immobiliser et il m'obéit, non sans me regarder avec des yeux ronds.

– Il a besoin de temps, expliqué-je d'une voix posée.

Je me surprends. Je ne pensais vraiment pas que je serais aussi calme. Derreck soupire longuement avant de reculer de bonne grâce. J'avance vers Morgan et les jumelles, sans me retourner pour suivre des yeux la voiture de Tobias qui s'éloigne. Je lui dois bien ça. J'ai promis de lui laisser de la place pour respirer, pour réfléchir et je m'y tiendrai.

– Il fait sa tête de mule ? demande Anna en souriant faible-ment quand je les rejoins.

– Il en a le droit après ce que je lui ai fait subir, je réponds avec gentillesse.

Elles hochent la tête de concert en baissant les yeux. Nous ne parlons pas pendant un long moment. En même temps, je ne sais pas quoi dire, à part : « C'est comme ça. »

Tobias a le droit de ne pas savoir s'il veut revenir avec moi. Il a le droit de prendre son temps.

– Il est quand même un peu con, ne peut retenir Abbie.

J'éclate de rire et elles me sourient en retour. Je lance à Derreck un regard en coin et je sais qu'il se retient d'en rajouter une couche. Rien que pour ça, je le remercie menta-lement. Après toutes ces années, il reste quand même un de mes meilleurs amis. Il me connaît bien. Mais Tobias m'a fait comprendre à quel point nous nous étions trompés, lui et moi. Et ça me rassure.

– On rentre à Springville ? demande Morgan.

J'acquiesce doucement et ils se lèvent tous pour avancer vers la voiture de location. Morgan me laisse galamment la place à l'avant et s'installe à l'arrière avec les jumelles. J'inspire profondément en regardant la route vide devant nous et tourne une dernière fois le visage vers le bar alors que Derreck démarre. Mon visage se contracte quand je la vois, nonchalamment appuyée contre le mur.

Calista me sourit faiblement et m'adresse un léger signe de la main.

Mon cœur se serre alors que Derreck recule mais je ne la lâche pas des yeux. Je sais que c'est la dernière fois que je la vois. Je ne sais pas comment, mais je le sais.

Derreck manœuvre pour sortir de la place et mes yeux ne quittent pas sa silhouette. Elle porte la même tenue que le soir où je l'ai laissée à Salt Lake et elle pince les lèvres, visiblement aussi émue que moi.

Mon visage reste stoïque comparé au sien et je me contente de laisser une larme rouler sur ma joue quand nous nous apprêtons à quitter le parking. Je continue de la regarder alors qu'elle se redresse et amorce quelques pas dans la direction de la voiture, visiblement pas rassurée à l'idée de me laisser partir. Je lui souris avant de la perdre de vue, mais je la regarde dans le rétroviseur extérieur jusqu'au bout.

Je la vois sourire faiblement et marcher seule sur le parking désormais désert.

J'ai l'impression de l'abandonner.

J'ai l'impression de la laisser seule de nouveau.

Et mon corps se révulse. Mon cœur me crie de courir vers elle et de la serrer une dernière fois dans mes bras, mais je brasserais du vent. Elle n'existe que dans ma tête. Et pourtant, je l'entends clairement quand ses lèvres bougent.

– Je serai toujours là, Mi… d'une façon ou d'une autre.

Elle disparaît enfin de mon champ de vision et je ferme les yeux, submergée par l'émotion.

Je ne la verrai plus jamais. Elle n'a plus besoin de m'aider. À partir de maintenant, je suis seule.

Calista est partie.

Définitivement seule.

Mais ça ne me fait plus si peur, finalement…

48

– Et comme mon fils est absent ce soir, je laisse Maria Callas vous chanter l'Ave Maria. Elle le fera beaucoup mieux que moi.

Un léger rire parcourt l'assemblée réunie dans la chapelle en ce matin du vingt-cinq décembre, alors que le pasteur Miller lance la chanson. Je souris faiblement, bien que le cœur n'y soit pas vraiment. La maman de Calista serre ma main et je me force à sourire davantage pour elle. Je suis assise entre mes parents et les Jones. Aujourd'hui, Calista aurait eu 30 ans. Mais elle ne les atteindra jamais. D'un côté, elle ne quittera jamais la vingtaine et je sais que l'idée lui aurait plu. Je souris malgré moi en repensant à son histoire de Club des 27. Même si elle n'est pas partie au même âge que ces légendes, elle restera une légende, pour moi. La messe de Noël se finit et je me retiens de regarder la place vide au premier rang, celle qui aurait dû être occupée par Tobias s'il avait été là. Mais au moment de sortir, je flanche et déglutis en regardant le banc occupé par la famille Miller.

Judy ne m'a plus parlé depuis ma visite chez eux, il y a un peu moins d'un mois. Les jumelles me sourient en me croisant et Jake et Jonas restent polis avec moi, même si je sais qu'en leur for intérieur, ils m'en veulent d'avoir provoqué la scission de leur noyau familial.

Trois semaines que je n'ai pas eu de nouvelles de lui.

Trois semaines que je me torture, que je me retiens de composer son numéro.

Je lui ai dit que je respecterais son choix, tout comme il a respecté le mien au retour du Burning Man. Pourtant, j'ai tellement envie d'entendre sa voix, de savoir s'il va bien. J'ai tant à lui dire, tant de choses à lui raconter…

Le secret pèse sur mon cœur et mon corps comme un poids quotidien. Mon travail ne m'aide pas. J'ai démissionné. J'ai décidé de me lancer en solo, de monter mon propre cabinet de conseil financier. Certains de mes anciens clients ont accepté de me suivre, sans même que je le leur demande. Harvey n'a pas fait l'unanimité auprès de mon portefeuille de clients et ils étaient bien trop heureux de me voir revenir. Mais quand ils ont appris mon départ, à l'origine sans but précis, quelques clients m'ont demandé de garder un œil sur leurs placements. Au fil des jours, l'idée s'est imposée. Quitte à travailler dans la finance, autant être mon propre patron.

Je viens de finaliser les démarches administratives et j'ai officiellement posé ma nouvelle plaque sur la porte de mon petit appartement de Brooklyn. Rien de gigantesque, au contraire, je préfère me sentir chez moi dans un deux-pièces plutôt que seule dans un duplex.

J'ai quitté New York pour passer les fêtes avec mes parents en espérant qu'il serait là, mais les jumelles m'ont rapidement appris qu'il n'était pas revenu. Il donne peu de nouvelles à sa famille, mais apparemment il va bien.

C'est tout ce qu'il me faut pour continuer. Savoir qu'il va bien. Peu importe que je sois avec lui ou pas. Tant qu'il est heureux, je respecterai sa distance, même si je dois en souffrir…

– Mia ?

Je sursaute, perdue dans mes pensées, quand ma mère m'appelle doucement, et je réalise que je bloque le passage dans l'allée.

– Pardon…

Elle me sourit en retour, avec indulgence, et me suit quand je me mêle à la foule des paroissiens et sors de l'église. J'évite de serrer la main du pasteur en m'éclipsant sur le côté après avoir passé la porte et m'éloigne de quelques pas en attendant que mes parents discutent avec quelques-unes de leurs connaissances[1]. Je serre les bras autour de mon manteau en laine et avance sur le trottoir recouvert d'une fine couche de neige. Quelques flocons continuent de tomber doucement et je frissonne malgré moi. Mais je souffle légèrement pour créer une buée devant mon visage. Je me rappelle que Calista faisait tout le temps semblant de fumer à cette période de l'année, lorsque nous étions enfants. Et je l'imitais à chaque fois. Je souris, les yeux clos, en revoyant ce souvenir défiler derrière mes paupières. Un autre souvenir se substitue à celui de Cal. Je revois soudain Tobias à 10 ans et ses sœurs qui hurlent de joie en sautant dans le tas de neige devant leur maison et me supplient de les aider à faire un bonhomme de neige. Tobias portait son éternel manteau rouge et cet affreux bonnet vert. Je me moquais toujours de lui et il se renfrognait, surtout lorsque je le forçais à le mettre dès qu'il faisait froid. Je ris, les yeux fermés, le visage offert aux flocons de neige, seule au monde, au milieu de mes souvenirs.

Mais je sursaute quand une voiture passe à grande vitesse devant moi.

Connard.

La route est en partie givrée et cet abruti roule comme un dingue juste devant une église. Je le suis des yeux et fronce les sourcils quand il s'immobilise dans un crissement de pneus devant la foule amassée sur le parvis.

Ouais, gros débile… Fais gaffe, il y a des enfants !

Je soupire devant l'immaturité de certains automobilistes et tourne le visage à l'opposé de la rue. Vivement que cette journée se finisse ! L'absence de Tobias me pèse, encore plus depuis quinze jours. Et encore plus aujourd'hui. Je lui ai acheté un cadeau. J'espérais le lui donner…

Des éclats de voix dans mon dos attirent mon attention et je jette un rapide regard par-dessus mon épaule avant de m'immobiliser, en état de choc.

---

1. Je conseille « Unknown (to You) » de Jacob Banks en fond sonore.

Mon cœur s'arrête un instant avant de reprendre une course folle quand je reconnais ce profil, ces cheveux hirsutes, cette croix toute simple qui disparaît en partie sous une écharpe kaki.

Je retiens mon souffle en observant Tobias serrer ses parents dans ses bras, puis ses sœurs et son frère.

Il est revenu.

Il est là…

Ma respiration se bloque dans ma gorge alors que je le détaille sans pouvoir bouger. Je suis clouée sur place en attendant qu'il me remarque. Je n'ose esquisser le moindre geste. Je grave dans mes souvenirs son profil, son sourire sincère quand il serre Judy dans ses bras une nouvelle fois, ce sourire que je n'avais pas vu depuis si longtemps…

Rien n'est décidé, il peut très bien me dire que tout est définitivement fini et, à ce moment-là, je devrai prendre une ultime décision qui nous engagera tous les deux. Mais pour l'instant, je ne veux pas penser à ça, je veux juste le regarder.

Je veux juste le regarder…

Je veux juste…

Le sang quitte mon visage quand ses yeux pivotent pour se braquer sur moi.

Oh, mon Dieu…

Je manque de m'évanouir alors qu'il me dévisage silencieusement, sans laisser transparaître la moindre émotion. Un homme inconnu dépose sa guitare devant lui, avec un sac souple, et il me quitte des yeux pour lui serrer la main avant que le type remonte dans la voiture et redémarre.

Moi, je ne le quitte pas du regard une seule seconde.

Le duvet sur mes bras se hérisse quand il braque de nouveau ses yeux verts sur moi.

C'est à toi de jouer, Tobias. Je ne peux pas le faire à ta place…

Je reste sereine en le regardant mais je suis en panique. S'il détourne définitivement le regard, je l'aurai perdu pour toujours, et cette simple idée me retourne l'estomac.

Mes mains se mettent à trembler avec violence quand il inspire profondément avant d'esquisser un pas vers moi. Un infime pas.

Mais c'est assez pour me réveiller et je pose un pied devant moi pour raccourcir la distance entre nous. Un léger sourire étire ses lèvres, juste l'espace d'un court instant, alors qu'il avance de nouveau vers moi. Je m'arrête à quelques mètres de lui, en attendant qu'il prenne sa décision.

– Salut… murmuré-je timidement.

– Salut, Mia…

Un ange passe et j'ai presque l'impression que la foule autour de nous se tait pour ne pas perdre une miette de nos retrouvailles. Mais je m'en fiche.

– Comment tu vas, Tobie ?

Le surnom le fait sourire.

– Ça va. Et toi ?

Je prends une longue inspiration avant de répondre.

– Ça peut aller…

Mon cœur manque d'exp*loser*, mes bras sont paralysés, mon ventre se tord d'impatience mais je reste stoïque.

J'attends.

– Tu m'as manqué…

Ma respiration se coupe sous l'effet de la surprise. Son visage est sombre et torturé, et j'y vois mon propre reflet. Les marques de ce mois de séparation entre nous, cette absence, ce manque, ce putain de manque…

Je n'ose espérer…

J'ai trop peur de le faire…

– Putain, Mia, tu m'as tellement manqu…

Je n'attends pas la fin de sa phrase pour réduire la distance qui nous sépare encore. Il s'élance en même temps que moi pour m'attraper à la volée quand je me jette dans ses bras, les yeux brillants de larmes. Le choc est brutal, j'en ai la respiration coupée mais j'accroche mes bras autour de son cou, le corps secoué de sanglots en retrouvant enfin son odeur. J'inspire à fond comme une droguée en manque. Il enfouit son visage dans mon cou, les bras crispés autour de ma taille, et resserre sa prise à m'en étouffer. Je le sens trembler contre moi alors que j'inonde son manteau, sans aucune pudeur face aux visages qui nous observent. Je m'en moque, je n'ai plus peur d'afficher mes sentiments pour lui. Ils sont trop puissants, trop dévastateurs pour que je puisse les contenir.

– Tu m'as manqué aussi… soufflé-je contre son oreille. J'ai cru mourir, sans toi…

Il me serre plus fort et je gémis légèrement sous la douleur. Puis il me relâche et me fait face, prenant mon visage entre ses mains gelées.

– C'est toi et moi, maintenant, Mia. OK ? Toi. Et moi. Personne d'autre.

– Toi et moi, confirmé-je d'une voix tremblante.

Son visage tendu et ses lèvres pincées parlent plus qu'il ne le fait. Il a peur. Peur que je ne le quitte de nouveau. Et ce constat me rend malheureuse.

– Il n'y aura plus personne à part toi, Tobias. Plus jamais… ajouté-je pour le rassurer.

Il inspire profondément et ferme les yeux en posant son front contre le mien.

– Je t'aime, Tobias…

Un simple souffle et sa bouche brûlante s'empare enfin de la mienne, dans un baiser renversant – le genre de baiser qui vous fait oublier comment vous vous appelez et vous donne soudain l'impression d'avoir les jambes en coton. Je m'accroche à lui en passant les bras sous ses épaules pour éviter de tomber à la renverse alors qu'il prend possession de ma bouche avec brutalité. Avec urgence et impatience. Et je suis disposée à lui donner tout ce qu'il veut, tout ce qu'il souhaite, tout ce dont il a besoin… Je lui donnerai tout.

– Je t'aime aussi… souffle-t-il en s'écartant.

Mes sanglots s'entrecoupent de sourires et j'enfouis de nouveau mon visage dans son cou en le serrant très fort, savourant sa douce chaleur tandis que les flocons tombent lentement autour de nous, dans un silence religieux.

Pour ne plus jamais le laisser partir, pour ne plus jamais vivre sans lui.

Pour ne plus jamais mourir.

Épilogue

Six ans plus tard

– Noah ! Sors de là tout de suite !

– Je veux, papa !

– Tu sors ! C'est l'heure d'aller au lit, papa viendra te faire un câlin dans ton lit quand il rentrera.

– NON ! Je veux papa MAINTENANT !

Je pousse un hurlement étouffé contre mon pull avant de me relever tant bien que mal. Mon dos me fait affreusement souffrir et je m'appuie sur le canapé en me relevant comme une vieille dame. Je souffle en me massant les reins et jette un coup d'œil à l'horloge. Nom de Dieu, qu'est-ce qu'il fait ?

– JE VEUX PAPA !

– Ça va ! J'ai compris !

Je ferme les yeux en soupirant et en me massant les tempes. Cet enfant va me tuer. Un coup contre ma vessie me fait gémir de douleur. Misère, celle-là aussi ne va pas me laisser respirer. Je passe une main douce sur mon ventre proéminent pour calmer les coups de pied de ma fille.

– Schhhh… je souffle malgré moi en tentant de l'apaiser.

Le bruit dans la serrure en bas de l'escalier me fait sursauter et je pivote pour me précipiter en haut des marches qui mènent à la porte d'entrée de notre appartement, dans une rue calme de Brooklyn.

– TOBIE !

Tobias sursaute et lève un regard hagard vers moi.

– J'ai fait une bêtise ?

Je pince les lèvres en retenant un sourire. Depuis la naissance

577

de Noah et l'habitude que j'ai prise de l'appeler en hurlant quand j'ai besoin d'aide, c'est devenu sa réplique préférée. Il sourit largement en voyant que je ne lui résiste pas.

– Ton fils s'est retranché sous le canapé et refuse d'aller au lit si tu ne l'y emmènes pas !

Il éclate de rire et pose sa guitare ainsi que son sac contre le mur avant de gravir les marches quatre à quatre sans même enlever son manteau en laine. Il s'arrête un court instant pour m'embrasser en posant les mains sur mon ventre puis avance pour s'allonger à côté du canapé.

– Hey, mon grand. Alors comme ça, on fait tourner maman en bourrique ?

– PAPA !

Je lève les yeux au ciel en voyant Noah sortir enfin de sa cachette et se précipiter vers son père. Entre Miller fils et Miller père, je ne sais pas lequel des deux me fera le plus perdre mon sang-froid. Mais je ne retiens pas un léger sourire en le voyant s'allonger sur son père avant d'enfouir son nez dans son cou. Je ne peux pas le blâmer, moi aussi, j'adore faire ça. Je caresse mon ventre d'une main absente en me rappelant le jour où je lui ai appris que j'étais enceinte. Le soir de Noël, quand nous étions enfin seuls dans mon lit de jeune fille. J'étais enceinte de presque un mois, et je ne l'avais dit à personne. J'attendais qu'il revienne pour lui annoncer. Le soir de son concert, ce fameux soir où je lui avais enfin dit que je l'aimais. Noah a été conçu cette nuit-là. C'était la deuxième fois qu'on ne se protégeait pas, mais contrairement à la première fois, je ne prenais plus la pilule. Entre la mort de Calista, tout ce qui s'était ensuivi et les médicaments que je prenais, mon corps était tout chamboulé. Je n'avais plus mes règles, et j'étais seule, de toute façon. Les événements qui avaient suivi la découverte du meurtrier m'avaient fait complètement oublier qu'il fallait se protéger. Il a suffi d'une nuit pour que Noah s'invite dans mon corps.

L'annonce de ma grossesse n'a pas été facile. J'ai bien cru que Tobias allait faire une crise cardiaque. Il avait à peine 22 ans, à l'époque. Il s'était levé du lit pour s'asseoir au bord, dos à moi. J'avais senti la panique me gagner en le voyant, les épaules voûtées, les coudes appuyés sur les genoux et la tête posée sur ses mains jointes. Après cinq minutes de réflexion, il s'était recouché, stoïque, avant de me reprendre dans ses bras sans prononcer un mot. Il était resté dix minutes à contempler le plafond de ma chambre avant de se décider à parler.

– Donc maintenant, ce n'est plus seulement toi et moi. C'est toi, moi et le bébé.

– Tu es sûr ? j'avais demandé, légèrement anxieuse. Je peux avorter, on a tout le temps de fonder une famille…

– Non.

Il avait pris mon menton dans sa main pour me forcer à le regarder avant de parler de nouveau :

– J'ai décidé de tout vivre avec toi, Mia, le bien comme le mal, le prévu comme l'inattendu. Et j'avais prévu de fonder une famille avec toi. Peu importe que ça arrive plus tôt. On va garder cet enfant. OK ?

Les larmes avaient jailli de mes yeux, provoquées par le soulagement puissant qui m'avait envahi.

– OK… j'avais acquiescé.

– Bien. Viens ici, maintenant, que je dise bonjour au têtard qui s'est incrusté.

Il avait passé les trente minutes suivantes la tête posée sur mon ventre à chuchoter un tas de promesses à notre enfant à venir.

Le cours de mes pensées est interrompu par Tobias, qui tente de se relever avec difficulté, Noah accroché à lui comme un petit singe.

– Un coup de main, Mia ?

Je secoue la tête en riant.

– Tu rêves ! Je gère déjà celle-là au quotidien, et elle a

l'air pire que l'originale ! m'exclamé-je en désignant mon ventre.

– Quelle idée de l'appeler comme ça, aussi…

Je lui tire la langue, mutine. Si, à l'annonce d'un garçon, nous avions été très rapidement d'accord sur le prénom, j'ai dû batailler pour celui de notre deuxième enfant. Apparemment, Tobias a peur qu'en prénommant notre fille Calista, elle devienne aussi fantasque que ma meilleure amie. Mais j'ai finalement obtenu gain de cause. Elle est tatouée sur ma peau, tout comme le prénom de Noah, que Tobias a également dans la peau. J'ai encore de la marge avant de le rejoindre, mais j'ai développé moi aussi une addiction aux tatouages. J'en ai six, désormais : la serrure sur mon aine, le prénom de mon fils en lettres manuscrites sur le poignet gauche, une hirondelle avec l'inscription « Mi-Cal » sur la nuque, un marteau et un clou en hommage à mes parents sur la cheville droite, une représentation stylisée du Man du festival Burning Man entre les deux omoplates, et une guitare sous le sein gauche, sur mon cœur, pour Tobias. J'ai également prévu de rajouter le prénom de ma fille sur mon autre poignet.

Et il faut croire que mon compagnon aime ça parce que je ne le préviens jamais quand j'en fais un nouveau. Au contraire, j'adore le voir devenir dingue quand il le découvre sur mon corps. À chaque fois, il me fait l'amour comme un malade. Même si, depuis l'arrivée de Noah, le développement de mon cabinet, le boulot de Tobias au studio et ma deuxième grossesse, nos moments d'intimité deviennent de plus en plus rares. C'est peut-être pour ça que j'ajoute régulièrement un tatouage. Pour relancer la vapeur quand nous avons une baisse de régime.

Tobias n'est pas en reste : il a fait tatouer le prénom de son fils sur le côté droit de son cou ainsi que la fréquence sonore de la voix de Noah en train de dire : « Je t'aime papa » sur le dessus de son avant-bras. Il a également ajouté le tatouage du Burning Man sur son mollet droit, identique au mien. Puis, le dernier en date, une cheerleader brune en version un peu pin-up sur son épaule droite. L'allusion était claire, c'est d'ailleurs ce qui m'a décidé à faire tatouer la guitare sur mon cœur. Il m'a gravée sur sa peau, alors je voulais aussi le faire.

Même s'il l'est déjà, en quelque sorte, comme en témoigne la cicatrice de ma césarienne. J'ai d'ailleurs prévu de la recouvrir d'une branche de lierre avec des roses après la naissance de Calista.

– Je veux pas faire dodo, papa, j'ai pas sommeil… gémit Noah, les yeux à demi fermés.

Juste avant de bâiller.

Nous pouffons tous les deux en le voyant lutter contre le sommeil. Je m'approche d'eux et passe une main tendre dans les cheveux châtains de mon fils. C'est la copie conforme de son père, autant sur le plan physique qu'au niveau du caractère. Mêmes yeux verts, même regard perçant, même propension à me rendre folle. Il me fait tourner en bourrique, mais il me fait fondre. Je n'arrive pas à lui résister. Mes caresses l'achèvent et il finit par fermer les yeux et sa respiration se fait plus lente et régulière. Je pose un baiser léger sur son crâne quand il s'endort, blotti contre son papa.

– Game over, chuchote Tobias. Je vais le mettre dans son lit.

– OK, je réponds sur le même ton.

Ils disparaissent dans le couloir et je me rapproche de la cuisine pour sortir le repas que j'avais laissé au chaud. Tobias travaille tard, en ce moment. Il finalise le nouvel album d'un groupe de rock qui cartonne, et ne compte pas ses heures. Quant à moi, je travaille depuis la maison, alors je peux me permettre d'alléger mes horaires de travail pour m'occuper de Noah et compenser l'absence temporaire de son père. C'est aussi pour ça que mon fils est intenable, en ce moment. Son papa lui manque. Heureusement, la production de l'album touche à sa fin et nous devrions profiter de deux semaines en famille pour les fêtes. Je sors deux assiettes : un jour sur deux, je l'attends, l'autre jour, je mange avec Noah. Un tour chacun.

Je sursaute légèrement quand mon homme m'enlace par-derrière en posant ses mains chaudes sur mon ventre. Il a enlevé son manteau et j'aperçois ses bras tatoués en partie dévoilés par les manches de son pull. Je le laisse picorer mon cou en souriant mais je lâche un juron en renversant un pilon de poulet sur le plan de travail.

– Et merde !

– Laisse, je m'en occupe. Va voir Noah, il veut un câlin.

Je souris et me tourne pour l'embrasser rapidement sur les lèvres avant de marcher d'un pas alourdi par mes six mois de grossesse vers la chambre remplie de dinosaures de mon fils. Je m'assieds sur le rebord du lit et il ouvre péniblement les yeux en sentant mes doigts caresser sa joue.

– Maman…

Il esquisse un large sourire et je fonds de plus belle.

– Je suis là, mon ange. Tu vas faire un gros dodo ?

Il bâille à s'en décrocher la mâchoire pour toute réponse avant de me tendre les bras. Je ne me fais pas prier et me penche du mieux que je peux pour le prendre dans mes bras, mais mon ventre rond me bloque un peu. Je réussis quand même à le serrer contre moi.

– Je t'aime, maman…

Je ferme les yeux en retenant une larme. Je ne résiste plus quand il me dit ça, et je lui pardonne tout à chaque fois. Il en abuse, d'ailleurs, mais je m'en fiche. Je suis une droguée, accro à mon fils et à ses déclarations d'amour.

– Je t'aime aussi, mon amour. Allez, au dodo, mon grand !

Il sourit à mon ordre et se pelotonne sous la couette que je remonte sur lui avant de sortir de la pièce.

Quand je reviens dans le salon, je souris. Tobias a dressé la table avec une petite bougie chauffe-plat au centre et finit de réchauffer notre dîner.

– Si madame veut bien s'asseoir, le repas sera servi dans cinq minutes !

J'éclate de rire et me laisse tomber sans état d'âme sur une chaise.

– Mademoiselle est assise.

Je le vois s'immobiliser un court instant avant de faire comme si de rien n'était, ce qui me fait rire de plus belle. Nous ne sommes pas mariés, au grand dam de ses parents qui préféreraient nous voir unis devant le seigneur, et surtout devant Miller senior. Je le taquine souvent avec ça, même si je ne cherche pas plus que ça à me marier. J'ai 36 ans et Tobias en a 28. Notre couple est assez atypique, alors les conventions et traditions n'ont que peu d'importance pour nous. Je suis heureuse comme ça, avec mon fils, mon chéri et mon bébé à venir.

– Je déconne, Miller, arrête de stresser ! je me moque gentiment en le voyant apporter les assiettes.

– Je sais, mademoiselle Anderson.

Je souris de nouveau. J'adore quand il m'appelle comme ça, et c'est aussi pour ça que je ne souhaite pas plus que ça me marier. Je ne sais pas si « madame Miller » me fera le même effet. Pour moi Mme Miller, c'est la maman de Tobias. Et rien que de penser à ça, ça me refroidit très vite. Nos relations n'étaient pas au beau fixe lorsque son fils et moi nous sommes remis ensemble. Je la comprends. Maintenant que j'ai Noah, je peux ressentir ce qu'elle a vécu en voyant l'état dans lequel était Tobias par ma faute. Il a fallu beaucoup de temps et de diplomatie, surtout que l'annonce de ma grossesse n'a pas arrangé la situation. Tobias était beaucoup trop jeune à son goût, ce que je conçois également. Mais à la naissance de Noah, un miracle s'est opéré et Judy s'est transformée. Je me rappellerai toujours la surprise et l'émotion dévastatrice sur son visage lorsque Tobie lui a présenté son fils et a enfin dévoilé son prénom. C'est un moment que je n'oublierai jamais…

– Attention, c'est brûlant, m'avertit-il.

J'opine du chef et nous mangeons en discutant de nos journées respectives. Vers la fin du repas, je retiens difficilement une grimace en posant la main sur mon ventre.

– Qu'est-ce qu'il y a ? me demande-t-il, le visage inquiet.

Je souris pour le rassurer.

– Elle a décidé de refaire la décoration, ce soir…

Tobias sourit en finissant son assiette alors que je grimace en recevant un énième coup de pied dans les côtes.

– Un coup de main ?

Je soupire presque de soulagement à sa proposition. Il n'y a qu'une seule chose qui réussit à calmer ma fille quand elle s'énerve. Il se lève et me tend la main pour m'aider à me relever de ma chaise. Je vais m'installer confortablement sur le canapé en attendant qu'il aille chercher sa guitare. Quand il revient et s'installe dans l'angle, je fais passer ma tête sous le manche pour la caler contre son épaule. Il repose presque le manche sur ma poitrine et vérifie les cordes avant de plaquer quelques accords pour s'échauffer les doigts. Puis sa voix prend le relais sans aucun accompagnement.

– These arms of miiiine…

Je souris en reconnaissant la chanson d'Otis Redding et ferme les yeux de soulagement quand les mouvements de mon bébé se calment peu à peu. Mon ventre est presque collé à la caisse de résonance de la guitare et le bruit de l'instrument l'intrigue toujours au point de lui faire stopper ses mouvements. Je me niche un peu plus contre lui et le laisse nous bercer toutes les deux de sa voix rauque et grave. Il ne la pousse pratiquement pas pour éviter de réveiller Noah et je m'endors presque dans ses bras chauds pendant qu'il chante. Un petit rire me réveille et je suis son regard pour découvrir Noah, debout dans l'obscurité du couloir, qui nous regarde. Tobias continue de chanter et je souris en plissant les yeux vers mon petit monstre. Un simple geste du menton pour lui dire de venir et il se précipite vers nous.

Je lui fais un peu de place et il s'allonge contre la guitare, à moitié sur les genoux de son père et à moitié sur les miens, en souriant, les yeux fermés, pendant que je lui caresse les cheveux.

J'inspire profondément pour graver cet instant dans mon esprit. Je ne sais pas qui admirer le plus : mon fils ou l'homme de ma vie qui conclut doucement sa chanson en me souriant en retour. Je reste happée par ses yeux verts et le fixe sans bouger, simplement heureuse de partager tout ça avec lui.

– Épouse-moi.

Je sursaute à sa phrase à peine chuchotée et écarquille les yeux.

– Qu-quoi ?

Il ne vient quand même pas de me demander en mariage, non ?

– C'est une question simple, Mia.

Mon cœur marque un temps d'arrêt et reprends avec force ses battements erratiques, au point de réveiller Calista, qui recommence à bouger dans mon ventre, grognonne de s'être fait bousculer en pleine sieste. Noah râle aussi quand je stoppe mes mouvements sur son crâne. Je grimace, reprends mes caresses du bout des doigts et pose une main apaisante sur mon ventre avant de relever les yeux vers Tobias.

– Mais… mais pourquoi pas avant ?

– Pourquoi pas maintenant ?

Je ris en le voyant si sérieux. Tout semble toujours simple avec lui. Comme si nous ne devions rien forcer et seulement suivre le cours des choses.

– Tu es sérieux ? chuchoté-je, toujours sonnée.

Un simple hochement de tête pour toute réponse et je sens ma tête se mettre à tourner.

J'ai passé les six dernières années à me demander de temps en temps s'il comptait me demander en mariage un jour, puis à finalement accepter le fait que Tobias n'était pas le genre d'homme à se marier. C'est un père extraordinaire, le compagnon d'une vie, celui qui restera avec moi jusqu'à la fin. Le mariage n'était pas nécessaire, ses actes parlaient d'eux-mêmes. J'ai déjà été fiancée et ça ne s'est pas bien fini alors je vivais sans problème le fait de rester une éternelle demoiselle, tant que j'avais l'homme de ma vie et mes enfants avec moi.

D'où ma stupéfaction.

Et mon silence abasourdi.

– Une réponse, mademoiselle Anderson ?

Un rire absurde s'échappe de ma gorge sans que je puisse le contenir. Il a fait exprès de m'appeler comme ça, le sale môme !

– Pourquoi tu ris, maman ?

Je ne réussis pas à m'arrêter pour répondre à Noah et Tobias s'en charge à ma place.

– Parce que maman est très surprise, bonhomme.

Il lui secoue gentiment les cheveux en glissant sa main sur la mienne.

– Ça, pour une surprise… articulé-je difficilement, entre deux hoquets.

– C'est une bonne surprise, maman ?

La question me prend de court et je fixe les yeux verts de mon fils, si semblables à ceux de son père. Et sans prévenir, les miens s'embuent. Je pince les lèvres en souriant à mon petit garçon pour retenir les larmes qui manquent de me submerger et acquiesce.

– Oui. C'est une très belle surprise, mon cœur…

Je ne parle plus et regarde de nouveau Tobias. Je n'ai pas besoin de répondre. Il connaît déjà la réponse.

Je me contente de le fixer avec un mélange d'admiration et d'étonnement.

Tout me revient en mémoire : ma première rencontre avec ce petit diable aux yeux verts, les nombreuses fois où il m'a rendue folle, les nombreuses fois où il m'a émue, les rares fois où je pouvais lui faire des câlins sans qu'il se renfrogne parce que je le traitais comme un petit garçon, tous ces pièges pour attirer mon attention, toutes ces fois où je me suis moquée de lui, puis mon départ, son retour et le moment où ma vie a basculé.

Ce moment où j'ai croisé un regard vert clair qui m'a transpercée, ce moment où j'ai enfin vu l'homme derrière le petit garçon, ce moment où il a réussi à détruire mes barrières, mes principes et tous les obstacles que j'avais érigés entre nous, par peur.

Tous ces moments intenses, ces disputes graves ou minuscules, comme lorsqu'il oublie de vider le lave-vaisselle parce qu'il est trop occupé à composer, ces instants de tendresse pure comme la naissance de Noah, ses déclarations d'amour brutes mais vraies, la joie sur son visage quand il a appris que notre second enfant serait une fille, sa grimace quand j'ai annoncé deux secondes plus tard qu'elle s'appellerait Calista, les histoires toutes plus imaginatives les unes que les autres qu'il raconte à Noah quand il le couche, ses discussions secrètes, à peine chuchotées, sur mon ventre, à l'attention de sa fille et ces chansons qu'il compose pour nous, seulement pour nous. Il ne les proposera jamais, c'est notre secret et il nous les joue seulement dans l'intimité.

Il m'embrasse doucement, un baiser plus léger qu'une plume.

– Je t'aime, prononcé-je presque silencieusement.

– Je t'aime aussi, répond-il aussi doucement.

Un sourire complice, puis il recommence à jouer en entonnant le début de « Stand by Me », pour le plus grand bonheur de nos enfants qui se calment presque instantanément tandis que je continue de l'admirer.

Je ne sais pas ce que j'ai fait dans mes vies antérieures

pour mériter l'amour de cet homme. Il m'aime depuis qu'il est enfant et n'a jamais cessé de m'aimer.

Alors je l'aimerai jusqu'à la fin de ma vie et de la sienne.

Jusqu'à la fin du monde.

Jusqu'à la fin.

Sans plus jamais faillir.

Remerciements

J'ai déjà fait des remerciements longs et fastidieux, de peur d'oublier quelqu'un. Du coup, cette fois-ci, je vais être plus concise.

Et ça va GRANDEMENT me faciliter la tâche !

Je remercie donc :
- Mon mari
- Mes enfants
- Ma famille
- Mes amis
- Mes bêta
- YouTube pour la lecture aléatoire
- Le pop-corn salé
- Facebook
- Ma maison d'édition
- Mon éditrice Maud et ses commentaires choubidous
- Mon congé maternité.

Voilà !

Best remerciements.
EVER.

Autrice : Margot D. Bortoli

Edisource – Éditions Addictives
100, rue Petit, 75019 Paris
Imprimé par FINIDR – Lipova cp. 1965 – 73701 Cesky Tesin,
République tchèque
Dépôt légal : mai 2023– Achevé d'imprimer : mars 2023
Réimprimé en juin 2023 et septembre 2023
ISBN : 978-2-37126-567-7

Réf. contrat : ZIAS_001